洪烛文集

散文卷

特别纪念版

洪烛 著　祁人 编

Essay,
Writers&Artists

中国文联出版社

图书在版编目（CIP）数据

洪烛文集. 散文卷：特别纪念版 / 洪烛著；祁人编. -- 北京：中国文联出版社，2022.12
 ISBN 978-7-5190-5050-4

Ⅰ. ①洪… Ⅱ. ①洪… ②祁… Ⅲ. ①中国文学－当代文学－作品综合集②散文－中国－当代 Ⅳ. ①I217.2 ②I267

中国版本图书馆 CIP 数据核字(2022)第 232934 号

作　　者	洪　烛著；祁　人编
责任编辑	郭　锋
责任校对	潘传斌
装帧设计	大摩北京设计事务所
出版发行	中国文联出版社有限公司
社　　址	北京市朝阳区农展馆南里 10 号　邮编　100125
电　　话	010-85923025（发行部）　010-85923091（总编室）
经　　销	全国新华书店等
印　　刷	北京虎彩文化传播有限公司
开　　本	710 毫米×1000 毫米　1/16
印　　张	37.25
字　　数	500 千字
版　　次	2022 年 12 月第 1 版第 1 次印刷
定　　价	86.00 元

版权所有·侵权必究
如有印装质量问题，请与本社发行部联系调换

洪烛
中国文联出版社原文学编辑室主任

洪烛（1967年~2020年3月18日），原名王军，生于南京，1979年进入南京梅园中学，1985年保送武汉大学，1989年分配到北京，全国文学少年明星诗人，中国文联出版社原文学编辑室主任。洪烛曾出版有诗集《南方音乐》《你是一张旧照片》《我的西域》《仓央嘉措心史》《仓央嘉措情史》等。洪烛是20世纪80年代的全国文学少年明星，当时还在读中学的他就在《语文报》《星星》《鸭绿江》《诗刊》《儿童文学》《少年文艺》等一系列报刊发表大量诗歌散文，十几次获得《文学报》等全国性征文奖，在全国中学校园赢得一定的知名度。洪烛因病于2020年3月18日在南京去世。

序　落樱时节忆洪烛

李少君

又是一年樱花季，加班到晚上十点，整个大楼已是空空荡荡。我在办公室坐了一会，听着楼下东三环马路上不时驰过的汽车声，想起以前，这个时候我多半会给洪烛打个电话，约他聊天或散步。我在十楼，他在二楼，我们都是喜欢以办公室为家的人，我们经常不约而同地待在办公室里，享受一段清静时间。现在，他已经去了很远的地方。哀伤，在春夜无声地弥漫开来。

洪烛去世的消息猝然来到的时候，正是落樱时节，我被疫情隔离在家，悲伤中写下这首诗："一个春天就这么云一样过去了／樱花盛大开放，又如雨凋零／遍地繁华，堪与绚烂春光媲美／幻影下坠，哀恸比落樱还多了几点""春夜听到一个诗人悄然远去的消息／我默坐窗前，黯然神伤之际陡增白发"。

疫情期间的生活，我总结过一句话，叫做"读旧书，忆故人"，而洪烛就这么成了故人，确实让人猝不及防。虽然也早有心理准备，因他已因中风躺在床上无法言语多时。在他中风之前，我正好主编一套"常春藤诗丛·武汉大学卷"，收了他的一本，所以有机会重读他的一些代表性诗歌，也由此勾起我们以前的一些往事。

洪烛是一位传奇般的少年才子，中学阶段已经名扬四方，因特异的文学创作能力被保送到武汉大学中文系。那个时候，他和田晓菲等，堪称我们这一批青少年作家诗人中的代表人物，各大诗歌刊物都能看到他们的名字，并且，他们已经开始出版诗集了。洪烛也是典型的江南才子，为人处世温文尔雅，文质彬彬，不紧不慢，很沉得住气。洪烛的勤奋认真，在诗歌界是著名的，我们都自叹不如。他的每一首诗、每一篇文章，都是工工整整写在纸上，每个标点符号都会认真检查校对。洪烛除了写诗，还出版了很多畅销书，北京的胡同，北京的美食，北京的掌故，被翻译成各种文字。洪烛可以说完全靠一支笔，在北京站住了脚跟，堪称文学的奇迹。

我和洪烛相识于珞珈山上的樱花树下，那时少年意气风发，大有指点江山的慷慨激昂之势，我们还发起成立了一个"珞珈诗派"，几乎每周都要见面，高谈阔论，自命不凡，颇有些睥睨天下。我们后来回忆那时的聚会，印象最深的是我们只谈诗歌和文学，偶尔谈谈时事，几乎从未谈过女生女性的话题。很多人听了觉得不可思议，但当时风气确实如此，尤其在珞珈山那么美丽的地方，东湖之畔，樱园、梅园、桃园、桂园环绕半山，本是最适合恋爱的地方。但在那个时代，在我们心目中，理想和诗歌是高过一切的，其他皆不值一提。

洪烛的诗歌风格非常细腻细致,他有一句诗"我坐在树下,计算着一朵花落地的时间",我经常引用。洪烛属于那种持续稳定的渐进型诗人,诗歌风格变化不大,但不断完善日益精进。在一个巨变时代,人心也变化多端的时代,洪烛三十年如一日,仍保持着学生时代的单纯之心,仍每天坚持写诗,从未中断,在我们那一代人之中实属罕见,这可见他的定力,也可见他的执着。

也许是因为我们太熟悉了,加上我也是一个对衣食住行都不在意的人,所以我没怎么特别关心洪烛的日常生活。我在海南时,来北京都会和他联系一下,有时住到他家里,有时见个面吃个便餐,谈的也是诗歌和文学,最近写了什么,出了什么书。2014年我从海南到北京,我们又在同一栋楼里办公,邱华栋那时也在楼里的《人民文学》杂志,经常在电梯间、楼道里或食堂碰到,我们仿佛又回到了学生时代。我和洪烛晚上都喜欢待在办公室,晚上安静,适合读书和写作。我有时下楼去找他,走廊黑漆漆的,整个大楼很安静,而我们一见面,谈的还是诗歌和文学,仿佛还在当年的珞珈山上樱花树下。

洪烛出过四十多本书,20世纪90年代就被《女友》等杂志评为"全国十佳青年作家",和汪国真等一起获得"青春美文四大白马王子"等称号,但洪烛的社会影响力到底有多大,大到什么程度,我并不清楚。直到他去世,我们照例在诗刊社微信号上发了一个消息和他的诗歌选,其引发的冲击和阅读量之大,才让我意识到洪烛的名声之好之大,远远超出了很多我们觉得特别著名的诗人作家。他日积月累写成的文字,成全了他的人生。

新冠肺炎疫情期间,天天在狭小的书房里读唐诗宋词和圣贤书,我更坚信文字的生命力之长久,尤其到了一定年龄经历很多之后,其他很多东西早已销声匿迹,唯有文字还能给人慰藉,温暖情感,传以精神。

春夜让人哀伤,但又沉寂。洪烛兄,你还被很多人惦念。作为诗人,人已远去,但文字还在世上流传,并且长存,是最可安慰之事。《洪烛文集》的出版,就是你存在的证据、生活的价值和生命的意义!

目 录

第一辑　我的灵魂穿着一双草鞋

003　/　初恋无故事
007　/　月偏食
010　/　云且留住
013　/　你在那个冬天
016　/　两个人的车站
020　/　京广线的中间一站
023　/　我们年轻时的旗帜
026　/　欢　颜
028　/　关于女人
030　/　生活在纸张的边缘
037　/　我的灵魂穿着一双草鞋
040　/　回眸的妩媚
043　/　屋顶下面的夜晚
045　/　交换地址
048　/　写信的年龄
052　/　日　子
054　/　女孩的情调
061　/　老家的红月亮

065 / 本　命

068 / 无鹰之夜

076 / 爱眉小札

079 / 飘

081 / 小梅你好

第二辑　浪漫的骑士

087 / 寻找公主

090 / 画梦者的星空

093 / 幸福的黄手帕

097 / 重逢时请为我点一支烟

101 / 爱情是一次登月旅行

104 / 青青子衿

108 / 相遇：爱的罗曼斯

110 / 美神之役

112 / 青　衣

117 / 谁帮我摘去肩头的落叶

122 / 你的眉毛是一把锁

126 / 少女，请别背对我哭泣

131 / 一生中的疼痛只有一次

134 / 青梅竹马

138 / 失火的天堂

142 / 英雄末路唱大风

147 / 城市不惑

150 / 城南旧事

153 / 人生逍遥

156 / 写给幸福

159 / 湖　畔

161 / 人间贵族

164 / 缪斯的诞生

167 / 海是我们的邻居

170 / 缘

172 / 布景里的灯

174 / 思想是心灵的根

176 / 漂亮朋友

179 / 新时代的美女

182 / 男中音

186 / 红袖添香

189 / 思想不是方程式

第三辑　梦游者的地图

195 / 布衣北京

200 / 外省人的北京

206 / 北京的书店

212 / 拜访运河

215 / 中国的一号公路

219 / 麦子店

222 / 玉渊潭的秋天

225 / 游牧北京

235 / 茶　道

239 / 文人菜谱

243 / 童年的零食

249 / 羽扇纶巾

256 / 飞　天

259 / 西施缺席

263 / 金陵春梦

268 / 长　白

273 / 城市备忘录

278 / 乡村备忘录

283 / 《诗经》里的那条河

287 / 蝴　蝶

293 / 安魂曲

296 / 银河岸边的爱情神话

300 / 文人的病

306 / 誓　言

309 / 人生之痒

313 / 变形记

318 / 造梦机器

328 / 纸上的月亮

331 / 笛　赋

334 / 画中人

338 / 没有故乡的人

345 / 游子的月亮

350 / 乡野之梦

353 / 本　命

356 / 英雄末路唱大风

第四辑　冰上舞蹈的黄玫瑰

367 / 失乐园

374 / 北京的平民主义

381 / 冰糖葫芦

385 / 去北海吃仿膳

389 / 花鸟人生

394 / 与毒蛇拔河

398 / 方　言

401 / 香　水

404 / 时装与时代

412 / 面前的艾青

419 / 火星四溅

425 / 黑匣子

428 / 记忆中的一位少女

433 / 轮盘赌

437 / 美人的泪

440 / 庙　会

443 / 雾都摇滚

446 / 晚　课

449 / 插　花

454 / 跟往事干杯

457 / 某一个人

459 / 夏天再见

461 / 水上花园

463 / 幸运的玫瑰

465 / 当往事成为合订本的时候

467 / 书生与狐仙

470 / 北京的梦想家

481 / 致命的幻觉

第五辑　拆散的笔记本

487 / 梦电影
490 / 中戏的小剧场
494 / 从梦露到麦当娜
502 / 杰克逊的变形记
505 / 摇滚与诗歌
510 / 北京的大学梦
520 / 我烦酒吧
526 / 大地之歌
531 / 中国人的吃
536 / 忆江南
540 / 西藏的诱惑
544 / 出　塞
550 / 游牧云南
556 / 独步神农架
559 / 黄果树瀑布
562 / 成吉思汗的草原
566 / 皇城根
570 / 大宅门
574 / 高尔基：我的文学父亲

580 / 洪烛创作年表
585 / 跋

第一辑

我的灵魂穿着一双草鞋

初恋无故事

我所谓的初恋仅仅和蓉这个名字有关。当时我也不知道这就是初恋。这个通俗且容易重复的名字对于我代表着什么,除了那么一位具体生动的人物之外,还概括了一小段心灵成长的过程。总之我记住了她,并且念念不忘;等到我懂得了什么叫作爱情的时候,就把她当作初恋的对象来看待。可见这个名字对我一生的重要程度。

蓉是我高中时班上的女孩。那时候我是个容易自卑的男孩,蓉的光芒常常使我抬不起眼睛。我一向是在远处不易察觉地端详她的,我很希望这是一幅画,可以随身携带,随时打开,偏偏她是极活泼的,像浪花一样,我很有耐心地保守着秘密,生怕自己的心情被打湿。这为我忧郁、内向的青春埋下了伏笔。

蓉的课桌在我的侧后方,我上课时充分运用了自己的余光,影影绰绰感应到她在那儿掀动书本,或埋头抄笔记。心里便很安详,像置身于幸福的氛围之中,一根针落在水泥地上的声音都能听见。偶尔,臆想到她有一缕视线不轻不重地落在我肩头,便下意识地坐

直了腰杆，深沉、庄重，尽可能体现出精神上的最佳状态。总之那一份朦胧、混沌的情感在心中岩浆般汹涌着，我反倒显得是被动的了。初恋的美丽就在这里。在于你无法驾驭它。

一切开始于一个平淡的晚上，我在家中的台灯下做枯燥的作业，为试用新买的钢笔，便在一张白纸上乱画。我出乎自己意料地写下了蓉的名字。那一瞬间我被冥冥之中的安排惊呆了。老早看过一本杂志上的心理测验，说大多数人在试新笔时，总是无意中写自己的名字，可我却写了另一个人的。而且是一个在此之前我觉得毫无联系的名字。我觉得周围或内心深处发生了一点什么。从第二天早晨开始，我真正地注意蓉了。她坐在我的侧后方，她喜欢穿一件天蓝的毛线衣；她桌上的课本像帆一样支起，她伏读的姿态自然、随意，似乎对一切都无从察觉，构成一个和任何人无关的世界。然而正是这个世界唤起我的好奇，带着新鲜的感觉想多看几眼……

母校坐落在梅园新村附近，门前是一条花树夹道的马路，放学的时候蓉总和一位叫薇的女生结伴同行。我习惯于放慢脚步，远远地跟在后面，注视着她们的背影像两只快乐的舢板在人海里时隐时现，并且想象她们在谈论怎样的话题。蓉的披肩长发如夜色般笼罩在我心头。端详其背影比直接跟她打照面更使我放松，给笨拙羞涩的我留下了想象的余地。我想象着多年后跟她并肩走在大街上的情景，路畔的商店、建筑一定和此刻一样真实完好。我的青春有一半生活在幻想之中，这激发了对未来的憧憬，我自己给自己制造了太多的欢乐……蓉家住离校址不远的五芳里，一次放学，某个去过她家的同伴指着那幢青灰色的小楼，说二层有阳台的那个房间就是蓉家。他是无意中说的，我却记住了。每每路过时忍不住仰面望着那扇养好几盆红月季的窗口，设想蓉正在里面做什么，以及房间的摆设。毕业后我鼓足勇气去找过蓉一次，蓉礼貌地把我让进门时我惊讶了，家具布置得确实和我想象的差不多，我不知道究竟是谁影响了谁。

说来说去，还没较多地讲述蓉本人呢。蓉当时在学校里是引人注目的，经常有高年级的同学给她写信。做完广播操大家散场，蓉看见传达室门外的黑板上写有她的名字，就有点拘谨地进去取信。班上的女生议论："信封上肯定写着'内详'。"这一度引发着我的嫉妒和恐惧。我想我如果再不帮助蓉爱上我的话，她恐怕就会投靠其他的男孩了。于是我反复辨别着蓉对我的态度，擦肩而过时她的眼神似乎蕴含着一点什么——它们曾给我带来过一整天的兴奋与回味。

我下定决心，准备在蓉心中的舞池登台亮相了。我讨厌写信表白，觉得那是躲在幕后的怯弱；然而我更不敢当面跟蓉说，在她清澈的目光下我会冰块一样融化的。我选择了校园里通行的递字条的方式。常常是前一天晚上在家里事先裁一小条白纸，认认真真地写上一行字——关于字条的内容已淡忘了，准备第二天夹在作业本里或直接塞给她。上课时我用余光扫视着侧后方蓉的身影，一遍遍地脸红、心跳，然而课间休息的铃声一响，就打消了我的所有勇气。就这样，一张字条在口袋里被揉皱了，我又另写出更洁净的一张，字迹依旧那么工整。然而没有一张最终栖落在蓉纤巧的掌心。

然后就是匆促紧张的高考，然后就是母校门口的依依挥别，然后的许多年我奔波于外省，多思善感的青春时光却又浮云般易逝。

我的初恋就像梦一样一直未在阳光下公开，那明眸皓齿、步态婀娜的南方女孩蓉，是否意识到有个男孩曾无数次在白纸上涂写她的名字以及自己在别人梦中的存在，也不得而知。甚至，蓉的下落，蓉的今天——是否如昨日一般清新美丽，也不是置身市声尘嚣中的我所能想象。蓉留给我最深刻的印象就是她的背影，披肩长发如夜色般笼罩在我心头。初恋的故事很快就完了。初恋又仿佛从来没有故事。

月偏食

我和伊人分手的时候,伊人迅速地一笑,随即缓慢地转身离去。毫无疑问那种笑容是凄楚的,我内心的温度骤降到零摄氏度以下;抬起眼睛捕捉到她转身的瞬间。后来就再也没见到她了。她一转身仿佛用了整整20年。这20年里我走了好多地方,遇见好多人,伊人的容颜在印象中逐渐模糊了,但我忘不掉她的侧影和转身的动作。黑白两色格子的外套,脑后火红的发夹,以及被痛苦侵蚀着的月牙般的脸庞。她的视线越过站牌、建筑物而直直地投向远处,那是一个我永远不可能了解的地方,她看见了什么?我经常这样问自己。

这一切发生在叫武汉的城市,至于是哪一条街道,已记不确切了。好像离火车站很近吧,离悲剧也很近吧。我们从一家灯火混浊的咖啡厅里走出来,我祝福她了,她也正在以尽可能平静的语气祝福我的远行。那纯粹是一次为了告别的聚会,我很舍不得她。然而没有办法。载重汽车一辆接一辆与我们擦肩而过,灯柱不时扫过我们的肩膀。她转过身时脸色苍白。也许那是灯光的效果?

狂热的年代，既不相信眼泪，也没有《魂断蓝桥》的忧伤。相对无言。我用翻毛皮鞋踢打路边冻硬的石头，警告着自己的懦弱。我无声地劝慰自己，也安慰她：别难过，多年后我们会很超脱地看待这一切。她低垂着头，一绺黑发遮盖住光洁的前额，像云掩饰了月亮。那是白纸一样的年龄，那是她的初恋。那是艰难岁月里我们最初的情爱和最初的誓言，"等着我吧，我会回来的"，我发出一生中最温柔的声音；她听懂了，这是西蒙诺夫的诗句，被许多年轻人抄录在日本记本里。她迅速地一笑，随即缓慢地转身离去，揣着我的承诺融入背景。那一年冬天的站台很冷清、很冷清。

以后的日子飘忽漫长，我搭乘命运的驿车奔波四方，也一点点变得坚强。我不断地重温她忽明忽暗的侧影，像放映慢镜头一样展开它，也不断地后悔：我当时为什么就没有吻吻她——哪怕握一握她那冻僵的小手，或许能给予她力量。羞涩的爱情是真正的爱情，羞涩的恋人是难忘的恋人。我潇洒地背起仅仅揣着几本书的行囊，朝灯火辉煌的大街尽头走去——那是和她的背影相反的方向，仿佛第二天还能见到她，还能见到她满月的面庞。我在闷罐车厢的摇晃中长大，在人群中长大，胸膛包容着一座海洋；她的名字是水面上一艘颠簸的船。她属于红楼梦里的那类女子，美丽得近乎忧郁，时常讶异地眨着童话般的眼睛，仿佛因为失误才降落到我们这座炊烟袅袅的星球上。与世俗的隔阂无法打破，注定她将被剥夺与生俱来的水晶鞋。然而我爱她，像渴望滋润一尾搁浅在沙滩的美人鱼。她手风琴拉得好，但不会织衣，想到这些的时候，我正小憩在邮票般大小的北部山区车站，电线杆上喇叭传出草原的气息："在那遥远的地方,有位好姑娘……"这支歌我很爱听,但不敢唱。

她凄楚的一笑是有预感的一笑,她的预感得到了残酷的证实:20年的流逝比一次转身还要简单。这20年里我遇见好多人,但再没有遇见她。世界比我们当初想象的要大。后来她怎样了、过得好吗?我们为什么中断了联系——像蛮荒年代里一只鸟和另一只鸟?实在无法追忆。我们不知不觉就遗失了最珍贵的东西。等到发现的时候,已经来不及了。我没有保存她的照片,需要闭上眼睛,才能吃力地勾勒出她正面的轮廓和表情,然而随时都可能从空气中、从空白的墙壁上再现出的侧影:高挺的鼻梁、路灯下逼真的睫毛,以及眼角眉梢的忧愁……她转身时,我觉得青春正轰鸣着离我而去。从此作为另一个无关的人在大地上行走。

她的下落对于我是个谜。她曾经居住的城市对于我是个谜。走在任何一条街道上。我都希望碰见她,哪怕仅仅呼吸到她留下的气息,也能使我相信黯淡冬天里某个夜晚——确实在这个世界上发生过,并且正躲藏在离我不远的地方。或许一转身,就能看见她。

云且留住

　　什么时候，我们再结伴回到那个地方？沿着一条朴素得不能再朴素的林荫小路，走下去，待到新月朗照的时辰，就可以叩击到悬念已久的门环。在荒芜如创世之初的山脚下，在业已闭幕的轻松的年月里，你不露痕迹地安插了多少遍灯火中的孤独、星光下的祈祷？我仿佛看见你抖擞如一只善良的鸽子，眷眷地于埋没了太多东西的草丛深处啄食、寻觅。但愿一阵风起，能暂且恢复你从前的舞姿。

　　那又是谁？从羽翼般张开的书本前抬起眼睛，把凝视托付给一刹那的迷惑、思索。窗外的口哨好响，春天了，阳光炫目中透彻了的不知是花粉还是灰尘。把笑声洒满路上，风光了整整一次郊游的那又是谁？飘逸于眼前的黑发像旗帜一样光洁，灿烂了我生命的领空。那又是谁被冻醒之后流着温暖的泪水，以呵护孤独山坡上亲手垒就的最后一座雪人？

　　我尤其记得大学时代的篝火晚会，在明亮的掌声围坐之中你翩然站起，一袭雪白的连衣裙使你优雅如长翅膀的精灵。你迎视着一张张忽明忽暗的喜悦的面庞，以南国少女的清晰语音朗诵普希金的《为了遥远的祖国海岸》："就在那个地方，天空还闪着蔚蓝的光辉，橄榄树的荫影铺在水上，而你却永远静静地安睡……"岁月流逝，唯独盛夏夜晚的画外音我仍然铭记，甚至得以重温月光伴随玉兰花次第落下，覆盖闲驻于湖畔的空船。我们忘却归去，听任潮水柔软的嘴唇在身后翕动。

我当然没有忘记，那是你黄金的岁月，该拥有的一切你都拥有，青春、欢乐、初萌的情感乃至逼真得无法从生活中剔去的梦想。你还缺乏什么呢，美丽且幸福的小姑娘——遇见你的人难免这样感叹……

接下来就是离别，我们追随各自的风向浪迹四方，把数年的相约相许浓缩为那样一个夜晚。消失的是什么，拥有的又是什么？陌生的午夜街头，路灯逶迤且放大了我们肩负行囊的执着背影。一挥手间，写生簿里的流云翩翩远去；合拢了一个雨季之后，我们缺乏自信的手中只遗留一杆空空的画笔……

然而就在那个地方，橄榄树的垂荫依旧笼罩于那么一群青春过客的头顶，并且传递浑朴的风的声音。我又看见你了，倚坐在柳色青青的四月溪边，把裸足摆布于水中任游鱼吻啄；陶然之中，凭藉一本普希金的诗集就挥霍掉一个辉煌的下午，也许多少年的平淡或困顿之后，我们会意识到，这才是青春的富有！

于是很多次，一举手一投足之间，就偶然地带动了回忆的车轮，我又重温了听风的闲情、看云的逸致，让步履返回那片地图上

不复存在的憩园。在那里,你美丽如初,纯情如初,彻底是一曲未经人间烟火污染的骊歌,娓娓于往事的唇边,直至熏陶周围的树木为忠实的听众。在那里,在那样的时候,我们向往的仅仅是天空,而无心拘泥于地面上凝注的投影;我们以梦想为真实,将飘逸视若世间唯一的潇洒,载歌载舞中铺张生命的原色——因为我们年轻……

如果说往昔是一幢被推翻了的建筑,我们是否有必要收拾陈旧的砖瓦,以在回味的虚空之中恢复那日臻圆满的楼阁?我们是否能如愿以偿地完成这样的劳作——在世俗凡尘中久已疏淡之后?如果说那一次次邂逅、别离是中断的连环画,我们又如何结系天真的绳扣,以虚构重逢之日对方未改的面目,或苍老的容颜?

也许这一切都是多余的话题。我们需要记住的仅仅是那个地方,那个橄榄树如画摇曳,并且寄存过我们黄金时光的地方。那么我们在日日埋首赶路的疲惫中,偶尔仰望天气,就会蓦然想起:在多少年前,一位名叫云的女孩,曾经把她一生中最轻盈、最美丽的瞬间留在这里。从此,那忽而无迹可寻、忽而柔曼多姿的一切,构成这个世界上两个人心目中温柔的化身……

你在那个冬天

你在那个冬天,显得很冷的样子。我在女生楼下喊了你的名字,你从五楼的窗探出脑袋:"等一下。"然后就是噔噔的楼梯声。在那个冬天,我们的约会都是这样开始的,挺平淡。

你从门洞里走出来,没忘记对我笑一下,挺有礼貌的样子。你戴着粉红色的毛线帽,像洋娃娃一样漂亮,那是谁给你织的?你说过的,自己是个不会织毛衣的女孩。

除了它还有许多问题,我想问,又没敢问,很明显有些你是不会回答的。我扭头看你冻得红扑扑的脸蛋,只知道傻笑,很满足地傻笑。除了这种表情,我不知道自己还能说些什么。你被我看得不好意思了,瞪眼睛。那时我们刚刚认识不久,彼此还是挺羞涩的,至少我这方面是这样的。你可能要比我老练一点,因为在我遇见你之前,好多男孩追求过你。偶尔听你拿他们和我比较,我的牙齿酸酸的,及时地把话题转移到天气上面。

天气确实挺冷的,属于南方的那种湿冷,我穿上了爸爸给我的

蓝呢中山装，脖子上绕一条雪白的毛线围巾，自我感觉良好。"围巾是谁帮你织的？"你同样诧异地问我，还不懂装懂地凑过来研究编织的线路。我故作高傲地不予回答，留一片空白勾引你联想。其实围巾是妈妈给我织的。"什么时候了还穿中山装，像20年代的老古董。"你不屑地说道。事后又小声向我承认："你穿中山装挺有风度的。"

你在那个冬天，陪着我走了好长好长的路，路边上尽是落叶，也没有人打扫，我们的鞋子踩上去发出嘎吱嘎吱的响声。校园的路上行人很少。

冬天不是谈恋爱的季节，何况我们的关系还没发展到可以亲热的地步。你们的学校坐落在郊区，我每次来都要坐一个小时的汽车，以为到了农村。对于附近几家小店里的商品，我们已经比售货员更加熟悉。偶尔赚到一笔稿费，我才有资格请你到校门口的川味酒馆坐一坐。一方面可避风，另一方面我这人只有喝点酒才勇敢一点，话也多一点。永远是那两样菜，"麻辣牛肉，鱼头汤，再给他来两瓶啤酒"，你代替我招呼老板，同时心明眼亮地选择一张最干净的餐桌坐下。一想到吃鱼你总是特别高兴，直到现在我还记着呢。

更便宜更频繁的享受是看电影，我们都是电影迷。那年冬天武汉正风行联邦德国电影周，你上午忙着期末考试，下午就被我拉去看电影，有什么课外作业非逼我帮你写了交差，"而且要写得好。"你说。那段时间我对你所学的专业非常熟悉。记得看那部写二次大战的什么夫妇的婚姻时，我在黑暗里握住你的小手，你拼命要挣脱，直到我小声恳求只握几分钟，你才松下劲来，并且叹了一口气。3分钟后你看了看腕上的夜光表："时间到了"，并且挂着一种恶作剧的笑意……那年冬天的电影太棒了，现在我还可以向你复述它们的内容。

那个冬天南方似乎没有下雪，所以我至今也未见过你在雪天的模样。我想你在雪天一定挺快活，我知道那段时间你买过一件特白的滑雪衫，因为不耐脏，没怎么穿，所以我到现在也没见到。如果冬天没下雪，似乎总缺少点什么，你不觉得吗？你在那个冬天离我很近，很近。

今年冬天倒是下雪了，下得很大很大，把我冻得没有办法，就跑到朋友家去玩。一位女孩正坐在他面前写日记，给他写一篇日记。"我们是去年这一天认识的"，她很幸福地对我说，那种笑容似曾相识。我发觉自己是越来越容易感动了，被别人的一些事情感动。我还发觉在那个冬天之后，我似乎就没有春天了。

这场雪没完没了，要下到什么时候啊，我吃力地望着窗外。我看见你戴着粉红色的毛线帽从门洞里走出来，没忘记对我笑一下，你在那个冬天总是挺有礼貌的样子。不知在多长时间以后，我才意识到它们的珍贵，已经来不及了。

那个冬天之后我就离开了南方。

两个人的车站

有过那么一个晚上，也是如此雷同的星空，辉煌、繁复、颗粒饱满，豁达如古典乐池里一阕悠扬上去的牧歌。可能黄昏下过一场雨的缘故，火车站前周密的玉兰灯柱簇拥的广场有浅近的反光，人群熙攘也未改变其疏朗、淡泊的情调。这是整个喧闹的春夜所留给我最深的印象。很久以后仍能毫不费力地重温它。其余的一切反倒模糊多了，只记得我拎着旅行箱逗留在广场西头第一盏灯柱下时，额发残存着未干的雨点，我就带着那么一丝凉意在人流之外等一个人。

那个人是谁在以后的岁月里已经不很重要，她或许退居于一个象征性的名字、一个曾经的旅伴的位置。我们要去什么地方、带着怎样的愿望或计划，乃至最终实现了没有，也仅是些背景因素而已。难忘的是出发的心情。企望跟惯性的生活、跟整个世界作一番小小挑战的孩子气。一点不避讳俯视的星空，而做给自己看的鬼脸。对即将露面的另一个人不无心跳的等待——那是位我久已爱慕，将在今夜华灯初上作出回答的美丽女孩……这一切是太让人幸福了。

我和她，这两个选择毫不特殊的春夜于站牌下相约而守的人是谁，随着无数趟时光列车的交错往复，不可能有第三个人知晓了，甚至在横渡几千个夜晚之后，自身都难得惊喜地回味。一对以冲动的旅游填补假日空白的初恋情人？两个在浪漫年龄里结伴出门远行的半大孩子？或者，是相约去另一座城市求职的大学生，把对未来的抱负像旅行包一样轻松地提携起来？可以肯定彼此心目中装有太多虚构的草图，有待于以稚嫩的脚力来顽强实践，而等待裁决的明天，会像一张被手汗湿的单程车票，如愿以偿地打上出站的戳记吗？

我正准备第三次抬腕看表，那个女孩出现了。一张灿烂的笑脸从灰暗人群中脱颖而出，周围有潜在的叶片绽开、陪衬。我尚未从女孩的美所影响的光晕中醒过神来，她已提一把收拢的黑布伞轻轻地"嗨"一声站在面前。女孩的长发披展如漆黑布匹，一定是临行前精心梳洗过，或者和我一样，因沾有未干的雨点而愈显光洁。女孩的笑容也是意味深远，迥异于往日。经历了一夜失眠，我本来是揣着一大堆问题守候她的，而她的来临将肯定或否定两颗心不断碰撞，但尚未爆发出火焰的交往。是的，这个世界上确曾有过那么一对少男少女，对人生、事业、爱情这类不再新鲜的命题充满孩子气的严肃。他们勉力把握半空之中的瓷器，相信自己虔敬的手势足以扭转一切。以后他们会改变吗？也许会的，成熟途中不可避免各种各样的失落；即使这样，他们也无法疏忘、怠慢车窗外闪逝的树木、桥梁，天真与纯洁……

那么一笑对于男孩子期待的心是太深刻、太难磨灭了。不远处汽笛轰鸣、地面隐约震撼，广场上空的报时钟声，周围路人的神情举止，都潮退于世界的那一头了。我的全部视野被雨后灯光下绰约生姿的一张笑脸所占据。我和她一下子被牵扯得很近，堪以端详对方睫毛的微颤、发丝上水珠的流盼。各自所准备的疑问或解答，对即将开展的旅程的犹豫，都被这么一笑坚决地取代了。默契宛若手中收拢的伞，浑然不觉中支撑开来，笼罩于两个人的头顶。我们并肩向灯火通明的钟楼走去；在几分钟之内，业已熟悉如历经沧桑的情侣。我注意到，她的小手下意识地插进我臂弯，和任何初次出门的女孩一样，寻找精神上的依靠与慰藉。

那是我极其幸福的一个夜晚，天空高悬的星子硕大、光芒柔和，而又照彻我如水荡漾的内心。那么两个流浪的小三毛眼睛清亮，依偎于候车室拥挤的长椅上，以耳语、对视交换着旅行前的激动、想象。她天真地轻拍一下小手："我太高兴了，明天就能见到天安门了！"然而此行的目的、明天将发生些什么、涉世未深的我们能否争取到成功的机遇——尚且如没被车灯照亮的前方，潜伏于莫测的黑暗中。两颗心又深深地沉默了。

那个夜晚，为等待那班晚点的列车，女孩趴在我胸前一次次入睡，又一次次被路过的汽笛惊醒。我知道被不时打断的是这样一个浑圆可触的梦。我的前襟至今留有她的余温。那么一个夜晚因为对未来的守望与忐忑不安，而漫长如一生。当我们终于在人群攒动中跨上星光斑斓的月台，疲倦、怅然，仿佛刚刚结束一次旅行。下面还发生了什么，随之而来的无数白昼与黑夜里两颗心的成长、分别、奋斗以及相互怀念，都晕眩如倒影了。唯独初恋般兴奋、好奇的那次出发的心情，越来越不可能复述。我们再也没像那天一样明显地，触摸到未来的道路抵临于脚下，使人来不及做更多准备就欣然上路了。或许，我们都不再年轻了。这世界上只在两个人在暗自铭记着，他们以 20 岁的青春所共有过的一座车站，一座抽象化了的车站，汽笛长鸣，华灯怒放，于悠悠记忆的深处。也许我们远离之后，或者一千年以后，风景疏朗如一部陈旧的黑白片，被遗忘的车站倾圮如花园，铁轨锈迹斑驳，荒草覆盖路基，广场上无关的人群雨点般疏散……然而回忆的滚滚车轮一经启发，我们就能横穿时间、积雪、各自既定的生活，散步一样生动且简单地回到对方温存的月台。一切的秘密依旧美好且固执，让人不忍舍弃！

京广线的中间一站

有一个地名我不敢轻易地说出,我生怕说出来,它就不是它了。它将为一座过于具体的城市所代替,以下渐次出现街道、建筑甚至面容各异的居民们,一切都像黑白片那样生硬,它留给我的难道仅仅是这些吗?为了记忆能够保持圆润,我宁愿抹煞它的诸多特征。这道理犹如爱人的名字,和爱人之间也存在着区别。它更为亲切且更为丰富,尤其在思念的时刻。吹一口气,它就柳絮一样生动起来。

更多的时候,我默诵着它,如同含在口里的一块糖,一点一点地溶化于温柔,其间的甜蜜只有自己能够体会。这时候的它隽永而飘逸,周围都是风声。它不再是一个地名,更难以指代那座城市,它从纵横交错的街巷、电线上空超脱出来,一只鸟隐藏在我欲诉还休的暗语里,默默享受着阴影中的羞怯和快慰。有一个地名我不敢轻易地说出。

翻开磨烂了的铁路图,我就能看见它了,在京广线的中间一站,在我青春的中间一站。那里汽笛轰鸣,南来北往的列车络绎不绝,信号员手中的绿色小旗时起时落,水面上漾满波纹。城市中心有长江流过,一条何其壮观的河流,日日夜夜洗刷着它的翅膀。站得再高点,我还能看见黄鹤,从崔颢的七律里振翅飞出,腾云驾雾,任何一个季节都随之古典起来……

最初踏上它尘土飞扬的月台,我还是一个涉世未深的少年,背上的行囊勉强证明既往的一切。珞珈山上樱花烂漫,掩映过几多夜读的日子,每一朵花的名字我都深刻地记住,以便在离别之后的某一天,能简练地把它呼喊出来。在那里我爱过,恨过,痛苦过也甜蜜过;每一条街道都曾经走过,每一扇门都恨不得敲叩一遍,并且把这一切编织在一个普通的地名上面。等到离开它时,阳光斜照,背后已剩下一座完整的茧壳。

在京广线的中间一站,住着我爱过的姑娘。一个喝长江水长大的女孩,她披肩的黑发就是最美丽的支流,自此我梦中超脱不了缠绵的桨声。那一天我们携手走过大桥下面,头顶有火车凌空驰过,我们幸福地闭上眼睛,倾听它撞击铁轨的声音,撞击桥墩的声音,我们的心隐隐作痛。它是向南还是向北,女孩要我猜测着。

"轰隆隆两列火车,擦肩而过……"这是我多年后听到的一支歌,美丽得忧伤。我仿佛还和她坐在洒满阳光的车厢里,像两个画中的人物,梦想到外面的世界去。我们的面前永远是远方,走不完的远方啊,当两列火车回首的时候,我们已经是彼此的远方。中间纵然有树林、河流交织,然而弥补不了什么。哦,在京广线的中间一站,住着我爱过的姑娘,这么多年来她生活得好吗?

站在北方，我经常看见铁路纵横交错，注定有一对铁轨是南下而去的，注定有一趟火车要回到那样一个站台，幸福的黄手绢飘摇在风雨之中。挥动它的人儿呢，她是否已经忘却？她住在铁路旁边，爱情的小屋日夜随着过往列车而震颤。我的梦亦如铁轨，被纷至沓来的思念摩擦得滚烫，100年后也生不出锈来。有一个人的名字我不敢轻易地说出，我生怕说出来，她就不是她了。

我只能把它叫作京广线的中间一站，我只能把她叫作京广线的中间一站。"我不是归人，而是个过客"，一位诗人这么说过。

我们年轻时的旗帜

这么多年，我们年轻时的旗帜，迟迟不愿落下。过去的道路鸟一样在风声中时隐时现。我们仿佛就这样轻而易举地提携起往事的行囊，从昨天走到今天——也许还有明天，从一块田野通向另一块田野。我们一边行走一边歌唱。

第一次相遇时的容颜，多多少少有些改变；你汹涌的黑发，我无限的波浪，留下黎明时分海面上的星星点点。我们是黑暗中擦肩而过的轮船吗，选择沉默作为无悔的宣言：在沉默中愈去愈远，也在沉默中深深地怀念。用蘸着海水的手指划过重温的桌面，我们之间出现一条鸟语花香的回归线……

这就是我们空中的道路，年轻时的旗帜迟迟不愿落下。我们的风雨兼程之中失去了很多很多，但仍然拥有年轻时的热烈、勇敢和浪漫，以至不愿抽回渴望与世界相握的手掌，它正在触摸虚构于天空的花束或云朵。总有那么一天，闪电雷鸣在指缝间辉煌地诞生。

这么一双稚嫩的手，传递过叩击昨天的门环的心跳。我们持久

地倾听来自自身胸膛的回响，并且告诉自己：没有谁是孤独的。昨天的含义是一座被封闭的金矿，是无意中跨越的一道布满鲜花的门槛……

有一天我会老的，你还能认出我吗——在这个世界上任意一座十字路口？有一天我羽毛凋落，翅膀折断，头顶一座健忘的雪山，往事像黄昏后的石头一样冷却，你还能认出我吗，你守望的门扉是否还能随时在风雨中敞开——像一幅从深厚的黑暗和尘埃中取出的古老画面？等到海枯石烂的那一天，希望你能重温年轻时的誓言。

花落无声，叶落无语，我们精神上的田园在冥想中再度荒芜。多少次醒来周围炊烟袅袅，世界安详如不曾存在一样，我们健忘的手指触摸着弦索，以及诞生其间的牧歌。这样，我们便轻松地进入风景的内部，模仿它鲜嫩欲滴的核心。

更多的时刻我们偏爱把自己假设成树，繁衍于世纪的边缘，每一次凋谢代表一次艰难的忘却。天空如愿以偿地降落于我们肩头，一切都显得亲近，心灵开始体验到鸟类的自由潇洒。入睡之际，我们重复地收拢潜在的翅膀，在尘土飞扬中恢复了天真与平凡……

我们年轻时的面庞，容光焕发，像悬挂于枝头的水果，红润和青涩各居一尘。这么多年，我们由衷地体会到成熟之后的清甜，再也不会轻易地皱起苦恼的眉头，怀疑过路的泉水在森林中的闪光。是的，即使已经失败了一千个梦，我们依然虔诚地祈盼着第一千零一夜……

于是我像一位最标准的流浪者一样归来，随便地在你门前蹭蹭沾满污泥的草鞋，仿佛昨天刚刚离开。你还愿意在我胸前筑巢吗？

衔来随风而逝的羽毛或落叶,让回忆在里面模仿心跳的感觉。我知道该珍惜什么了——即使握着一团意外的荆棘,疼痛只能使我把滴血的手掌攥得更紧。我们曾经年轻,这是毫无疑问的。

等到海枯石烂的那一天,希望你能告诉我:一切都没有改变!你的黑发在我眼前持续地飘扬,像往事中伸出的遮风避雨的屋檐……

欢　颜

你昔日的一笑使我灿烂多年，你未曾掩饰的诺言圆润于遍地露珠。我仍然像个追赶风筝的孩童，习惯于赤足接触迎面展开的原野，甚至偶然的荆棘也难以磨灭我欣慰的表情。我说：春天，你不能背叛我！

于是一万只虚拟的气球冉冉升起，贬低了周围的树木、群山，我们分别模仿一阵风和另一阵风，轻而易举地在古朴的天空见面。这是第几回了？我们把时间从一件外套中超脱出来，让空洞的蝉壳在树梢记忆盛夏的简谱。或者在同样一棵树上刻下对方的姓氏，以留待歌喉老去的时日辨认，便远远地呼应了花红叶绿的期许。

醒来自然有形形色色的失落，我伸向过去的手常保持空悬的姿势。是什么命中注定从我指缝流失——带着丝绸的凉爽、水果的滑腻乘风而去？我不得不体会陨石的心情，徒劳地挽留往事的余温。

这毕竟是一个你不曾关注的夜晚，幼稚的花朵像游离的灯笼自明自灭；我假设了大大小小的稻草人于风雨兼程之中，一路守望尾随而来的现实以怎样的力量将之推托。这是你不能拒绝的收获，女孩，正如雨水无法使漫山遍野的石头晴朗如初。你昔日的一笑随波逐流，辉煌了比岁月更宽泛的水域，使我在虚构的落叶或船中载歌载舞，最终因为越来越具体的浪头而无悔地沉没……

　　我从未见识你哭泣的模样，你蜂蜜般澄澈的泪水永远是背着我流的，临风的腰肢扭转了阳光的明朗。这或许是我们的天空多雨的缘由？你的欢颜从来是面对我的，火焰和花束堆积起供我回味的粮仓——如果某一场精神的大雪封锁我艰难的归路。我因之而对重逢保持着有力的想象，想象中的音乐使我仰望的面庞浮现出红润。我终于领会了一只执着的水果如何返回不老的枝头，守候于爱人必经的来路上，它端坐高处——端坐于时间之手无力攀摘的高处，以熟悉的羞涩倾听你多年前的笑声朗朗……

　　欢乐将重新降落在我们平坦的掌心，女孩——只要我们的手永远树叶一样伸着，保持幻想，虔诚祈祷，并且面带淡淡的微笑……

关于女人

关于女人，我们还能说些什么？

我们推开窗户就看见分布在蓝天下的色彩斑斓的女人，我们走出房间就遇见啤酒沫般流溢在街道上的女人，即使关闭这个世界所有的门窗，我们仍然梦见那些比任何雕像更为深刻而持久的女人。

使我们痛苦的女人啊，给我们欢乐的女人啊，是怎样的一种植物。她们以半透明状的绿叶叩击着青苔斑驳的琴键和伸向远方的台阶，她们以热情洋溢的花枝挑逗着我们并且拥抱着我们，使我们在万古常青的浓荫里只想找个偏僻的角落喘口气，静下心来回味每一条藤蔓所勒下的刻骨铭心而又无可解析的偈语。

在这些藤蔓温柔的束缚中，在这些缰绳冷酷的驱逐下，男人像发情的野马一样鬃毛飘扬地踏遍最后的边疆，也摆脱不了冥冥之中某种缘分的预兆和吸引。

有土壤的地方就散布着星星点点的种子，男人强悍的背影里栖息着翅膀折扇般打开而又合拢的女人。凝视着这些神圣的候鸟在我们的垂荫里出生直至死亡，在一个季节飞来又在另一个季节逝去，我们泪如雨下，一棵棵雷雨中怀抱空巢的老树在思念熄灭的闪电呢。

泉水叮咚的早春二月，她们在水边睁开散发着乳香的慵懒的睡眼，一颗颗启明星就这样携带着圣洁的预言冉冉升起。我们通过地图上未曾记载的途径，经常路遇容光焕发的少女，她们的视线总是越过我们杂草丛生的肩膀，投向神秘的远方和没有灯光的未来。

当我们以颤抖的树叶捧起她们，她们就在一瞬间蜕变成韵味十足的美人鱼。我们不能自私地占有她们，不能割断泡沫和海水的必然联系。请将指尖的野鸽子洒向汹涌澎湃的原始森林，请把掌心的珍珠毫无损伤地还给海洋。

月亮圆润的夜晚，女人漫山遍野地繁衍开来。那圣母的光辉辐射着我们最隐秘的心境，我们驾驭着方舟曲曲折折地上溯到生命的源头。

我们甚至热爱衰老的女人，热爱横亘在她们粗糙额头的皱纹。这是女人哺育我们付出劳动的痕迹，一道道裂痕轰鸣着爬上光洁的墙壁，然而这母性的建筑即使倒塌，也不会造成废墟。

女人悄无声息地生活着，女人轰轰烈烈地生活着。她们的爱情以不同的方式映照着我们，以芳香四溢的乳汁，倏忽一现的流盼抑或新月般的吻痕映照着我们。在女性手掌温柔如水的抚慰下，最野蛮最坚强的男人也会如草一样颤栗。

使我们痛苦的女人啊，给我们欢乐的女人啊，是怎样的一种植物？

生活在纸张的边缘

面对纯洁的纸张我抑制不住表达的愿望。我几乎可以模仿羽毛从你头顶飘起来，最终在这座实际的城市上空消失。很多夜晚我都是这样度过的，尽可能地脱离一盏台灯的笼罩，在微弱的哨声中飞越形形色色的街道、建筑，直至完全退却于纸张的边缘……

灵魂疲倦的时刻我收拢翅膀返回树枝彼端的书房，放轻脚步，不忍增加对这个世界的干扰。我铺展一张单薄的稿纸，让灯光关注于我面部以下的位置——我的每一个字都像写在空中，而把影子投射在纸上。只有我不会怀疑它的真实程度。我每写下一行文字都很吃力，如同在完成一生中最慎重的事情，生怕一不小心就会触伤周围无辜的心灵。

烛光下的诗句，飘忽不定，我的手掌使劲按捺住纸张的冲动，潜伏的风暴随着字迹动摇。我不止一次地凝视双手之间未知的火焰，诞生、兑现，由于我轻微的呼吸而忽明忽灭。其实我对生活的要求不高，一片羽毛，抑或一片虚无的花园就能使我满足，使我不至于停止歌唱！

1．诗歌的超越

我请求陈旧的诗句，按照原先的思路去寻找你，避开积水、书桌上的灯光或类似的障碍，爱情的马匹亲切地返回你的身边，触手可及。

不用怀疑它的鞍鞯或缰绳带有假设的成分，你的窗台日夜回响真实且嘹亮的蹄声。你俯下头，温柔得像嗅闻一盆花，体验着鬃毛的质感及萦绕其间的汗息，它的轮廓就在你呼吸之中圆满起来——甚至得以猜测往事抵临之前尘土飞扬的路程。

哦，你的肺叶就像另一朵花舒展开来。笑容也是这样。你被更多的树叶围绕，漂向河流被省略的部分，灵巧地穿过文字构筑的桥梁或渡口。

以海洋的深度，摆弄船只的话题，我轻而易举地浏览了重复的书页。以近处的波浪覆盖远处的波浪，以一个个梦包裹另一个梦，你的名字是幼稚于其中的果核——模仿有限的睡眠与持续的心跳。我的诗句耸动它灵敏的耳朵，喷着响鼻，步履迟缓地趋近你休憩的草地。

爱人，在我们之间分布着河流、道路以及层层叠叠的墙壁，更大的阻力来自旁观者的影子。思念的马匹尚在途中，像一首诗朗诵在黑暗且未知的走廊——路边有被它踩瘪的形象的灯笼。

诗歌作为我生存的记录，不见得比纸张更为单薄。当然，坚持的墙壁，同样是它需要超越的对象。

2. 苦难的情人

美丽之外还有更美丽的，你的眼睛是我唯一的星辰；花园附近可能还有面貌类似的花园，我正是携带着这样的设想与你相识，并且忽略了彼此的区别——哪怕它表现为或执着或脆弱的树枝，在风起之后被芳香所转移的花朵，以及有关海枯石烂的比喻……再没有其他了。我们清贫而满足地成为灵魂的邻居。

我几乎习惯于在微弱的光线之中生活，粗茶淡饭，利用午睡的片刻编织一些灿烂的文字，期待某一天将之安置于你黑发汹涌的河床，无怨无悔地抵达下游。一生不过是星光下的一次散步，如果有你同行，那是我的幸运；如果仅仅在心中想着你，在四壁之内画满你模糊的面影，我同样不会觉得孤单。身揣炉火我就不再相信还有远方，哦，水上的情人，火中的情人！

作为苦难喂养的孩子，我们过早地脱离了杂草丛生的摇篮。这是幼稚的梦至今垂悬空中的原因。当然，我们寻找的不仅仅是答案。花园具体的位置构成一个谜，再没有谁能遵循落叶飘忽的道路置身其中。蝴蝶也是多余的，误会了翅膀的潜力。唯独我总是很简单地辨认出你。

水上的摇曳依旧漫长，水上的船只依旧东碰西撞——以一片落叶的重量，来自深处的打击令我遍体鳞伤。我几乎不敢放声歌唱。

幸好你的背影是我可遇而不可求的浓荫，我模仿鸟类收拢阴晴圆缺的折扇，在四季的风声中恢复洁净的笑颜。于是世界圆润如秋后的硕果，有声有色地捶打你膝盖上摊放的书页，迫使你从坐读的姿势中抬起头来，猜测会是谁在路上祝福你，以及这条路与你所相距的日程。你一招手，就省略了中间的树木和灰尘……

每个人都会面临荒芜的时刻，当枝条僵硬、针叶飘零，多少年前温存的话语俯拾即是，只有隆重的行囊是无法搁置的灾难，伴随永远的渴望破灭于粗糙的掌心；震耳欲聋的是你轻轻的一声叹息。我的世界充满了雨。清凉的火焰使往日面容清晰。哦，我火中的情人，荆棘丛中的情人……

美丽之外还有更美丽的，你的眼睛是我唯一的星辰！

3. 白昼的反映

假如虚无的青草高过你严谨的眉头，守候已久的杯盏从假设的枝头失手坠落，我们将无法重温最初的美丽；假如破碎的不止是一颗心，那么思念本身，将比你所思念的那个人的笑容更为灿烂。你所抚慰过的波浪抑或黑发在深夜里成为琴弦的替身，很简单就游泳到你窗户的位置。那么思念就是相互的，你察觉到远处有另外一扇窗户同样在忍受疼痛，浪花在油漆的木框上留下齿痕……

这类似于镜子所反映的历史，比一座城市从建筑到颓败的过程更接近于事实。预言的镜子，比轰动的楼阁更早地出现隐约的裂纹，当年你陪伴另一位戴花的游客在云梯的最高一层看风景，

直至风景像提着裙裾的潮水一样从脚下退去，你们的鞋子文静如礁石上的倦鸟。

哦，夜莺的歌声姗姗来迟。在夏天转身离去的时刻，玫瑰不再盛开，被碰落的露珠俯拾即是。花园一片沉寂，我几乎不敢轻易路过这里，因为你陈旧的足迹逐渐被落叶覆盖，就像一首写在水面上的诗无法重温。我愿意把它背诵给你听，如果你出现在我身边的话。只有你不会责怪我自作多情。

更多的白昼我也在努力忘却，忘却当年纵情歌唱的是谁，凝神倾听的又是谁。重复的波浪如同往事脱下的衣裳，堆积在岸边我们曾经驻足的地方。于是我排除来自任何方向的干扰，再次抖擞健忘的羽毛，直至错误地认为自身就是一团火焰，过渡于季节的俯仰之间。夜莺的歌声不请自来，恰到好处地证明了我还拥有爱的能力，以及被爱的自由。

你在远处能感觉到它有限的温暖，正如我能体会到自身无法控制的燃烧。

4. 呼唤

我穿透具体的墙壁、纸张呼唤你，我穿透生疏的文字呼唤你。如果你听见的话，我还能穿透城市、粮仓直至建筑于知识之上的王国，高处的灯火闪烁其词。是怎样的力量推动了麦浪、书籍以及徒劳于海面的船只。

把你的姓氏刻在树上，入木三分；把你的眼睛画在纸上，雪落无声。我穿透木头的忍耐、纸张的贞洁呼唤你，这时你仅仅生活于我隔壁的房间，或者安居楼房的上层——因为薄弱的天花板上传来你的鞋钉踩疼了我的梦的声音。我幸福地认为出门就要碰上你了。

更多的情况像分布于相邻的朝代，两个节日之间的水域风平浪静，使抽象的箭矢纷纷坠落。我穿透肯定的史料、穿透谣言、穿透自身的软弱近乎绝望地呼唤你。如果你听见的话，那些磨烂的地图、踏破的铁鞋、失效的诗篇以及过期的书信就会恢复如初，直至一触即破的程度。

而在你回答之前，我们等同于硬币的正面和反面，怎么努力也揣摸不出对方的特征。是怎样固执、冷酷的铜墙铁壁隔离着我们。

> 我穿透墙壁，纸张抑或别人的影子呼唤你
>
> 穿透脆弱或强硬的一切呼唤你的世界
>
> 如果你听见的话请回答
>
> 我的呼唤无法停止
>
> 正如你的存在无法证实

5. 告别马头琴

从我发誓不再歌唱的那一天起，你顺流而下，蹄声愈去愈远，从那一天起、我哑口无言，指甲磨钝，软弱的手只能在失落中安抚自身……

站在上路后遇见的第一条河边，第一块石头上，我熟练地把你

的骨架托付给一场秘密的水葬，让粗糙的波浪裹挟你回家，寻找出发之前五谷丰登的食槽。

　　解开你虚构的缰绳，放你远足，马背上驮着一条饥饿的河流。那一天我对歌声彻底失望，那一天我对爱情的印象永远是片断。一具沉重的马鞍拎在手上，作为我流浪途中唯一的行囊，额外的负担。

　　马头琴，马头琴，你的骨头，至今卡住我疼痛的歌喉，却又像一团感化后的青草般温柔……

我的灵魂穿着一双草鞋

永远不可能习惯灯红酒绿的生活，因为我的灵魂穿着一双草鞋。即使行走在钢筋水泥的城市缝隙，我风尘仆仆的灵魂依旧把朴素与自然视若至上的法则。于是我像这个时代任何一位硕果仅存的诗人那样，歌颂土地、阳光、雨水以及所有类似的事物，并且把在古老的风车下散步作为幸福的象征。我告慰自己，毕竟还记得谷粒是怎样从春播秋收中兑现的，把这些金黄的字眼托付在掌心，就能够判断出生命中可以承受或无法承受的重与轻——这注定了我不至于背叛隐现在布景中的农业，勇敢地以农业的儿子自居，而有别于周围绅士们的苍白虚弱。我完全有资格教导他们到户外去接受锻炼；让劳碌的灵魂溜达溜达吧。哪怕在喷香的麦草垛上打一个滚，醒来之后便会发觉自己强壮了许多……

其实整个人类都是农业的儿子，人类的精神需要一片重温的家园：篱笆、辘轳、锈迹斑驳的农具，男耕女织的画面，都会伴随袅袅的炊烟，帮助我们意识到勤劳、善良、坚毅之类的品质。沧海

桑田，我们的心灵荒芜了多久？"天苍苍，野茫茫，风吹草低见牛羊"，旷古的牧歌如同强弩之末。人们喝自来水长大，在水泥地上行动，靠化妆品挽留青春，不知不觉就失落了自己原始的根。他们不相信花朵比香水更重要，粮食才是金钱的上帝。红尘滚滚，然而我的灵魂与众不同，我的灵魂穿着一双草鞋，时常选择夜深人静逃离这座布满齿轮的城市，到远处的山野寻觅昔日的空巢。那里有小桥流水、鸟语花香，那里有祖祖辈辈刀耕火种的痕迹，没有握过最粗糙的劳动工具的手，没资格真正地和严峻的生活比腕力。

苏童的一篇小说我记忆犹新，名字叫作《飞越我的枫杨树故乡》。很多次了，我寄希望于这种灵魂的回归，两袖清风，却鸟一样无牵挂地横渡千里之外的山山水水。熟稔的村落星罗棋布，陌上桑的蓬勃绿意令我臆想出罗敷的欢颜，青山不老、绿水长流，一切都如同逼真的传说生生不息、而远方城市里的世俗尘嚣，简直可以当作风吹过耳来看待。飞越我的枫杨树故乡，类似于李白的《梦游天姥吟留别》，那种"脚著谢公屐，身登青云梯"随即"一夜飞渡镜湖月"的浪漫潇洒，恰是羁绊重重的灵魂所朝思暮念的，其实很简单，超凡脱俗、以免给自己的翅膀增添过重的负担——就能达到逍遥的境界。灵魂需要一双合脚的鞋子，它随时愿意以浮名虚誉作为交换。这样即使跋山涉水、风雨兼程，它也无怨无悔。

于是每当送走一个喧嚣的白昼。我就有倾听一段小夜曲的愿望，清贫而易于满足的愿望。月光如水，空谷采风，给负重的心提供了沉思冥想的间歇——那一瞬间我常常走神，像茶叶经历了浸泡而舒展开来。我把那短促的空白比喻作"灵魂停电了"，高速运转的电梯蓦然滞留在空中，而有所顿悟。头脑里什么都没想，又仿佛飞越了千山万水。一闪即逝——灵魂又返回自身，一切又恢复了正常的节奏，但谁也无法否认瞬息的恍惚、瞬息的忘我——所给予全身心的滋润。

我难忘美国乡村音乐《带我回家的路》，我相信这正是流离失所的灵魂的请求。穿一双简便的草鞋，轻盈飘忽的灵魂就能乘风而去。遵循熟悉的旧路回返一灯如豆的温柔之乡——万籁俱寂。你几乎能聆听到它匆促于空中的足音，灵魂的足音。归去来兮，田园将芜？罗大佑的《鹿港小镇》，堪以证明乡愁之恋蓬乱如草的原因："假如你先生回到鹿港小镇，你一定要告诉我的爱人……台北不是我的家，我的家乡没有霓虹灯！"困惑于都市繁华的灵魂在寻找出路，因为霓虹灯并不能代表真正的光明，也无法给予真正的慰藉。

回眸的妩媚

往事就像一位凌波微步的绝色女子，你只能端详其愈去愈远的背影，而藉以重温当初擦肩而过时的笑声。又如信手点染在水面上的一滴颜料，有过瞬间的变幻莫测，最终为时间的洪流冲淡，仿佛未曾存在过一般。难道她真的从地平线上消失了吗？不会再有灯火阑珊处烘托的惊喜？你不止一次地问自己，以怀疑的态度走遍大街小巷。对下座十字路口的企盼，使你预约了想象中的邂逅——是谁手持鲜花迎接上来，悄声相告："你知道我在等你吗？"很多次你都是这样带着隐约的幸福从梦中醒来，又失望于它真实的程度。

正是这一切，这不可复得的遗憾与伤感，增添了往事潜在的美丽，栩栩如生，花繁叶绿。你心中留有供其回旋的余地。这无法兑现的花园如影随形，实则证明了你精神上的拥有，证明了——有好多人物、事件，包括相视后一个极浅显的笑颜，或风雨兼程中匆匆的一握，你一生都不会忘记。这是生活对你的馈赠。常常它在梦中不请自来，促成了你对未来的相期相许，犹如回光返照一般，从另一个角度证明了以往——同样未曾忘记你……

于是在描述了这许多之后，我想我是有资格赞美往事的——它凝聚了我们多少眼泪、汗水，我们正是迈着勇往直前的步伐，超越了它而抵达今天的驿站。如同果实承受了风雨飘摇，从青涩转变成熟。小憩的时候蓦然回首：陈列在来路上的落花又如此这般地红润起来，既往的喜怒哀乐，业已休止为你身后一道不动声色的屏风。那置身画中，仅是你昨天的影子。

应该承认我是偏爱回忆的，并且把它跟重演一部旧书的感觉联系起来，百看不厌的是其中精彩的片断。每个人的一生中都会有某些令自己拍案击节的事迹，哪怕它对于别人而言或许微不足道，这不能取消它应有的价值。故事永远只对主人公才有意义，才不致雷同于路边的浮光掠影。那么，我们为什么不珍惜它呢，为什么不把它作为心灵的存折收藏起来，以待来日验证自己的精神财富？带着类似的目的，我习惯于借助零星的文字挽留它们，就像为了标识森林中驻足过的某一棵树，而深情地刻下自己的名字。它会长高长大，与天地星辰同在；即使我已转身离开这个世界，风吹树叶哗哗作响，如同一种寂寞而又徒劳的呼唤。但我想，我在远处也能听见它的……

18岁出门远行——借用一部小说的标题，走南闯北，连续迁徙了好几座城市，每一段路程的中断或展开，都像翻一页书一样简单。昨天接触的人与事，昨天的风风火火，疏远得像发生在另一个人身上——然而我依旧钟爱它们，宛若飞倦的鸟儿眷恋余温尚存的空巢。我知道自己仅仅是奔波于人生不同的段落中，依旧有潜在的线索、脉络过渡于其间。每次风尘仆仆地返回家乡，在码头转乘的公共汽车载我横跨城区，路过叫作大行宫的那一站，我总要透过玻璃窗打量站牌边的一幢灰色楼房——它实在是太普通了，我们的城市里有成百上千座这样的建筑。唯独这一幢使我频频回眸，我的初恋情人曾经在那里面居住。学生时代我无数次在朝南的那扇窗户下守候，守候她穿着天蓝的连衣裙，踩着咯吱作响的木楼梯下来，笑吟吟地出现在我眼前⋯⋯

实际上我们的故事早已成为日记簿里最深处的一页，当年的字迹也褪色得像用雨水写下的；甚至，她多年前就搬迁出这幢旧楼，而我也无法打听到她的下落⋯⋯然而每次还乡，我都一次又一次地回望这往事的遗址，直至它的轮廓在车窗里迅速地闪逝。我以最生动的心声问自己：人去楼空，如今她在哪里呢？她还好吗？她是否知道我并没有忘却？那扇朝南敞开的窗户——早已住进了无关的房客——是我们共同拥有的记忆的唯一见证。在它面前，分别后各自所遭遇的热风冷雨都可忽略不计，而年轻时的欢颜在瞬间恢复了青枝绿叶⋯⋯

这，就是我想说明的回眸的妩媚。人生不能没有妩媚的时刻，更不能没有可供回眸的事物，人不可能生活在空白中，尤其对于酷爱思想的人。往日的矿藏一经发掘，就会踊跃地展示它难以磨灭的瑰丽。我要求自己模仿沙漠上的旅人，小心地保护一路提携的水桶，以免生命中美好的内容点点滴滴地遗漏——那样即使抵达终点我也会空洞如蝉壳，而无法吟唱出盛夏的辉煌。祈愿每一次回眸都能带来不同凡响的收获：那曾经美丽过的依旧美丽，那值得重温的依旧难以忘怀！

屋顶下面的夜晚

信手关闭青藤缠绕的门窗，屋顶下面，就是属于我的一个夜晚。

外面的街道不时有行迹可疑的车辆驶过，震得窗玻璃噼啪作响。偶尔，一柱雪亮的车灯在拐弯时斜射进室内，使本已为我所默诵的天花板变化莫测，宛若波光闪烁的海面。

在这座城市里，黑夜被众多孤立的房间所分割，演绎着迥然不同的故事。每一个方格里面，都有一个夜晚；每一块屋顶下面，都有一幅天空。拧亮电灯，我在这有恒星照耀的天幕下，心平气和地耕耘着黑色的土壤。

我的夜晚是朴素的，却有孤独作为一笔不可多得的财富，好在想象的箭镞向来不受限制，游思于斗室之内，屋顶与地板的距离，也就等同于天空和地面的距离，足可以驯养回忆的鸟群，放飞幻想的风筝。

从白昼的尘嚣中脱身而出，反手关门，很庆幸在苍茫大地有一块属于我的屋顶，而在屋顶下面，又有一个与别人的梦格格不入的

自己的夜晚。

在雨季，聆听着铁皮屋檐被无形的手指滴滴答答地弹响，能感觉到自己的眠床逐渐漂浮起来，每一个梦都是一座花团锦簇的岛屿，有时，也会梦见一两只羽毛绚丽的夜鸟栖息于梁柱上端，好奇地嘀咕着，不时窥视我的动作和表情。我总是屏住呼吸，生怕一伸手，就把这初来乍到的夏天惊飞……

我井井有条地安排着自己的夜晚，我小心翼翼地布置着自己的梦境。在这样的时候，才能最好地面对着自己，叙述并且倾听。

即使某一个夜晚，突如其来的飓风把这个世界所有的屋顶席卷而去，裸露出千姿百态的梦境，我也不会畏风惧雨。因为一种包裹在我之外的美好的孤独，业已筑构成一层看不见的屋顶，一片另外的天空。

交换地址

或许发生在灯火辉煌的晚会,当一曲终了,你和配合默契的舞伴已不再陌生,你不无留恋地松开她的手:"能把你的名字告诉我吗?"那极其恳切的探询,容易使人联想起一部叫作《请问芳名》的外国电影;也有可能是某次郊游,你因此而结识了几位朋友的朋友,归途中都有相见恨晚的感觉:"互相留一留地址吧,为了再见"……无论火车或轮船上为打发时间的一番闲谈,抑或少男少女们名目繁多的聚会,无论什么原因什么理由,都可能使本来相距甚远的心很自然地碰撞在一起,从而产生邂逅的故事。人生之旅永远是美丽的,当获知又一个新颖的名字,当你们彼此交换了地址,就为相识提供了发展的线索,这样的时刻不能不珍惜,说不定,茫茫人海又要增添两扇相对敞开的窗户呢。

因而回想青春时代,你忘不掉那一个个写在小纸片上、书本边缘,甚至仓促间记于手心的姓名和地址,那友谊最初的契机,好多已长成青枝绿叶、让人庆幸终生的大树了。无论它们是趴在膝盖

头、伏在自行车座上或者伫立在人来车往的站牌下写就的，都证明了一段心灵的流露和坦白：它们，以及它们所代表的一切，对于你将不再是秘密。

友谊也是一种缘分，你们从各自的房间里走出，终于结识到较之丰富千倍的世界，你所缺乏的，你所渴知的，你所需要帮助的，都可以从友善的心灵那儿得到补充——通过一句教诲、一段交往、一次如约而来的微笑。你留下了自己的地址，说不定哪天门铃真的被揿响，一位让你惊喜的客人出现在面前。而孤独，则躲得远远的了。

交换地址实则是付出自己的信任，并接受别人的信任。别以为这个动作微不足道，它是心与心之间的通行证，凭着它你就获得拜访、了解一片新大陆的机会，避免了与另一个也许充满诗意的心灵失之交臂、形同路人。和每一位朋友的交往都是一部书，而交换地址标志着相识——友谊正不易察觉地抵临，它是每部书共同的序言。

读钱钟书的《围城》，有一个小细节总忘不掉：唐晓芙和方鸿渐分手，索回了自己写给他的一叠信件，发现盒子底衬一张纸，上面是家里的住址跟电话号码，记起这是跟他第一次吃饭时自己写在书后空页上的，他剪下来当宝贝似的收藏着，于是唐小姐心里一阵难受……那最初由一张小纸片所联系的，是怎样美丽、易碎的两颗心，当懂得珍惜它时，它业已失效，仅仅象征着一份让人感伤的纪念。

在一位同学的生日晚会上，我结识过一位像唐晓芙那样可爱的女孩，交谈得很投机。直到在门口的电线杆下相互作别，那女孩说声再见，我才意识到"再见"有可能仅仅是礼貌用语——如果错过眼前的机会。我们生活的世界毕竟太大，好多机遇都是稍纵即逝的，于是我不再顾忌那么多了："给我留个地址吧，为了再见！"她埋下头给我写着，突然抬起眼睛："本来我也想到这一点了，只是没好意思说。"有几分抱歉，更多的则是感谢。

  我小心地把她写的字条装进衣袋，并且回递了一张名片，她却活泼地递过纸笔："重新给我写一遍好吗？因为名片可以给无数人，而亲手为我写的地址才属于我，否则我不敢肯定你真的想认识我。"我照办了。也许她只是开个玩笑，却教会我懂得了一点什么。

写信的年龄

写信的年龄，是做梦的年龄，也是爱幻想的年龄，善于接纳别人的幻想和发射自己的幻想的年龄。那时的邮票是五颜六色的，那时的信箱是向四面八方敞开的。

离开校园已经一年了，整天在一块小小的屋顶下忙碌，有着接不完的电话、起草不完的公文，陷入了一种机器人式的生活状态，每一个日子都大同小异，来不及回忆，也没有突如其来的惊喜。充实倒也说得上，然而夜深人静，总有排遣不了的孤独感如期袭来，仿佛自己生存在一口与世隔绝、深不可测的水井里，那有鸟群依次掠过的天空、斑斓的星光、低沉而又亲切的叮咛离我是如此遥远，却又很难具体地猜测到自己失去的是什么。

今天中午，阳光金灿灿地斜射进走廊，一切都像一幅画似的不可把握而又异常真切，我走下楼梯，看见隔壁那个美丽的女孩倚在收发室门框上，急不可待地拆阅着刚收到的几封信，我只看见她逆光的背影，却能够想象出一个女孩子接到远方来信时好奇抑或陶醉的神情。我无端地对她滋生了几分嫉妒。

其实想想，自己也曾经无数次地体验过这样的时刻，那时的许多欢乐和忧愁，都是由一枚千篇一律地绘有万里长城的小小邮票引起的。我至今仍珍藏着读书期间的一大旅行袋来信，从它们被撕得参差不齐的封口，可以想象出拆阅时迫切而又激动的心情，就像展现一个期盼许久而又尚未显示的秘密。班上那么多同学，我对生活委员的印象尤其深刻，每天中午，我都盼望尽早看见他从学校收发室返回的身影，我坚信他装得鼓鼓囊囊的邮袋，会和我当天的心情产生必然的联系。当他漫不经心地把几封信抛在我桌上，我忍不住报之以感激的微笑；在没有来信的日子里，生活委员无动于衷地越过了我面前，我竟觉得他的表情是那样的冷酷，然而又很快把执着的目光投向了第二天……我的青春岁月似乎就是在这种对友情或外面世界的消息的守望中度过的。

那时候对小小信笺居然存有特殊的爱好，铺展开来，可以在上面写下想说的一切。写信和写文章不一样，是用不着打草稿的，你尽管以富于个性的潦草字体、掩饰不住的幽默腔调乃至不符合格式的一泻千里的抒情，来表现自己最真实、最自由的心迹。这一切，都会在邮路的另一端如愿以偿地获得理解和回音。有不少周末之夜，同伴们都去跳舞了，只留下我独自坐在宿舍乳黄色的灯下，把钢笔吸饱了墨，选择最洁净的信纸，心境像一潭水一样平和，却又化作涓涓细流，滋润着干燥而又委婉的思路。那真是一种不可多得的享受，只有在那样的年龄，才有那么多的话要对那么多的人说。

我实在计算不清曾经和多少朋友通过信了，并由此认识了他们的个性。有些人行文简练，像拍电报一样惜墨如金，正如他们办事带着一股利落劲；乐天派们则擅长于以调侃的语气叙述自己和取笑对方，他们的笑声泅透在每一页信纸里，以至我能通过它想象出写信人喜笑颜开的神情；还有一些信是一些朋友在最孤独、最脆弱的时候写来的，我能够理解他们急于找人倾诉并希望得以超脱的心情，因为我也有过类似的时刻，我相信写完之后他们会轻松一点，哪怕只轻松那么一点，也使我觉得自己对于他们是不可或缺的，并为之而感到欣慰。

男孩之间通信有男孩的乐趣，无话不说，大大咧咧。和女孩笔谈则享有另一番韵味，像二月敲叩在铁皮屋檐的雨丝，细腻、绵长，时常以如诗如画的氛围笼罩着你。我有好几位这样的笔友，有的甚至还没见过面，只能凭借字体的语气想象对方的音容笑貌，使心灵的联络平添了几分神秘感和浪漫气息。女孩的友情是细致的，每逢生日，毫无遗漏地会收到她们精心挑选的美丽卡片，给我一年中这个特定的日子渲染上一片亮色。天长日久，彼此会划动各自的舟楫，在并不见得永远一致的航线上疏远或作别，但谁也忘不掉那一段小小邮路上青春的伴侣，以及岁月拭抹不去的默默祝福。那年少时热情和幼稚的字体会为之提供最确切的证明。

在那样的年龄，我们拒绝孤独，凭借着小小邮票作为翅膀，年轻的心灵是那么容易接近而又善于相处。在书信穿梭的季节里，我们彼此呼应着，空间已经失去了意义。

一旦大学毕业，大家天南海北，每个人都意识到自己肩上担子的沉重，再也没有校园里的那一份闲暇和对心灵之间联系的渴望。最初间或通几封信,但渐渐感到随着环境改变缺乏了共同的话题,很难再有轻易使我们激动起来的事情。而每天里烦琐的事务纷至沓来,写信成了对时间的一种奢侈,成了并不见得很轻松的一件事。尤其同在一座城市的朋友,更觉得写信的多余,而倾向于打打电话。随着激情的消减,那最初的热线也在一天天冷却。

  我已经习惯了没有信的日子,我已经很难恢复成那颗面对一页白纸的18岁的心。信这个概念,就像年少时做的一个梦,仅仅和那种年龄有关。有时收拾房间,我也会翻检那一捆发黄的信件,重温里面稚嫩如初的字迹和依然滚烫的语气,许多早已淡忘的人物、事件皆被千丝万缕地牵连出来,在遗憾的同时,我压抑不住内心的讶异:难道我们真的这么年轻过吗?

日　子

　　那黑夜的最后一扇窗户已经合拢,世界深不可测地沉寂下来,一片精美的蛋糕就这样漂浮在梦的奶油色里。在一刻钟以前,零乱的窗扉还因为风的怂恿彼此碰撞着,为黑夜的抵临疯狂地鼓掌。如今只留下你,收拾着原先搁置在书桌上、被风吹散在房间各个角落的台历,收拾着白昼的残局,脸色通红。这是一种孤立无援地站在灯火通明的舞台、面对着突如其来的掌声的窘迫。

　　一盏灯就这么亮了起来。橘黄色光焰烘托出夜色的静谧,预示着又一个日子即将从你滚烫的指缝溜走。你下意识地一握,或许能打捞到为仓促遁去的阳光所遗漏的蝉声。这偶然捕获的闪念只能使人联想到更多失落的事情,你躲避不了某种揪心的感觉。

　　那吹散的台历怡然自得地停泊在红漆地板上,你想起古希腊的帆叶也曾如此这般地挑逗着地中海铜汁般的浪花。有几个日子重叠在一起,似乎有什么余音袅袅的故事串联其中,每个页码都记载着步履轻盈的情节如期递进的程序。

你艰难地弯下腰,把为意外的消息所吹散的甜蜜抑或酸涩、饱满抑或干瘪、铭记抑或遗忘的果实逐一拾起。这时才发现,密封着的记忆一旦打乱,再灵巧的手也很难恢复它们原有的秩序。

你不再企图把渺如云烟的片断缀起来,提供给某一个苍老的黄昏翻阅了。你突然联想到屋子后面的那座山,在明天、在时间的制高点上,你将把那本散乱的台历、把无数个难以复原的日子抛向悬崖下面。

在台灯下,你仿佛已经看见 365 片落叶纷纷扬扬。

站起身,重新打开窗户。你知道自己再也不会畏惧哪怕最狂暴的风了。

女孩的情调

1. 难忘的女孩

大街上让人眼睛一亮的女孩到处都是，可遇而不可求的是令人难忘的女孩。难忘的女孩必定是特别的女孩，只有特别的女孩才能唤起你特别的爱。

或许缘自擦肩而过时一个明媚的微笑，待她走出老远，你还伫立原地，怅然地回望着愈去愈远的背影。从此在你心目中，那种笑容的魅力，是再也无法取代了。假如你们一生只有这么一次邂逅，那你以后的生命力将有一部分是属于回忆的。你会说，那是遇见过的最美的女孩。哪怕这种美多少显得有点残酷。你仅仅是这种美的过客。

如果你性格中含有浪漫的天分，你还有一部分生命力将是属于幻想的。你寄希望于那么一天，在同样一条街道你们又相遇了，她激动地告诉你,你也是一位让她难忘的男孩,这么些日子她同样到处寻找你,寻找得好苦好苦。即使她不至于如此,你也不会再错过机会了,你觉得经过思念的折磨,自己要比初恋时成熟多了……

这一切在你头脑中重复无数遍,像一部百看不厌的老电影。无论回忆还是幻想,都表明你还没忘掉她——哪怕时间一长,会变得很淡很淡。你的心再难以恢复成一张天真如初的白纸……

因而难忘的女孩不要多,哪怕只有一个,也足够你回味多年。多了你的心会累的。

我刚才说的街头相遇,仅仅是一个例子,更广泛的如一席倾谈,一个共度的假日,或者一小段刻骨铭心的相知相许,都可能成为难忘的原因。

难忘的女孩是桂林山水,你浏览时忍不住想写篇游记,提供给更远的将来重读;难忘的女孩是一段精彩的台词,闭幕之后你仍体会着它对整个剧情的作用和意义;难忘的女孩是悄然不觉中萌芽的种子,开出假设的花朵;难忘的女孩是你记忆中点睛的一笔,是挂在墙上不老的画历,是你精神上的旅行箱,即使从此风尘仆仆,饱经沧桑,你的心在回首之际依然是年轻的,因为你觉得她始终在与你同行。

至于这一切,你所难忘的女孩自己不见得知道……

2. 朴素的女孩

朴素的女孩有着朴素的美,更为富有的是她的心。她的心是清晨的露珠，是单纯的白云，是一幅淡淡的水墨画，是唱给自己听的轻音乐；不习惯争奇斗艳，不愿意哗众取宠，朴素的女孩有着自己的温柔。

朴素的女孩不是花朵，却是意义深远的茶叶，它的色、香、味是内涵的，用你的热情轻轻浸泡，它的叶片就缓慢地舒展开来，她的味道就越来越醇厚，直至弥漫了你生活的空间。你会觉得杯子里盛放着一座浓缩的花园，它的美是你看不见，却能逐渐品味出来的。

你爱过这么一位女孩，她的房间有清亮的梳妆镜，却没有浓得化不开的脂粉或香水，朴素的女孩很少给自己的心灵、语言、形象化妆，她用清水洗出诚实的容颜。当然她也有自己的爱好与节日，一本徐志摩的诗集，一架高雅的琴，一件编织了一半的毛衣，诸如此类，丰富了她的生活内容。当华丽的女孩手持眉笔自我欣赏时，朴素的女孩却在窗前写信或日记，她有太多的思想要说给自己听，说给世界听……

朴素的女孩也有着自己的活泼，那是浪花毫不做作的笑声，是小溪天真烂漫的嬉戏……如果说华丽的女孩是花蝴蝶的话，朴素的女孩则是一只白蝴蝶，不懂得炫耀自我的翅膀，实际上却飞得同样高，同样远；如果说华丽的少女是一首严谨工整的十四行诗，朴素的女孩则是"清水出芙蓉"的自由诗；如果说华丽的女孩阳光般热烈，恨不得把全世界的热情点燃起来，朴素的女孩则是温存的月色，令你散步时的心境渐趋平静，流连忘返……

这么说朴素的女孩也是一幅风景，雅致、生动、细腻、清新，你一边欣赏一边身不由己地走近她了，走进它了，你轻轻地赞叹："这幅素描画得真美！"

3．淡雅的女孩

女孩不见得非艳若桃李不可。女孩还是淡雅点好，淡得能化到你心里去，如果用花的气息来打比方，应该属于清香；你置身其中不会觉得怎样，一旦转身离开这种氛围，恐怕会觉得少了点什么。这不可或缺的正是她的本质。但你不要时时刻刻都注意到它。滥施的魅力会削弱它自身的效果。我想我已解释清楚了淡雅的含义。

女孩什么都不会没关系，但好女孩要会笑。我指的是那种很甜很美的笑，微笑，像一块纤巧的方糖投入你的心池，然后一点点地化开。你的情绪避免不了它的影响。或者，你想象过一朵花缓慢绽开的过程吗？那让人心疼、让人屏住呼吸的过程。写到这里我想起一位女孩，她姓什么并不重要，我一直记得她的笑，抿着嘴、含蓄得几乎没有声息的微笑。这就足够了。那是好久以前的冬天的夜晚，在谁家客厅的灯光下，聚饮的朋友们为我的一句戏言乐得前仰后合，唯独她，报之以淡淡的，像是尽力克制住的微笑——却一直保持到下一个话题的出现。她不是笑给我看的，我却看见了。当时我恐怕已悄悄地爱她很久了，她的表情对于我是一种只可意会的鼓励。我没有抬头，却能感应到她笑容的持续。我没有举杯子，心里却体会着陶醉的感觉。我永远不会怀疑那一瞬间是幸福的……

那女孩很美，却不属于浓妆艳抹的那一类，这使我在心中把她和街上随处可见的风景划分开来。我不相信还有比笑容更能显现本色、更能增添魅力的化妆品。她微笑的时候，我只敢仓促地一瞥——以回避其炫目的光芒，心里却打算将之作为一幅画来收藏的，留待以后晦暗的日子翻捡出来重温。她微笑的时候，我的心很软。

她姓什么并不重要，她的下落我同样不知道，仅仅记着一个人的笑，也挺好。女孩，在别的什么地方，在其他的人群里，你还那样笑着？

4. 女孩的哲学

女孩子都有一套自己的哲学。对美的事物的热爱和追求，是她们共同的信仰。

那么我们还有什么理由，诧异于一个女孩拈起一朵花时不由自主地流露出陶醉的神情？她终于从世界上寻找到自己的概念，寻找到自己的影子，这一瞬间使她透明而又深刻。多少年来诗人一如既往地以花朵作为女孩的最佳比喻，不能说没有一点道理。女孩子在装饰了世界的同时也装饰了自己。

再简单的男孩也懂得归纳女孩的特点：她们是水做的。水是有区别的，有热烈得像从天而降的瀑布一样的女孩子，有玲珑剔透如水面上细小的浪花一样的女孩子。我同样忽略不了文静的女孩子：宛若深林里面的一潭清水，很难使之产生波纹，她们的心跳是看不见的，而又确实存在着……女孩子的性格千姿百态，千变万化，所以我喜欢阅读她们，甚至希望能背诵出其中最隽永的句子。

我欣赏琼瑶笔下古典型的女孩子，她们是那么纯，而又那么醇，仿佛是画中人。她们都有着很美的名字，她们和自己的名字都很吻合：执着地守候在水一方的杜小双；沐浴着剪剪风的水孩儿何飞飞……我只能以最轻微的动作掀动书页，生怕把她们惊醒，我知道她们是一个梦里面的人物，稍纵即逝。因此，我可能觉得三毛的那份洒脱更亲切。我找不出比洒脱更适合概括她的形容词了。想起三毛，我就看见一位长发披肩、背着最沉重的行囊却又迈着最轻松的步履向撒哈拉大沙漠走去的女孩的背影。

女孩子的语气、表情、动作甚至思想，都是很富于感性的。她们擅长紧贴着水面飞翔，虽然飞得不高，和自己的影子却很亲近。我们的眼光只有贯穿她们，才能发现女孩理性的一面。她们对事物常常有着自己的看法，很接近于事物本质的看法，她们乐于和欣赏自己的人接触，对瞧不起自己的人则不屑一顾。她们的微笑是赋予特定的对象的；她们喜欢看伤感的电影，却希望自己的生活天天充满欢乐；她们也会哭的，常常是为最细小的事情，重大的挫折却能使之坚强起来。而且，她们习惯在没有人的时候哭，或者在爱人面前哭……

仔细分析，就觉得女孩子并不特别复杂，对某些事物热情似火，对另一些事物冷若冰霜。爱和恨，分别是女孩哲学的两个部分。遗憾的是我们常常只看到其中的一面，我们没有必要否认自己的肤浅，它使我们未能完整地了解女孩身上所具备的全部意义。

和女孩相处的过程中，我们必须不断地调整自己的阅读方式。每个女孩子都是一本书，如果能够读懂她，能够从不同角度理解她，我们就是当之无愧的哲学家了。

老家的红月亮

路自然是泥泞不堪的，在一场新雨过后。遍布南方乡村的机耕道似乎一向如此。黄昏时想来已有不少路人经过，留下深一脚浅一脚的足印，并且相互覆盖、混淆。新鲜得几乎使我闻出胶鞋的味道。我又走在上面了，小心翼翼地踮着脚，裤腿仍然溅满大片泥水。鞋子不时和滑腻的黄泥摩擦出吱溜声。我这是在什么地方？又要到哪里去？抬起眼睛，看见了一带村落炊烟袅袅于远处，以及村头树梢烘托出一轮带有红晕的雨后月亮……

一时伫望使我脚下一滑，翻扑于路畔浑浊的水洼里，然后就醒来了。窗外夜半的海关钟声也未能解开心内莫名的愁结。我刚才究竟梦见了什么，那般亲切、拂拭不开？是它吗？我下意识地念叨出某个疏淡多年的地名。

几乎以为忘掉老家了，那苏北平原星罗棋布的村庄中最普通的一个。它确实和我如今的生活不再有任何关联。更确切地说它应该是我母亲的老家，母亲在那儿长成个梳独角辫的18岁姑娘后，才

扑扇着翅膀离开它。仅仅在快读小学时，我由父母带领着回去过一趟。多少年没想到它了，那一小段模糊的童年经历，在今夜梦中不请自来地再现了。难道，仅为了证明我与老家之间残留的一缕缘分？

也可能由于当时的雨后村路给我留有过于深刻的印象。哪怕这么些年在都市斑马线、红绿灯规划的林荫大道，或整洁的长街短巷再也没经历过类似的举步维艰的行走了。那次还乡之行因一场雨而渲染出特殊的气氛，尚很年轻的父母挽着7岁的孩子，在县城下了长途汽车，又整整步行了十几里——而且是如此泥泞的道路。我似乎还天真地发问过一里路有多远，母亲避而不答，俯身给我系紧鞋带："不远了，老家就在前头，能看到一棵大槐树就到了。"然而实际的遥远与艰难使我屡屡有受骗的感觉，我在途中气愤地哭了。最后一段路是父亲把我扛在肩上的，使我有暇注意到头顶那轮含蓄于云端的微红的月亮。虽然如此，最后跨进那幢窗外苇影摇曳，母亲在此度过少女时光的江南风味的红砖小厢房时，我已是十足的一个小泥猴了……

那几天里母亲指给我看室内陈旧的家具，一一述说她年幼时发生的逸闻趣事。那扇锈迹斑驳的老式梳妆镜使我惊讶了好一会。念及其中曾天天照映过母亲童年的面影，真想把它们找出来一一翻阅——如若它能像一张发黄的相片般实在可寻。唯独这一个细节我记忆犹新，因之而坚信自己从小就耽于幻想、童心可鉴。其余的一切，由父母携带串一家又一家门，拜访各种各样面孔的亲戚，温软亲切的苏北方言，在印象中皆混淆如一盘散沙了……

短暂的假日飞快地度过，老家很难给无牵无挂的孩童留下特别深的感触。自此之后再也未曾有缘重踏那方土地，甚至也难得听见父母更多地提起它。老家的远亲们都在那块黄土上日出而作，日入而息，即使他们有暇念及四飘的旁枝别叶，毕竟与我们远在城市的生存缺乏实际的联系和共性，甚至父母精心安排的那一次还乡似乎都没有更大的目的或意义，仅仅为了在长久相忘后重温一个日渐遥远的梦而已，哪怕疏淡将是必然的。偶尔会收获一封短促的老家来信，大都是告诉母亲某姥姥或某爷爷又去世了，母亲最初每逢至此都要流着泪汇去一小笔钱，后来也渐渐平淡了。也来过一两位乡下的亲戚，说是来城里办事，顺道照地址找来看看。坐在铺地毯的客厅里大多手足无措，表情木讷，不等吃饭时间就匆匆留一份土特产走了。这种尴尬的陌生，是缘由乡下人的自卑感，还是他们所特有的憨厚朴实？

我去外省读大学时，坐火车路过一个只停留三分钟的小站。本没在意，广播里念出的站名使我心弦一颤：窗外横陈着我曾有过一面之缘的老家。我没想到老家正巧坐落在这条路线上。想下车去探望一下车站周围的景物，又怕错过了车次，矛盾中终于拿定主意，火车却无情地开了。至今仍追悔不已。哪怕下车站一秒钟也是好的，脚下毕竟踩着老家的热土啊，会给我以非同凡响的感触。其实真下了车，那口说方言、笑容憨厚、熙来攘往的老家人，又有谁会认得我呢，又有谁会意识到我这个陌生人与他们保持有一丝极其微弱的潜在的血缘！老家啊老家，我又一次五味俱全地做了你的过客。

这些都是不堪拾捡的往事了。今夜偶然梦回老家，或许仅缘自

思维的一次失调，仿佛人的记忆力发错牌了——我仍然深感惊讶。既讶异于老家的影子如此顽强地扎根在我潜意识里——哪怕每一个白天都是与之无关的，更震惊于老家这个概念与我们的生活客观上可怕地疏远。只有那一轮红月亮容颜未改，象征性地高悬于我忆念的领空。老家，今天我梦见你了，你会知道吗？你知道了是感到欣慰，还是加倍伤感？

老家盛产芦苇，以后无论在什么地方见到芦苇，我都会想起它。老家没有更大的特色了，老家朴实无华，然而醒来后我对自己说：你要学会爱它……

本　命

与马的缘分说来话长。命中注定属马，就是最有力的佐证。马年是我的本命年，我早早地在上衣口袋里掖一截红丝线。图的是吉利，又怕遭别人说迷信。其实人一生中总该迷信一点有切身体会的东西。否则总缺乏牵制自己思想的走向的缰绳，人生的原野愈显空旷了。该跑时跑，该溜达时溜达，带自己去想去的任何地方——不失为至上的自由。脚力要好，反应要敏捷，鬃毛飘拂，随便往哪儿一站，都是风景。在呼伦贝尔盟我见过马，真马。恰在盐湖畔昂首作长嘶状——如无声电影的片断，我被它的健与美惊呆了，听觉几乎失灵了。我眼中只有它。孤独的马匹，你在呼唤谁呢，抑或仅仅顾影自怜？那可以算作我今生今世与马的初次相遇，以前在城镇里遇见的那些拉着车的不算。我希望当时看见的是自己的灵魂，不习惯走在街道上的流浪的灵魂。马流泪的模样我没见过，可以想象那是没有表情的面孔所流下的沉默的泪水。在草原刺骨的风中，我的眼睛确实湿润了。

大多数男孩做过当兵的梦。我也是这样，只是更细致一些。我读小学几年一直梦想成为骑兵，而且最好是冷兵器时代的，金盔铁甲，马背上横一杆傲慢的长矛。永远在路上，遇到高挑的酒旗就翻身下马，把缰绳系在店门前的垂杨上。然后继续赶路，蹄声在山谷里传得很远。读《堂吉诃德》的时候，我笑不出来。我感叹于少年时的遐想，在霓虹灯下几乎无法恢复。我相信那浪漫的骑士是个好人。好人是越来越少了。

再说说马。那奔腾或静止着的近乎完美的体魄，光滑如水洗的皮肤、生动的四蹄，是我最偏爱的造型。有一尊题名为"马踏飞燕"的铜雕不知你们是否见过。关于马的雕塑，只适合以古朴的青铜作为质料。生铁、石头、泥、桃木，都难以表达马的性格。纸上作画，泼洒水墨最佳，淡淡地勾勒出轮廓，却深化了力透纸背的气魄。油画的马总显得不很真实，凝滞的色块，制造不出那一缕神气。徐悲鸿还是谁说过：画马的诀窍，莫过于把它当作一条龙来画。好马都是龙种。

史书里的汗血马，多好听的名字，难怪它的皮肤要以丝绸来丈量，鬃毛要用金丝来兑换。通俗一点如雪青马、枣红马、乌骓马，也能代表彼此的个性，就像人的绰号一样。我不会把及时雨误读成霹雳火的，也不会把豹子头当作黑旋风。原谅我引用了《水浒》里的人物作为例举。我的意思是说：马群或许也和人的世界一样，甚至，马有时也可能和人一样，有着类似的喜怒哀乐。只是我们不了解罢了。当一匹落伍的马在草地上溜达，没准是在想自己的心事呢。这时候请你千万不要打扰它，就像它不曾打扰这个世界一样。

我几乎挑剔不出马的缺陷，恐怕是太爱它的缘故。在城市里我很想念远处的马，以及它们赖以生存的原始的草原。我无法判断中间的路程——也就是两种生活的距离。

写到这里，马群已经在我脑海里席卷而来，耳朵里都是叩击大地的蹄声。当杂色的奔马们覆盖整座原野的时候，时光倒流，你会以为尘土飞扬中是草原本身在移动。这种镜头西部电影里见得多了，你不妨真正到内蒙古或新疆去一趟，不要带太多的行李，一颗心就足够了。孤零零地站在天空下面，大地的边缘，守候风尘仆仆的野马泪流满面地投奔你而来——迫切如无家可归的灵魂寻找自己的躯壳，血会一点点热起来。

无鹰之夜

1. 无鹰之夜

唯独这特定的夜晚，林立在城市各个角落的碑座才是空空荡荡的。

经历了无数世纪的手，建筑在泥泞的驿道或者街心花园的大理石碑座，是空空荡荡的。黑色的嘴唇接近城市空洞如箫的肋骨，以最贴切的动作蛊诱白桦林悠扬升起的笙歌。海就依赖守夜人杂草丛生的胸膛回旋着。

那些翅膀，那些与历史有关、并且赫然占据了城市制高点的符号，去向不明。所有街道都因失去最强劲的象征而无力仰视天空，而迷失在迟迟不肯谢幕的黑丝绒窗帘里。

守夜人的梆子像一串憔悴的马蹄，通过其涉及的故事溅起忽明忽暗的火星，果实的余光下，他们泪流满面。饱经沧桑的手掌抚摸着镌刻在石头之上的波纹，居然激动不起一朵允诺的浪花。

你或者我，都曾置身于温暖如春的羽翼下，置身于树叶般垂落的阴影里。面对风和预兆畅通无阻的碑座，就像怀念某一颗拔去的牙齿一样空虚。

无鹰之夜，城市是一只失去性格的猫，驯服地蜷缩在黎明的窗台。

唯独这特定的夜晚，所有守夜人不约而同地梦见突袭的大雪，羽毛纷纷扬扬。

2. 歌手远去

整座天空就这样趋于沉寂，像铜块或死去的河流搁置在黄昏五指张开的掌心。这光芒万丈的五条道路，包含了一位特殊人物运动在一个普通情节中的全部可能。

远去的是风，是帆，是逗留在风帆上的诺言和盐粒。海已经分崩离析，石块垒落我们青苔斑驳的耳朵。

那个在盛夏的凝视中拒绝留下阴影的人物挣脱我们唠叨的藤蔓远去。一扇门在我的听觉里哐当合拢。这最后的夜晚所能攫取的，不过是一绺太阳的青丝乃至歌手无处藏匿的名字。

和我形影不离的歌手远去，另一个我远去。作为光荣的遗物，作为一柄纠结着蛛网和酸果的朽琴，我端坐在一个人的背影里。喧嚣和沉默，是这个世界的两面性。

是那一次疯狂的爆炸，导致一种音乐像龇牙咧嘴的弹片注释在

我骨节深处，使我不得不忍受回忆的意义。

黄昏的手指，像5条道路张开在我胸前，我不敢占卜歌手的命运。

3. 孤独的深秋

是第一片落叶诱使我们重新认识生命的意义。

而树依旧伫立在秋天里，孤独依旧悬挂在树梢上。我一日三匝地从飒飒的树影里走过，不敢仰视自己头顶是否萦回着去年的雁声。毕竟，渐增的落叶如羽毛飞扬，使呈现在我们面前的这个季节瘦削了许多。

一支箫就这样悄然吹响，从它的媚眼中有大片大片的秋水流溢，暮归的船只，使我重复了1000次的体验漂浮起来。借助再强劲的舟楫，我也渡不过横陈在双手之间的这条河。

水远山长，蜿蜒在竹林深处的水径倍显空阔，我难以预测在叶片的反光中步履匆匆的岁月的走向。纵然，自秋天掌心砰然坠落的果实已提供无数条扣人心弦的线索，每日每夜抵临我窗前的，仍然是一幅不可企及的挂图。

我知道，那柄断弦的琴时刻陈列在风中。在它空洞的叹息中，除了落叶，我的手不知该伸向哪一桩更有意义的事物。

在深秋，跨越了一道又一道废弃的栅栏，而一种情绪仍然尾随在我时起时落的足音里。

4. 五月的苇笛

五月的苇笛是属于河流的，那精致的叶片采自春天嫩绿的指尖，在迷蒙烟雨中撩拨着随风而逝的花期。

傍水而居，我本身就是一座渡口，借助初夏递升的情绪悠然浮现。我的双足浸入水中，浸入某个季节层次分明的纯净里，架设着和河流对话最简洁的途径。而这时，苇笛如梦响起，水草窸窸窣窣地缠绕在我腰间，怀乡的鱼群凌空掠过。

我听见沿岸的村落同时绽开，一粒不知来自何处的石子，零乱了波光潋滟中初夏的面影。

五月的苇笛，是我难以忘却的。溯流而上，我的草鞋宛若两只形影不离的航船，遵循着时起时落的线索划向故事尽头。我知道水是所有声音的归宿，那依次坠落的日子轻盈如叶，早已拖曳着咿呀的橹声浮动在水面。

我是一个在五月出生的孩子，一片在五月歌唱的叶子，流浪的道路在水上铺展，竟难以辨认覆盖着夜晚的是时间的波纹还是自己的皱纹，以及它们的区别。

在苇笛下面，是古老的天空，是潜泳的暮霭里的村落。在你与我之间的河流上，五月的音乐时断时续。

5. 时刻

听不见你黑发飘扬的声音已经这么多年，我生命的山谷光怪陆离地浮现出斑驳苔痕，仿佛期待着在某一个太阳升起的早晨纷至沓来的涛声。

我想起冻结的花萼在二月边缘悄然绽放、化作热烈的洪流冲决你矜持的堤坝的时刻，想起鸟群呼啸着掠过镜面般反射着古铜色光泽的森林的时刻，想起你高挽起裤脚涉过我魂萦梦绕而哗哗作响的琴弦的时刻。

这并不是属于我的时刻，就像曙光终将从梦境的缺口果断地升起，灯火通明的夜行驿车不可能在时间之外永远流浪。

凝视着蜿蜒在高山峻岭之间的浪漫的线索，我相信每个交叉路口都会有完美的情节像熟透的果实砰然坠地，溅起你余音袅袅的惊喜乃至花香四溢的波纹。

即使寒冬以漫天风雪惩罚我的固执，每一片悬挂在岁月枝头的绿色日历都因为意外的闪电飘摇不定，我也聆听着你的呼吸渐趋强烈，在那个神圣时刻把我陈列在你鸟语花香的窗前。

6. 早春二月

最初传来的是覆盖在季节之上的薄冰坼裂的声音，叮叮咚咚，雨水从天空的缝隙渗透出来。

风也是暖暖的，这黯淡的火焰在田园的秩序里游移，点染着石缝里冒出的枯朽的树枝。有小不点儿的鹅黄或者墨绿，次第绽放在黄昏的指尖，你数不清它，你读不腻它。

它永远隔着若有若无的玻璃，平静地凝视着你。

好多门扉中平平仄仄地开启,踏着的步履却尚未蔓延出来。毕竟锁闭一个冬天了,它们伴随着钥匙的旋转怦然心动,骤然明朗起来的话题,使沉陷在黑夜里的眼睛体会到晕眩。

晕眩的不仅仅是鸟瞰的深渊,温暖的潮水,正遵循琴键和台阶递升。你好奇地把手指浸入其中,这严谨的温度计上,急骤地改变着春天的表情。

二月是一本散发着油墨香的新图,摊放在每一位少男少女窗前。你翻越不了它,你为之同化,所有的道路都鸟一样向这座城市聚拢。

二月,一篇永远也读不完的序。

在梦中,你甚至听见石头内部传出怦怦的心跳。你想象着里面的一粒种子,抑或一个人的名字,等待着应召而来的阳光的孵化。

7. 一剪梅

踏雪寻梅的雅兴,被踢踏的马蹄牵扯得很远。我估计自己正穿梭于起伏的丛林地带。不敢惊动晨星慵懒的睡眼。假若把鞭子举向半空,悠悠划出对游云的感叹,那垂悬如硕果的二月,必将沉吟于余音的袅袅里了。

群山的披风,很久以来裹挟着渐生的寒意。三杯两盏清酒,伴随红泥小火炉燃放的松香,温情了唐诗里的化境。

笑靥依旧,笑靥日日如新,陈列于冷峭的高枝。音乐自此低徊于行人与浑然未醒的树木之间,仿佛批注某个匆促的绝句。没有谁会责怪你迂回的足音自作多情。

寻觅永远是这个节令的话题，未曾擅自老去。然而三月的靴子，已开始跨进残雪消融的篱墙。

以最清的流泉漱洗去秋的花瓶，把醒来后的灿然奉若圣明。

或者将爱人的姓氏，穿插于最贴切胸口的纽扣。怦怦的心跳，是否在含叨疏淡已久的故事？春风不来；春风纤巧的指触，何日悄然解释我封闭的衣襟，于冥冥相思之中。

8. 拒绝河流

一条河流每日每夜在你梦境的边缘游弋，不绝如缕。你执拗地垂下眼睫，把涛声和流浪的马群关在这排黑色栅栏外面。

如同冥冥之中策马而来的启示，这种河流困扰你已经很久很久了，你这样面对春天已经很久很久了，谁也打破不了僵持的格局。此刻你临窗而坐，倾听着回响于体内的汩汩水声，如同观赏一场徒劳的突围，而闲奕于屋檐下的七色冰凌，已不能指向任何确切的季节。

你想起了远方，橙红色的火焰奔走于水面，鱼群粼光闪闪地占据黑夜的每一个段落。这条河流已成为你生命的一个部分，虽然一再否认它的存在。

水真是不平凡的东西，你剖析不了它所包容着的全部体验，也抵抗不了它无情的渗透。环顾四壁，逝去的潮汛遗留下来的点点青苔湿润如初，你搁置在桌面的双手沉入寂静之中，就像两尾鱼敏感地潜泳在灯光和阴影里。

　　河流在你指缝间左冲石突，使你感受到某种超脱于生命之上的力量。

爱眉小札

有一种鸟名叫画眉,且羽毛华美、叫声婉转动听,堪入诗入画也。我们这里不谈鸟,而谈其他的一点什么。

动作意义上的画眉,如"画眉深浅入时无"所云,实则是很古典很雅致的。年少时读朱庆馀《闺意献张水部》其诗,眼前不由浮现出一幅被烛火映红的工笔画来。画中人云髻高绾,临镜而坐,手执一纤纤眉笔也,精描细画,妆罢尚不很自信地请身旁新郎指正。可见古代妇女的仪容化妆中,涂画眉线是极重要的项目。唐诗宋词写及新嫁娘的篇目甚多,然此篇予我印象最深,可能是这个细节太动人情弦的缘故吧。

就此以后,凡读古典诗文,遇到有关眉毛的描写都较在意,发现古人的眼光和文笔可谓无微不至。凡夫俗子欣赏美人,对其面部恐怕只重视明眸皓齿、桃腮樱唇,容易忽略似乎仅作为眼睛陪衬物的眉毛,多情的诗人们一旦曲笔通幽、凝注于此,反倒取得画龙点睛的效果。仔细一琢磨,五官之外的眉毛确实颇能传神。白居易

《琵琶行》中"低眉信手续续弹",堪以"说尽心中无限事";《长恨歌》中的杨玉环则是"芙蓉如面柳如眉,对此如何不泪垂",写至贵妃之死笔墨无多,如何点化其倾国倾城的孤凄之美呢,仅"宛转蛾眉马前死"一句足矣。

提到娥眉,还须加一句,这个词在古代甚至可作对美人的代称、泛指。

关于西施之美,各人有各人的理解与想象,然传说中西子捧心蹙眉所传达的病态美,向来是最能通神的。东施效颦则成笔谈。由西施下意识地联想到林黛玉,葬花之时、怀病之时想其也一样微蹙着眉头,令人不胜怜悯。同样在《红楼梦》中,王熙凤露面时是"一双丹凤三角眼,两弯柳叶吊梢眉",性格顿然凸现。至于宝钗,"唇不点而红,眉不画而翠",也未尝不是用心良苦。

眉毛一经点画,必将增色,形状上亦有讲究,总之是为了使一种美更为醒目。白居易描述《上阳白发人》年轻时"青黛点眉眉细长",可见正是追求的这一效果。温庭筠词章涉及眉毛处尤多,"眉翠薄,鬓云残,夜长衾枕寒"写失眠佳人辗转反侧,眉上画的翠色被衾枕摩擦得渐趋淡薄;另有"懒起画蛾眉,弄妆梳洗迟",亦是写闺中少妇的慵懒、心事满怀。想来愁绪真是"才下眉头,却上心头"(李清照句)。这些类似的"黛蛾长敛"的怨妇愁女,也不失为镶嵌于文学画廊中的一幅小小的人物肖像吧。至于一般的贫寒女人,"敢将十指夸针巧",怕只能"不把双眉斗画长"吧。

罗列了如上这些,想想佳人之眉确实颇能烘托美感。偶尔状以他物,亦能别开生面,如"凉月如眉挂柳湾"之类的诗句。

前次有一女友自我处借去徐志摩《爱眉小札》一阅，归还时对数十年前才子佳人的柔情蜜意之羡慕溢于言表，竟若有所失道："陆小曼被爱人朝夕轻唤为'眉'，是何其幸福啊，我还没觉得有比这更美丽更动人的昵称呢。唉，此曲只应天上有！"我怦然心动，发现不妨把"爱眉小札"四字牵强附会成一则谜语：因其爱眉，故而以眉笔朝夕画之，爱眉小札的谜底不就是"画眉"的意思吗？

飘

我见过一位大师以与其气质契合的草书写过这个字,写得龙飞凤舞,那样地生动,概括了旗帜的招展、火焰的闪动以及云朵在天空的永恒漫游……那淋漓尽致的笔墨,使我很难平静下来。

更多的时候,尤其是秋天,我爱观察一片树叶从枝头坠落到地面的过程。因为有风,它运动的轨迹不可能是直线,仿佛被一只无形的手忽而托举,忽而扯落,显得轻盈而又飘忽。联想到人生的漂泊无依和未有定数,我心里总要有一阵刺痛,这也许就是生命中不能承受之轻吧?哪怕它仅仅通过一片落叶来体现。

飘是一种动态,是与静相对立的。飘有时是没有分量的意思,但以之来形容美好的事物,愈加显示出它所蕴含的生命力。旗帜的飘扬是让人激动的,它猎猎有声,每一次舒卷都使我们感觉到一颗心灵在尽情地跳跃。每逢节日,五颜六色的气球次第升起,一点一点变小,仿佛天空有无尽的磁力似的,也使我们对它的所去之处充满向往。甚至上街,遇见一位少女容光焕发地走过,风把她的长发

吹拂起来，都可能让人觉得生活的美丽随处可见。

　　细小的方面，杨柳依依，像衣袂飘然的佳人临水梳妆；阳光投射在河面，能看见藻类左摇右摆，仿佛为一股水底的风不断鼓舞，自成一曲柔曼的音乐……也许，事物所呈现的这种状态总与风联系着，外界的力量能改变一些东西，从而表现得摇曳生姿。

　　与之相较，是否还存在某些内在的韵律呢？我们追求飘逸，追求言谈举止，为人处世的潇洒自如，实质上和书法的道理相近；为了打破规范，使生命获得和具备一种动感，趋近于行云流水。人类的肉体只能生存在地面上，这不妨碍他把对天空的向往寄托于精神，使自己越过既定的规律、程序，从现实中超脱出来，哪怕只一分钟也是好的。

　　我至今仍很钦佩第一个乘热气球飞行的人，因为大多数人对气球和天空的亲近，只停留在羡慕的程度。而他却多迈了一步，仅仅一步之差，他就飘了起来。一个人只要想飞，他就同时飞了起来，借助于各种各样的翅膀，在有形抑或无形的领空。

　　每天黄昏路过广场，我总看见那么多人在放风筝，有孩子，也有大人，一点点地放线，一点点地收线，看着自己的思想忽高忽低。他们的神情是那么专注，甚至还带有一点必要的天真。我问一位每天必到的白发老人，何以达到入迷的地步。他这样来解释那种全神贯注："我忘掉了站在地面上的是我，我已经代替那只风筝在飘……"我终于知道何以那么多人仰着脖子，因为他们的头顶是天空。

小梅你好

我们几位朋友在一个黄昏时分谈到了爱情。谈到了哪种求爱方式最为感人。一向沉默寡言的小梅忽然要求给大家讲个故事。她是我们圈子里最漂亮的姑娘。

不知道为了什么,这两年我常回忆自己的大学时代。也许你们以为它曾留下我情感的痕迹,其实恰恰相反,在那4年里我几乎从未对谁产生爱情。我那时确实算校花之类的角色,而且身边也有着一群挺不错的追求者,可我觉得他们除了狂热总缺少点什么。

这也表现在求爱方式上。他们火箭炮一样发射情书,甚至在上课时也递字条要求会面。你们说这能使我感动吗?所以现在,他们的形象在我的记忆中越来越模糊。

只有一个不能确定的形象除外。

在大学的最后一个生日那天,我并不惊讶地收到骑士们寄来的画片和其他礼物,他们中有几个还不约而同地邀我看电影。但我仍旧只和寝室里的同伴们提着小板凳去学校电影场。

那天晚上，放映获奥斯卡金像奖的《罗马假日》，露天电影场挤满了人。我们在一个不起眼的角落坐了下来，埋着头嗑瓜子。

放映前幕布上不时打出幻灯，写有"某某去西门有人找"之类字样。旁边的伙伴忽然猛推我一下："你快看！"我抬头望向银幕，只见上面打有四个字："小梅你好！"没有署名。

我至今也难以描述那一瞬间的感受。本来我坐在不起眼的角落，这时却感到熟悉的人全转过头来看我，我成了电影场的中心。我有点羞涩地低下头，内心却涨起一种幸福的潮水。他是谁？是我认识的人，还是一个我并不认识而在默默喜欢我的人？

那时我还是个好奇心过分强烈的女孩，电影一散场我就急切地去放映室打听。放映员说那人没留下名字，只模糊记得他留着小平头，很精神。我逐个想了一下，身边的骑士似乎没谁留那种小平头。

这种神秘更刺激了我的好奇，我托几个知心朋友秘密打听，也没弄清是谁在我生日那天远远地送来一句祝愿。

两个月后，我就毕业了。有十几位爱过我的男孩送我到火车站。我不易察觉地审视他们，觉得他们都像那个人，又都不像那个人。

直到今天，那个人再也没有出现过。

"也许你应该感谢这个故事的神秘感。如果你真寻找到那个人，也许你会非常失望的。"我冷静地剖析。

停顿了好一会，小梅说："有这种可能。但同样，我也有可能爱上他。因为他至少是不带任何功利的态度爱着我。这几年每当孤独和痛苦的时候，我常想起那四个字——'小梅你好'。于是会轻松和满足一些。毕竟有人曾经或者仍然在远远地祝福着我。"

我想起那个神秘人物，轻轻地叹了一口气。

小梅默默望着窗外，仿佛望着非常遥远的往事。这时一只白鸽子从窗外林荫一闪而逝，像一道微弱而又美好的闪电。

"我想起来了，那天我穿着一袭雪白的连衣裙。"小梅用梦一样的声音说。

第二辑

浪漫的骑士

寻找公主

我们的生活中还能遇见真正的公主吗？我指的是微服出访的公主，贵族的血统抑制不住其天性的温柔。她迈着浪花的步履蹦跳在车水马龙的街头，不知如何绕过十字路口新漆的斑马线；她希望对面出现一双搀扶她横渡世俗生活的大手。此刻耍惯了笔杆的手正抄在牛仔服的衣兜里，吹口哨的我眯缝眼睛在茫茫人海里寻找那位需要我搭救的迷路美人。附近的电影院门口正张贴着《罗马假日》的海报，散场的观众里没有她的面孔，我很失望。我恨不得向全世界颁发寻人启事："失踪多年的公主，我在这儿呢，我会送你回家！"

纤尘不染的公主已穿过鸽群翔集的露天广场，像外星人一样好奇地打量卖冰淇淋的冷饮店以及骑自行车上下班的市民。她在琉璃瓦的故宫出口处向我问路，她用外语打听王府井怎么走，我顿时认出她来了，我赶紧把早就预备好的一束鲜花献给她："公主，你怎么到我们国家来了？"她用食指掩住嘴唇："嘘——小声点，别让大家听见。你别是记者吧？你要为我保密！""对你的姓氏起誓，我会像爱惜自己的生命一样维护你的荣誉!"阳光灿烂的正午,我和公主在绿树红墙之间秘密接头,我掌心两张撕去半截的电影票就是证据。我激动地背诵台词:"导演安排好了,让我在这儿接你。"心里却在轻声说:"上帝安排好了,让我在这儿接你。"

"你等我很久了吗?"公主有点心疼地问。我答非所问:"我已经在这个世界上生活 27 年了。"公主信赖地挽紧我坚强的胳膊:"那么今天该放假了。今天是罗马假日。"我做的第一件事是为公主买了一双朴素的平底鞋,她顺手把疼痛的高跟鞋连同虚荣的头衔一起抛进护城河里。今天,公主是属于我的。公主是我的公主。

公主和我谈论巴黎香水和莫泊桑,我给她讲解李白的诗、牛郎织女的故事。公主的仪态就像在华灯高照的舞台上一样优雅:"此行游览了许多国家和城市,可以说各有千秋。但最难忘的……还是罗马。"我告诉公主:"罗马是一条银河。"公主迷惑地摇摇头:"银河?有轮渡吗?"她一个劲地让我领她去订船票。唉,不谙世事的公主,你以为那记载着千古悲欢离合的银河是地图上遗漏的风景点吗?

公主厌倦了钩心斗角的宫廷内幕,她请求我多陪她逛逛炊烟袅袅的四合院与胡同,她顽皮地皱了皱冰雕玉刻的小鼻子:"我终于闻到人间的味了。"我黯然神伤:公主啊你毕竟是琉璃缸里的小金鱼,你有勇气在世俗的河流里奋争一辈子吗,你舍得一头撞碎那层薄薄的玻璃吗?公主对我表白她愿意做海的女儿,爱情的魔力能帮助她把鳞光闪闪的鱼尾蜕变为美轮美奂的双腿,哪怕一生虚幻如泡沫也无怨无悔。她摘下价值连城的耳环、戒指,毅然抛弃进马路边的垃圾桶里,她发誓要在我目光的浓荫下做一位采桑的村姑……

公主在我们这座城市里出现,是我一生中最值得骄傲与兴奋的消息。公主在这座城市里失踪,将成为明天晨报上的头条新闻。除了在柏油马路上携手同行的这两位青年男女,全世界的人们都将谈论公主下落不明并且猜测故事的结局。我真不知该紧紧拥抱身边美丽的爱人,还是把公主归还给她的那个世界……

"快醒醒!电影散场了。"我揉揉眼睛,发现两位提着手电筒的大胡子放映员正在催促我。再看看周围,观众席上的人们都走光了。公主吧,伴我同行的公主去哪儿了?我简直要在空旷的阶梯剧院里呼喊起来。我形单影只地走在回家的路上,沿途再也找不见公主的影子——夜幕低垂,城市里的高层住宅楼家家点灯,那一扇扇明亮的窗口永远不可能绽现公主顽皮的笑容。不是公主在跟我捉迷藏,是现实与理想在捉迷藏。我终生无法宽宥自己那瞬间的迟疑,仅仅一闪念,我文弱的手腕就败给了公主所从属的那个庞大的世界。尘世中徘徊的我并没能真正地搭救得了她——我的理想是现实的失败者。

罗马假日结束了,太阳照常升起,在钢筋水泥的城市里,我老老实实上班、做人、写文章,以后还会接受生活的安排娶一位通俗的妻子。浪漫主义的公主与我擦肩而过,我的世界里全是陌生人。孤独到极点的时候,我会怀念:公主还好吗?在离我很远的国度里,长大了的公主还能记得我吗?她是否和我一样在缅怀——缅怀一生中唯一的一次超凡脱俗的假期?今天的公主,终于能理解银河的典故了吧?罗马假日是短促的,而银河两岸的遥遥相望,才是持续一生的精神苦役。

画梦者的星空

爱情是痛苦的。只有当你出现在我身边，爱情才可能带来短暂的欢乐。日常生活中我们的距离，相当于城市的这头到那头，骑自行车至少需要一个半小时。这仅仅是个比喻，更确切地说，我们属于两个世界。我有我的大漠孤烟，你有你的小桥流水。在别人眼中，我作为雾都孤儿式的落魄无产者，是无缘结识你这位小布尔乔亚的贵族女儿的。如果真的在街上擦肩而过，我也很难有勇气抬起低垂的眼皮，打量像你这样的很明显生长于温室里的花朵。我是旷野上一棵土里土气的树，除了风，从不寄希望于谁来做我的朋友。然而你，还是透过褴褛的衣裳、憔悴的神情认识真正的我——那是一颗未曾经历过月蚀与污染的心的形状，像粘带着两片绿叶的毛茸茸的山桃子，我可以信手用剪刀在纸上剪出来给你看。

你恐怕是以欣赏野生植物的心情来接近我的，你信赖地走进我不见阳光的小屋，背靠墙壁坐着，倾听我谈起萧条时期的诗歌、理想以及就一位流浪汉而言不可能贫乏的人生阅历。你惊讶地扑闪着睫毛："你居然去过那么多地方，而且有那么多故事？"这帮助我醒悟到自己富有的一面，我在你湿漉漉的目光笼罩下恢复了滋润。西北风在窗户外面响着，我和你面对面坐着——中间是茶杯、书，烟灰缸以及假设中的葡萄藤蔓，全世界宁静得仿佛只有两颗心在跳动。风越来越小，我觉得茅草的屋顶很结实。这一刻啊，你在我身旁，即使给我一座珠光宝气的宫殿，我也不愿搬家。我对世界保持沉默，然而面对你时永远是演讲者的姿态。我的往事，我的未来，我的海洋般折叠的心灵书卷，只可能在城市里最不引人注目的角落，对你打开……然而爱情又是痛苦的。送你回家，从这个车站转乘到那个车站，曲曲弯弯，漫长的告别仪式，只听见车轮辚辚作响，街灯的光芒像一层神秘的面纱撒在你的脸上。我从熟悉里看出了陌生，从温柔里看出了忧伤——个人仰躺在草地上凝视夜空时常常会这样，星星的语言无法破译。在颠簸的无轨电车最后一排座位，在黑暗中，我的心像盛水的瓷罐哗哗作响，又尽量克制着不让你听见。你对我笑了一下，比什么都好，比什么都明亮。

真不敢相信啊，我居然还会爱别人——在物质挤压的时代，千疮百孔的个人主义帐篷里，我首先失去的是这种信心。然后就是生命中温柔的全部丧失。我像块石头般在楼群与楼群之间走动，经历了烈日当空的持久的蒸发，性格变得干涩、硬朗。我不敢接触爱情，生怕给姑娘们带去嚼刨花般枯燥的感觉。在无人知晓的黑夜里，我很坚强，也很安全。如果不曾遇见你，恐怕我的一生都会这样度过。

当我为刀枪不入的年龄而自诩之时，你出现了，微仰着满月般

无可挑剔的少女的面庞，走过了北京沙滩北街103路车站，时间是1994年3月某日下午两点钟。我高筑的防线，我流浪岁月里的自尊与冷漠，溃不成军。我冻伤过的心如果确像一枚半青半红的桃子的话，那么正被我的两只手掌捧着——像接受了两片绿叶的委托，呈现在你系着北方风格的花格纱巾的胸前。我居然还会天真地爱一个人——这种感觉比具体的爱情事件更令我喜悦。

　　为了抵达你所代表的世界，我顶风践踏沉重的命运齿轮，像铁鸟横渡茫茫人海，穿过千差万别的面孔寻觅你温馨的窗户。我呼啸着冲撞树枝、镜框、旗帜或者歌谣，栖落在你附近的草坪上——小块阳光投射在上面，明察秋毫般梳理我蒙满灰尘的羽毛。你用木桶拎来了古典意义的井水，你用花朵般的小手蘸着，擦拭我易碎的玻璃心——那大大小小的伤痕，顿时奇迹一样愈合。

　　正如疼痛消失得突然一样，爱情到来得突然，不容我做任何准备。我沿着一向忽略的万家灯火，回到城市边缘的小屋——揿亮灯海中最后的一盏，晕眩的瞬间，我仿佛看见你了，看见你背靠墙壁坐在一幅世界名画下面，等待着倾听我谈论诗歌、理想什么的。你扑闪着睫毛，惊讶地凝视我用钥匙开门的动作。我不敢伸出怀疑的手，我几乎就要触摸到你温存的衣饰。这就是你的幻影，它已在我心里扎根。室内郁闷了一整天的空气，似乎都遗留有你披肩长发的香味。

　　我真的不敢伸出期待的手，那样我会像盲人一样，在正午的黑暗中触摸你在我记忆里呈现的轮廓，永远地寻找，永远地胆怯——直至事实与自身的梦想完全吻合……

幸福的黄手帕

不管多么久，我要你平安归来。

是谁这样说过，并且以因为夏天的缘故而焕发热情的眼神凝视我。我身后是晴朗博大的天空以及被烘托得微微卷曲的树叶，还有一趟缓缓启动的低矮的列车；我不得不转过脸握住冰凉的扶手，吃力地踏上车厢入口的悬梯。你可能没明白这一动作带有掩饰的意味，你生怕我未听见它、或者很快地淡忘掉它，于是又重复了一遍。以后再听见火车叫的声音，我便会猜想你该回来了——你加深了语气补充着。

然后火车就无动于衷地开走了，然后我就在相对于你而言的远方生活、奋斗并且怀念，把和你有关的一切以往事来概括，而每每于灯火阑珊之际滋生几分莫名的怅然。这都是经常发生在这个世界上的故事。

那时我们还以为分手和挥一挥衣袖同样简单，在此后我可知或不可知的时间和场合，你不止一次地重温这句话，陶醉于其中的浪

漫天真。你把它当作一个梦包裹起来，怜惜地安放在喷香的枕头下面，想起来了就轻轻地打开，以鉴别昨天的自己和另一个人的依依聚散，生怕惊动了彼此安详于其间的言笑举止。你甚至讶异于它的日日如新，完好无损。

这似乎都是它得以在两个人之间存活且滋长的原因。我们很轻易地共有了一块想象之中的花园。偶尔回首就攀摘了假设的硕果，将之视若继续前行的力量的补充。我们好像都不急于促成它演变成事实——更确切地说，是不敢信任它落实的可能。谁都知道，梦的破碎是极其可怕，更为可惜的。

对于我尤其如此。我已习惯了将它作为悬挂于平庸的房间的一帧壁画来看待。这帮助我透过人间烟火而获得灵魂栖息的枝条。度过穿梭于芸芸众生之间的白昼，我像一只飞累了的大鸟归心似箭地躲回冷清的空巢，借助你依稀的影子梳理杂乱的羽毛，因之而推算出季节的挪移。我要告诉你，我往往带着候鸟的心情来怀念南方的，水草茂盛、往事摇曳的南方的河流，以执着的桨声冲撞我脆弱的墙壁。

也就是说，如果没有相期相许的重逢，我一生中的春天将只有一次。而且它一半的时空都是属于你的，是你协助我的另外半个世界获得草长莺飞的幻觉。直至花红叶绿逐渐覆盖了我们之间的疆域，而深陷于回忆之中的一眸一笑反倒清晰可辨……

我不想简单地以思念来命名诸如此类的情绪。我们所支付的是数倍于它的渴望和抗争，几乎在每个与之有关的梦中都留下奔走、飞翔直至会合于天空的痕迹；你常常从醒来的枕畔拾起几片疲倦的羽毛，作为我不远千里、匆促来去的记载。

我们不约而同地寄希望于那么一天，那么一天南方的城池窗户敞开、街道清亮，积压的云朵和迟疑都被复活的鸽哨打扫干净，世界像一幅布景被爽朗地更换了。一位提携着精神行囊的男人出现于茫茫人海，依旧穿着多年前风尘仆仆的靴子，以之踏实被往事迷蒙了的盟约。他走得很慢。他业已迈动这样的步伐走遍了几千个形单影只的日日夜夜，谁又有理由责怪他拖延最后的瞬间——或许这一瞬间，他才对即将结束的分离产生了淡淡的谅解；而在此之前更多的日子，他都是将之作为无法战胜的情敌来憎恨或不满的。他就要走上那条荒草覆没的旧路了，他几乎可以想象出你不老的炊烟——如果你依然坚守于年轻时的诺言。当然，人去楼空的场面同样是意料之中的，并不足以使他的风雨兼程失去价值；他飞越千山万水终于得以在往日的树桩上小憩片刻，一生的努力起码了却了这桩心愿。在这样的世界上，这样的人已经稀少得无法辨识了，这样的心愿更是难能可贵。那么拥有它未尝不是一种幸运。他想到这里，终于积攒起了一生的力气抬起手指，敲叩你虚掩的门扉。他这时才意识到自己有点老了，在此之前一直苦苦支撑着他的等待即将从内心的殿堂悄悄退场——无论重逢的惊喜若狂，抑或一声伤逝的叹息，都将构成它退场的理由。

不要再讲了！你用树叶般清凉的小手掩住我的嘴——你讲的故事总悲伤得让人流泪。我知道你想讲的是怎么一个故事。你放心吧，到时候我会把黄手帕在门前挂起来的，挂在老远就能看得到的地方，挂在你现在就能看得到的地方。不是一条，而是好多条，甚至不是一种颜色，而是好多好多种颜色。不管多么久，我要你平安归来。

黄手帕本身并不幸福，幸福的是看见黄手帕的人。等待是美丽的，比等待更美丽的依然是等待。我站在你家门前一定这么想。哪怕我们都苍老得认不出对方了。我认识了整个世界之后而最终回归你小小的门槛，把沿途的山高月小、柳暗花明浓缩于相视的一瞥，那鲜艳如初、生动于往事头顶的又是什么？只是，我说的是只是，未来永远是不可知的，我们在羽毛未丰的此刻才把重逢设想得过于简易。你没有测算过我飞行途中的闪电和荆棘吗？甚至我的飞行本身都可能是一种错误。还有难免的音信断绝或谣言四起，都会或一时或最终地迷失你稻草人般的守望。等待毕竟是最难坚持的事情。我们没必要现在就否认这一点。

不要再讲了，火车就要开了！你用树叶般清凉的小手掩住我的嘴，泪水流了下来——以后再听见火车叫的声音，我便会猜想你该回来了……

是的，火车就要开了。

重逢时请为我点一支烟

好长时间没有见面了,也不知你现在怎么样,你的微笑和你的泪水,又会有什么变化?

好长时间没有你的消息了,你所居住的城市很大,一个人就像一粒沙子,风一吹就看不见了。我想寻找都寻找不到,我只能远远地想象着,想象着你在街道上行走的模样。穿一件黑白方格上衣,撑一柄细花伞——是你十年前留给我的印象。它记载着我们的最后一次约会。

在那座与我相距整整半个中国的城市里,你还好吗?那件衣裳该已经旧了吗,那柄雨伞也已经被你遗忘?

我还是以前的模样,眉毛、眼睛、手、身体,一点儿没变。只是心有点老了,不再那么爱笑;尤其是想起你的时候,笑一下都很困难。不过我还是经常想起你的,路过火车站的时候,我经常往南方望一望——只是我实在想象不出,一公里以外的世界。南方啊南方,你所生活的南方,像鱼刺一样令我疼痛,令我柔软。于是我像被风中的沙子迷了眼睛，低下头走路，在这座现实的城市里好好做人。

十年了，我再没见过你。下面还可能有一个十年，两个十年，甚至更多。你离我确实是太远了，坐火车有一天一夜的路程。有一两次我考虑过徒步向你走去，还没出城门就放弃了勇气；毕竟你我都是现实中的俗人，没必要制造浪漫，更没理由去表演浪漫。世界太大，我们不过是一粒沙子与另一粒沙子的关系，起决定作用的还是风。

令我的眼睛酸楚的沙子，令我的心疼痛的沙子，甚至吃饭时我都时刻警惕着的沙子，防不胜防。也许我们之间的离别，命中注定属于无期徒刑；我确实将它作为茫无涯际的苦役看待的，在你的影子消失的地方，我黯淡无光，某些艰难的时刻不得不靠回忆取暖。想起了你，我就不冷了。也许我会这样与寒冷抗衡一辈子，与黑暗抗衡一辈子。我在一点点老下去。

我简直是把离别，作为我们之间的情敌来憎恨的。或许我这一生的坚持，都是在和离别掰手腕——我相信自己挣扎的右手，最终会把它压倒在桌面上。当我擦去满头大汗，面色苍白地出现在你的生活中，你是否会把我当作胜利者来迎接——还是礼貌而冷淡如招待一位走访的客人？我实在想象不出来。现实中的你，难免会使我感到陌生——我们之间除了田野、桥梁、漫长的铁轨之外，还横亘着时间。我又有什么资格要求你呢。你毕竟已付出了十年的等待。你原本可以更幸福一些的。我对于你不过是一柄遮不住风雨的旧伞。

假如漫长的离别，最终以铁一样的法则压弯我撑持的手腕，那么，你就忘掉我吧。并且原谅我力不从心的懦弱，世界，它太强大了。请你和世界一起，忘掉我这个失败者吧。请满足我这菲薄的愿望，你是仁慈的，世界是仁慈的。

假如我外星人一样出现在你生活中——譬如依靠在你单位楼前的电线杆下，等你下班——你也不用流泪，甚至不用安慰我褴褛衣裳下的遍体鳞伤（它们是残酷的离别所留下的齿痕）。在避风的墙角，用两只树叶般的小手笼着一根火柴，为我点燃嘴上冰凉的香烟——我已经会觉得足够幸福了。要知道在最孤独最寒冷的日子里，在爱情的囚禁中，我也曾如此小心翼翼地呵护着掌心的一点希望，火苗一样虚幻且易于被风吹熄的希望。我简直是呵护着一个怕冷的梦啊，沿着曲曲弯弯的生锈的铁轨，一直走到南方这座多雨的城市，一直走到你的身边。

不要觉得欠我太多——对于那些黑暗中的误会、伤害以及阳光下的健忘，更不用补偿我什么，这些并不是我在离别的岁月里所期待的，如果有重逢的时候，请为我点一支烟吧——这算我对你唯一的要求。在避风的墙角，用你两只树叶般的小手，笼着一根温柔的火柴，凑近我雕像般冰凉的嘴唇……要知道在多少个孤立无援的寒夜里，我把这神圣的爱情场景当作奢侈的梦幻来假设的，并因之而获得突破重重围困的勇气与力量。

或许我与离别争执了一生，仅仅为了能看你一眼。或许我走了数不清的路，磨穿了一双双草鞋，在自来水龙头下洗去满面尘灰之后微笑着出现在你眼前，仅仅为了告诉你我并不是真正的失败者——虽然生活从未让我轻松地赢得过胜利。

重逢的时候，请为伤痕累累的我点一支烟吧——一个简练的手

势，就能熨平我内心苍老的布匹。请允许我在你的美丽面前做一次深呼吸，然后携带着炊烟袅袅的记忆转身离去，把幸福与安详归还给你的生活……你是仁慈的，世界是仁慈的！

爱情是一次登月旅行

如果我喜欢上一位女孩，会产生一些联想：很想了解她美丽的容貌所掩饰的灵魂的特征。把女孩比喻作月亮，不算是过分的赞美。我模仿一片云来爱护她，擦拭往日的灰尘今夜的泪痕。她皎洁的面庞是一种神秘的美，而深藏不露的心，则是一种更美丽的神秘。当她凝视我的时候，我不由自主地猜测，她心里在想什么？就像面对纤尘不染的月亮，我很想知道它的背面有什么，是伤痕累累的环形火山，还是一片荒无人烟的沙漠——对于我而言那是一个未知的世界。不了解月亮的背面，不能说对月亮有真正的了解。所以说爱一位女孩的过程，无异于一次登月旅行，痛苦或者欢乐，使我体验到失重的状态……

女孩，请允许我以牧歌的形式赞美你，我爱你的容貌，更爱你的灵魂。我笨拙地在月球上行走，迟缓得像表达自己的爱情。我温存地试探你的心，虔诚得像打听花园里的消息；有人告诉我那棵怀旧的桂树已被伐倒，我不相信！一旦获悉你内心的景物，我也许失

望，也许会更全面地爱你，这样在月蚀的时候，才不至于吃惊。我相信月亮的背面长满青草，那是你轻易不肯流露的温柔。

　　有一支外国歌曲令我难忘，它叫作《我的爱人在月亮上》。如果你允许的话，我想把你叫作嫦娥，我觉得这样称呼你很好，因为只有我知道你是谁。我内心的秘密，和其他人无关。你说话的声音，细微得像越过好几堵墙，很勉强地被我听见。这就是你的羞涩，和我认识的其他人不一样。你仿佛就是这样呢喃着长大的。你笑了，微仰起脸，露出光洁的贝齿，斜视着我。我悄悄对自己说：眼前这位女孩真不错，瞧她笑得多美呀。你站起身倒水，拎水瓶的身姿很流畅，令我想起村姑在泉边汲水的世界名画。我知道有一条长满青草的小路，会属于你的。至少这是我的祝愿，持续到你的背影消失在小路尽头。你现在还在我身旁，正把一杯水安置在平稳的桌面上，像捧一只鸟，小心翼翼。如果你也是一只鸟的话，我愿意把你放回到林子里。你一向是酷爱天空的，天空很大。那时候你还会想起我吗？

　　你终于离开这里了，我眼睛望着大街上的人群，心里却在想着你。我屈起指节，计算着你离开的天数。日子正是以极简单的方式消失的。我仿佛永远走在大街上。这世界的大街真多呀行人真多呀，我不会告诉他们你是谁。时间久了，我几乎想象不出你的下落。你是否已到达当初透露给我的地方，那儿确实离我太远了。我一遍又一遍地想着你，想着你坐在我对面的模样，我说：那位女孩真不错，瞧她笑得多美呀……

　　如果说离别是一次月偏食，重逢则是上帝特意给我们安排的节日。这个世界再没有谁能体验到我们今天的欢乐。从早晨开始,你出现在我身旁,你的笑容和十年前一模一样。我仿佛被强光照亮般垂下眼睛,生怕你察觉我内心的衰老。你无法理解一块石头的等待,正如我难以相信花朵也有它自己的顽强。这一切并不重要,我们毕竟为对方忍受了天老地荒,我们尽可以想象一番太阳、月亮及其他……

我像怀疑一个梦般地抚摸你的长发,再次接触光滑如羽毛的温柔。那是你漆黑的翅膀,协助你翻越两个人之间的峻岭高山,为重逢付出昂贵的代价。"历经磨难的基督山伯爵,是不可能以白马王子的形象出现的",我解释着自己的笨拙和缄默,而你就像换上了水晶鞋的灰姑娘,挥手作别昔日的凄凉黯淡。

这一天隆重得像一生的缩影。我们挥霍着突如其来的"罗马假日",边走边唱,简直准备检阅这座城市的所有街道,直到新月升起在楼群与电线阻隔的天空。"月亮的背面是什么",你调皮地询问我。我顺着你手指的方向望去,看见一朵云正靠拢月亮的身旁。我相信那是往事所栖息的位置。我的爱人在月亮上。月亮是我爱人的故乡。我想问问你:那个不爱化妆、却每天系着蝴蝶结的小姑娘,她到哪儿去了?重逢的时候才发现,你还是你,月亮还是月亮……

答应我,不要再躲到月亮的背面去了,好吗?

青青子衿

有些细节想起来仿佛已经成为习惯了。在忙碌一整天之后，每个晚上坐在电视面前听天气预报，当其中的某个地名出现于耳畔，我总要心弦一颤，就像第一次听见它一样。天天如此。我甚至可能下意识地望望坐在旁边的人，无论是我今天的恋人，还是一位侃侃而谈的来客，我总要望望他们是否注意到我的失态（哪怕仅是一声若有若无的叹息）。是的，那是你所在的城市。我关心那儿的天气。

其实又有谁会注意到呢，这毕竟是我内心最深处的秘密。即使我不把它埋得很隐蔽，时光的流逝、空间的阻隔也非人所能左右。那么我就听任它越冲越淡，而又永不消失，像杯底残余的茶叶。

我何必关注千里之外一座城市的阴晴风雨呢，我的伞并不是为它准备的。然而我还是想听听它，因为它和你有关，如果下雨的话会落到你的头顶。我没有更多了解你的途径了，它是我们之间所保持的唯一联系，甚至还是单方面的，我对你的关心你不知道。这样也好。

我想当电视里出现那个地名给予我的感觉，无异于谁突然在我身边喊一下你的名字，我会全身一震，我甚至还会停下脚步，四下张望你在哪里。等到反应过来觉得这是不可能的，忍不住对自己苦苦地一笑，或者探摇头，然后继续走路。

所以紧挨着天气预报的节目我看不清楚，精力集中不起来。我的心恐怕还逗留在另一座城市里呢。

我忽然对今天晚上在日记本里无意中写下这一段话有点懊恼。我本以为自己早已学会不做无意义的事了。写这些做什么，还想以之表白或者证明对你的怀念吗？也许我只是想对自己说：你还在想着一个人。

再没有其他了。

如果说这几年里没有一点你的消息那是不公道的。我收到过你的一张贺年卡，是在天气已经变暖的时候。可以猜测你是拖延了好长一段时间才发出的。我很想知道这段时间里你在想什么，是犹豫，是权衡，还是因为其他事情太多而耽搁了？然而你终于还是把它寄出了。

你告诉我，这张卡片是特意为我挑选的。于是我注意到它的画面，好像是一个帆影点点的港口，一根破旧的电线杆旁，停靠着一辆同样破旧的自行车——因为绘画角度的选择，它显得骨架庞大，沉稳刚毅。旁边是你小学生般的字体："想到你每天骑着破自行车，哼着每周一歌，在北京城里早出晚归，我既钦佩，又感动，还有那么一点……心疼。"

我在一篇叫《每周一歌》的散文里，写到过自行车，大学毕业

孤身来到这座城市，单位没有住房，因而寄人篱下，自行车可谓我购置的唯一一件"家具"，上下班骑在上面，才多多少少有点回到家中的感觉，而其他的时间常被漂泊无依的心情填满。暂居之所离单位特远，要横穿北京城区，单程就要骑一个多小时。这也是"每周一歌"典故的由来："每天都是一个人骑那么远，没有人说话，我只好边骑车边哼歌给自己听。能记住的歌全哼完了，还没骑到目的地呢。"我想你是从报纸上读到那篇散文了。

你还提到你有点心疼（哪怕把这两个字安置在一串省略号后面），欲吐未露之间，说明我今天的生活对你不无触动。你一直相信我是个爱做梦、且懂得为实现它付出代价的人。我忽然觉得自己不应该失去这一点，因为你还欣赏它。

每天早晨上班，从阴暗的楼道里推出自行车，下班后又把它骑回来。有时凝视它风尘仆仆的样子，我既感伤，又觉得它也是幸福的，因为在老远的地方居然有一个人知道它、牵挂过它。日复一日机械的生活因而散发出一份淡淡的美感来。

其他的日子就仿佛和你无关了。两座城市的隔阂，有时和心灵的疏远一样可怕。没有你的声音，没有你的影子，和你相爱那段时间穿过的衣物都已变旧了，甚至被丢弃了，你所代表的内容正从我生活中一点点地消失，能够使我一看见就联想到你的东西越来越少。下面还会更少。时间的力量是不可抵御的，我几乎能看见一根硕大的时针，在两颗心之间越来越快地转动着。

天天如此，我们吃饭、睡觉、干活、做人，也许以后我会当官，你要嫁人，一切都像是事先安排好的；天天如此，我们正视现在，放眼未来，却拒绝回忆——更确切地说是害怕回忆，因为我们觉得回忆是没有用处的，它带不来更多的一点什么。

我几乎要纳闷于爱情了，曾经有过的爱情，曾经那么美丽过的爱情。那时候走在我的身边，你总是很快活。我们都觉得在对方身上找到的感觉，并非其他人可以代替。

偶尔我会凝视今天的恋人，暗暗比较她在哪儿和你不一样，为什么不一样。她活生生地走动在我身边，唱着无忧无虑的歌儿、写字、倒水、擦桌子，间或和我闹一些乏味的口角。我奇怪自己何以极其冷静地看待这一切，一颗心儿再也激动不起来，也许水面之下是对爱情本身的失落。这时候我总要轻轻地燃一支烟。

然而在长久的隔绝之后接到你寄的贺年卡时那种心跳的感觉，那份刻骨铭心的忧伤我永远也忘不掉，永远也忘不掉。那时候我仿佛通体透明，从日常那个黯淡无光、起居安歇的男人身上超脱出来。

某日翻外国诗歌选，看到"爱过了的人不会再爱"这句话。我很快地把书又合上了。

好在昨天、今天之后，还有明天，我愿意为明天想象一点什么。

相遇：爱的罗曼斯

我是在过了几年自我监禁的日子之后才遇见你的。我绘声绘色地对你描述过那段日子：白天老老实实上班，晚上就投奔城市边缘一间租借的简陋平房，在高挑的青灯下涂抹着和心灵一样焦灼不安的文字，梦想它们能日积月累堆砌起雍容华贵的空中楼阁。哦，流浪的岁月，云梯上徘徊的岁月，我大把大把投掷着青春的伪钞，却从来不敢幻想爱情——在面容尚保持鲜嫩的情况下，心过早地衰老了。

我从来不敢幻想会遇见你——哪怕是一位和你类似的人物，那时候都和我远隔着世俗的海洋。在这座城市照不见阳光的角落，都留下过我顾影自怜的脚印，我一直在某个梦里面醒着，并且像笼中老虎一样来回踱步。我无法相信自己能泅渡到彼岸，波浪如一件件脱落的袈裟，蒙蔽住土崩瓦解的昨天的咒语。我祈祷过船，但没有祈祷过家；我祈祷过夜幕下的车轮滚滚，但没有祈祷过在下一座十字路口遇见一位姑娘……

星斗可以比天空更高，你的眼睛可以比星斗更高。陈旧的比喻，高高悬挂，我的仰望远远高于这一切，使海洋倾倒、船只颠覆，零星的渔火炫耀你黑发的支流，炫耀相遇之际的明朗一笑。昔日所刻写的姓氏已深入石头，深入局部的春天，为黑暗所追逐，我们在黑暗的中心获得光明，在风暴的中心获得平静。

六月的某一个黄昏，我在下游伫望，我只挽留住一片最平淡的花瓣。花瓣，拒绝透露那个疼痛的月份，你公开的幸福，结束了我秘密的痛苦，你是我的最后一个梦，你是我醒来后睁开的眼睛，睫毛沾满花粉，内心却旋舞着落叶。醒来，大海拥进了房间，卷走家具、床单以及拥有的一切，你是我写在水面上的一首诗，被浪花涂改了一千遍。

如果永远像大海浊浪滔天，我的心也会疲倦，向往平静，向往平静的爱情，生活里的一缕炊烟，呈现在无风的天空，足以令我感动。还有月光下的小路，通俗画里的插图，清晰得能听见头顶鸟啄击树木的声音，你愿意陪我走一走吗，把风衣搁在出发的地点。

遇见你是一生中最重大的节日。至少可以这么说——如果与你擦肩而过，我的生命将永远无法拥有节日的狂欢。隔着一千座山、一万条路，你向我走来，漆黑的长发旗帜一样飘扬；我像刚刚冲破牢笼的人那样，被阳光照射得睁不开眼睛。带着自由、幸福和花束，你向我走来，仿佛你风雨兼程的目的就是最充沛地证明这一切……

美神之役

遇见过海伦的男人是幸福的，因为他知道什么叫美，并且愿意为这种美献身。海伦的眼神贯彻了他的一生，帮助他忘却荣誉、生命乃至一座城市的毁灭。在亘古的废墟之上，纤尘不染的海伦来回走动，倾国倾城的旗帜高高飘扬。"美啊请停留片刻——我愿意用一生作为抵押和交换！"面对海伦，连衣衫褴褛的乞丐都能变成诗人。荷马就是这样。

遇见过海伦的男人又是痛苦的。从此花朵不再是花朵，附近的星辰黯淡无光，世界空无一物，他心目中只居住着一位女神。海伦的影子，从内心驱逐着他，闪电如鞭，泪雨滂沱，风尘仆仆的灵魂踏遍青山，也寻觅不到神话中的遗址。空中楼阁，昙花一现的海伦手扶城堞远望，海岸边的战船纷至沓来、锣鼓喧天，平原上两军对垒、如秋后的果实翻滚，都悠悠地泯灭于历史短促的回眸。为美而爆发的战争，注定是一场壮丽的战争；美所带来的残酷，也是绝对的残酷，哦，海伦，你是幸福的制造者兼破坏者！

我就是传说中的特洛伊王子，我携带着整船的布匹、珠宝，乘风破浪，去天涯海角验证你的存在。在一座荒草覆盖的城郊，在干涸的喷泉旁边，我遇见你了，你手持一柄残缺且锈迹斑驳的铜梳，在镜中梳理光滑如绸缎的发辫。乌云翻卷，月亮的面庞终于被烘托出来。我打听你的名字，你微微一笑；我讲述海伦的故事，你佯作不知；我准备转身离去、打马回府，你又不易察觉地拉住我的衣袖。不用告诉我你是谁，跟我走吧，我风起云涌的胸膛是为你预备的黄金宫殿。

海伦，为了你闭月羞花的微笑，我摘下了腰间的宝刀；为了猜测你眼神的内容，我投注了所有的财富；为了获得你一缕青丝，我放弃了王子的身份，伴随你隐蔽在世界的边缘一座荒凉的山村，男耕女织，炊烟袅袅……我拥有了你就像拥有世界，而对付出的代价无怨无悔，因为美——高于一切！

怀旧的时候，我们乔装打扮，混迹于赶集的人群中返回故乡的城池。你蒙着面纱、坐在华丽的马车上，小声祈祷着："让世界忘掉我们吧！"这正是我的愿望。海伦，我是你的，与任何人无关。

海伦是一种美的极限。没遇见过海伦的男人，将永生遗憾，你无法想象那是怎样一种美，能笼罩住全世界的光芒。爱上了她犹如服役于美神，你模仿着盲诗人荷马，怀抱七弦琴四处流浪，向每位路遇的行者颂扬美丽的存在及其延续，而忘却了饥渴贫寒；在海伦面前，爱情成为一种使命，你觉得自己庄重如赫赫帝王……跋山涉水，风雨无阻，草履磨损，丹心依旧，这是怎样一种苦役啊，但这世界上再没有什么——能带来比它更大的幸福！

青 衣

青衣给我写信从来不署真名，那种带暗花纹的稿笺右下角总是潦草地涂抹着"青衣"两字。整封信的书法都很工整、稚拙，甚至还透露出女学生式的精细娟秀——因而"青衣"的署名便仿佛用画篆的图章盖下的。我想她平日里无事常训练这两个汉字的结构笔画。青衣想靠这两个字勾勒出她自己。

大约五年以前，南方一座城市里某位叫青衣的女孩给我写信。说是我弟弟的同学，从一些流行杂志里读过我的文章——"你不知道它们怎样打动了我"（原话如此），便向我弟弟讨来了通信地址。她还用令人不忍拒绝的孩子气的乞求，说服我最好能承担给"一位故乡的知音"回几个字的义务。她声明"青衣"仅仅是专用于和我通联的代号，因为还没有到暴露目标的时机。信封下角她留了个托人转交的地址。我笑过之后，就把这位青衣女孩的愿望塞进了杂乱的文件篓。类似的信我经常收到，我并不真想做个让少男少女崇拜的流行作家，闹着玩的；加上日常生活中还有严肃得多的事情要干，谁要抱着幻想见到我这个乏味的男人准失望。

青衣估计在那座我读到高中毕业才离开的死气沉沉的城市里蛮有耐心地守候了一个月。忍无可忍，便写来第二封兴师问罪的信。"我说你这人怎么这么不像话，我给你写信你干吗不回？""我再也不傻乎乎地崇拜谁了，不好玩！"最后归结为斩钉截铁的一铮铮誓言："你恐怕还不了解我的性格，我自尊心特强。我并不多稀罕你给我回信，但我不能白写那第一封信，我会一直写下去的，直到你烦透了，不得不给我回信为止——到时我就不理你了！你等着瞧吧。"想象一位素不相识的小女孩在远处连珠炮似的发泄愤怒的情景，我真被逗乐了。就像欣赏一段好相声会下意识地鼓掌一样，我认认真真铺开稿笺，写下了"青衣小朋友：你好！……"

青衣的目的达到了。很快便寄来厚厚一封信——一本正经摆开和我探讨理想谈人生的架势。一大半内容都是选择填充式的政治思想工作问题，譬如"你觉得男女之间是否可能存在纯洁的友谊？（请回答是或否）"，或"你偏爱留长发还是短发的女孩"？我的天呀，读研究生都没这样全方位地考我。青衣恳求我"一定诚实地回答"同时颇能体谅人似的声明："我知道你很忙，只要用笔在你选择的答案上打个钩就可以了。"青衣丝毫未流露因我终于屈服令她感到骄傲，也只字不提她说过收到我回信便老死不相往来的君子协定。青衣稳重亲热的姿态像一门你无法不认的远房亲戚。

我在青衣密密麻麻的考卷上打了一顺溜钩和叉，像领导批示过了似的，便把原信换个信封寄回。

青衣寄来张正面是《罗马假日》赫本剧照的明信片，说对我的回答很满意。又说马上要期末考试，不能多聊了。道声"下学期再见"仿佛我成她的快放寒假而在校门口挥手告别的同学了。

春节期间我回老家探亲，问弟弟："你们班上有位叫青衣的女生吗？"弟弟说没有。想了想，又说其他年级倒是曾经有好几位熟识的女生打听过我。问话差不多："那些文章真是你哥写的？"

寒假里弟弟有好几拨校友来我家聚会，女生们一律穿着蓝呢子校服，清秀稚气的面容相似，进门了就缩在弟弟房间的角落叽叽喳喳，偶尔有几位还来我书房里借过书。我不知道她们中是否有青衣，更无从判断谁可能是青衣。

刚回到单位，就发现办公桌上积压的信件中有青衣寄的贺年卡。是她亲手绘的，还从画报上剪点小动物图案贴在插页。贺辞是她试填的一阕《临江仙》或《卜算子》什么的，平仄不太工整，但很明显模仿出了李清照绿肥红瘦的味道。短函中掩饰不住兴奋与诡秘地透露寒假去我家聚会见到了我的侧影。除了我身材稍欠魁梧——她用词很照顾我的自尊心——给了她一定的打击之外"总的来说还过得去"。

我浑身一冷，有一种"我在明处、敌人在暗处"的不平等感。

青衣问我是否对她留有印象。我回信说没有。青衣再来信便很失望。说那天去我家前特意剪去伴随她度过整个中学时代的披肩长发，仅因为我回复她问答题时在短发女孩那一栏打了钩。她以为我会认出她的。我皱起眉头想半天，只记得来过我家的那几拨女孩似乎大多留齐耳的学生式短发，都很精神。至少可以肯定的是，隐藏在她们中的青衣没有给过我任何暗示。

"没认出来也挺好",青衣安慰我,"虽然我挺有信心,但还是怕你失望。我真担心自己永远没有勇气出现在你面前。不过你放心,我会越变越漂亮的。"

青衣一般每个星期来封信。有时长得要逐页标明阿拉伯数字,有时又短,顺手从流行歌曲里摘一行歌词,"大约在冬季"什么的。据她说每逢周末之夜做完功课特别想给我写信。她说她很小就父母离异,除了外婆,一直梦想有个爱护她的哥哥——"我不知道现在是否算找到了,你说呢?"

从此我不再是因为好奇心而回信了。和青衣笔谈成了我的生活习惯。我告诉她:"我已不写日记了。把那份时间挪用了。"

让青衣寄照片,青衣不寄。

六月份,在办公室接到一个女声电话,要我猜。我报了好几个名字,都被否定;我还准备猜,那边却没信心了——"我是青衣呀!"语气有点幽怨。"今天是我生日,一下课就赶到邮局给你打长途。"

青衣一直瞒着我,她下个月就要高考了,她报的全是北京的院校。她很担心,因为如果考不取,就可能进工厂了——她妈妈已在本单位给她联系一份化验员的工作。

"我本来不想跟你说的。我一直计划录取到北京后,打扮得漂漂亮亮去找你,让你人吃一惊。目前看,有点悬。"她停顿了片刻,"你放心我会竭尽全力。我已经发誓了,如果考不取大学我就永远不见你。你知道我的性格,我很要强。"

我为青衣内心埋藏了这么久的计划震惊了。青衣是个不平凡的女孩。"你上次真没认出我?"青衣故意用活泼的腔调缓解我对她

前途的担忧,"你好好想一想嘛。都怪我那天一激动,就躲得离你远远的。"突然,青衣哭了,"如果我没能去找你,你别怪我,我情愿你忘掉我。"电话挂断了。

九月了。我天天等待青衣。青衣没有来。我往她当初留的那个托人转交的地址写信,被退回,青衣的真名,她一直还没来及告诉我。世界上只有我一个人知道青衣——是某位神秘女孩为自己起的聊斋色彩浓郁的名字。而我并不知道青衣究竟是谁,至少不知道她是那群穿蓝呢子校服、短发齐耳的女学生中哪一位。十月、十一月,我仍然等待青衣,最终不得不相信她已主动地从我生活中消失。她再也不会希望并要求我——从茫茫人海中辨认出她来了。我常梦见一位裙裾飘扬的女孩子按她精心设想的那样,打扮得漂漂亮亮蓦然出现在我面前,微微一笑:"我是青衣呀!"

青衣,我一生中唯一一位为我剪去披肩长发的女孩。

谁帮我摘去肩头的落叶

1. 我拥抱乔的时候，总是很用劲。乔的小脑袋像鸟一样搭在我的肩膀上，羞涩地耳语："轻点，骨头都响了。"送别的路上，我们停留在深夜的街心花园里，我拥抱乔如同风在摇撼一棵温柔的树，遍地落叶。面对面站着，她的眼睛里有星星——或者露水，我想用嘴唇试探其性质，乔闭上眼睛，就什么也没有了。我的双手在乔的背部会合，五指交叉；乔手足无措，胳膊老老实实地垂在身体两侧。我看着乔被动的样子，乐了，帮她出主意："你可以抱着我。"我的意思是至少该像跳交谊舞一样，彼此为对方的手提供个位置。乔听了噘起嘴，两只手生硬地背到身后——以示拒绝。那姿势像俘房背抄着手等待谁用绳索捆绑似的。乔实际上是在无声地表明："我不会拥抱你的。"好久以后说起那夜的事时，乔脸红红地强调："永远不会！"

2. 本来想好好地给乔写篇文章，不知怎么却这样开头了。不伦不类。乔在旁边下评语："一点都不浪漫。"她本来期待着读一首缠

绵悱恻的赞美诗呢。然而这个细节令我刻骨铭心。好久以后，想起来，我有点明白什么叫初恋的滋味了。

3. 少女乔在我心目中是一枚青涩的果实。没见过她嘴唇上有口红的痕迹。她是一个对化妆品不感兴趣的女孩子，这样的女孩子越来越少了。她头部唯一的装饰是一根红颜色的发带，天然的披肩直发便像被闸门收拢住的瀑布，很整洁，很光亮。这是第一次见面她留给我的印象。第二次见面，发带变成紫色的；第三次，鹅黄的；第四次，乳白的……乔说她去天津逛商店时一下子买了七根不同颜色的。因为一星期有七天。所以，我天天想见乔。我和乔，永远像刚认识一星期。第八天，会是什么样子呢？周末之夜，我抽着烟问自己。

4. 知道这世界上还有位叫乔的小姑娘，是在刮西北风的初冬的一次文学聚会上。乔很热心地跑前跑后给正襟危坐的客人们沏茶，勤快的模样像巴黎沙龙里贵妇人的侍女。那次聚会没有真正的皇后，乔是最漂亮的姑娘了。猜年龄，大伙都说她只有十八岁。乔抿嘴笑着，未置可否，不满足大伙的好奇心。大伙发言，乔坐在角落认真地听，好像还在往本上做笔记。乔最后一个发言——被大伙逼的。乔一连声地说："我真不知该说什么，真不知说什么。"会议到此结束了。

5. 聚餐的时候我开始注意怎样安排座席。我努力自然地坐在乔的旁边。每个人都争抢着向乔敬酒或饮料了，唯独我迟疑着不敢举起高脚杯。我觉得那只杯子太沉重了。互留地址时我递过去一张名片，乔像营业员扫视是否伪钞般职业化地瞄了一眼，就收进手提包里。哟,包里已有了一大沓各色名片。我预感到分手之后我的影子就要被一大堆泡沫淹没了——在乔某年某月某日的经历里。

6. 电话铃响。那头的女声很落俗套地快乐:"你猜我是谁?"我刚要猜,那头又改变主意:"别猜了,我是乔。"这是乔第一次给我打电话。我想起"曙光"这个词。我想说自己其实每天都等着这个电话——又觉得这更落俗套,便摆出邻里之间聊家常的语气。事后乔总是怪我:"你一点也不激动!"潜意识里,她希望我那次兴奋得从椅子上跌下来——若能受点轻伤那更好。乔的声音,开始进入我的生活了。我问她为什么选择了我来保持联络,她回答:"那次散会后我重读笔记本里的发言记录,觉得你说的那一段挺有道理的。"原来,她那时已根本记不起我的模样了。我发言时说的什么,自己都记不清了——好像是诗人在这个商品社会里是孤独的之类。

7. 两个孤独加在一起,还能叫孤独吗?至少它不会是孤独的两倍。我和乔隔着桌子坐在一起,像东海岸和西海岸遥遥相望,总有好多话要说,好多波浪、灯塔、鱼群和船……在乔面前,我说话的节奏比平常加快了。乔提醒我:"你留着点。免得像新教师上讲台似的,十分钟就把背的课全抛出去了,下半场就弹尽粮绝了。"她怕我把故事都讲完了。我理直气壮地辩解:"谁叫我们认识得太晚了呢。先让你了解了解我的前半生吧!"有一天下午约会,两个人都没戴表,聊起彼此十二岁时都在哪里、都在干什么、什么模样(算"比较文学"吧),等到发现天色黯淡下来才打住话匣子——结果,两个人晚上的计划全给耽误了。每次在约会地点等乔,我都顺手给腕上的机械表紧紧发条,吸取教训。时间是什么?乔很纳闷地

嘟囔着。

8.乔背着学生式双肩背书包,走进西单咖啡厅就偏着脑袋、咬着手指找我。我从座位上站起来,冲她招手。她不好意思地笑着小跑过来,在我对面坐下,用小勺挖我预先买好的杯装冰淇淋吃,同时前言不搭后语地跟我描述刚才采访时有趣的事。十分钟后,我仍然没插上话。我屈起指节在桌面上敲叩一下:"这位同学,现在是课间休息,能否把您背的书包暂时搁下来呢?"乔这时才意识到自己坐了这么久还背着沉重的书包,忙取下来放在旁边的空椅上,"瞧,我一高兴啥都忘了。"我又叫了杯冰淇淋,"你呀真是个'忘我'的人。不过,别忘了我就行。和背着包的你坐着聊天,总觉得你像整装待发、随时会走的样子,我很紧张。"乔说:"那我就真走一回给你看看。不过,我要背着红军长征时那种一床棉被捆扎成的四四方方的背包。"我提醒道:"别忘了背包上再塞一双备用的千层底布鞋,再缠上绑腿、腰挎军用水壶,那更像了。"乔乐了,隔着桌子伸过小拳头捶我。"别捶了,怪痒的。"每逢这时我总求饶。乔还不住手,咬牙切齿地说:"让你尝尝咱无产阶级的铁拳!"

9.乔不高兴了,就闹着要跟我"吹"。有一次还举出第三者是她们单位的谁以作为对我的威胁。我劝诫她:"第一次时我还真信了,还真失眠了三个晚上。听说过'狼来了'那个寓言不?别这样。免得你以后真要跟我吹时,我还当开玩笑呢。"乔自有道理:"就不许军事演习啦?我这是帮你早日做好准备。到时候,你就不痛苦了。"我摊开手:"老这样算咋回事呀,长痛不如短痛。到时候,我自然会很坚强的。"乔斜我一眼:"到时候别哭就行。我心可硬。"

10. 从来没听过乔说她爱我。我恳求:"乔,说吧。我可怕追女孩,追女孩太累。"乔的眼光里流露出温柔的怜悯:"我要你追了吗? 不过,我也没跑呀。唉,不知你以前遇到过什么样的女孩,使你失去斗志。没准儿,我在收容别人的俘虏呢。"乔叹口气。乔用小小的指甲摘去我毛衣上沾带的草根。她见过我失败的初恋里那位女孩的旧照片,但她后来不再在我面前提那人的名字。我那轰轰烈烈又溃不成军的初恋,在我内心留下一座核废料堆,我一直用忍耐的水泥覆盖在上面,作为无法磨灭又努力遗忘的陵墓;乔是春天,遇见了乔,我感到那厚重的水泥板块终于裂开了一道缝隙,更可贵的——是缝隙里终于艰难地冒出一茎嫩芽。

11. 乔。我用粉笔在心灵的水泥地上写下这个姓氏。

12. 乔用小小的指甲摘去我肩膀上的落叶。我拥抱乔的时候,总是很用劲。乔的嘴唇像鸟喙一样对我耳语:"轻点,骨头都碎了。"我觉得自己用双手捧着一只脆弱且温顺的鸟,乔是空气,我怕她从我指缝里溜走,溜走就什么也没有了。乔是我生活中的空气,乔的欢乐与忧伤是我的呼吸。

13. 乔是仁慈的。乔准备明年和我结婚。乔说,她不用征求任何人的意见,这次是她自己拿的主意。乔问:"你会后悔吗?"我摇摇头:"你呢?"乔没有回答,乔只是用小小的指甲摘去我肩头岁月的落叶。

你的眉毛是一把锁

1. 少女的眉毛永远是美丽的，那简直像点缀在青春脸庞上的两面小巧的旗帜。当然，我指的是那类快乐得仿佛随时准备给一阵风吹走的少女。乔却例外。乔似乎天生就属于忧伤的少女。她的眉毛像一把锁，无言地封闭住悠悠岁月里高深莫测的心事。即使在她为日常生活中某些美妙的瞬间由衷地微笑之时，她面部的轮廓妩媚如一捧苇影摇曳的天鹅湖，但她的双眉之间依然隐含着一个悬而未决的问号——至少乔犹豫的表情给我以这样的错觉。1994年3月某日，我在北京旧鼓楼大街的晚钟声中与一位埋头走路的本地女孩擦肩而过，她撑着细花伞凝眉不语的姿态令我频频回首，我几乎怀疑自己无意间走进了戴望舒的《雨巷》，这将是我一生中诗情画意的节日——我寻找到那位丁香一样结着淡淡愁怨的姑娘。当我花费了足够虚构一篇言情小说的时间，终于打听到她姓乔之后，她那紧锁的眉毛便像泰戈尔笔下的新月，无须擦拭即冰清玉洁地浮现在我仰慕的地平线……

2.我想我是爱上她了。甚至她的姓氏都令我感到亲切与温存。"铜雀春深锁二乔",她是三国时期周瑜船队上劫持的名门淑女大乔与小乔吧？遗憾的我不是那位羽扇纶巾、风流倜傥的少帅,在红袖添香中使赤壁辉煌如火中凤凰。我是个两袖清风的穷书生,白天在一家公司混碗饭,晚上闭门写诗,我爱江山也爱美人。甚至很久以后我模仿中世纪的骑士勇敢地在广场上向乔求婚,背诵的台词都是:"乔啊,嫁给我你会吃苦的。"乔说她有点失望,但仍然决定等着听小夜曲呢。乔说她虽然失望,但仍然决定嫁给我。乔调皮地使用了个否定之否定的句式:"本小姐非你不嫁——这下吓着你了吧？不过你可以逃跑。"那天夜里我还是在宿舍的行军床上笑醒了:我的生活中怎么突然冒出个未婚妻来了——看来前世修行的福分不浅。后半夜,我像《诗经》里那位好逑的君子一样辗转反侧,策划着明天怎样和穿牛仔装的乔去郊外来一次浪漫的幽会。

3.当乔沉浸在往事之中她便是忧郁的。对于一颗敏感脆薄如瓷器的心灵而言,同样的苦难对于她将造成超过别人十倍的磨损。乔是个经历过坎坷却仍然能保持住美丽的女孩,她不仅美丽,而且深刻。乔的内心有一部书,某些章节我读得懂,某些又读不懂。我告诉乔,忧郁在她身上表现为很贵族的气质,就和偏爱雨天里穿一袭黑裙子在梧桐拥护的人行道上散步的乔一样——有其无法拒绝的魅力。乔边听我说边信手在白纸上涂抹这两个字:"忧郁。"我还一直以为忧郁是缺点呢——乔不好意思地笑了。

4.你的眉毛是一把锁,你的忧郁是另一把锁。我带来了欢乐,你摇摇头。我带来了阳光与花朵,你仍然摇摇头。我不知该用怎样

的钥匙才能把它打开。你紧锁的心扉究竟掩饰着什么？也许仅仅是一句话：少女之书啊不需要读者。我穿着羽绒服与翻毛皮鞋默默坐守在你门前的水泥台阶上，我在看星星下棋，我就像保护一只蝴蝶的睡眠一样，小心翼翼地在你与世界之间的开阔地上——为你的梦放哨。不要畏惧世界，它无法绕过我而惊动你。今夜星光灿烂，我是全世界最温柔的哨兵。

5．我和乔交往中至少有一半时间，是隔着桌子面对而坐，海阔天空地渲染节日焰火般绚烂的话题。纵然时间、地点、布景不断更换，横亘在我们之间的永远是那张爱情的课桌。而乔山明水秀的面孔遥遥地呈现在银河的彼岸，忽而伸手可触，忽而恍若昙花，构成我心目中百读不厌、万古常青的课本。我总是采取横渡的方式接近乔的鸟语花香。哦，迎面走来的乔，擦肩而过的乔，蓦然回首的乔。

6．我吻乔的时候，总是首先吻她的眉毛——那是属于月亮的位置。它镶嵌在光洁的大理石额头上，像一首勃朗宁夫人十四行诗的标题。而这时乔微微仰着小鹿般挺拔的脖颈，她的眼睛睁开了一下，又赶紧闭上了。那胆怯的神情令我怜惜地伸出宽厚的手掌，像流行歌曲所唱的那样——悄悄地蒙住你的眼睛，此时此刻，哪怕她再短促的一瞥，都能穿透我的灵魂。时间成为一位被冷落的客人。等我松开僵硬的手臂，几乎以为已走到21世纪了。我和乔像罗丹的青铜雕塑，逐渐恢复了活力，甚至听见血周身流动的声音。我们礼貌地分开了，站在世界的两侧，触电般不敢再碰对方的手……

7．即使在这神圣的时刻，乔的眉毛仍然像一把锁，一把充满暗示的锁。我问乔:"读过《爱眉小札》吧？就是那个徐志摩写的《爱眉小札》，现在，你是我的陆小曼。"乔不回答，乔背诵了李清照的一句诗，好像是"才下眉头，却上心头"。近处的乔啊美若天仙，远处的乔啊绿肥红瘦。我是乔生命中迟到的卷帘人，我尊重与青春有关的所有秘密。乔啊帘外雨潺潺，独自莫凭栏……

8. 也许这仅仅是我虚构的爱情故事。也许明眸皓齿的乔已成为我今天的妻子。也许原因在于我，是我从两个世界爱着同一个女人，于是诞生了一个现实之中的乔，和一个时间之外的乔。乔在我书房里来回走动着，对这一切不发表意见，她幸福地忙碌着——觉得世界上再没有比布置壁画、酒柜、落地窗帘更重要的事情了。

9. 我四海为家的青春岁月里偶然听过一首外国民歌:《我的爱人在月亮上》。从此，月亮在我心目中成为爱神的别墅。乔是我的嫦娥，我的月亮上的园丁、桂花的使者。而我轰轰烈烈的爱情在今夜零点将成为一艘登月火箭，风驰电掣地呼唤乔的名字，呼唤银河决堤的神话。乔是我月亮上的新娘。

少女，请别背对我哭泣

1. 我站在北京城西部的一棵梧桐树下问乔："两颗心的距离有多远？"乔当时面对着我，伸直右手，指尖刚触到我上衣的第二粒纽扣："也就这么远吧。"我知道她指的是一条胳膊的长度。"能更近点吗？"我征求她的意见，"那样我就能够着你了。"乔的笑容闪烁出水果的光泽："爱情也需要距离，安全距离。"我就这样停靠在乔的爱情的停车场，在遇见乔之前我走了老远的路，有点累了。说实话我已经很满足，站在目前的位置，我能看清乔的眉毛。

2. 那段时间是我一生中屈指可数的幸福的日子。对于一位习惯把苦难当作雨披的男人来说，乔是一片倾斜的屋檐，是室内堆满劈柴的壁炉，是阳光灿烂的窗台仕女瓷瓶里的插花。我能不珍惜她吗？甚至我今天在白纸上写下乔的姓氏，都类似于脱下冻结的手套取暖的动作。我把过去岁月里灰暗的影子像一件外套似的给抛弃了。爱情是一次日出，是生命第二天的日出。我已记不清昨天我在哪里了，我只知道今天是具体的，今天乔正在我的茅草屋顶下来回走动，把周围的一切清扫得像金碧辉煌的皇宫。我下意识地捂住胸膛，发现她的抵临甚至清除了我内心的尘土。

3.我扶着自行车在一根新漆过的站牌下等乔。约好的十一点整，可时间已超过了一刻钟。我开始意识到等候者的孤独，我被时间冷落了，而世界又被我冷落了。我甚至没注意背后的落地橱窗正在展览什么，也忽略了围观的行人的议论。实际上那是一家花店，今天是外国流传过来的情人节，一束玫瑰相当于两张电影票的价钱。而我是这座城市里的无产者，拥有的仅仅是诗、理想和遥远的流浪故事，我不知这能否代替爱神签发的入场券。一辆天蓝色公共汽车的抵达打消了我的一切顾虑，梳着披肩长发的乔像天使一样出现在我面前，大街上的商店、银行、岗亭之类便全部消失了。从十一点十五分开始，乔就是一切，她迟到的温柔使我成为等待的富翁；我不再为清贫的身份而惭愧，因为幸福已从木樨地一带的音乐学校出发、在转乘了好几趟公共汽车之后终于找到了我。我陪一位天使走在情人节的高速公路上，我们是节日当之无愧的主人。

4.在一所名不见经传的私立音乐学校里，乔是新上任的钢琴教师。她手中的花名册掌握着四十二位进修器乐的贵族子弟。从年龄上看，他们至多算乔的师弟或师妹，然而是乔手把手地领着他们去拜访贝多芬、肖邦抑或抒情王子理查德·克莱德曼。第一次与乔相识，是在长安街边的稻草人咖啡厅里，乔礼貌地接受了我"喝一杯"的邀请，隔桌而坐，用没涂指甲油的洁净的手把玩着盛满雪碧的高脚酒杯。那双呈现出花瓣形状的手本身就像一件艺术品，透露出小布尔乔亚式的高贵与典雅。我有勇气凝视乔云遮雾罩的美丽且

忧伤的脸，却不敢看她被橙红色桌布衬托着的纤长苍白的手——它简直是有表情的。我暗暗对自己说："凭这双手，我也会爱上她的。"当时我还不了解她音乐世家的身份，她二十四岁的生命简直就是一堂漫长的琴课——她进幼儿园的那一天，父母送的礼物就是一架电子琴。乔的手指长期在黑白键盘上远足，仍然稚嫩如处子，但她多愁善感的心却时常在音乐王国里感悟到流浪的疲惫。

5. 然后我就每逢周末之夜在乔学校的门口接她了。然后我又在街灯昏暗的无人的墙角迅疾地吻她了。乔用手挡着我俯冲的脸："我不喜欢这种偷袭。"我笑着四处张望："那么等有行人路过的时候，我再明目张胆地吻你吧。"然后有好长一段时间，我仅仅轻轻拉着她的手，像搀扶着一位迷路的公主。我们的宫殿在哪里呢？想到这一点我又心情黯淡。我是这座都市里一只没有巢的鸟，我的羽毛上沾满晾不干的雨水——那是失败者的泪水呀。乔窥探出我内心郁积的忧愁，乔小声凑在我耳边说："你可以吻我了。"我默默扭转热泪盈眶的痛楚的脸：小姑娘，我要的是爱情而不是怜悯。我故作轻松地把她的手揣进我羽绒服的衣兜，以免它被午夜街头的寒流冻伤："小姑娘，让我送你回家。"那天晚上，一个无家可归的男人送他心目中的天使回家，直到仰头望见她闺房的壁灯亮了很久才惆怅地离开。

6. 三年后我再次出现在乔那所音乐学校的栅栏外面，已带着胜利者的坚定沉稳。这三年里我赤足旅行，跨越遥远的省份，终于把遍体鳞伤兑现为生活颁发的勋章。乔平静地从阶梯教室里出来，老远就看见园外草坪上似曾相识的身影，她怀疑地停住了脚步——只用了一秒钟的犹豫,美丽的钢琴教师就抛下胸前抱着的简谱、茶杯、彩色粉笔盒向我奔来了。那一瞬间我感动得想呐喊一声,哪怕会惊醒附近埋头修剪树木的园丁,我相信乔是在抛弃她从属的那个世界向我奔来。乔小小的拳头狠狠地砸在我的胸口,然后就哭了:"我以为你失踪了呢!"那一拳远比一位职业拳击手更为有力,我不由自主打个趔趄。没有我长途旅行中预料的吻、微笑、拥抱,乔爱恨交加的一拳作为重逢的见证。我这才知道三年前的自卑造就了何其惨痛的误会,而乔与我一样为之付出何其沉重的代价。"乔,听我说,我是不愿作为一个生活的失败者来干扰你,才不辞而别的。即使成功遥遥无期,但现在我至少可以平等地爱你——正是爱情要求我这样做的。"乔不理睬我的解释,乔背对着我,只是哭,只是哭……

7. 我一生中也没像那一天那样,见过那么多少女的泪水。我一生中也很少接触那暴风骤雨般的感伤。尤其在于——那是一位背对我哭泣的少女,她并未选择我的胸膛作为擦拭泪水的位置。乔转过身来,面孔已恢复了平静,她仍然把潮湿的手帕揣在掌心,她说:"跟我回家吧!"她伸出另一只手搀扶我。一路上乔尽可能响亮地笑:"你错了,我爱的是三年前那个敢于在站牌下等我的穷小子,而不是因为怯懦而出走的你,更不是今天所谓的凯旋者。"我提出一个穷途末路的流浪汉是否能在世俗偏见中与一位温香软玉的贵族女儿画等号——这正是我不惜一切代价改变自我的原因,乔用指甲掐我的手心:"但是你把幸福也失手给改变了。"

8. 我们又走上三年前那条布满广告牌、霓虹灯的旧路。我仿佛

又走回三年前那个风起云涌的夜晚。乔尽力用温情的故事抚慰我风雨兼程留下的隐痛，乔啊真是位善良的公主——她一生都适宜在童话里呼吸。远远地能看见那栋紧挨着天坛公园的塔楼了，远远地能看见乔卧室的那扇亮着灯的窗户，然而直到走到花圃夹拥的门前水泥路上，我才在一仰头之间，发现那亮灯的窗玻璃上贴着一个大红的"喜"字。和三年前一样，我自觉地停住了脚步，我这时才察觉到乔眼睛里盈满泪水，泪水里写满岁月的惆怅；我相信在乔的眼里，我的面庞也同样写满岁月的过错。乔用那双我曾深深爱慕的典型钢琴家的手使劲地拉我，我用更大的力量把它拨开："小姑娘，我今天来见你就是为了送你回家。"我甚至还像呵护一个梦似的在乔的头轻拍了一下。然后直到她的背影消失在黑暗的楼道里，我仍然不敢抬头仰望那扇窗口的灯光——那上面刻着命运的一个符号。

9. 多少年以后，一位叫乔的女孩掩着面孔冲上木制楼梯时所发出的匆促的脚步声，仍然在我的头顶回响，它一次又一次震落了我内心的尘土。北京有一条偏僻的街道，我一生中再也没涉足过一步；甚至刚刚接近那终生难忘的布满广告牌的街景，我也会像遇见交通岗亭的红灯似的，远远地绕开……

一生中的疼痛只有一次

十年前我在武汉读大学,爱上了法语系一位湖南籍女生。原因很简单:我们两个系在同一间大教室里上过选修课,她披肩发,鲜艳地系一条红发带,眼神却冷;而我很久以来就想找一位长着这双眼睛的姑娘。我首先打听到她叫橙——我是把这个名字作为一种颜色而不是一种水果来想象的。接着通过借抄笔记之类事由与之相识,又勇敢地约她在樱花大道上散过步。她的眼神依然很冷。我在谋算着怎样给那双太美丽的眼睛加温。

国庆节前我去预约她郊游,她说准备当晚即回长沙家中过节,正整理行装。第二天早晨醒来我就想到那双大眼睛,于是诞生了一个浪漫的念头。我找出暑假通信时她留给我的家庭地址,然后直奔火车站,在那一带逗留了大半天,才等到一张晚间的单程车票。

抵达长沙刚刚凌晨,我按照地址来到了岳麓山下,在她家的楼下徘徊到天明。等到一般女子该起床并梳妆停当的时辰,我在露天的水龙头下冲了把脸,精神抖擞地上楼去敲门。虽然在硬座车厢

里颠簸了一夜，但十年前的我，在爱情面前是怎样的不知疲倦啊！橙抱着一件正编织的毛衣开门，一见是我，呈现出碰上外星人的表情。"你怎么会来的？"我等待着她询问。然而我至今仍承认橙是个不同凡响的女孩，她什么都没说，用最快的速度醒悟过来，礼貌地把我让进客厅里。但我察觉到，她未施粉黛的面颊上冉冉升起两朵红晕。

橙坐在我对面的沙发上，一边聊天，一边照常织毛衣，但是她手持的毛线针在微微颤抖。她抬头看我的时候，眼睛有点热。我捧着橙给我沏的一杯茶，内心很慌乱，仿佛给一股看不见的力量推到灯火通明的舞台上。我一下子忘光了台词。十年前的我，对爱情毫无经验，这无形中给失败埋下了伏笔。在那两个小时的交谈中，面对我不讲究章法的表白，橙承认自己很感动，但不断地重复这一切对她太突然了。她说她还不懂爱情，但也不想接受……

我知道我只能选择撤退了，内心有丢盔卸甲的感受。她送我到楼梯口，她说可以陪我玩玩长沙的几个风景点。我苦涩地一笑，挥挥下火车时新买的市区地图，说不用了。我只想早点结束，结束这青春的尴尬。背对着橙，看不见那双美丽的大眼睛，我才有余力打扫一番内心零乱的战场。十年前的我，真是太脆弱了，十年前带有空想色彩的爱情，是一具玻璃器皿。

一夜未睡的疲倦卷土重来，走在那条两旁排列着旧式店铺的青石板街巷里，我有点恍惚，仿佛置身于某部老电影的布景里。我开始怀疑此行的目的与意义。我苦苦撑持着自己，找到最近的一家小旅馆里开了张床铺，我此刻太想狠狠地睡一觉了，把一切都忘掉。

一床肮脏却温暖的铺盖，掩饰住我欲碎的心。窗外那家木工作坊里的拉锯声和锤击声，尖锐刺耳，仿佛是命运对我精神施加的酷刑。想到橙的那双眼睛，我感到内心的疼痛，被割裂的疼痛。我知道，我在强迫自己遗忘。我正在跟自己艰苦地做斗争。十年前的我，就这样把内心一座用积木堆砌的城堡夷为平地……

坐在返回的火车上，周围的世界又真实起来，车厢里的乘客或看书或聊天，都安然运行在各自的精神轨道上，都像生活本身一样朴素自然。在他们眼中，我也一样。只有我自己知道，自己刚经历一段小小的脱轨。我同样还感受到了，几小时前那钻心的疼痛正逐渐平息，硝烟散尽，我几乎可以超脱地看待那一切。我知道，伤口开始一点点地愈合了。我终于感悟到生命本身的伟大，不设防的心灵容易受伤，但是，它毕竟还懂得包扎自己。

十年前的那次旅行，是我人生的第一次挫败，虽然微不足道，但确实使我感受到最初的疼痛。我并不责怪十年前的敏感脆弱。因为在挫败与疼痛之后，我开始像真正的男人那样奋斗着。

青梅竹马

最早认识到女孩这个陌生的概念，一般是在高中。

小学是在混混沌沌中度过的，男女生相处两小无猜，似乎看不出有什么区别，大家在一起说，在一起闹。女孩惹恼了我们，我们也会像对待男伙伴一样毫不示弱，凭什么要谦让她们？感受最深的是班上一个男孩和坐在他后排的女孩，因为座位什么的吵闹起来，热火朝天，竟至抱成一团扭打起来，谁也没一点顾忌。小学时女孩个头总要高那么一点，力气总要大那么一点，那女孩竟把男孩连摔三跤。看到那男孩被压在地下拼命挣扎的狼狈相，我们也有点不好意思；看来女孩真不是好惹的。何况她们成绩总要好那么一点，在老师面前总要表现得更积极那么一点。

进入初中后，男孩的傲气滋长起来，班级考试原先为女孩占据的前几名逐渐被我们取而代之。女孩没啥了不起的，脑子不灵活、不过就是肯下死功夫。随之出现过一些欺负女同学的现象。但不久，男女生之间很突然、很微妙地疏远起来。下课了男孩跟男孩聚成一堆聊天，女孩和女孩邀集在太阳底下跳绳、踢毽子，互不干扰，像两个兵团一样壁垒森严。对于女孩，除了有一点陌生感和神秘感之外，也没更多的印象，谁都不愿意也没必要放下架子去搭理她们。

高中就不同了，女孩不知不觉惹人注意起来。她们逐渐注重并且懂得打扮自己，今天穿一套新衣，明天变一下发型，都像换了一个人似的容光焕发，在我们这群灰蒙蒙的男孩旁边显得尤为突出。说话声也叽叽喳喳的。我们时常按捺不住好奇，想偷偷瞟一眼她们，又像一幢旧楼不敢仰视自己旁边粉刷一新的邻居。而女孩们愈加骄躁起来，打我们面前走过，目光总是望着天上的。哼，有什么了不起的，不还是那群灰姑娘嘛，顶多是偷了一双水晶鞋。

说归这么说，我们还是不得不在心里咂嘴：女孩真会打扮，打扮得像大人了。譬如班花徐小霞，个头高挑，经常把妈妈的旧衣服穿到学校里来。虽是旧衣服，毕竟是大人的式样，很衬气质，给徐小霞添了几分成熟的美，也使我们男孩和她一比似乎小了几岁。我现在还记得有一次她迟到，套着妈妈的一件黑呢子大衣走进教室，目不旁视，高跟鞋在水泥地上咯咯作响，像一串鼓点。全班人一起抬头仰望她一眼，又几乎同时垂下目光：她太亮了，刺得人睁不开眼睛……

那时还流行张行的歌，我们课间休息时爱哼他最温柔的那首《寂寞的小男孩》："窗外又下雨了，雨丝缓缓地飘落下来。远方有个女孩，她从雨中慢慢地走来。小女孩……"唱到这里时旋律悠扬上去，特别好听。在我们心目中，女孩这个称谓似乎成了美和洁净

的代名词，没沾染一丝烟火味。

我们开始注意到她们，女字旁的她们，很真实地生活在我们旁边。她们爱吃零食，是校门口那家小店的常客，出来时口袋里总要捎上几包话梅和瓜子。她们手巧，不像我们爱谈论足球或战争，而津津乐道于毛衣的编织法之类。她们也有好多缺点，胆子小，心眼也小，但这些缺点安在她们身上也挺好玩的。太完美的女孩总好像少了一点什么，怪叫人失望的……

像一阵风，班上开始流传谁喜欢谁了，谁和谁好了，每天都有这样的新闻、抑或想象。毫无疑问这大都是敏感而又多疑的女孩子发布的。大家在一个教室里面面相觑，却又彼此回避着目光。有几个女孩议论我喜欢徐小霞，并且断定我抄在黑板报上的一首诗是给她的，其实我写的时候一点没觉得。不过，我可不像其他受冤枉的男孩那样面红耳赤地否认，说我喜欢徐小霞又怎么样？我一点不感到丢脸，徐小霞毕竟是班上最漂亮的女孩。

时间长了，有一次上体育课，徐小霞从人缝里看了我一眼，那目光似乎是深深的。放学后一个人走在路上，我回味着徐小霞的目光，像津津有味地吮着一颗话梅。那些天阳光都是亮亮的。直到现在我也说不清那样一个日子里，那样一位女孩投给我的那样一种目光是有意的，还是无心的。女孩呀女孩，像个谜。

临近高中毕业了，男女生的关系出奇地融洽起来。记得毕业晚会那天，女孩们都穿来了最漂亮的裙子，而我们也第一次显现出绅士风度，哪怕是从电影上模仿来的。女孩子悄悄地告诉我们：你们终于长成大男孩了。大家在校门口依依惜别，可以清晰地听见一扇时间的门在身后关上了。那飘扬在对面的彩色裙装，使我们深刻地意识到：女孩和我们，原来一直生活在世界的两边，而中间有一条深不可测的河阻隔着。这条河叫离别。

失火的天堂

纤去远在东郊风景区的机场送完阿康之后，发现头顶的天空晴转多云，一向熟稔的这座南方港城的街景也给人以陌生与隔离的错觉。纤一咬牙就打了辆米黄色出租车，在自家小阁楼门前结账时还尽可能保持镇定与雍容华贵。当高跟鞋噔噔地爬上老式的木把手旋楼，她做的第一件事就是焚信。纤从晒台上取回冬季用于烧炭取暖的铜盆，把平常锁在梳妆台抽屉里的厚厚一叠阿康的信像洗扑克般搅乱了秩序，然后不太熟练地揿燃了谁聊天后忘在这里的一次性打火机。第一封信的右角接触到火焰顿时焦黄、卷曲、仿佛被风掀动一样，她攥信的左手被烫了一下，慌忙松开了。于是这封点着了的信像失事的飞机般一头栽进炭盆里……

纤伸手从火堆里抢出几封信，抽出其中写满密密麻麻的纯蓝墨水钢笔字的带暗花纹和香水味的信笺，仅仅浏览了一眼就感到心疼。埋在一大堆词汇中的一个"爱"字仿佛被谁特意放大了似的，一下子就抓住了她。纤嘴上咒了声"骗人！"但心还是稍微震动，如同在露天广场散步被几滴雨打中似的。仿佛不是在烧信，而在焚毁时间——那些阿康在做生意间隙一笔一画写信的时间，那些航路上的日日夜夜，那些自己从邮箱里取出拆开后跑回卧室里闭门阅读所花费的时间，都在某种破坏欲的指使下，被付之一炬。它们失去意义了——纤想，这本身比变成灰烬更为可怕。保留它们等于保留时间的创伤，除了持续的疼痛你将一无所获。

纤把手上的这几封架在跳跃的火焰上——这姿势像怜爱地喂养什么宠物，让它们连同花哨的纪念邮票一起变黑、变轻，发出烧糊了的气味。纤小心翼翼地把信件挑拨出空隙以控制火势，又像在尽可能延长内心疼痛的时间。纤啊残忍地把二十岁的天青色的心绑到火刑柱上，不这样不足以忘掉一个人，不足以忘掉自己穿着漂亮的衣裙和那个人散步、交谈、看电影、进餐的所有罗曼蒂克的画面。那个人此刻正置身于大洋上空的云层中间呢，他甜美地幻想着彼岸的锦绣前程，但不会相信背景里的纤正努力掐断内心随风飘舞的风筝的线索。他低估纤了。纤决定做一次往事的叛徒，以惩罚在她的玻璃心上划下伤痕的那尖锐的指甲、那只粗暴的手乃至那个自私而健忘的人……

纤曾经亲昵地把那个人叫作"阿康"。女伴们听到都乐，说纤是穆念慈，意思指那个人是《射雕英雄传》里兼多情与无情于一身的杨康。"爱上了阿康，你好痴好可怜哟！"她们夸张地模仿台港录像带里的腔调。纤眼巴巴地守在公司的落地玻璃前等阿康开车来接她下班。纤捧着阿康送的康乃馨钻进低矮的车门。纤在歌舞厅的包厢里和阿康商量着婚期。纤精心准备着嫁妆……

一切都被一张越洋的单程机票打破了。《射雕英雄传》里的阿康打马而去。纤仿佛被抛弃在空中楼阁的瓦砾堆积的废墟，当初的甜言蜜语也无法泯灭这内心深处的一箭之仇。纤恨不得放一场大火。她尽量克制着这种冲动，最终决定焚毁那些已成为幸福的反证的往日情书。就像刀耕火种的农民开春之后必须烧荒才能重新播种一样，纤不忍看原野上遍地麦茬的收获后的苍凉萧瑟，她想向生活讨还一方清风明月的田亩……

往事的片断都成为遗忘的最佳燃料。纤披发垂肩的满月般圆润的面庞被炭盆里的火光映亮。《失火的天堂》，她想起琼瑶的一部言情小说。这不妨作为清纯少女纤灾难般的初恋遭际的比喻。或许世界上从来就不曾有也不可能有天堂——纤想，这正是相信天堂的人不可避免的悲剧。即使真的有天堂，那也要靠自己一砖一瓦地去构筑，否则仍然摇摇欲坠。海誓山盟也是这样。

这是少女纤二十岁生命中一次小小的火灾。二十岁的火灾，焚毁了她初恋的阿房宫，那些青烟袅袅的雕梁画栋，那些写在纸上的爱情燃烧后的灰烬，那些过于依赖而造成的雨伞下空缺的位置，都不比穿衣镜里再次出现的洗礼后的纤的身影更为真实。五分钟的火灾，一个人生命中必要的安全的火灾，以遗忘命名。当我们被记忆的包袱压得太累的时候，难道没有资格减轻一点负担吗？纤叹了口气，便开始清扫炭盆里的灰烬，当这一切做完之后，她挺直腰杆，清洗依然青春的容颜，并且特意给贫血的双唇点上了象征着快乐的桃红色口红。镜子里的纤，依然像几年前那位爱在大街上微笑的女学生一样单纯、美丽……谁也没有权力阻止我们拥有快乐，除非自己放弃对快乐的寻找与信仰。纤想，谁也不能使我痛苦，除非我愿意自己痛苦——她那少女的骄傲和信心又像嫩芽一样萌发出来了。

英雄末路唱大风

卖文为生，原来是形容读书人为稻粱谋的艰难辛酸：徒穷四壁，别无长物，唱罢《茅屋为秋风所破歌》，还需面对现实重整河山，于是斜倚黄卷青灯，万般无奈地施展雕虫小技换取一箪食、一瓢饮……这既是文人们硕果仅存的骄傲，更是一个时代里文人们的悲哀。它令我联想到《水浒传》里杨志卖刀的典故，英雄末路唱大风，不得不出售祖传的宝刀以作还乡的盘缠，可以想见其衣衫褴褛、神情黯淡，而大大区别于扬眉剑出鞘的慷慨激昂。看来无论文坛还是武林，怀才不遇都是普遍的事。

几年前我以外省诗人的身份客居京华，在某家出版社谋得个类似刀笔小吏的差使——白天坐在办公桌前对如山的来稿大动干戈，晚上则退隐斗室、纸上谈兵，把云蒸霞蔚的灵感从天花板上采撷下来。文人嘛，干不了别的，只有和文字打交道还算游刃有余。我面壁磨剑，卧薪尝胆，寄希望于把手头的活儿练得更加圆润，便堪以纵横天下，仰天大笑出门去。说实话，我年少时颇羡慕身怀绝技的江湖艺人，在这风起云涌的世道上，芸芸众生若想永远处于不败之地，最可靠的就是掌握一门货真价实的手艺。手艺就是铁饭碗——至少管饱。手艺是咱劳苦大众的命根子。请缪斯原谅，很明显我是以劳动人民的态度来从事艺术的，毕竟时代不同了。

据说某大音乐家也有过落魄维也纳街头的经历，他踱进醇酒美食的餐馆而深恨囊中羞涩，索性向老板借来羽毛笔，在油迹斑斑的菜谱空白处写了一段曲子以代账单，识货的老板果然为之摆出丰盛的宴席。而那支来历不凡的曲子，几十年后仍流行于世界各地的唱片或磁带里。这件事至少说明了一个道理：艺术不应该逊色于金钱，而杰出的艺术品甚至比货币的流通拥有更为深远的市场。但艺术的高贵在现实中又常常不堪一击——如果那位老板不懂得艺术的价值，必将把饥寒交迫的音乐家当作疯子驱逐出铁面无情的柜台。总之听说了这支世界名曲诞生的故事，我的心忧伤得颤栗。

艺术家忍痛出卖惨淡经营的作品，是无奈，而不可耻——因为这一举动蕴藉着高尚的用意。那就是不惜代价地赎回自己被世俗生活重重束缚的灵魂的自由。心灵的宽松与自由啊，每一天都是宝贵的，都来之不易，它牵涉到艺术生命艰难而执着的延续。贫困潦倒的凡·高如果侥幸卖掉一幅画，他注定会用两块铜板抢购告罄的锡管颜料与画布，再用仅剩下的一块铜板换取廉价的黑面包。这样他至少为自己争取到一星期的自由：这一星期里既不用担心饿死，又不至于弹尽粮绝地中断呕心沥血的创作。卖文为生，对于任重道远的文人们来说应该算件悲壮的事，谁也逃避不了人间烟火，但有限的付出，是为了无限的索取——对艺术境界的贪婪是伟大的，为艺

术而贡献的代价亦有着无法估量的价值。

"长铗归去兮，食无鱼，出无车……"我跻身铁打营盘的京城，深深体会到创业艰难与谋生不易。两袖清风而又一文不名，走在直通青天的长安街上，我觉得自己很渺小，简直可以混淆于一粒尘沙、一枚落叶。忍将龙泉换酒资，多少次在低矮昏暗的末流餐馆里弹铗而歌、顾影自怜，为束之高阁的宏图无法舒展而不平则鸣。单位里的薪水很菲薄——顶多相当于陶渊明的五斗米吧，聊以糊口；而大街上的豪富名流无以计数。李白"吾辈岂是蓬蒿人"的酒后狂言，时常冲撞着我驿动的心。宁折不弯，我是不习惯对生活服输的——甚至打个平手我都很难满意。而当时对于一切从零开始的我来说，面临层出不穷的困境，冷酷无情的实际生活简直是以钢铁车轮的形态挤压着我。我知道该到和生活掰手腕的时候了，我首先要保证自己握惯了笔的右手不至于被压倒在桌面上。

北京可不是个很容易安营扎寨的地方。我结识过不少从外省投奔而来的搞绘画或音乐的——他们把北京当作神圣的巴黎来看待的，从下火车的那一天起就被逼迫着背水一战。这是一个物质无敌、金钱耀武扬威的时代。单位住房紧缺，我在近郊的麦子店一带租了间破败不堪的农民房，苦苦支撑起一架贫寒的行军床，大雪之夜蜷缩在床头就一盏台灯读书或写作，颇有点马背吟诗的气氛。在不生火的平房里，我文思如涌，对生活唯一的祈祷就是：千万别把我的墨水瓶冻住了，请允许我把头脑中的这首诗写完，死而无憾！而那几年里，生活是以房东的面目出现的，天天如影随形地催逼着我交纳本月昂贵的房租。要想为艺术而献身，首先要学会为面包而奋斗——这就是物质规律凌驾一切的时代对艺术家们的教育。钢铁就是这样炼成的。

我开始疯狂地投稿——给酣睡在稿纸上的婴儿插上草标。我把缪斯的黄手帕掖进心里，而大量生产能够换钱的文字——毕竟，首先要为黄手帕树一根旗杆。我苦心经营着从土豪那儿佃来的两亩三分地。我要尽快地赎回自己。我把那间防震棚性质的陋室，改造成最原始的手工作坊，我要给生活打制一些与之相般配的首饰……我命令自己用一年的苦役，把十年房租挣满，剩下的九年就是自由的了。那时候我就无忧无虑地做点最想做的事情，比如当个纯粹的诗人什么的。当然，这只是我对生活所打的比方。我最能理解流落荒岛的鲁滨逊结绳记事、一砖一瓦地构筑起丰衣足食的家园的心情。我也要挖掘那样一条地道，让它一直通到凯旋门的脚下。

卖文为生，帮助我度过了一生中举足轻重的一大难关。我可以像基督山伯爵一样信心十足地返回灯红酒绿的都市。生活锻炼了我，它首先教会我怎样对付生活。剔除了理想主义时期的苍白虚弱，而以面色红润、体格健壮的劳动者形象周游于系领带的文人圈子，我可以半开玩笑地夸耀："兄弟我终于成了个有手艺的人。有手艺感觉真好啊。"劳动对于人类永远是光荣的。我热爱劳动——尤其是写作这样的精神化的劳动，它每时每刻都带给我创造的欢乐。

常有远道而来约稿的外省编辑，敲开我麦子店寓所的柴扉，大吃一惊："老兄的文章遍地开花，想不到都是在如此简陋的环境里诞生的！"我环顾四周笑答："飞机大炮还不是在车间里制造出来的吗？"多少年之后，我会感谢这落后的文字作坊中最初的铁锤与炉

火，它锻打出一个有血有肉的我。

永远铭记着帕乌斯托夫斯基《金蔷薇》的故事。一位首饰作坊里打扫战场的老雇工，长年累月地清扫着地板上散落的尘土，并且小心翼翼保存在一个大布袋里。终于有一天，经过精心筛选、提炼，他用混杂在尘土中的金沙银屑，打制出一朵单薄别致的金蔷薇。这个故事以《珍贵的尘土》命名。尘土是低贱的，但里面混杂的至真至美的颗粒却是昂贵无价的。生活是实际而琐碎的，但对生活的抵抗与超脱则接近于审美。我终于赢得在高楼上吟诗，在落地玻璃前看风景的资格，但麦子店时期低矮破败的我的文字作坊啊，令人怀念，因为那里面潜藏着我无数次心灵抗争的弹片——而对于今天的我来说，它们已构成性格中坚强而不可或缺的零件……

城市不惑

我们,几个陶醉于诗歌和美的浪漫主义者,一群不甘于平庸的凡夫俗子——所安居乐业的是一座中年时期的城市,它的资历、品质正如其年龄一样,荣耀、庄重而又保持着必要的深沉和清醒。这不仅仅表现在平坦的地图上或厚道的史书中。当我们徜徉在古色古香的博物馆或林立于街头巷尾的纪念塑像周围,不由得屏息静气,仿佛如此才能表达对密集于其历史甬道的人物或事迹的敬意。然而每每一拐弯,接触到华灯怒放的车站、码头抑或平民化的集市,我们又贴切于城市和蔼可亲、生机勃勃的一面。我们荣幸地在这座布满烟囱、齿轮的城市里生存。

它的历史一向属于伟大、辉煌的诗歌。而它的现实,现实中任意截取的片断,都堪以描述成一篇厚实的散文或小说。我们以艺术家的语气来划分对城市的总体印象。偶尔,又困惑于自身的幼稚是否适宜在其严整的环境里存活,就像不敢在肃穆的会场或客厅学一声鸟叫一样。城市的逻辑永远教科书般精确,信手写下的地址可以帮助邮差寻找到恰当的门牌；而我们还很年轻，倾向于过时且散漫的牧歌、小夜曲什么的，总是梦想在无法实现的金黄麦垛上伸一个懒腰。我们青春中许多往事的效果都类似于这个比喻。毕竟，理智的人生因之而增添了一抹亮色。我们在课堂里学习，在旗帜下成长，在鲜花和面包之间饮水思源，直至置身公园群雕中间流连忘返，梦见石头恢复了英雄的体温……你可能路遇过这么几个痴迷的身影，骑在书房的椅子上寻找潜在的风车，虽然风车所依赖的年代早它被城市的履带同化。然而我们拒绝以失败来评判这场对精神家园的追寻。

至于我们是谁，和其他衣食住行的居民存在什么区别，何以面对美满于餐桌和写字台上的生活却神往远方？都是有待于解答的问题。当我们自称是这个时代的诗人，准备用诚实的羽毛笔剖析对城市的感情，周围的听众哑然失笑；我们不得不换一种方式，以哲学家的面貌出现于港埠或大厅，赢来的只能是惊讶了。

这一切，如同企望把城市的菜场全部改造成花店，或者在广告牌上贴一首爱情诗——然而我们不得不红着脸承认：这正是我们对生活所抱的幻想。城市，马达轰鸣、烟囱林立的城市，凌驾于规律、速度和产值之上的城市是否愿意采纳我们以语言精心编织的花边呢？诗人，农业社会的后裔，一群世纪末的理想主义者，孤独地守株于并不存在的桑田。稻草的体魄，玻璃的心，石头的眼睛和泪水。这不肯归去的麦田守望者，把举手投足之间虚构的谷粒视若黄金的字眼。

守望不可能是休息，守望累了我们偶尔将心灵放松于散步，于城市的缝隙。某个极深的夜晚的独自漫步促成我感受到与白昼风格迥异的城市，无人状态的城市（它的居民、产业乃至思想都入睡了），走在空洞的街道上，我终于发现了一个诗人的倒影及灵魂在这特殊场合清醒着的可爱之处。我几乎准备沿着四通八达的街道连续走下去，直至让今夜的足迹覆盖整座城市。你们不妨设想一番一位落伍的诗人独自踏访一座空城的情景——就像把海水全部吸走，而走在干旱的海底一样玄妙，又如同高高在上的英雄在你眼前脱下习惯的铠甲般亲切。幸好我当时为自己一路朗诵着一首诗，在以后的夜晚才未把那次奇迹怀疑为梦境——当然，应该说这首诗是献给抚养了我们并且给予我们思想的城市的：

　　把曲终人散后的大街留给我，把大街上空旷的夜晚留给我，路灯完全可以像往常一样朗照着，但请把清晰的影子留给我。今夜的城市完整地属于我，城市暂时脱离了那些入睡的人们；我要像月光下的洒水车一样，不受干扰地把所有街道重温一遍，它们仿佛生来就是为我而铺设。天亮的时候，没有谁会记得一位诗人，在这里放声歌唱过，使浪漫的花朵在瞬间全部开放……

城南旧事

故乡有一座桥,叫长干桥,唐诗里出现过。甚至李白都知道它:"郎骑竹马来,绕床弄青梅。同居长干里,两小无嫌猜……"这首以《长干行》命名的唐诗,我上中学后才从借来的旧书里读到。我简直不敢相信朝夕相处的这座桥、这条河流乃至这块土地,居然有这么一番不平凡的来历与典故。

故乡南京,世人皆知,李白在的时候叫金陵。长干桥横跨秦淮河的主流(水域延伸到夫子庙一带,已狭窄如曲巷了),有苏北农村开来的木驳船队从桥洞里穿过,船篷里的农妇用小煤炉烧饭,船尾用绳线晾晒着浣洗得褪色的衣裳,像隔世的旗帜。可以想见秦淮河的这一段宽阔如青天大道,在古代更是绝佳的水路。我就读的中学坐落在河畔,我每天上学都要从长干桥上走过,时间宽裕的话会挎着黄书包倚在栏杆上听一会水声,看几眼从远远的长江漂过来的运输粮食或水泥之类的船队。

记忆中最初的长干桥是木质结构,载重汽车驶过时有轻微震颤。我亲眼见到部队的工程兵拆除它：先是在左近架设临时的浮桥以维持日常交通，然后在旧桥的位置改建钢筋水泥的新桥，宽能并行好几辆汽车。简直没花多长时间，市民们就习惯了新桥的模样（就像新嫁娘迟早要变成我们熟识的邻居），只有挥蒲扇纳凉的老人怀旧时会提起老桥苔痕斑驳的面孔。夏天南京一向有火炉之称，长干桥两侧的人行道摆满了藤椅凉席，老百姓点着蚊香露天过夜。

长干桥架设在中华门城堡与雨花台之间，这一段秦淮河便不染脂粉，显露出护城河的刚毅峻峭。城堡里遍布藏兵洞，据说能驻扎上千兵马——我读中学的年代又改作防空洞，风削雨蚀的灰砖城堡上张贴着"深挖洞广积粮"的红标语。出城门十数步（不足一箭之地）便上桥了，我猜测古时候长干桥恐怕是吊桥，有军事意义。那时候城堡上的箭楼尚未开放，我们几个野孩子偶尔搭人梯从荒草覆没的城墙缺口处爬上去，透过箭垛俯瞰长干桥上车水马龙，油然而生"一夫当关万夫莫开"的英雄气概。"山围故国周遭在，潮打空城寂寞回。淮水东边旧时月，夜深还过女墙来"，屈指算来我背离南京远徙北方已近十个年头，闲翻《唐诗三百首》时读到刘禹锡《石头城》的那一页，便不禁掩卷怀思……

长干桥一带属城南，在古代即是典型的金陵里巷，居民多从事商业。虽然近几十年外来人口激增，在南京，长干桥一带仍以祖祖辈辈世居于此的老市民为主，街巷、房屋乃至风土人情都相对固执地保留着旧时代的流风遗韵。说起来我是在长干桥上蹦蹦跳跳长大的，对那一切再熟稔不过了——甚至常用来跟大漠孤烟的北方风貌作比较。人有时真怪，在两座差别较大的城市里分别居住过，便仿

佛拥有了两种心态、两种人生。城南旧事难免令人怀念，那上面至少镶嵌着我童年时光的碎片，在记忆中已辉煌如多棱的晶体。在北京纤尘不染的长安街上冒着阳光散步，我蓦然想起故乡临水而立的长干桥——眼前具体的景物便黯然失色。从桥头走到桥尾，最多只需要三分钟。然而托护过我幼稚的心灵与弱小的身影的长干桥，李白写过的古典意义的长干桥——离我今天的生活究竟有多远？我又无言以对了。是的，无法计算。

人生逍遥

我的活法很简单。正因为简单,它在旁观者眼中才显得逍遥——逍遥是一个大大美化了的形容词,总令我联想到鸟类或其他空灵飘逸的事物、在广阔天地所呈现的状态。我知道自己没那么好。虽然那正是我倾慕的生存方式。我常常想,我的个人生活充其量只算得上简练清爽,离逍遥的境界还差得远呢。逍遥接近于哲学的境界。而我不过是红尘滚滚中的一个俗人——一个爱做梦的俗人。简单不一定就逍遥,但逍遥必定以简单作为前提:首先头脑要简单,一位思想复杂的男人,是没法活得轻松的;其次在物质方面要减少负担,"鸟翼上拴着黄金就飞不起来了"。连黄金都会构成羁绊,更何况芸芸众生难以幸免的柴米油盐呢?我承认自己没法回避袅袅四起的人间烟火,但尽量不使油渍污染了精神上的羽毛。除了一日三餐我在饭桌面前表情严肃之外(当然也不至于像宗教徒一样祈祷并画十字),其他时候我几乎忘却自己也是个食肉动物,我对功名利禄并没有过于贪婪的欲望。一个人,哪怕出于谋生的需要不

得不花费部分精力从事于对名利粗俗的追逐，但如果他带着游戏的态度，谁也不能武断地裁判他是物质的囚徒。我是个俗人，但我不自卑，我相信雅俗共赏是尘世间一条客观的真理，先俗而后雅，大俗才能大雅。话说到这里越来越明白了。所谓逍遥并非阳春白雪，曲高和寡，而实质是一种自由，一种心灵的自由。

"北冥有鱼，其名为鲲。鲲之大，不知其几千里也；化而为鸟，其名为鹏。鹏之背，不知其几千里也；怒而飞，其翼若垂天之云……"古文观止，唯独庄子的《逍遥游》我过目不忘，我以为它堪称逍遥的圣旨。庄子因为梦蝶的典故而显形为文化史上绝顶逍遥的贤哲。"藐姑射之山，有神人居焉；肌肤若冰雪，绰约若处子，不食五谷，吸风饮露，乘云气，御飞龙，而游于四海之外"，现实生活中的逍遥，极难像庄子描述的那样纤尘不染，精神的逍遥常常要建立在与物质妥协的基础上——但这已算来之不易的胜利了，因为毕竟赢得了心灵的自由。以物质的劳役来换取心灵的洒脱无羁，不能说是人格裂变式的悲剧，而是对抗世俗压力的最佳策略。

我的活法简单且易于判别之处在于，它的规律是依靠白昼与夜晚来划分的。白天我是一位有城市户口的职业者，是螺丝钉，是在办公室里为社会做贡献的无名男人。白天是紧张而忙碌的，我的夜晚，则是个人主义的。当我下班后骑着山地车返回城市边缘的公寓，便一点点目睹并遭遇了迎面而来的自己。那是一个戴眼镜穿休闲服的行吟诗人，视线恍惚仿佛早已穿透物质的墙壁。我最偏爱在台灯前坐下面对一叠空白的稿纸的心情——我觉得那是一场精神的造山运动，我幸福地搬运语言的砖瓦，企望构筑起一座灯影幢幢的空中楼阁。我所有的白天仿佛都是为夜晚准备的。我在茫茫人海穿行、与一张张陌生的面孔擦肩而过，完全是为了更清晰地辨认出自己。我怀疑自己的前世是一只鸟，否则为什么两袖清风地横渡密布天穹的枝条而从不考虑栖留呢？如果有来生的话，我还愿意继续做这样一只鸟，一只正面写着孤独、背面却写着逍遥的象形文字的鸟。

　　逍遥，在白纸上写下这走之底的两个汉字，我耳畔便掠过嗖嗖的风声。读加拿大作家阿特伍德的一篇小说，描述一位单身汉帐篷里的摆设极简单，一架帆布行军床，一把折叠椅——而这一切似乎折叠起来就可用自行车驮走。这恐怕是世界上最简单的微型的"家"了。但对于一颗靠篝火取暖的流浪的心灵而言，这个"家"的概念与意义仍然是博大的。我从不喜欢购置笨重且多余的家具——每添置一件我就觉得唯美主义的翅膀便沉重了一点。对于一颗逍遥的心灵，它需要的不是家具，而是行李。它抖擞一番羽毛便能把精致的家园搬运到天空，鸟类永远都在搬家，心灵永远都在寻找，都在旅行。我灵魂的需求极其有限，穿一双鞋子我就能轻松地上路。所以说，我的活法很简单。我的活法就是追求简单。如果在奢侈与朴素之间做一选择的话，我估计自己会挑选后者。朴素是一件洗得泛白的旧衣裳，但穿上它我的心灵便显得宽松与自由。"轻轻地我走了，正如我轻轻地来。我轻轻地挥一挥衣袖，不带走一片云彩"，徐志摩的诗我最喜欢这么几句。人生苦短，来去匆匆，我们何必以一份沉重与劳碌，来磨灭内心深处对逍遥的向往呢？

写给幸福

幸福永远是有原因的。然而我仍然解释不清那种以幸福命名的情绪。幸福是什么，像酒浆注进杯子——如果我们的身体同样不失为容器的话。我们一点点为之陶醉，感到血液更为温暖地周游，心儿因潜在的撞击而甜蜜得作痛，我们充实得几乎想抒发点什么了，却又难言其详，还有什么能使一个人如此容光焕发？走在街上，目光清澈，步履轻松，掩饰不住内心冉冉升起的红晕，要珍惜它，你生命中的这一瞬间，足以吸引全世界的目光。如果有这样的自我感觉，也就可以了。

更多的时候我们在做些什么，我们可能在失望、忧郁甚至痛苦，可能在怀念、劳动或者梦想，都为无形中姗姗来迟的幸福做出了预约。我们走在桂影横斜的夜晚街道上，闻见了隐约的花香，简直想刻一个字在树上，等待它长高长大。在同样的街道上，哪怕花已随时间凋谢了，我们匆匆赶赴一个约会，或者刚刚间断了一项事业散步归来，我们的衣襟仍然保留着余香的记忆，擦肩而过的一瞬灵魂被唤醒。那渐趋虚无的美毕竟真实地存在过。

耐心品味要留待回首的夜晚。你把面对的台灯关闭，让身心沉浸于激动过后的黑暗中，像孩子终于放心地松开汗湿的手掌，幸福的往事就像一枚枚被攥了一整天的硬币，你尽可以玩味它凹凸的花纹，不需要任何人分享。我还遇见过那样一位满脸胡须的流浪汉，裹着肮脏的大衣在马路边露宿一夜，尚未察觉早晨的微光已打在他的脸上。他的睡态天真美好，因为唇边挂有一缕极其甜美的微笑。我一直在想，他到底会是梦见了什么，那被梦见的事物真是太伟大了，能使一个人忘却一路的困顿，帮助他恢复成纯洁的婴儿，同时归还了他绝对的自由。在那无比陶然、放松、忘我——当然也是短暂的笑容面前，恐怕连上帝也忍不住用食指掩住嘴唇——嘘，小声点，别惊醒这个幸福的人！

即使类似的幸福成其不了永恒，但这绝无仅有的瞬间仍然是了无遗憾的，令人羡慕的。这也是生命的某一种表现方式，在白天是一双风尘仆仆、无所牵挂的远足的鞋子，而在反思的夜晚，则形同一件宽容的睡衣。你随时可以从中支取幸福的片断，就像风起时，而把怕冷的手插入温存的口袋。某一种既往、或未来的光辉足以映照你一生。

因此请珍惜这样的时刻，把炭火小心地收藏起来，给回忆提供足够的燃料。这样，未曾挥霍的幸福就会化为一种持续的力量，在必要的时候。不要过多探问幸福的原因，哪怕它是很明显的。就像一支歌里所唱的：如果幸福你就拍拍手……同时轻轻地告诉自己：我很幸福！这样就足够了。

在多年之后，在其他的境遇里，你会由衷地为自己再次鼓掌，因为珍藏的幸福并没有消失，而它恰恰是最容易消失的事物。

湖　畔

　　湖畔，是不确切因而可以通用的地址。也就是说如果不作限定的话，它具有普遍的意义。只要有水，就会有水边的守望者。对于诗人而言它意味着什么？我首先想到19世纪英国浪漫主义的华兹华斯等湖畔诗人，以其浓郁的田园气息震撼文坛；我记得其中一首写水仙的名篇，弥漫的水雾洇透了我捧读的纸张，我不再怀疑它注定是在湖边写下的。还有一个湖畔诗派则诞生在21世纪二三十年代的杭州，汪静之、冯雪峰等四位穿长衫、系白围巾的书生傍湖而聚，留下了美丽的故事和美丽的文字。那座湖叫西湖，西湖会记得他们的。

　　西湖我至今尚未去过，并不着急。这样的拜访或迟或早都能实现，那就让它在想象中预约着吧。西湖最使我感兴趣的是断桥，白娘子出现的地方。今天的断桥无疑越来越热闹了，游人如织。但像许仙那样痴情的书生，却越来越少了，大多数人是带着看风景的目的而来的。这注定了他们本身成不了风景。

西湖无法被取代的原因是这个世界上的湖泊太多了。我指的是，平庸的湖泊太多了。一处没有历史、没有传说的自然景观，就像没有累累功勋无法成为举世瞩目的英雄一样，内心是冷清的。西湖却是想寂寞也无法寂寞的，每天都会有那么多本地或外省的拜访者，风尘仆仆地打听着西湖，和西湖的往事。往事是一笔被不断传说着的财富。

在中国人心目中，西湖就是杭州，而杭州是天堂的一半。和外国人谈西湖——如果他略有所知的话，会把西湖当作中国甚至东方文化来看待和想象的。他会说："西湖很美！"其实仅仅美丽就可以了吗？世界上美丽的事物多着呢。西湖不大，比它宽阔的湖泊多着呢，也无法贬低西湖的意义。描写过西湖的唐诗宋词俯拾即是，西湖是很有些珠光宝气的。

有朋自杭州来，在人海茫茫的北京城里寻找到我，熟稔的吴语侬腔，使我暗自怀旧。我计算自己迁居风沙很大的北方，已不少年头了。我几乎是把他当作阔别的江南来看待的。茶沏第一遍时，我们很庄重地谈诗、谈时事；沏第二遍时，就开始轻松地谈西湖了，在水雾弥漫的话题中，我久违的心像搁浅的鱼一样恢复了滋润……

西湖，你好！

人间贵族

人类越来越追求自由与平等。贵族的荣耀便在社会阶层的融洽中迅速消失。贵族一词,成为古旧的勋号,只堪证明博物馆里铜锈斑驳的岁月。离我们最近的贵族,也要到19世纪批判现实主义文学名著里寻找了。在那一幕幕灯红酒绿的人间喜剧中,贵族长着一副下巴刮得铁青的生硬面孔,穿一身浆洗得笔挺的深色燕尾服,搭乘辚辚运转的敞篷四轮马车横穿灯柱林立的石板街道,去参加某位著名的贵妇人主办的家庭沙龙。他们彬彬有礼地用戴白手套的手托着高脚杯,相互致意,交流一些经营祖传的产业的情况或去乡下度假的见闻,偶尔也附庸风雅争论诗歌、哲学什么的。贵族都有管家和仆人,他们就像接受命运安排成为贵族一样——心安理得地享受着随从的侍候,在庄园式的深宅大院里叼着烟斗读报、挂着手杖散步,抑或陪女士小姐们在大歌剧院的包厢里拿望远镜看戏……贵族无论作为具体人物或作为一种生活方式,在我眼里都带有近乎荒诞的戏剧性:花天酒地,纸醉金迷——这类形容词似乎都是为贵族准

备的。

有时我会问自己：真正的贵族应该是什么样子，理想化的贵族应该是什么样子——换句话说，我希望贵族是什么样子？血统，曾经是衡量贵族的唯一标准，生命在降生之初便注定了是尊荣抑或卑贱、华丽抑或清贫乃至幸福抑或苦难，有多少人凭借家族的爵位、祖辈的遗产跻身上流社会的行列，又有多少人自牙牙学语便开始在破落的贫民窟里挣扎——我不知道上帝的分配法则是否公允？现代社会，财富又成为享受贵族待遇最实际的资本，人们常常通过资产的数目来划分贵族与平民的界限，或以之来考证贵族的实力。腰缠万贯、香车宝马、画栋雕梁，成为令芸芸众生梦寐以求的贵族化的象征。对物质生活档次的晋升，似乎就是人生决定性的战役，胜则为王败则寇，人间天堂寄托着红尘滚滚中无法抑制的奢望。

那么，精神到哪儿去了？谁是世纪末的精神贵族？我所理解的贵族应该是一种精神，是超凡脱俗的创造力、不受物欲羁绊的思想乃至心灵的激情与自由的共同体现，是个体生命爆发性的火焰，是内在的高贵与荣光——而与身份、血统、财产之类附加的条件无关。或者说，它是一种清高的气质，一种圆满的人格。譬如当我读拜伦的诗篇时，他那俊美而略带忧郁的面孔便从铅字的排列中浮现，我相信拜伦是人类诗歌的贵族；听贝多芬的交响乐便感受到他扼住命运咽喉的生死一搏，我相信贝多芬是音乐的贵族。拿破仑是战争的贵族，普希金是爱情的贵族，林肯是政治的贵族，凡·高是疯狂的贵族，梦露是美丽的贵族……他们，都是人类的贵族、历史的贵族，因而也才是不随时间衰落的真正的精神贵族。

诗人于坚崇尚这么一种人生观："像上帝一样思考，像平民一样生活。"他臆造的人生境界很有点大智若愚的贵族味。我想，一个人如果"像平民一样思考"，即使他"像贵族一样生活"——他本质上依然是平民，没有资格对生活本身表现出一丝嫌弃与傲慢。生活，并没给他的精神授勋，他精神上永远是普通一兵。继续操练去吧。

缪斯的诞生

诗之所以产生在这个人而不是那个人身上,是有道理的,虽然与诗相接近的感觉为世人共有。诗人永远是特定的,不知这是一种幸运抑或不幸,他和平凡之间确实存在着距离,需要用整个生命才能衡量得清的距离。当诗降临,他容光焕发,所有想象的羽毛都抖擞起来,没有人能比他更清晰地看见自己与芸芸众生迥异之处。他也有黯淡无光的时候,那就是当诗离去,留下了一片废墟,他的生活将不再是完整的……

如果有一千个诗人,缪斯就有一千个化身,没有必要去分辨其间的区别,唯有他们的共性才可能引起我们重视:那就是一颗敏感、而且擅长表达的心。感觉和倾诉分别是诗人的两个部分,就像他身体上手和脚的关系,他以富于个性的手势拾取一些什么,却要靠自己最持久的脚力送到目的地,我想那就是缪斯居住的地方。诗人在同一个偶像面前唱着不同的情歌。

我们完全有理由拒绝他们的声音,它仅仅是想象中的黄金,很难在感情之外体现其价值。但如果诗人都沉默了，这样的世界我们怎么可以想象？他们和花朵一样是不可或缺的，对于春天而言。

在这个夜晚，万籁俱静，我想起诗人，那些过去和未来的诗人，心情变得沉重。

诗人选择了语言的流浪，是缪斯的宠幸，还是他替自己一生安排的任务？即使作为一个闭门不出的人，也有给自身想象提供驰骋条件的权利。通过一句话而走完一生，没有比这更轻松也更沉重的了，他们在完成一首诗之前，已经死去一千次了。正是这种对死亡和生命的双重体验，使活着的人们触目惊心。我们从来就没认为诗人比哲学家肤浅，虽然他们采取的是两种酿酒的方式，我们分别为之陶醉，这就足够了。

不知为什么，我心目中的诗人总保持着沉思冥想的状态，他想说的话无由说出，于是缄默，在缄默中比一般人走得更远，把我们所能看见的事物远远甩在后面。诗人永远是孤独的，可惜他时常忽略这种优势。诗人不希望自己被读者同化，他要靠差距来获得误解和神秘。我在今年冬天曾经说过：一辈子和自己说三句话，把其中最重要的两句记下来，希望别人只听见第三句，这就是一首诗从产生到结束的过程，没有什么更了不起的。

缪斯是神，而读者是人，诗人介乎二者之间，必须在这种关系中平衡着自己。幸亏上帝赋予了他看不见的翅膀。飞得太高，必将被人们所遗忘，反之则退化成鸡，哪怕一只公鸡叫得再嘹亮，它顶多只能飞到树上。现在，我们所能看见的树太多，而天空太少。读今人的诗我经常有这样的悲哀。现在的诗是太像诗了，现在的诗人

是太不像诗人了,那些以最真实的风鼓舞我们的翅膀都哪去了?无论它来自高空,或者深渊,都值得怀念,它毕竟不至于停留在我们的高度。一个很平庸的人,在某一个夜晚,忽然涌起一种刻骨铭心的感触,这种感触使他觉得区别于其他人在此时此地的想法,甚至区别于自己应该具备的想法,就是一首诗了。一个人,一生,哪怕只写一首诗,就没有谁能否认他是诗人了,因为缪斯曾经通过他而获得诞生。在一个人身上,缪斯诞生一次和一千次是没有区别的。那个瞬间是纯粹的,那个瞬间他是缪斯的化身,可以对自己和别人说想说的任何话,连错误都是真理,没有谁会责怪他的。做个诗人毕竟是件很神圣的事。

海是我们的邻居

1994年5月我又坐在海边,这是一生中的第二次。对于一位长期在干燥的内陆城市里成长的男人来说,我没法不激动。我整夜整夜地坐在海边,抽烟、打盹,想一些没意思的事情。而低昂的涛声、巡回的潮水,是再合适不过的调味品。我反复舔舐着枯焦的嘴唇,辨别出海水的咸涩。

十年前第一次见到海,是在青岛。那时我还是个少年,白天钻进露天浴场游泳、日光浴;黄昏前则选择栈桥附近的闹市散步。总之,那时我以动态的心灵来爱海,说不完的爱,表达不够的爱。海对于那个年龄的我,是以情人的身份而存在。

现在不一样了。不知为什么,我喜欢静静地坐在无人的海边。我的心情海不一定读得懂,这我自己也知道。但除了海,这个世界上还有更适宜的读者了吗?

一位成熟的男人或女人,来到海边,先是激动,继而又陷入冗长的沉默。这是生命的规律。他或她,会把海作为这个世界硕果仅

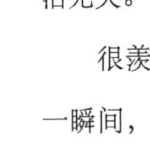

存的哲学家来看待的。盘腿赤脚坐在沙滩上，听涛声，等于是在听大海讲课。当然，大海的功课你不一定听得懂，它甚至与你日常生活无关。但毫无疑问，这将是你一生中最重要的课程。

很羡慕那些在海边村庄或城镇里长大的孩子。他们从出生的那一瞬间，就拥有了最伟大的家庭教师。一个男孩在弯腰堆砌沙塔，刚完成一半就被潮水席卷而去。这是大海在告诉他，告诉他什么叫创造与毁灭。至于女孩子，在礁石之间拾贝壳、拾捡黑夜的遗物，当她们手提着草篮满载而归，便意识到大海的慷慨。大海是一贫如洗的无产者，又是珠光宝气的富翁。

大海是人类最骄傲的邻居。我们沿着漫长的海岸线，修筑铁路、港口乃至积木般的城市。即使对于那些生存在内陆的人们，也会把一生中屈指可数的看海的机缘，视若宗教色彩的朝拜。海一方面具有原始状态的美，一方面又具备超人的智慧，它是这座星球上最古老、保存得最完好的书卷。无字天书。

当我们手持火车票向海滨出发，会这样自豪地回答熟人的询问："看海去。"那语气仿佛是去探视我们生活范围中的一位伟人。大海的门永远对我们敞开，一张单程车票，就是我们交纳的低廉的学费。而大海所回报的，又是怎样一种高贵的激情啊！

这是我一生中第二次看海，但我觉得海已经认识我了，它把我当作熟悉的客人来迎接。我坐在海边抽烟，烟头忽明忽灭，海则以远处旋转灯塔的光柱作为呼应。所以说，海也在正盘腿坐在我身边，用温存的手掌蘸着咸涩的海水，一点点地洗涤着我灵魂的伤口与内心的尘埃。

我会记住在海边的日日夜夜，无论从什么意义上来理解，它对于我都是最本质的节日。即使明天我就回到那座灯红酒绿的都市里，但我的内心也带回了大海的盐分。一位爱海的男人，永远不会惧怕受伤……所有的伤口所有的疼痛，都会在听见涛声的那一瞬间得到奇迹般的恢复。

缘

斗转星移，关于神秘文化的话题卷土重来：释梦、占星、测字，乃至面相、指纹、血型，五花八门，带有浓郁的民间色彩。仿佛个人的命运确实可以计算的。说客听众，有痴迷其中的，有将信将疑的，当然也有不予置理的。对于我则如风吹过耳，恐怕与略经沧桑的身世有关。倒是无意中从杂志上看到一则消闲的游戏，觉得更具诗意与美感，很想验证其虚实。

方法很简单。随便找一座绿荫夹道的小山，在山脚下事先设想好某个数字，然后边走边数，数山路一侧的树木，数到最后的那一棵就代表你的形象。我在香山试过。是那年秋天，红叶渐浓的日子。我知道自己已二十八了（失去浪漫的年龄），于是按其数目去清点。香山的树木大多挺拔、秀丽。不到一百米的距离，我走得很慢，渐浓的虔诚取代了最初的好奇：我在猜测最终属于我的那棵树会是什么模样。类似于换衣时左顾右盼找镜子的感觉。我终于停下了脚步，呈现在眼前的是一棵瘦削病弱的柏树，根部有一半为岩壁所阻，因而整体形态前倾，像急行军时被谁绊了一下，很仓促地保持着平衡。审视它时我有点失望，这就是今生今世的我吗？如果这种假设成立的话，我又有点心酸了。很想上前去扶它一把，就像帮助自己患难的兄弟——更确切地说，是搀扶自己的灵魂。在登山之前，我的灵魂早已在冥冥之中守候着我了，它知道我会来探望它的。命中注定我们将有这么一次相遇。

第一次照镜子，人都会感叹道："我原来是这样的，这也是别人眼中的我。"而对鸟儿都不来筑巢的那棵寒酸的树，我骨子里刮起了一阵风，像被犀利的预言所命中那样。这种算命的方法来自谣传，带有较大的偶然性，唯其如此，验证后的必然更令人无法推却。那一瞬间我真的变成一个最宿命的人，在盲目的光芒笼罩下，惊讶地凝视着世界一隅自身的命运，命运中的挫败、抗争，我几乎倾听到灵魂的颤栗……

下山之后，回到高楼林立的城市里，和一棵树的遭遇顿时如跟一位路人擦肩而过般简单，我开始嘲弄自己那一瞬间的虔诚、蒙昧。然而脑海里已深深地扎下了那棵树的影子，并且时常感到它柔弱的根须——被岩石挤压的疼痛。

香山的树木很多，我只对那一棵最有感情。

布景里的灯

朋友从青岛来，捎给我一盏贝壳做的台灯，是用那种涂过釉彩的大扇贝做的，中心安装着一只小灯泡，插上电源，浑朴粗砺的灯座便朦胧如熠熠生姿的屏风——仿佛病态的西施正凝眉轻捧着她那颗痛楚的心似的。朋友在旁边炫耀其旅游中的见闻，说栈桥一带卖这种贝制品的摊贩特别多，两张大团结便能换回三盏。我嘴上应承着"值"，视线却依然逗留在贝壳那繁复如天文的纹理上；大浪淘沙，这算得上一首为最原始、蒙昧的力量所信手镌刻的诗了。在帘卷西风的阴湿的斗室，烘托出一灯如豆，然后仰靠在转椅里听理查·克莱德曼的钢琴曲《海边的阿达丽娅》，在世俗生涯中枯涩凝滞的内心是否能恢复出苔痕的滋润？

我写字台左角原先的那盏老式台灯，已延续了近十年，微微泛黄的圆穹形塑料灯罩，已找不回新添置时那令人不忍触摸的澄澈的象牙色，每当陪伴我伏案到深夜便散发出塑料制品被烘烤的淡淡焦糊味。我是习惯熬夜写东西的，白炽的吸顶灯使室内纤毫毕现，娇嫩的灵感便窘迫如无藏身之地，凝神枯想的我也坐立不安；相反，仅揿亮案头的小巧的台灯，让巴掌大的光晕垂直投射在平铺的方格稿纸上，我的眼睛、我的面部都高瞻于光圈之外——仿佛在幕后写一首诗，便获得了从冥冥之中俯瞰花事的效果，游刃有余。只涂了一层清漆的书桌，如同木纹呈露的舞台，从斜刺里投射的聚光灯柱，正捕捉住我的一只手、手握的一杆蘸水钢笔，像关注着什么惊心动魄的舞蹈似的。我的手，在此刻，也似乎脱离了我的身体而存在，它仅仅服从我头脑中灵感的安排，在稿纸上鱼一样灵活地游动，亢奋、紧张，生怕一首诗会从微颤的指缝溜掉……第一行诗就是这样出现的，第二行、第三行也是如此……在灯火通明的舞台背景下，我的每一首诗的诞生都是一场隐形的灵魂的演出——通过我被照亮的手势得以体现。

世界上很少有人目睹过这样的表演，除了我，朝夕相伴的那盏灯是唯一的目击者。当我撩开落地窗帘，城市里高楼大厦那一扇扇窗口的灯火早已相继熄灭，一切都沉浸于寂静与黑暗。没有谁祝贺我又写了一首诗，在这世界上诗确实算不了什么，除了我的灯在毫不吝啬地施舍着默默的祝福，淡淡的光辉……

我把朋友远道捎来的这盏青岛贝壳灯揿亮了，态度虔诚如供奉大海的心脏，涛声隐起，帆影点点。在斜辉脉脉中，我接受了远方大海的施舍，并且回报以感激的心情。

思想是心灵的根

你把心露出一半，又藏起了另一半。你藏起的那一半并不期待着世界的发现。可以证明它不是煤、矿石或类似的失去记忆的事物。大多数情况下它是理智的，它希望被光明充斥的世界遗忘，但它并没忘掉这个世界。相反，它反复猜测着对于它而言未知的部分：阳光、雨水、历史以及人类的某些活动。正是它的猜测本身使世界的性质趋于复杂。你也因为它而获得成熟，在露天的街道上麦穗般低垂下昂贵的头颅，对鸽子或车辆的喧嚣充耳不闻。这半颗心不能代表你的全部。但它概括了你需要隐蔽的一方面——譬如背影，譬如你对世界的印象与看法，总之是一些无法流露于文字的内容。而表情是你生命的文字。

我如此烦琐地剖析仅仅为了说明：心灵也有它自己的根。心灵不是植物，但它远远不如我们想象的那么简单。你把心露出了一半，又藏起另一半——这一半甚至成功地隐瞒了你自己。它像根须一样在黑暗与灰尘中呼吸。它的呼吸构成持续的灵感，并且令花朵、叶子乃至芳香的程度不易察觉地变化，甚至你真实的年龄都是由它决定的，它司掌着你生命中季节的职守。我们常说你是个乐观的或者忧伤的人，其实这是你的心灵告诉我们的。你谨慎地收藏在上衣第二颗纽扣位置的理性的钟摆，透过肉体、血液以及布匹传达着你内部的时空。

每个人都在经历着类似的月蚀：以欢乐掩饰痛苦，或以空缺来炫耀潜在的富有。一般情况下这是无意识的。正如你，露出了海洋却回收了礁石密布的沙滩，你在风中奔跑的时候心灵并不快活。我们目睹的月亮实际上仅是月亮的一半，另一半隐藏在黑暗中，但它本身并不是黑暗。它更不是哲学的煤、诗歌的矿石抑或经过加工的珠宝，它属于宿命的化身。

心灵确实是由两部分组成的：模仿花朵的这一半由面孔、语言以及动作等组成，而从属于根须的那一半叫作性格、思想。一半是火焰，一半是海水或者积雪。花朵的眼睛、耳朵都是为感知生活而存在，根呢，黑暗中高深莫测的心灵之根呢，则对世界充满着原始的想象，这才是人类激情的源泉。所以，诗歌和历史，都是由右手写下的。右手是命运。

即使它本身不是命运，但它能决定命运。

漂亮朋友

如果我肯定地说：人生旅途上若是有几位漂亮的朋友，确实是件值得炫耀和欣慰的事情——谁不赞同我的观点呢？谁都承认漂亮的女友像蝴蝶一样给我们的生活带来春天的气息。每逢擦肩而过或驻足交谈之时，你简直可以把她当作一幅画来欣赏。如果你和她们中的一位相识，当路遇时她对你的问好报以亲切的笑容，旁边准会招来一大群男孩艳羡。他们奇怪：那高傲的女孩怎么暂时放弃了拒人千里之外的冷艳姿态？你不妨自豪地回答他们："因为她是我的朋友呗，而且是很漂亮、很熟悉的朋友。"

这等于是说，她迷人的风景线对于你是不设防的。生存城池中好多美学的窗户就是这样打开的。你随时都有资格给她拨一个电话，约她出门参加郊游或聚会什么的。她是不会轻易拒绝的——因为你已获得了信赖，她有了什么烦恼呀失败呀甚至还会主动来找你谈心的。你已不止一次成功地开导过她了。

当然，如果你们一直保持这种临窗而望、相视而笑的关系，当她举办婚礼时你可别忘了准备一小份巧妙的礼物。她会比在场的任何人更默契地感受到你寄予的祝福。当然，走出灯红酒绿、人声鼎沸的客厅，在返回的道路上你可能突然有一丝淡淡的失落或忧伤，但甩一甩被晚风吹乱的额发，你的心境又明媚如初了。你安慰自己：若是能把这一份理解和信任保持一生，将是一笔不可多得的精神财富。至少，你们谁也舍不得破坏它、失去它，足以证明其价值和牢固的程度。

当年跻身校园，春花秋月、青灯黄卷，所幸的有一位"巧笑倩兮、美目盼兮"的女友。可能是从同一座城市考出来的缘故，她对我的态度比对待其他男孩多了些信任和依赖，凡事皆爱来讨教我。我也就放松地摆出一副兄长的架势。每次她天真活泼如小小的风一样刮进我的宿舍，同屋的哥们都被下意识地照亮了。他们装作埋头看书，却不时趁其不备迅速地窥视一两眼。我被他们的模样给逗乐了，强忍住笑和她说话，以免影响他们的"尊严"。女友对这类眼神见得多啦，无拘无束地坐在我靠窗的椅子上，手捧着我沏好的温暖的茶杯，海阔天空渲染一阵子又行云流水地离开了。高跟鞋钉子脆响还未完全从走廊消失，同屋的哥们全把书抛到脑后了，挨个过来拍拍我的肩膀以惩罚我刚才的幸福感。

"你们这位女老乡真漂亮，看来还是江南出美女。"

"你下次转告她，我们宿舍全体通过力荐她为校花。"

轮到他们一致追问其芳名时，我半真半假丢过一句话："姓孔，名雀。"

同样的道理，和漂亮的女友在街上并肩走路是一大享受。你有一句没一句地和她闲聊着,却不由自主地把腰板挺直了,尽可能地追忆、模仿电影上的绅士风度。因为那一双双迎面而来的眼睛大都要对她扫描一下,第二瞥则是转向你的——在路人眼中你们应该是当然的情侣,他们要看看啥样的男人如此幸运。我的意思是说:如果她光彩照人的话,你身上也就有了这样那样的反光,幸福得像一面镜子似的。

我一开始就说,漂亮的朋友就像一幅画,悬挂于你感情的墙壁,该怎样评判或比较其不同的风格呢?有的女孩是浓妆艳抹的油画,保持一定的距离能发现其最佳效果,不要过于亲近地深入对方的内心世界,就这么不远不近地望着——多好,她繁复的色块给你留下了想象的余地;有的则类似于工笔人物,线条细腻逼真,你凑近了几乎可以分析其一颦一笑的确切含义;热情奔放的女孩像泼墨山水,品质中任性洒脱的部分在宣纸上洇透开来,恨不得以莺歌燕舞拓宽你生活的每个空间;思想深邃的女孩则应该以木刻版画来形容了,铁笔银钩,入木三分……

在你怀念的时候,在你孤独得没有办法的时候,不妨打开自己束之高阁的心灵画册吧。那鲜嫩如初、美丽如初的友情使你保持着富有的感觉。是的,她们确实成为悠悠岁月的画中人了——蓦然回首漂泊人生,她们中的这个或那个都生活在离你较远的地方,而相处时的妙语连珠、谈笑风生也形同画外音,在你耳畔萦绕不息。你环视室内,那空缺的座椅上似乎仍然存留着她的影子,她那般友善、那般亲切地凝视着你——仿佛就准备这样脉脉地凝视一生似的——直至你劳碌困顿的心中炊烟般升起淡淡的温情……

新时代的美女

新时代美女的塑造，有一半取决于时装、首饰、化妆品的功劳。不像那些古典的佳人，荆钗布裙，尽显风流。在昭君浣纱于香溪的年代，能搽点胭脂就算奢侈的了，这不妨碍她脱颖而出、西出阳关，使三千粉黛无颜色。"天生丽质难自弃"，是白居易形容杨贵妃的诗句，可见古人颇注重清水出芙蓉的自然美。

街上流行红裙子，是十年前女性讨论服装潮流的话题。现在可没那么简单了，报纸上老是在宣扬时尚，关于本季度时装款式、色调的发展趋势千变万化，简直不听"天气预报"不敢出门。一出门就落伍，就黯然失色。新时代的美女，目视远方，在大街上欣赏她们裙裾飘飘的背影，我很满足，甚至不急于追上去观摩她们的正面。到处都是"模特"，到处都在"表演"，到处都有风卷残云、旌旗猎猎。一件件名贵时装就是一面面招摇过市的旗帜，行人们的视线被吸引住了，倒忘了仔细打量旗手是谁、旗手的模样。新时代的美女呀，都是无名英雄，都是美给别人看的。

我有一位富贵的女友，本身眉清目秀，偏偏爱饰物成癖。跨出家门之前必须全副武装：戒指、手镯、项链、耳环、金表……真像金庸小说里的女侠——全身"暗器"。我在旁边等候，觉得惨不忍睹："你呀，又要高歌一曲'戴镣长街行'了！"她性格活泼、妙语连珠："我这是不以物喜、不以己悲。瞧，我像不像一座老古玩店？"既然她这么开朗、闻谏而不怨，我就不妨多挤对挤对她："武装到牙齿，累不累？幸好我见过你没化妆时的真面目，所以相信——美帝国主义是一只纸老虎。"

在街头巷尾，甚至公共汽车上，常碰见一位位白领丽人从坤包里掏出粉盒，旁若无人地面对小镜子扑粉画唇，然后焕然一新（至少是自我感觉）地继续前行。那情形仿佛一辆小轿车跑累了，需要匆匆忙忙停靠加油站里加些油。爱读古书的我，总下意识地联想到聊斋中《画皮》的描写："铺人皮于榻上，执彩笔而绘之；已而掷笔，举皮，如振衣状，披于身，遂化为女子……"如此恐怖的联想，有可能触怒新时代的美女们——请大家原谅，我只是个油腔滑调的男人，但心地不坏。大多数情况下我坚定不移地做你们的赞美者。化妆品横行，简直成为现代女子的精神食粮，她们不再怀疑驻颜有术。她们咬紧牙关用半个月的工资买一套高档化妆品，简直就像落魄的凡·高们绕过面包坊去抢购锡皮颜料一样，有一股为艺术而献身的劲头。不过我说，新时代的美女，你们是否有点把娇嫩的面孔当作画布来对待了？描山绣水、画龙点睛，风景这边独好。青春易逝，这是否有点亡羊补牢的意思？男人们只识弯弓射大雕，而新时代的美女，文采飞扬，每天持一根纤纤玉笔，写爱眉小札……

社会在发展，技术在进步，美女在人群中的比例大大提高。在大街上走一分钟，你至少能看见三位，至少有三位值得你看第二眼。其他的也正在学习，正在改变现况。这些经历了"人口培植"的花朵呀，这些本来就挺不错的花朵呀。当然这一切对于我们男同胞来说，则是件大好事：大街风景如画，美女多多益善……

新时代的美女呀，我感谢你们，感谢你们为美化环境所付出的劳动，所做出的贡献！

男中音

我从来没有隐瞒自己，一向以坦荡自然、不卑不亢的性格为偏爱。人生艰难、世事莫测对男人的要求分外严格，山的清高、海的深沉、树的挺拔是值得仿效的。多年以前看过一部外国电影，有一组朴素的镜头难以疏忘：一位穿风衣的男人步伐稳健、卓尔不群地行走于街头，人群熙来攘往未能阻挡他表情平淡的面庞时隐时现。我对邻座的女孩说："他的脸部像天空，无云的天空，你观察不出更多的一些什么，实则包含着无限的内容。"我很倾慕其深沉且无畏的举止神态，周围的尘嚣人声，潜伏的险情危机都被他傲慢地轻描淡写了。他迎面走来，我想我会下意识地侧身让过的，以后每每漫步街头，很想模仿一番他身负重任、逆风而行的动态，我总以为有一种男人的气概堪以和整个世界抗衡。现在追忆，他有点像《追捕》中的高仓健，也可能是某位西方的冷面影星——因其在我印象中神态清晰，面容却模糊，唯一记得的是微皱的眉峰和紧闭的双唇，以及刮得铁青的下巴。我想，这样的人物一旦开口说话，其嗓音一定是饱含力度且富于磁性的，更别说低沉地怒吼一声了，那会把天花板上的灰尘纷纷震落……

对其声音的猜测仅仅出于我的想象。我早已忽略电影放映时的画外音了。我只是认为，当一位男人无声地走动时，应该像安泰一样脚踏实地，使人隐约感受到他不可阻挡的精神力量。真正的男人多多少少需要内涵几分虎气。即便在笼中散漫地转悠，也让人为之不羁的威严而变色。男人大多数情况下习惯于沉默，不爱随便地表示自己明显的态度；如果到了需要表露的时刻，必定吐字清晰、掷地有声。男人的沉默是白银，男人的誓言是黄金。

做个男人最忌讳盲目乐观或过于忧郁，喜形于色或愁容满面都不足取。男人把石头一样的自信包裹在心里，必要之际才剥去那层含蓄的果皮。置身茫茫人海，男人也要学会保留些许孤独，以扶植自身无须依赖外物的独立性。

男人勇于把迎面走来的世界当作陌生人来看待，对风声寒潮充耳不闻——它们只能无奈地掀动他风衣的一角。男人随时和自己的过去擦肩而过、没有时间回味或惋惜，他表情严肃、目光坚定地注视着前方；无论前方风起云涌、山高路险，男人都像一辆大大咧咧的坦克般不急不躁、迎接上去，显示出傲视一切的征服感。沿途的困难险阻都被他精神上的履带碾为粉末……

这就是我所理解、所憧憬的男人的风格。坚定、宽容、深刻、稳健、刚毅、威严、果敢、不偏不倚、不折不挠……是其人格的合金。每每作如是设想，这样的男人在我前后左右来回走动着，我耳畔持续地回响着《追捕》里天高云淡的主题歌。男人的歌声既不浮

夸又不消沉，他以自己深沉的男中音向世界介绍自己……

找不到属于自己战壕的男人是悲哀的。很明显战壕在我笔下，并非是指那种工兵铁锹挖就、沙袋堆积的阵线或掩体，它在我们和平的生活里是虚拟的，象征着一个男人在一场自我的战争中所占据的位置。尊敬的巴顿将军坐在风驰电掣的装甲车上时说过："我是习惯于将人生比作服兵役，而将其中的每个转折点比作战争的！"他的语气是自信的，仿佛他矮胖的身躯正是凭借这份自信而横扫千军如卷席的。这恰恰证明了我的观点：一个男人如果在警报声中顺利地进入了自己的战壕，至少已立于不败之地。哪怕整个红尘滚滚的世界向他发动冲锋，他也能寸土必争地坚守住最后的阵地——一个男人所不应放弃的尊严、信念和勇气。

当然很多时候我们高朋满座、对酒当歌，抑或挽着情侣滑腻的小手漫步于花前月下——这里的黎明静悄悄。我们无法相信空袭警报会神话般响起，因为在现实中根本发现不了敌人的影子——敌人仅仅作为一种抽象的概念而假设地存在。幸福的生活消磨着这个时代男人们的骨气，我们在灯红酒绿中被解除了精神上的武装。找不到对手的男人是悲哀的，置身折戟沉沙的古战场，他甚至不知道自己要向谁抛下挑战的白手套，更无从感悟曹操横槊赋诗的慷慨激昂。"落日楼头，断鸿声里，把吴钩看了，栏干拍遍，无人会，登临意……"退役的辛弃疾不也无奈而迷茫地把"万字平戎策"换作"邻家种树书"吗，空空断送了气吞万里如虎的少年壮志。

对于一个勇往直前的男人，现实的障碍、潜伏的危机无处不在。拔剑四顾心茫然，是由于他不懂面对自己，他可能永远都不明白：自己身上的懦弱、懒惰、蒙昧、世俗，无一不是致命的天敌。而与之抗衡、搏斗，简直是一场漫长如一生的拉锯战。男人应该保持清醒的认识与坚强的意志：运筹于帷幄之中，决胜于千里之外。这正是他生命的意义。将军决战岂止在战场，思想者的内心演绎着电闪雷鸣，男人们啊快重新披挂起生锈的盔甲，跳进想象中的战壕，你平日空虚脆弱的心灵便能体会到子弹上膛的紧张与充实。

"日出东方，唯我不败！"生命是一座风吹雨打的堡垒，男人只有毫无保留地射完最后一发子弹，才能无憾地倒下。

红袖添香

红袖添香自古即是书生的梦想。葡萄美酒夜光杯,在温香软玉的陪伴下坐拥书城时,纵然窗外清风不识字,但眼前以银簪剔除烛花的旷古佳人却玉髻高挽、粉臂横陈,酷似枕畔屏风的一帧工笔仕女画;良宵美景,刚强时读半部《论语》、温柔时听一阕《西厢》,直待雄鸡报晓双目仍炯炯有神。日照香炉生紫烟,双手之间的经卷如神明的瀑布自天而降,朗朗上口,大珠小珠落玉盘。难怪写艳词的晏几道拂去衣上酒痕诗里字,笑看彩袖殷勤捧玉钟:"今宵剩把银江照,犹恐相逢是梦中",而以豪放派自诩的苏东坡也难免心软"只恐夜深花睡去,故烧高烛照红妆"……

读书读到这种境界,还有什么话说?稳操胜券又笑傲平生,清风过耳却坐怀不乱,水是眼波横,山是眉峰聚,帘外雨潺潺——我看青山多妩媚,料青山看我亦如是,甚至手持一卷旧书衣袂飘然地迎着斜风细雨漫步闲庭,忽觉头顶撑开一方晴朗,蓦然回首——原来是雨巷里的姑娘送油纸伞来了。哦,那丁香一样结着淡淡愁怨的姑娘！我估计当年那位叫蒲松龄的落榜秀才，就是这样怀抱红泥火炉枯守在冷雨敲窗的聊斋里，以残砚断墨勾勒出一群荆钗布裙、举案齐眉的美丽狐仙，招之即来，挥之即去，理想主义的衣袖不带走一片云彩。花非花，雾非雾，夜半来，天明去——这恰恰是那些荒郊野庙身份不明的无名女郎的行踪，她们惊鸿一瞥般的显影似乎仅仅为了给挑灯苦读圣贤书的落难公子无偿地馈赠一点温情、一点世态炎凉中的慰藉。当信心倍增的书生合拢宝剑兵书、闻鸡起舞的时候，她们又消失了。要不是室内弥漫着衣香、书页残留有指痕，几乎没有什么能证明子夜聊斋来过美丽的客人……

这么说红袖添香的传说，在柴米油盐的世俗生活中已近似于神话了？这么说读书的至高境界，似乎是不食人间烟火的海市蜃楼？这么说象牙塔里除了一桌一椅、一本翻开的书之外，似乎还需要一双挽扶你灵魂横渡书里书外的手、一双代表整个世界来关怀你的手？是的，还需要温柔——因为心灵毕竟不是石头。

我是这个世界上书生中默默无闻的一位。我住在离聊斋很远的地方。十年寒窗，一灯如豆，没有伯牙摔琴，没有红袖添香，书是我最忠实的朋友。我醉里挑灯看剑、把酒问青天，我两袖清风地把栏杆拍遍。今夜花好月圆，我早早地拾掇好纤尘不染的书案，左手一杯以陌上桑命名的香茶，右手一杆普希金式羽毛笔——等待姗姗来迟的红袖出现。我在猜测，她会是手持桃花扇的李香君呢，还是从断桥的故事里出走的白娘子？她是穿一件李清照绿肥红瘦的石榴裙呢，还是肩扛林黛玉葬花的小锄头？如果我是布衣出身的司马相如，她便是放弃富贵随我私奔的卓文君？如果我是写《爱眉小札》

的徐志摩，她便是长袖善舞的陆小曼？张生与月满西楼的崔莺莺？蔡锷与高山流水的小凤仙？

我虚掩绚烂如东篱菊花的心扉。我屏住呼吸聆听自远而近步步莲花的足音，我书声琅琅的青春便凝炼为一对呼风唤雨的铜铸门环。等待是美丽的，我看见她了——你站在桥上看风景，看风景人却在楼上看你。我看见那位青裳红袖的古典女郎破门而入，以优雅的姿态在青玉案上祭起第一炷香，便借助青烟缭绕和我谈论琴棋书画、诗词歌赋，谈论曹雪芹的《红楼梦》以及莎士比亚的《罗密欧与朱丽叶》，谈论牡丹亭与鹊桥仙……明月装饰了你的窗子，你装饰了别人的梦。

我这篇文章就是献给一个人的，献给那个在桥上看风景的人，那个为我红袖添香的梦中情人。她在我的方格稿纸上走动，用白居易的乐器为衣带渐宽的我弹一阕《霓裳羽衣曲》。她知道我会满世界寻找她的——我们之间有一条载歌载舞的丝绸之路。她曾经是一位卖火柴的女孩，她硕果仅存的火柴将点燃我夜读的香炉和生日蛋糕上的蜡烛。她长大后依然保持海的女儿的身份，远嫁而来，把我为秋风所破的茅屋视若黄金的宫殿。她摇曳的红袖将成为我书房一隅万古常青的风景，她是我一生的女主人公。世界是我们鸟语花香的露天课堂。而我与她面壁而坐的小小书房——本身就构成一个独立的世界，一片男耕女织、炊烟袅袅的伊甸园。我是写诗的亚当，她是跳舞的夏娃。我们是上帝的邻居。

思想不是方程式

1. 仿佛只用了一分钟的等待，当香烟抽到一半的时候，灵感如期抵临，我把空闲着的另一只手伸向羽毛笔。所以说，这支烟的前半截是生活化的，后半截是诗化的。正如我本人，有时媚俗，有时崇高——指缝间的火星忽明忽灭。当一首诗完成，我需要用很大的力气，才把它像烟蒂般按捺在现实主义的烟灰缸里。我听见烧红的铁器浸进冷水时发出的嗞嗞声。惊心动魄的瞬间，醒来的上帝倒吸一口凉气。

2. 公园的门对穷人也是敞开的——我指的是那种免费进出的街头公园。关键在于穷人缺乏看风景的心情，因而对于一双饥饿的眼睛来说，门并不存在，风景也不存在。当我口袋里只剩下三毛钱的时候，公园这个概念和天堂一样——名存实亡。虽然天堂的门票是昂贵的，它仅仅对小资产阶级公开。这毕竟说明了一个道理：连最慷慨的公园都有一位看不见的门卫，何况以吝啬著称的天堂呢？穷人最好不要相信天堂，天堂只会使你加倍尴尬。

3. 我认识一位从不使用香水的女性。在这个普遍洒香水的时代，恰恰是她——而不是其他浓妆艳抹的贵妇人，使我感受到香水的存在乃至意义。这种说法令人费解，但事实确实如此：当我开始判断她与周围女性细微的区别之时，香水便作为两个汉字从空气中出现了。而在和日常生活中的女性打交道的时候，香水仅仅作为某种情绪感染着我。香水是装在阿拉伯漂流瓶里的魔鬼，一旦瓶塞开启，它的态度是不可捉摸的。你可以用茉莉、玫瑰或牡丹之类，来命名你面前某种类型的女人。我也可以公开这位拒绝使用香水的女性的乳名：荷花。她是我乡间的初恋情人。我忘不掉她。一滴香水的价值相当于九百九十九朵玫瑰。而我爱人的名字在我记忆中相当于九百九十九滴香水的总和。

4. 这或许就是爱情了，当你孤独地坐在黑暗的电影院里，却感到另一个人的影子正在邻座的上空呼吸，你下意识地扭转视线，窥探到的却是一张陌生的脸。这仅仅是个比喻，它说明你内心也忠实保留着一只空缺的椅子，虽然只有风坐在上面，但这充满象征意义的椅子是具体的，那是为容纳爱情而预备的，那是超脱世俗姗姗来迟的爱情的位置。这或许就是幸福了，究竟谁是这把坐椅的主人以及客人并不重要，关键在于它陈列于你内心殿堂里最圣洁的一级阶梯——它空缺的事实乃至它本身，无不是为等待所作的假设。等待是美丽的，比等待更美丽的依然是等待。

5. 什么时候我们携带着幸福回家，就像把牙牙学语的婴孩，抱养在平坦的马背上，帮助它恢复和纸张同样单薄的枝叶。很久以来我们习惯于在纸上描绘爱情，在隐蔽处歌唱，而不擅长用行动直接表达——不能说不是一种遗憾。该爱的，还是要爱，我们尽量放慢脚步，在花园和粮仓周围溜达，以固执的缰绳限制与生活本身的距离，生怕归还的梦幻比某只杯子更早地醒来，从高处身不由己地坠落。幸福可能是一种错觉，苦难是错觉的另一种——并不妨碍我们以怜惜的心情观察它在默契的双手之间日夜滋长，电闪雷鸣抑或平淡如水都令人满足，构成花朵的一生。困倦之时就在马鞍上打一个盹，在动摇中培养信心，免得芳香从指缝间流失，久期不至的灯笼停顿在中途。出走的马匹，嗅闻被棉花积压的旧路，无法承受的生命之轻，无法承受的重量。是的我们捧着一柱形象的喷泉回家，我们小心地捧着幸福走向对方——胸前溅满浪花，把它安置在明朗的窗台上，告诉过路的人们：我们曾经这样生活过⋯⋯

6.邀请弟兄们围绕酒桶而坐，我是个半路出家的木匠，你却拥有祖传的酿酒手艺以及葡萄的温情。八月，大大小小的酒桶满山坡滚动，健忘的松鼠交头接耳，谈论乡村节日和遥远国度里伐木的故事。我手持迟钝的斧头，在你精心摆设的家具中间来回走动——花朵与蜜蜂的家庭，在你手指的安排下像积木一样搭起来。我忽然觉得生活本身，也完全可以典雅如灯火通明的舞台布景。我说：应该邀请四海之内的弟兄们了，围绕爽朗的炉火、诗歌以及高高在上的青铜茶饮而坐，席地而坐，让鞋面蒙满尘土的他们分享新鲜且清凉的刨花。新婚的酒桶，你我迁居其中，在墙壁上凿出小巧的门窗——你说恰巧属于月亮的位置。你又说，让世界忘掉我们吧。那些醉眼迷离的客人，满世界寻找被你藏起来的杯子，满世界寻找失踪的新娘——亲爱的，这是秘密的节日和天堂的狂欢，当一辆涂满

保护色的调皮的马车不请自来，搬运我们的房屋抵达葡萄园的深处，就像和上帝开一个私运军火般的玩笑，亚当和夏娃，怀揣着幸福搬家——在一个幸福被视若禁果的遥远的年代……

7. 好多夜晚，我骑一把椅子到原野上去，伸手掰一根树枝，作为虚拟的鞭子，田埂上便响彻踢踏的马蹄——不知为什么，如果允许我给思想家画一幅肖像的话，我肯定会在纸上勾勒出一位借助一把椅子（抽象主义的坐骑）在原地奔跑的深沉男人，斜戴草帽、嘴叼烟斗，正用右手的羽毛笔驱逐着对世界的热爱与狂欢。他不叫堂吉诃德，也并非来自西部的牛仔，充其量他仅仅是自己心灵的牧人——这已经足够伟大了！理想主义的最后一支牧歌，流传在一本封面磨损的书里，草原上无法发现其踪影。但理想主义的泉水，每时每刻都在喂养着现实的羊群……

第三辑

梦游者的地图

布衣北京

城南的特色在于老，老而不朽，是沧桑所赋予的一种美。城南的魅力在于有许多老故事。苍老而哀婉的音乐，如斑驳且凄艳的苔痕，装饰了秦砖汉瓦、唐诗宋词的影壁。我走访过祖国大地上的许多座古都，发现城南大多为平民聚居区，建筑陈旧，商业繁荣，遗留有浓郁的民俗色彩——不知这究竟由历史还是风水造成的？北京的城南也不例外，在市区地图上不过巴掌大的篇幅，可是却密集着数不清的老字号商店、茶楼、饭庄、剧院（俗称戏园子），以及明清风格的胡同与四合院。所以说正宗的老北京在城南，要想了解北京的老故事，那就闻着味儿追到城南来吧，城南的老人多，老房子多，老地名与老字号多，老树、老公园乃至老街道多。说到底，小城故事多。

写到这里就想起林海音的《城南旧事》，那电影我看过，在阶梯剧场的黑暗中我就有不同意见：这种剧本，只适宜用黑白胶卷来翻拍，朦朦胧胧的，达到某种折旧的审美效果；拍成彩色的，无异

于将破败萧瑟的寺庙重新油漆，看上去倒是金碧辉煌，但感觉总是假的。最终我只记住了作为画外音的李叔同的谣曲："长亭外，古道边，芳草碧连天……"我闭目冥想着被湮没的年代里无形的唱诗班，以及队列中一张张梳着刘海的女孩子的脸。城南啊城南，就是门楣上张贴的褪色的红纸春联、门两边蹲坐着的青石狮子以及狮子脚趾间一堆散发火药香味的鞭炮碎屑，就是门坎上跨坐着穿花棉袄、戴瓜皮帽的胖小子（他的乳名如今谁也不记得了），就是一副怎么摇也摇不响的生锈的大铁门环——我们就这样被往事拒之门外了。岁月才是落叶堆积的庭院里隐姓埋名的户主。

城南原本没有城，没有城墙也没有城门。明朝嘉靖年间，北京城的范围相当于如今的地铁环线（即只有内城），因蒙古鞑靼部族屡次跨越长城，兵临城下，守军怯于迎敌，只好在九座城楼高挂免战牌。天坛、地坛、日坛、月坛、先农坛均在九门之外，屡因边警而延误祭祀；即使圣驾冒险出城祭坛，也不得不动用重兵护卫。于是圣旨命令增筑环包内城四周的外城，将城郊诸坛圈入高墙。由于人力、财力所局限，最终外城只修筑了环包南郊的一段，使北京城垣构成倒写的"凸"字形。因为祭祀天坛必须皇帝亲临，其他诸坛可令大臣代祭，而天坛坐落于南郊，首先将南郊并入外城——城南或称南城，就这样在地图上诞生了。内城之中皇城占据了中心区，剩余的范围多被衙署、兵营等割据，北京被锁闭在铁笼子里；增筑外城，给商业活动提供了市场与保障，城南便成为新兴的商业区。惜命的皇帝，无意间做了一件功德无量的事。

天坛在城南，天意与民心在城南，皇帝也不敢漠视，我深深记住了这一点。这恐怕是城南旧事里的旧事了。

如今，北京的老城墙几乎全拆了，只剩下孤零零的几座城门楼子。但一出大前门（20世纪70年代我常从一种老牌香烟的商标画上瞻仰），我便恍然有强烈的回到城南的感觉。前门大街是不逊色于王府井的老商业街，譬如全聚德烤鸭店就在这里。读书人不妨再往南步行，去琉璃厂逛逛老古玩店和旧书市，你会遗憾无法换一袭灰布长裳踏访，而西装革履很明显会冒犯琉璃厂的温文尔雅。城南我最向往的是天桥一带，天气好的时候，街头能看见玩杂技的江湖艺人，当他们手端的草帽伸到我胸前，我能不掏几张毛票吗：我简直怀疑他们整整表演了一个世纪，多辛苦呀！一个世纪了，围观的人群在变，但艺人的表情没变、江湖义气没变，世界在变与不变之间。天桥更著名的是戏园子，我估计四大名旦全在城南披挂上阵过，至少梅兰芳老板中华人民共和国成立后还在天桥唱过《贵妃醉酒》，许多名流曾去亲耳聆听。当然再后来，城南上演得更多的是《沙家浜》与《红灯记》了。

在城南走得累了，可以随便挑一家挂旗幡的茶馆歇歇脚。和南方人不同，老北京爱喝的是茉莉花茶，但对茶具则很挑剔——最好是电影里清末遗老遗少捧的盖碗，旁边有高举大肚铜壶的跑堂殷勤地兑水。我浅浅地呷一口，忍不住左顾右盼：那些提笼遛鸟的八旗子弟在哪里呢？拉二胡的唱小曲的在哪里呢？拉洋车的骆驼祥子在哪里呢？京腔京韵的城南，怎么读都像一部毛边纸的线装书，都像老舍的小说。

清朝的北京，内、外城实行满汉分治分居，清军圈占有了内城

东、西、中三区的民宅，将汉民全部迁往外城（即城南），内城变成拱卫紫禁城的八旗军营，按八旗序位驻防。京西另设了圆明园护军营、蓝靛厂火器营和香山健锐营，合称三大营。直至今天（仿佛一种传统）京西仍有许多部队大院，东城与西城仍为政府机关和国家核心，有学生之城雅称的海淀是学院区，东边则有涉外饭店、商厦林立的使馆区。那么城南怎么样了？城南依然是城南，它的概念贴近于老百姓、小市民、信用社、公共汽车、大杂院、龙须沟、廉价的日用百货、蜂窝煤、二锅头、菜篮子工程、祖传的手艺和乡野风味的集贸市场。城南是与上流社会权力、财富、政治、贵族相对称的半壁江山，是民俗的源泉，换句话说，城南是平民化的北京，布衣诗人的北京。

我恰恰是这样一位怀旧的布衣诗人。我最喜欢骑一辆老式的凤凰牌自行车，模仿东南飞，恨不得回到汉乐府时代，民歌的时代，背着锦囊的采诗官在寻找陌上桑。回到城南，我就觉得自己在微服私访，在深入民间。我更愿意作为挑着扁担走街串巷的货郎，作为吆喝着"磨剪子咪戗菜刀"的有手艺的师傅，而不是以诗人的身份回到城南。我穿过长椿街的红绿灯，车轮滚滚，热泪滚滚，一直往南去。我经过回民聚居区的牛街，正赶上牛街小学下课时间，一群群服饰鲜艳的小回民鸟一样喧哗着拥出校门；而路边牛羊肉摊档的气息，带给我游牧于草原之上的错觉——这也是极幸福的错觉了。再往前就是白纸坊了，明清两代造纸厂所在地，你能肯定曹雪芹的《红楼梦》不是写在它出产的纸上的？城南有陶然亭，陶然亭没有亭子，但陶然亭的雪是京都一景。城南有大观园（坐落在白纸坊附近），虽属仿建，但贾宝玉的梦还没醒，多少人还在接着做。城南啊城南，诗人的梦乡，古典主义者的温柔之乡。我的朴素的乌托邦。

再说几个城南的老地名给你听听。蒲黄榆，瓷器口，虎坊桥，白广路，先农坛，南菜园以及菜市口，有的古拙，有的空灵，念起来也朗朗上口。它们不用演绎就是一段城南旧事。所谓的城南，就是由星罗棋布的这一个个地名组成的。没去过城南，没去过城南的老胡同，等于没来过北京。城南是北京的另一半。它不代表官方的北京，却象征着民间的北京，土著的北京，老北京。北京话和普通话还是有区别的（土话和官话？）。诗人啊，长安街虽好，但长安米贵、洛阳纸贵，咱们还是回民间去吧，否则你的民歌唱给谁来听呢——乡下没有霓虹灯，但城里也没有信天游呀！在城南租一所四合院（最好有枣树和辘轳水井的那种），左邻右舍都是勤勉的工匠与菜贩，天井每天清扫——这就是你诗歌的别墅。

归去来兮，田亩将芜。城南的法律是朴素唯物主义。城南是一面怀旧的镜子。哦，我是爱你的，草莽英雄的北京，布衣诗人的北京——诗人的北京，布衣北京！我作为北京城里的土著部落，用耳朵聆听着电台里的北京新闻，用心灵聆听着城南旧事，聆听着民谣里的北京，白话文的北京，方言的北京……

外省人的北京

外省人心目中的北京，有时是巴黎，有时是纽约。它有类似于大歌剧院的包厢式音乐厅，有贵妇人主持的上流社会的沙龙，甚至还有流浪艺术家的画廊（譬如圆明园的画家村），这曾经是巴黎的专利。所以我们可以肯定，北京有浪漫主义。北京又是现实的，不断地拆迁皇帝时就有的四合院与胡同，以营建蝴蝶状立体交叉桥和灯火通明的摩天大楼，远远望去，这简直像积木堆砌的王国。玩偶之家的主要成员，包括金融家、个体商贩、世袭贵族以及各种各样的明星人物。舞台已经延伸到车站、电话亭甚至就在十里长街上，这都使人嗅闻到纽约的气息，权力与金钱相混合的气息，有点儿陌生，有点儿熟悉。

我刚才所说的外省人主要指两种，一种是从来没到过北京的边远地区居民，他们主要通过电视、报纸、中央文件、巴尔扎克的《人间喜剧》甚至羽毛般的谣言，来想象北京的。另一种是来北京出公差或自费旅游的，包括基层干部、供销员、群众代表乃至度假的观光客,他们手持地图、走下火车,在高楼广厦之间稍有一走神就迷路了,于是重新向擦肩而过的行人打听方向;北京在他们眼中是一张放大的地图,是藏龙卧虎的名胜古迹,甚至连故宫有几个门都没搞清楚,他们就打道回府,向邻居吹嘘沿途的见闻,他们对北京的印象不过是一篇蜻蜓点水的游记。

还有第三种外省人。他们是一些背井离乡来北京寻求生存空间的外省人,他们的血型、姓名、学历不是北京给予的,但他们的梦在北京,他们将北京视若角斗场、视若第二故乡,他们两袖清风地走在长安街上,向这座高耸入云的城市索取职业、索取成功与辉煌。他们是祖国版图上的候鸟,以梦想家的陶醉吹着新移民主义的乡村口哨。他们还不了解北京,但需要了解北京,因为他们热爱北京——这份宗教式的热爱甚至会使本地土著自叹不如。他们的童贞属于外省,但他们的青春却是献给北京的。所以他们对北京的感情是特殊的,他们拥抱这座城市的姿态也是与众不同的。北京这个地名,是他们验证自身价值、验证光荣与梦想的一张试纸,不来这儿他们找不到自己。他们以朴素唯物主义态度来认识北京,就像通过一枚枚硬币的递增来积累财富,通过一枚枚硬币的总和来考证金钱这个概念考证资本论。在他们眼中,北京不是巴黎、不是纽约,不是天堂更不是地狱,北京就是北京。生活不允许他们产生任何错觉。因为莫斯科不相信眼泪。

从刚走出北京火车站的那一天起,他们便以北京人自居,他们不得不以主人自居,因为他们使用的是单程车票,他们甚至连铺盖卷儿都从家乡带来了,他们准备把一生作为赌注投掷在这座轮盘城市。这是他们一生中的诺曼底。在登陆之前，他们就已破釜沉舟。纵然在本地居民眼中，这一张张充满梦幻的新面孔不过是固执的外省人。他们租平房住，或索性睡地下室，没有取暖设备照样过冬；他们骑自行车上班，在食堂吃饭，每年一次探亲假；他们梦里不知身是客，甚至对做梦的时间都很吝啬，白昼和夜晚对于目光炯炯的他们而言，不过是穿鞋子和脱鞋子的过程，一切都处于原始积累阶段，他们只能选择加倍地投入……这是些能吃苦的外省人。很多年过去了，他们安营扎寨、稳操胜券，有的升官有的发财，混得最差的也娶妻生子、粗茶淡饭，北京终于承认他们为自己的嫡系，他们的下一代也真正拥有北京的血统。除了早年的口音无法彻底更改，他们完全是北京的主人翁。他们接待远道而来更年轻的外省人："好好干，慢慢会适应的。有什么困难就说话。你们是北京的新血液。"然而，躺在北京的户口簿上，高枕无忧之时，他们才想起自己的籍贯，毫不怀疑自己外省人的身份。

他们开始患怀乡症。他们教育子女老家在哪儿，祖父和祖母是谁。一走上长安街就思念长安。买一斤高价的烟台苹果便梦见胶东半岛。在五星饭店面对美女如云、山珍海味，反倒像李白那样停杯投箸，反倒像周作人那样回味家乡的野菜，眼前的一切都不如家乡溪头的野菜秀色可餐……

这，就是我所说的第三种外省人。生活在北京的外省人。他们既是北京的合法居民，又是永远的外省人。我是其中之一。我甚至觉得：北京有两个，一个是本地人眼中的，另一个是这些外省人眼中的——他们对北京的认识注定是有区别的。虽然他们的劳动，共同创造了北京，共同改变着北京。

成吉思汗来过北京。李自成来过北京。八旗子弟来过北京。科举时代，书生们纷纷进京赶考，北京有国子监，北京出状元。在天子脚下读书，其乐融融。后来，毛泽东带领解放军进了北京。可以说，北京的历史有相当一部分，是由外省人写下的。北京出部长，北京出将军，甚至北京的报纸都是全国发行的——这一切，足以对外省人构成永远的诱惑。我爱北京天安门。

外省人这个称谓，带有浓郁的法国味，而且是19世纪的法国味。19世纪出浪漫主义，而法国的浪漫主义举世无双。在莫泊桑、左拉、福楼拜笔下，外省是与巴黎相对立的，巴黎纸醉金迷，外省炊烟袅袅，巴黎是贵妇人，外省是荆钗布裙的村姑。巴黎的社会名流去外省度假，美其名曰："去乡下"。而朴素憨厚的外省人进巴黎，准会迷路的。因而外省人在法国含有布衣草民、老实人、乡下佬或老百姓的意味。这是一种可以理解的虚荣心。外省人在北京居民口头上，也带有中国特色了，叫外地人，无法判断是否有贬义。至于说起外国人，又称老外，则明显有几分仰慕。北京姑娘有吹嘘嫁老外的却没有以嫁外地人为荣的——除非傍大款傍的是外地的大款，两项又扯平了。但这种情况已好多了，总而言之北京是好客的，慷慨大度的。现在，至少粤菜已进了北京，广东人（更确切说是商人）进了北京，像巴黎香水、人头马酒一样受欢迎。估计北京将为越来越多的外省人提供市场。至于对外省的书生、艺术家，其兴趣何时升温，估计还要等一等。

不巧的我恰恰是外省的一介书生，我恰恰又是第三种外省人——来北京创业的外省人。我估计自己的标价一时半会抬不上去。好在我不着急。我还年轻呢。北京的股市行情就像天气预报一样，是说不准的，道是无晴却有晴。没准明天早晨我就大发了——我想象着自己的诗稿在长安街上被众人争抢的情景，笑眯眯的。北京的天平是公正的，给每一个人以机会。外省人住在北京的四合院里，就没被排除有衣锦还乡的可能。北京的林子很大，什么鸟都有，但栖息枝头的外省人不会觉得渺小，不会觉得羽毛黯淡。这巴黎能比得上吗？纽约能比得上吗？伦敦更别提了，那儿只出产雾都孤儿。

纽约对富人是天堂，对穷人是地狱，帝国银行大厦太高，饥饿艺术家的手够不着。巴黎有圣母院，却没有圣母，没有劫富济贫的慈善院，所谓的贵妇人也太小气，她们邀请你参加沙龙，允许你蹭饭、喝鸡尾酒（或迷魂汤），是为了套你的话儿，她们附庸风雅，却并不真掏钱买你的画，你愿意免费为她们演讲及演出吗？况且在巴黎，并不见得走哪儿都能撞见茶花女——那是小仲马的福气。你这个外省人，靠山有他爹硬嘛。巴黎的最后一班地铁早停开了，伦敦上空的鹰都被猎枪打光了，在纽约的北京人都把绿卡抢购一空了，而莫斯科的眼泪都快淹死普希金了——所以，写诗的外省青年，汉语的劫持者与流浪者，咱们还是回家吧，家门是北京，国门是北京。想来想去还是北京好啊。北京的烤鸭好，北京的美术馆好，王府井好，图书馆好，音乐厅好，北京的公共汽车好。北京人好。北京话好听。

上海曾经是冒险家的乐园，相信某一天，北京会成为艺术家的乐园。譬如诸多流浪画家安营扎寨的圆明园村，就是北京城里的艺术梁山，外省人谱写的水浒传。如果没有冒险的勇气，千万别来北京，北京的风沙大，北京的交通拥挤，掉进人海里就沉底了，就找不着了。在北京，外省人的肺活量要大，要有耐心，屏住呼吸，才可能气球一样浮出海面。在北京，要为生活憋那么一口气，要和生活赌那么一口气。在北京，一半是火焰一半是海水，做魔鬼或做天使都不可能，你只能老老实实做人，因为谁比谁傻多少，谁怕谁？这么看来无论对外省人抑或本地人，在北京都不容易，各有一本难念的经。但对于写诗的我，对于我这样的外省人，北京有海市蜃楼，北京永远是一个千锤百炼的梦，因为北京出状元，北京出大师，所以我爱北京天安门！

北京的书店

A

北京的书店星罗棋布,对于藏书成癖的我辈而言,有的默契如远亲,有的熟稔如近邻。我有过星期天骑自行车圈阅大半座城市,仅仅为了寻觅一套自己偏爱的旧版本的经历——那份喜悦来自踏破铁鞋、遍访名山而终于如愿以偿。外出办事时透过公共汽车的窗口浏览到某家书店的招牌,便会蓦然想起,书架上的什么书正是从这店面里选购的。潜意识中和这家书店也是有缘分的了。节假日逛书店,出门时常常囊空如洗——就像花花公子刚做完一觉扬州梦,于是以戴望舒《巴黎的书摊》为临摹的榜样:如果你袋中尚有余钱,便可以到圣日尔曼大街的小咖啡店坐一会儿,把沿途的收获打开来,预先摩挲一遍;如果你已倾了囊,那么就走上须理桥去,倚着桥栏,俯瞰那满载着古愁并饱和着圣母祠的钟声的塞纳河的悠悠流水，然后在华灯初上之中，闲步缓缓归去，倒也是一个经济而又有诗情的办法……

王府井书店拆迁，对于我就像精神上的阿房宫被焚毁似的，温和的记忆顿显凋零萧瑟，总呈现瓦砾遍地、荒草滋长的幻觉。移情别恋去投靠其他书店，便多了一层取暖与御寒的意味。沙滩北街的五四书店，名字起得庄严肃穆，站在台阶上看得见老北京大学的红楼（今文物出版社），我总觉得落地玻璃橱窗里该伫立着一群穿灰布长衫、系白围巾的读者，他们翻动书页的沙沙声简直是从大半个世纪前传达的……

由五四书店再顺道往西南去，北长街有北京职工读书服务中心新开的传记书店，汇集了古今中外名人传记千余种，也兼顾其他品种。不知它为何以人物传记为主要经营方向，但它的店面与故宫的西门隔街相望，读者从书架前一抬头，便能透过玻璃观察到紫禁城的雕梁翘檐以及绿苔般的琉璃瓦——或许这就是历史，或许历史原本很简单，历史不过是由人物与事件构成的。传记则是对历史忠实的记录与评点，是历史的空中楼阁投射在护城河里的倒影——这方面最有代表性的莫过于司马迁的《史记》了，入木三分的"太史公笔法"也因而流芳百世。我去传记书店，主要是搜集一些名人的回忆录，考察这些对历史构成影响的人物最逼真的心态。据说某研究生偶然路过此店，购得了上大学时遍寻不着的《布哈林传》，书价仅1.85元人民币——由此可见传记书店的含金量及对众多淘金者的诱惑力了。书店老板鲁良洪是位文弱书生，人民大学毕业，在北京的文化界交游颇广。友人常约我共赴传记书店，一是访书，二是访

友。在前厅里选购完新书后便拐进后院鲁老板的办公室,虽无青梅煮酒,但一壶新沏的绿茶足够点缀君子之交,并在清风满怀中渲染书生们蓬勃的话题……

我的寓所离故宫很近,有外地的客人要来寒舍,怕他们不识路,常电话中约好在北长街85号的传记书店碰头——因为书店临街,比较好找,加上我可以边看书边等人,省去在风沙扑面的大街上无聊地翘盼。我和传记书店的缘分,大抵如此。鲁老板从顾客中看见我的身影,总是一脸欣喜,给我推荐几套新进货还没上架的好书。他的神情使我想到阿英《城隍庙的书市》里菊隐书店掌柜常对顾客唠叨的话:"肯跑旧书店的人,总是有希望的,那些没有希望的,只会跑大光明,哪里想到什么旧书铺。"书店不是公园,那些喜爱逛书店胜过逛公园的人,究竟怀着怎样一种希望呢?

B

昨夜梦见又去王府井书店了,还是在二楼卖中外文学名著的柜台,我一边挑选一边想:王府井书店不是已拆除了吗,我怎么还在这儿买书呀?做梦的缘故,可能因为我想王府井书店了,或者,王府井书店想我了。后一种解释有些夸张,我虽然曾经是它的常客,但王府井书店在过去几十年里,接待顾客的人次肯定是天文数字,堪以用恒河沙数来比喻,包括有多少我所倾慕的文化名流,曾经进出过这扇大门。这一切都是无法统计的。尤其在今天,王府井书店,确实已拆迁了,水泥地上遗留的脚印被扫帚清除了,熟稔的书香味被邻近的麦当劳美式快餐的油烟抵消了，浮现在时间深处的那一张张苍老或年轻的脸，随同他们的梦想一起，泡沫般熄灭。它那古色古香的红字招牌，终于被一只无动于衷的手摘下——退出历史舞台。

但是，泱泱大国，伴书而眠时梦见王府井书店的，远远不止我一人。遗憾之余，也不无欣慰。王府井书店是有福的，被拆除之后，仍然有许多人梦见它；我也是有福的，因为我梦见了王府井书店。

王府井书店对知识分子的吸引力，一点也不亚于故宫。在去王府井的路上，你会觉得最梦寐以求而无处可觅的一本书，正躺在柜台里等你呢，等你慷慨解囊，把自己的梦想赎回来。这全国最大的书店，在想象中仿佛能满足每一位书生的愿望。确实有这样的情况：一位穿中山装、戴黑框眼镜的外地人下火车后不去逛故宫，却直奔王府井书店。我是有发言权的。因为我就曾经这样。只是，多少年以后，王府井书店也成知识分子的故宫了，一座红尘滚滚罢免了的文化废都。再过多少年，路过时我会指着其遗址（可能已轮回为五星饭店或夜总会什么的），告诉后人："这曾经是王府井书店。"

张中行在《东安市场》一文中，回忆20世纪30年代卖旧书的丹桂商场——现在已改为经营百货了。"我有时从门前过，进去看看，经常是人山人海。我也买过一次东西，是腰带，牛皮的，坚韧，很合意。高兴之余，想到昔时，辨认，原来就是当年买得木版《聊斋志异》的地方。"这在当年，他却没有任何预感。

闻一多在抗战时有名言："偌大的华北，搁不下一张书桌。"现在，财源滚滚的王府井也容不下清贫的书店了。幸好别处还有书店。王府井书店的存货，据说作为分部安排在另一家本来已很挤的书店里；即使另起门面，也不适宜叫原先的名字了吧。若指着一溜破落的店铺："这就是王府井书店。"读书人会伤心的。

几年前麦当劳餐厅平地而起、张灯结彩，在豪华的邻居面前，书店的老式建筑便多多少少有点相形见绌，就像灰布长衫与丝绸马褂同行一样。现在，连立足的地皮都出让了，文化快被商业挤到河里去了。书店停业之时，在紧闭的玻璃橱窗张贴过告慰大众的颇悲壮的一条标语，内容记不清了，但肯定不是"十年之后还是一条好汉"之类。为这中国一大文化堡垒的失守，知识界沸沸扬扬过一阵子，很快就平息了。李白歌咏过的三峡都可以从地图上消失，何况区区的一家书店？读书人就像掉了一颗门牙空落落的，说话漏风——但很快也习惯了。只有少数愚顽不化者星期天仍骑车去王府井购书，走到半途蓦然想起：王府井哪还有书店呵！更多的人顶多跟我一样，偶尔梦见一回。这已算很有感情的了。

一叶落而知秋。坐公共汽车路过王府井，我会透过窗户瞧瞧书店的位置。门前的空地上有一溜摊贩卖羊肉串与冰镇汽水。

关于藏书的乐趣，很多人写过了。只有一点大家极少触及。巡视汗牛充栋的书籍，你不仅知悉其内容或版本方面的价值，还依稀记得每一本是从什么时间、地点、哪家书店购得的乃至当时如获至宝的心情，这就功德圆满了。尤其对于边远地区的书生，一生中可能只有那么一次机缘来北京，若书架上有几本从王府井书店购获的读物，简直可作为旅行宝贵的纪念品，甚至在灯下阅览也有非同寻常的感觉,尤其在今天,王府井书店已消失了的时代。柏林墙拆除,残砖断瓦多年后竟然没被遗忘,而明码标价出现在黑市上——这就是历史。王府井书店消失了,储蓄有几册从王府井购买的书,也是有福的,也算为了忘却的纪念。当然,这是读书人自己的事情。

关于王府井书店,我还能说些什么吗?

拜访运河

风风火火地搭车去通县，是为了看运河的。一行有两位同志：北京的伍立杨与来自四川的祁人。皆为诗客。所以对运河的桨声慕名已久。近在咫尺，怎能不振衣踏访，以偿夙愿呢？出朝阳门，便仿佛闻见麦苗儿的香味了。

通县号称京东首邑。县城通州镇，正处在北京百里长街的东端，西门距京城建国门不过17公里。夸张一点，可谓鸡犬之声相闻。乡村是城市最古老的邻居，中国的农村对城市大多呈包围之势。想起通县，眼前幻现一位布衣草履的门房老人，腰挂锁匙，兢兢业业守护京都的东大门。古通州今以县制，地名所蕴含的田园气息更浓郁了。

当地接待的朋友听说我等专程看运河而来，摇头笑了：还是不看的为好，免得失望。怎么能不看呢，古通州是因北运河的开发而饮誉天下的，北运河是金代利用潮白河下游疏浚而成，经元、明两朝治理疏浚，方通杭州。多年前我尚是南方的学童，即从地理课本上知晓了这条京杭大运河——当然那时候，它是印在纸上的。纸上的运河伴随着乾隆下江南等故事，使我魂萦梦绕。通州的老码头，肯定系过皇帝的龙船。纵然折戟沉沙，凭吊一番夕照烟柳也未尝不可。

当地的朋友连称别误会。贯穿了大半个封建时代的千年漕运史，业已随昔日辉煌画上一个黯淡的句号。自潮白河水断流、航运停止之后，北运河即成为排水河道，主要用于灌溉农田。死水微澜，已不足以令人怦然心跳了。北运河遗址，是通州城内现存的文物古迹之一——遗址一词使用得让游客绝望，但毕竟准确。试想目睹漂满易拉罐、食品纸包装、朽木与菜叶的污浊的水面，你愿意相信它就是大运河吗？所以顽固地保留一段尽善尽美的想象，未尝不是一件仁慈的事情。

我去南京时，也有人劝我千万别去看秦淮河，说桨声灯影早名存实亡，只剩下一条严重污染的臭水沟。既然美人迟暮，最好过其门而不入吧。我还是独自夜游了一回，后半夜躺在旅馆的席梦思上，心里果然不是滋味。但今天运河已快流到我眼皮底下了，退避三舍真于心不忍，我的灵魂在通县的城门口徘徊，很矛盾。

东北的鲍尔吉·原野去杭州，给运河写过一段精彩的文字："去赵健雄所在的拱宸桥，要坐很久的公共汽车。有一段路与一条河并行。河水白浊肮脏，一副疲惫之相。机动船往来运送水泥预制板什么的。总之这条河不起眼，不清澈不壮阔不风景。晚上在赵府谈天，夜已静了，窗外有低缓的汽笛声传来，我向赵氏打听这条河的名字。赵健雄呷了一口野菊花茶，平淡地说：运河呀。运河！这就

是运河？我才知？'京杭大运河'中的'杭'字的道理，又想起隋炀帝，等等。自己不仅昧于地理，还在心中唐突了运河。我第一次见到运河，应该整衽正冠，肃然起来才好。"原文照录，缘于我无法给运河写一篇完整的游记，就借别人的文字遥遥地呈上敬意吧。

原野兄无意栽柳，偶然间邂逅运河的。运河给了他运气。某位魏晋名士雪夜突发奇想，划船溯流去拜访一戴姓朋友，至其门前又悄然返回，曰："乘兴而来尽兴而去，何必见戴？"在运河的问题上，我模仿其方式，也不失为一种风度吧？

我去通县，原本是投奔运河的。结果却像严遵医嘱的乖觉的病人，听从地主劝告在县城里喝了一天的酒，未曾踏上残花败柳的河堤一步。我就这样与运河失之交臂了。

北运河遗址究竟什么面貌，我不敢去想象。运河真的死了吗？我内心存留这样的疑问，波浪一样起伏。我走过它的身边，却不敢去试探它的呼吸——是怕被那份死寂刺痛呢，还是怕把它从死寂中惊醒？

北京的老一辈文人中，据我所知至少有刘绍棠和浩然是通县人，尤其刘绍棠，少年时即以写运河而出名了，我记得似乎有一部《运河的桨声》——你能说他的运气不是运河给的吗？所以运河的"运"字，在我感觉中已非"营运"本意，而接近于"命运"或"运气"的概念。虽然运河的产生并非天意，运河本身是人工开挖的。仔细想想，何必对自己纠正这种字义上的错觉呢？生活并不是语文教师。这种美丽的错觉本身，即代表着我个人对运河最高的赞美了。

中国的一号公路

一个中国人,走在长安街上的心情,是怎样的难以描述啊!

写下这第一句话,我怀疑自己几乎会以政治教员的面目来进行本文的创作。谁也无法排除心灵深处的爱国主义激情——它并不完全是教育的结果,而是与生俱来的,就像我们对待自己的性别、名字乃至脚下这块朝夕相处的土地所特有的某种依恋与归顺。黑头发,飘起来,一次次地遮蔽我们鸟语花香的视线,这是命中注定的颜色,构成我们性格中值得骄傲的基调。有谁会想到篡改它呢,谁又愿意呢——那等于扭曲浑然天成且汹涌不息的宿命。虽然我熟知这块热土上迸发的水与火、荣与辱以及一望无际的五千年历史,但我绝非政治教员,与之相比我更愿意做个携琴远足的抒情诗人,歌颂自己所希望歌颂的事物——譬如此刻,我正走过全中国最宽阔的一条街道,周围是旌旗、车辆、绿树红墙、白玉兰吊灯、人声鼎沸的广场,这一切很容易给人以节日的错觉。在一个哪怕最平凡的日子里,再没有什么地方,能像长安街一样,每时每刻都带给你欢

乐、幸福、骄傲的感受。

作为一位普通公民，走在长安街清洁的人行道上，我有写诗的愿望。

我想把它命名为中国的一号公路。它也确实是这个960万平方公里的国度里的第一号公路。翻译成英语就是No.1——容易使人联想到一种充满荣誉感的美国香烟的商标。但我要说：车水马龙的长安街，足够唤醒每一位路过此处的中国人对民族的良知与集体荣誉感——这毕竟是最能体现五千年沧桑、最接近祖国心脏的一条动脉。

似乎已经很长时间了，我在写作时不怎么使用"祖国"这个字眼，仅仅因为它在过去的时代里曾经泛滥过、曾经修饰某种做作与夸张的崇高感？抑或，是担心渺小的自我不配和这个伟大的词汇相提并论？总之我不能原谅自己的忽略与健忘。尤其是蓦然抬头，看着千古容颜不变的天安门城楼——这个一向出现在电视、报纸、绘画乃至课本里的举世无双的建筑景观的时候，它在我心目中顿时成为祖国的化身。祖国出现了。"祖国"这个汉语词汇，像闪电一样出现在我脑海中。我就像因一记棒喝而猛然恢复了记忆的人一样，重温着往事里的喧天锣鼓、旌旗招展、节日的气球、游行的队伍以及街上每一位路人脸上洋溢的对一个共同对象的热爱、感激与赞美——同时，血一点点热起来，促使我认识到自己身上应该具备的责任与义务。祖国——和母亲、故乡之类词汇一起，构成每个人的生命之根本。我们不会忘记自己的性别、出身、籍贯（填履历表时造成的重复记忆），但在个人化的生活中却很少想到祖国这个概念以及这个概念的具体存在——仅仅因为它太博大、太理念化了吗？

无论如何，对于一个民族而言，健忘不是一种值得称赞的品质——尤其是对宿命之根的淡忘与忽略……

时代在发展。世俗生涯中埋首赶路的人们，越来越多地考虑金钱、自我、个性与自由，却很少有闲暇仰望万里无云的天空，抚慰伤痕累累的土地——对于仅仅拥有个人追逐的他们来说，祖国是无形的，祖国这个概念也就是跑道之外虚设的风景。这是一种何其悲哀甚至恐怖的自私啊——不仅仅对借钱的邻居，甚至对祖国都表现出情感上的吝啬。这简直是一种精神偷税。我多想呼唤他们：从个人主义的鸟笼里飞出来吧，到长安街上、到祖国的公路上走走吧，你会觉得自己正伫立在一整张中国地图的中心，你会发现，热爱祖国——是人性中多么重要的一条交通规则，永远不会过时，谁也没有权利嘲笑这份真挚与忠诚，除非他是一个没有国籍的人。连难民都懂得怀念水深火热中的祖国，并且把祖国的苦难视作个人生命抗争的对象。

屠格涅夫通过《罗亭》中人物之口说过："俄罗斯可以没有我们当中任何一个，照样存在下去，可是我们当中任何一个却不可以没有俄罗斯。"他甚至以那首散文诗《俄罗斯语言》，来颂扬母语的古老、美丽以及对心灵无微不至的概括力。可以说，在我们咿呀学语的时候，祖国就已是我们精神上的家庭教师，它的智慧、关怀、力量渗透每一颗成长的心灵——并且伴随一生。祖国会老吗？母亲会老，但祖国不会老。至少，我们不能容忍衰老侵蚀它的容颜，因为祖国的衰老，等于宣判一代人青春的失败。

我很幸运，生活在北京，黄昏散步时可以到长安街上走走。在中国这条最伟大的公路上，做个行人也很幸福！不信你试试。至少你可以在远方想象那种幸福，想象那种幸福就等于拥有了那种幸福——因为你毕竟还懂得去爱……

麦子店

麦子店永远是我记忆的安慰者。这北京郊外的小村庄，总共有一百零一户人家，我是最后一位来到这里的村民。我的房屋位于靠近墓地的那一侧，也是种满果树的角落。推开窗户，苹果花探头探脑，仿佛要努力地嗅室内的书香味。哦，我的四堵墙壁，有三堵排满了书架，剩下的一堵是门窗的位置。我青春时代的梦幻与思想，都是麦子店培养的——一盏焦灼的台灯，在夜间晒黑了我的灵魂。大风起兮，我的灵魂发出纸张被掀动的响声。

我揣着外省的移民证，来到这座已经满员的村落，便知道自己被一片看不见的麦浪修改了身份。少年的姓氏声明作废。有时我会问自己：这个坐在门前的躺椅上晒太阳的是谁呢？这头戴鸭舌帽、骑自行车去城里上班的是谁呢？他为什么来到这里，他还要居住多久？

太阳从麦子店的上空升起，照耀街两边编织布料的妇女、嬉闹的儿童，照耀果园里刨土啄食的家禽。男人们都去哪儿了？他们聚

集在附近工厂的烟囱下面，接受生活的熏陶。我是他们中的一位。我在墙壁的阴影中行走，在鸭舌帽的阴影中行走，在自己的阴影中行走。我一点点地亮起来，直至通体透明，针眼大的风都能穿过我。我用右手捂紧胸口，克制住生命本质的颤栗与疼痛——麦子店呀，这就是一位流浪诗人对你的敬礼。

我的老家在麦子店没听说过的地方，我的兄弟姐妹至今仍在那里，划船、缝补渔网，或者从水的衣襟里采摘余温尚存的莲蓬。他们的手穿过我的影子，烙铁般炙痛时间，逼真地驱逐我内心的黑暗。在麦子店的茅草屋顶下，我的怀乡症久治不愈。苹果花呀向日葵呀炊烟袅袅呀，混合成挥掸不开的草药气息。我这来自南方的稻草人，肩头披着风的外套、鸟语啁啾的花边，乍暖还寒。

下雪天是麦子店法定的节日。积雪高过家家户户的门槛，高过枣树、榆树的膝盖，使白昼也呈现出睡态。我画地为牢，怀抱红泥小红炉背诵唐诗，我说李白呀杜甫呀请等等我。我相信有一辆四轮的敞篷马车把村庄剖析成两部分。炉火正红，铁锤飞舞，这白银锻制的村庄，谁也不忍破坏。

麦子店没有掌柜。麦子店是个概不外传的村名。麦子店甚至没有麦子，没有那些掷地有声的黄金的字眼、花开得静悄悄的。尘土的扬起与降落，静悄悄的。人走在路上像走在水面，静悄悄的。麦子店，静悄悄的。我在果树林里总共写下了三大本诗稿，指甲划破纸张，我听见自己在喊疼。我蒙住眼睛，就看见你们：陈旧的四合院，煤渣铺的道路，保持距离的风车与田野。一只鸟飞过，它仅仅衔着一根稻草，鸟的影子轻飘飘的……

这就是离北京城只有一公里的麦子店。这就是我兵临城下的青春。我在麦子店写下的诗,是风读不懂的。它是献给村里最漂亮的姑娘的。

最漂亮的姑娘是我邻居的女儿,她的脸是苹果花做的,嘴唇是蜂蜜做的,她的眼睛呀是星星做的。我的邻居是钢铁厂的工人,可是他却培育出了花朵。从村东到村西,步行十分钟的步程,一家家的姑娘,一位比一位漂亮——仿佛是同一位姑娘,在不断地长大。我要上前拦截住她。我要靠拢果园里最后的那棵树,眨一下眼睛,它就是美人的模样。哦,我的房屋在果园的深处,我这尽打鬼主意的园丁,用一首诗去换一朵花——又生怕春天会后悔。我见好就收。

我是第一个离开麦子店的村民——在大家还没醒来的时候。我重新背起风尘仆仆的行囊朝城门的方向出发,在雪地上留下两行渐趋模糊的脚印。亲爱的村民们,你们会忘掉我的——就像当初记住我的面孔一样。北京郊外的麦子店呀,我一梦多年。

玉渊潭的秋天

北京的秋天，我只有一个愿望，那就是把离我最近的一片梧桐落叶，弯腰捡起来，夹进书里。谁叫我是这个秋天的散步者呢？

树叶上没有署名。我只能把它当作错投的匿名信来看待。秋天的邮局是露天的，林荫道上，铺满金灿灿的落叶。那么还有什么不能公开呢——譬如我内心小小的愿望。在清风飒爽的北京街道上走过，我简直相信自己是富有的。我不敢穿带铁钉的皮靴，不知为什么，总觉得它带有殖民主义色彩，嘎吱嘎吱践踏横陈的落叶——它会疼的。秋天也会心疼的。穿一双轻软的布鞋在风景中散步，我以为灵魂也是飘浮着的，就像那摇摇摆摆、被风从地面卷起的朽叶，仿佛在向坚持者敬礼一样。

阳光灿烂的花园，老人在空地上下棋，来自外省的流浪画家在写生，而情侣在幽静的角落无声地拥抱——仿佛战争、旅行或灾难就要使他们告别一样。这就是秋天里的爱情给人造成的错觉。所有发生在秋天的故事，都会使我内心单薄的纸张，被看不见的手掀动得缭乱。谁叫我是北京的过客,是一个多愁善感的散步者呢?我和上街后遇见的第一位行人,是有缘分的——哪怕他服饰古怪、表情生硬,总有谁在安排他迎面走来,提醒我正置身于城市里,置身于别人的城市。秋天,异乡的秋天,你为什么擦肩而过却没认出我呢?

看来只有落叶能证明我的身份了。旋舞的象形文字,遮蔽视线,抵触我缺乏保护的灵魂。这位衣衫褴褛、口音模糊、紧握的拳心只有几枚铜板的青年是谁呢,他的根在哪里,他为什么来到陌生的街道承受风的捉弄?又一个饥饿的秋天,烟消云散,我开始怀疑自己是异乡最后的坚持者,守卫着虚构的阵地。我在纸上生一堆暧昧的篝火,烘烤长满青苔的名字、潮湿的鞋垫、孤独以及怎么都不忍抛弃的诗歌。

干粮已经吃完了。火种快要熄灭了。上帝死了。没有救世主。我鞭挞自己穿过落叶覆盖的大街小巷,连影子都要消失了——那么我还能留住什么呢,时间、幸福抑或忧伤?北京是一座别人的城市。秋天对于我类似饥饿的感觉。已经记不起来了,那是我流浪经历中的第几个秋天,白昼睡觉,夜晚写诗,黄昏时则在玉渊潭附近的林荫道上漫步,不是为了寻找食物、灵感、晒干的劈柴或爱情,而仅仅舔舐自己的伤口。遥远的秋天,边缘是锯齿形的,我是靠舔舐伤口而忘掉饥饿与苦难的。我的诗是写在苍白的绷带上的。

连自己都不敢重读那疼痛的秋天,那十一月梧桐树下一张憔悴的脸。公园最尽头的长椅上,只坐着我一个人,塞满书本、旧衣物和诗稿的牛仔布行囊默默陪伴着我。一片树叶落下来了,碰撞着我

风尘仆仆的衣袖,又一片落下来了……我一动不动,像城市角落一座失传的雕塑。我简直觉得落叶快要堆积到我膝部。我只有一个愿望,那就是把离我最近的一片梧桐树叶捡起来夹进书里。如此简单的一个弯腰动作,耗费了我一生的决心。

创伤在愈合。记忆在恢复。夜幕低垂,华灯怒放——我的脑海里呈现同样的景观。从那以后,我仿佛是秋天的逃犯,所有秋天在我心目中充满悲剧感。秋天是一个名词,它却以虚拟语气安慰着我、吹拂着我。这简直是无法推翻的败局——落叶是时间的俘虏,秋天收容我就像收容一枚流浪的落叶。而我却从锯齿下夺回自己:用残损的手掌,拼接坼裂的骨头,用眼泪清洗伤口,用诗歌取暖——在秋天的债券上,我用自己赎回自己……

1990年的北京,离我一纸之隔。那是十一月,玉渊潭还没结冰,稀疏的游艇在湖心打转,农舍的窗台上已晾晒储备过冬的大白菜——那是北京唯一不收门票的公园。

游牧北京

A

不知道为什么，我越来越习惯以游牧民族后裔的身份，来观察北京。并不具备草原血统的我，梦却与钢筋水泥的城市一向隔阂。最喜爱骑车逛北京——和搭乘公共汽车、打"的"抑或步行相比。骑一辆单车，最喜爱的路线是长安街，尤其在夜晚，十里长街，华灯怒放，我简直觉得自己坐在高傲的马鞍上，拼命践踏着命运的齿轮——记住这种感觉吧，一位诗人在横穿北京，在向这座城市的历史冲刺。"春风得意马蹄疾，一日看尽长安花"，据传是唐朝孟郊进士及第后的感赋。然而今天，一位落魄的诗人，以同样的心情游牧北京。

不要提那些陈旧的问题：骑手为什么歌唱母亲——在城市的怀抱中，既渴望归宿又寻找出路，我流浪的青春是不断加速的。每每

这种时刻，风吹过耳，如同巨大的呼吸，说不清给予我灵魂的，究竟是慰藉还是刺激？我想象着堂吉诃德，想象着浪漫主义时代的最后一位骑士：我的风车在哪里呢？我的对手在哪里呢？所以，请允许我歌唱那辆自行车，它是我在这座城市里最热爱的交通工具，也是最私人化的钢铁坐骑。

这不是我的故乡，我的故乡没有霓虹灯。一位诗人流浪在长安街上——对于我来说，北京是一座别人的城市，它的繁华、它的尊贵，全是属于别人的。但只要把一张书桌留给我就行了，我好好学习，天天向上。只要把一条清洁的马路留给我就行了——深夜里，我尾随一辆演奏着音乐《铃儿响叮当》的洒水车，风一样掠过你们大家的梦境，对沿途的五星饭店、超级市场、银行、邮局、电影院、岗亭视而不见。这才是我的北京，抒情诗人的北京，子夜零点的北京。当男女居民纷纷入睡的时候，我还醒着，诗人还在城市的梦里醒着。请不要盘问我是谁，在一个诗歌被驱逐到野外的时代，在精神被物质磨盘挤压的城市，我是最后的哨兵，这是我的最后一班岗。请允许我以田园诗人的身份，在曲终人散的夜晚，在灯火辉煌的长安街上，怀揣着古老的光荣与梦想，游牧北京！

白昼则是另外一个世界，完全相对立的世界，也是平凡的世界。单位的考勤制度与人际关系，市面上高档商品的标价，风云变幻的股票行情，交通规则与车水马龙的抵触，金钱与权力的竞争……这一切都使我神情恍惚。我几乎不愿上街，一出门就无法回避这个时代由噪音、烟囱、齿轮与欲望混杂的风景。即使上街我的双手也下意识地揣在牛仔服的衣兜里，这注定我以保守的姿态与工业社会的文明擦肩而过——我怕我的幻想会破碎的，幻想是这个时代的易碎品。城市没有白日梦。城市没有勇气在白天做梦。白天的城市，哲学家一样清醒，钟鼓楼浪漫的杵声已伴随没落的王朝遥远了，构成轻易听不见的古典。

幸好自行车还没被这个时代抛弃。自行车是我梦想的替代品。我像鱼一样在茫茫人海，在城市的暗河里出没。我摁着车铃在曲曲折折的胡同里穿行，仿佛听见遥远的朝代，有无形的马群在嘶鸣。骑手的天堂在马背上。马背上的诗人是自由的。我以思想、以文字、以激情游牧北京，纸上的蹄声悠扬，坐地日行八千里……

B

我在北京已经八年了——相当于打赢一场抗战的时间。我也至少算半个北京人了。只是我从来不曾怀疑自己，依然拥有外省青年的血统。这比宿命还要逼真的血统哟。北京的移民生涯使我目睹了青春残酷的一面，简直像揭自己艰难愈合的伤口。我不敢轻易重温来北京后的第一个年头所遭遇的人与事，与昔日同来的是昔日的疼痛。我成长的烦恼，是属于北京的。

最大的烦恼是没有房子的烦恼。这也是许多中国人共同的烦恼。我是其中之一，深深体会到它比疾病还要折磨人。第一年在西城三里河借朋友的房子住。借房子跟借钱一样，无法坦然，在别人的屋顶下生活，是尴尬的——如同从灵魂里披露的一块补丁，能怎么掩饰呢？三里河紧挨玉渊潭，那是一座不收门票的公园，可整整

一年里，我从未跨进公园的门槛，原因很简单：没有心情。

朋友的房子是一套老式三居室的一间，和一对技术员夫妇合住，厨房与洗手间共用。我在室内临时架了张钢丝行军床，唯一的行李是一箱旧书与衣物，局促地塞在床下——这张仅供栖身的床位就是我在北京最初的滩头阵地，可我那沐风浴雨的流浪者之梦，常常在城外徘徊，未能安全登陆。所以北京对于我来说，是一座别人的城市。我在梦乡里都无法获得真正的自由。朋友也是位文人，经常待在家里写稿或会女朋友，为尽量避免过多麻烦他，我总是在单位待到很晚才回去睡个觉。

我唯一的家具是添置了一辆五羊牌自行车，作为城市大背景下移动的个人化舞台（类似于吉普赛的大篷车）。之所以勉强称其为"家具"，因为两袖清风的我再无其他产业了；或者说骑在自行车上，我才能捕捉到些许回家的感觉，在茫茫人海里穿梭，暂时抚平游子的孤独。偌大的北京城，只有两只车轮是属于我的。我建立在车轮上的个人主义之家哟，它的概念只有自己能读懂。我空中的家园，风雨无阻，阳光灿烂。从此我便爱上了北京的大街，这是全中国最开阔的街道了，除了交通警察，谁也无权拦阻一位流浪诗人无声的游行。我感伤的诗歌，是在车轮滚滚中完成的。

单位在朝阳区的农展馆，我每天上下班都横穿北京，单程就需要一个小时，这也是充满幸福的一个钟点：外省人的大篷车，在横穿北京的历史与现实。我埋下身躯蹬着脚踏，不再分辨东南西北，而进入时间的轨道，我眼神投向的是明天。明天的后面还是明天。就像草原上的骑手凭借日出日落赶放羊群，我数着指头，计算自己在北京城里重复的游牧，从来不曾为此而感到疲倦。我就把它当成苏武牧羊来常演不衰吧。寒风凛冽的冬天，我按响车铃伴奏，哼着流行歌曲给自己取暖或打发寂寞，米黄色风衣的下摆被嗖嗖地掀动着。谁把我当作一部边缘磨损的旧书在翻阅呢？

尤其是星期天或节日，单位关门，我骑车满大街闲逛，住所周围方圆十里的商店、银行、邮电局、广告牌，我全像对自己的指甲一样熟悉。哦，熟悉的街景，陌生的路人，是北京给我最深刻的印象。也有情绪波动到极点的瞬间，头脑像保险丝被谋生的烦恼烧红了，我便自己给自己"断电"，以缓解紧张；常常是挑一家最近的电影院，顾不上看海报就买票进去，在黑暗的阶梯剧场里以拙劣的剧情填充自己，以淡忘所有操心的事情。我像个大白痴似的凝视着屏幕，什么都不想——我曾这样给自己治疗创伤，说起来也没什么可脸红的。人毕竟还是人嘛，神也无法钢筋铁骨。运气好的话能赶上新上市的进口片，后来连国产片都看遍了，索性钻进嘈杂的录像厅里，专挑那类能分散注意力的港台武打或枪战片，在情天恨海里划几次自由泳。曲终人散，灯光渐亮，发现周围尽是些嘴唇上刚长出淡淡茸毛的高中生，不禁哑然失笑。我成了生活的"留级生"。生活和我开了个黑色幽默的玩笑。

我是单位食堂的常客。我的铁饭碗永远供奉在食堂的职工碗橱里。住所附近的小吃店，我也不时光顾。囊中羞涩，我挑选的总是小吃。西长安街上"晋风"做的山西刀削面，西四十字路口的炒肝和小笼汤包，新街口卖的朝鲜冷面与凉菜，都不错嘛，很容易满足一位异乡人清贫的愿望。说实话，这么些年来在北京也算混出了个

人模狗样，但仍挺怀念那些小吃店朴素的招牌（那简直象征着平民化的北京），并遗憾很少再有和它们亲近的机缘。我怎能拂袖忘却在北京城里"打游击"的那一年呢？又怎能忘掉那一年里和生活展开的艰辛而惨痛的拉锯战呢？

我很朴实地从衣食住行方面，回忆刚来北京的那一段生活，甚至不回避往昔的尴尬与狼狈。这是一种和记忆保持平等的姿态。我发现这只是一本单薄的流水账。我本来想追忆一些美妙的故事，可最终发现，那一年的北京，对于我没有故事可言。那一年，我没有钱，没有房子，没有女朋友，没有很具体的幸福感，甚至某些脆弱的瞬间还没有信心，但这不是很真实、很正常吗？这本身不就是一个最有人情味的故事吗？那一年最爱听的歌，是张楚的《孤独的人是可耻的》。即使往事是可耻的，但我真有权利对自己隐瞒那一小段灰暗的个人历史吗？今天晚上，又何妨将它公开呢？

写到这里我简直要掷笔了。跟那一年的脆弱与坚强、忍耐与抗争、挫败与疼痛相比，我今天或未来的解脱、欣慰、骄傲抑或荣耀，反而被映衬为生命中不可承受之轻，不值一提了。那一年的心情，才是真正高傲与宝贵的。

那一年，我逆风而行的青春流浪在北京——我美其名曰"游牧北京"。

C

每每漫步在长安街上，我便恍然想起自己是个外乡人。

一辈子也忘不掉第一次走过长安街的心情，忘不掉那个身影单薄、肩负破旧行囊的外省青年，面对作为国家象征的天安门所发出的最初的惊叹。我在广场上停顿了足够做一个梦的时间，我通过下火车时新买的市区交通图认识北京。所以直到现在，北京在我心目中，仍然是一张地图的形状。上北下南，左西右东，任何一个地名都会使我联想到它在地图上所处的方位——这就是一位外乡人头脑中概念化的北京，平面的北京，纸上的北京。

真正的本地人肯定不会这样，他们说起某一处名胜古迹，就像念叨自己的街坊四邻一样语气平淡、神态悠闲。因为他们和北京没有任何距离感，他们天生就是北京的一部分，即使在最富于诱惑力的历史与文化景观面前，他们也不至于像远道而来的外埠游客一样易于激动。

在这座城市里我有过长期漂泊的经历，那时候最恐惧的是冬天，我在东郊租借的那间破落的农民房没有取暖设备，低空掠过的西北风如吹口哨的魔鬼撕扯得我油毡覆盖的屋顶哗哗作响。我冻满裂痕的心感到北京的天空很高，风的上面还有风。这一切就像被剪辑过的黑白电影般一晃而过，单位终于在沙滩北街一带给我分了间房子，虽然不足8平方米，但我已很满足——毕竟有这么一小块北京的土地归我所有，证明我已扎下了最初的根。总是想起前些年沸沸扬扬的某项"购买1寸美国"的商业活动，花几千美元就可在世界各地邮购1寸美国土地的所有权（仅够插一根旗杆的），手持烫金的地产证书，痴迷于美国梦的异域顾客会觉得拥有了一份精神上的商品——至少，兑现了梦想的一部分。在精神上，他们可以认为自

己是美国的主人之一。刚搬进新居的那个夜晚，我在四壁之间激动地踱步：我终于拥有了8平方米的北京，够奢侈的了。我终于拥有了独自打开心目北京的一把钥匙。

渐渐疏远了寄居郊外贫民窟的凄凉辛酸，我每天和大多数本地居民一起骑车上下班，在忙碌中淡忘掉自己原始的身份。我开始以半个北京人自居，用略带有南方口音的普通话交谈，偶尔在街上有谁向我问路我毫不思索就给他指出正确的方向……黄昏我习惯于散步，从住所往西走十分钟，就是故宫后门。一抬头便能看见那座吊死过明朝最后一个皇帝的景山，我总是过其门而不入。向南池子方向一拐，没多远便是长安街了，永远车水马龙，连风似乎都是热的。然而，只要一踏上长安街，那洋溢着皇家之气的古典建筑便会提醒我：这是北京，这是城市之上的城市，而我，不过是一位跻身其间的外乡人。

也许，由于多年与这座既平民化又充满贵族气的都市肌肤相亲，我已逐渐被它同化，我的性格、身份、服饰与形象无不带有它鲜明的痕迹，然而只有一点自始至终都未有改变，那就是口音。无论我怎样尝试着努力，那脱口而出的散发江南水乡气息的方言，会在漠漠风沙的氛围中固执地证明着我遥远的籍贯，证明着我是来自南方的移民。口音的无法更改正如血缘，口音是隐藏在我身体里的看不见的根，随时随地注释着我生命的渊源。由于经常性的搬迁，我生活中保留下来的旧东西越来越少了，只有口音是我生命中顽固的隐士，是打在记忆里的一块补丁。有时，走过长安街靠近火车站的那一段，迎面走来一群操着南方口音的供销员模样的乘客，我便会像无意间听见谁远远地喊我名字般停顿住脚步——此时此刻,南方作为一种口音出现,我几乎怀疑风尘仆仆的故乡正搭乘在这趟晚点的列车上。

等到反应过来,我会自嘲地摇摇头,继续往前走,经过东单路口的那排百货商店便进去随便挑一件故乡出产的土特商品——譬如一包牡丹牌香烟,拆封之时我会很仔细,生怕失手损坏了图案熟悉的商标。点一支牡丹牌香烟在长安街的夜市上散步,伴随唇上忽明忽灭的火星,会觉得故乡在与我共呼吸……

大北窑、建国门、东单、天安门、西单、木樨地、军事博物馆、公主坟、苹果园……十里长街,华灯初上,我闭上眼睛都能背诵出沿线的汽车站名。即使我停下脚步,思想仍然凭借惯性在熟稔的路线上延伸:金木水火土,唐宋元明清,春花秋月何时了,往事知多少?北京,我是爱你的,虽然我是你时间隧道中的匆匆过客,是一位患有思乡病的外省青年。我是把你当作一部精装的旷世经典来对待的。一座城市对于它的本土居民来说,类似于一部购买后归自己所有的书,总觉得阅读的机会有的是,常常未经翻阅即完好如新地搁置在书架上,覆盖着看不见的尘埃。但对于远道而来的外埠游客来说,这座城市则是仅供借阅、需要定期归还的书,于是他便尽可能在有限的时间内读懂读透,甚至渴望背诵出其中最精彩的段落。北京,这就是我对你爱的方式,在你丰富的内涵、巍峨的结构面前,我永远是一位一知半解但充满探险精神的外地读者。我恨不得像盲人一样用手指读你、用耳朵倾听你,直至发现你与我理想中的模式完全吻合。

北京，你的每一页，都已复印在我记忆里。一位长安街上的外乡人，怀揣着北京，怀揣着这个炙手可热的地名，也怀揣着自己对这座城市的理解与膜拜，高耸衣领，逆风而行……

茶　道

喝茶是一门学问，所以日本有了茶道。据说茶叶和佛教一样，是由中国传往岛国的，日本人把两者包容了，在喝茶的礼仪中也讲究禅境与悟性，沏一道茶时的思辨或修养不亚于吾乡人操持满汉全席般隆重。现在，是中国人颠倒过来要向日本人打听及学习茶道了。茶道仿佛也像原装松下电器似的，成了舶来品——大和民族真是很聪明也很怪异的。关于茶道，周作人如此解释："茶道的意思，用平凡的话来说，可以称作'忙里偷闲，苦中作乐'，在不完全的现世享受一点美与和谐，在刹那间体会永久，是日本之'象征的文化'里的一种代表艺术。"世界是不完善的，人终须凭借某些手段获得完美的错觉，茶道恰是手段之一。

周作人把茶道讲授得很清白，但他本身是历史上较复杂的人物。他中华人民共和国成立前在北平八道湾有一套书房，原名苦雨斋，后改为苦茶庵了。究竟为何易名，他深缄其口，讳莫如深。或许表明雨是天降的，而茶是人为的——天意与人事的变更？据说室内挂有"且到寒斋吃苦茶"的条幅，刻意追求一份行到水穷处、坐看云起时的境界。半个世纪过去了，坐落于老城拆迁区的所谓苦茶庵该已沦为一片废墟了吧？我总听见岁月的影壁后面传出一个老人沙哑的嗓音："喝茶当于瓦屋纸窗之下，清泉绿茶，用素雅的陶瓷茶具，同二三人共饮，得半日之闲，可抵十年的尘梦。喝茶之后，再去继续修各人的胜业，无论为名为利，都无不可，但偶然的片刻优游乃断不可少。"看来，茶道并非教诲人们饮水思源，或一劳永逸地坐忘尘世，不过给人们追名逐利之余提供一番小憩罢了。

十年以前，百姓中知道周作人的，比知道鲁迅的少得多。同样，周作人的苦茶庵，怕只在知识阶层有所流传，而说起老舍的茶馆，国人几乎无不知晓。那已是一座超现实的茶馆，云集旧时代的三教九流，有提笼遛鸟的遗老遗少，也有说书的江湖艺人、卖唱的天涯歌女乃至歇脚打尖的人力车夫……纸上的茶馆，因网罗了栩栩如生的众生相而风吹不倒。苦茶庵是个人主义的，而老舍笔下平民化的北京茶馆则弃雅就俗，返璞归真。老舍使北平的茶馆出名了。老舍也成了老舍。北京人为拥有老舍而骄傲——就像巴黎的回顾展每时每刻都在上演巴尔扎克的《人间喜剧》。老舍生前肯定没开过茶馆，没当过掌柜。但在他死后，在正阳门一带，确实有一座老舍茶馆平地而起。据说里面也安排有拉二胡的、唱戏的，但店面装修得过于豪华，连招牌都烫金的——我上下班骑车，总过其门而不入。我是怕自己失望。那里面肯定没五分钱一碗的大碗茶卖了。那里面更找不到骆驼祥子的影子了。老舍寂寞的时候，会来这儿喝茶吗？后来我学会安慰自己：忽略它浓厚的商业色彩吧，就把它当作老舍的纪念馆，纪念一位仍然在北京城的记忆中活着的死者……

老舍茶馆是北京的专利。在南方，阳澄湖一带，人们议论着阿庆嫂的春来茶馆——它同样是地图上找不到的。春来茶馆是因现代京剧《沙家浜》而出名的。《沙家浜》的作者是汪曾祺。"垒起七星灶，铜壶煮三江。来的都是客，全凭嘴一张……"我逛街常听见有人哼这段子，或放这磁带。也许他们不知道汪曾祺是谁。但他们明明在唱汪曾祺写的歌词。这就可以了。记得那回我见汪先生，很激动，耳朵里尽回响着阿庆嫂的唱腔。汪先生也是文坛上有名的茶客，写过一篇《泡茶馆》，完全凭记忆追怀抗战期间西南联大校门口的一系列茶馆，及其布置风格的区别。他以深深的感激作为结尾："泡茶馆可以接触社会，我对各种各样的人，各种各样的生活都发生兴趣，都想了解了解，跟泡茶馆有一定关系。如果我现在还算一个写小说的人，那么我这个小说家是在昆明的茶馆里泡出来的。"昆明的茶馆是有福的，它泡出了一位小说家。

茶道简直在把喝茶神化为一门学问、一种修行。但如果喝茶等于是在做学问，那是否太严重了？喝茶能体现一份平常心，就足够了。茶叶的好坏、贵贱是次要的。茶具的精雕细琢更是远离主题。关键在于心态，心态的平衡托举着你，在低谷徘徊，或从高枝上坠落。用工业社会的自来水沏茶曾是一大忌，漂白粉味太重。《茶经》里无不注明要用上好的泉水，井水则次之，甚至有承接新降的雨水或收集芭蕉叶上的露水以代替甘泉的。这实际上都是形式。形式主义的茶馆是做作的，愚昧的。沏茶最重要的是自我的感觉。不在乎水质，不在乎火温——用感觉沏茶叶，生活中的阴影望风披靡。

除了心态，就是环境，在寺庙里喝茶，在离尘世最远的地方喝茶，那种体会是无法言喻的。我在南京的鸡鸣寺喝过一回龙井，坐在半山腰的亭子里，我噘起嘴唇吹拂着漂在杯盏里的叶梗，陡然察觉风正以同样的姿态从远处吹拂着我，使我灵魂舒展如新。风的呼吸，我的呼吸，是一致的。我去鸡鸣寺，没有烧香，却专门去喝茶——同样不虚此行。

文人菜谱

吃，我是很喜欢的。谈论吃，也是很让人陶醉的。尤其在想做美食家而缺乏必要条件（譬如金钱）的时候，纸上谈兵，脑海里烘托出无数的玉盘珍馐，仍不失为一项乐事。文人好吃，天经地义——用老话说这叫雅好。据说金圣叹被砍头前，留给儿子的遗言是："记住，花生米与豆腐干一起吃，能嚼出火腿的味道。"如果放在日常闲议，并无扣人心弦之处，关键是置身于刽子手的鬼头刀下，仍能对火腿的滋味念念不忘，并像护送传家宝般揭示花生米与豆腐干搭配的秘方，这就叫痴了。但一个文人如果既没有癖，又没有痴，似乎活得太清洁了，反倒不正常了似的。金圣叹怎么批注的《水浒传》并不重要，我一直在想：花生米与豆腐干，怎么能吃出火腿的味呢？也曾在家中偷偷尝试过一番，并无同感。想来这已不是清朝的花生米了，也不是清朝的豆腐干了。

梁实秋在台湾回忆上海大马路边零售的切成薄片的天福市熟火腿，用了这样两句话："佐酒下饭为无上妙品。至今思之犹有余香。"

他得到一只货真价实的金华火腿（瘦小坚硬，估计收藏有年），持往熟识商肆请老板代为操刀劈开。火腿在砧板上被斩为两截，老板怔住了，鼻孔翕张，好像嗅到了异味，惊叫："这是道地的金华火腿，数十年不闻此味矣!"嗅了又嗅不忍释手，并要求把爪尖送给他。梁实秋在市井中总算遇见同好了，赞赏老板识货，索性连蹄带爪一并相赠。喜出望外的老板连称回家后好好炖一锅汤喝。

这就是真正的金华火腿，连边角料都使人如获至宝。这才是真正的美食家，一锅火腿蹄爪煮的汤就使他欣喜若狂，畅饮之后没准三月不知肉味。回过头来再想想金圣叹的遗嘱，便不觉得离奇了。地狱里若有火腿供应，金圣叹会视死如归的。

活着的文人，老一辈中如汪曾祺，是谙熟食之五味的。而且每每在文字中津津乐道，仿佛为了借助回味无穷再过把瘾，这样的老人注定要长寿的。他谈故乡的野菜，什么荠菜、马齿苋、莼菜、蒌蒿、枸杞，如数家珍，那丝丝缕缕微苦的清香仿佛逗留在唇边。谈"拼死吃河豚"所需要的勇气，"我在江阴读书两年，竟未吃过河豚，至今引为憾事"看来美食家不仅要有好胃口，还要有好胆量。我和汪曾祺同桌吃过饭，在座的宾客都把他视若一部毛边纸印刷的木刻菜谱，听其用不紧不慢的江浙腔调讲解每一道名菜的做法与典故，这比听他讲小说的做法还要有意思。好吃的不见得擅长烹调，但会做的必定好吃——汪曾祺先生两者俱佳。蒲黄榆的汪宅我去过两回，每回汪曾祺都是挎着菜篮送我下电梯，他顺道去自由市场。汪老的菜篮子工程，重若泰山。某台湾女作家来北京，慕名要汪老亲手做一顿饭请她吃，其中一道菜是烧小萝卜，吃了赞不绝口。汪老解释:"那当然是不难吃的:那两天正是小萝卜最好吃的时候,都长足了,但还很嫩,不糠;而且我是用干贝烧的。她说台湾没有这种水萝卜。"这话我怎么听都像菜农或正宗厨师的口吻。

从汪曾祺之口我才知晓,长沙火宫殿的臭豆腐因为一位大人物年轻时常吃而出了名,这位大人物后来还去吃过,说了一句话:"火宫殿的臭豆腐还是好吃",以至"文化大革命"由小宫殿的影壁出现两行大字:"最高指示:火宫殿的臭豆腐还是好吃"伟人的语气如此敦朴,我们这些文人在谈吃的时候,也没必要羞羞答答。

在北京,我周围的朋友中,古清生是最喜欢烧菜的。他在一次散文座谈会上透露的。他说:这和写文章类似,都讲究色香味,好文章要原汁原味——我不喜欢在街上餐馆吃饭,那些菜味精的气息太浓,我自己做菜从不搁味精,但绝对好吃。《北京文学》编辑部是带厨房的套间,古清生拿到稿费后请客,就是亲自下厨做了一桌湖北风味的酒席。并不是为了省钱,而是显露自己的手艺与心意。系着围裙的老古在烟熏火燎中说烧菜有特殊的快感。有一天晚上,老古和我不谈文学了,而面色微红地追忆自然灾害年间在家乡野地里埋锅烤的叫花鸡。他说出了几本散文集没啥意思,真想编一部菜谱。我说书名就叫《文人菜谱》吧,说不定每一篇都是好散文呢。

我们文联大楼前有一家四川菜馆,招牌是请艾青题写的。来公干的,来投稿的,请客或受邀的——这估计是全中国接待文人最多的餐厅了。我和《诗刊》的邹静之常在这儿碰头。邹静之说,哪怕一个人吃饭,点一盆红油的水煮肉片,加一碗白米饭,辣得满头大汗,真是痛乎快哉。我读到静之一篇随笔,开头即为"好天气、好

情绪总能碰到好朋友。中午去楼下喝杯啤酒，碰上老板送个好菜，炒豌豆尖。"不知为什么，静之的音容笑貌在纸上模糊了，我眼前总浮现出一碟烹炒后仍青嫩欲滴的豌豆尖儿，世界仿佛缩小在一只白玉般洁净无瑕的托盘里，安详、生动。静之真是个得道的人，那么容易满足，微不足道的一件小事就使他觉悟到生命的完好。静之对饥饿有刻骨铭心的记忆，他说："不知道饥饿的人是不完全的。据说烧知了已成了道名菜，且价格不低。我小时吃过，是用火烤着吃的。现在，我不会想去吃它。同是知了，但吃的心情不同，就像皇帝逛窑子，和光棍逛窑子有不同的心情一样。"曾经饿着肚皮写诗的静之，是受饥饿的教育长大的，"饥荒过后，我依旧对食物有极深的恋情，我多年来吃酥皮点心都用双手捧着，不舍得放弃皮渣。"我忽然觉得一位用颤抖的双手小心翼翼捧着酥皮点心（像捧着圣物）的诗人，可能是最懂得生活的，他对生活怀有热爱粮食的心情。这个慢动作我永远记住了。这简直是在捧着良心啊。

如果真出一部文人菜谱，这可以设计为封面。

童年的零食

我的童年，或者说我们那一大批孩子的童年，恰恰伴随着这个国家最贫困的年代。所以我们童年的欢乐，在今天看来也是极其平淡、极其有限的欢乐。但当时并没觉得缺乏雨水、缺乏充足的光照，我们和今天的孩子一样，满世界晃悠，睁着玻璃弹珠般的眼睛，伸出脏兮兮的小手，甚至以嘴角悬挂涎水的幼稚的姿态，贪婪地寻找着、索取着、占有着贫穷的生活中哪怕一点小小的刺激。作为一种善意的补充，就让我在富裕的时光里尽情回忆一番童年吧，童年的滋味——首先从童年的零食开始。

那时候最盼望的是过年。过年意味着收获：新棉袄的衣兜会揣上一只废弃挂历折叠的纸钱包，钱包里塞满挺括的崭新角票和锃亮的硬币。压岁钱使我们一夜之间成为小小的富翁。我偷偷和既是街坊又是小学一年级同窗的汤与张，相约着步行四站路（节省车票钱），去三山街吃刘长兴小笼包子。这家老字号做的小笼汤包，皮薄得近乎透明，用筷子夹在空中，能获得肉汁在里面晃荡的摇摇欲

坠的手感。内行的吃法是浅浅地咬一豁口，然后猛地啜吸，把滚热鲜美的汤汁一饮而尽，那可真是气贯长虹、沁人肺腑。好不容易才缓过神来，慢慢对付搁在醋碟里的皮和肉馅——它们软塌塌地蹲着，像刚刚失去了灵魂似的。一屉共十二只，三个小伙伴凑钱点一屉，意犹未尽，互相用眼神商量一番，还是放弃了再来一屉的打算。那年头肉太贵，尝尝鲜、解解馋，适可而止。于是埋头把碟子里沾上肉汁的镇江米醋也喝了，咂咂嘴依依不舍地从包子铺里鱼贯而出。很多年过去了，他们的身影在我眼前飘动。如果我今天遇见这样三位小男孩，愿意请他们吃到厌倦为止，以安慰满足他们当时完全靠意志克制下去的欲望。

即使如此节制，刘长兴小笼包子也难得一吃。半个月后，我们转移到中华门城堡附近的秦淮区国营元宵店吃赤豆元宵与酒酿元宵——前者以豆沙、后者以酒糟为汤料，下一锅比中药丸稍小的袖珍汤圆，因白糖需凭票供应，元宵多搁的是糖精，汁液黏稠，甜美无比（看来人的味觉很容易受欺骗的）。再半个月后，能吃上一碗素斋馆里酱油汤表面漂浮几星小葱花的阳春面，也算很爽口、很高贵的事情了。我们更多光顾的是街头私人的馄饨挑子——一头是小煤炉和煮着化石般顽固的骨头汤的钢精锅，另一头的桌面上摊主正手势飞快地包着馄饨。因市场上猪肉供应困难，肉馅大都以剁碎的老油条再搅拌少许的五花肥膘来代替，即使这样的馅，摊主也极爱惜地以筷子尖蜻蜓点水地沾那么一点，裹在面皮里一捏就算完事了，像邮局里用糨糊粘合信封一样机械地复制。寒冬腊月的夜晚，端一海碗撒了一层红乎乎胡椒面的民间的馄饨，站在屋檐下边吹气边吃,吃得满头热汗,像刚爬了一座山似的。哦,发麻的舌头上的高山。

寒假结束,开学后,南京城各所小学校的门口都有卖零食的摊贩聚集,专门诱惑往返路上或课间休息的小学生的。我的红梅小学呵,沿街三三两两的摊贩主要是退休的老头老太太,捡一块工地上的红砖做凳子,两膝中间放一只俗称"猫叹气"的带顶盖的大竹编篮子,隔成许多空格,分门别类地摆满炒葵瓜子、五香花生米、糖炒栗子、橄榄、蜜饯果脯之类。我至今仍记得,一分钱能买七颗上海的五香桂皮豆。而南京小孩把带酸味的果脯(不管是用杨梅、青杏、芒果丝还是剖开的毛桃片渍制的),一律叫作梅子。一想到吃梅子,口齿生津,舌头上的每一个细胞都活跃起来,尤其一种叫巧酸梅的,因外裹盐粒,含在口中先是感到咸涩,五分钟后其酸无比,令人皱眉作痛苦状,随着唾液的分泌和冲淡,回光返照般出现了浓郁的甜味;甚至薄薄一层干瘪的果肉被剥离吞咽,那坚硬的小核含在舌床上依然潜流脉脉、五味俱全。话梅堪称对人的味觉的调戏。既无营养,又不抵饿,只求获得味觉上的放纵。我想起了"望梅止渴"的典故。如果没有味觉上的诱惑,如果人类的舌苔铁板一样厚实,那是怎样一种可怜的麻木呀。

那时候塑料袋尚是奢侈品,卖零食的地摊上,大多搁一叠拆散的旧书页或裁成小方块的废报纸。买一角钱的话,摊贩会把纸卷成三角形、漏斗状,装入食品后再轻巧地封顶。经常见到梳羊角辫的女生三五成群,人手一纸袋奶油瓜子,边走边嗑,把壳吐向风中。那一瞬间,她们恐怕觉得自己幸福得像个公主。那个清贫的时代的小公主们哟。后来出现了糖纸绘有金鱼吐泡沫图案的泡泡糖。小女生们又迷上了。常见她们一个接一个腮帮鼓得溜圆，吹出小气球般的大白泡泡——我们还没来得及喝彩，又一个接一个啪地破灭了，就像梦一样。一行排着队吹泡泡糖、制造生活假象的女孩子，穿着朴素的衣裳，在操场上接受阳光的检阅。就像梦一样，那一张张美丽又稚嫩的脸出现了，又消失了。她们今天都在哪里呀？

漫长的夏天，梧桐树都热得直吐汗津津的舌头。校门口卖冷饮的摊点，应运而生。老太太坐在树荫下守着一只刷过白漆、覆盖棉被的大木箱，手持小木板在箱盖上脆脆生地敲击着："冰棒马头牌！马头牌冰棒！"据说这种吆喝如同《红灯记》里"磨剪子咪戗菜刀"的接头暗号，中华人民共和国成立前就流行了。赤豆冰棒和橘汁冰棒，四分钱一根。奶油冰棒则五分钱。我们手持冰棒慢吞吞地吮着，尽量延续它融化的速度——闷热的夏天，如果有一根永远含不化的冰棒该多好。那时候喝一回汽水是很贵族的，三毛钱一瓶的橘子汽水，对于怀揣叮当响的硬币的学童来说，无异于今天的人头马洋酒。喝一回汽水，夸张地打着嗝，揉着小肚皮从伙伴们中间穿过，是很值得炫耀的。早期的冰淇淋装在护肤霜盒大小的圆纸筒里，用小木片勺刮着吃，我们轻易不敢问津。而倾向于更平民化的奶油冰砖，简易的纸包装，形同香烟盒大小，一毛钱一块。今天的孩子们恐怕已不识冰棒、冰砖为何物——它已从市面上绝迹，而冰淇淋的花样则翻新为百十种之多。

长干桥头有两位安徽口音的壮年男子，守着一板车紫红的甘蔗和一架生铁锻制的压榨机，榨汁后论杯卖。我们挤进人圈里看热闹，看一段段甘蔗被填进去，又钢水般灿烂地从炉膛里涌出，遍地都是发白的干燥的渣。桥的另一头有浙江来的农民炸炒米（外省叫爆米花），把生米（或黄豆、玉米）掺一匙糖精密封进带手轮的圆柱形黑铁罐里，在带手工抽风机的炉火上反复转动、加温，待罐内气压增强到一定程度再撬开铁盖——每逢此时围观的孩子纷纷用双手捂住耳朵，听"轰"的爆炸声，白花花的膨化的炒米倾泻在预备好的大竹筐里。甘蔗压榨机和炸炒米的火罐，是深入我童年记忆的两部机器。我的铁与火的原始记忆。我曾经像印第安人围观美国西部试运行的小火车一样，讶异地关注着它们。

走街串巷的收破烂的货郎，很聪明，他们兼卖麦芽糖，糖筐在扁担的另一头挑着。听到手摇的铜铃声，孩子们会从家中各个角落搜罗一些牙膏锡皮、罐头瓶子甚至废铜丝之类，换糖吃。戴草帽的货郎漫不经心瞥一眼我们双手呈上的旧物，用眼神掂量和估价后，也不说话，极吝啬地用小锤和铁片从大如锅盖的金黄麦芽糖边缘啪一声敲击、切割出窄窄的一条，对我们不满地噘起的小嘴视而不见。他就这样把我们幼小的心给伤害了。

童年的馋，像一条抽丝剥茧的恶作剧的虫，仿佛至今仍萦回在我唇齿之间。童年的零食，曾唤起孩子们巨大热情的零食，却都已遥远了。那种热情也遥远了。小学毕业，父亲出差从北京回来，捎给我一块铅笔盒大小的进口巧克力。剥开耀眼的锡箔（那简直是金属般的轻音乐），我在这陌生的食品上留下牙印，融化了的巧克力如同电流穿过我的口腔，我快乐得都要晕眩了，在幸福的阳光下眯缝起眼睛。这是一种我从来不曾想象的滋味，在我的世界之外存在着。充满浪漫色彩的巧克力，构成一个孩子的天堂。从麦芽糖到巧克力，一个时代的孩子们赤脚走完了童年贫穷的道路。随着第一块巧克力的出现，我的童年也就结束了。未来的孩子们的童年，是用巧克力铺垫的。

羽扇纶巾

A

男人与服装有缘。纵然《红楼梦》中的贾宝玉哭着喊着发誓要"赤条条来去无牵挂",但自呱呱坠地直至日落西山,与男人最持久地肌肤相亲的,并非爱情,而是如影随形的衣冠楚楚。不管布衣草履、清风满袖,还是锦帽貂裘、长袍马褂,都构成男人生命中不言自明的身份证。女性世界是云想衣裳花想容,男性王国,则流通人靠衣装马靠鞍,难怪恹恹病夫也要拉大旗做虎皮呢,图着威风凛凛的效果。

苏东坡的《念奴娇·赤壁怀古》,金戈铁马,随大江东去,使我最初认识到服饰为男人增添的魅力:"遥想公瑾当年,小乔初嫁了,雄姿英发。羽扇纶巾,谈笑间,樯橹灰飞烟灭。"大乔与小乔,绝代双娇的仪容风范,已在岁月洪流中折戟沉沙,我们无法打捞。

但风流倜傥的周郎,却头戴青丝巾、手摇鹅毛扇,在风起云涌的制高点,在历史的橱窗里展览千年。

羽扇纶巾,本为三国六朝时期儒将常有的装扮,但用在周瑜身上,则成画龙点睛之笔,至少在我心目中,它已是这位少年英雄风度翩翩的专利。那头顶的七彩祥云,掌上的春风得意,是别人无法模仿的。我游览赤壁的时候,眼前总是挥弹不开周郎的影子,甚至希望我阿迪达斯名牌旅游鞋的立足之地,正是他当年横扫千军如卷席的点将台。

周瑜自然是文武双全的古代美男子,羽扇与纶巾这两件最平凡的饰物,已比千言万语更能传神。不著一字,尽得风流。我也爱屋及乌。

《三国志·蜀志》描述诸葛亮与司马懿交战,同样是"葛巾毛扇,指麾三军"。诸葛亮的羽毛扇,同样千秋传诵,但更多渲染出足智多谋,胸藏城府的成熟之美与大儒风范。小小的一柄扇子,掌握在不同人手中,简直能泄露千差万别的人生。

譬如济公,在人们想象中的肖像永远是衣衫褴褛,头戴脱丝的卷边毡帽,手摇干裂的破蒲扇——他摇扇的动作似乎不是借风纳凉,而是给自己癫狂状态的载歌载舞打拍子。他是个人主义的音乐指挥,吆喝着浮生若梦、半醉半醒的乱世催眠曲。那柄心定自然凉、心远天地宽的乐天派破蒲扇,确是其洒脱不羁、放浪形骸性格的最佳装饰品。阿Q倒是不摇扇子,但阿Q戴着一顶瓦片状破毡帽,和绍兴特产黄酒与茴香豆一种味道,你一眼就能认出他是鲁镇的阿Q。鲁迅怎么舍得揭掉阿Q的破毡帽,暴露其头顶象征国民劣根性的那块油光闪亮的疤呢？

20世纪初叶的知识分子（包括鲁迅先生），肯定不头扎三国时期儒士的纶巾了。他们身穿一袭蓝道士林布的长袍，脖子上绕一条白色羊毛或棉织围巾，一截垂在前胸，另一截通过左肩松松地搭向背后，双手怕冷似的抄在袖管里，落花人独立，微雨燕双飞，确实是那个萧瑟清冷的时代文人们的写照。目送他们憔悴单薄的背影、迟缓沉重的步伐，我简直能辨认出谁是《早春二月》中的萧涧秋，谁是《伤逝》中的涓生……横搭在文人肩头的白围巾，一端悬吊着孤独，一端书写着寂寞。多长时间以后，彷徨才变为呐喊？

以羽扇纶巾为导火索，我联想到中国男人的服饰。信马由缰地罗列了一堆，仅仅在表明：男人服饰的演变，也能管窥出时代的影子。清朝八旗子弟，头戴瓜皮帽，身穿绫罗绸缎的马褂，提笼遛鸟，玩物丧志。和辛亥革命一起出现的中山装，使一个旧时代改换门庭。和中山装一样以伟人名字命名的，还有20世纪五六十年代的列宁装。红海洋中曾有覆盖全国的黄军装、红袖章。后又出现了舶来品，西装革履，黑领结花领带，或牛仔服什么的。当然，最初留长发穿喇叭裤，是要受批评的。不管怎么说，就像有时候一夜之间，全中国的女人都换上高跟鞋一样微妙，中国男人的服饰世界，开始变得丰富多彩。这毕竟是件幸福的事情：这个古老国度里男人的服装，终于脱离了制服的概念，而开始追求流行与多元化……

在历史眼中，人生是舞台，演员是过客，而服饰有时甚至是命运的道具。

B

在 19 世纪以前，冷兵器的时代，侠客或者武士，大多以马匹为交通工具——一位剽悍的男人骑乘在马鞍上，如果再披一袭猎猎飘扬的斗篷，真可谓八面威风了。快马加鞭，粗砺的布料便仿佛沾了水似的绷直，与天空、地面平行，简直像游动的旗帜——以壮士的骨气为旗杆。斗篷的出现，最初肯定是为了防风御寒，但客观上为铺张扬厉的男性美起到装饰的效果，甚至默契了男人世界如影随形的尚武精神。

我的少年时代，保守的电影院里终于闪现出阿兰德隆扮演的佐罗，这位仗剑远游的西方侠客的黑斗篷，构成映衬侠肝义胆的专用符号，为我们提供了想象的自由。我们发现，除了牛虻之外，还有另一种英雄，个人化的英雄——使银幕上的地平线更加丰富与开阔。蒙面的佐罗如果摘除了那顶镶红边的黑斗篷，是否会形容苍白，是否会减少些许神秘的魅力呢？它毕竟包装了一整部平民化的游侠传奇。随着佐罗的宝剑飞快地在敌人的制服上划出滴血的"Z"字母，观众的脑海中也有一道正义的闪电掠过。

美国的好莱坞制造了类似的蝙蝠侠，作为工业时代的新型侠客，以顶替现代人对英雄传统的渴慕及心灵阶梯剧场的空缺。他同样有一顶黑斗篷——作为对古典游侠的延续。剔除这经典般的翅膀，高楼广厦呵护的当代英雄又怎能像敏捷的蝙蝠一样横渡城市的夜色呢。英雄主义的黑斗篷，夹在休闲与刺激之间的一枚绣花书签，是屏障灯红酒绿的一道冷风景。

中世纪曾经是骑士的时代。斗篷作为那个时代流行的"运动服",自然遗传着一种耀武扬威的骑士风度。不知堂吉诃德的披挂里是否包括一顶斗篷(即使有恐怕也极破旧),那样他向风车巨人冲刺时堪称威风凛凛了?

夏伯阳的斗篷(毛氅)是风撕不破的。《静静的顿河》里的哥萨克骑兵,挥舞马刀在枪林弹雨中冲锋,将领的红斗篷本身就是身先士卒的旗帜。随着骑兵时代的结束,斗篷是否也从男人的舞台上隐退呢?

中国的斗篷是生活化的,并非骑士的专利。渔翁的蓑衣,猎手的披风,都是斗篷的变形。《红楼梦》里的青年男女,踏雪寻梅时都肩披此物。"只见众姊妹都在那边,都是一色大红猩猩毡与羽毛缎斗篷。"林黛玉也罩一件大红羽绉面白狐狸里的鹤氅。而宝琴的质料最奇异,披着一领斗篷,金翠辉煌,不知何物。宝钗忙问:"这是那里的?"宝琴笑道:"因下雪珠儿,老太太找了这一件给我的。"香菱上来瞧道:"难怪这么好看,原来是孔雀毛织的。"那简直堪称孔雀开屏了。除了金堆玉砌的大观园,人间哪儿能轻易见到如此昂贵的人造风景?看改编的戏曲或电影,贾宝玉大都系一袭大红斗篷,公子哥儿的扮相,如玉树临风。

古老的斗篷,现在在哪里呢?工业时代如果披一袭戏剧化的斗篷,肯定夸张得惊世骇俗了。但我喜欢看城市里穿风衣的男人或女人,在落叶飘忽的街道上逆风而行,衣角和下摆微微飘举——尤其是不系纽扣的时候,潇洒飘逸。我的学生时代,祖国的许多城镇曾流行一种大地牌米黄色风衣,我的衣箱里至今收藏着陈旧的一

件——简直构成对青春的记忆了。哦,谁能想起我身披米黄色风衣向时光深处大步流星走去的挺拔背影呢?谁是我青春的见证人呢?通过一件褪色的衣饰而想起一个人,想起一个遥远的故事——哦,青青子矜,悠悠我心……

C

牛仔服的诞生耐人寻味。据说最早是美国西部某州的煤矿工人,用马车上的旧帆布,粗针麻线缝制成结实耐磨的裤子。这就是全世界的第一条牛仔裤。它产生的原因是为了便于在阴湿曲折的矿井下匍匐作业——在我们中国人的概念中属劳保用品——并不出于审美的目的。然而它流行了,从幽深的井下出现在阳光灿烂的地面上,覆盖了几乎所有种族、国家,到处都能见到精神抖擞地穿着牛仔服的人们,而成为20世纪服饰文化中一种美的范畴,构成它独特的风格和普遍性——这正是对文雅高贵的绅士型服装的逆反,也是它受到欢迎的真正原因。

这一切,仿佛都是为了纪念那第一条牛仔裤所做的宣传——哪怕它早已被矿工的膝盖与粗砺的矿石磨烂了。它并不为了追求美而产生的,但它象征着劳动,而人类的劳动促成了古老的美。力与美,是人类创造活动的双翼。最初的牛仔裤,已在井架纵横的矿山成为劳动的牺牲品,默默无闻,不曾想象未来的流传与荣耀。我们穿着今天的牛仔裤招摇过市,并不见得真正理解其纪念意义。我们刻意把它磨洗褪色,追求那份饱经沧桑的效果,潜意识里恐怕正是为了伪造劳动的痕迹。对于开山劈海的人类而言，劳动是永远的荣誉。

20世纪六七十年代，全中国到处都能见到那种灰蓝色帆布制作的劳动服(那个时代工人的制服)，而那种布料也赢得了"劳动布"的特称。一身劳动服，一副涂胶棉丝白手套，一双土黄翻毛皮鞋，勾勒出那个时代骄傲的形象，看过《创业》《火红的年代》等老电影的人都不会轻易地忘却。不知为什么，却没有人发现它和舶来品的牛仔装在质感、风格方面的相似性。否则，我们就可以骄傲地声明：中国人也发明过自己的牛仔服。正如列宁服、中山装一样，随着那个火红的年代远去，劳动服消失得突然。现在的年轻人，以高价购得一条进口名牌的石磨蓝牛仔裤为炫耀的资格，很爱惜地穿。

一位头戴翘檐帽、身穿牛仔服的西部枪手，驾驭一匹剽悍的烈马扬长而去，而又在赤日炎炎的山岗蓦然回首……耳熟能详的乡村音乐，告诉我这是万宝路香烟的广告。牛仔服所透露的硬朗野性，恰恰与西装革履的温文尔雅构成强烈的反差；野蛮与文明，是人类文化的两大极端型魅力——这也是牛仔服与西装两大潮流在现代社会并存而无法相互取代的原因。

飞 天

敦煌莫高窟的壁画重见天日，令人屏息静气的不止有佛祖的尊颜，还包括一些衣袂飘然的舞女的肖像。在男尊女卑的古代，一群无名女郎的舞姿进驻青灯黄卷的大雅之堂，肃穆的宗教氛围居然掺杂有人间烟火的味道，不能说不是文化的奇迹。我们按惯例把她们叫作飞天，至于这浪漫的称呼产生的渊源，则无可查询。这舞蹈的集体共同拥有一个如此空灵的名字（就像西方神话中的缪斯代表九位司掌诗歌与音乐的女神），以至我们怀疑她们是从同一副美学模具里浇铸出来的：云鬟环髻，蛾眉凤眼，柳腰莲步，霓裳羽衣……尤其是反弹琵琶的回眸一笑，几乎使脚下的人间繁华黯然失色。这是一群天堂的舞女，漫步于祥云之上，承受世界的仰视——风是幕后的操纵者。这是一座空中的花园，远离尘嚣，因而绚烂的肉体也散发出植物的柔曼与清香。莫高窟，在被淹没的黑暗世纪里，是因为飞天的舞曲而不觉寂寞，而维持住呼吸吗？

佛光普照天下，唯独飞天的舞姿是中国西部的特产——丝路花雨，轻拂过岁月的面孔。悬诸高壁的飞天，被斑驳的颜料烘托出来，集音乐、舞蹈、美术与神话于一身。正如飞天这个概念，本身就是一群佚名的舞女美丽的总和。令我思索的是：是谁，以怎样的想象力，虚构出一阕超脱于空中的舞蹈呢？

飞天首先使我联想到嫦娥。嫦娥实际上就是最古老的飞天的故事。嫦娥是射日英雄后羿的妻子——因为偷吃了西王母送给后羿的不死药，离开后羿，而飞向重霄之上的月宫。月亮由此成为美人终生寂寞的别墅。据说美人养的宠物是一只玉兔。唐朝的李商隐有诗："云母屏风烛影深，长河渐落晓星沉。嫦娥应悔偷灵药，碧海青天夜夜心。"突出的是美人一念之差犯了生活错误后的追悔莫及。而伟人缅怀亡妻："我失骄杨君失柳，杨柳轻扬直上重霄九"，"寂寞嫦娥舒广袖，万里长空且为忠魂舞"，嫦娥在其笔下也"化悲痛为力量"了，为女烈士的精神所感动，为之起舞。两位英雄。两种妻子。

嫦娥窃取的灵药已是失传的秘方。但这位人类最早的偷渡者，不胜药力被清风席卷而去的动作，构成最富于浪漫气息的舞蹈——可借用米兰·昆德拉的小说标题来命名：生命中不能承受之轻。药效使生命失去重量，肉体在失重状态中与灵魂简直没有差别，平地而起，扶摇直上，如一枚落叶飘忽，如一缕炊烟袅袅。耳畔是嗖嗖的风声，飞沙走石使美人眯缝起眼睛，衣带渐宽，在高速运行中如被水沾湿似的绷得笔直，裙裾像降落伞一样被撑开了，花团锦簇。美人一步一回头，却又身不由己……这，就是我为嫦娥奔月草拟的舞台脚本。

身轻如燕、凌风漫舞的飞天，简直不是肉体凡胎，而是一团云彩，或一群人形的鸟类——我们无法想象那种悬空的舞蹈，那种在空中发挥到极致的美与自由。只有灵魂才可能轻松如羽毛的状态。欣赏敦煌的飞天壁画，适宜以曹植的《洛神赋》作为画外音："翩若惊鸿，婉若游龙。凌波微步，罗袜生尘……"这是一位轻盈得能在水面行走的女神。吴道子画人物活灵活现，衣袂飘逸，因而有"吴带当风"的成语。曹植刻画巡游的洛神，则通过一双风尘仆仆、却不曾被浪花溅湿的丝袜来表现的。

　　神话终归是神话。但飞天的舞姿在人间也留有痕迹，体态轻盈、婀娜多姿同样是传统女性美的一项要求。赵飞燕以能作"掌上舞"而流芳百世。据说她为讨皇帝欢心，在力士托举的掌心翩翩起舞，有一次恰逢狂风大作，把她吹举向半空，若不是因为裙带钩挂住翘檐，必已香消玉殒。皇帝担心爱妃再出类似的"工伤事故"，嘱她每跳"掌上舞"时必以绸带系住纤足，另一端拴在力士的手腕上。这简直就像是放风筝了。

　　楚王好细腰，宫中多饿死。嫦娥奔月借助的是灵丹妙药，而非减肥的效果。至于飞天的反弹琵琶，与江州司马白居易的《琵琶行》绝对是两种境界。天堂的舞女，肯定不会跳华尔兹或探戈。敦煌有飞天，飞天是人类的一种理想，人类的理想有一个永远的核心，那就是：美，身无彩凤双飞翼，心有灵犀一点通。

西施缺席

1. 我去苏州，最想见的是西施。很明显这是无法实现的。那么就让我想象一番西施。想象她在石拱桥下的青石板埠头浣纱，逗引得游鱼争啄她的影子；想象她步步莲花地从曲桥回廊上走过，拖鞋的缎面刺绣着精致的图案……大家都知道西施美，然而西施究竟什么模样，美到什么程度？谁也不能回答。我们即使了解春秋时期吴越妇女的服饰，也顶多这样概括西施的天生丽质：她大不了像现代明星中的谁谁谁吧？大不了再在谁的基础上翻一倍吧？所以说，极致的美是难以想象的。中国有句俗话："情人眼里出西施"。既然古往今来都把西施奉若美的楷模，那么不妨渲染一下：中国的全体男子都可算得上西施的情人——我是其中之一。虽然你眼中的西施不见得是古代的西施，但她们对你有同样的魅力。西施已不是西施，她已构成美丽的别名。更重要的是全中国的女人也承认西施美，所以说西施没有情敌、西施的美所向无敌。如果西施活到今天，谁不想见见她呢？我是个诗人，我要公开地给西施唱一首情歌又有什么

关系呢？两千多年过去，苏州的老城墙还在，虎丘塔还在，丝绸与园林还在，遗憾的是，西施已见不着了。今天的苏州，西施缺席。我们永是遗憾的游客。

2. 古代美女的成名大多可分为两种：一种是促成了和平，如昭君出塞、文成公主远嫁，化干戈为玉帛；另一种则与战争息息相关，如嫁祸的貂蝉、长恨歌的杨贵妃、导致国门大开的陈圆圆，因为战争而暴露出美的残酷性。也有被战争布景烘托得回肠荡气的爱情故事，如四面楚歌中霸王别姬。西施的情况大家都知道。她是吴越之争中举足轻重的一枚砝码，使江山失去了平衡。除了"闭月羞花、沉鱼落雁"之类俗套，我在任何古籍野史里查找不到对西施容貌的具体描述，这丝毫未削弱我辈对西施惊世之美的感知。还不够吗，一场战争、一个强国的衰亡，已为西施的绣像落下了重重的一笔。刀枪锈蚀了，恐怖与呐喊消失，伤口结疤了，而那份超现实的美却纤尘不染地留存下来。西施被人有意识地安排作战争的道具。她又无意识地构成战争幕后的主宰。所以，美高于战争，高于现实。不会再有人为吴王金戈越王剑痛心疾首或扼腕可惜了。但又有谁不对遥远的西施浮想联翩？

3. 不知为什么，东方的西施总令我想到西方的海伦。堪称欧洲文学史奠基之作的荷马史诗《伊利亚特》，就描述了古希腊时期一场争夺美女海伦而发动的旷日持久的苦战。德国作家莱辛在《拉奥孔》里说："荷马故意避免对物体美作细节的描绘，从他的诗里我们只偶尔听到说海伦的胳膊白、头发美之类的话。尽管如此，正是荷马才会使我们对海伦的美获得一种远远超过艺术所能引起的认识。"

因为荷马让海伦出现在被战火烧得焦头烂额、满腹牢骚的特洛亚国元老们的会议场，这些尊贵的老人看见海伦就忘掉了埋怨，彼此私语："没有人会责备特洛亚人和希腊人为这个女人进行了长久的痛苦的战争，她真像一位不朽的女神啊！"于是莱辛感叹道：能叫冷心肠的老年人承认为战争，流了许多血和泪是值得的，有什么比这段叙述还能引起更生动的美的意象呢？同样，假如没有吴越之争的烘托，西施就不是西施了，她不过是三千粉黛中的任何一位，默默无闻。战争是残酷的，导致了战争的美同样是残酷的——但必须承认，美毕竟也为战争的传说乃至战争本身披上了一层浪漫的亮色。

4. 不爱江山爱美人。吴王夫差为自己的倾向性付出了昂贵的代价。他注定不是一位称职的国君，却是一个天生的情种。在大家都谴责夫差玩物丧志之时，我偏颇地以为：付出这种代价也是需要勇气的。鱼与熊掌不可兼得，如果两手空空，江山美人随你从中挑选一样，或许是容易的。一旦江山在握，美人在怀，勒令你必须从中放弃一样，那就要痛苦得多。夫差因为美色而误国，不能说完全不值得：那毕竟是古今无有的西施。如果让你选择，你有这种勇气吗？江山待价而沽，惹无数英雄竞折腰，不挣扎到鱼死网破不善罢甘休——美是无价的，反倒使谋略之士畏之如虎、退避三舍。所以破吴之后，越王勾践都不敢见西施，背对着那份旷世之美而挥袖，命人将之装入麻袋投沉太湖。希腊神话中俄底修斯渴望倾听海妖摄魂的歌声，命全船水手用棉絮塞住耳朵，独独将自己用缆绳捆绑在桅杆上，歌声响起，他痛苦得不能自拔，急欲投身于水面的诱惑——这种冒险的尝试也是需要勇气的。能够拒绝诱惑，是困难

的；但敢于拥抱诱惑，也并不那么容易。

5. 有一种观点，说西施是人类间谍史上最早运用成功的美人计，也就是说西施是人类战争中的第一位女间谍。这简直是在开历史的玩笑。即使确实那么回事，也别揭示得太直露了。民间浣纱女出身的西施，没受过任何特种训练，估计连水果刀都握不牢，体弱，多病，据说心脏不太好——更接近后来《红楼梦》里林黛玉那种类型，和我们印象中女谍报员、女特务完全是两种感觉。喜欢绣花、观鱼、穿丝绸衣服、在亭台楼阁间踱步的她，政治觉悟不会那么高。西施只是西施。我们要牢牢记住这一点——就像历史只是历史一样。

6. 我逛遍了苏州的大街小巷，内心有一个不可言喻的秘密：寻找西施。这种行动注定是徒劳的。但这种动机却是极其美丽的。

金陵春梦

1. 在全中国所有的河流里，秦淮河恐怕算脂粉气最浓的一条了。和它联系密切的有秦淮八艳的故事，这明清两代八位名妓的身世，至今仍在民间流传。秦淮河沿线最新的旅游景点是修复了李香君故居，乘仿旧的画舫抵达青石板铺砌的埠头，不由自主地放轻脚步，生怕惊动了李香君对镜梳妆的影子。小楼里的摆设很明显是今人添置，甚至小楼本身都可能是有关部门根据对历史的推测而臆造的。但这足够了，足够用来寄托对一位女子的怀念——因为历史是无法杜撰的。江山是一柄能开能合的折扇，美人的血泪溅在纸上，使历史的面庞浮现出淡淡的红晕。桃花扇的戏剧，给秦淮河浓得化不开的脂粉气增添了横空出世的刀光剑影，和丝丝缕缕的骨气。明朝的千秋基业在清兵南下铁蹄的冲撞中土崩瓦解，一柄命比纸薄、吹弹得破的桃花扇，反倒借助弱女子的腕力完好无损地陈列下来。想起李香君，我耳畔总是凉风习习。

2. 除了李香君，秦淮八艳还包括柳如是、苏小小、董小宛等

人，个个都花容月貌，能歌善舞。她们并非勾栏瓦舍低档的妓女，其品味接近于日本的艺妓，精通琴棋书画，而且和良家妇女相比并不缺乏任何人情味——在追求尘世间的挚爱方面，她们甚至更狂热冲动，如灯蛾扑火般奋不顾身。熟悉南京的人都知道，秦淮河流经繁华市区的地段有一座夫子庙（其热闹程度接近于上海的城隍庙），在古代却绝对是庄严肃穆、道貌岸然的。站在夫子庙的围栏前，俯身就能够得着秦淮河的朵朵浪花——不知孔夫子对发生在他身边的秦淮八艳的骊歌作何感想？按道理正统的儒家礼教与民间妓女的长袖善舞原本势不两立，秦淮河偏偏把夫子庙的名胜古迹和李香君故居以及秦淮八艳的传说贯穿在一起——就像壁垒森严的岩石缝隙冲突出星星点点的野花嫩芽，所以说于无声处悄悄流过地图上的十里秦淮是一条耐人寻味的河！秦淮八艳是河的女儿。虽然封建伦理和世俗偏见注定不会把她们列入正史，而顽固地视其为河的私生女。

3. 中国的民间传说有那么一小部分和妓女有关，甚至汉乐府、唐诗三百首、宋词选偶尔也夹杂几篇妓女的作品。成都有一口能冲印上好纸笺的薛涛井，正是纪念这样一位身份特殊的女诗人的。既私通皇帝，又与词人周邦彦结友的李师师，后来还被写进了英雄云集的《水浒传》——及时雨宋江也不得不求助她牵线搭桥，而与从地道里微服私访妓院的宋徽宗握手言和。读周邦彦的艳词，我会猜测：哪一阕是给李师师写的呢？怒沉百宝箱的杜十娘，为一段背叛的情缘殉葬。使吴三桂冲冠一怒为红颜的陈圆圆，其出身也是富贵人家私养的歌伎。她们毫无例外都有着美丽的名字，而这些名字在一代代众口相传中余温尚存，暗示着一个又一个同样美丽的故事……

4.古代文人和妓女的关系不是那么简单的——至少对一部分文人来说,不是没有关系。唐朝的杜牧也曾是轻狂阔少:"一年一觉扬州梦,赢得青楼薄幸名"。而到了宋朝的柳永,在烟花巷陌里更是有无数的红颜知己,并且以一阕《鹤冲天》惊世骇俗:"且恁偎红倚翠,风流事,平生畅。青春都一饷。忍把浮名,换了浅斟低唱。"凡有井水处皆有柳词,在宋代文学史里独占婉约派魁首的柳词——就是这样产生的。据说柳氏死后,杭州的妓女几乎倾城出动,去郊外凭吊。她们能不感激吗,能不感激这样一位才华夺冠的文人在世俗眼光前毫不避嫌地与她们为伍,与她们交友,并且公开宣布为她们歌唱。

5."淮水东边旧时月,夜深还过女墙来"。秦淮河依然在流,在传说里流,在现实里流,当然,也在文学里流——惹得多年后的读者也会在慵倦的氛围中重温一小段饱经烟熏火燎的金陵春梦。与我有过一面之缘的苏童寓居南京,他那篇《红粉》估计也是在石头城里写下的,翻开《红粉》,我甚至闻得到秦淮河的气息,那种古老、浓艳而又腐朽的气息。这就是生活。昨天的生活就是历史,而历史毕竟曾经是现实。

6.半个世纪以前,两位戴金丝眼镜、穿灰布长衫的文人结伴游秦淮河,相约以《桨声灯影里的秦淮河》为共同的题目,写了一篇风格迥异、相映成趣的游记。他们一个叫朱自清,另一个叫俞平伯。半个世纪前的秦淮河,或者说秦淮河半个世纪前的桨声灯影,从他们蘸水钢笔的笔尖流淌出来,一直流到我们今天的书架上。这已是一条超现实主义之河，我们坐在它桨声灯影的下游。我们甚至可能习惯地认为：秦淮河如果不是夜晚，如果没有桨声灯影，它就不是秦淮河了。哦，文字港湾里的一条夜生活之河！我们会陡然地羡慕那半个世纪前的两位游客。今天的秦淮河，污染越来越严重了，仿佛几千年的历史垃圾都沉积在这里。但在当时的桨声灯影里，它却绝对是温柔与滑腻的——这东方的小夜曲，睡美人一样古典！朱自清与俞平伯乘坐的是夜航船，在狭窄的河道上，不时与一艘艘兜售风味小吃的舢舨及灯火通明、莺歌燕舞的花舫擦肩而过，花舫的船头偶尔还端坐着手弹琵琶或其他乐器的歌女——肯定已不是令江州司马青衫湿的那一位了。

7. "烟笼寒水月笼沙，夜泊秦淮近酒家。商女不知亡国恨，隔江犹唱后庭花。"这是杜牧专门为秦淮河写的一首诗。一千多年过去了，不管公平与否，它似乎已构成贴在水面上的一支标签，或者是一面树立在历史紧急拐弯处的交通警告牌。杜牧还给西安华清池写过"一骑红尘妃子笑，无人知是荔枝来"，给赤壁写过"东风不与周郎便，铜雀春深锁二乔"，都有类似的劝谕意味，堪称唐诗中小杜的"三戒"。和贵妃出浴的温泉相比，侧身市井的秦淮河水要冷冽一些——虽然它们同样的放纵。和火烧连营的赤壁相比，秦淮河从来就不是古战场，涛声依旧中打捞不出沉沙折戟，顶多能拾捡几根歌女的玉簪、公子的手杖——但两者都构成卡在历史咽喉的鱼刺，令岁月隐隐作痛。在杜牧的诗句中，秦淮河的狂歌醉舞埋藏下倾城倾国的伏笔，秦淮河的和平是虚假的和平，或者说是一种危险的和平，一种可能导致战争（而且是毁灭性战争）的和平。这就是秦淮河对战争与和平的演绎。我们有什么权利回避秦淮河的拷问呢？

8. 秦淮河源自今江苏省溧水县东北，流经南京地区，入长江。相传为秦始皇南巡会稽时所凿，以疏淮水，故名。

9. 我是南京人。我是在城南的长干桥一带度过童年的。这一带在古代即是典型的金陵里巷，居民多从事商业。李白有一首《长干行》："郎骑竹马来，绕床弄青梅。同居长干里，两小无嫌猜……"长干桥横跨秦淮河的主流（水域延伸到夫子庙，已狭窄如曲巷了），我就读的学校坐落在河畔，我每天上学都要从长干桥上走过，时间宽裕的话会挎着黄书包倚在栏干上看从远远的长江漂过来的运输粮食或水泥之类的木驳船队。可以想见秦淮河的这一段宽阔如青天大道，在古代更是绝佳的水路。这就是我的城南旧事。这就是我的金陵春梦。所以说，我和秦淮河还是有缘分的。十八岁出门远行，我一直在北方的城市谋生，久违了桨声灯影，常见的是大漠雄风，性格也变得枯躁、硬朗。夜深人静的时候，还是会逆流而上，梦见秦淮河的——我写过首诗，标题就叫《一柄橹把我摇回江南》。一柄来自北方的橹，怀旧的橹，协助我回溯到水面的江南、纸上的江南、镜中的江南以及梦里的江南。今年还乡，我特意重游了秦淮河，我觉得自己有责任给秦淮河好好地写一篇文章。

10. 文章写到这里，也就完了。

长　白

A

　　我在吉林省长白朝鲜族自治县一连住了三天，夜夜都是枕着鸭绿江的涛声入睡的，把头伸出窗口，就能看见江岸上堆积如山的原木、拦截或流放木排的水闸。溯河而上，便是十九道沟门横山林场，安卧在长白山的深处；这默默无闻的林业储运码头，每年夏天都要把几万立方米木材，通过鸭绿江水路，贡献给山外面的世界。凌晨六点钟，我就被窗外流筏工人的吆喝以及木排在江流中的碰撞声惊醒了，望着布满蛛网的天花板，我意识到：这是鸭绿江的上游，这是祖国边疆的客栈。即使从旷野的寂静中，我也能听出一阕青铜般微微发亮的晨歌。更何况群山、河流乃至这个朝鲜族古老聚居地的小镇，已与我同时醒来了。

　　我猜测着：那挣脱大山束缚、顺流而下的首尾相衔的木排，可以用什么比拟？开拔的部队？地面上的春雷？一去不回头的流放者？但我永远无从猜测它们的心情。我只知道它们属于黎明，它们在激流中碰撞的响声，像压低了嗓门的呐喊，令我醒来的心颤栗、疼痛，联想到潜在的伤口——那树皮上的青苔也无法掩饰的疼痛。它们的旅途方向不明，也许会进入许多无名的城市、家庭——但我毕竟曾经是这悲壮的旅行的目击者。即使回到都市里，从一根纤细的火柴上，我也能接触到大山的体温。

小镇屹立于长白山南麓，与大山同名，有将近一百年的历史。据说光绪三十三年（1907年）批准成立长白府，府署即设在此。它当时的名字叫"塔甸"，仅有七户人家，荆榛弥望，居不容膝。但我还是很喜欢"塔甸"这个古老的地名，有一种原始的美，朴素得像竹篾编排并糊上泥的乡野的篱笆。那七户人家，是今天的长白镇的祖先。在模糊的视野中，我把他们想象成七个伐木者，七个猎户，或七个拓荒的耕农。他们消失于地平线的背影，是我无法触摸的传说般的猎户星座。那么作为迟到者的我是谁呢？我是一个外省的行吟诗人，千里迢迢抵达这不通火车的地方。我肩挎装有地图的牛仔布背囊，与他们轻风般的灵魂擦肩而过。

当然在现实中，在两侧布满招牌独特的冷面馆、杂货铺和老式电影院的小镇街道上，我是与成群结队口说鲜族语言、服饰鲜艳的朝鲜族男子和妇女擦肩而过。地摊上的山民，正在兜售灵芝与人参，价钱便宜得吓人。这是一些终生恐怕都不会离开故乡的人们。他们习惯地把长白山叫作大山——仿佛全世界就只有这么一座。山外面的世界，距离他们仿佛很遥远。他们似乎并不在意身边的河

流，就是城市教科书里大名鼎鼎的鸭绿江；而一水之隔，就是邻国。河流每天都带走他们砍伐、编排的木筏，带走大山的礼物，馈赠给神秘莫测的远方，和远方那神秘莫测的生活……

只有作为过客的我是敏感的，不断提醒着自己：我像一只蚂蚁，正行走在祖国版图的边缘。只有我记住了"塔甸"——这边疆的小镇，以及在那里日出而作、日入而息的人们。

B

我仅仅去过一次长白山。但仅仅一次，就足够难忘了。神话般的天池似乎是长白风物的核心与灵魂。登山的路线有三条：一是安图县二道白河；二是抚松县漫江；三是长白县天池公路。我在那个夏天选择的是第三条路线。在那次横穿山区南麓、全长99公里、历经4个小时的旅程中，或许作为过客的我并未拥有长白山的全部，但至少拥有了它的三分之一。这条标志模糊的路线一直从古板的地图上延伸到我今天的笔尖。我耳畔沙沙地响动着车轮与砂石、风与树叶乃至纸与笔的摩擦声。这是回忆的时刻。我屏息静气，力图抓住记忆中的一点什么。

我首先想到了狭路相逢的高原杜鹃。当越野吉普喘着粗气跃上海拔2000米的盘山公路，当地随行的主人指着窗外解释："这就是高山苔原景观带。"山坡没有树木，却长满了厚重的地衣、苔藓（由于空气稀薄、气温寒低的缘故），它们像孤独的哑巴吐露出秘密的舌苔。这究竟在为怎样一个大自然之谜而守口如瓶呢？在这一层枯燥的大地之毯上，梯形分布着此起彼伏的黄花杜鹃，编织出高原上的花边新闻。这真是一种触目惊心的美。令人想闭上眼睛，用盲人的手去抚摸那凸凹分明的图案，以辨别这苍天独创的文字寄寓着怎样的意义。杜鹃在我印象中本是华丽娇柔的花朵，如上流社会的贵妇人；可在这世界的一隅，却以村姑的面貌出现，粗糙、壮硕，与风花雪月无缘，默默忍耐着岁月的消磨。这或许称得上是逆境中的杜鹃吧，我该为之惋惜呢，还是送上一份路人的敬意？据当地向导说，这是杜鹃中一个特殊的品种，叫高原杜鹃，耐寒，适宜在树木都退却了的高海拔地带生存。哦，这坚强的花朵。

在这鸟迹罕见的地方，杜鹃却无处不在，仿佛特意为了证明生命的顽强与抵抗。被长途旅行折腾得脸色苍白的我，不经意间走入了遍地黄金的宝库，开始懂得什么叫富有。我打开车门扑向路边，双手伸向离我最近的一株杜鹃，它像灵光一样虚幻飘忽，非物质的力量所能支撑。没有人能察觉——在这火苗般疏远又亲近的美面前，我已成为膜拜的信徒，内心的自我已泪流满面。世俗无法占领这样的高度，漫山遍野的杜鹃，令我几乎怀疑看见了神迹。这在远离园丁的世界自生自灭的野花，既倾诉了生灵的辉煌，又反衬出天堂的寂寞。这无人种植的花园，禀赋着冥冥之中的天意，只能是神的供品。

是的，美无处不在，但绝伦的美常常在高处、在绝境。这是一种绝对的真理。在鸟瞰都会晕眩的悬崖峭壁，人迹罕至，神却经常光临。造物之主的凝视，加倍地呵护了逆流而上的灵感，使之兑现为美之上的美、现实之外的现实。你怎么敢想象一朵花在没有观众

的角落自开自落——但这并不构成美的损失，它本身已构成自己的镜子。它满足的掌心里储蓄着美的完整与时光的见证。我与这长年累月沉浸于自我欣赏之中的杜鹃不期而遇，并不是它的幸运，而是我的幸运。我有幸目睹了神的悬念——那种留守于蛮荒状态的旷世之美。它本身就是永恒，而我不过是个瞬间的过客。这些，都是长白山上的高原杜鹃告诉我的。杜鹃的耳语。风是无法打断的。

然后我们在杜鹃的护送中继续上路。最后我们去看了天池。天池具体什么模样，我并未在意——至少说明它当时并未使我感到吃惊。相反，那一路上前呼后拥、漫无涯际的稀世之花，作为一种闪电般的美，却永远使我触目惊心，甚至今天，它们仿佛还簇拥在我周围、在我的意念中。我握笔的手在纸上时时感到一种阻力。

我登长白山的路线是由如下一些地名联缀的：腰岭岗、马鹿沟村、门横山林场、双头山、二十三道沟、八号闸、龙岗，直至梯云峰（主峰）……我忘不掉它们。而它们又都和杜鹃的故事有关。

城市备忘录

1. 人类的社会是由两部分组成的：乡村与城市。说得更确切点，这是两种性质的文明。而我们恰巧生存在文明的夹缝。我同意英国诗人库泊的看法："上帝创造了乡村，人类创造了城市。"乡村是城市原始的母亲，城市则是人类亲手缔造的天堂——至少可称为对天堂的模仿。天堂是神的家庭，风调雨顺，四季如春。当无神论开始取代宗教，城市也就取代了天堂在人类想象中的位置。热爱城市就等于相信天堂——这人间的天堂建立在开阔的地平线上，充满神性。在自己的天堂里，人类丰衣足食。每一座城市的地基，都填充着一部被湮没的历史，那在街道与楼群间呼啸的风是历史的呼吸或回声；而城市的每一块砖瓦，都留有人类的指缝。如果说乡村是从上帝手中继承的遗产，城市则灌注着人类自身的灵感，是以智慧及劳动兑现的神话。世界上还有什么艺术品，能像城市一样博大、丰富，抑或比城市更能满足人类的自豪感？那巨人般的想象力与创造力，通过公路、桥梁、工厂、政府、学校以及银行……获得更圆

满地发挥,城市是天堂的缩影,是人类创造神话的作坊。这就是我对城市的感情:谦卑,进而膜拜!

2. 今天晚上,我——一位惠特曼式的现代行吟诗人,漫步在北京的长安街上,构思一首城市的颂歌。乡村的民谣早已过时了,城市以君主的姿态出现在我的视野——田园风味的口哨,在轰鸣的汽笛面前是脆弱的。我是一个乡下佬,但是我爱北京天安门——在城门的位置我会下意识地蹭蹭沾满泥水的草鞋,恢复了儿童的天真与虔诚。城市的面孔永远洋溢着家长式的尊严,它的睿智,它的高贵,是我们百读不厌的课本。我像个从偏僻的山区投奔而来的远房亲戚,瞻仰城市的光荣与梦想——臂挎的灰布包袱装满青草气息的诗稿,作为唯一的礼物。家乡没有霓虹灯——田园诗人无法掌握城市的钥匙,有一道看不见的交通规则,专门用来制约方言与口音的。这就是我对北京的第一印象,记忆犹新。我一直以外省青年的身份,隔着纸张、空气与歌声热爱北京。这毕竟是一座皇帝住过的城市。贵族式的宫殿,平民化的胡同与四合院,共同掩盖住宅的特殊性:在中国,这是城市中的城市,城市之上的城市。它令我联想到唐朝的长安,宋朝的开封与杭州,以及明朝的金陵等一系列古老的地名。哦,祖国版图的心脏,黄金时代的证明。

3. 我还会联想到雅典(拜伦有诗《雅典的少女》)、罗马(俗话说"条条大路通罗马")、佛罗伦萨(徐志摩将这座文艺复兴花园音译作"翡冷翠")、伦敦(狄更斯的《雾都孤儿》)、莫斯科(不相信眼泪的城市)、巴黎(浪漫主义的象征)、耶路撒冷(宗教的圣地)、伊斯坦布尔(旧称君士坦丁堡更美)……人类的历史使一座座城市出名了。星罗棋布的城市的名字，贯穿于任何版本的历史教材，闪烁永恒的光芒。这已构成文明的结晶。如果将其一一剔除，人类的往事会何等苍白。名城与名人一样，推动了历史的竹筏，记载着永不冷却的光荣与梦想。它们是城市中的英雄，时间的英雄，有多么风流的身世就有多么厚重的档案与爵位。城市之光。

4. 或许，我无法一一计算地图上所有城市（包括那些过路火车只停三分钟的无名小镇）。但我仍然为它们而骄傲。对于它们各自的居民来说，每一个都是唯一的、不可代替，每一个都赫赫有名。"假如你先生来自鹿港小镇，请问你是否看见我的爹娘……"（罗大佑歌词）——许多人心目中家乡的概念，常常就是一座城市朴素的名字。我们也会说：他是哪儿的人（譬如苏州人）。这等于在承认：他的生命至少有一半是属于那座特定的城市的——哪怕他周游列国，在许多座城市留有迁徙的履痕。如果有从未进过城的乡下人，那么也会有终生未离开过自己的城镇的小市民——那座城市的名称，简直代表了他的一生。坐过火车、轮船、长途汽车的旅行者是幸福的，但那些从未体验过流浪、与自己的城市相依为命的人同样是幸福的——他们的根，从未脱离过本土。在他们心目中，这座城市（哪怕再狭小）就是世界，就是一生，就是他个人的历史。所以每一座城市的名字，都不该被怠慢的，是人类记忆粮仓里的谷粒。

5. 城市是乡村的邻居。乡村是城市的边疆——生活在城市里，阳光与水源充足，乡村就显得无限遥远了。即使走在今日之农村，也会感受到怀旧的气氛。而城市象征现实与未来，激发着人类的憧憬。如果根据传说来猜测，人类的第一座村庄是伊甸园（只有两位

村民,亚当与夏娃)。那么我们还可以使想象力更丰富一点:第一座著名的城市是特洛伊——它因为荷马史诗而流芳百世。荷马堪称人类第一位有名有姓的大诗人(他注定为歌颂一座城市而诞生),描述了最古老的一场战争。特洛伊是这样一座城市:与爱情有关,也与战争有关。这座城市美丽的女主人叫海伦。为美而宣战,兵临城下,直至玉碎宫倾——《伊利亚特》是人类最古老的城市传记,或城市史诗。

6. 在高楼里拧开自来水的龙头,我闻见了工业社会的气息。自来水与电灯,是城市最初区别于乡村的地方。乡村古典的月亮只有一枚,城市的灯火却有无数盏,足以构成地面上的星空。当人可以创造光明的时候,天堂就不仅仅是神话了。"我歌唱带电的肉体"——读惠特曼的这句诗,我脑海里浮现出一座灯火通明的城市。是谁的手从莽原上清理出一小块开阔地,城市顿时积木一样堆砌起来了:教堂、商店、手工作坊、邮局、医院、旅馆、水塔、车站、发电厂,我知道该各自安排在什么位置。这是一具布满齿轮的躯体,我是其中会唱歌的一个零件,我随风而去的诗稿是撒在城市上空的传单。如果空袭警报响起,城市忽然停电,从边缘开始,一条街道接一条街道,一幢楼接一幢楼,相继沦陷入亘古的黑暗。这时候,诗人只能用手去触摸城市的面孔——而更远的星空,则像一座属于神祇的高不可攀的城市……

7. 城市是严肃的。而某些时候,一场不宣而战的雨,就能给城市带来浪漫主义——这不能说不是一个奇迹。每座城市都有属于自己的金钥匙。古老的围墙与城门拆除了,但金钥匙依然保留。钥匙上的锯齿是绵延的群峰，是山盟海誓。这是我个人的幻想：随着右手轻轻扭动，咔嚓一声，这座城市所有家庭的门锁都豁然开启——像服从冥冥之中阳光的神谕。或许所有钥匙都是同一把钥匙的复制，所有的家庭都欢迎着同一位解放者——城市深幽的时空被一只看不见的手打开了。诗歌征服了一座城市。在我的手指触及琴弦之前，音乐就诞生了。它使一座城市的行人，都停下脚步，等待我的手势。我的手势是世界的悬念。

8. 城市从来不做白日梦。我的夜晚是属于城市的。我在靠近市中心的一幢塔楼里写诗，周围高楼大厦那一扇扇窗口的灯火相继熄灭，一切沉浸于寂静与黑暗。我相信自己是最后的哨兵，在站着最后一班岗。当这首城市的颂歌快要结尾的时候，我一抬头，察觉落地窗帘的缝隙透露出浅浅的鱼肚白，甚至隐隐听见楼下的露天街道响起黎明送奶车的摇晃声，就像一趟沉睡一宿的火车徐徐启动，车厢彼此碰撞，咣地一声震颤——我的眉峰微微皱紧，意识到，在生活的轨道上，城市醒来了。

乡村备忘录

1. 我确认自己的生命逐渐进入秋天了。秋高气爽，在距离城市很远的那些村那些村庄，金黄的麦草垛构筑起人间天堂，叼着遗弃的谷穗一掠而过的麻雀是幸福的使者，而我像旗帜一样被风劫持了。我想象着它们，就看见了它们：低矮的农舍、镰刀、村姑的手、形容词、青铜油灯、褪色的标语……然而一缕半路出家的炊烟就足以混淆我的视线。蒙面的风，盲目的旗帜，恰恰是我与这个狂欢的季节之间的关系为与狂欢相区别，这个季节的另一半是清醒，在刈割后荡然无存的原野，稻草人保持着哲学家的沉默，手握蒲扇，眺望远方。我想起了一个叫陶渊明的人，和他采菊的诗话。那朵古典主义的菊花，人间的黄金也无法兑换——因为心灵不是银行。秋天，我是爱你的，爱是一种坦白，正如收获是时间的一次摊牌：我目击到一辆忧郁的马车正行驶在雨季的村路上，流泪的马车，一点点掏空了我内心的谷仓……

2. 我为什么要在城市里怀念乡村呢？我为什么要在黄昏写许

多封信，然后一一塞进锁紧的抽屉？在梦中我翻身坐起，穿上巴尔扎克的睡袍，揿亮台灯，开始浏览这些来自外省的无名诗人的即兴之作。这说明心灵需要读者。真实的心灵，只能依靠假设的读者来分担它那份无法承受的轻与重。于是我相信了艺术是一次自我的收割，具有象征意义的镰刀，正悬挂在空中。每写完一首诗，我便会下意识地深呼吸，以至无法辨别那被割裂的疼痛，究竟是痛苦，还是欢乐。

3. 月亮从村庄的上空升起，就像村姑佩戴的耳环。一位大眼睛长辫子的村姑，佩戴着白银打制的耳环。越过茅草的屋顶和砖木结构的墙壁，一位姓氏不详的采桑村姑摇晃着泉水与鹅卵石的音乐向我走来。她告诉我她已经赤脚走了好远的路，脚踝上沾满辛酸的草汁。她双手捧着一颗心，捧着乡村的礼物，终于抵达这有红绿灯、斑马线的十字路口——以回报那些热爱她的人们。这枚月亮，我最初在叶赛宁的诗里见过。

4. 我作为一个微服私访的采诗官在乡村迷路，沿途的农夫习惯于用手势，而不是语言来回答。一位正忙于吹短笛的牧童在牛背上扬起鞭子，翻译成大白话就是："杏花村啊，往那边走就是！"杜牧能听懂的，我也能听懂。乡村不会欺骗我的，我如愿以偿地接近了酒旗、石拱桥、苔痕斑驳的渡口、乌篷船乃至民间祭祀的集市。我一路回想着那些在田埂上小憩的农夫没有表情的脸和粗犷的动作，总结出这样一个道理：在万能的大自然面前，再聪明的人也会变成哑巴的，语言是徒劳的，因而又是多余的——大自然本身才是雄辩的，你说服不了它。第一次面对风景如画的乡村，我在"啊"了一声之后，便无言以对：甚至我以乡村为抒情对象的第一首诗，都是多年后在一座城市里的塔楼写下的。这注定我无法以演讲家的姿态，来面对海枯石烂的爱情。乡村是属于回忆的，原始的乡村（譬如伊甸园）是人类最重要的一个回忆。

5. 我们的祈祷永远从粮食开始，穿越农谚、旱季、精神的器皿，通过粮食得以结束。中间的道路由爱情构成，手臂缠绕如炊烟袅袅，当年刈割的场景比一片鸟群更为久远，你几乎寻求不到足以返回的马车。仰起面孔，承接圣洁的雨水，我们的心模仿池塘展开了波动，往事是游泳于其中的鱼，忽明忽暗，更改着天空的表情。你一转身，就泼洒了积攒于空巢的鸟鸣——这是灵魂的音乐冉冉升起的原因。乡村不是一个概念化的名词，它是不穿制服的土地的象征，是粮食的起源——而粮食本身就是人类最悠久的历史，它没有印在纸上，却写在每个人的血液里。我不敢浪费一粒粮食，我把它当作朴素的圣经来看待。对粮食的浪费可以视若幼稚的过错，对乡村的蔑视，则构成不可原谅的心灵的罪过。

6. 最古老的村庄是由两个人组成的，一个叫亚当，一个叫夏娃。或者，一个叫牛郎，另一个叫织女。最古老的村庄诞生了最美丽的传说：男耕女织，开花结果。用今天的眼光看，它仅仅相当于一个使用石器的家庭。在青铜与铁被发现之前，战争甚至无法构成人类的幻想。两个和平主义者的家庭，爱是唯一的法律——而法官是虚拟的上帝。于是我想，今天的家庭呢，是否可比喻为两个人的村庄、小农经济的村庄。我们都是第一代村民的后裔——即使我们没有继承土地、房屋、农具与财产，但我们继承了他们的爱，继承了他们的血统。

7. 乡村是现实无法取缔的原始家园，穿着草鞋的乡村，说着方言的乡村，是人类信仰中的家长。契诃夫有篇小说记述了一位搬到城里的孤儿给远方的爷爷写信，信封上只写了"寄乡下爷爷收"即投进邮筒，我不知道邮递员该如何处理这封没有确切地址的家信。对于那个充满思念的孩子来说，乡村是不需要邮政编码的，正如他不记得爷爷的名字，但爷爷依然是爷爷。这封地址不详的信，乡村会听见的，乡村永远在给予雾都孤儿以灵魂的抚慰。长胡子的乡村，慈祥的乡村，并不是爱的失主，而是永恒的收信人。在一灯如豆的黄昏，在今天，我在大大小小的纸片上涂写着和乡村有关的文字，我甚至怀疑自己都是在模仿契诃夫小说里的主人公，给千里之外的乡村写着潦草的情书。正如思念并不需要邮差，乡村是我这篇札记的第一读者。哪怕文字仅仅是我刻骨铭心的思念的赝品。

8. 我一生遇见过许多荆钗布裙的村姑，但理想主义的村姑只有一位，她叫作罗敷。罗敷是这个世界上所有村姑美丽的总和。因此，我一生中看见的树只有一棵，它叫作陌上桑。我一生中的爱情有许多种，但最忧伤最美丽的一种叫：乡愁。如果把爱情比喻为人与人之间的乡愁恐怕不太准确，但把乡愁作为一种博大的爱情来看待，再恰当不过了。

9. 乡村其实离我们并不远，充其量借助一张火车票就能达到了。它甚至更近——如果你擅长把每天餐桌上的面包，都视若来自乡村的礼物。那么你便会把乡村的赐予视若一种恩情，并且回报以终生的感激。

10. 我翻身坐起，换上一双带有浓厚民俗色彩的草鞋。我的影子贴着水面行走。在出城门的神圣时刻，我特意弯下腰系紧鞋带，这个动作足以证明我把还乡的计划作为一次朝拜式的出发……这是我做过的一个梦。在日常生活中，哪怕是因公差坐火车路过乡村，我都有一种回家的感觉，眼前的景物熟悉如前世的画面——这说明我不是一个坐在世俗的三等车厢里的匆匆过客。而城市呢，城市仅仅是人类的别墅。

《诗经》里的那条河

1. 关关雎鸠,在河之洲。掀开《诗经》的第一页,总是那条河流阻挡住我的去路,所以我无法真正进入文字背后的生活。这是一条没有名字的河,记载了古老的爱情与农事,两千多年前的浪花溅湿我苍苔斑驳的草鞋。谁曾经贴着水面行走,并且歌笑歌哭——我们该如何解释这些失传的影子,和保留了自由的灵魂?淑女与君子,艄公与过客,母亲与儿女,乃至时光与记忆,隔着同样一条河遥遥相望,构成周而复始的白昼和黑夜。如今,它又借助单薄的纸张间断了祖先的吟唱与后辈的倾听——这条跟血缘、传统、汉语有关的河哟。人间的银河。此岸是高楼广厦、齿轮与车辆、灯火通明的都市,而彼岸呢,彼岸有采薇的村姑、祈雨的礼仪,以及以渔猎为生的星罗棋布的部落……

2. 英国诗人库泊说:"上帝创造了乡村,人类创造了城市。"《诗经》在我心目中,尊贵如东方的圣经,记录着农业文明最古老的光荣。在这部边缘泛黄的籍典里呼吸的男女居民,是幸运的,因为他

们生活在离造物主最近的地方，门前的原野、山峦、岩石，无一不是造物主最原始的作品，余温尚存。只有阡陌属于自己。于是那些手摇木铎的采诗官奔走于阡陌之上，聆听着大自然苍老的声音和人类年轻的声音，充满感恩的心情。村野气十足的《诗经》象征一个时代，民歌的时代，那也是人类咿呀学语、蹒跚学步的时代。在大自然的露天课堂里，稚气未脱的书声琅琅。连文盲都可能成为真诚的歌手——只要他用心灵读懂造物主手中的无字天书。甚至可以说，这是一些目睹造物主的指纹而成长的无名诗人，在平凡的劳动、情爱、游猎中获得神秘的智慧。和这些诗兴大发的自然之子相比，我们是苍白的，一生所触及的仅仅是书本、墙壁、道德以及间接的经验。今天的世界已是被修改了的原稿。在钢筋水泥的城市里，我们很难发现上帝的手迹——灵感的花朵，因为贫血而枯萎，而失去了天真。

3.七月流火，九月授衣——不读《诗经》，简直无从想象，这块土地上曾经发生过哪些事情？死亡的人物、流亡的事件、中断的对话，伴随坠落的星辰，从纸上重新浮现——借助音乐与文字的力量。耕种、狩猎、婚嫁、祭祀、园艺、兵役……是人类一代又一代遗传的生活方式。哦，七月在野，八月在宇，九月在户，十月蟋入我床下。《诗经》总把我带回农历的年代，我开始低头寻找一把祖传的农具(譬如名称古怪的耒耜)，日出而作，日入而息。我仿佛置身于鸡犬之声相闻的村庄，模仿祖先熟稔的农事，刀耕火种。在阅读中我延续着古人的生活——或许，这是本该继承的宿命？《诗经》里的雷鸣电闪，使一个失去记忆力的人，蓦然想起如此众多的人类的往事。这是一座不上锁的往事的仓库。

4. 风雅颂，赋比兴。《诗经》会将你领进一个河汊密布的地带，弥漫的水雾扑面而来，模糊了你的玻璃眼镜片。《诗经》本身就是一条河流，一条文字之河，在台灯下读书，你愿意做一尾潜泳的鱼吗？哦，在《诗经》的掌纹里游动。那苍老的浮云与涛声，遗传在我们的血管里——我们的血管，业已形成那条河的支流。由于时间的关系，我们永远生活在《诗经》的下游，感受其芬芳，接受其哺养。这是一条没有名字的河，在地图上无法查证的河，可河边的植物却是极其著名的，它叫作蒹葭，这是一种和爱情有关的植物。我们无法忘记它。

5. 蒹葭是因为一位美丽的守望者而出名的，所谓伊人，在水一方。《诗经》时代的爱情，以蒹葭作为标本。我们今天的芦苇，前世都曾经是蒹葭——平民化的身份，也无法篡改其贵族的血统。哦，古老的植物，古老的爱情。正如若干年以后，汉乐府的时代，民歌里的爱情，是以陌上桑命名的（因为一位叫罗敷的采桑女子）。

6.《诗经》还帮助我们认识了更多古朴的植物，譬如荇菜、卷耳、苤苢、黍、蘩（白蒿）、薇（野豌豆苗）、栩（柞树）、菫葵……我们通过这些生僻的名字，徒劳地追忆某种遥远的生活和已逝的风景。月光如水的夜晚，窗外洋溢着往事混杂的莫名的芳香，我们仿佛洞察到那些静若处子、纤尘不染的植物，重重封锁住道路、篱笆、井台和远方的家园——像一幅饱经沧桑的褪色的插图。哦，昔我往矣，杨柳依依；先民们的起居安息，也隐约散发出温柔的植物的气息。

7. 我们无法回到《诗经》的时代，男耕女织的时代，或者说，我们无法恢复古人的那份单纯与天真。那简直堪称人类的童年——所以《诗经》里回荡着银铃般灿烂的童音，无法模仿。在充斥着欲望、高音喇叭的现实中，这属于天籁了。做天籁的听众，是幸福的。古人以纠缠的音乐的旋律结绳记事，那粗糙的双手搓出来的牧歌，鞭挞着我们世故的灵魂：该往何处去放牧自己失落的童心呢？我们两手空空，一无所有，丧失了原始的浪漫与激情。《诗经》里的那条河，已经流淌两千多年了，沿岸有数不清的读者，饮水思源。这条民间的河流哟。

8. 坎坎伐檀兮，置之河之干兮，河水清且涟漪。岸边的伐木者，面目模糊，背对着我从事永恒的职业。我只注意到一柄闪亮的斧头，被举过头顶。整部《诗经》，都回响着斧头砍伐树木的声音。今天晚上，那柄远古的斧头，又在敲击我麻木的耳膜。这是一种提醒：有一群人，仍然在岁月的河边坚持……

蝴　蝶

1. 蝴蝶在我想象中是有灵魂的，否则我不至于对它念念不忘。也只有蝴蝶才可能使人洞察到前世与来生。与其柔韧且贯彻古今的美丽相比，它属于物质的成分反而是单薄的——很多时候我甚至怀疑蝴蝶是否真的具有肉体。它的躯壳更像一个幻影，没有重量，缺乏质感，因而经不起时间考验；但它的精神却意味着不朽。在万物之中，蝴蝶是唯一通过灵魂而获得存在的，吸风饮露，不食人间烟火，这是最博大的虚无才能够孕育的结晶。与之比较，我们的呼吸乃至思想都是混浊的。蝴蝶容易给人以媚俗的印象，但这注定是一个美丽的错误；我永远无法虚构出一只世俗的蝴蝶——正如其肉体完全来自假设，它也几乎没有欲望。你怎么能想象，让一个没有欲望的灵魂向世界拼命索取呢？必须承认：正是这种错觉拉近了我们与蝴蝶的距离，忘却高雅，又不至于自惭形秽，以为蝴蝶每时每刻都在验证人类的想法。梦见蝴蝶的人，不见得真的会被蝴蝶梦见——向蝴蝶靠拢，不过是自欺欺人的臆念。美是不可企及的。实际上蝴蝶仅是我们生活中稍纵即逝的幻影。实际上我们永远是蝴蝶的异类。

2. 在美学的范畴里，蝴蝶这个轻盈飘忽的意象恐怕归属于阴柔之美——与俗话所说的阳刚之气相区别。二者之间的对峙状态恰如地理意义上南方与北方的分野，隔江而治，你有燕山雪花大如席，我有杨柳岸晓风残月。当然，这又类似于宋词里婉约与豪放的派别了。我主观上的蝴蝶是南方特有的产物，正如鹰的气概为北方独具一样。烟雨楼台、断桥残柳、惊鸿照影、梁山伯祝英台化蝶的传说，南方常常以箫的幽怨缠绵陈列于我的心壁，而与轻快的牧童短笛、粗犷的塞外胡笳相区别。婉约派的蝴蝶，对环境、气候、水土深怀挑剔，如同温室里才能培育出的花朵，不留神它就消失了。因而风调雨顺的南方，更像蝴蝶所做的一放大的梦境。这也是我——一位现代都市里的田园诗人，对南方的经典情有独钟的原因。蝴蝶的梦洋溢着古典主义的气息，书卷的气息。北方的冬天没有蝴蝶，却有雪花，作为其替身，在天地间扩张一个隐士的梦。与蝴蝶不期而遇，必须是好天气，必有好心情。这样你就能顺利进入它的梦境而又不至于产生任何误会。

3. 在我们目前这个大工业社会里，在今天晚上，蝴蝶的话题出现得突然，它超脱了齿轮密布的城市风光，以一种返璞归真的态度栖落于我台灯下纯洁的稿纸（以至它本身就像以单薄的纸张剪出的形状），如同命中注定的神秘符号，如同两只单独画出来的眼睛。我几乎把它当作一位羽扇纶巾、温文尔雅的不速客来接待的。有一部外国小说，好像叫《蝴蝶与坦克》。我把这并列的意象告诉你了，你冷静地想一想，是否能辨别出（等于用感觉触摸）体积、重量甚至性质上的强烈反差？生命中不可承受之轻，同样可作为蝴蝶的比输。它轻得就像一束光、一个眼神抑或片断的音乐，而且发生之后不留下任何痕迹。但是它给哲人以启示、给诗人以感动，甚至给相爱的人以来世的幻想。我拐弯抹角地说这些仅为了阐明蝴蝶作为形象是古典的，而我们所生存的环境以及操作着的诗歌本身则是再现代不过了。在带暖气的房间里昏昏欲睡，想起庄子，想起梁祝，或者换句话说，想起蝴蝶，更像是想起人类的往事。

4.蝴蝶的梦赫赫有名。第一个梦见蝴蝶的，应该是庄子。庄子如果不做这个梦，是否依然不失为大哲学家？不得而知。但蝶梦确实是由形象上升为抽象的最完善的范例。远在拉丁美洲的博尔赫斯，从双目失明的那一刻起就拾捡到这余温尚存的碎片："在大约二十四个世纪以前，庄周梦见自己是一只蝴蝶，他不知道，当他醒来时，他是一个曾经梦见自己是一只蝴蝶的人，还是一只现在梦见自己是一个人的蝴蝶……庄周梦想他是一只蝴蝶，在那梦里他就不是庄周，而是一只蝴蝶。如果空间与自我都被取消，我们怎么把这些时刻与他苏醒的时刻，与中国历史的封建时期联结在一起呢？"由此推论，梦是以丧失自我为前提的，封建时代似乎也是人类所做的一个蒙昧的梦，是集体无意识的产物。春秋时期的庄子梦见了唯心主义的蝴蝶。欧洲的中世纪在禁欲的教条中梦见的是神与魔鬼。那么我们今天正在梦见什么？是什么逐渐使我们迷失了自我？可以肯定不是蝴蝶，甚至可能是蝴蝶的对立面。物质的诱惑点燃了人类的欲望，而不是真正意义上的梦想。对物质妥协，就无法投降于

美——所以我必须重复一遍,现实主义者正与蝴蝶越离越远。蝴蝶的清白,不是靠虚荣就能呵护的。唯美而忘我,逐渐成为人类面临的难题——因为城市从来不做白日梦。飞扬的钞票取而代之,成为钢筋水泥的高楼大厦之间最流行的蝴蝶。这一类被篡改了原始美感的蝶梦——拜金主义者之梦,实质上是美学的伪钞。我们都是伪制造者,也都是蝴蝶的叛徒,梦的叛徒。

5.拉美魔幻现实主义大师博尔赫斯热衷于歌咏"老虎与黄金",他笔下的老虎并非残暴、狂热的象征,出人意料地贯彻着阴柔之美——和我列举的蝴蝶在美感上有相似性。他描写一位囚徒在地牢里,凭借每天正午从天窗直射进来的短暂阳光,隔着栅栏阅读关押在邻室的慵懒的老虎身上斑斓的花纹,日复一日,终于读懂这部天书并顿悟了上帝旨意……那么蝴蝶翅膀上的图案又宣布了什么?那简直无法雷同的、仿佛造物主——亲手画下的图案。它的满世界周游似乎为了提醒我们阅读的兴趣。对于我而言,蝴蝶本身就是另一部天书,而且是一部被风翻开的书卷(那敞开的双翅)。正如梦见蝴蝶的大多是书生。蝴蝶的文字充满了世界的暗示。而愚昧的我们常常只能像《巴黎圣母院》里丑陋不堪的敲钟人那样乏味地呢喃着:"美呀,美!"直到我们迟钝地赞美着的对象纷纷失望地离去。很多情况下大家是擦肩而过的,因为每一只蝴蝶顶多只可能有一位真正的读者。那已经算是最幸运的蝴蝶,和最幸运的读者了。

6.化蝶的传说,使人们相信,在蝴蝶身上,死亡与生命是可以轮回的,甚至它的睡眠都像是一次最短暂的死亡。它平静的梦境,因而带有散发淡淡的死亡气息的异端的美。这使它从某种性质上更接近神话中涅槃的凤凰。蝴蝶有时像某个人的化身，有时又分明在因袭另一个人的梦——它或多或少具有一定的神性。倾听《梁祝》音乐，当两只惊世骇俗的蝴蝶从墓穴里联袂而出，我们简直觉得自己的心灵也开出花来；如果剔除这附加的结尾，那爱情的故事就是彻底的悲剧。蝴蝶使悲剧上升为美，生死的界限被一只看不见的手抹平。蝴蝶无论飞到哪里，世界的光柱就跟踪到哪里；蝴蝶的背景即使怎样演变，永远是一个笙歌四起的剧场。作为蝴蝶的观众是有福的。我目睹的蝴蝶再辉煌，也无法相信其真实性；要么以为这是自己过于豪华的幻觉，要么索性认定这是属于来世的风景——不知道蝴蝶是否能辨别出我是谁，从茫茫人海之中，每一只蝴蝶都象征着新生，但作为其总和，蝴蝶这个意象是古老的。它们没有各自的名字，只有共同的特征。蝴蝶的年龄是从第一只蝴蝶开始算起的，依次累加。也许所有的蝴蝶都是同一只蝴蝶——或者说是它的梦与醒，是它的正面与背面，是它生命的不同时期所呈现的景象。

7. 很长时间没有见到蝴蝶了。我只能这么理解：蝴蝶在纷纷躲避着我。这不代表蝴蝶已不再存在。在逃遁的路上，在横穿乡野的铁道线两边，蝴蝶们翩翩起舞，如痴如醉，偶尔向花朵求爱，也颇具绅士风度。是什么原因使蝴蝶疏远了我，以及我身后的城市呢？我多么渴望保持冥冥之中的那么一种联系：蝴蝶构成我的影子。或者如此比喻：我是实体，而蝴蝶是我的魂魄、我的灵感——彼此依赖对方而存在。我的呼吸使蝴蝶在还乡的路上高低起伏，直至最终与我完全吻合。当迎面而来的阳光照透我的身体，投射在未知的远方的，居然是一只阴影般飘忽的蝴蝶，没有什么能挡在我们中间。

每个人都拥有一只属于自己的蝴蝶，在身后，在背影里，或者在远处，在世界的彼岸。正如此刻，当书桌的台灯照耀我沉思的面庞、我写诗的手，同时也把逆光的影子投映在纤尘不染的稿纸上——我今夜的咏叹，与蝴蝶有关……

安魂曲

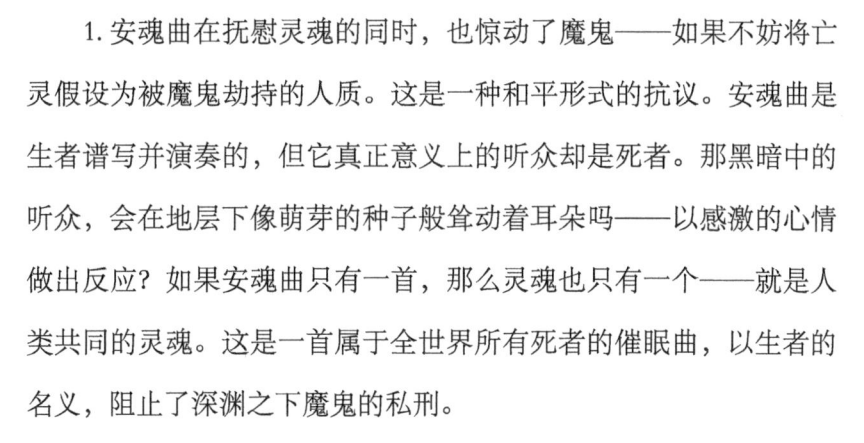

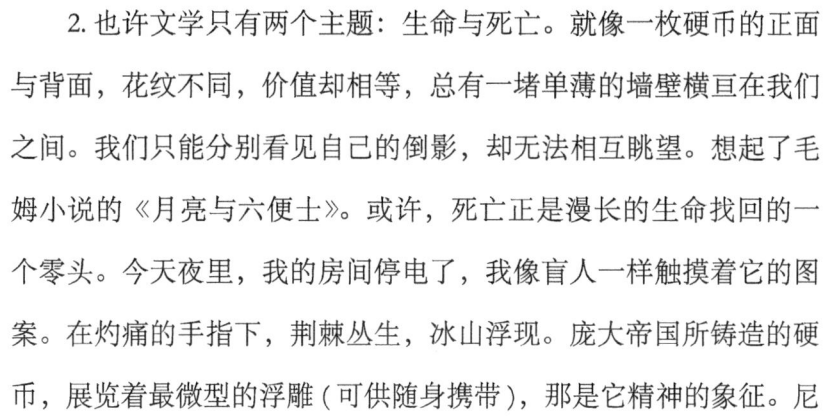

1. 安魂曲在抚慰灵魂的同时,也惊动了魔鬼——如果不妨将亡灵假设为被魔鬼劫持的人质。这是一种和平形式的抗议。安魂曲是生者谱写并演奏的,但它真正意义上的听众却是死者。那黑暗中的听众,会在地层下像萌芽的种子般耸动着耳朵吗——以感激的心情做出反应?如果安魂曲只有一首,那么灵魂也只有一个——就是人类共同的灵魂。这是一首属于全世界所有死者的催眠曲,以生者的名义,阻止了深渊之下魔鬼的私刑。

2. 也许文学只有两个主题:生命与死亡。就像一枚硬币的正面与背面,花纹不同,价值却相等,总有一堵单薄的墙壁横亘在我们之间。我们只能分别看见自己的倒影,却无法相互眺望。想起了毛姆小说的《月亮与六便士》。或许,死亡正是漫长的生命找回的一个零头。今天夜里,我的房间停电了,我像盲人一样触摸着它的图案。在灼痛的手指下,荆棘丛生,冰山浮现。庞大帝国所铸造的硬币,展览着最微型的浮雕(可供随身携带),那是它精神的象征。尼采如此形容:"浮雕有力地刺激想象力,因为仿佛正要从墙中走出,受到某种阻碍,突然停住了。有时候,一种思想、一种完整的哲学之浮雕式不完全的表现,也比和盘托出更有效果,这可以给读者留有余地,激励他把这强烈反差所烘托出的东西继续完成,思索到底,自己来克服迄今为止妨碍其完全走出的障碍。"我正是以忠实读者的身份,参与了这悬崖上的角力。生死关头,我的肩膀抵触到岩石的坚硬,而头颅与双手几乎从墙壁的那一面伸出来——无论对于生者抑或死者,我既是活动的形状,又是凝固的风景。生命与死亡的拔河,构成命运。命运的浮雕,是不断在加热在熔化、又不断在冷却在凝结的火山岩浆。我、你、他,都是烧红的铁砧上的锻件。

3. 但丁写过天堂,也写过地狱。我从中分辨出灵魂的界限。前者意味着上升,后者意味着堕落。灵魂的轻与重,导致了不同的状态。攀援语言的楼梯,他把这一切都叫作《神曲》。世界以建筑的形式存在(高楼、阳台、走廊、地下室),灵魂的移动构成音乐:谁在其中居住,谁接替谁成为主人?灵魂以肉体为官殿,生命就像拧足了发条的钟表一样延续;当它成为肉体的叛徒,死亡开始统治黑暗,旷野上行走的你能闻见荒草腐败的气息。在我意念中,灵魂是没有性别的,因而没有欲望。同样,在我意念中,地狱没有安魂曲,地狱是对罪恶的惩戒。那么神曲究竟在拯救谁——富翁抑或乞丐,国王抑或盗贼?星空中拥挤的灵魂,身份不明。神曲像庙宇里孤立的香火袅袅升起,此时此刻,请屏息静气——世界是一对蚌壳般张开的巨大的耳朵。

4.有一种欢乐太像悲伤。当产房里的婴儿呱呱坠地，生命的钟摆开始摇晃了，窗帘背后泄露出幸福的曙光。在婴儿近乎愤怒的哭声中，世界便成为原始的被告——它无法反驳那天真的控诉。同样，有一种悲伤也太像欢乐。在我贫穷落后的故乡，村民们至今仍沿袭着这样的礼仪：以排列成队的吹鼓手为逝者送葬。墓地上陈列的鲜花，颜色总是有点特别。

5.我们总将失去双亲，接着还将失去自己。后代们的泪水，露珠般打湿覆盖我们的帽檐。生命被蚕食的部分，就是虚构的历史。死者在历史里活着——就像高枕无忧的人在梦中行走，他们的脚印只能留在水面上，如同忽明忽暗的莲花。安魂曲从身后传来，风掀起我憔悴的衣摆——我顿时目睹了远处沉浸于怀念之中的人群。音乐构成他们共同的情绪。灵魂不会受伤。物质的锋芒无法使灵魂受伤。但灵魂照样需要仁慈与安慰。归鸟像一只移动的手，缓缓地抚平天空的眼睫——我们看见了不该看见的景象，又失去了不该失去的事物。

银河岸边的爱情神话

1. 一把钥匙开一把锁。一颗心打开另一颗心。我们说,这就是爱情。世界上本没有万能钥匙,有的只是锁匠的手艺、事物之间的规律或变化乃至你与我之间的机会或运气。钥匙的锯齿是心的形状,在神秘幽暗之处消磨时间,同时消磨记忆。但一颗心啪哒一声打开另一颗心,也就等于豁然打开了整个世界。世界的形式吻合了我们对爱情所抱的幻想。哦,万能的爱情,巧夺天工的爱情故事。一双眼睛在阅读一部翻动的书,一只蝴蝶定格了春天——正如一只蜜蜂嗡嗡的翅膀打开了草原的传说,我就这样走向你,走向王朝的废墟上密集的大理石雕像。我是脖子上挂着钥匙的放学的孩子,回家的孩子,寻找着和世界的对话方式。在你面前,我永远是迷路的孩子。在山盟海誓土崩瓦解的时代,在甜言蜜语泛滥的版图,沉默恰恰可能成为爱情唯一的密码。我是锁匠的儿子,你是地主的女儿,这就是爱情;它不仅给我们带来了幸福,更使我们获得了平等。

2. 我很容易在旅行中爱上一个人。虽然我很少旅行,大多数情况下在家乡闲待着，上班、喝茶、读报，几乎怀疑自己已丧失爱的能力。每座城市都有自己古老的钟楼，以铁一样的规律控制着居民们的作息制度——但有时候我真想做一回时间的叛徒。这同时也是爱情的私奔者；我背起行囊冲向城门的方向。我在火车站的剪票口边排队边剪指甲，我沿途向每一位美丽的姑娘（不管她是牧羊女抑或伯爵夫人）行注目礼——多好的天气，请不要拒绝一位行吟诗人的敬意！俄底修斯在旅行，浮士德在旅行，唐璜和堂吉诃德都在旅行，旅行是男人的事业，在旅行中结识女伴可以说是服从命运的安排。异乡的钟声敲响了，喜庆的钟楼张灯结彩：这究竟是在欢迎谁？在旅途上每一天都可能成为节日。我或者你，都可能成为节日的主人。我携带着中世纪的竖琴、莎士比亚的十四行诗乃至新时代的信用卡旅行，这精神的富翁，渴望一掷千金——世界啊请给我一个窗口吧，以便我在美人的窗下夜莺般咏诵小夜曲。我弯腰系紧鞋带，这恐怕是为邂逅爱情所能做的唯一准备了——我要风尘仆仆地走遍世界，为了从茫茫人海里寻找到一个人。我有的是时间，也有的是耐心。我在旅行，所以地球是转动的；一旦我和她会合，地球就停顿了，地球至少会为我们的爱情停顿三分钟。在这三分钟里，雪山融化，旗帜平息，我眼中热泪纵横。这就是我对旅行者节日的想象。在旅途上我的心如同一只晃悠的水桶，无法平静。无法平静啊！我的爱情。

3. 爱情也有痛苦。痛苦是爱情的花边。爱情的传奇常常是痛苦编织的花边新闻。织女的年代，没有缝纫机，她的手工作坊里涛声惊天——那鸟儿般起落的金梭银线下涌现的是一条银河。牛郎织女，是银河流域永远的居民。今天夜里，在长江中下游平原，我仰望星空，想起织女，仿佛觉察到咸涩的浪花已腐蚀了那古老的丝绸。或许在相爱的人们中间，甚至唇齿之间、肌肤之间，都有一条隐形的银河——哪怕它狭窄如一只手指的宽度，但它仍然是银河。银河没有渡口，这是它痛苦的最终原因。因而爱情如同一次艰难而危险的偷渡。我们桨橹齐发、劈波斩浪，有时消耗一生的力气也无法精确地停靠在对方的码头。我们永远在遥遥相望，在海峡两岸、在摆满水果与面包的餐桌两端遥遥相望，在古典的涛声与今天的泪水中，遥遥相望。你无法改变我。我们也无法改变世界。失败的水手。失败的水手之歌。距离产生了痛苦。距离也使痛苦演化为一种美。我和你，是痛苦的承担者，也是美的创造者。一挥手之间，梦就破碎了，这是空间的银河。一眨眼之间，美人就老了，这是时间的银河。银河没有轮渡，无法购买船票，沿岸的神女峰是时空的罪证，是爱的化石。

4. 青山作证，我对你的爱情无法忘怀。人间的爱情有三种表现形式：记忆、现实以及幻想。我们的故事是三者的统一。记忆中的相遇清风明月、纤尘不染，逼真如勾勒在宫廷廊柱上的装饰图案；它又作为一条繁花簇拥的抒情的道路，在现实的地图上延续，顺水推舟。昨天的记忆是曾经的现实，今天的现实是曾经的幻想——可以说没有幻想就不存在爱情，就像鸟没有羽翼就无从飞行。幻想呀爱情的空气，指向未来的呼吸。青山作证，你的每次呼吸，构成我的春夏秋冬。风吹过耳，席卷平原上的房屋与路标，我在黑暗中摸索着你的心情，如同盲人的手指伸向水面的一架哑琴——幻想的故事果实般从虚无的枝头坠落。青山的外面还是青山，青山的锯齿使我遍体鳞伤；纵然如此，你的每次呼吸，跨越城郭与篱墙远道而来，使我灵魂的旗帜完好如新、临风摇曳。记忆、现实和幻想，爱情的三姐妹，三位女神在积雪皑皑的山顶歌唱；我是山脚下孤独的牧羊人，手持皮鞭驱赶着白云，同时以最虔诚的姿态，抬头仰望……

文人的病

1.一个文人,一生中如果不生几场小病,那简直可以说虚度了青春。至少,他身上会被剔除了古典主义所遗传的飘忽与感伤,言笑举止皆暴露在阳光下,石头般健康、硬朗,他的思想,他低斟浅酌的诗,又怎样可能从纸上如轻松的羽毛扬起——设若谁在旁边悄悄吹一口气的话?多少年来,我奉若经典的,依旧是瘦的诗人弱不禁风地在花园的交叉小径上散步,抑或日暮途穷的游子在蒙满积雪的乌篷船中披衣卧听远郊钟声。病态在某些人身上是美丽的,譬如捧心蹙眉于吴王宫中凌波微步的西施,譬如躲在画山绣水的屏风背后以手绢虚掩住轻咳的黛玉;否则,又怎么会把某些美丽的情感(譬如相思、怀乡),称之为病呢?害相思病或怀乡症的人是幸福的,拥有芸芸众生体会不到的温柔。一场薄如秋凉的小病对于文人,有时会蜕变为发面的酵母,一点点地剥夺他为世俗尘嚣所麻木的精神外套,显现出多愁善感、纤尘不染的赤子情怀——或者说,能恢复其与生俱来的敏感。当然,那种卧床不起的重病除外,重病缠身，理想化的感伤主义则演变为不堪负荷的痛苦了。这正如醉酒，李白斗酒诗百篇，举杯邀明月，对影成三人，那份微醺薄醉所达成的物我两忘、意气风发是如诗如画的，而阮籍大醉酩酊，驾长车途穷而哭则几近于苦不堪言的狼嚎了——这是否证明了盛唐气象与魏晋风度的区别？

2. 病中体弱，不太适宜于出门兜风。在现实中，生病的最大好处是可以向单位请假，偷得浮生半日闲，从烦琐的文件、工具、功名心、人际关系、考勤制度脱身出来，享受一番无业游民的自由。病体需要补养——我一向喜欢"养病"这个词，字面上透露出的恻隐之心，简直快把病作为一头令人垂怜的宠物来看待。一场无伤大雅的小病，使我们的注意力返回自身，就像长途跋涉的旅人寻找路畔一张柳暗花明的石凳坐下来，脱下风尘仆仆的芒鞋，挑剔错别字般抖落里面硌脚的砂粒。养病正如偷懒，肯定不能算是美德，但多多少少传染出来自生活本真的情调——甚至会是忙碌于世俗追逐的苦苦撑持者羡慕不及的。我们什么时候才能学会享受闲适？病中的时光是没有钟点的，除了遵医嘱按时打针吃药之外，我们没必要再给床头柜上的闹钟拧上紧张的发条。脱下制服，换一身宽松的条纹布料的睡衣，从尘封的书架上挑出几本一直无暇翻阅的古书，坐在阳光灿烂的高楼晒台上，便逐渐忘却邻近的车水马龙，梦游般进入青灯黄卷、红袖添香的氛围。心灵开始像一尾搁浅的鱼，在涛声隐约中恢复了清明与滋润。养病是一门学问，而其中最美丽的功课则是煎服草药——必须承认，它已几近于失传了。持一柄《西游记》里的芭蕉扇，用旧报纸引燃唐诗宋词的红泥小红炉，漆黑如文物的

陶钵煎煮着李时珍采来的药汤，你简直能闻到线装本的《本草纲目》的味道了。一位两袖清风的文人，熬药时虔敬的神态，会使我联想到在炼丹炉里臆造出蓬莱仙山的法师，青梅煮酒的平民英雄，以及于茅草屋檐下痴心于茶道的闹市隐士。炊烟袅袅，人间的炊烟袅袅啊！我简直把它作为一种神圣的古典礼仪来看待——喂养自己的心灵。在物质挤压的时代，以闲适为药剂，满足心灵最卑微的要求，杜绝窗外红尘万丈的诱惑，根治名利场上跌打滚爬所沾染上的种种恶习。

3.1995年4月，春寒难抵，我在暮鼓晨钟的北京城里养病。我依旧披着冬天的老棉袄，隐居在沙滩北街一座旧时代的四院里，喝二锅头，读圣贤书，闭门不出。一场无足轻重的小病，就像一块明矾，投入我内心泥沙俱下的混浊水桶，而使一切变得安详与澄静。窗外的喧嚣与躁动消失了，心灵的浮躁消失了，风消失了，红绿灯与斑马线消失了，诗歌却拨开落叶堆积而出现了。恐怕由于发烧的缘故，我靠披阅旷世经卷打发突然富有起来的时光，先人的面孔，从纸张上浮现，就像一条扫除积雪与履带痕迹的战后道路。昔我往矣，杨柳依依；今我来矣，雨雪霏霏——朗诵着悠悠千年前诞生的诗句，飒爽的国风席卷我空寂的庭院，连一片树叶的降落都仿佛是谁精心安排的。生命中不能承受之轻——想起了米兰·昆德拉的小说标题。病后力乏，脚步像踩在棉花堆上，软绵绵的，开始理解在月球上行走的情景。放下行囊，你就能体会到生命的某种失重状态，以及失重状态的美感。一块石头，从悬崖上坠落，你很久以后都没听见它落水后的掌声——于是，你一直把耳朵贴在固执的墙壁上。

4.病是一条慵懒的蚕,无动于衷地咬啮着时光的桑叶。哦,这殖民主义之蚕,以其贵族的优雅与傲慢修改着思想的版图。这是一片黑暗中的树叶,边缘正隐隐升起青铜的曙光——像教堂里被祭司的手擦拭亮了的器皿。这就是萌动中恢复的生机。你内心产生了一阵隐约的酥痒,你扪心自问,甚至抵触到它锯齿的形状。哦,这条侵蚀着书卷、知识、病历与单程车票的蚕,吐出真理般的丝——它幼稚的剪票口,正是丝绸之路的源头。你,一位养蚕的诗人,每次病后初愈,内心的殿堂便供奉着一枚被逐渐照亮的茧壳——它是一个消失了的美人的卧室。你的心病是因为美人引起,你布满不规则齿痕的诗篇,是一次爱情的遗物——一次美丽的个人主义战争。你呀,害相思病的诗人,失恋的诗人,憔悴的文字迷宫制造者,衣带渐宽终不悔。

5.皇帝也会生病,皇帝在三十嫔妃簇拥下,愁眉苦脸地吃蜜渍的药膳。这关系到一个国家的命运——紫禁城里的太监守口如瓶,对外严密地封锁消息。美人抱病而退,躲进暗香浮动的闺房,月牙般的面庞被痛苦侵蚀,她更美了,沉鱼落雁;她从绣榻的层层帘幔后面慵倦地伸出一只玉腕,请留山羊胡须的老郎中把脉,然后开具一张平仄工整的药方。古代的草药,在柜台上,是用小巧的天平称的,度量单位为若干钱若干两——哦,古老的病,总令我联想到"松下问童子,言师采药去"的唐诗。古道西风瘦马,断肠人在天涯,孤独的游子是最怕病卧异乡的,病是一位嫉妒的情敌,想方设法使他滞留在赶考或还乡的途中;是一条没有渡船的银河,只能与

梦寐以求的幸福隔水相望——蒹葭苍苍，白露为霜。于是噤若寒蝉的落魄书生拥被枯坐于荒郊野庙，听一夜冷雨敲窗声，以一帖聊斋的故事，自我慰藉，治疗凄楚苍凉的创伤。画中人，还不趁游子睡着的时候，赶紧下来为他准备一餐浪漫主义的晚饭——给他伤痕累累的心灵做一回美丽的护士？患有怀乡症的游子，请相信世界是仁慈的。病又是一种最不容批判的理由。多少个朝代，又有多少个不为五斗米折腰的名士，称病辞职，挂冠而去，且放白鹿青崖间。归去来兮田园将芜，那久别重逢的明月松涛一下子抚平你内心苍老的皱纹。田园诗人，乡愁催人老，在一帖炊烟、二两当归、七钱蝉鸣的治疗下，你在城市里染上的那些毛病全都好了……

6. 文人与病，说来话长。在文人眼中，美无处不在。也只有文人，才能甚至从病中，发掘出一缕游丝般的美感来。然后纺织一张捕捞思想的象征主义之网——只有风才可能从中穿过而不留下什么。每一阵风起，我都会想起一个人，或一件事。风平息的时候，它们也消失。回忆某次生病的经历，我就看见窗前的一张感伤的脸，阳光把一张网格的阴影映在上面。哦，我年轻的脸，我为美与诗歌所蛊惑的苦难的岁月，百读不厌。在和平时期的露天广场，回忆每一次病中的我——就像深陷在琥珀中的昆虫，构成往事的标本，永远地挣扎，又永远地静止……

7. 每写一首诗都像生一场病，我颤抖的手简直握不住蘸水钢笔。生活，我要抓住你的一点什么——我的指甲在墙壁划出痕迹，真正的诗应该这样诞生，而不是无病呻吟。我是一位疼痛的诗人，爱美成癖。我在北京城里写诗，我在北京城里养病，养一种古老的病,一种从《诗经》里遗传下来的千年不治之症。久病成医,我每写一首诗,都等于给自己开具了一帖美丽的药方。纸上的诗,空中的花园,冥冥之中公布的神谕。每生一场病就像经历一次精神上的月蚀,语言的鳞片四处剥落,刀光剑影。在灯火通明的舞台上,我是唯一的演员,唯一的观众。每一次睡去都在重复着有限的死亡,而每一次醒来,都像是大病初愈,都像是光芒万丈的新生——哦,我年轻的脸,我为美与诗歌所蛊惑的青春的岁月!

誓　言

人类为什么需要誓言？可以说当人类的怀疑与信任存在之时，誓言也就产生了。它是人类语言中含金量最高的一部分。一个不会发誓的哑巴，该如何面对或打消其他人的犹豫？该如何摆脱这种困境？誓言是单方面签署的有待时间检验的契约，以主动的姿态，赢得心灵之间的和平与依赖。它受良心与道德所约束，因而拥有最强大的说服力。誓言并非无偿地给予，它还表现为隐秘地索取：要求对方相信——当然，也要求自己遵守。嘴巴吐露的誓言，是说给自己的心灵和别人的耳朵听的。没有听众的誓言是寂寞的，虚幻得近乎闪烁其词——就像没有证人的比赛一样，这是和时间的比赛。时间才是誓言真正的敌人，被它篡改过的东西太多了。

最私人化的誓言是爱情的誓言。几乎每个经历过爱情的男女都说过"我爱你"——所以它带有普遍性。这是全世界被重复得最多的誓言。但对任何一位讲述者来说，都是一次以激情为抵押的创造。这是最古老的誓言，也是最新鲜的。氏族与氏族、团体与团体乃至地区与地区，出于相互利益的考虑，也会产生形形色色的誓言，譬如合同、联盟，譬如国家之间的条约。这都是由于有必要如此，而不像爱情的山盟海誓那样——出自本能。本能的誓言才闪耀着天然的矿物质光泽。人类或许有共同的誓言，那就是改造世界。人类的历史就是改造世界的历史。这句誓言被兑现的部分，就是文明。改造世界是为了什么？为了自身的幸福。未来是博大的，所以这也是一句无限期的誓言——历史是其唯一的见证。

每个人的灵魂深处，都藏匿着一个小小的怀疑论者，所以渴望倾听誓言，来说服自己——哪怕仅为了获得一种虚幻的安全感。由此可见，誓言也是最可能产生欺骗性的。

伪造的誓言有一个恐怖的名字：谎言。有多少人做过誓言的伪币制造者——他首先要背叛自己的良心，然后才蒙蔽了别人的耳朵。谎言至今未从市场上绝迹，还在心灵的交易中流通——这导致人们加倍地需求真实的誓言和誓言的真实。

一个人向上帝起誓的时候，可能是漫不经心的——如果他不相信上帝的话。但一个人向自己的同类起誓，像说一句俏皮话般轻松而健忘，就会违背了别人的信任。那么，谁来相信他呢？这同样是一种亵渎——所付出的代价是失去信誉。

尊重誓言吧——无论对于讲述者抑或倾听者。因为你已以良知作为抵押品。誓言在人际关系中穿针引线，编织出的图案叫作：团结。当然，如果有一天，世界不需要誓言的存在，那就达成了一种理想。人类，会迎来誓言退役的那一天吗？

誓言是一种肯定的语气，因此千万不要否定自己的誓言。一个

诚实的人发誓,理应比一个骗子撒谎有加倍的难度(甚至还需要勇气)。人类自从学会承诺,信任的密度大大增强了。承诺是一种美丽,但誓言也有它自己的尊严。每个人要像爱惜自己的衣服、荣誉乃至生命一样,维护誓言的尊严。给予誓言以应有的敬意吧。用清洁的精神,爱护人类的羽毛。

人生之痒

痒是痛苦与欢乐的第三者。它不是欢乐,却胜似欢乐;不是痛苦,又赛过痛苦。我们承认欢乐与痛苦在人一生中的联姻关系,因之而忽略痒所占据的地位,这非法定的秘密情人,这难以言喻的感觉,屈居幕后。欢乐是气宇轩昂的大丈夫,痛苦是风雨无常的小妻子,痒则属于生命的隐私,不适宜在大庭广众中露面,它以幽会的形式,神出鬼没,逢场作戏。痒充满自卑,生命却在它带有赌气性质的骚扰面前,欲盖弥彰,显得加倍地无奈。痒介乎人妖之间,是变形的欢乐,在野的痛苦,是偷酿的私酒,是逃税的小笔军火生意。

欢乐与痛苦是人类永远的话题。诗人或哲学家是其代言者,千篇一律,万古常青。痒则难登大雅之堂,一谈论痒,人就暴露出肉体凡胎,落了俗套——痒是生命羞于启齿的大俗。但君子也有痒的时候,也有痒处可挠,伪君子更非铜浇铁铸、天衣无缝。所以,我在这里要撕破脸皮,放弃自卑,和大家说说痒,说说痒独具的那份快感与痛楚——痒很明显是难产的双胞胎,令人乐不可支、欲哭无

泪,总之,令人啼笑皆非。痒啊,这生命的大尴尬,文明的大忌讳。

连孩童都知道挠胳肢窝能逗人发笑,这善意的游戏,使人明白欢乐也是可以伪造的。当《红楼梦》中贾宝玉伸手作鸡爪状,在嘴里呵一口气,探向林妹妹的腋窝,连推带挡的林妹妹也只有讨饶的份了。弱不禁风的林妹妹,怎敌得住这温柔的威胁?痒呀软硬兼施,势不可当。

余华的某部小说透露了对仇人的一种惩罚:在他光着的脚板心涂上一层层的蜂蜜,让狗一遍遍地舔,被捆绑者受不了这深彻骨髓的酥痒,浑身痉挛,仰天大笑,被折磨一个下午就力竭气绝而死。据说古代(譬如东厂的锦衣卫)就有类似的刑罚,由此可见人类的智慧能蜕变到狡猾甚至恐怖的地步。杀人,却不用刀子,不留下伤口,当憎恨转换为花样百出的对生命的戏弄——它就比憎恨更可怕了。真不敢相信,痒,居然能置人于死地。你以为那是一个快乐的囚犯,他实则已痛苦到极点,他歇斯底里的笑声比号哭更能划清天堂与地狱的界限。

我插队时住老乡家,房东患有脚气,每天夜里总见他坐在门槛上用开水烫脚,用沾着沸水的热毛巾在脚趾间做拉锯状。每逢此时他总龇牙咧嘴,苦大仇深的样子,我深表同情:"很痛苦吗?"他唇齿间抽着冷气,脸上居然表现出某种幸福的神态:"不,舒服极了,舒服得像吃肉似的。"那可是一个基本上没有肉吃的年代。房东以农民语言把烫脚形容为"杀痒",并且觉得可与吃肉相媲美——简直算得上一种享受了。虽然我觉得房东那百读不厌的功课不可思议,却深深记住了他瘾君子般飘飘欲仙的表情。

烟有烟瘾，酒有酒瘾，痒是一种瘾，有瘾而不得满足，则是一种最大的痒。心痒。醉八仙的酒葫芦空了，垂涎三尺；老烟枪弹尽粮绝，钻到桌子下面捡烟屁股……凡此种种，都类似于让登徒子目睹泳装女郎，按捺不住心猿意马。于是有了望梅生津或饮鸩止渴之类的典故。痒有时像蚊虫叮咬后的轻微中毒，让人想挠、想抓，甚至以毒攻毒而后快。痒是病吗，瘾是病吗——那位患脚气的老房东养病千日，为什么居然像养一头无伤大雅的小宠物般悠然自得，而非深恶痛绝。似乎有痒可挠，才是真正地活着——与之相比，人生的那些大喜大悲则过于戏剧化了？痒是一些娇纵的小毛病，几近于痛苦更几近于快乐，如影随形，使人几乎舍不得根治。有饥寒才有饱暖，有渴才有解渴，有瘾才有过瘾——人生中某些疑难问题是无法以良莠善恶区分的，某些雅俗共赏的小小病例也无药可医。难怪有人呐喊"过把瘾就死"也是值得的。无瘾则肯定无欲念，清心寡欲则太像没心没肺了，说无关痛痒的话、做泾渭分明的事——则太像不食人间烟火的圣人了，超凡脱俗的圣人则太缺乏真实感、太没有生命力了。

我开始理解一位老农躺在山坡上懒洋洋地晒太阳，同时脱下羊皮袄寻找虱子用牙齿咬碎——那一份无忧无虑，那一份怡然自得，也不失为朴素、安详而且返璞归真的生活画面。你能肯定他就不幸福吗？

欢乐可以伪装或掩饰，痛苦可以忍耐或克制，唯独痒不讲道理，正人君子、英雄好汉也无法处之泰然。有痒就有挠痒的动作，有痒的问题就有解决的办法——而挠痒固然不雅，却是最率真的

动作，在那一瞬间，生活啊生活，真过瘾；人啊人，原形毕露。人卸下面具最怕的是有观众，但人又太想卸下面具呼吸几口新鲜空气——在道貌岸然的一生中那简直算短促而宝贵的自由了，于是人要求有私生活，开始强调隐私权。在挠痒方面，甚至发明了叫作"不求人"的工具——长柄，尖爪，木制，我在博物馆里见过，可以手持着探到自己背后，以弥补身体条件的不足。不知道最初是谁给它起了个这么好听、这么富于哲理意味的名字："不求人"。人一生中总有一些事情是羞于求人、不愿求人或无法求人的，总有一些介乎欢乐与痛苦之间的感受是秘不可宣的。因此每个人的心灵暗室，恐怕都陈列着这么一柄自我疗治、自我拯救的"不求人"——试想找个没人的地方，自我解嘲，自己挠一会自己的痒，忘却高贵与卑贱，甚至物我两忘，是多么有意思的事情啊！

变形记

麦子店是北京东郊的小村庄。我在那儿租借了一间老式的平房,读书、写作、卖文为生,像个现代隐士。房东是农民,极惊异我每天闭门忙碌些什么,既不走亲访友(除了每星期骑自行车进城里的邮局发信),又无其他娱乐。一位文弱的外省青年,在都市边缘安营扎寨,默默无闻,陶醉于自己的文字游戏——是我这一时期的生活写照。偶尔我也怀疑:莫非对尘世间的喧嚣与炫耀已厌倦了,才选择这清贫、闲适的另一极端?或许,我仅仅想归还心灵以一份平静吧,哪怕它注定是短暂的。

刚搬来便发现,颓败的窗台顶部挂着一张硕大的蛛网——看来有一个小生灵先于我进驻这荒凉的空宅,以窗框和墙缝为支点,构筑了它的空中防线。一方面叹服于蛛网的编织精巧(像件艺术品),另外也懒得登高打扫,就让它保留吧,以证明世界是宽容的。

第二天我趴在窗前的写字台上爬格子,一抬头,看见那张蛛网的主人登台表演了——它飞快地沿着边缘奔跑,吐出细微而闪亮

的丝，忙于加固自己的阵地。那祖传的编织手艺，被发挥得炉火纯青——天网恢恢，在风中微微摇晃，而又恰好承受得住蜘蛛的体重。我简陋书房的一角，成了它的纺织车间，穿针引线——那镂空的网格、网格呈现的几何图形，会叫人类笨拙的手自愧不如。这恐怕算最古老的民间手工艺品了？出自原始的灵感和原始的诗意。

我的书房里没有广播、没有电视，更没有悬诸高壁的画中人——堪以寄托南柯一梦。生活是单调的。从此，每当写东西累了，或文思枯竭的时候，俯仰之间，便能免费欣赏蜘蛛的演出——简直像走钢丝的杂技艺人，娴熟地在高空保持着平衡，并且不时纺织一些花边新闻（譬如一只飞虫落网，空袭警报顿时拉响了）。这对于我不失为绝妙的放松与休息。为谋生而忙碌的蜘蛛，无意间也替我苦吟的时光缝缀出美丽的花边。它孜孜不倦地看守、扩张或修复着空中的家园，在警惕与紧张中收获维持生计的口粮，哦，工作着是美丽的。蜘蛛，这旱季的渔夫、空中的猎户，在我的视野里晾晒那张生命所系的网。

我在北京郊区写诗（这是别人无法体会的幸福），过着门可罗雀的日子。唯一的陪伴者是头顶的蜘蛛，在一日三匝地温习着功课。我们都在为生存忙碌，也都很空虚，或许是同病相怜吧，我不忍心伤害一个更为弱小的生灵，也不舍得破坏它苦心经营的诗篇（这是自然界的艺术品，因其无价而不允许拍卖）——我和一只蜘蛛，仿佛制订了互不侵犯条约般默契，相安无事地度过整个和平的夏天。我写诗，方格稿纸不也是一张天造地设的网，捕捞灵感？爬格子时我充分体会到蜘蛛的惊险与创造，并享受着那不可言传的玩弄技巧的乐趣。哦，城市边缘的这两个同样寂寞的结网者。

太阳每天升起，透过窗台上的一张蜘蛛网照射着我，把网格的阴影映在上面——或许我感伤的脸，也布满隐晦得几乎无法辨认的网格？

我在这特殊的光明与特殊的阴影中写诗，在北京郊外的麦子店写诗。这是我特殊的生活。我从生活的底蕴中发掘出一缕游丝般的美感，然后用它纺织一张捕捞思想的象征主义之网、隐喻之网——只有风才可能从中穿过而不留下什么。每一阵风起，我都会想起一个人，或一件事。风平息的时候，它们也消失。我在时间的枝头穿梭，不为人知地写下一些寂寞的文字——而书房一角的蜘蛛，是我的第一读者。这卑微而忠实的读者，耐心地关注着一位诗人在蒙满灰尘的天花板下踱步、思考，在有限的空间中行吟，在自我囚禁的岁月里恢复了精神的自由。无形的旋梯，搀扶我上升到星辰的高度——这就是神圣的文字游戏、规范化的语言魔术。

大多数情况下，蜘蛛以守望者的姿态，一动不动地盘踞在网络的中心，像一颗微型的星辰，悬挂在半空——以至那闪亮的丝网，犹如自它内心散发的呈放射状分布的光。这光线般细致轻灵的蛛丝哟，组合出意义深奥的象形文字。谁能破译这大自然的永恒谜语？谁能理解这无字天书般的神秘诗篇？或许标题该叫作等待、希望或向往，但同样可以计划、规则或方案来命名。此刻，蜘蛛像封建城堡里的君主，又开始在其世袭领地上巡逻了——那张吹弹得破的丝网，堪称全世界最狭窄的阡陌或道路了。或今夜的战利品仅是一只飞蛾，但同样能给它带来惊心动魄的重复的欢乐。战争平息，蜘蛛

又马不停蹄地缝补破碎的版图。它专注的神情更像一位行吟诗人，反复修改一生的原稿。蜘蛛一生都在修改同一份底稿。但每一次都能重温类似于创造的欢乐。

我书房的一角，是蜘蛛的租界。这注定是一只文雅的蜘蛛，蜘蛛有它的网、它的天赋，我有我的象牙塔。我们共同立足于界的角落，被现实遗忘的角落。我们又遵循着相似的生存法则：创造真，去捕捞美——这仅仅是蜘蛛的哲学，也是诗人的愿望。我是在现实的角落结网的一个理想主义者。在苍茫的尘世间，城市边缘的一盏老式马灯下，一个寂寞的诗人，他的梦想就是他手中的网。而那扇面状铺开的灯光，笼罩住怦怦的心跳和纸上文学宫殿——正是其梦境的显影，如何评价一只蜘蛛的劳动（它仅仅是世界的局部景观）？如何对待一位诗人的创造（他构筑了另一个世界）？我是乞美的丐人——鲍尔吉·原野曾以此自喻。

我仰望着头顶上空的那只蜘蛛——这是我书斋生涯的唯一见证，沉默的见证。隔着时光的镜子，我仿佛洞察到自己灵魂的象征，甚至，我已在想象中和蜘蛛交换位置。勤劳的蜘蛛，在古老的稿纸上爬格子。而我呢，在天花板上倒立着吟诗，编织文字之网——这就是一个诗人在灵魂的制高点上，在空中楼阁里，超越世俗的艰难而幸福的坚持！

卡夫卡的《变形记》，讲述旅行推销员格里高尔·萨姆沙一天早上醒来，发现自己躺在床上变成了一只巨大的甲虫。今夜零点十五分，北京郊外的麦子店，我则与一只夸张的蜘蛛形影相吊，或许，我的灵感需要这么一件参照物——我写下的这篇文章就是新纺织的一张美学之网。哦，我的空中吊床，我的象牙之塔。是庄子梦见了蝴蝶，抑或蝴蝶梦见了庄子？我延续着类似的问题。这就是我的变形记：一位在世界的角落织网的行吟诗人。

造梦机器

A

在纸上写一首诗，我产生了这样的错觉：仿佛不是文字从我笔尖出现，而是我的蘸水钢笔拼命追逐着文字。两者速度相等。我的心啊像一只跳跃的兔子，在文字的草丛间穿梭。这就是我永远的姿态：在纸上追赶一首诗，在灯光下追赶影子，在身体里追赶自己，追赶自由的灵魂。这是一首不穿鞋子的诗，叛逃者之诗，在奔向自己的高速公路上，甩掉了回家的行人、外省的车辆、监狱的铁丝与探照灯柱，但无法摆脱我的盯梢。它是为摆脱我而狂奔吗？好像又不是。它作为一种诱惑——更确切地说是一种诱饵，与我保持着距离。这似乎成习惯了：一只受惊的兔子被猎人追逐。这简直是宿命了：我穷尽心力地追逐一首诗。它究竟要把我带到哪里去呢？我的灵魂，为什么如此捉弄或驱使我的肉体？

所以，每次醒来我四肢无力、大汗淋漓，我一脸疲惫神情，回到现实之中。我跟随一首诗周游世界，世界，从此对我不再陌生。这样的故事随时可能重演。我和命中注定属于我的那首诗，是故事中的道具。我是为那首诗而活着的吗？为最终捕捉住那首诗而吃饭、睡觉、读书或社交吗？我在成长，我的对手也在成长，这是战争持续的原因。诗歌已构成我生存的目标和意义。我一生中所有字迹潦草的诗稿，都不过是同一首诗的化身，就像梦中的无数次艳遇，来自唯一的爱情的变形。一盏照耀在身体内部的灯。一场完成于纸上的竞走。一架语言的浮桥。一部美与诗的变形记。一生，诗人的一生。当蘸水钢笔划破纸张，我的心也受伤。我是因为渴望而用力过猛，就像乞丐打破了饭碗，灵魂稍不留意就被自己的肉体绊倒，以受惊的姿态夺路逃窜。纸张的伤口鲜血淋漓。一个人的战场硝烟弥漫。

这似乎成为我一生中的债务了：追赶一首永远追赶不上的诗，正如加拿大女诗人阿特伍德的《为一首永远也不可能被写出的诗所作的注释》："这是她的尸体，沉静得失去手指，在写这首诗……"我可能会在这种追赶中倒下，倒下还会呼唤那首诗；我可能会在失落中死去，死后还会做梦，还会梦见那首诗。一个失败者欠世界的情，他必须设法偿还。在人间未完成的追逐，在地狱还会持续：黑暗的房间，磷光闪闪的眼神，长满青苔的手指，磨钝的蘸水钢笔，潮湿的稿纸，过期的笔名……这是所有诗人共同的命运。

钟表在追赶时间。鞭子在追赶伤口。芳香在追赶花朵。这种追赶或许存在于万物之间。在月光之下，在纸上，我的灵魂轻得几乎

没有重量，稍纵即逝。于是我屏住呼吸放轻脚步，靠拢一首警醒的诗，生怕惊动文字上覆盖的灰尘。于是，一切又周而复始。我在原地追赶一首诗。它无法摆脱我，正如我无法放弃它。我们在对立中妥协，在妥协中对立，在追赶中成为彼此的一部分。灯光下的两个狂奔者，一个人和他的影子。写在纸上的通缉令。

B

写作帮助我上升。一旦写作中断，也就是夭折的灵感，则迫使我向深谷坠落——我体会到平面上的鹰翼遭遇雷鸣闪电的痛苦。风筝的线索，掌握在冥冥之中的造物主手中，他一收缩，我就在稿纸上跌一个跟头，滑向悬崖的边缘。实际上我也是在模仿他的动作，造梦，梦同样不听话。世界万物，彼此都是模仿者——而且背后都有一个冷酷的操纵者。你梦见了我，不算什么运气，你梦中的我正梦想着另一个你不认识的人——甚至他或许也有类似的隐私。这就是诗了。诗意比运气难得。

所以，我总以祈祷的心情进行写作的。祈祷风调雨顺，祈祷心花怒放。写作的欢乐大抵如此：我在接近星空，我在超越星空，星空的上面还有星空。我无法判断能上升到什么地步——事情究竟能荒诞到什么程度？我的下一个梦会是谁呢？谁是我呢？假若这时，闸门被一只看不见的手拉拢，脑海中万家灯火的城市在空袭警报中停电了，我又必须像刚刚习惯了光明一样重新适应黑暗。上帝啊，我的诗刚刚写了一半——夜色阑珊中的另外半首可能更好点；就像你造出亚当之后，便在下班的钟声里走出露天手工作坊，还没来得及再为他塑造一个夏娃。

这个比喻倒使我有所发现：或许任何艺术品，都是一首未完成状态的诗、一场刚刚在旷野上推进到一半的战争——剩下的已非人力可堪推动；就绝对的美学标准而言，任何精神建筑不过是些粗糙的毛坯（在上帝眼中）……一个男人或一个女人，天生就是残缺物，他或她可以寻找替代品来完善自己，谁知道这一个是否确是真正属于他或她的那一个？这是肉眼无法判断的。所以，艺术品的完美永远只是一种可能性。

一种在理想中处于可能状态的完美，落实在纸上已经很美了；一首在天堂完成了一半的诗，在人间已经算完整的诗了。只有上帝，作为最终的幕后操纵者，才有资格挑剔，他对艺术的本质规律、终极标准了如指掌，却缄口无言。

假若尘世间的艺术品都不过是上帝手中的半成品，假若这种推测成立的话，我则要跨过遍地的文字零件，寻找空气中的另外半首诗了。我要根据有限的美来还原无限的美。这很容易做到。一首诗在现实中未完成的部分早已存在了，哪怕存在于虚无之中。即使面对公认的名著，我也像一位有修改癖的雕塑家，不断地续接其断肢、加工其灵魂。这时才意识到我们一向引以为骄傲的阅读，仅仅是机械的阅读、中途而废的阅读，一旦往前一步，就是文字的外国了，就能发掘出再创造的乐趣了。这简直是永远没有尽头的环球旅行。

更别提对待自己的写作了。先是接近星空，继而超越星空，星

空的上面还是星空——这真正是一架形而上的虚构的旋梯，直指天堂的穹顶。在唱诗班的琅琅书声中，我上升又坠落，在贴近水面的一瞬又返回原先的高度——逐渐成为本能。依靠本能就足以在白昼与黑夜的过渡段落、在文字及其投影之间保持平衡，意味着自由。哦，这字典里限制不住的自由写作者！这自由化的造梦机器，脑海中的不明飞行物！

一个坐在摆满礼花的书桌前的人是多么幸福啊。在一盏微弱的台灯下写诗，是多么幸福啊。我先是失去双腿，或双腿失去知觉，我仿佛坐在轮椅上写诗，仅仅用两只手臂和一个脑袋写诗。我的灵魂呈现羽毛的状态，离地三尺。上升。纸掀起的风吹得我脸生疼。巴掌大的光晕垂直投射在平铺的方格稿纸上，我的眼睛，我的面部都高瞻于光圈之外——仿佛在幕后写一首诗。只涂了一层清漆的书桌，如同木纹毕露的舞台，从斜刺里投射的聚光灯柱，正捕捉住我的一只手、手握的一杆蘸水钢笔，像关注着什么惊心动魄的舞蹈似的。我的手，在此刻，似乎也脱离了我的身体而存在，它仅仅服从我头脑的安排，在稿纸上鱼一样灵活地游动，亢奋、紧张，生怕一首诗会从微颤的指缝间溜掉……在灯火通明的舞台背景下，我的每首诗的诞生都是一场隐形的灵魂的演出——通过我被照亮的手势得以体现。

或许，我仅仅在用身体被光照亮的部分写诗，其余的则消失在黑暗中，在黑暗中关注着这一切。或许，我在用生命的一半表演，另一半则处于裁判的位置，从远处杂草丛生的观众席上，响起孤独的掌声……

或许诗本身，就是一张尚待考证的彩票，锯齿形的边缘有撕扯的痕迹，人类的智慧仅仅占据其一半，而模糊的票根掌握在造物主手心！

C

我有什么理由把诗歌比喻成眼睛与心的结合呢？它们的共同之处在于，都是世界的反映。我看见了什么，进而想些什么，构成生命的意义——这恰恰也赋予呼吸着的诗歌以任务。诗人的一半是观察家，另一半则是思想者，一半是海水一半是火焰，失去任何一样都是不可原谅的残疾。如果我的感觉存在着缺陷，我感觉到的世界又何从谈得上完整？真正的世界也将因之而残缺。所以说到底诗歌是一门感觉的艺术。感觉是诗歌的造化。

眼睛，天空的星辰；心，大地上的火山。天地间的风景似乎都为人而存在。而人本身就是风景的一部分，甚至是风景的核心或延伸。明白了这层道理，我开始有意识地把自己的身体假设成世界的灯塔——而灵魂则是寓居其中的守护神。每次苏醒都像远道归来，我屈起指节，如同叩击另一个人的胸膛——写诗的时候我既像一棵长眼睛的树木，又作为一只啄木鸟，以这样的方式敲打自己。我听见心在里面跳动着（就像在炉膛里面）黑暗之门随即敞开了。我走进空寂的房间，四壁之内回荡着多年前幼稚的嗓音，以及血液解冻后的喧腾。当肉体沉睡，灵魂就逃遁了——我正是昨夜的缺席者？

我手扶语言的旋梯上升、上升，直至达到窗户的位置。我睁开

的眼睛恢复了明朗,清点着晨雾中浮现的港埠、帆船以及事实。我又和自己融为一体——像城市拐弯处的阴影里相互借火点烟的过路人,以共同的火苗交流着对世界的看法。在探照灯柱的旋转中,众鸟晕眩,方向不明,灵感忽闪忽灭。但诗歌在为我作证,纸上留有它一瞥后的投影(定格了灵魂的舞姿)漫长的黑暗中短促的照耀,却像宿命、像掌心的地图一样深刻且灵验。

诗歌是投入我睁开的眼睛的第一道光。每次苏醒我都像个远足的陌生人,逐渐熟悉着自己,以及这个世界。从一砖一瓦到一颦一笑。我曾经比松针上的露珠还要年轻,爱憎分明,皮肤光滑如新刷的墙壁——现在已有皱纹宛若藤蔓攀缘,与夜色集体策划破坏这座脆弱的建筑。我把自己假设成守望的灯塔。灵感像客人一样离开或归来——这肉体的宫殿,构成我精神上的白昼与黑夜。目光炯炯的灯塔,悬挂的心之钟摆,我无法阻止其衰颓。真害怕它在某首诗的过渡段落中崩溃,遗留下一堆冷却的废墟(逐渐消失了体温)那么我的灵魂将像失去居所的流浪汉般随风飘荡,在黑暗中四处寻找那早已不复存在的光亮……

所以我歌唱精神,也歌唱带电的肉体,歌唱与大堂接壤的艺术,更歌唱人类的眼睛与心。世界与美,因为我们的感觉而存在。古老的盲诗人荷马除外,他是一座失明的灯塔,他的心借助想象加倍地认识这个世界。荷马以手指触摸特洛伊的城郭、英雄的盔甲、海伦的脸庞,他敏感的指尖注定长满眼睛。"生命停止了,灵魂在前进",高悬于大海书卷之上的星辰在接替他守望,全世界的钟摆模仿人类心脏的跳动,作为其幸运的后裔,我们眼中的世界是平面的,而文字却呈现出凸凹的形状，呼唤我们的抚摸，抚摸天堂也抚摸地狱，直至透过它抚摸自己。

灯塔不会因假设而成立，肉体会腐朽，文字会失传，生命的视野将像折扇一样合拢（连同被其劫掠的风景），但美与思想永恒，人类的通感永恒，诗歌会为我们作证！

我们是世界的证人，而诗歌更是我们生命的证人。得到意味着失去，而失去并未真的失去，仓促的一瞥可能比一生的凝视更持久，瞬间也构成某种形式的永恒。

D

身体慢慢地成长，逐渐诞生了：情感与欲望。就像分岔的树枝一样。这上面开出的花、结出的果实，无论是颜色、质感抑或滋味，都存在着巨大的差别。虽然它们都擅长在风中、在原野上摇曳。也只有风才能鉴别它们。风作为天神的呼吸，以居高临下的姿态裁决一切。海子有句诗："秋天了，神在吟诗。"我总从中听出飒爽的风声，如同神祇噘起嘴唇吹奏的口哨，席卷落叶，也呵护心灵。至于人类的呼吸，本身就是风的姊妹，以杨柳般小巧的身段，以欢乐或悲伤命名的旗帜，在吹拂自我的同时也感动了世界。它形成了身体内部的潮汐。

当提着乳白色裙裾的潮水，一直退到我们赤裸的膝盖的位置，血就接近于冷却了，就可以哲人一般在松软的沙滩上拾捡贝壳、爱情遗留的发夹，以及睡梦中挣脱的纽扣。但我更愿意顶着风写诗，

用肩膀、用暗自努力的马步,扛住一整座森林乃至整个幻想帝国的崩溃。我要从它的废墟里抢出一枚沉甸甸的绣花针来。当我呼吸之时,是谁被轻易解除了武装?我感到肺叶在黑暗中像帆一样鼓胀起来,充满灵感,横渡幽冥的河流,如同有一只看不见的手在推动它似的——我简直迷信它就是生命中的权威。我喜欢在海边或祖国的河流边,观察博大天空下的船帆(哪怕它仅仅在运载世俗的货物),我会怀疑自己目击了另一位巨人的肺叶——就像西班牙的某骑士对待带有宿命意味的风车。或者换句话说,我目睹了世界的肺叶,在天穹近乎透明的胸膛里紧缩、扩张——这是多么巨大的幸福呀。

呼吸,为了爱情,为了轻盈的陶醉,也为了扛着重物在山道上喘息的诗歌,这使它带有植物的特性,清洁、摇曳,仿佛在肺腑间安置了一朵花似的。当一个人的呼吸变得混浊,我便能嗅出欲望的气氛,那在阴暗的树丛里闪烁其词的眼睛。至于呐喊、咏叹或呻吟,则使呼吸获得了声带,也变得情绪化了。写诗的时候,我的呼吸沙沙地吹动纸张,也吹动那些昔日大师的名字,把自己带回一个笙歌四起的久远年代——或者说我在努力延续大师们的呼吸方式,以为这样就能继承他们的智慧了。在蒙满灰尘的书架上,古代圣贤的经卷,依次排列,就像停止了呼吸的肺叶,陈列在时光深处的港湾。

我们在不断地搬运自己,借助往返的呼吸。这是生命与死亡之间的摆渡。艄公的船篙,我划动纸张的笔,具有相似的意义。但总有些什么(譬如花香、初恋情人的眼神)是无法搬运的。呼吸在建立秩序,同时也在吹散灰烬。这小小的气流,这灵魂不无犹豫地延伸,穿行于时光城堡、文字的吊桥、诱惑与障碍,乃至我们身体的峡谷。我是该把它看作生命长廊的清道夫呢,还是建设者?

纸上的月亮

关于月亮的诗歌已经太多了，即使加上今夜我写在纸上的这一首，是否就真的能增添些许的新意呢？但如果一个诗人一生中，一次也不曾描写过月亮，那该是多么巨大的遗憾。所以我必须坚持今夜的工作。

太阳与月亮，是距离我们的实际生活最近的两颗星辰；其余的数目繁多，但相当于天花板上的装饰品了，只对人类的天文学存在价值。如果太阳可以金碧辉煌的皇宫来比喻，月亮则像落叶萧萧的寺庙了。而且是一座女性化的寺庙（我想起了东方的尼姑庵和西方的修道院，这都是失恋后仰望月亮的结果）。与大观园毗邻而居的妙玉，不过是居住在月亮上的某位修女灵魂的投影，血肉之躯是不存在的，她羽毛般的体重比她的嗓音还轻，一涉入喧嚣的市井就消失了。至于那月亮上的原型，是嫦娥的姐妹，在桂花树下读书，不食五谷，只啜饮一些望乡的风景。

同样，诗人也分为两种，太阳的类型，或月亮的特征。李白毫无疑问属于后者。他是踩着云梯从月亮上下来的流放者，所以自号谪仙。两种诗人，靠热血与冷血、神气与仙气来区别。是做一个膜拜于神、歌功颂德的宫廷诗人呢，还是做在野的隐士——我犹豫着。但这犹豫本身，就说明月光已进入我的血型了。仙风道骨、忧郁的抒情、羞涩以及轻音乐，都是月亮上才可能滋长的青苔。今夜我低吟的舌头，是一枚含在口中的月亮。这帮助我写出透明度很高的诗篇，像钻石、格言、单相思抑或平民化的盐粒。

　　修女的月亮，穿着素净的布料衣裳，在石砌的乡间小码头或深宅大院曲折的回廊上无声地走动，低垂眼睑，睫毛的形状都被投映下来；一边背诵神的课本，一边在胸前画着十字，寻求一种自我的保护。她的祈祷不含酒精的成分，无色无味，却散发出淡淡的类似于死亡的异端的美，令人在昏昏欲睡中抵近虚无。当天降大雪，躲在云层后面的月亮掩面哭泣，我们几乎怀疑空中漫舞的雪花，是来自月亮的虚构的落叶。大风不止，心跳不止，远处的美人哭泣不止，她的泪水一如她的体温，是冰凉的。很久以后，我的嘴唇都沾染有某种宿命或精神恋爱的味道。月亮的品质，类似于丝绸、植物、处女、民间的乐器、唯心主义者、坚持施舍的慈善家。在灯火通明的城市里，我时常纳闷：她为什么总是没有欲望呀？

　　《圣经》记载了偷食禁果而被逐出伊甸园的夏娃。而在中国古代神话里，她有另一个名字：嫦娥。嫦娥是因为偷吃了西王母送给其夫君后羿的灵药而发配到月亮上的。月亮作为嫦娥的流放地（精神上的西伯利亚）似乎从此标志了东方女性的原罪。孤独作为人类的通病，发生在每个人身上，也都有某种天罚的意思。月亮型的诗人，孤独尤甚，少数抵抗不过这来自内心而非地表的寒气的，则要么短命，要么自杀，但绝大多数习以为常，就像天阴下雨时犯季节性关节炎，靠那份抽丝剥茧的痛苦呼吸着。月亮对诗人的影响，相当于潮汐。诗人的内心盛满海水。我已经三十岁了，才第一次正面描写月亮，也许是因为接受了过多的风暴的阻挠，我对月亮的理解，难免带有主观色彩。

当我埋首赶路，月亮就屏住呼吸、踮着脚靠拢我；而当我抬头打量，她就受了惊吓般倒退着，绣花手帕掉在地上……由此可见月亮是胆怯的，她的神态流露出女性的羞涩。月亮是对立于阳光的热烈与黑暗的恐怖的第三者，是善与恶的折衷、道德天平上的走钢丝游戏，儿女情长、厌倦政治、不食人间烟火，信奉无政府主义，远离暴力、说教、社会变革甚至多角恋爱，她的初衷意味着单纯与专一，因而注定是属于美学的。美学的月亮，洋溢着浓郁的经典意味与书卷气。在月光下行走的诗人，他的灵魂很重，肉体却很轻——与常人相反。所以怎么看都像羽毛的载体，伴随自身的呼吸（而非命运的安排）而漂浮。他们是没有影子的，因为本身就是影子。一位诗人远远走来，听不见脚步声，我却能想象出一张苍白的脸，和乌云的鸭舌帽檐下伤心的一瞥。屈原是这样的，李商隐是这样的，朱湘也是这样的；还有雪莱、普希金、卡夫卡、叶赛宁、帕斯捷尔纳克；等等，无不如此。他们的肉体和灵魂都像纸张一样单薄。博尔赫斯曾以《纸上的月亮》（又译作《面前的月亮》）命名其诗集。诗人的月亮是一枚古典的书签，夹在书中依然熠熠闪光。它照透了纸张如同照透了这些孤独的流浪者的身体以及外衣，乃至生命……

笛　赋

我总怀疑笛管里藏匿着一个精灵，通过七扇高悬的圆形天窗呼吸。在北斗七星的照耀下，它半明半昧的面容从水面浮起，像披头散发随波逐流的溺者，呼救的口型包容有金属的声音。所有的精灵都偏爱在月光下的山谷隐居。笛也不例外。空穴来风一次次地证明了笛的梦想。当它从无人的幽谷好奇地探出脑袋，窥视民间的喜怒哀乐，我们听觉中的野宴就开始了。杯盏交错，酒香四溢，记录着荒漠地带未开化的游牧民族的庆典。羌笛何须怨杨柳，我企图通过一句唐诗追寻这精灵家族的祖先与血缘。我肯定不是最先被它感动的人，而且也不是最后的。笛的身世恰恰是以佚亡的形式流传着，依偎在一代又一代东方人诚实厚重的唇边。看来人类的血液里汹涌着潮汐般的故事，需要借助笛的泉眼寻求地层之上的出口。仿佛为了严守大自然的秘密，或忠实于冥冥之中的神谕，我战战兢兢的手指总下意识地把它不可泄露的部分摁住。以免这或欢快或愤怒的精灵脱颖而出，显形并混迹于周围丧失了视力的人群中。譬如乡村路遇的骑在牛背上的牧童，笑容悠闲、手势流畅，极有可能是它的化身。唐朝的某年清明节，大诗人杜牧就曾经不辨真伪，向这样一位短笛横吹的牧童问路，打听杏花村的所在。只是这旧中国抚慰心灵的牧歌，在城市的视野中快要绝迹了。我们的耳朵塞满的不再是新鲜的青草，而是回忆般枯燥且腐朽的棉絮。

让我们再回到它的本身。这肯定是从竹林里截取的故事，饱经人类手掌的揣摸、嘴唇的亲近，在时间流水中载沉载浮、且歌且舞，焕发出油漆一样的反光，迎接星空的凝视。所以它天生就具备游牧者或隐士的品格。为什么总是选择游离的方式与我们的日常生活保持联系？人类的嘴唇沉重如黄昏的城堞，已是启发它的幻想的最后的边疆了。大多数情况下它被悬诸高壁、深居简出，咀嚼着沉默而获得自足。这时候它更像是一件古典的装饰品，酣睡在我们听觉之外，不具备任何功利意义。我从未把它当作古老的乐器来看待。即使算的话，也是全世界最简单最朴素的乐器吧？没有弦索、没有键钮，与道德、礼仪、教育无关，原始的身体结构更像是未经烟火熏陶的苗条的处女，甚至它被触动后的吟哦都与世界保持着隔膜。它注定不是我们茶余饭后谈哲学的对象。但它毫无杂念的通道可容纳乐天派或失意者寄存一些没必要随身携带的情感，最重要的听众正是自己。从这个意义上来讲笛是膜拜精神的，以索取者的形象等待人类倾诉。否则我为什么一开始就把它比喻为一个乡野的精灵呢？我按捺不住的手指触及的永远是它的敏感部位。

笛处于幼稚的年龄，它的音乐也适宜在露天生长，以竹篱、村舍、炊烟、干草垛、墙上招贴的褪色年画、鸟一样蹦跳在田埂上的放学的孩子作为背景。若禁闭在室内，确实大大地委屈了它崇尚的天然与自由。所以它隐逸于任何豪华喧闹的乐队之外。一旦知道它的出身，也就可以理解了。与笛相亲近我们同时学会放纵自己。箫是它同父异母的兄弟，与之相比则成熟且稳重得多，因为箫更擅长忧郁。这恐怕也是乐观主义者与感伤主义者的区别，"二十四桥明月夜，玉人何处教吹箫"——唐朝诗人对箫的偏爱使一种静美安详得近乎沉郁的南方园林式生活成为憧憬，正如唐代铁马金戈的边塞诗曾经使羌笛大大地出名了。个人化的箫，更像是书生与美女孤独的伴侣，或忧伤的专利。只适宜在月色如水的静夜独奏，忧郁如同一只隐形之鸟，扑扇着指甲盖大小的翅膀，冲出灵魂的窍孔，弥漫了图案斑驳的影壁、荒草高过膝盖的台阶、聊斋的翘檐，把一种病态的美表现得淋漓尽致。如果说箫是文弱的美人，笛真正是健康的赤子。笛与箫的性格差异证实了纵欲与禁欲、阳刚与阴柔的区别：前者是直抒胸臆的，而后者压抑的低吟中多多少少透露出对命运的无奈。所以说笛是任性天真的无神论者，箫是有文化的，但也是宿命的。这导致它们背道而驰，分别成为天性的牧童与抑郁的书生的饰物。不知为什么，我更习惯于把箫视若笛的变形，是性格遭遇挫败后的一次演变、一次艰难的成熟，或者说，它们是同一个精灵的两张面孔。

画中人

男人会做许多梦。其中的一种便是对画中人的幻想。我也不例外。而我是怎样一个男人呢？食无鱼，出无车，东篱无菊花，青灯黄卷，门可罗雀。但我却总是梦见红袖添香。

我在北京城密集的建筑群里拥有一间简陋的小屋，每当夜幕低垂，我骑自行车下班，远远望见万家灯火，唯独自己那扇窗口是黑洞洞的，孤独感便浸透全身。尤其出远门归来，精疲力竭地提着风尘仆仆的行囊走到家门前，真希望灯海中属于自己的那一盏是亮着的，希望灯光倒映出秋水伊人的身影，正倚靠着风起云涌的窗台边织毛衣边等我。甚至当我掏出钥匙开门，依然相信奇迹会出现：一向尘封的写字台上摆满热气腾腾的烟酒菜食，而精心安排这一切的无名女郎却神秘地回归画中，悬诸高壁。李白说过：美人如花坐云端。然而我总是失望。

眉是在我最孤独的时候出现的。上帝是仁慈的：一位流落异乡的穷书生不见阳光的小屋，终于来了一位美丽的女客人。世界变得明亮了。她穿着一袭白色的针织外套，毛绒绒的，就像一只草原上的羊羔或小兔子。我的心里面也是毛绒绒的，那是属于早春的酥痒——芳草萋萋，野火烧不尽，春风吹又生。我不敢看她熠熠生辉的眼睛，只是凝视她那标本般雅致的鞋子。那一会，聂鲁达的诗句在耳畔响起，这两只船载着你，跋山涉水，远渡重洋，终于寻找到我……这是茫茫人海中的怎样一条航线啊！两个陌生人的相识永远是神秘且充满天意的：一路上有多少偶然因素在促进或阻挠他们会合？我不用表达认识眉所感受到的那种幸运。因为只要假设一番——如果当初与眉擦肩而过，我今天的生活将少掉多少内容，就会为命运的惊险暗捏一把冷汗。

眉身上永远有那么一股古典美人的味道，巧笑倩兮，美目盼兮，令人联想到丝绸、刺绣、团扇、瓷器、词牌、琵琶行与茉莉花。我推测她的籍贯是南方。其实眉是地地道道的北京女孩。她家住城南的白纸坊，古朴的地名表明这是明清两代造纸厂的遗址。而眉正如纸上的美人，风一吹就摇摇欲坠。眉四岁便开始画画，把稚嫩的小手伸向纸笔。这么多年过去了。她用过的宣纸若拼接起来，该有几公里长吧？这位诗情画意的少女与纸为婚，以纸为路。她勾勒的山水，在纸上呼吸——却又在现实的地图中缺乏记载。

第一次到眉家做客，我"惊喜"地发现：她家与北京印钞厂在同一条街上，而且仅仅相隔几十步——尚不够短跑选手冲刺的。我夸张地张开双臂：钞票的发源地，我可找到你了！眉却以为我想拥抱她，一闪身躲开了。这打断了我的即兴抒发。我深情地凝视着印钞厂金光闪闪的门牌（而不是眉的面庞），悻悻然地搓搓手："都怪

平常见的少了,我太想你了。"这回眉倒没觉得我一语双关:"瞧你那见钱眼开的样,一照面就摩拳擦掌的。有能耐别干吼,抢银行去。"我吸吸鼻子:"难怪一来你家觉得空气不对呢,原来是闻到钱味了。唉,能和印钞厂做邻居,也是有福的。"眉见我对她的生活环境流露出无限的羡慕的神情,乐了:"当然啰,没准风稍大点,就会吹几张钞票过来呢。咱换房吧,你搬到我这儿来'傍大款',我挪到你那小破屋去画画。"眉本人对钱的态度极平淡,由此可窥一斑。她妈妈也跟我说过:"眉花钱简直不像女孩,她交往的朋友都说她大方——"眉在一旁脸红红地打断:"他们是说我的气质落落大方。"事后她也承认那是在狡辩。她妈妈继续说:"大伙儿聚餐,男孩们还捂住钱包面面相觑呢,别的女孩都沉默地弃权,我们家的眉却抢着付账。"

眉除了抢着付账时的"勇猛样",她的仪态其实弱不禁风楚楚可怜,简直令人一见之下对世界顿起悲悯之心。而且她说话声极纤细,仿佛那话不是说出来的,而是靠呼吸吹送出来的,飘飘忽忽。正因此,她很早便获得"蚊子"的外号。第一次和眉的朋友聚会时有人倡议:"赶紧点一支蚊香。"我不解地顾盼,噢,原来眉正发言呢,蚊子在谈艺术呢。她画画的朋友想她,便说:"蚊子好久没从家里飞出来了。"

听见眉的声音,我都下意识地屏住呼吸、放轻脚步,就像生怕惊动了画中人——正如她也不愿惊动这个世界一样。别以为我的描述很过分,其实我只想给眉一种放任的自由,你只有背对着她,她才能兑现在这个世界上——当你一转身,她或许就消失在空气中了。水月镜花。谁能了解她的想法以及她那隐秘的生活？你稍不留神，她便会被一张纸、一缕风抑或某个机遇席卷而去。

我这样描写一位叫眉的北京女孩，别人看来也许有点夸张。好在对于眉，除了我之外，还有其他证人。河南一家杂志来京城举办作者招待会，我领眉去玩。眉那天正感冒，像林黛玉一样蹙着眉头咳嗽，引得众人像看一幅仕女画般看她。真让人心疼哟。一位女编辑和眉聊天，越凑越近，好不亲热——真应验了"可怜夜半虚前席、不问苍生问鬼神"的典故。到终了听那位女编辑解释才恍然大悟："她说话这么轻，我是下意识地往跟前靠，简直是耳语。"

或许我内心有一堵空白的墙壁，这构成我长期的孤独。我多希望能在上面张贴一幅画抑或供奉一个模糊的影像——哪怕她与我的生活无关，仅仅让我能在心里想一想就足够了。我相信自己是为美而存在的，我的文字生涯也倾向于浪漫主义的激情，正如普希金一首诗的标题——《美人啊，请让我为你歌唱》，我对生活所求不多，但这恰是一位诗人渴望拥有的权利。如果我梦见过画中人，她就是眉。画中人是我的浪漫史。

没有故乡的人

A

听腾格尔唱民歌《蒙古人》,有一句歌词我体会到灵魂的震撼:"蒙古人,热爱故乡的人。"腾格尔唱到这里,风尘仆仆的脸上洋溢出极特殊的陶醉。他是在灯红酒绿的城市,在远离故乡的地方唱这首歌的,但风起云涌的大草原、野马群又伴随歌声回到他的胸膛。作为游牧民族的蒙古人,拥有最浪漫的故乡:大草原。蒙古人确实是热爱故乡的人。但热爱故乡的又岂只是蒙古人呢?热爱故乡,按道理是任何一个人精神世界里必备的素质,为什么在腾格尔的歌声中,会得到强调呢?或许,蒙古人是最怀旧的民族,而现代社会中的城市人常常是健忘的——他们可能因为未来忘掉过去,因为物质忘掉精神,包括因为现实的环境而疏远了故乡。

蒙古人的体魄是剽悍的,性格是粗犷的,但他们的感情又带有植物的特性，是温柔的。他们离开了马匹就像折断了翅膀，离开了马头琴、帐篷、篝火就像失去了灵魂，而离开了恣意驰骋的大草原就像找不到自己宿命的根——会盲目而痛苦。没有痛苦就不是真正的爱。没有依恋并不是坚强，而只是麻木。让一个热爱故乡的人选择远离故乡的道路，是需要勇气的，他已做好准备承担漂泊的痛苦——痛苦本身就在证明他持续的爱。但对于那些一掉头就忽略了故乡、忽略了自己生命渊源的人来说，就意味着背叛了。他即使在另外的生存环境里活得再轻松、再荣耀，但他是故乡的叛徒，记忆的叛徒。

　　故乡这个概念有点古老了，或者说，有点陈旧了，尤其对于城市人来说，这个带有泥土气息的概念，就像草鞋、马灯、谷场的石碾一样，与现实脱节，似乎该陈列进光线昏暗的博物馆了。记忆无法对现实提供实际的援助，故乡能给予远足的游子的——不过是风雨兼程之际一缕温情的慰藉。随着交通工具的发达、流动人口的递增，现代人对从一块地域迁徙到另一块地域，已远远不如唐诗宋词里的古人那么敏感了，乍暖还寒的怀乡症似乎快在城市的高楼广厦间绝迹了。"日暮乡关何处是，烟波江上使人愁"，故乡的风物人情以及它所包容的既往的生活，是天涯海角的游子忧愁的原因——这是一种古典的忧愁。而西装革履的现代人，则在为金钱而忧愁，为情欲而忧愁，甚至为忧愁而忧愁，在埋首赶路的快节奏生活中已缺乏蓦然回首的闲情逸致——对于他们来说，所谓故乡，仅仅是户口簿里填写的籍贯，是字迹潦草、贴两毛钱邮票就能抵达的家信，是影集里泛黄的旧照片，是怎么努力也修改不掉的口音，再没有其他

意义了。

即使，故乡仅仅给予我们生命再无别的馈赠，即使这样，还不值得我们感激终生吗？何况故乡所无偿奉献的远远不止这点，还包括粮食、房屋、知识、道路，乃至一张送你出门远行的单程车票。更重要的，还有记忆。艾青写过一首短诗，标题叫《土地》："为什么我的眼中常含泪水，因为我对这土地爱得深沉。"我觉得它可能比一部长篇小说更有分量——在人类道德与情感的天平上。故乡正是这么一块令游子的心灵保持湿润的土地——你的影子、你潜在的根须，至今仍挽留在那里。有过浪漫的游子揣一把故乡的泥土远走天涯，那把泥土在旅行中已成为故乡的替身——故乡并未因之而减少什么，相反，他什么都没带走，却留下了更多的爱。余光中说过："乡愁是一枚船票，我在这头，大陆在那头。"那票根上的被剪辑的齿痕，是游子永远的伤口。

一个忘掉故乡的人，就等于是没有故乡的人。他那被删节过的人生，肯定是残缺的。我懂得了蒙古族民歌里为什么要表白自己是热爱故乡的人——并不仅仅说明故乡值得热爱，更为了强调自己是拥有优良品质的人，而不是精神粮仓一贫如洗的人。蒙古人热爱草原，因为在草原上是自由的，在草原上才知道什么叫自由。故乡能使人享受到最大限度的自由——我指的是心灵的宽松与自由。故乡是具体的，譬如牧场、马匹、辘轳水井、炊烟、麦秸堆抑或从地理课本里穿过的河流。故乡又是抽象的，是游子心目中温柔的化身，是温柔同时也是力量。

B

每个人都有自己的故乡,这常常指他的出生地,所以每个人心目中的故乡,都是由一个地名(无论农村或城镇)来概括的。凡是故乡之外的地域,都可以叫作异乡。在故乡与异乡之间,有一道肉眼几乎看不到的界限。但游子的心灵,恰恰触摸着这道界限而成长的。从理论上来说,几乎没有——没有故乡的人。故乡这个概念,就像性别、血型、肤色一样,与生俱来,证明着每个人的身份。故乡诞生了我、你、他,它是许多人共同的母亲。

我离开南京已整整十年了。这十年里,我在风沙漠漠的北方流浪。想起长江下游的那座古城,就仿佛一棵树目睹到自己泥土下的根须,有无以言喻的亲切——倾颓如老人面孔的城墙,清静挺括的林荫道,恍若隔世的精美小吃,童年时怀揣硬币去购物的街头杂货铺,想得多了,这座城市也具备了人性,在地图的一角和我息息相通。纸上的故乡,贴在游子伤口的无形的膏药;仅仅念叨那熟稔的名字,就能获得温情脉脉的安慰。当我身背行囊逆风前进时,故乡(村头的麦草垛、炊烟、青苔斑驳的老宅、火车站剪票口的综合体),永远在我的背影里。那是一种守望与等待的姿态。所以每年春节的还乡,是最有人情味的旅行,我比去任何陌生的地方更要激动。我仿佛看见一位泪流满面、伤痕累累的孤儿,沿着曲曲弯弯的铁路线奔跑,大声呼叫——路灯、庄稼、枕木以及他的位置,总是与我的视线平行。我知道他是谁,从哪里来,又要去哪里。他与我是多么的相似。每个流浪者的心里都布满这虚构的路线。

我曾经把故乡形容为我的后方医院。前线没有幸运儿，任何游子都是不同程度上的伤兵。只有故乡才能给他开出最细微最翔实的病历（譬如怀乡症）。我懒洋洋地靠在故乡的阳台上，用子弹壳吹口哨。床头的花瓶里插着母亲早晨散步时亲手采的野菊花（令人怀疑是幻象）。我拜亲访友，像会见另一个世界的熟人，他们安逸、平稳、无法体会我硝烟弥漫的讲述。随着水温的递升，我像冻僵的鱼一样恢复了生动，几乎淡忘了自己异乡的生活，北方丛林里的冒险经历……

我在北京定居，也已经很久了。一切都在不易察觉地变化，包括性格、口音、思想和生活习惯。我开始喜欢面食，如果在单位食堂中午刚吃了米饭，晚餐则以馒头为主食。在大街上，我越来越有兴趣欣赏北京姑娘的气质与装扮，甚至面相也会因水土潜移默化。好多老朋友见到我："你长得越来越像北方人。"我听了既不高兴，也不悲哀。我在这座城市里有一间房子，有一把只属于自己的钥匙。众人聚会互留地址时，我经常顺口说我家住景山后街某某号。也就是说我似乎认同北京是自己的家了。但潜意识里，总觉得另有一个老家，那才是真正的家（有父母亲朋，有往事的旧影集与老家具）。我在北方的大房屋里，想着南方的心事。

这是第十一个年头。我又回南京探亲。走在那旧时代风格的林荫道上，我总想着某台湾诗人的句子："我哒哒的马蹄是美丽的错误。我不是归人，而是过客。"这里也许是我的后方医院，但我真正的岗位仍然在前线。假期再漫长，仍然是一生中的瞬间。我即使能做瞬间的归人，但永远是过客。由于到处都在拆迁与改建，曾经熟悉的街景也变得陌生了。街上的行人都在各自的轨道上忙碌着，唯独我是闲散的，专程看风景而来。以至我也怀疑自己正行走在别人的城市。我仅仅是附加在故乡之上的一只小风筝。现在我每年都要回来一次，因为父母健在，南京在我心目中也是父母的城市。但或许有那么一天，父母的身影从这座城市里消失，而我在北方又杂务缠身，是否对故乡的思念也会减弱一些？有那么一天，这座城市的轮廓在我脑海里逐渐淡化，我繁杂的日程表甚至很难奢侈地安插一次还乡之旅，那么故乡将不再对我具有现实的意义？如此想象一番，我已经感到悲哀了。时间与空间，是对心灵的双重折磨。那时候我拥有的唯独记忆了。而记忆顶多相当于生活的几分之一。

　　如果一个人忙碌得连故乡都遗忘了，那么故乡对于他也就不再存在了。至少，这个概念是虚无的。那么，他快要成为没有故乡的人了。我肯定将长期在北京生存下去，但至今仍觉得是这座城市的客人，无法产生那种血缘上的亲和。这或许就是宿命，无法变更了。也就是说，故乡是不可能有第二个的。任何城市都能认领、接纳流浪的孤儿，但一个人是不可能有两个故乡的。在北京的街道上漫步，我经常下意识地抬头看天、看云：花朵是有根的，云却是没有根的。那么云的故乡，在哪里呢？所有的游子都是云的替身。总有那么一天，曾经敏感的心灵会变得淡漠、混沌，像沾满尘埃的棉花，无情无欲，无怨无悔，随波逐流。故乡属于记忆，却与现实无关。而置身的城市又过于现实，没有梦想。这或许就是现代人的悲哀：没有精神上的故乡。譬如没有往事、没有童心、没有记忆、泪水也没有梦。一个没有故乡的人，是坚强的，但也是孤独的。他是

世界的过客。他只能前进,却永远无法返回。他无法返回从前的自己——所以说他在不断地离开自己,就像斜坡上一辆失控的滑轮车。

游子的月亮

有时候会身不由己地回到千里之外的家中。打一个滚就从行军床上爬起来,不需要搭乘车船,不需要经过任何剪票口,我已安然坐在家中靠阳台的房间,趴在老式八仙桌上埋头吃母亲精心烹饪的淮扬风味饭菜——而随身携带的风尘仆仆的行囊,像一个脏兮兮的孤儿般被遗弃在门边不显眼的角落。这时候的画面是黑白两色的,犹如磨损了的无声时期的老电影,画面中的我,挂着陌生人的表情,在阳光灿烂、石灰驳落的四壁之内来回踱步,仿佛要从空气中寻觅出什么旧物的痕迹。我总要疑问:我为什么能如此逼真地看见自己?此刻的我是谁呢,在哪里呢?我是那位在旧日寓所中踱步的年轻人,还是冥冥之中的旁观者?

睁开眼睛,头顶是异乡旅舍挂满蛛网的天花板。我有一半青春,都是在北方这座画栋雕梁的城市度过的,由于创业艰难、身世漂泊,隐形于茫茫人群之中,总以为是沧海一粟——我的根并不在这里,我的根归属于江南那片炊烟袅袅的田园。我骑着自行车穿过

北京密集的胡同与四合院,风吹过耳,没有一声是来自故乡的呼唤;然而心理上我永远是一位长期出门在外的供销员,把遥远的老家视若生命中真正的月台,而还乡的旅程,亦构成流浪者内心唯一的节日。长安街上,华灯怒放,但再没有什么比夜幕低垂中故园的一灯如豆(灯下有白发母亲缝补游子布衣的身影呢),更富有诱惑力了。我背挎牛仔包在午夜街头顾影自怜,总是辨别不清城门的位置,便无法把漫漫长征中隐约的创痛,托付给那擦肩而过一列南下的火车。对酒当歌,罗大佑的《鹿港小镇》,超脱肩头的风沙漠漠,浮雕般从立体声耳机中凸现:"台北不是我的家,我的家乡没有霓虹灯……"故乡的风起云涌、花开花落,伴随多年前母亲在村头麦秸堆旁送行的一声轻叹,震耳欲聋。

  白天我力图把自己当作石头里生出的孩子,没有籍贯,没有生日,没有记忆,剪断了枝蔓庞杂的尘缘,便杜绝了刻骨铭心的温柔,我可以借助麻木的铠甲,来抵御内在的脆弱与外界的冲撞。然而在黑夜里我没有办法,我没有办法克制住灵魂深处的不羁之舟——风筝的线头,永远攥在千里之外故乡汗湿的掌心。在梦中我会打一个激灵,一眨眼就返回早年生活的轨道,亲友们未改的容颜、故居的建筑结构与室内摆设,凭藉庭院中横扫落叶的飒飒秋风,重新环绕在我周围。每逢这时候,我高悬的心,会像石头一样落下,稳稳地栖息在归燕衔泥的房梁。梦不过是一帧记忆的剪报,边缘泛黄,字还模糊,被时光之手无意间翻捡出来,悬之高壁,一闪即逝。它毕竟提供了我清醒时所缺乏的慰藉,我负荷重重而无法获得的横渡关山千载的力量——在现实中我会掐指计算,精心安排一年奋斗中还乡小憩的日期，但梦回老家、不期而至，则是不需要任何经济实力就能完成的免费旅行——而且不用辞职、不用告假、不用卸下沉重行装，便能恢复成纤尘不染的赤子童心，在熟悉的港口获得短促且安详的停靠。那一瞬间，就像在充满外地口音的陌生环境，脱口而出一句家乡话般舒畅——是说给自己听的，自己是唯一的听众。

正如古人将相思称之为病一样，想家，也是一种温和而忧伤的症状。它又是一种高贵且古典的症状，在历朝历代游子身上遗传，千言万语，一脉相承，而还乡之梦犹如托钵僧腰系的药葫芦，是一剂招之即来挥之即去、却足以缓和精神痉挛的良方。每次醒来都像是新生，每次醒来，你槁倾楫摧的血管，又延续成那条故乡河的支流，风平浪静，两岸稻花香，不再迷失于功名利禄之类世俗尘念所恶性膨胀的冲动。梦中老家的倒影，就像一块理想主义的明矾，温文尔雅，于无声处沉淀了我赤足远徙中无可避免沾染上的精神杂质。月有阴晴圆缺，梦中我铺开纯洁的纸张，支起坚强的圆规，策划并扩张天空的轮廓——而圆心永远是当初出发的地点。我正是这样立足于世的。我一生的版图即使幅员辽阔，但最珍惜的，勤快擦拭使之保持冰清玉洁的，不过是那块巴掌大的地方。

故乡，游子枕头上的月亮，纸剪的月亮，斜辉脉脉，风雨无阻，总是在最需要的时刻出现在我内心的领空。一纸之隔的故乡，纤毫毕现，它悠久的呼吸掀动起我顶风逆行的风衣的下摆。我无数次放下行囊，屈起指节，敲叩想象中虚拟的家门；我无数次醒来，重新面对现实的墙壁。

一旦在事实中还乡，又像步步为营地接近一个浑圆可触的梦，反倒失去了那份自信与笃定，生怕一失手就把它打破，生怕一激动就把蒙昧的自己惊醒。犹如捧着一具光芒四射的玻璃器皿穿街过巷，我不得不采取屏住呼吸、蹑手蹑脚的姿态，以免这雷同的幸福感被现实捉弄，被一股夜深人静的穿堂风席卷而去，空剩下一枕斑斓零碎的月光。在北京城里谋职谋生，做刀笔小吏，每年享有法定的一次探亲假，就像孩童舍不得吃口袋里仅剩下的一块巧克力，我总是把它留给岁末的除夕。每逢换新挂历，我便想：该回家过年了——渴盼的心情不亚于出门打短工的外省农民。这是游子生涯中的朴素唯物主义。年迈的父母在南京，为见他们一面要坐一天一夜的火车——这也是故乡与我的实际距离。每次回去，双亲脸上的皱纹都增添不少，是我匆促于异乡时光飞梭所顾及不到的，便滋生"天上一日、人间一年"的惶恐困惑。想到岁月不饶人，见一面是少一面了，车窗外的山光水景便黯然失色，内心长满荒草，回家的欣喜若狂多多少少打点折扣。一走出火车站，乡情伴随接客人群中熟悉的方言扑面而来，我的眼镜片便像寒冬进门后接触到热气，雾湿湿地模糊。家在东郊，中山门外一个叫卫岗的地方，与明孝陵、中山陵、紫金山为邻，我需要转乘好几趟公共汽车才能抵达——这正好可以延长对幸福的猜测与品味。离家门还有几百米远，我就按捺不住取出行囊最底层珍藏的钥匙——人在江湖，面目全非，我舍弃了许多东西，唯独这是我与老家所保持的唯一信物，也是最后的信物。掌心这枚意义深远的锯齿形金属片重若泰山，使风尘仆仆的我焕然一新。只有这时候，我才不再怀疑：一抬手之间，咔嚓一声，我所热爱的半个世界，以及我所怀念的一种生活，就会在眼前豁然敞开……

老家啊，这足以证明我是爱你的：五里短亭，十里长亭，芳草满天涯，游子的背影越行越远；铁鞋踏破，乡音未改，游子即使在生命的最后一分钟，掌心里仍然攥紧着回家的钥匙——就像在沧桑演变中保留着硕果仅存的那颗赤子之心一样……

乡野之梦

在城市里有几件事物是少见的：鸟、野生植物、民歌、水井以及农田。作为一位酷爱古典意象的诗人，我怎能不感到寂寞呢？钢筋铁骨的城市是从来不做梦的。梦永远属于我麦浪翻卷、风景如画的乡村。住在北京城东北角一幢塔楼第七层的位置，我常常失眠——我空空如也的生命器皿，期待着填充以怎样的内容？

和城市有关的交通工具，唯独火车最富于魔幻色彩。它永远在城市与乡村之间穿梭，当汽笛拉响的瞬间我会想：十公里之外，就是我所渴慕的乡野了。我甚至觉得它不是在协助人类超越空间，而是对时光隧道的冲刺，当麦秸堆、风车、炊烟袅袅、谷场的石碾在车窗外陡然展开，你觉得魔术师的手把你从工业社会牵回了泥土气息的农业时代。岁月在倒流，怀旧者幸福得晕眩。

在高楼广厦之间，谁又有闲暇仰望星空呢？如果在一览无余的旷野上，则无法避免与星空的对视。星星，仿佛只有三层楼那么高，你一伸手，便能触摸到那挂满果实的树梢。在星光照耀之下，灵魂是透明的。肉体是墙壁，而灵魂像纸张一样单薄。

骑一匹马在草原上奔走，才能体会到真正的自由。青草高过我的眉毛，我像在找一根针似的，漫无目的地信马由缰。天上的闪电，落地便变成了针；星星掉进了湖里，像炙红的生铁般咝咝作响。我看见一群牧人，围绕篝火盘腿而坐，怀抱马头琴弹拨着悠远的故事。一张张被映红的木刻般的面庞，证明这才是最原始的节日。男高音把我的灵魂捎到了远方，远方的帐篷，远方的羊群。民歌的魅力表现在这里：它向你披露的，是整个人类的记忆。我从此学会了尊重与幸福有关的秘密。

我时常沉湎于类似的想象。对乡野的热爱，简直使我对城市产生了抵触情绪。在城市的斑马线上寻梦，注定要失败的。而一旦置身于无边的乡野，便体现出羽毛的状态：不是你梦见乡村了，而是乡村梦见你了，你作为一个别人梦境中的人物，放轻脚步、屏住呼吸，你一定要促成它——梦的胜利便是你的胜利。

住在北京城东北角一幢塔楼第七层的位置，我常常失眠，总是在这时候，那远道而来的乡愁如同潮汐，会横渡层出不穷的铁轨、桥梁、红绿灯，准确地寻找到我灯火通明的窗户。我简直能听见那来自乡村的呼唤，像一位隐形的客人，屈起指节，小心翼翼敲叩窗玻璃所发出的响声——那近似于远方森林里一只啄木鸟向全世界祝福的动作。一只礼貌的鸟，却祝福了全世界！

钢筋铁骨的城市是从来不做梦的。梦永远属于我麦浪翻卷、风景如画的乡村。乡愁使我流泪。对于一位被人间烟火熏陶得麻木困惑的城市居民而言，乡愁是我精神生活的调味品。只有走出城门，

我才会觉得：这是到民间去，这是到人类的记忆中去。那远离我的辘轳水井、砖窑、运粮马车、野营的帐篷以及敲击灵魂的古老谣曲，已构成梦与世界的另一半。梦的文字，写在水上、风中抑或忽明忽暗的篝火里，写在生活的背面。

本　命

艺术对我的意义在于哪里？这是一个会和每位艺术家狭路相逢的问题。

北方的游牧民族，除了亲友、帐篷和淡水之外，最难舍难分的就是马匹了。从成吉思汗的时代，他们就习惯骑在马上向世界冲锋了，头伏在马脖颈飘拂的鬃毛间，嗅闻烟草般浓烈且刺激的热汗的气息，双腿夹紧光滑的马肚子，手臂挥扬着嗖嗖作响的鞭子。每个人都有自己的马，就像每个人都有自己的名字。即使最文弱的牧民，跨上马背，顿时体现出进攻者的姿态，其他场合都无法排除落伍者的消沉单薄——或许，这只是我这位旁观者的错觉？我想这肯定是一匹时间之马，天上一日，人间一年，难怪骑手要在扑面而来的光阴逆流中眯缝起眼睛，生怕被风吹掉帽子。骑手的天堂在马背上。当他滚鞍落马，立刻就老了。白发苍苍的老骑手，坐在波斯地毯上，蠕动掉光牙齿的嘴嚼总也嚼不烂的手抓肉，那情景看了让人揪心。

我已好久没回过草原了。我不知道现在怎么样了。我只记得他们去所距帐篷仅仅五十米的羊圈，都恨不得骑马。一公里的路要叫他们步行的话，那简直遥远得近乎恐怖了。就像让穿惯了皮靴的人，赤脚走过一丛荆棘一样。相反，只要骑在马鞍上，他们就容光焕发，狂热得不相信还有什么海角天涯，世界不过是一张平铺的地图，在飞扬的马蹄下倒退着。而远足的马及其驭者，反倒静止于时间之上。马背上的皇帝，与平地上的乞丐，其实是同一个人。

生存在草原上，被自己的坐骑抛弃，是耻辱的。没有了马，你无异于画地为牢的囚犯。你可以放弃牧场、水源与盐巴，但永远不会中止向世界索取一匹马的要求。徒步旅行的人，你将对马背上风驰电掣的那份晕眩充满渴望，并被这种渴望折磨得要死。哦，那一马平川的淋漓尽致，那巨人般的快感！

马背上的新娘，一下地就是祖母了。马背上的太阳，一落山就是夜晚了。我呢，马背上的歌手呢，一进城就变成哑巴了。

所有和马亲热过的人，都拥有成吉思汗的血统。我在灯红酒绿的城市里，拎着一根废弃的军用皮带，寻找那匹私奔的马，寻找祖传的马头琴，望穿秋水。我在十字街头摇摇晃晃，像被命运之手随意捆扎的稻草人，风一吹就倒。我的马在哪里呢，我呼风唤雨的前生在哪里呢，我的灵魂在哪里呢？没有了你，我就是楼影幢幢中的行尸走肉，都市的交通规则令我寸步难行。

城市流传过这样一则笑话：一位长着罗圈腿的男子应征入伍，体格检查时他诚惶诚恐，谁知军医却赞不绝口——"你天生适合当骑兵！"我可能就是那个长着罗圈腿的人。我时常反省自己草原上的兄弟：长期以马为代步的工具，他们的双腿是否会退化呢？他们若背弃天地一统的大草原，投奔钩心斗角的城市，这先天的缺陷是否影响他们在世俗中的竞争能力？想到这里，风吹草低，马蹄声就出现了。我相信马对于他们已不是一般意义上的坐骑，不是一双鞋子，穿了可脱，脱了再穿；马实则已替代他们的下肢，构成生命中的一部分。每当目睹骑手风雨兼程后气喘吁吁、大汗淋漓的面庞，目睹骑手天性中的豪爽、剽悍与温柔，我不再怀疑马的灵魂已嫁接在他们的精神中，甚至骑手这个概念，都是由人与马合二为一的。他们本身就是一匹匹四蹄如雷的人头马。

由骑手与马的关系，我开始联想到艺术了。应该说，我联想到艺术家的命运了。联想到凡·高笔下躁动不安的色块、贝多芬指尖触及的黑白琴键以及普希金铜浇铁铸的韵脚……这一匹匹美术之马、音乐之马、诗歌之马，时时刻刻在冲击世界的栅栏。当艺术加速的时候，世界就减速了。世界的喧嚣对骑手而言，如风吹过耳。只有在写字台前的椅子上坐下来，一向麻木平庸的我才心情踏实、灵魂附体、稳操胜券，搭乘着一匹语言之马周游四海。高楼广厦呀万家灯火呀，像人群一样分开，闪出一条通天大道。渐渐地，市井尘埃被远远甩向脑后，渐渐地，青草高过我的眉毛。我不知道这是出发还是回归？世界啊，我对你的要求极其低廉，不过是一张远离世俗的椅子（一匹木马），一副承载流浪者灵魂的马鞍。我临窗而坐，笔走龙蛇，纸上响起踢踏的马蹄声……

英雄末路唱大风

——1989，我朴素的回忆录

人总是生活在过程之中，就像一幅习作阶段的画，被太浓或太淡的油彩、被过于生硬或过于脆弱的笔触所反复涂抹。这么一天蓦然回首，我发现它一切都恰到好处，甚至当时最懊恼的败笔，对于其形成都是必要的。

于是我不那么太爱感叹了。

在这个夏天，每天我走出单位的玻璃大门，取出自行车回家去，一个意义不是那么确定的家。然而我爱它，在我这一年孤独而不安的外地生活中，它提供了暂时遮风避雨的处所。当然，这里所说的风雨，主要是任何敏感者都摆脱不了的内心冲突。我现在借住在一个朋友家，上下班骑车需要一个小时。从三里河到农展馆，我天天都横穿北京，这不能说不是一种幸福。

在农展馆南里10号有一幢中国文联大楼，在那里面有我的一张办公桌。我说这些没有炫耀的意思，那太俗气了，但如果一个人苦苦追求后终于在自己梦想中挣得一席之地，那份欣慰、那份自豪是应该得到谅解的。

许多人听说我是自行求职来到这里的，第二句话就问："你是不是托了什么关系？"我轻轻地摇了摇头，同时看见那么一个风尘仆仆的小伙子，在一年以前，在北京的大街小巷疲惫而富于梦想地行走着。他的神情令我感动，以至到了想在心里为他流点泪的程度。

工作者是美丽的，更何况是一份渴慕已久而又来之不易的工作。

1989年1月，我还是武汉大学四年级学生，却不得不提前半年考虑分配问题了。我爱搞创作，现在要走向社会了，我当然知道扎根什么地点、什么单位对我所具备的意义。

历代的文人可能都有"进京"这一观念，或是赴考，或是入朝。北京是中国的文化中心，京城的大门永远具备着诱惑力。我也摆脱不了骨子里的传统因素。

寒假，我坐上开往北京的火车。下了火车，拿起交通图，头就开始发晕了：那么多熟悉或不熟悉的地名，那么多公共汽车抑或地铁的线路，密密麻麻。北京太大了，许多初来乍到的外地人都这么说。

在此之前我从来没到过北京，没和任何北京人有过较密切的联系，唯一的就是几年前在《诗刊》发过稿件，这家刊物是各地诗人心目中的北京。责任编辑的名字我还记得，但那些名字能成为我找工作的筹码吗？

如果以后我能成为诗人，会永远记得年轻时是如何投奔《诗刊》的，它是我的麦加。虎坊路甲15号，许多写诗的人都记得这个地名。我放轻脚步走进那排灰色的六层楼了，恍若梦境，我正在接近缪斯在中国安设的祭坛。传达室的老头打断了我的诗化联想，他说《诗刊》已经搬走了，并且把新址告诉我。

我按图索骥地又转了几趟车，终于找到了农展馆南里10号的文联大楼。冬天苍白的阳光照得十六层的新楼亮闪闪的，在我眼中是那么高不可攀。《诗刊》在五楼，我拿着责任编辑几年前的阅稿信找到了他。直到今天，在上下班时遇见他（我现在的单位和《诗刊》在同一幢楼里），我仍想告诉他：我很感激当时他还记得我的名字，真的，很感激！

这位《诗刊》编辑宽厚地接待了我，为我给他的报社朋友写了一封信。

这家报社坐落在一幢破落的小楼里，我按照信找到了那个小头头，得到的是他一句"搞创作的人是不会安心于本职工作的"，和一脸冷漠。当时，我真想痛骂他一句，但又有什么用呢？我克制了。

还有别的路可走。我拿着南京一位文学老师写的推荐信，按响了出版界的元老李先生的门铃。一位穿着黑坎肩的老人打开门，邀我到客厅里坐下。几分钟之后，他从厨房里给我端来一杯热咖啡，催我喝几口再说，温暖的水汽蒸得我眼睛有点潮湿。

李先生打开台灯，戴上老花镜，很认真地翻阅着我的资料。"你在写作方面挺有才能，确实应该到北京来。"我刚要叙说困难，他微笑了一下："不用说了，我都知道，但我很喜欢想干点事业的年轻人。"他立即为我给几个出版社的同志写了信。我怀揣着这些温暖的信，万分感激地告别了李先生。

剩下的几天里我东南西北地跑。通过各种线索，找了十几家单位，大到中央部门，小到只有十几个人的皮包出版社，只要有一线希望就去问一问。我清晰地记得每一次问路、进门登记、交谈情况以及兴奋或者失望地出门时的情景。怎么说呢，北京的许多胡同都留下过我的足迹。有时一天跑四五个地方，转十几趟车，碰了数不清的冷脸，也因之而结识了一些师长和朋友。更使我高兴的是，有三家单位留下了我的材料，让我回去听消息……坐在返回的火车上，我趴在茶几上香甜地睡了一天，觉得这一星期里过分的劳累统统是必要的。

我曾经和琼讲述这一星期的经历，那是在她们学校朝阳的山坡上，阳光暖暖地映照着我们。琼是我挺要好的女友，我们的关系是一首朦胧诗，我想可能因为她对我的感情，尚未达到愿意完全接受的程度。也有分配的原因，我们都是毕业生，以后很难联缀到一起，于是只能像好朋友一样相处。

当我讲到在北京一次次碰壁、又一次次执拗地敲门的时候，琼显出很感动的样子，以那么一种目光看着我："我终于发现，你有比一般人强的一面。"我付之一笑："是吗？"其实我也挺欣赏自己，知道自己想干点事情，并且懂得如何去实现它。我是为了自己好，希望自己富于幻想，而又永远不失望。

也许我把许多事想得太简单了。一个月过去，已经有两家单位给我回了信，表示爱莫能助。

很烦恼的时候，我又去找琼了。琼知道后安慰我："你不要太失望，因为你现在还做得不够，否则许多事情我相信你都会做成的。"我凝视着她时常浮现在我梦中的美丽面庞："我准备再去北京试一次，你愿意陪我去吗？"这句话在当时，已类似于爱情的表白了。

仅仅是两天之后，我们就并肩坐在开往北京的 38 次特快上，

像两个逃学的孩子一样快活。也许多年以后，我们会回忆起这么一个晚上，并且深深地感叹："我们曾经多么年轻、浪漫、执着过啊！"

在北京师大，有一群写诗的哥们，我一月份进京时与他们相识，虽然只聊过两个小时，但友情常常就是在仓促间牢固地结下的。我带着琼去找他们，他们立即就从食堂里打来了饭菜，伊沙的女朋友对琼说："你真了不起，能够陪着他来打天下，没有比这更使一个诗人幸福的了。"

这也是我和琼交往过程中最美丽的时光，只是过于短暂罢了。

爱情在被触动时迸发的火星是微弱且易于熄灭的。还是在上个月的晚上共同坐过的两张湖畔石凳上，琼注视着我的眼睛说："长痛不知短痛，我们不要多见面了。"我无力地试图挽留某种东西："也许我们还是应该努力分到一起？"琼平静地笑了一下："你跑了几趟北京都没找到单位，更别说我了。不要把社会看得太简单了。"在琼抉择的时刻，我看出她变得成熟了。对于我来说这是多么残酷的成熟啊。

琼果然很顺利地在武汉找到了好单位，还约了几个朋友庆祝。酒会上她容光焕发，几乎没有什么情绪能干扰她春风得意的神情。我坐在角落，内心一片荒芜，这时才发现自己什么都没有，除了一颗被自己的幻想所捉弄的心。

仅仅是第二天，我又买了去北京的火车票，没要任何人送别就启程了。

四月份进京是我最为辛劳的一次。我仍住在师大那帮诗友处，早出晚归，他们说我上床一分钟后，再喊我就不见答应了。我白天跑单位，选择最适宜的方式与之交谈，头脑中深藏一个算盘，许多场合处理得很机智。在路上顿时松懈下来，体会到来自骨子里的一种累，感觉视线时常乱飘，迟钝而缺乏目的。我的眼中只有一个个单位所在的地点，以及抵达和返回的路线，其他的一切都与我毫无瓜葛。我被机械的思维控制着，偶尔找一家街头餐馆吃东西，仅仅是为了把奔波时耗费的精力补偿或延续下去。晚饭时我可以喝点儿啤酒，使眼前的景物恍惚一些，无端地对自身滋长了几分怜爱。我要好好地跟自己相处，以便共同克服外界的压力。

我当然知道：此时在全国各地，为职业而奔波的大学生岂止我一个？从彼此相似的神态里，可以感受到某种积极向上的力量。是的，他们仍会做梦，却已懂得把梦想建立在现实的基础上，使自身与社会之间获得桥梁。他们为之所付出的一切，都将被证明是有价值的，无论最终实现与否。

哪一本书里说过：抛一百颗种子到空中，至少有一颗会落地开花的。五月中旬，我收到中国文联出版公司的一封信，说他们很慎重地开会讨论过了，考虑到我家不在北京，而该单位暂时没有集体宿舍，如果我有什么亲戚可以提供住房担保，这事才存着一线希望。我不由得想到了在北京求职时认识的朋友小栗。

初次进京时还是冬天，南京一位好友给了我小栗的地址，间接地介绍我们认识。我找到了三里河一带，敲响了一扇很普通的门，这一动作后来大大地帮助了我。我和小栗一见如故，都是有点艺术家气质的小伙子，谈得来什么都好说了，他摆酒相招，一问我俩的生日居然是同月同日，趁热打铁就结拜为兄弟。他很希望我能来成

北京，他说现在想干点事情的朋友是越来越少了，真希望搞艺术能搭个伴儿。最后他说："如果来北京没地方住，你就在我这里搭张床儿。大话我不敢说，至少一两年内没问题。"他话说得很实在，反而比有些把胸脯拍得嘭嘭响的人更使我觉得可靠。以后几次进京，我都要到他那儿玩玩，还回请过他一顿酒。酒确实是男人们交往的最佳道具，能鼓舞起血液里的某种义气，和小栗对酌常使我想起梁山泊好汉相会的场面。或许男人的友谊也需要借助于缘分。

我想小栗会帮助我的。于是毫不犹豫地买了去北京的火车票。

坐了一天一夜的硬座，我于凌晨四点钟到达北京。

我几乎是在正常上班的时间来到这里，好在人事干部已在了。我拿出那封信，很诚恳地述说了一下匆匆前来的目的和心情，并说信中提及的那个障碍我可以克服。"我在北京有一家亲戚，他们住房比较宽敞，并且说好如果接收单位没宿舍，可以到他们那儿住。"我尽可能使语气平衡而肯定。

"你能不能让亲戚就此给我们写个协议书，以便我们向上级部门申报时有所依据。文化单位普遍住房紧张，我们也是没有办法才这样做。"

我答应第二天把亲戚的信送来。事情并不是很乐观的，我的心情没有办法不沉重。我在想如何在今天晚上之前找到小栗，以及怎样求助于他。除非无路可走，我是不大愿意求人的。现在只有小栗能帮我了。

从农展馆到三里河，几乎要横穿北京，天突然下起大雨，我没有雨具，只好等，等待中我冷得直打战，头脑一片空白。还好老天有眼，雨说停就停，我蹚着人行道上一洼洼积水，走到小栗家门前，小栗还没下班回来。此刻我已心力交瘁，腿已抬不起来，突然想到前面有家电影院，我灵机一动，不问什么片子就买了一张票。在电影院里美美地睡了一觉。流浪汉也有如此聪明的方法。真好。

我再次敲响小栗家门时，心情晴朗了许多，正如此刻的天气。

小栗是默默地听完我的境况的。等到我们起身结账时，他一声不响地摸出一套钥匙放在桌上："拿着，你就在我这儿住吧。"虽然朋友之间无须过分感激，我还是无言地碰碰他的臂膀。他明白我的意思。

第二天我拿着小栗签名的一封信交给了单位，上面写着我几年之内可以住在他处，请单位不用为我的住房问题操心。单位也很诚恳地告诉我，只要我能做好克服几年困难的准备，如果有条件他们也会尽力为我着想的。其实我对这一切都能理解，我来北京是为了创业，根本没有资格苛求于生活。正因为有这种想法，我相信自己是不至于白来的。我目前缺乏的仅仅是一个可供驻扎下来、逐步发展自己的位置。

在生活如意的时候，我常想起那半年五味俱全的日子，那虽然涉世未深、却苦苦追求的心，并且深深地为之骄傲。那青春的每一下心跳我都记得，它是多么真实而值得怀念啊。

第四辑

冰上舞蹈的黄玫瑰

失乐园

这是一座具有双重性格的城市。正如其在地理概念上的两个名字：俄罗斯人把它命名为符拉迪沃斯托克，中国人则习惯地称之为海参崴。在这座类似于重庆的高低起伏的小山城里，沿着坡度构筑的楼房、街道、车站、港口、露天市场无不洋溢着欧洲风格，但是它郊外的原野、森林以及所有未被人为因素改变的自然景观都透露出东方的血统。所以我们只能凭借历史来判断它逐渐模糊的特征，正如透过其虚夸浮华的表象辨识另一座更为古老且朴素的城市。在第一次鸦片战争之前，这个地区是黄皮肤的，我们的祖先曾在这里刀耕火种、狩猎捕鱼，它的乳名"海参崴"——很明显出自中国渔民的智慧。然而一纸《瑷晖条约》，就把它连同海兰泡（布拉戈维申斯克）、伯力（哈巴罗夫斯克）、双城子（乌苏里斯克）等一大片国土拱手相让。清政府的一个毫不负责任的手势，给历史留下了沉重的隐痛。

我在历史的隐痛中来到海参崴。我发现沿途的每一座城镇都曾

经拥有过两个名字。我怎能不感到心痛呢？失乐园——哦，我失落的家园，失落的爱。作为游客，海参崴是一座让我心痛的城市。我在它退潮的沙滩上，能拾捡到各种各样的贝壳，却拾捡不到被沉没到底层的汉字，以及那份被劫掠的爱。今天它已是白种人的聚居地。因为黄皮肤的缘故，我必须持旅游护照才能在这片敏感的地域自由出入——虽然它的地貌以及记忆令我感到熟悉而亲切。我只能如此评价这座所谓俄罗斯远东最大的港口城市（俄罗斯远东最发达地区滨海边疆区的州府）：这是一座带有殖民主义气息的混血的城市，一座记忆力受到伤害的城市。

从绥芬河搭乘国际列车到俄罗斯对应口岸波格拉尼奇内（中国人称之为格城），只有21公里，却哐当哐当地行驶了两个小时。这一带的边境并非想象中那样密布铁丝网，或三步一岗五步一哨，它宽松得简直像不设防，只在原野上划出一道割去草木的防火带，标志"楚河汉界"。在动物、植物的概念中，国境是不存在的——正如读过的一首诗：鸟是没有国籍的，因而是真正的世界公民。从这个角度理解，至高无上的人类反而是最不自由的——更为可悲的是我们自己剥夺了自己最重要的自由。纵然人类也在呼唤地球村的理想，国境依然是人类社会自身无法消除的奇怪的产物，它不仅仅是地理概念，而且已深深烙印在人们的心里——构成笼罩住人类心灵的自由的阴影。国家、社会、种族、制度、历史、地理、战争与和平……边境线使我联想到这么多，这究竟意味着文明的进步抑或退化呢？边境线以及国家本身都是人为造成的，如同孩童搭的积木——在上帝（或自然之神）眼中，它是莫须有的，因而荒诞可笑。

美无国境、爱无边疆。我是个诗人，不是政治家。诗人只对上帝负责（或服役于美神）。今天，一个诗人的幻想像堂吉诃德冲击风车那样，车轮滚滚、风驰电掣地跨越中俄边境……

在格城换乘长途汽车到海参崴，约需4个小时路程。公路从市区穿过，路两边对应地呈现俄式的居民楼、商店、露天酒吧、带铁皮顶棚和水泥长凳的站台……给人造成的错觉：这座城镇（相当于我国地级市）是依据公路而规划并建立的。空寂的公共汽车站，只有一个金发少年坐在石凳上安详地读书，巨大的牛仔布行囊搁置在脚下。长途车在此不停站，他寂寞的身影从窗外一闪而过。我忽然有一种忧伤的感觉，仿佛偶然目击到一个陌生的地方一个陌生人命运的横截面：乡村小绅士，你等的车什么时候才来？你的命运是谁安排的？又是谁安排我在此时此地与你擦肩而过？异国的天空，因为陌生而显得无限高远、神秘……因而旅人的心永远是敏感的。

海参崴濒临日本海，海湾叫阿穆尔湾。我投宿在离海不足100米远的阿穆尔饭店（一个冲刺就可以下海了）。站在客房的阳台上，海风挟带着咸腥的水雾扑打你的脸。低空掠过的白鸥简直俯身就能拾取。脚下就是被夜色同化的礁石、水泥跳台，霓虹灯光照映出沙滩上陈列的躺椅和情侣散步的剪影。夜色使我看不见浅水处夜泳的人们，却清晰地听见他们的笑声——仿佛一群隐形的精灵在空气中游泳。更远处是港口军舰密集的灯火，而星空则像一个更为庞大且辉煌的舰队。我搭乘通体透明的电梯往顶层的赌场去，在钢铁轮轴的嘎吱运转声中，我似乎也作为一个闪光点向星空靠近——如果脚下的夜色中有一位观众的话……住在这临海而筑的异国饭店里，太像一个被放大了的豪华的梦境。我确实在不少欧美电影里欣赏过类似的画面，但我今天偶然进入这个梦境了。我爱海参崴以及它那带有神秘游戏氛围的夜晚。

抵达海参崴的第二天，恰巧是俄罗斯海军建军300周年纪念日。海参崴是俄罗斯势力雄厚的太平洋舰队驻地，为庆祝建军节，一整天都有实弹演习，晚上还由岸上部队和舰艇同时放礼炮、焰火。全城放假，居民们倾城出动，拥挤在绵延的海岸线上，观看舰艇编队及登陆表演。很少能见到如此繁华的节日：海面上千舟竞发、炮声隆隆，环城的沙滩上万众瞩目、歌舞升平。指挥台就搭建在阿穆尔饭店旁边，饭店前面的海滩上停泊着一艘登陆舰，不断吞吐着装甲运兵车和顶着炮台的机关枪声冲锋的陆战队员……军事演习是为衬托和平或保卫和平而进行的模拟的战争。战争就在我的身边发生——士兵是严肃的，而观众则是诙谐而轻松的。一场戏剧化的战争就像一群孩子玩打游击的游戏，令人啼笑皆非。它与真实的战争最大的区别在于：没有恐惧感，而真正的战争会使人触目惊心。我不太喜欢这样的气氛，索性离开饭店的看台，步行到海滨街道拥挤的人群中去。哪怕仅仅为了看看金发碧眼、美貌倾城的俄罗斯女郎。当冰肌玉骨的女人携着诱惑的香水味从你眼前走过，她对你精神的冲击力不亚于一艘威风凛凛的军舰。你会不由自主地感叹：生活是多么美好呀！女人身上的和平主义精神，使男人忘却功利、渴望温柔、化干戈为玉帛……

我在这样的心态中认识了奥丽娅。在阿穆尔饭店人来人往的大堂，当她和女伴像两位从彼得堡来度假的伯爵小姐一样从旋转楼梯上下来时，我就发现了她。我痴痴地看着她的一颦一笑，她发现了，也饶有兴味地关注着我。那一瞬间我痛恨人类语言的隔阂：我不会俄语，而有些感觉如果用手势表达又过于冒昧……我们就这么对视着（也许只是瞬间）。忽然，就像接受了上帝的启示似的，我对她笑了一下。她感受到了，一边兴奋地跟身边女伴低声说了句什么，一边回报我一个美丽得像阳光的微笑。没有语言的沟通，我们仍然达成了交流。我无师自通地掌握了人类最原始的情感交流手段：微笑。一种袒露心灵的微笑。那一整天我觉得阿穆尔饭店充满了人情味。第二天我在所有的楼道里来回走动着（像一个为美而巡逻的哨兵），为了再次邂逅她。果然，当我再次对她微笑的时候，她认出我了，并且停下脚步和我打招呼。我用英文课上学的日常用语问她的名字，她简洁地回答："奥丽娅。"奥丽娅，一个在遥远的俄罗斯用蓝眼睛对我微笑的姑娘。她帮助我学会了哑巴的爱情。正如海参崴的大海，其景观与我在中国青岛、连云港、湛江等处见到的大海是没有区别的，人类的感情也是没有区别的。大海都是蓝色的，海水都是咸涩的，潮起潮落，如同人类的心跳与脉搏。

我就这样记住了奥丽娅的蓝眼睛，在亘古不变的海边。大海是地球的蓝眼睛，奥丽娅，你的蓝眼睛是我的海洋。在你的眼波里我怀疑自己前世一定是个水手，一个哑巴水手。但我的眼神与手势能比语言更精确地表达这一切。你是我在俄语的海洋里遇见的一条善解人意的美人鱼。我划动着微笑的桨向你靠近，我靠近你就等于在靠近海参崴的美神——如同特洛伊的海伦。我不是那远古的盲诗人，也不是现实中的异族王子，我仅仅是个为美而流浪、为某个梦

而上岸的水手。夜空升起的节日焰火，同时映红了你我的脸。因为你的缘故，我加倍地记住了海参崴，它那从市中心穿过的哐当作响的童话般老式有轨电车，它那总是停泊着新旧船只、仿佛永远作为电影布景的不冻港口，它那有鸽子与青铜雕像的战时纪念广场，以及街边数不清的遮阳伞、喷泉、冰淇淋摊贩……你是我的俄罗斯公主，陪伴我在海参崴度过了戏剧化的"罗马假日"。海参崴，一位过客心目中最难忘的"罗马"。奥丽娅，在全市制高点的那座山坡的教堂里，在祈祷的人群里，你教会我怎样画十字。在胸前画一个十字：上帝保佑。上帝保佑我们相遇，并且保佑我们的离别——离别之后还有缘重逢，即使无法重逢，也不会忘记……

这座城市的徽标是一尊树立在海湾、面朝东方的青铜狮子。基座上的铜牌镌刻着一行俄文字母，翻译过来就是："控制东方。"这也是符拉迪沃斯托克这个地名的原意。符拉迪沃斯托克是沙皇时代命名的，生硬拗口。所以我仍然把它叫作海参崴。我永远把它叫作海参崴。我在那尊狮子雕塑前走动着，想起了历史课本里疼痛的海参崴。我看见有两个学龄前儿童正骑在狮子背上玩耍、拍照留念。狮子纵然凶猛，但天真烂漫的孩子正骑在它的头上。它已成为一个时代的标本，退出了历史舞台。而东方是不死的，它的海洋、山峦、平原、田畴、人民，乃至它的灵魂、它的现实，依旧生机勃勃。我庆幸自己是一个东方的行吟诗人。我为抒发它的记忆和它的幻想而存在。

海参崴是一座世界闻名的不冻港，地理位置极其重要。它距我国边境口岸城市绥芬河230公里。1903年中东铁路通车后，以这条铁路线为纽带，绥芬河曾与海参崴、哈尔滨同步发展。绥芬河市处于东北亚经济圈的中心地带，是目前中国通往日本海的唯一陆路贸易口岸。通过海参崴等港口，海运可直达日本的横滨、新港，韩国的釜山港，朝鲜的清津、罗津港，客观上形成了连接中、俄、日、韩等国家和地区海陆通道的关结点。我这篇带有浓烈主观色彩的游记就是回国后在绥芬河写下的。我坐在位于祖国版图边缘的客栈，用心灵的望远镜眺望，眺望海参崴……

北京的平民主义

北京给我的是布衣卿相的印象——所以我认定这是一座富有平民精神的城市。北京的两面性正如其社会阶层的划分,一个是贵族化的,另一个则是平民化的——仿佛存在着两个北京,给不同的人以不同的感受。我本身就是个弹铗而歌的布衣诗人,更倾向于去接触北京的平民主义。北京的平民主义源远流长。正如林语堂在一篇《老北京的精神》中所说:"宽厚作为北京的品格,深存于其建筑风格及北京人的性情之中。人们生活简朴,无奢求,易满足——大约在几百年前就是如此。这种朴素的品质源于北方人快乐的天性和粗犷的品格,快乐的天性又源于对生命所持的根本且较现实的认识,即生命是美好而又短暂的,人们应尽情享受它。现代商业活动的喧嚣吵嚷在北京却少为人知。在这种简朴的生活与朴素的思想的熏陶下,人们给精神以自由,创造出了伟大的艺术……"林语堂分析的虽然是他那个时代的北京人,我们或许仍能从自己身上找到它的影子。北京是注重精神的——尤其注重精神的自由,甚至"北京人"这个概念都标志着某种精神评价。举世闻名的北京文化（或京味文化）包含着极丰富的市民文化，所谓"北京人"也以市民为主体——但它远远区别于一般城市的"小市民"，在精神素质上显得清高、朴素而又大气。他们关心国家大事、热爱政治、注重教育、遵遁传统而不排斥新观念、重功名而不势利，并且以思想活跃和语言幽默著称。中国近现代史上许多重大历史事件（譬如戊戌变法、五四运动），都以北京为中心，自然与它作为首都的地理优势有关，但也不能排除北京的广大市民有拍案而起、推波助澜的正义感与参政意识。在所有城市中，北京的市民素质是首先上升到精神境界的——难怪林语堂要以洋洋洒洒的文字和赞美的语气归纳"老北京的精神"。正如所谓美国精神实指美国人的精神，北京的精神也就是北京人的精神——尤其包括北京市民的精神。这是一股来自民间的势力，但它某些时候要比官方的态度更亲切、朴素、感人肺腑。因而我同样热爱平民主义的北京，或者换一个诗意的说法：布衣北京。

很久以前我写过一篇关于北京城南老居民区的考察报告。我当时觉得，京腔京韵的城南，怎么读都像一部毛边纸的线装书，都像老舍的小说。"它的概念贴近于老百姓、小市民、信用社、公共汽车、大杂院、龙须沟、廉价的日用百货、蜂窝煤、二锅头、菜篮子工程、祖传的手艺和乡野风味的集贸市场。城南是与上流社会权力、财富、政治、贵族相对称的半壁江山，是民俗的源泉，换句话说，城南是平民化的北京，布衣诗人的北京。"每个时代都有属于它的一段城南旧事，跟措词严谨的历史书相比——口语化的城南旧

事洋溢着过于浓郁的人情味。它打开的是一座城市最隐秘、最烦琐的记忆。所以在街头听老人说书，有时比在学院听历史授课还要激动，至少它更容易唤醒你内心某种怀旧的情绪。

在过去的朝代中，北京的平民精神正如其平民生活，很大程度上是靠天圆地方、自成格局的四合院与胡同呵护的。它既有被历史感封闭的一面，又有在独立自主的传统生存方式中埋藏着风起云涌的开放的契机；它既满足于"居陋巷、一箪食、一瓢饮"的世俗生涯而其乐融融（正如孔子评价他的得意门生颜回——"人不堪其忧，回也不改其乐"），又具备"居庙堂之高则忧其君，处江湖之远则忧其民"的范仲淹式的忧患意识（先天下之忧而忧，后天下之乐而乐）；它既有在基本问题上"各家自扫门前雪"的自立意识（或个人主义），但在整体形象上又颇为重视团结精神和维护集体荣誉感（普遍信仰"国大于家、家大于个人"的家国观念——"天下兴亡，匹夫有责"），且不乏拔刀相助、雪里送炭的江湖义气。因而即使它的平民主义也不落俗套，远离市井气息与小市民心态，焕发出大大高于其社会身份的高贵、高雅、高明乃至高傲。平民的血统并不能限制其精神贵族式的使命感与责任感。哪怕一个布衣草民（如引壶卖浆的贩夫走卒），在某些场合谈天说地，也颇有"指点江山、激扬文字"的君子风范。我在北京城里打"的"，只要跟身边的司机一搭腔，总能引出他口若悬河的一番宏论，命题一律很博大——不外乎世界格局、国民经济、城市建设、演艺圈、足球、股票之类。我估计骆驼祥子的时代也是这样。有时他们眉飞色舞或忧国忧民的神情谈吐简直令我自惭形秽——为什么我眷恋的总是"小我"，而他们关注的才是"大我"。他们本身仿佛就是一个国家、一座城市或一个社会阶层的代言人。北京人一出门,仿佛就把他们个人生活的小算盘忘在脑后,或锁进家里的抽屉里了,然后以一种高瞻远瞩、置身度外的社会形象出现。北京人啊,在我眼中,最有资格称得上是城市的主人。所谓北京人,北京的主人也。否则太辜负他们身上那强烈的主人翁意识。

横空出世的北京城,曾经是由一座座古色古色香、毗邻而居的四合院与胡同组成。可以说每一座四合院都是北京的标本,从其苔痕斑驳、光线黯淡的镜面中可透视到局部的北京。每一座四合院里所发生过的故事,都可以说是北京的故事(或北京历史)的组成部分。后来,高楼多了,立交桥多了,可并行六辆以上汽车的现代化公路多了。胡同被拓宽,四合院被拆迁,推土机在古城里耀武扬威,旧式风格的居民区遭到工业社会的蚕食——我惊讶地发现,一方面,北京在扩建(周边已延伸到四环以外);另一方面,北京又在不断地缩小(另一种意义上的北京,传统的北京)。它越缩越小,在市政建设规划地图上收缩得只有一只拳头般大小,像一只被蒸发了水分的干瘪的苹果(边缘有虫蛀的痕迹)。让林语堂或老舍再来看现实中的北京,他们会觉得面目全非。我不禁担心,若干时期以后,被高层建筑与现代化设施包围的北京城已再无退路,只剩下最后一座四合院,遗世独立,摇摇欲坠,那样,我们将留给子孙何等的遗憾与惋惜呀!

至于"北京人"这个概念,也是由一个个普通的市民组成的。可以说每一个市民身上,都有着"北京人"的影子,那是一种宿命

般的性格。北京城在变,但北京人没变,北京的平民精神没变。许多住惯了四合院的市民搬迁进带电梯的高楼里,但民心依旧,民风依然淳朴。他们心理上恐怕把单元房也当作某种现代化的四合院来看待,勤俭持家,温故知新,在阳台上养花养鸟,从广播里听京戏,节假日串门小酌。唯一的区别是不用烧蜂窝煤了,因为楼房有煤气与暖气供应。汪曾祺给一部摄影集《胡同之没》作序:"看看这些胡同的照片,不禁使人产生怀旧情绪,甚至有些伤感。但这是无可奈何的事。在商品经济大潮的席卷之下,胡同和胡同文化总有一天会消失的。也许像西安的虾蟆陵,南京的乌衣巷,还会保留一两个名目,使人怅望低徊。再见吧,胡同。"他把胡同里的生活总结为胡同文化。胡同文化实质上就是北京的平民文化——在高楼未大规模兴起之前。但是胡同文化逐渐在向高楼文化演变,北京的平民文化,已开始体现为高楼文化。因为北京毕竟是中国高楼最多的一座城市。胡同与四合院,对于大多数北京人,已变成家族的历史与个人遥远的回忆了。住楼房不再只属于贵族的待遇,社会阶层的界限在物质文明的高速发展中逐渐变得模糊。布衣草履的平民主义,也开始从陈旧破落的四合院聚居地走出来,从胡同里走出来,登上了新时代灯火通明的电梯。熟人们在电梯里碰见依然以延续了至少一个世纪的习惯用语问候:"吃过了没有?"或"有空来玩呀!"礼貌是北京的平民主义中很重要的一个侧面,无论谁和谁打招呼都以"您"来尊称对方。首都人很文明,这给其他城市来的游客以很深的印象。这证明了我前面说过的话:北京人即使出身布衣,也颇有君子风度。毕竟,这座古老的城市生活过那么多的帝王将相、才子佳人。北京人在日常生活中的言谈举止（譬如表情丰富、说话幽默、妙语连珠），会给观众以特殊的舞台感与戏剧性。这恐怕与他们世代热爱京剧的遗传有关。北京人拍戏表演力强，所以北京人拍的电视剧，在本地人眼中很生活化，在外省人看来却有浓郁的喜剧色彩（并特意为它起了个名：情景喜剧）。

礼貌、乐观、幽默——共同组合成某种积极的人生态度，使京味文化得到最生活化的表现，并且成为中国城市文化中耐人咀嚼的一大特色。这份积极也是北京平民精神的灵魂。积极而又不功利，激进而又不激化，礼貌而又不虚伪，诙谐而又不庸俗，北京人最高明之处还在于能把握好分寸感，他们天生就具备个人与社会、感性与理性之间的平衡能力。在这个问题上，我觉得最好还是引用林语堂的观点。他毕竟比我更了解老北京人的文化传统："北京的生活节奏总是不紧不慢，生活的基本需求也比较简单……整体上说，北方人的生活态度是朴实谦逊的。他们只求过一种朴素和谐的人生……这是一种传统的中产阶级生活理想。在求生的奋斗中，有一种亦庄亦谐的情感起主导作用，但追求远大的目标理想时，北方人却也不受它的羁绊。这种极难诉诸文字的精神正是老北京的精神。这种精神创造了伟大的艺术，并且以一种令人费解的方式解释了北京人的轻松愉快。"即使半个世纪后仍然是这样，北京的平民主义带有中产阶级倾向，"比上不足比下有余"，即使在对现实不满之时依然保持着某种心理上的清高孤傲，不卑不亢，不以物喜不以己悲，这导致它能对现实持平视的角度与平等的态度，因而有余力，亦有余暇对现实作诗意的批评。这，同样帮助它与小市民心态及贵族化分别

划清了界限。它俚俗而不媚俗,更不庸俗,即使在与物质的艰难抗衡中仍然能触发艺术化的灵感,源自它的灵魂里有压抑不住的理想主义光彩。所以我歌颂北京的平民主义,热爱平民主义的北京。这座城市在过去的岁月中总给我以诗化的印象:草莽英雄的北京,布衣诗人的北京——诗人的北京,布衣北京。我一直幻想着能在它的疆域里找一所被时代车轮给遗忘了的四合院住下来,过一段青灯黄卷的生活,在历史与现实的真空地带栖息,专门给它写一部书——作为一个诗人对一座城市的献礼。书名该叫作《布衣北京》吧。这本书不仅献给一座城市,也献给在那座城市顽强地生活着的人们。

冰糖葫芦

我从南方第一次来北京，是20世纪80年代末。当时逛天坛公园，发现鱼贯而入的男女游客均人手一支串满晶莹剔透的红果的小棒，津津有味地咀嚼着。我猜测那该是大名鼎鼎的冰糖葫芦了。再往周围一看就明白了：公园门前的空地上，站了一溜手持稻草秸捆扎成的"靶子"的摊贩，草靶上一律乱箭穿身般插满了红彤彤的冰糖葫芦（中国式的圣诞树）。当时我想，北京人不怕冷吗，大冬天缩着脖子也敢吃冰糖葫芦？这是冰糖葫芦的名称给我造成的心理错觉。或许也不能算是误会，在零下几摄氏度的室外气温中，冰糖葫芦经风一吹，像一张张红扑扑的小脸蛋——眼泪汪汪，连外面裹着的糖浆都冻成冰凌的模样。咬一下肯定嘎吱作响。你简直分辨不清咀嚼的究竟是冰抑或是糖。你的腮帮子冻得都快麻木了——恰恰这时候，那冰糖包裹的新鲜山楂沁人心脾的酸味，会给你一个强烈的刺激。你无法拒绝它向你揭示的五味俱全的谜底……

这毕竟是苍白枯燥的冬季硕果仅存的一份诗意。即使仅从视觉

上的效果来说，颇印证了鲁迅一首散文诗的标题：火的冰。一枝独放的火焰，正炫耀地炽烈着，忽然，仿佛服从冥冥之中的符咒，它被冰封存了、冻僵了，进入一个无声且没有意念的世界。即使在冬眠之中，它仍然保持着火的原型、火的颜色以及性格。你咀嚼着冰的同时实际上在吞食着火。它的双重性格很快把你给感染了……我为什么要做这么多诗化的联想呢？难道最最平民化的冰糖葫芦真的存在什么精神内核？这还得感谢我8年前在北京街道上品尝到的第一根冰糖葫芦。是那根用5毛钱购买的冰糖葫芦给了我价值连城的灵感。北京城里的冰糖葫芦哟，你从此进入了一位外乡人的视野。

冰糖葫芦是很有北京特色的一种食品。从某种程度上说，它甚至可能代表某种朴素安详而又不乏历史感的市井生活。林语堂在一部回忆清末民初北京历史文化的专著里，也未能忽略它的存在，仿佛信笔提及："不管白天还是晚上都会听到小贩们叫卖甘美圆润的冻柿子的吆喝声，还有孩子们喜欢吃的冰糖葫芦，裹着糖的小果，五六个串成一串，染上红色招徕顾客……"这部书是他后来在大洋彼岸用英文写作的。可见冰糖葫芦的造型，已深深镶嵌进他的记忆里了。冰糖葫芦，仿佛也构成一位读书人对老北京城的回忆不可或缺的组成部分了。

能够代表那种古朴的老北京生活的当然不仅是冰糖葫芦，还包括其他当地小吃：豆汁、油茶、灌肠、卤煮火烧、豌豆黄、艾窝窝、褡裢火烧、炒肝、焦圈、酸梅汤、扒糕、羊头肉、驴打滚……甚至有些估计快失传了。作为一个迟到者，我真恨不得一一品尝它们或记录它们。但在这篇短文中，我只能举冰糖葫芦为例了。

冰糖葫芦堪称最原始也是最传统的糖果了，和后来商店里零售的各种用塑料纸或锡箔包装的水果糖存在着本质的区别。前者讲究以鲜果（包括野果）为材料，尤以山楂为上佳；后者则徒有果味而已——这就是"糖"与"果"概念上的不同。更重要的，前者是手工制作，匠心独运，简直象征着一个闲情逸致的时代；后者则是机器大批量生产，挥掸不掉工业社会的气息。当我逛街时猛抬头目睹到一株插满通红的冰糖葫芦的金黄稻草扎成的靶子，怎么能够回避它周身洋溢的诗意呢——在苍茫尘世之中，这简直是一件艺术品呀！甚至夸张地认为：连看它一眼也应该交费的。我还有福观望过摊贩现场制作冰糖葫芦的过程：在炉火上支一口小铁锅，熬好滋滋冒泡的糖稀，拿山楂串蜻蜓点水地一蘸，就手脚麻利地插在草靶上了——风一吹它就冷却了，摇摇欲坠地诱惑着过往行人——冰糖葫芦不仅满足了我的口福，摊贩们（简直是艺人）的手艺也使我大饱眼福。有一支审美意义上的冰糖葫芦，在我想象中已簪上北京的城头，作为一座伟大的城市平民化的吉祥物。北京城里的冰糖葫芦哟，遍布街头巷尾，我抬头低头都能看见你。

关于人类的饮食，我以为可如此做性质上的划分：第一种是求饱（满足"胃"觉），第二种是求美（满足味觉），第三种建立在前两者的基础上，还兼顾到精神的愉悦——或曰还追求某种娱乐性（譬如瓜子之类零食）。这该算饮食文化形而上的跃进吧？冰糖葫芦毫无疑问属于第三种。最初我把它视为儿童食品，后来发现在北京不论男女老少都很偏爱它——这和它带有某种游戏性不无关系。它是可以边走路边吃的零食，手持一支色泽诱人的冰糖葫芦（像装饰品）逛街，颇有种走马观花的陶醉感。恰如周作人在谈论北京的茶食所说："我们于日用必需的东西以外，必须还有一点无用的游戏与享乐，生活才觉得有意思。我们看夕阳，看秋河，看花，听雨，闻香，喝不求解渴的酒，吃不求饱的点心，都是生活上必要的——虽然是无用的装点。而且是愈精炼愈好……"冰糖葫芦身上或许正凝注着这种精炼。它是典型的大街上的零食，与之相近似的还有烤羊肉串之类——总之带有休闲或恬适的意味。我们和平时期的城市风景怎能缺乏这些点缀品呢？

北京城里的冰糖葫芦哟，像岁月的接力棒，就这样在一代又一代的市民们手上传递。正如今天晚上，它又从林语堂的笔下传到了我的手上——在 50 年之后，我要给北京的冰糖葫芦重新写一篇文章……同时借这篇文章，向所有代表北京传统的风味小吃致意。这也是一个外乡人对一座城市的致意。

去北海吃仿膳

北海公园最醒目的标志是湖心岛上一座古老的佛塔，天外飞来般搁置在半山腰，光芒万丈。岛叫琼岛，塔俗称白塔。天气晴朗的时候，远远的在公园围墙的外面就能看见它掩映于湖光山色的身影，过路人不用买门票就瞻仰到灵光了。北海的白塔极有名。远的不说，20世纪50年代流行的歌曲《让我们荡起双桨》，里面出现的"白塔"，即北海白塔也。我在南方读小学时，音乐课上教过这支歌，它的旋律从此镌刻在记忆里了。后来听作曲家刘炽说，才知道这支歌是在北海公园里诞生的：当时一大群少先队员陪伴他在湖上划船，忽然来灵感了，他便弃舟上岸，趴在琼岛的一块假山石上记录下来。听他说这些的时候，我已来到北京，成为北海的邻居——住在只隔一站路的景山后街。而出现在我眼前的作曲家，已由才华横溢的青年变为一位白发苍苍的老人。这些是我当初学唱这支歌时无论如何想象不到的。歌声的双桨早已脱离现实，它划动的是时间的波浪——我早年的听觉，已成为倒影中的倒影了。

北海的风景除了山、水、游船、塔、绿树、红墙、曲径回廊之外，还有大名鼎鼎的"仿膳"——堪称风景中的风景。这样，吃喝玩乐都占全了——皇帝时代留下来的传统。虽然慈禧太后最垂青西郊的颐和园，但北海毕竟离紫禁城更近，步行也只要5分钟，简直是天赐皇家的后花园。近水楼台先得月，北京城里各种仿造宫廷宴席的餐厅不少，但谁也不敢否认北海的"仿膳"最正宗。据说它的第一代厨师，大都是从皇宫里的御膳房退休下来的。

全国各地，凡是公园里的餐厅，很少有令顾客满意的：价钱偏贵不算，饭菜也做得粗劣——它卖的是风景而非厨艺，它把风景也打入成本了。但北海的仿膳饭庄是个大大的例外。它为今天的北海公园增色不少。我以前逛北海，沿着绘有宫廷彩画的长廊走到这幢雕梁画柱的古建筑群落前总望而却步。直到最近参加一个级别较高的宴会，才领教到"仿膳"的滋味。

那顿宴席具体上过哪些宫廷风味的菜肴，在文中没必要一一加以形容了。或者找个庸俗的借口：吃完就忘了，至少已记不清那些远离我们日常生活的生疏的菜系和拗口的菜名。穿着满族旗袍的服务员每上一道菜，便背书般讲解一番与此有关的典故——譬如一碟栗子面磨制、掺有桂花的比大拇指还小的黄澄澄的小窝头，据说是八国联军入侵，慈禧太后逃难时爱吃的，精致得像黄金做的，与印象中平民百姓的玉米面窝头不可同日而语，但后者的粗糙或许更接近生活本身。惭愧啊，吃完满汉全席，我唯独记住了这碟点心。

边听服务员讲解边吃菜，我咀嚼的尽是典故的滋味，一个王朝没落的滋味。生怕一不留神冒出个精辟且冷酷的警句，砂粒般硌疼我的牙。这比边吃饭边谈生意还要累。所以说在北海的"仿膳"吃饭,简直是吃历史,或者说吃文化。带有警示意味的典故是下酒菜,是需要用开水冲服的祖传药方,是值得反复咀嚼的古老的寓言。一个曾经不可一世的华丽的王朝什么也没留下,只留下一桌冷冷清清的宴席——在画栋雕梁、香烟袅袅的旧时代宫殿里吃"仿膳",肃穆的氛围总使我有点压抑,对民族的往事也下意识地保持着警惕的神情。

走出这新装修过还散发着油漆味的老字号饭店,北海的波光就像一帧壁画呈现在眼前,我终于透了一口气。这顿饭是某企业家做东,在他掏出厚厚一沓花花绿绿的钞票跟服务员结账时,我礼貌地转过视线,浏览着既古老又青春的风景,蓦然想起不知是李白抑或苏东坡的一句诗:"清风明月不用一钱买。"古往今来,还是清风明月不用一钱买啊,它们才是真正无价的。

酒足饭饱的宾客们大多在慵懒地凭栏远望,用风景来消化油腻的食物。我身旁的一位本地诗人望着游船络绎往来的湖面,自言自语:"真想租一条船划。可怎么没有那种划桨的小木船了?"我从中分明听出某种岁月的惊叹来。它提醒了我,环顾四周,这时才发现:湖面上远处是穿梭的汽艇,近处是一大堆船头有动物(如鹅)造型的情侣船和孩子们玩的圆形碰碰船——一律是脚踏的或机动的,偌大的北海,居然找不到一条那种划桨的老式木船。我解释道:"恐怕已经被淘汰了。用手划桨毕竟太累了。现代人休闲最讲究舒适与情调,图享受而不愿劳动。"那位有点醉了的诗人脸红脖子粗地坚持着:"只有用桨划才有意思。否则叫什么划船。我不玩了。"我并未觉得

这是醉话。恰巧有一条鸳鸯船劈波斩浪地擦着我们鼻子驶过，一对大学生模样的男女并肩坐在遮阳的顶篷下，手持罐装饮料情话绵绵，一边悠闲地用脚踏着（像骑自行车）。我凝视他们的笑脸：他们与我们这一代人有着多么不同的青春与想法。北海分别是两代人的见证。哪怕未来的游客，有可能不知晓那种用手划桨的老式木船为何物，有可能不知晓"划船"的真正概念。

我以前每年逛北海，总来去匆匆，从没注意过那种桨船已被取代了——不知是从什么时候开始的。这次我才发现了岁月的变化——哪怕它表现在最容易忽略的方面。不知道这该算我今天逛北海的收获还是失落。于是在这篇文章的结尾，我再一次想起那首老歌：《让我们荡起双桨》。白塔作证，湖水作证：当年的水手、当年的听众都已老了，甚至它描写过的双桨都已消失了（已被陈列在岁月的博物馆里），但歌声对我的感动依然存在。

在北海，真想租一条船划，真想遵循歌声所教诲的，荡起双桨，荡起那已不复存在的双桨……

花鸟人生

周作人的时代早已过去了。那个时代的文人，吸烟、饮酒、品茶，都远别于普通的衣食男女，刻意追求着某种超凡脱俗的境界，仿佛不是在满足肉体浅显的欲望，而是为了实现心灵对闲适的渴念。这就是人生了。所以，周作人路过西四牌楼以南的异馥斋，这义和团之前的老店独木招牌上模糊阴暗的字迹，会使一种焚香静坐的安闲而丰腴的生活的幻想油然而生；然过其门而不入，生怕那古典的香盒上已放着花露水与日光皂了。他甚至对北京区区的茶食念念不忘，并振振有词："我们于日用必需的东西以外，必须还有一点无用的游戏与享乐，生活才觉得有意思。我们看夕阳，看秋河，看花，听雨，闻香，喝不求解渴的酒，吃不求饱的点心，都是生活上必要的——虽然是无用的装点。而且是愈精炼愈好。"这，简直把个人任性率真的休闲行为上升为颇具说服力的理论。

琴棋书画自然是文人的专利，但烟酒茶食、花鸟虫鱼，则不妨雅俗共赏。你说它俗，它也俗到极点，但所谓的大俗就是大雅了。

不在乎于谁赏玩，比赏玩者的身份更重要的是他的动机与心态了。只是，周作人所处的时代，有闲阶级的时代，毕竟已过去了。有钱才能有闲，而且有钱不一定有闲，闲无处可买卖。要在灯红酒绿的都市做个隐士，比做总统还难。

北京这座城市不寻常。当地人常挂在嘴边的大白话，有一句是"林子大了，什么鸟都有"。藏龙卧虎的北京就是这么只大鸟笼子。在这儿待久了，什么都不新鲜。朝阳区腹地有个水碓子，怪怪的地名，水碓子有个全城皆知的花鸟市场。露天市场其实仅一条街，街两边摆满了兜售花木鱼鸟的板车、玻璃缸和带篷布的简易柜台。花街紧邻着一条河，河道弯弯的，街也就弯弯的。我翻阅过旧地图，没查出河的名字；向路人打听，居然有好几种说法，索性不刨根问底了。毕竟，水碓子是因其而得名的，就足够了。第一次来水碓子，我惊呆了，以为《清明上河图》在现实中恢复了：垂柳、桥、水边的矮楼、纸糊的招牌、服饰各异的行人，什么都有。在拥挤的人流中缓缓挪动、走马观花，确实能体会到大千世界摩肩接踵的乐趣。问货、砍价、递烟、聊天，全北京城的闲人仿佛都集中到这儿了。唯独我不谙此道，只是个乏味的过客。

若拍爱鸟周的广告，真该到水碓子的鸟市来。有新手来买鸟的，更多的则是拎着精致的丝笼来遛鸟的（让它感受大家庭的气氛）或是携鸟来选购饲料的。你会联想到戴瓜皮帽、套府绸马褂的八旗子弟提笼架鸟的遗风——这种景观恐怕非老北京没有。一位穿旧牛仔服的工人模样的汉子擦肩而过，你仔细一瞧，笼中关着的是极昂贵的虎皮鹦鹉——不禁刮目相看，叹一声："旧时王谢堂前燕，飞入寻常百姓家。"当然。人还是北京人，鸟却不是清朝的鸟了。据说在水碓子，拎一只让同道眼馋的画眉招摇过市，不亚于商人手上提大哥大的八面威风。人家的货色好呗！

在展览名贵金鱼的大玻璃柜台旁边，却蹲坐一位守着洋铁皮水桶的通县渔夫——正叫卖刚从运河钓上来的草鱼。一边明码标价三千元现大洋一尾，一边却用天平论斤称；一边是让人当掌上明珠养的，一边是供作盘中餐吃的——鲜明的对比，却相安无事地成为邻居，这是水碓子集贸市场特有的怪现象。或许这正是老北京的风格：既出玩主，又出美食家与名厨；既拥抱物质，又擅长享受精神，活得多滋润呀！想通了之后，再往前碰见花摊与菜担为邻、郁金香与新上市的空心菜为邻，我已见怪不怪了。

据说除了"文革"冷清过一阵子，水碓子的花鸟市场一直这么热闹，一轮主顾老了，又一轮冒出来了，生意越来越旺盛，人情味也越来越浓。就像下围棋评段位似的，花鸟的玩家也分档次，叫谁比谁懂行，懂行就是能耐——土话很能说明问题。据说北京的花鸟市场不只水碓子一处，连最靠近故宫的北河沿、黄城根儿都有，那可是天子脚下的花鸟市场啊。据说养花鸟有养痴的、上瘾的——据说不是瘾君子那只能算闹着玩的。但我觉得一脸痴迷地吹着口哨遛鸟，比贵妇人牵一匹戴项圈的哈叭狗过街要清高得多，前者是爱物，后者是宠物——字面的意思差不多，可似乎是两种境界。前者是养气修性，后者是养心肝宝贝。种花、饲鸟、养鱼，难度大点，要有种做学问的功夫。贵妇人养狗、大款养"小蜜"，一般的感情投资就可以了。

我来北京，卖文为生。花鸟市场尽头即到水碓子邮局，我的稿费一般都寄到那儿。隔三差五去取汇款，总行色匆匆、心事重重，花香鸟语如风吹过耳、稍纵即逝。有时站在邮局的水泥台阶上，观察那一张张或痴迷或悠闲的面孔，观察莺歌燕舞、花团锦簇中的众生相，也会临渊羡鱼，却舍不得把干瘪衣袋里新换来的血汗钱花去，做一回浪漫主义生活的买主。即使买得起也养不起呀，主人尚且要为稻粱谋生。闲话对于忙人是奢侈品，梦想对于穷人是易碎品，花鸟对于流浪的诗人仅仅是遥远的装饰品——回到租借的小屋我更认真地写诗，以绣花的心情。

前生修行得不够，我与花鸟市场的缘分，仅此而已了。

熟识的文人中却还真有爱物成癖的。邹静之对鸟情有独钟。在卧佛寺开青春诗会，静之通宵谈的都是鸟经，我们反倒听出无尽的诗意来。他至少有两篇随笔是写鸟的。一篇《墨环》追忆少年时养的鸽子，还拉梅兰芳做大旗："读《京剧谈往录》，许多文章提到梅兰芳早年近视，后来养了鸽子，每每那双眼睛被鸽翅带至蓝天白云。后来眼睛就好了，上台亮相，目光扣人心扉……"另一篇《留下地狱》则斩钉截铁："看见有人拿枪打鸟，我就在心里把他打死一千次，一万次。我曾阻止过一个少年。他当时走了，但是到离我远的树下放枪。我马上产生了个想法：我们不能把地狱毁了。天堂可以不要，但地狱该留下来，用来惩罚做坏事的人。"他还提供了一条建议，但估计上帝不会采纳："天堂确实可以不要，我想没有几个人能到那儿生活。如果人真有前世，可以轮回的话，让打鸟为乐的人，来世变成被追杀的鸟。"

鸟是有福的,有这么爱它的人。我也是有福的——读到过一篇这么爱鸟、爱美的文章。

与毒蛇拔河

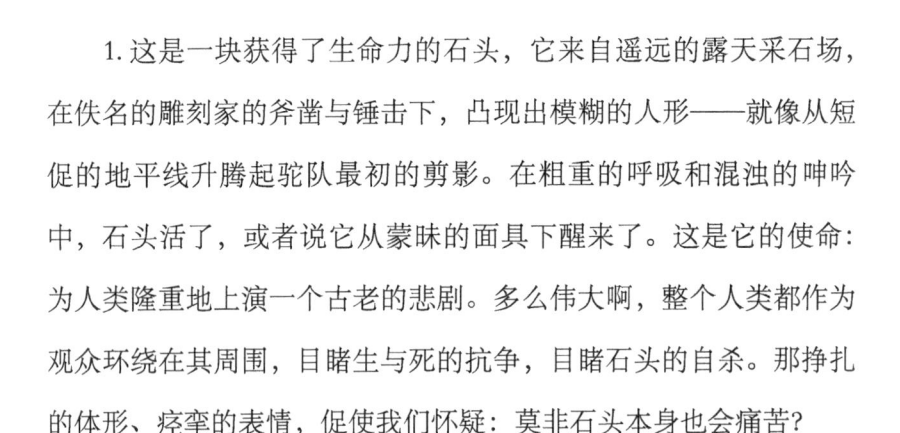

1. 这是一块获得了生命力的石头，它来自遥远的露天采石场，在佚名的雕刻家的斧凿与锤击下，凸现出模糊的人形——就像从短促的地平线升腾起驼队最初的剪影。在粗重的呼吸和混浊的呻吟中，石头活了，或者说它从蒙昧的面具下醒来了。这是它的使命：为人类隆重地上演一个古老的悲剧。多么伟大啊，整个人类都作为观众环绕在其周围，目睹生与死的抗争，目睹石头的自杀。那挣扎的体形、痉挛的表情，促使我们怀疑：莫非石头本身也会痛苦？

2. 从另一个角度理解或许更有意思。特洛伊战争中，祭司拉奥孔得罪了偏袒希腊人的海神，海神遂派遣毒蛇去袭击他父子。维吉尔在《伊尼特》史诗中这样描写："从平静的海上，有两条大蟒蛇冲着波涛，头并头向岸边游来……它们一直就奔向拉奥孔；首先把他两个孩子的弱小身体缠住，当拉奥孔跑来营救，它们又缠住他，拦腰缠了两道，又用鳞背把他的颈项捆了两道，它们的头和颈在空中昂然高举。拉奥孔想用双手拉开它们的束缚，但他的头巾已浸透毒液和淤血,这时他向着天发出可怕的哀号,正像一头公牛受了伤,要逃开祭坛,挣脱颈上的利斧,放声狂叫。"就在这一瞬间,仿佛中了魔法似的,呐喊消失了,格斗中断了,时间停顿了——世界定格了。我们屏住呼吸,观摩一块恐怖的化石。

3. 这或许不是一场势均力敌的战争:手无寸铁的拉奥孔父子和两条穷凶极恶、武装到牙齿的巨蟒。维吉尔借特洛亚战将伊尼阿斯之口如此渲染当时的氛围:"它们在浪里昂首挺胸,血红冠高耸,露出海面,粗壮的身躯荡起水纹,蜿蜒盘旋,一圈又一圈,听得见它们激起浪花的声音。它们爬上岸,两眼闪闪,血红似火,闪动的舌头舔着馋吻,嘶嘶作响;我们一见到就失色奔逃——"记住这一点,拉奥孔父子一开始就被他们所效忠的同类背弃了,不得不在孤立无援的境遇里抵御毒蛇的攻击(确切地说是神的惩罚)。他们简直是在作为人类可怜的替身或牺牲品,去迎接死神的行刑队——这最后的搏斗与抗议注定是徒劳的。然而,还是要搏斗,还是要抗议,《拉奥孔》的真正魅力在于并不完全是束手就擒,而表现了对命运的不妥协性。《拉奥孔》淋漓尽致地传达了人性挣扎的主题,在挣扎的人体与挣扎的心灵上空,象征着无限的天空是面无表情、一如既往的。这种挣扎的全部意义实现于审美,在现实面前是徒然无力的。但我仍然要歌颂那阳光下的角斗:因为疼痛,所以挣扎;因为挣扎,我们才最充分地体现并扩张了这个世界上力与美的限度。肌肉是绷紧而非松弛的,神情是痛楚而非冷漠的,形体是动作而非静止的——这就是力的尺度。力的尺度就是美的尺度。

4. 人类的神话有一部分达成人与神的和解,另一部分则强化人

与神的冲突。从被缚的普罗米修斯开始，人类学会用天堂盗取的火种照亮自己，拒绝向黑暗与强权投降——它不再是神温驯的俘虏。拉奥孔同样是被缚的，而且是被巨蟒束缚的，在死亡几乎已成定局之时，他仍然未放弃最后的、哪怕最微弱的抵抗。这就是雕塑中的《拉奥孔》：左手攥紧毒辣的蛇头，右手把盘旋的蛇身高高举向空中——就像竭尽全力要握碎荆棘或闪电一般。那撑持、抗衡而赢得的每一秒钟都是胜利，弱者的胜利。我简直以为：这是在和毒蛇拔河。是的，人类在和神拔河，和灾难拔河，和死亡拔河。毒蛇甚至不再是真正的对手，它不过作为人与神力的道具。一端，是背水一战、再无退路的拉奥孔父子；一端，是隐形于空气中的厄运。在神的大家庭里，人类一开始就算弱小民族，饱受欺凌；神一向采取愚民政策，一旦人类偷尝禁果，出现觉醒的先知，它便以暴君的面目实施报复与惩戒。拉奥孔无疑也触犯了神的禁忌，他在刑场上的肉搏并不足以改变从天而降的判决——但《拉奥孔》毕竟惊心动魄地演奏了一曲失败者的凯歌。哦，那令人窒息的美，那令人窒息的几乎近似于欢乐的痛苦，那被生活打败却赢得了美的胜利者……

5. 远渡重洋的两条毒蛇该怎样命名呢？我想，一条叫灾难，一条叫痛苦。神的特派员，神的刽子手，神让它们来捉弄人类的。而拉奥孔面对威胁一赌鱼死网破的抗争，象征着人类的宿命。咬牙切齿，和毒蛇拔河。

6. 当人类满头虚汗地和神掰手腕，谁能作为裁判出面调停？谁对人类的困境充满同情并暗助一臂之力？只能是自己。只能是自己残余的勇气与信心。以眼泪和耻辱作为抵押，从悲剧中源源不断地支取力量——多少个世纪过去了，人类的代表没有颓废地倒下，仍然以最后一丝呼吸僵持在大理石基座上。从来不曾开始的起跑，永远不会结束的冲刺。整个人类是拉奥孔的啦啦队。

7. 拉奥孔就这样被痛苦判了无期徒刑。筋骨毕露，遍体鳞伤，仰天长啸，痛不欲生。让所有仁慈的阳光凝聚成一束探照灯柱，笼罩在这位被痛苦实施了定身法的老人身上吧！多少年了，一代代人出生又死去，拉奥孔仍然活着，在石头里喘着。拉奥孔仍然在无声地呐喊——哪怕他抵抗的对象也已变成石头了。悲剧是一种集疼痛与美于一体的艺术，悲剧里的英雄是痛苦的英雄。他不仅要独自忍耐痛苦，还要向潮起潮落的观众展览痛苦——仿佛伤口是他唯一的价值。石头也会疼痛，更何况古老的心灵和古老的伤口？当昆虫在松蜡演化的琥珀里做永远的挣扎——时空里静止的，痛苦也可能表现得安详。《拉奥孔》，一尊由世界的泪水凝聚成的巨大的琥珀，仿佛在以沉默讲解：痛苦是人类的命运，挣扎则构成人类的历史。

方　言

　　方言有它自身的音乐性——我们总是忽略了这一点。在我眼中，它不仅仅属于语言的范畴，而且也是音乐的支流。哦，这来自民间的音乐，这听觉中的野餐！我走过祖国大地上的许多城市与村落，喜欢比较各地方言本质的接近乃至形式的差别。它们更像是植物，随同土壤的变化而呈现出婀娜多姿的风景。我信手翻阅着这部写在人类呼吸里的辞典。方言构成我们灵魂的肤色，否则我们该如何辨别彼此的来历——并以此维系跟故乡的联系？尤其是对于流浪者而言，口音是逝去的故乡最昂贵的馈赠，它无法更改正如血缘。口音是隐藏在我身体里的看不见的根。

　　作家韩少功说："故乡的方言是可以替代的吗？它们深藏在广义普通话无法照亮的暗夜里，故乡人接受了这种暗夜。用普通话或任何其他外来语谈论故乡，不是不可，但其中的差别与隔膜，恐怕就像树上的苹果同离开了土地被蒸熟了腌制了的苹果一样，很难说那是同一只苹果。"借助手势、闪烁的眼神、耸动的耳朵以及笔记本或录音机，我接触着茫无涯际的方言的暗夜，就像行路人借助火把照明。异乡的方言使我深入另一个诡秘、睿智、生机勃勃的世界——它在我们所置身的世界上空悬浮，变幻着意义暧昧的星相与云图。同样，两个流浪者在十字路口的红绿灯下擦肩而过，通过借火点烟的瞬间，就可以用熟悉的口音臆造出空气中的故乡。他们用颤抖的手掌笼罩住火苗的动作，简直类似于小心翼翼地呵护故乡的缩影。推而广之，方言里隐蔽着一个更为古老的中国——它一定处于农业文明时期，风和日丽，炊烟袅袅；而我们日常所蹩脚地模仿着的普通话，则是大工业社会的产物。

我喜欢倾听祖国各地的方言，并挖掘它潜在的音乐性。它综合了历史、地理、民俗、人性的倒影，最终以感性而上升到哲学的高度。譬如我去贵州西部，穿着土布蜡染衣服的村民回答我的问路时，泄露了一个诗意盎然的秘密：他们把山叫作"一匹山"（像形容马），把路叫作"一棵路"（像形容树）。我相信这不是语文教师的疏忽造成的，当地人祖祖辈辈就这样称呼身边的事物。他们习惯于形象化地理解世界。关于方言，这样的例子是举不胜举的，以至我不得不猜测——它简直是一群诗人创造的。这就产生了新的疑问：究竟是诗人创造了方言，还是方言造就了最初的诗人？要解释这样的问题，就必须上溯到《诗经》的年代：国风悠悠，采诗官们摇着木铎在阡陌上漫步，随时捕捉大自然与人类相碰撞的灵感……

人类的嗓子堪称最古老的乐器，而方言，则是最朴素、最平民化的音乐。江浙一带的吴侬软语，简直跟当地温情脉脉的黄酒一样，有某种不饮自醉的味道。在那种特定的语言环境里，我不寻求

交流，仅仅倾听就足够了。它令我联想到著名的江南丝竹在露天演奏。西施说着这样的方言，勾践说着这样的方言，多少个朝代以后，郁达夫、徐志摩乃至张爱玲小说里的许多人物，还在说着同样的方言……如此想象一番，我不仅仅玩味其销魂的韵律了，甚至还萌生了深深的敬意：方言，堪称不朽的音乐，它既是地域性的，同时又是超越时空的。一代又一代百姓抑或英雄、美人，咀嚼着方言（这精神的食粮）长大，方言贯彻了他们的一生。哦，我空气中的故乡，我呼吸中经典的诗篇！

香　水

香水和诗歌是否存在着某种联系，我说不清楚。这天堂的舶来品，注定经历了诸神的手的修炼？否则为什么我闻着闻着，觉察出某种宗教的气氛？哦，居然还有比爱情更温柔、更具感染力的宗教——它令我想到隐形的奇迹。所有香水烘托出的古典淑女或新潮美人都无意识地成为痴迷的传教士，当一瓶香水的瓶塞打开，空气中潜伏一场无声爆炸，一百朵、一千朵名称各异的鲜花以近乎愤怒的态度冲决堤坝，使我们感觉到墙壁布满弹坑。神情恍惚的我，想到乡村、四季、外省的故事和人类的文明，想到总是选择春天绽放的爱情。当然，也无法逃避蝴蝶、蜜蜂、梦以及类似的字眼。哦，一瓶祖传的香水，一座浓缩的空中花园。

比美酒更精炼、更令人陶醉的是什么？除了香水，再没有其他了。同样是经过高度提炼的生活——从世俗社会中诞生的浪漫主义哲学，同样是足以使头脑中的天空变形的强大能量，同样是不易察觉的创造与改变……作为现代行吟者的我，放弃了李白遗传的酒

葫芦，却怀揣一瓶拒绝注明商标的香水，像随身携带一枚美学的炸弹，定时炸弹。我就是那个在茫茫人海、在钢筋水泥的城市丛林里走私军火的田园诗人。麻木的心灵需要刺激，迟钝的世界渴求美的冲撞——没有谁比我更憧憬那在神祇的呼吸中复活的时刻、辉煌的时刻，也是灵魂遭受重创的时刻。一场并不足以改变历史、却能使思想窒息的个人化的革命。

香水是藏在空气中的美人、是隐士的专利，如果任其泛滥则失去其童贞的初衷。我认识一位从不使用香水的女性。在这个普遍洒香水的时代，恰恰是她——而不是其他浓妆艳抹的贵妇人，使我感受到香水的存在乃至意义。这种说法令人费解，但事实确实如此：当我开始判断她与周围女性细微的区别之时，香水便作为两个汉字从空气中出现了。而在和日常生活中的女士小姐打交道的时候，香水仅仅作为某种情绪感染着我——感染并不是真正的感动。香水是装在阿拉伯漂流瓶里的魔鬼，密封着一千零一夜的神话，一旦瓶塞开启，它的态度是不可捉摸的。你可以用茉莉、玫瑰或牡丹之类来命名你面前某种类型的女人（用规范化的术语叫"某某香型"）。我也可以公开这位拒绝使用香水的女性的乳名：荷花。她是我乡间的初恋情人。我忘不掉她。一滴香水的价值相当于999朵玫瑰，而爱人的名字在我记忆中相当于999滴香水的总和。

那最早发明香水的人的名字已经消弭于郊区的水雾之中，所以我们更乐于将其视若神给予人类的礼物。毫无疑问，巴黎是香水的源泉——这座产生过浪漫主义艺术的都市从此受到美神的庇护。19世纪的法国文学名著，描写了上流社会的沙龙、带包厢的大歌剧院乃至茶花女式的经典爱情，掀开毛边纸的封面，我就闻到一股名贵香水的味道。这是可以理解的幻觉。看来香水注定是属于贵族的，与荆钗布裙的平民化风景相距甚远。美向来可划分为华丽与朴素两种，香水预兆着通俗的欢乐与庆典。

开启在世俗中尘封的香水瓶，比潘多拉对待她的匣子需要加倍的勇气，这里面装载着一整部变形记。当虚荣、伪善、嫉妒、罪恶纷纷张开灰色的斗篷（仿佛从天而降），被禁锢着的美的精灵——我们的爱与信仰、我们的诗歌，是多么地渴望自由，渴望毁灭之后的再生。我屏息静气，陶醉地玩味着那种灵魂出窍的幻觉——此时此刻，它正穿过那典雅如美人脖子的玻璃瓶颈，如袅袅升起的炊烟一缕，它就要弥漫于我们的呼吸……

时装与时代

1. 女人与服装的缘分大概是命中注定的,她们简直把服装当作灵魂的外套,当作形象的一部分来看待。至少,这是她们作为个体与博大的世界之间陈列的一层最单薄、最温柔的墙壁,她们那丰腴皎洁的心灵透过服装而与世界息息相通——我不禁联想起"一衣带水"这个轻盈典雅的成语。"水是眼波横,山是眉峰聚",衣饰对于女性的容颜客观上起着画框或花边的审美效果。难怪女人们如此殷勤、频繁地为青春的欢颜更换绚丽多姿的时装呢!爱美的女人内心深处都隐隐约约有那么点"橱窗意识"即乐于将最辉煌的瞬间向世界展览。世界的欣赏,对于她们本身就是最浪漫的奖励。

与服装无缘的女人,恐怕只有夏娃了。那毕竟是一个布匹、缝纫术尚未诞生的时代。我读过带插图的圣经,在有关伊甸园的故事里,长发垂肩的夏娃,是用一片树叶遮掩身体的。从这个意义上讲,那片装饰过蛮荒年代的树叶,可谓人类服装史的源头。换句话说,亚当夏娃的树叶,为人类穿上了第一件衣裳,简陋然而散发着原始美感的象征性的衣裳。这是人类的蒙昧与文明之间横亘的第一道屏障。

澳大利亚作家怀特有部长篇小说叫《树叶裙》，大致描写现代社会里一位白人妇女，因天灾人祸被孤独地抛弃在茫无涯际的原始森林里，而被迫在严酷荒芜的生存环境里重复夏娃的命运。尚未阅读我就惊叹于书名的美轮美奂：树叶裙，树叶做成的裙子，一种带着泥土气息的生命的装饰，一部启蒙时期的美学。这，简直是繁花似锦的大自然对人类最初的恩典与赏赐。可以想象，夏娃正是穿着这件弱不禁风的树叶裙走出原始森林的，最终坚强地成为美的追随者与胜利者。

在树叶记载的历史之后，人类如愿以偿地拥有了布匹与针线，拥有了丝绸之路、霓裳羽衣曲，拥有了红袖添香抑或长袖善舞之类骄傲的风景。每一个世纪、每一个国家或民族，都拥有风格迥异、巧夺天工的服装，而人类服装的演变与延续，本身就足够写一部历史。

但我想无论哪一个人种或民族，其服装史的第一页，都该由一件树叶裙或兽皮裙占据的。

"云想衣裳花想容"，以这句唐诗来形容女性对服饰的偏爱与注重，确实太恰切了。反过来说，千姿百态的衣裳在一个女人的一生中，不也是一朵朵装扮了无数美好瞬间的云彩吗？一个女人对生命中不同时期穿过的衣裳的记忆，不就是对青春的记忆吗？这一件件随风而逝的梦的衣裳却固执地记载了她的幸福、欢乐、骄傲与妩媚，乃至标志着她留给世界的印象……作为一个男人，我很羡慕。

能够作为她们的美丽的旁观者,我已经很满足了。

当然,我的赞美、我的咏叹都是从一件树叶裙开始的。夏娃穿过的树叶裙,让世世代代的女性懂得了美,懂得了怎样以美装饰自己——

伊甸园,其实离人类的心灵并不远。

2.从20世纪50年代过来的人,不可能不知道什么叫布拉吉。当然,和今天的少男少女谈论,你需要向他解释:布拉吉就是连衣裙,是俄语的音译。

中华人民共和国成立后,女同志们普遍穿上了连衣裙,仿造的是苏联流传过来的那种风格和样式,浑然一体,宽松飘逸,陪衬以东方女性的温柔贤慧,更显得朝气蓬勃。那时候夏天的大街,是鲜花、旌旗、革命歌曲以及布拉吉的世界。你读过王蒙的小说《青春万岁》吗?你将会理解书中的那群女中学生,她们在义务劳动之后脱下带着风尘的校服,而换上从箱子里取出的带有樟脑香味的布拉吉去赶周末的联欢会的欣喜。在彩袖轻拂的舞曲中,这群天真烂漫的女孩,以充满激情与磁性的嗓音宣布着自身属于青春的骄傲:"所有的日子都来吧,让我编织你们,以幸福的璎珞……"

布拉吉,正是那一个时代的女性以热情和幻想编织的梦的衣裳。她们身穿五颜六色的布拉吉,臂弯里挟着书本、麦穗抑或建设的蓝图之类走在北京的金山上,走在社会主义的大道上。那是一个美丽得简直像舞台布景的时代。没经历过那个时代的人才会产生怀疑。穿布拉吉的女孩子,在人间的神话中没有公主,而你们才是真正的主人翁。"我们的祖国像花园,花园里花朵真鲜艳……"你们是在美好、纯洁的课堂里唱这首歌长大的，毫不畏惧明天将迎接的风风雨雨。多少年之后的今天，做了母亲的你们，眼角布满鱼尾纹的你们，和这个坚强的国家共同承担了诸多坎坷与磨难的你们，是否还珍藏着少女时代的那条布拉吉呢？假若从壁橱的底层取出、打开，它是否已褪色如一个历经淘洗的梦？你们是否还有勇气在穿衣镜前以憔悴的容颜把它比试一番？毕竟，那陈旧的布料上凝聚过生命中最美丽的时光，以及太多的怦然心动的记忆……

阳光灿烂的日子，穿上最满意的一套布拉吉呼朋引伴地去春游，是一生中多么有限而又难忘的幸福啊！

从男士的角度观察，我一向以为连衣裙是这个世界上最女性化的服装，裙裾飘飘，如杨柳依风，仅仅从那摇曳而去的背影就会使你体味出"婀娜"这两个汉字言犹未尽的美感。我甚至和一位深谙衣饰之道的女记者开玩笑："做女孩真容易，选择一条合身的连衣裙，也就达到了'淑女'的一半，剩余的一半是天生的。"

不知为什么，我仍习惯于把连衣裙叫作布拉吉，恐怕跟它音节甜美如歌，甚至它本身就像一位俄罗斯女郎的芳名有关。它令我联想起静静顿河岸边的集体农庄，以及高加索山脚下笙歌四起的果园等许多苏联影片里记录过的幸福生活的画面。二战期间，苏联红军不是把新发明的多管火箭炮命名为"喀秋莎"吗，听一遍那首"正当梨花开遍了天涯，河上飘着柔曼的轻纱，喀秋莎站在竣峭的岸上"的民歌，便能体会他们给武器取了个情人的名字的用心。这个炮火硝烟中的逸事，也给人类战争史注入了一阕清新诙谐的牧歌。可见爱无处不在，爱才是这个伤痕累累的世界最伟大的情人，也是

最后的胜利者。

那么我们为什么要忘掉布拉吉呢？我们的生活中怎能没有布拉吉的影子呢？所有穿过布拉吉的妇女同志，我祝福你们！本文献给你们！

3. 旗袍回光返照，猎猎飘扬于我们的生活中。它代表着一种美，一种典雅庄重的传统女性美。穿上旗袍独步花丛，就会有种画中人的味道，回眸一笑百媚生，仿佛历史的烟云都镶嵌在锦绣的花边里——清风徐来、水波不兴。旗袍摇曳生姿，令人重温那逝去的朝代，"当窗理云鬓，对镜贴花黄"，蒹葭苍苍中依旧是秋水伊人。

近年来时装表演、选美竞赛风起云涌，旗袍作为国粹，不容忽视其温故知新的审美作用，因而在花团锦簇的服装款式中，它旗帜鲜明，独尊一席。况且在烘托女性体形方面，旗袍较泳装有出神入化之处，半遮半掩，影影绰绰，反倒增添几分朦胧的诗意、含蓄的美感。旗袍是高贵的，超凡脱俗，有皇家之风、王者之气，难怪它深得慈禧太后垂青。我在天坛附近观摩过一场旗袍的专题会演，它具体展示了这种服装的诞生、发展和变革，可当作一首古色古香的叙事诗来阅读。当一位北国名模高挽云髻、轻摇团扇，穿一件刺着牡丹图案的大红旗袍徐徐登台，顿时笙歌四起，曹植笔下"凌波微步，罗袜生尘"的洛神不由得在我的脑海中横空出世了。画山绣水之间，韵味悠远。

旗袍风韵犹存，称得上是一种文化，而且是一种古典的文化。

漫步京城高档的饭店商场，便常见豆蔻年华的服务小姐着一袭旗袍迎前送后，娉娉婷婷，步步莲花，再加上笑靥可人，怎能不滋生置身画中的时空恍惚?轻罗小扇,淡彩屏风,旗袍确实是一种礼仪意味浓郁的民族服装。

但大街上穿旗袍出入的人毕竟很少了,时代不同了,它逐渐成为历史的道具。哪怕它曾经倾国倾城,装扮过整整一个朝代的妇女——从垂帘听政的慈禧,到红颜薄命的珍妃,下至紫禁城内寂寞无名的三千粉黛……

富丽华贵的旗袍很容易使人联想到绫罗绸缎、珠光宝气,但若选择朴素的质料,也能别开生面,"深入平民百姓家"。一件阴丹士林布料的单色旗袍,再加上雪白的围巾、轻便的黑布鞋,是我对二三十年代旧中国女大学生的想象,因为《青春之歌》里的林道静就是这样。她们有时在街上撒传单,有时又夹着书本坐在人力车上,那是早春二月啊,我在岁末的梆声中幻想着她们清纯的背影……

时代不同了,然而在我的想象和祝福中,大风不止,旗袍飘扬……

4. 随着西装的流行,街上系领带的男士越来越多,甚至领带的色泽也越来越趋于鲜艳绚丽。一位供销员模样的外省男子,穿一件皱巴巴的西装,却偏偏在脖颈处系一条红底碎花的金利来,给人以偶尔露峥嵘、无限风光在险峰的喜剧感——这在我们日新月异的城市里已不算什么稀罕的景观。一个男人,穿花衣裳花裤子打扮得像蝴蝶似的难免显得轻浮,但系花领带仿佛是天经地义的事情——它简直成为衡量一个人精神状态的旗帜了。能够在山花烂漫丛中笑的人,谁能怀疑他的浪漫、热烈乃至富于幻想?

但我总觉得：花色艳丽的领带并不适宜于每一个人，正如西装穿在不同人身上的审美效果也大有差别。弄不好会表现出小丑般的滑稽——本来大家都是为了追求高雅才乔装打扮的，一不留神反而落了俗，何苦呢？那还不如保持本色来得质朴自然。

从服装美学的角度看，领带并不具备什么实用价值——它与保暖御寒的围巾之类存在着本质的区别，它的意义在于装饰，装饰一种衣冠楚楚的个体文明与礼貌，客观上起着画龙点睛的作用。几星从天而降的碎花、半缕凝玉沉香的愁烟抑或灰暗抑郁中的一抹亮色，确实独具匠心地点缀了清高超群的男性形象。

关于领带的起源，据说最初是日本北海道的渔民用布条约束领口，以抵抗远航时的刺骨海风。这近乎笑谈，不足为凭。领带是西式套服的组成部分，产生于欧洲的上流社会当无疑问。一丝不苟，严正苛刻，是我们对绅士的印象。也就是说，领带是一种西方礼仪文化的组成部分，是服饰语言中具有装饰性的零件。

和领带相比，日常生活中系领结的人近乎于无。那似乎更属于一种舞台化的古典主义道具，我们只在描写19世纪欧洲贵族生活的好莱坞老电影里容易见到。前些年我在北京音乐厅观摩伦敦某著名交响乐团来华演出，才真正认识到领结的美感。当时持棒的指挥以及端坐乐池的所有琴师，一律黑色三件套西服，雪白的衬衫领口又一律佩戴着婴孩巴掌大小的黑领结。德彪西惊心动魄的乐曲向大厅里第一排座位席卷而来，接着充斥了拱穹式天花板下的全部空间。我往光线幽暗的月牙形乐池里望去，目击了一座临风而立的黑森林，而琴师们脖颈处的领结，简直是一群踞伏在树枝上的振翅欲飞的黑蝴蝶。领结，蝴蝶的形状，又像是一朵朵被造物之手精心折叠的硬朗的玫瑰，炫耀着穿云破月的惊世之美……

那一瞬间我简直对领结的造型着了迷，它的精巧别致真令人爱不释手。如果领带仅仅标志着世俗中的高雅，那么只能用高贵来形容领结的风度。一种静态的灵感，一朵开到一半就停住的凝炼的大丽花，一首诗，一首有重量又有质感的个性化的抒情诗，这是舞台上的领结带给我的联想。然而在实际生活中领结为何无法普及与流行？是否验证了人世间的高雅可供芸芸众生追逐，而那份与生俱来的天赋的高贵，却永远可遇而不可求……

面前的艾青

我刚来首都工作不久，住在三里河一带，单位却远在农展馆附近。每天上下班都要横穿北京，骑自行车单程就要一个小时左右。秋天一过，天气说变就变了，早晨出门我刚骑了5分钟就感到冻得不行，却又懒得回去取手套和围巾。遇到有红灯的十字路口停了一下，我趁机把夹克衫的拉链直拉到下巴，又把袖口的纽扣系紧。在单位门口锁上车，我发红的双手几近于麻木了。

我呵着双手踱进中国文联大楼，已经有十来个人在一层等电梯了。我首先看见的是人群里的一辆轮椅，更确切地说是轮椅上那个穿黑呢短大衣的老人引起了我的注意。在焦急地等电梯的人群里，他显得尤为平静，像一块礁石，安详地扫视着周围的一切，包括对缩着脖子走进玻璃大门的我也看了一眼（事后想起来我觉得自己那时的形象很狼狈），那种目光笼罩着特殊的光泽，我知道那是叫作睿智的东西。一位老人仍然拥有如此明澈的眼神，真不简单。我低头想了一会，忽然从记忆中发现了某种似曾相识的东西，几乎要失口喊出他的名字。

身后走来的陈秘书证实了我精确极了的猜测。她和推轮椅的那位妇女打招呼,"你是推着他来的,高瑛?"我知道高瑛是诗人艾青的妻子,在好多书刊上我见过他俩的合影。

我所在的这幢文联大楼,可以说是中国文化界一大中心,经常有知名人士来往,但我从来未曾预感过会在这个初冬的日子里,见到了自己最崇敬的中国诗人。我用如此虔诚的语气来描述,也许会使很多人笑话我的浅薄。对名人我并不是崇拜狂,但在那一瞬间,我头脑中确实闪耀过无数幅黑白片般遥远而真切的影像。我看见了一位少年在南方一所中学图书馆里最初读到艾青早期诗作时的惊喜。

可以说是艾青导致我迷恋上缪斯的。从他印在中学课本上的《黎明的消息》,到我那时反复咏诵的他写在大堰河上的其他诗篇,在我心目中,如同面前这位老人的眼神一样,始终笼罩着一层特殊的光泽。我难以忘怀那些做完数学题后的夜晚,把所能收集到的艾青的诗一首首抄录在日记本上的情景。透过15岁的窗口,我看见了雪落在中国的土地上,手推车自北方的道路辚辚驶过,一位诗人高举火把,向当时也向多少年之后蜂拥而来的人群传达着诗歌的力量……

啊,艾青,此刻我已说不出其他内容了。这么些年来,我一如既往地迷恋着诗和许多至善至美的东西,同时肺叶里也无可避免地沾染上更多世俗的尘埃,已经不再是那位如今看来尚徜徉在童话阶段的少年,然而当心目中纤尘不染的偶像预料不到地如此真实地出现在自己面前，我还能说些什么呢？当一个人的感觉在世俗尘事中逐渐麻木之后，自以为早已淡忘了诗之后，为一种至圣至美且突如其来的力量所怦然唤醒，这个瞬间是多么好。

面前的铁门哐当一声开启，由于电梯地板比地面略高一点，高瑛连推两下轮椅也没推进去，我和陈秘书帮忙把它抬了进去，我感到了一种重量。抬起头来，看见艾青不易察觉地对我们微笑了一下，就像许多年前他以诗歌对我所表示的那样。电梯梦一样缓缓上升，诗人和他的轮椅就停留在我身旁，我拎着公文包的手甚至接触到金属的冰凉。然而站在温暖如春的电梯里，我几乎遗忘了来之前一路上的寒冷。

陈秘书还在和高瑛聊天，询问着诗人近来的身体状况，她甚至还半开玩笑地指了我一下："这也是我们单位新来的诗人，写了不少呢！"然而我已忘了脸红，久久凝视着面前的艾青。诗人的额头是那么宽阔，虽然上面布满深刻的年轮。我联想起某一期《诗刊》发表过艾青头像的照片，那是一位著名女美术家的铜雕，下面空白的版面还登了艾青为之题的一首诗。那期《诗刊》是上高中时阅读的，而且早已遗失了，但我仍记得它们是登在封二的位置。那是我第一次见到诗人在诗篇之外的面容，使我阅读作品时朦胧的印象和想象得以证实。面前这位老人额头的皱纹，和曾使少年时的我惊叹的诗人头像上的皱纹同样深刻，也同样清晰，雕塑家没有夸张。经历了悠悠岁月的精雕细刻，诗人的特点就是这样。我终于知道大堰河是怎样从诗人的额头上流过的。

这两年因为工作的缘故，我见过不少文化老人，有一点曾使我很感叹：那就是和艾青一样，他们几乎都在自己的某一方面保持着某种不凡的风采。这种凝聚了一生的生命力，这种内在精神迸发出来的光芒是许多事物难以比拟的，也是任何东西无法涂改的，何况时间呢。

以上这篇题为《面前的艾青》的散文，是我大学毕业不久所写，发表在1990年4月1日《中国青年报》上。那段时间，我接到不少位分配在各地的大学同窗的书信和长途电话，他们为在远方见到我的名字而感到亲切，并赞叹于我离开校园仍能保持对心目中偶像的虔敬，将之树立为精神上的支柱。"这是一种幸运，也是一种力量"，他们说："你不会觉得生活是苍白且空虚的，因为你还懂得去尊敬，懂得去爱；你甚至不会把现实等同于现实主义，因为置身现实之中，你也未曾放弃那块浪漫的花园！"

这一切，使我觉得有必要补充一段文字，围绕艾青这一偶像在我心目中产生的原因及其效果，以分析青春的心灵是否有必要崇拜一些什么，或者怎样崇拜一些什么。

怎么说呢？大学4年，我一直努力保持理想主义者的身份，并以为它与不妥协于世俗存在着互为因果的关系。我景仰诗化的生活，相信哪怕貌似平庸的生活，亦有着挖掘不尽的诗意，只要你保持一颗不被世俗尘埃蒙蔽的心。社会的人无法避免涂抹上功利色彩，但在精神领域应积蓄某种与之相抗衡的东西，某种类似于"诗"的东西——它不等同于作为文学样式的"诗"的概念，而是原始意义上的"诗"，诗意、诗化的意思。这是随着物质文明高速发展，以诗为人生宗教的人越来越少，但诗永远不会从人类精神中

消失的原因。总会有人(哪怕是最后一个，实则远远不止于此)执着于此的，他们把诗和所有美好的东西一样来相信。

同样，只要诗未被所有人唾弃(那是不可能的)，诗人就永远是一个美好的词语，正如古代文明中以桂冠来修饰它。它形容那些超凡脱俗、以美作为人生手段的歌者，他们的声音是唱给自己的，又是属于其他人的，显示出一种温柔的力量。最初被艾青那些正直、热情的诗篇感染之后，继而了解其生平及人格：从他早期在黑夜所吟唱的大堰河上的歌声，直至后来经历误解和流放仍不改初衷的《归来的歌》，我感应到真正的诗人才具备的那颗赤子之心，那颗黄金般的心，艾青也就自然而然成为我理想中诗人的化身。我觉得能够和历史并肩的诗人，不仅仅拥有柔曼的竖琴，更应该高举热爱着的火把。除了火把这一意象之外，艾青的诗篇还衷情于黎明的吹号者，骑雪青马的力士乃至海岬上巍然不动的歌手，这些都是人类精神中必要的钙质。

我在武汉大学就读，每逢阳春，珞珈山麓，东湖岸边樱花烂漫，总要举办一届樱花诗会，我是很热衷于其中的。有一次给我极其深刻的印象。当朗诵了一连串风花雪月之后，一位男中音走上台去，他严肃地清了清嗓子："雪，落在中国的土地上……"刚刚出现第一句，台下就响起被打动了的掌声。大家都知道，这是艾青的诗。我之所以回忆这一段，在于说明它区别于普通风花雪月之作的力量。这或许就是艾青与普通的人以及普通的诗人的本质区别。伟人永远是值得崇拜的，我向来不怀疑这一点。

如果说中学时代我受熏于艾青诗作的艺术魅力，那么进入大学之后，人生观逐渐成熟之后，更令我惊叹的倒是他的人格力量，我几乎明白了诗人的心灵是如何颤栗的。想到和我同样年轻时的艾青，已经在为大堰河保姆，为中国土地上一位最平凡的农妇而流泪，然后在最粗糙的土纸上写下诗句，我不由得被引导着重新认识"人民"这个字眼，认识善良、勤劳、奉献等朴素的品质，认识生命中可以承受和不能承受的重和轻。联系艾青曾经把"真善美"比作"一辆黄金的三轮马车"，就能了解怎样在人生与艺术之路上印下坚实、深刻的辙痕。站在人类精神的制高点上，才是成为大诗人的前提。我这里所说的大诗人，可以是属于一个民族、一个时代的，但绝对不仅仅属于他个人。正如艾青那支"彩色的芦笛"，会永远陈列于中国新诗史中。

告别如诗如画的大学时代，我背着简陋的行囊来到北方，来到一座陌生的城市安营扎寨，以一颗涉世未深的心迎接另一种生活。曾有过短暂的失落和困惑，我揣摸不清自己的理想与自己实现它的能力之间的差距，但又生怕它们无法一致，我毕竟尚未从做梦的年龄完全超脱出来，而面临的一切又是具体、现实的。我甚至下意识地放弃对诗的信仰，以避免自己陶醉于空中楼阁之中，避免在翅膀上拴着金块……而这时，我看见了真实的艾青，一个生活在语言之外、会呼吸的艾青。这平常而又奇妙的邂逅足以使我回味终生。

面前的艾青和我心中的偶像是极其吻合的，并未因为近在眼前而失去那一圈光环，我不再怀疑他们是同一个人，我欣慰于青春的崇拜没造成任何误差。在此之前，我甚至没想象过艾青会出现在我面前，没想象过艾青就生活在我们的生活之中。既然自己

最敬仰的诗人都真实地显现，我还有什么理由认为生活中没有诗，而不敢继续信仰它？既然"艾青"这个名字及其作品不仅仅是印在纸上的，是和一个真实的生命联系着的，那么就应相信在我们的周围还生活着更多的诗人，还存在着更多的诗意，以及更多和诗一样美好的东西！

火星四溅

1. 月亮使我学会幻想。我性格中的敏感、浪漫以及最终成为一个诗人，都是月亮教育的结果。在月光下我的灵魂像羽毛一样轻松，呈现悬浮的状态。所以诗人的灵感大多是在夜间产生的，正如潮汐、露水乃至与爱情有关的梦境。月亮兑现了我存在的价值。

2. 就像吝啬鬼在公共汽车上总是紧紧地捂住钱包，在美人面前我颤抖的手下意识地蒙住疼痛的心口——爱情已是我的最后一笔财富了。

3. 在孤独的台灯下写作，周围都是黑暗。这巴掌大的光晕所照亮的范围，就是世界，我的世界——或者说是世界的核心。我沸腾的脑海，是属于全世界的灯泡。

4. 居民楼里偶然发生的停电事件，使乏味而世俗的日常生活也带有戏剧性。隔壁的一对情侣就像中断了表演一样停止了争吵，不约而同地开始寻找最重要的道具：一支被遗忘的蜡烛。

5. 对于没有国籍的吉普赛人而言，流浪是一种命运。他们不是

选择了流浪。而是在谦恭地服从着流浪——这是有区别的。所以这个世界上的流浪汉有两种：先天的与后天的。天生的流浪汉拥有不亚于贵族的血统。

6. 真正的隐士是没有名字的。他们只生活在自己的内心——并且拒绝透露在黑暗中维持思考与呼吸的秘密。我们只能把它当作一门接近于失传、而且无法模仿的技艺。

7. 我们这座城市里废弃的钟鼓楼，在守候一双懂得倾听它的沉默的耳朵。这是它对时间最大的奢望了。

8. 我不知道究竟是眼睛帮助我看见星空，还是星空帮助我看见星空：它们是如此明亮、高贵、不容忽视，即使是一个厌世者，也无法从它的面前绕过……盲人的脑海中，也会存留着前世对星空的记忆。

9. 闻一多曾走进20世纪20年代北平某首饰作坊，为自己的诗歌订制一副格律的镣铐。

10. 孩子吐露的真理，带有童话的性质。而老人的傲慢与偏见，却容易给人以寓言的错觉。也许我们的社会缺乏用以考验的炉火与铁砧。

11. 春天最初是通过鸟类的发音抵达的。即使记录下来，它也只是一种拼音，而不是文字。

12. 普希金的羽毛笔，蘸满俄罗斯的泪水。这特殊的书写工具，一定程度上也造就了他诗歌的魅力。在阅读时我的皮肤有被接触的感觉。

13. 我偏颇地把爱情视作医学里未曾记载的病例，但一个不曾谈过恋爱的人，就像一个不会生病的神一样可怕。

14. 著名的河流总是首先从地理课本里流过，然后才真实地来到我们身边。

15. 当我们赞美英雄的时候，已经把自己放在不平等的地位了。这种心理，只有在路遇乞丐的时候才得到抵消。

16. 不论在东方抑或西方，饮食都是一种文化。譬如《圣经》中出现的"最后的晚餐"——使饮食成为离宗教最近的事物。只是耶稣的菜谱，早已经失传了。

17. 大地的嘴唇贴着封条。我们只能间接地通过历史了解它所保留的那些秘密——这种徒劳的挖掘，或许比把它完全公开更有意义。我永远带着考古队员的感情，热爱大地的神秘。

18. 葡萄被来自它内部的灯光照亮，就像凝固的水滴。我伸手采摘，指尖随即被照亮。我把它含在口中，它又照亮了我的口腔——我咀嚼着的是光明的汁液，如同出炉的铁水……

19. 梦游者手持一份并不存在的地图，与路人擦肩而过。他认定的路线，可以比我们的生活更富于诗意。

20. 十年前的中原农村，一群超低空飞行的鸟，贴着我发麻的头皮掠过。它们遗失的叫声，至今仍在我蛛网密布的耳朵眼里筑巢……这反复上演的画面，就是恐惧的滋味。

21. 如果谁能借助神力把海洋像书卷一样掀开，就能阅读到印刷在波浪背面的那些文字。

22. 我尽可能地模仿一艘语气生硬的破冰船，深入你寒冷的梦境。你的呻吟是冰块坼裂的声音，甚至梦中你都在拒绝呀——我逆

流而上的肩膀充分体会到来自一个荒凉的世纪的阻力……

23. 巴尔扎克的《人间喜剧》里，陈列着另一座巴黎。一座过时的城市，灯火通明，就像一艘停泊在隐秘的港埠的退役军舰。

24. 我只有在走进肃穆的教堂的时候，才意识到自己是另一个世界的客人。神在一种气氛中显灵。

25. 我相信：野生动物身上比人类驯养的动物要多几分神性，而且更富于原始的美感。野性即来自神的照耀。一旦它与神疏远了，原先拥有的光亮就会逐渐消失，如同被隔绝了空气的烛焰逐渐黯淡……

26. 每当我搬一次家，灵魂总需要更为漫长的适应过程：要么它误以为自己是新居的客人，要么它会下意识地返回远处那幢已不属于自己的老式建筑……

27. 相信天堂的人是有福的。即使是在现实中，他们也额外拥有了一套幻想的别墅。

28. 对于凡·高割掉的耳朵，既是海水的声音，也是血液的声音，鲜红的声音。女作家陈染的小说中有如下一段话："我不爱长着这只耳朵的怪人，我只爱这只纯粹的追求死亡和燃烧的怪耳朵，我愿做这一只耳朵的永远的遗孀。"在世界眼中，凡·高疯了。但在这只耳朵的听觉中，世界疯了。

29. 当人类开始为自己的存在而苦恼，哲学家就皱着眉头诞生了。或者说，皱着眉头的哲学家形象就诞生了——多么沉重呀，他们的眉峰承担着整个人类的苦恼……所以我总是以同情的态度看待史书里记载的那些哲学家的名字：苏格拉底、柏拉图、孔子……

30. 电影院总把观众安排在黑暗中——这要么是给他们输入某种冒险意识，要么则是给予某种安全感。所有阴影中面目模糊的观众，都是剧情之外的匿名者。

31. 时间是呈旋梯状上升的。死亡是我们最终失足踩空的一级楼梯——每个人都将惊叫着坠落……在这场时间的游戏中，搭救者不会出现。

32. 荷马史诗里的奥德修斯是文学中最早出现的旅行家（而且他经历的是还乡的旅行）。然后才有了浮士德、堂吉诃德、马可·波罗与徐霞客……我把盲诗人荷马的这一部名著看作古典主义的游记。

33. 在旅行中，世界呈扇面状展开，我作为唯一的检阅者而存在。一旦旅行结束，它在我的背影中像折扇一样合拢。这就是世界自身所具备的弹性。

34. 栩栩如生的雕像是我们这座城市里的额外居民，他们仿佛因为疏忽而遗忘了怎样呼吸……

35. 在我们血管的上游，有一座看不见的发电站。

36. 音乐让人敏感。它仿佛浓缩了整个人类的历史和我们的一生——即使是最简短的一个乐章，也常常令我无法承受。听众灰暗的身世与豪华的音乐之间隔着一层单薄的耳膜。与其说我在倾听它，莫如说它在敲打着我……

37. 总是忘不掉一部外国小说的书名：《更多的人死于心碎》。那些心碎的死者，有怎样的特征？我估计他们面部笼罩着比常人更为安详的表情……

38. 我不愿目睹郊区采石场的画面。那火山口般深陷的大坑以

及森严的氛围，仿佛要给一位巨人举行安葬的仪式。

39. 我喜欢在大大小小的纸片或拆散的笔记簿上信手涂抹。让风来成为这一切的装订线，并担任第一读者：掀开哪页读哪页……

黑匣子

飞机坠毁之后，可以通过搜索残骸里的那只黑匣子来查明失事的原因。黑匣子我没亲眼见过，但我猜测是录音磁带之类的玩意——安装在防火耐磨的保护盒里，它忠实记录着最后几分钟机舱里的消息。用诗化的语言来比喻：黑匣子算得上是一架遇难的飞机以及所有不幸的乘客的共同遗嘱，是留给这个世界的最后一句独白。它，为生者解开死者之谜提供了线索与答案。但是，这已经无法弥补死者本身的深深遗憾。所以，黑匣子对生者是必要的，对死者在本质上则是多余的：灾难毕竟已经发生，那短促的恐惧、慌乱、嘶喊根本无法扭转祸从天降的命运。黑匣子储存着一场转瞬即逝的徒劳的挣扎，客观地说，它是为地面上疑惑不解的生者而准备的。

我常想，当一个人离开这个世界的时候，内心是否也有这么一只黑匣子呢？它隐蔽地记载着一个生命的黄昏，生命最后时刻与疾病、衰老或灾祸抗争乃至失败的完整过程。它是死亡的病历，它也

是一部失败的历史。就像医院里的心电图：脉搏的条纹先是急促地波动，继而渐趋平缓，最后完全从画面上消失，留下一片令人窒息的空白。枪声平息，硝烟散尽，遗留在空旷的战场上的是加倍的寂静。生存的愿望与死亡的规律之间展开的漫长的肉搏，最后不过显影为一道眩晕的闪电。

但是，健康的我们无从体悟那面对真正的死亡时的心理感受，那身临其境的恐怖、悲哀、脆弱、气馁——乃至对这个世界刻骨铭心的眷恋难舍。我们永远是站在生者的角度考虑问题的，或许在命中注定的告别演出时才可能产生最全面的看法。那一瞬间我们恐怕会想：如果再给我一天时间就好了，以便把所有的事情处理完、所有的遗憾尽可能弥补；如果再给我一年时间就好了，我要最真实地活一次……

当然这仅仅是我主观上的猜测。一个生命结束时真正的想法谁也无从知晓——它都装在一只黑匣子里，被带到另一个神秘世界里去了。这是一只永不公开的黑匣子。这是一份为了忘却的纪念，是一个生命最后的秘密。

顾城自杀前留下了一部《英儿》，我是把它当作黑匣子来看待的，广大读者正是通过书中的情节，来剖析并想象那膨胀的灵魂飞行失事的原因。我们所能目睹的结果是南太平洋激流岛上坠毁的一堆残骸，但灵魂的疯狂与挣扎只能靠《英儿》里滚烫的文字来传达。所以也可以这样比喻：肉体终将变成残骸，但灵魂是一只黑匣子，记忆是一只黑匣子——尤其是那些守口如瓶的灵魂、那些不为人知的记忆……

我们这个星球上的人类，不可能因为害怕失事而拒绝乘坐飞机、轮船，而拒绝行动或旅行。生命，也不可能因为畏惧死亡而滞留于原地。我们只希望记忆的黑匣子里，储存更多的是欣慰而不是悔恨，是圆满而不是遗憾，是对这个世界的热爱与感谢，而不是厌弃与不满……

记忆中的一位少女

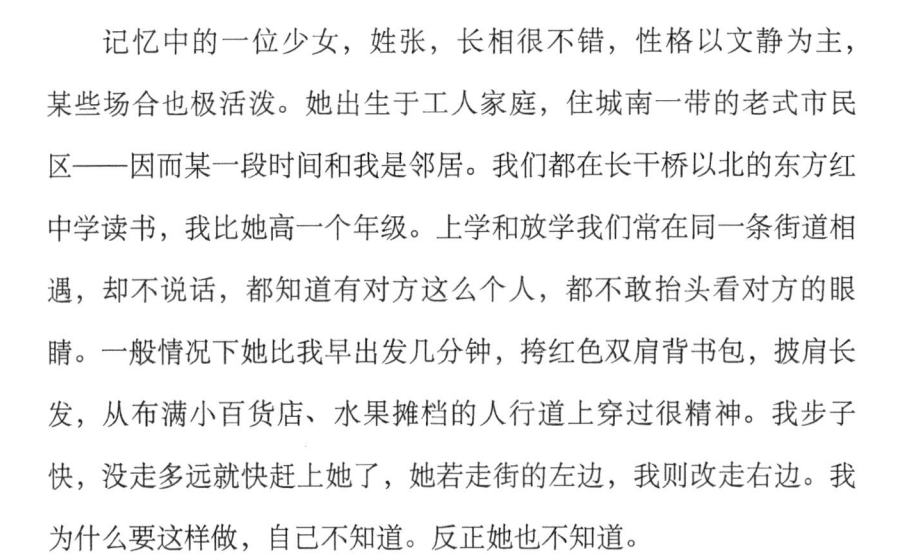

记忆中的一位少女，姓张，长相很不错，性格以文静为主，某些场合也极活泼。她出生于工人家庭，住城南一带的老式市民区——因而某一段时间和我是邻居。我们都在长干桥以北的东方红中学读书，我比她高一个年级。上学和放学我们常在同一条街道相遇，却不说话，都知道有对方这么个人，都不敢抬头看对方的眼睛。一般情况下她比我早出发几分钟，挎红色双肩背书包，披肩长发，从布满小百货店、水果摊档的人行道上穿过很精神。我步子快，没走多远就快赶上她了，她若走街的左边，我则改走右边。我为什么要这样做，自己不知道。反正她也不知道。

这位姓张的女孩升上高中后，模样出落得更漂亮了。其实她并没怎么打扮，她是个好学生，心思都用在功课上，但一出现在校园里还是吸引好多目光。常听见高年级男生议论她，说高一(4)班的张某是个小美人。

有一天晚上，她那身材粗壮的父亲表情严肃地领着她来我家，通过我父母找我，一进门就用豪爽的大嗓门说："我要请你儿子帮个忙。"原来，常有些邻近学校的小痞子给她写情书，约她放学后在校门口或某公园会面，有的甚至在路上拦截她，要和她交朋友。她父亲每天在钢铁厂加夜班，无法接送她，就托付我："既然你们同一个学校，上学和放学就搭个伴一起走吧。"我连说可以可以。她这时才从父亲高大的身影后面抬起低垂的眼睛，客气地冲我笑一下。

第二天一早，她准时敲我家的门。我让她进屋坐一下，等我收拾好书包。她不进，说就在院子里站着。我刚出门，她就递过一把彩色玻璃纸包的水果糖（那年代这糖果可是稀罕玩意儿），说是她妈妈星期天来看她时捎的。我剥了一颗含在嘴里，甜丝丝的，不知为什么心忽然变得很软。以前我们从没说过话，我以为她是冷傲的，一转眼之间仿佛就变成很熟悉的朋友。多少年以后，我有了妻子，才意识到：那天，可能是那位姓张的女孩神态和动作所流露的依赖感，使我感动吧。

吃第三颗糖时我才想起，从来没见过她妈妈，我只对她那成天穿一套劳动布工作服的父亲有印象。我脱口而出："我怎么没见过你妈妈。"她迟疑好半天，才回答："我爸爸妈妈5年前就离婚了。"然后我们就不再说话，保持着一只手臂长的距离走路，我左顾右盼，百无聊赖地数过往的车辆，她低垂着眼帘，盯自己的鞋面——那是一双红白花格的布鞋。

我的记忆中，确曾有这么一位少女，扎着整齐的辫子，稚气的鹅蛋脸，眼睛清亮——令再虚伪的人也无法面对它撒谎。她背着洗得干干净净的红书包走在我的右边，我仿佛一伸手就能够得着她，

然而我们中间，永远保持着一只手臂长短的距离——足够面目模糊的岁月侧着身子穿过。她喜欢边走路边用指尖摇一圈钥匙串，今天夜里我耳畔又响起那金属碰撞的清脆响声。她气质中有一种与其年龄不相称的忧郁，水雾般弥漫了我。那时我也才18岁，却深深为平民女儿身份的她身上那种罕见而高贵的忧郁所感染，我想假如有某种厄运伴随刺耳的刹车声向她袭来，我也会用胸膛护住她的。这么些年来，我漂泊四方，却再也没有感受过那种出自少年血性的胆量——和这个世界上许多男人一样，我无法改变一天天变得世俗与文弱的规律。即使我身边更换过再多浓妆艳抹的舞伴，也没再体验过与她并肩行走所呼吸到的带有树脂与松针气息的少女的本质魅力。

有将近两年时间我们几乎每天都同路，却并没作过太多的交谈。我们还都处于在异性伙伴面前不善于寻找话题的年龄。有一次走过大中华电影院时我下意识地吹了一小段口哨，她侧过鸟一样的小脑袋看我，微笑。那一瞬间我们的眼前只有蓝天，只有云层下低掠的鸟群。后来她东张西望，看看周围没有其他行人，便以出奇的活泼小声对我说："我唱首歌给你听吧。"她唱的是刚刚在中国大陆出现的邓丽君的歌，好像叫《画一颗心》。我这时才想起她还是校宣传队的，每逢节日有什么演出活动，她们那班女孩便穿上白衬衫黑裙子，脸蛋上扑两团胭脂，在台上大合唱。

那时候我读了一本从母亲书箱里翻出的旧小说《钢铁是怎样炼成的》，便把这位姓张的女孩想象成冬妮娅。更主要的是把自己想象成保尔。我在湖边钓鱼，她穿着鲜艳的校服在树下读书，有两个脸上长满雀斑的贵族学生出于嫉妒来干扰我们，我用拳头揍个把他们打落到水里——当然，这只是经常在我想象中重演的故事。想到这一切我就热血沸腾。

我为她打过一生中唯一的一次架。长大后我越来越文明礼貌，想打架都没地方打了。那是一个行人稀少的黄昏，我们刚出校门，就被几位跨坐在自行车上的外校留级生挡住去路，他们用车轮隔开我和她，带头的那个歪戴鸭舌帽的高个子催我走开："没你什么事了。我要跟她说几句话。"我并不是个勇敢的男孩，我甚至有点害怕，但固执地站在原地不动。拳头便向我飞来了，我那不争气的鼻子便流血了，她惊叫着去喊守门的校工。我迫切地想寻找一件武器，便退到墙脚拾起一块半截砖，冲回来的时候，那几辆自行车一溜烟地跑了。她和喊来的校工扶住我，她掏出绣花手帕为我擦血。那一瞬间我觉得自己真狼狈，觉得世界上最尴尬的事就是在自己喜欢的姑娘面前挨打了。为了显示带有虚荣心性质的勇敢，我恶狠狠地把手提的砖头砸在树上。

回到家，她一定要打水给我洗脸。我脾气挺大，像大丈夫一样粗声粗气把她赶走了。她的脸上写满歉意，眼泪都快出来了。我独自洗完脸，又洗她那条绣花手帕，实在洗不干净，也就打消了明天还给她的念头。

从第二天开始，我书包的夹层便多了把老虎钳子。没敢让她知道，我渴望能再有一次机会，挽回那天在她面前受损伤的尊严。可再没有什么小痞子来拦我们的路——倒不是因为我陪她同路，而是他们多少也知道她有个在钢铁厂上班的挺凶的父亲。直到今天我还为此感到小小的遗憾。半年之后，她那在武汉的母亲便接她去外地了，临转学前她在小纸片上给我留了个通信地址："你有空可要给我写信哟。"我也庄严地答应："会写的，会写的。"然而一星期后我就把那小纸条抛进风中了，说不清为什么，我心里挺难过的。那时候，作为一个少年的我就有强烈的预感：我估计再也见不到她了。十几年过去，我更换了好几个生存的城市，事实证明我那时的预感非常正确。

我又习惯了一个人走那条电影布景似的老街道。我又习惯了一个人吹口哨、想心事。我重新习惯了少年维特式的孤独。我甚至很简单忘掉她——就像从不曾有过那两年和一位少女结伴同路的时光。直到半年以后放暑假，我翻抖书包，和一大堆课本、文具盒一起滚落在桌上的，居然还有一把被遗忘的沉甸甸的老虎钳子——我才被谁棒喝了一下般想起她。

记忆中的一位少女，姓张，出身于工人家庭，老家南京，后移居武汉，具体的下落不明。根据时间推测，她如今该已嫁人了吧，甚至可能已做母亲，记忆中的那位少女，若是有缘看见此文的话，请微笑一下！相信你会满足我这样的要求。

轮盘赌

一日不见、如隔三秋。初恋的女友黄鹤远去久无消息，再度邂逅已俨然是某跨国企业的白领丽人。礼貌地互道别来无恙之后，她轻启朱唇说起这几年阅历中的趣闻逸事——包括去澳门谈生意之余曾在葡京大赌场牛刀小试，一触即"发"。"其实当时我只抱着碰碰运气的念头，用衣兜里的零钱买了一打最低档的筹码，塞进'虎口'。那台吃角子老虎机仿佛踌躇了片刻，结果哗啦啦流下了一地的筹码，我让服务台清点并兑换——你猜怎么着，我赢来的是赌注的几十倍！"女友受宠若惊，按捺住惶恐又谨慎地试了两次，连连中彩。虽然身旁的同伴纷纷鼓励，她却再不敢靠近虎视眈眈的吃角子机，一方面考虑到赌运阴晴难测，更主要是怕遭老天爷责难贪得无厌。女友见好就收，满载而归，在记忆里确实风光了一把。以至于今天能够春风满面地从鳄鱼皮坤包中取出一叠在那家世界著名的赌场里的留影邀我欣赏，作为佐证。

"看来你的运气没有辜负你。你这样的人确实适合做生意。"我

心不在焉地夸奖道。头脑里却盘算着自己几年来呕心沥血爬格子所日积月累的稿酬总和，恐怕都不抵女友闲庭信步的那一夜风云——命运的报偿因人而异，客观上就显出其不公平性。受皇天青睐的人是值得祝贺的——譬如我驰骋商海游刃有余的昔日女友，以及这个世界上所有笑傲青云的幸运儿；至于以一己之力苦心经营着天生贫瘠的两亩三分地的我辈，相比而言则近似于刀耕火种的小农经济了，从来不敢祈望风调雨顺，而以血肉之躯的顽强拼搏抗衡如影随形的歉收的危机。我辈是否就有必要埋怨时运不济或天理分配失衡，甚而至于确信彩云之上有那么一位手端两碗水不一般平的造物主呢？对此就个人而言，我是不屑一顾的。人各有志——换成哲学的结论即性格就是命运，我满意于自己对人生的选择、对价值的判断，只有在这一种人生中我才如鱼得水——本性的取向甚至比冥冥之中的所谓天意更不容违背。是的，我们付出了种子、劳动、心血甚至更多无法估价的东西，换取的不过是一粮囤的谷子。但正因为有过"汗滴禾下土"的亲身体验，才知道生活中有限的幸福"粒粒皆辛苦"，并感到宽慰与珍惜——所以说我们还额外获得了对人生最朴素、深厚的认识。我们没有相信命运，但毕竟开始相信自己——这种生命本质的信心同样是不可多得的。

你可以浪费粮食甚至蔑视粮食——仅仅因为腰包里塞满似乎可供收买一切的金钱——这说明你在粮食面前是个白痴，到老到死都无法衡量粮食最原始、最昂贵的价值。而金钱并不足以提高一个人对人生的智商。运气施舍给你的，并不真的属于你，它随时都可能劫掠而去。吃着亲手种植的粮食，我们感到很饱、很充实——因为我们享受到创造的乐趣。是的，我们历经饥饿、贫穷的困扰折磨，但大伙都会有在人生的最后门槛蓦然回首的一天，两袖清风的我们掩盖不住内心的骄傲：我们没赔，我们赚大了。如果活了一辈子尚不知饥饿、贫穷以及忍耐、反抗为何物，那难道算得上真正的富有？那难道不是残缺片面的人生？

富人永远没机会了解穷人的痛苦，也就无法想象穷人的欢乐。因为唯独这种痛苦与欢乐，是金钱无法收买的。看来在这个世界上，金钱的势力也有"死角"。生命就像一件衣裳，穿在富人身上被保养得纤尘不染，甚至直到最后脱下它还是新的；穷人的衣裳，被岩石磨砺、被汗水浸透，千疮百孔，伤痕累累，每一处都记载着一个惊险与荣光的故事。如果苍天之上真有俯瞰众生的造物主的话，如果生命可供选择的话，我宁愿越过遍地绫罗绸缎而挑选那件打满补丁的旧衣服——那毕竟才是生命力的充分使用、生命价值的完整实现。我没吃亏，我占大便宜了！

世上居然有这样的傻子！世上居然有这样的聪明人！毕竟，在物欲横流的这个世界上，喜欢炒股票的人越来越多了，喜欢把黄金的标价哄抬上去的人越来越多了，喜欢购买冒牌但廉价的幸福的人、喜欢长途贩运良知以牟取暴利的人，越来越多了。喜新厌旧的人多了，投机取巧的人多了。

如果人生是一局轮盘赌的话，我拒绝购买一枚哪怕最小的筹码。我不愿意事后把成功分给运气一半。正如即使失败了，我也不会把责任全部推卸给命运。我有我自己的逻辑。

但实际上，这是一场更为宏观、更惊心动魄的赌局。我们以饥

饿为赌注,赢得充实;以贫穷为赌注,赢得富有;以汗水赢得收获:以痛苦赢得欢乐,甚至以失败赢得胜利……

而以金钱为赌注,却只能赢得金钱。太不值得了。

和那些患得患失的赌徒不一样,我把我血肉之躯押在真理的天平上。现在,我就要亮出自己了,我是我自己唯一的一张王牌,千金不换,势不可当……

美人的泪

西安是我一向仰慕的古都。我甚至偏颇地认为：读懂了西安，就等于读懂了半部中国历史。西安的名胜古迹举不胜举，据我所知，至少有两处与女性有关：安葬武则天的乾陵（东侧竖立着著名的"无字碑"）和杨贵妃沐浴的华清池。前者以权倾国，后者以色倾国——对于今天纷至沓来的匆匆游客而言，杨贵妃的故事似乎更有人情味与诱惑力。尤其当你伫立在泉眼干涸的华清池边，联想到悠悠千载以前那绝代佳人曾在一指之遥沐浴御寒，"温泉水滑洗凝脂"，又怎能不为时空恍惚而油然感叹呢？那应该类似于古典的天鹅在雾气弥漫的湖心载歌载舞、吟啸徐行吧？那份旷世之美就这样消失了吗？只留下一堆残砖断瓦和一个幻影？

应该承认，白居易的《长恨歌》给杨贵妃的典故增色不少。《长恨歌》虽然不无讽刺意味，但毕竟是一首流传后世的有关杨贵妃的赞美诗。"回眸一笑百媚生，六宫粉黛无颜色"，就像一帧铁划银钩的工笔仕女画，向我们传达出掩映于重重时光帷幕深处的那份

美——我们才相信,美本身也是可以惊世骇俗的。当然,《长恨歌》的后半部分还续接了一个蓬莱仙的魔幻故事,流露出诗人怜香惜玉之心;不忍红销香断,玉碎宫倾,而寄幻想于那份美在另一个时空延续,完好无损……

所以我游览华清池,几乎带着凭吊的心情绕场一周,在秋雨习习中把栏杆拍遍。"雕栏玉砌应犹在,只是朱颜改",不知九泉之下的贵妃是否能听见一千多年后对她击节赞美的掌声?那被时光掩埋的旷古之美是否会回光返照,而选择人海熙攘中作惊鸿一瞥呢?当年唐玄宗携带爱妃在亭台楼阁间宴饮游乐、欢歌笑语,"三千宠爱在一身",弹指一挥间,都化作灰飞烟灭的一阕红楼梦了,江山依旧,美人安在?

车过马嵬坡,我的心情无端地抑郁了许多。当美在人间发展到极致,似乎又不得不以悲剧来结束了——悲剧即是美的事物的毁灭。血肉丰满的香魂化为青烟一缕袅袅而出,几乎令迟到的游人过客不敢相信那份惊心动魄的美确实锋芒毕露地存在过。这时候只能借助想象来恢复它愈趋淡薄的轮廓了。当渔阳鼙鼓卷土而来,纤尘不染的霓裳羽衣曲自然破绽百出了——美在想象中是强大的,在现实的压力面前又是脆弱的,不堪一击的脆弱。我只能靠《长恨歌》的诗句来幻现花容月貌的杨贵妃临死前的情状:"宛转蛾眉马前死,花钿委地无人收。"我不敢猜测她是否流泪了,我怕她伤心的泪水把一整部线装书溅湿。

写到这里,便悠悠地想起电视剧《梁山奇情》里的一句歌词,好像是什么"英雄的血,美人的泪",这是两种可以改变历史面貌的液体啊！英雄美人，相映成趣，前者征服世界，后者征服心灵，我实在无法辨别谁更强大——正如无法裁判谁是最后的胜利者或失败者一样。"七月七日长生殿，夜半无人私语时"，那份美曾经如一剪轻燕，翩若清风地借宿于人间的雕梁画栋之下，作令人刻骨铭心的呢喃，声声入耳。我在西安，情不自禁地想起杨贵妃，我甚至觉得：即使不曾身临其境地目睹那份旷世之美，仅仅作为这关于美的传说的倾听者，已算是幸福了。即使朝朝暮暮挣扎于市声尘嚣之中，只要内心保持敏感，和惊鸿一瞥、稍纵即逝的美便算是有缘分的了。

庙 会

在火车站铺开地图，便能对一座陌生城市采取鸟瞰的姿态。南北东西，一目了然，胸中自有城廓浮现。唯独北京例外，北京的地形物貌有藏龙卧虎之势，令作为移民的我琢磨不透，想是古往今来太多神灵怪异的缘故吧。出门常迷路，就像唱歌老跑调一样，挺扫兴的。然而，西郊有一方净土名卧佛寺，我想会牢记于心的。出苹果园地铁站，换乘往香山去的郊区车，那年初秋（红叶尚稀疏的季节）我就是这样背着行囊抵达山门的。难忘的路线。

十几位来自外省的诗人，在卧佛寺饭店里谈玄论道达一星期之久——留下遍地烟头和揉皱的稿纸。星级宾馆我见识过不少，都不如卧佛寺亲切平和——藏身古刹的平房式饭店，由一座座民间特色的四合院组成，晨钟暮鼓，老树昏鸦，豁达如隔世的水墨画。木质结构的套间，不铺地毯，不设席梦思——代之以纤尘不染的板床、造型古朴的藤椅，窗明几净，适宜于黄卷青灯。庭院深深，青草很轻易地高过足踝，我们围绕雕花的石桌而坐，若是手中再多一柄大蒲扇的话，清风徐来，颇能渲染禅境。修身养性在前，避暑纳凉则退居其次了，何况我辈的话题是缪斯——与卧佛迥异的神明。

在庙堂里面开会——而且是诗会，是个好主意！远离滚滚红尘，投身于明月松涛，既有助挑剔我辈的悟性，也契合并革新"庙会"的涵义。佛门讲究清心寡欲，诗家不可无动于衷，由此比较，又自相矛盾。试想一班酒朋文友在禅房花木中高谈"流浪""主义"，即便不算大煞风景，那画面是否有点滑稽？去殿堂里烧了头一炷香之后，面临四大天王的眈眈虎视，我们便不大敢作雀噪了。倒是睡懒觉的积习未改（服务员送开水来了还未见坐禅的诗人们起床开会），一定程度上拉近了和卧佛的距离。

青春诗会声名遐迩，以舒婷、顾城的朦胧诗派为创始，十载花期柳讯，会址的选择见仁见智：或登名山，或临大川，都是激扬文字的好去处，至我辈却退守一隅古寺（况且供奉的是一尊慵懒的卧佛），足以管窥诗坛兴衰和人间消息。或许在媚俗的眼光里，诗人本来就与绝缘于烟火的苦行僧无异，是走火入魔的与世态背道而驰者，抑或，是不显山不露水的空中楼阁，孤僻于人类精神的高枝。而文弱的缪斯，在物欲横流的光天化日之下也几乎无处立足藏身，只得借宿于古香古色的翘檐下了。遮风，但不蔽雨，在卧佛寺苍凉的晚钟中谈论诗歌江河日下的地位和命运（乃至整个艺术被物质挤压呈现的变形），我们感到好冷清。

这不妨碍我们由衷地赞美卧佛寺的辉煌富丽。它倚傍于香山东麓，有数百年历史而香火缠绵不绝，随处可见参天老树或前朝帝王将相的碑刻题字。据说光一尊铜身镀金的大佛，就用去多少公斤

（数据我记不清了）的贵重金属，而今的门票收入也颇可观。令我神往的是佛祖所采纳的姿势——恬适而淡泊地侧卧于高堂之上，睡眼迷离俯瞰岁月的走廊上人来客往。朱漆的香案上，陈列几双庞大如坐椅的绣花布鞋，是清代皇帝的供品，淡淡地蒙上了一层灰尘。鞋子的造型被夸张和放大后，便显得形状古怪，不像鞋子，倒像是别的什么东西了。卧佛卧佛，你何时起身来穿上它呢？否则，它只能永远地作为道具了，历史的道具。

左近有樱桃沟，闻其名而知其义。我头脑里摇曳着或青嫩或红润的字眼。某夜结伴而游，一路耳闻沟底泉水潺潺，相迎相送，直达纵深方知樱桃沟徒具虚名——就像木樨地没有美人香草，苹果园不见得真的硕果累累一样。北京一带的地名大多起得空洞玄虚，而又不剔除诱惑的成分。归途之中便充满受欺骗的颓丧和愤懑。遁入空门才渐渐心平气和，便懊悔这一夜自作多情的踏访：何不保留那一份原始的想象呢？这世界上好多事情是不应该寻根问底的。我们侥幸在卧佛寺做了多日的门客，但并没有真正地彻悟。

同游者：南方沿海的汤养宗，生着一副渔民面孔，走平地也如立足甲板；本地的阿坚，是土生土长的胡同窜子，几乎每个省份都留有他云游的足迹；前面提到过的蓝蓝，穿红裤、蓝印花布衫，系红头绳，刻意追求陕北女子的打扮，唱一口动听的信天游……主人是诗刊社的李小雨、邹静之，从接风到送行，他们二位都面带和善的微笑。

雾都摇滚

爱情是痛苦的。只有当你出现在我身边，爱情才可能带来短暂的欢乐。日常生活中我们的距离，相当于城市的这头到那头，骑自行车至少需要一个半小时。这仅仅是个比喻，更确切地说，我们属于两个世界。我有我的大漠孤烟，你有你的小桥流水。在别人眼中，我作为雾都孤儿式的落魄无产者，是无缘结识你这位小布尔乔亚的贵族女儿的。如果真的在街上擦肩而过，我也很难有勇气抬起低垂的眼皮，打量你这样的很明显生长于温室里的花朵。我是旷野上一棵土里土气的树，除了风，从不寄希望于谁来做我的朋友。然而你，还是透过褴褛的衣裳、憔悴的神情认识真正的我——那是一颗未曾经历过月蚀与污染的心的形状，像粘带着两片绿叶的毛茸茸的山桃子，我可以信手用剪刀在纸上剪出来给你看。

你恐怕是以欣赏野生植物的心情来接近我的，你信赖地走进我不见阳光的小屋，背靠墙壁坐着，倾听我谈起萧条时期的诗歌、理想以及就一位流浪汉而言不可能贫乏的人生阅历。你惊讶地扑闪着

睫毛,"你居然去过那么多地方,而且有那么多故事?"这帮助我醒悟到自己富有的一面,我在你湿漉漉的目光笼罩下恢复了滋润。西北风在窗户外面响着,我和你面对面坐着——中间是茶杯、书、烟灰缸以及假设中的葡萄藤蔓,全世界宁静得仿佛只有两颗心在跳动。风越来越小,我觉得茅草的屋顶很结实。这一刻啊,你在我身旁,即使给我一座珠光宝气的宫殿,我也不愿搬家。我对世界保持沉默,然而面对你时永远是演讲者的姿态。我的往事,我的未来,我的海洋般折叠的心灵书卷,只可能在城市里最不引人注目的角落,对你打开……然而爱情又是痛苦的。送你回家,从这个车站转乘到那个车站,曲曲弯弯,漫长的告别仪式,只听见车辚辚作响,街灯的光芒像一层神秘的面纱撒在你的脸上。我从熟悉里看出了陌生,从温柔里看出了忧伤——一个人仰躺在草地上凝视夜空时常常会这样,星星的语言无法破译。在颠簸的无轨电车最后一排座位,在黑暗中,我的心像盛水的瓷罐哗哗作响,又尽量克制着不让你听见。你对我笑了一下,比什么都好,比什么都明亮。

真不敢相信啊,我居然还会爱别人——在物质挤压的时代,千疮百孔的个人主义帐篷里,我首先失去的是这种信心。然后就是生命中温柔的全部丧失。我像块石头般在楼群与楼群之间走动,经历了烈日当空的持久的蒸发,性格变得干涩、硬朗。我不敢接触爱情,生怕给姑娘们带去嚼刨花般枯燥的感觉。在无人知晓的黑夜里,我很坚强,也很安全。如果不曾遇见你,恐怕我的一生都会这样度过。

当我为刀枪不入的年龄而自诩之时,你出现了,微仰着满月般无可挑剔的少女的面庞，走过了北京沙滩北街103路车站，时间是1994年3月某日下午两点钟。我高筑的防线，我流浪岁月里的自尊与冷漠，溃不成军。我冻伤过的心如果确像一枚半青半红的桃子的话，那么正被我的两只手掌捧着——像接受了两片绿叶的委托，呈现在你系着北方风格的花格纱巾的胸前。我居然还会天真地爱一个人——这种感觉比具体的爱情事件更令我喜悦。

为了抵达你所代表的世界，我顶风践踏沉重的命运齿轮，像铁鸟横渡茫茫人海，穿过千差万别的面孔寻觅你温馨的窗户。我呼啸着冲撞树枝、镜框、旗帜或者歌谣，栖落在你附近的草坪上——小块阳光投射在上面，明察秋毫般梳理我蒙满灰尘的羽毛。你用木桶拎来了古典意义的井水，你用花朵般的小手蘸着，擦拭我易碎的玻璃心——那大大小小的伤痕，顿时奇迹一样愈合。

正如疼痛消失得突然一样，爱情到来得突然，不容我做任何准备。我沿着一向忽略的万家灯火，回到城市边缘的小屋——揿亮灯海中最后的一盏，晕眩的瞬间，我仿佛看见你了，看见你背靠墙壁坐在一幅世界名画下面，等待着倾听我谈论诗歌、理想什么的。你扑闪着睫毛，惊讶地凝视我用钥匙开门的动作。我不敢伸出怀疑的手，我几乎就要触摸到你温存的衣饰。这就是你的幻影，它已在我心里扎根。室内郁闷了一整天的空气，似乎都遗留有你披肩长发的香味。

我真的不敢伸出期待的手，那样我会像盲人一样，在正午的黑暗中触摸你在我记忆里呈现的轮廓，永远地寻找，永远地胆怯——直至事实与自身的梦想完全吻合……

晚　课

寄居于单位作书库之用而在近郊购得的一座破旧四合院里，白天骑车去市区的大楼里上班，做些编书写书的活计；夜晚归来，在纸墨味很浓的窄窄的过道里搭一架行军床，便堪以栖身安梦了。青灯黄卷的日子，幸亏有值夜班看守书库的邢老头（河北人氏）相伴，棋盘上便有了对手，可以相互撑持着打发一些月色，渐渐地，临窗对弈成了彼此不可或缺的功课，市声尘嚣、前缘往事充耳不闻。老人来自平原农村，淳朴厚道，虽是打临时工，但烧炉沏水、清扫仓库、守夜封门，无一不尽心尽职。气质上常令我联想到电影里20世纪二三十年代旧式家庭里的老龄仆役，忠心耿耿，知足常乐。

所在胡同以船板命名，巷名起得古怪。不提远近无大水，连雨洼泥塘都屈指可数；事后听说，清末这一带紧邻某船厂，头脑里顿时浮现出锯末刨花满地的情景。若说造船，恐怕也多为舢舨一类吧。我一介书生，从南方云游至此，清风满袖。胸中不缺的唯有文章；异地谋生求职，自然入乡随俗，但深感北方缺水——尤其春秋风沙袭面，气候干燥，人情性格也粗犷凝滞，空乏的是故乡的花红柳绿、渔歌唱晚，那份细腻与滋润，我确实疏淡许久了。碌碌无为于京城一隅，高远并非朝思暮想得，所幸夜夜托梦于船板胡同，地名的巧合，连续了我命中注定与水若即若离的缘分，便足以忍耐风尘仆仆了。

加上身为书生，本就在专管编书出书的机构里干活，偏偏又安排在汗牛充栋的书库里借宿，与仅拥有一间书斋画室的小户人家相比，也类似于"以天地为庐"的气魄了。我辈即视书如命，侥幸为单位兼任书仓看守者，在本质上自然等同于"金库保管员"的地位，伴书而眠，尽可以享受精神上富有的错觉。与书的缘分难分难解，增强了我跨出校园时选择笔墨人生的信心。难道一切都是天意？

庭院深深，墙脚处有两棵粗壮的枣树，我想到了鲁迅《野草》里的名句。邢师傅在他精心铺设的丝瓜架下告诉我，这是座木质结构的老宅，朱漆的门柱、瓦顶、高檐，人走动在下面觉得自己不很伟大，四面很空。这里的"空"字不是空旷的那种"空"。前任的房主是位华侨，据说是因为闹鬼的缘故才廉价易手给我单位。邢师傅又说起他的前任，迷信的乔大爷，某夜听见四壁如纸般抖颤，甚至有咳嗽声，第二天慌忙去大楼汇报。领导置之一笑，乔大爷愤然辞职。替补的邢师傅是无神论者，安然无恙。听到这里天色从瓜棚上黯淡下来，方桌上搁置的两杯清茶不知不觉已凉了，邢师傅进屋去开了灯，很久以后我都会记着这个夜晚，渲染着淡淡的美丽，给人以置身聊斋的幻觉。听故事时我哑然失笑：在这改作书仓的院落里假若真有鬼的话，日积月累受书香熏陶，也该文雅如蒲松龄老先

生描绘过的？我下意识地望望那堵断墙，只有低矮的天空和邻院孩子鼓舞的一角风筝。

我和邢师傅养成了茶话的习惯。每晚在格子上爬累了，便邀邢师傅谈他河北家乡的风土人情，顺便共品故人从江南给我捎来的龙井。茶盅里的话题是沏不完的。我也发现了住四合院的乐趣，天圆地方，清风穿堂，很自足、很适宜闲情逸致的审美空间。若是庭院里再搭配一架辘轳井，氛围则不亚于江南了，我甘愿在四堵院墙之间踱步寻诗。据我所知，以《大堰河》名世的艾青至今还安居于北京的某一座四合院里，这就是证明。上班的早晨，我的自行车从睦邻的院落中间穿过，像穿过一群安详地收拢着翅膀的鸟，穿过好多的故事，甚至，穿过一座城市的历史。

再说些什么呢，除了那些夜晚。我的台灯总是在零点时分熄灭，帮助我酝酿一些或美丽或平淡的梦想。白昼我们总是忙于做人做事，幸好生活懂得补偿，以闲暇补偿了另一面人生……我如今已远远离开那里了，又投身于其他的屋顶；今夜瓜棚豆架，是否仍然逗留着我的影子？刑师傅是个好人。书库是做梦的好地方。想起船板胡同的那段日子，我很怀念。

插 花

我常常想，花朵对我们的生活意味着什么？久忙俗事，浑身抖不尽的烟火味，对花花草草视若无睹，况且它们在现代社会所占据的位置、出现的机会本来就渐趋稀少，倒是新上市哪种蔬菜更容易唤起衣食大众的注意力。若有闲暇，便分外怀念民间的插花——这简直快成为一门带有古典主义色彩的技艺了，任其失传的话，未免过于残酷了，那等于宣布一种美离我们越来越远。

和茶道一样，插花的艺术也是在日本达到巅峰状态的，并由此产生了所谓"花道"。日本的花道历史久远、派别繁多，其中最负盛名的号称"池坊派"，创始人池坊专应有口传的格言："仅以点滴之水，咫尺之树，表现江山万里景象，瞬息呈现千变万化之佳兴。正可谓仙家妙术也。"这也未尝不可用来代表整个日本花道的理论。什么事物一旦上升为理论则显得玄妙且高深莫测了。池坊专应生卒年不详，约在15世纪初到15世纪中期，他讲求以心智从事插花的活动，即插花者本身又必须作为旁观者，借助超凡脱俗的想象力来

欣赏自己的创造和自己的性情。茶道与花道的区别在于：前者重在品味与领悟，后者重在模拟与欣赏，后者的审美外化形式要超过前者。它们也有共同点，那就是都与禅宗有关，都是为修养心神所采取的手段。

川端康成领取诺贝尔文学奖时，做了题为《我在美丽的日本》的演讲，其中阐述日本文化精神之美，特意以花道作为例举。他首先引用道元禅师的偈语："虽未见，闻竹声而悟道，赏桃花以明心"，仿佛人面桃花相映成趣确能使心灵渐趋清朗，直至如明镜高悬。接着指出了花道的真谛："要使人觉得一朵比一百朵花更美。"这简直是耐人寻味的一句禅诗。挑选的插花与整个大自然生长的花卉相比，数量是有限的，但正是要从中参悟出无限的美、美的无限。在聪慧的灵魂面前，一朵花和一座花园是没有区别的，在具备共性的同时，一朵花甚至更拥有个性。看一百朵花，你只注意到它们的共性；如果你眼前只有一朵花呢？这特殊的陈列品，它的色彩、芳香、形状，反倒使你过目不忘。桃山时代的花道家千利休说盛开的花不能用作插花，因而日本茶室的壁龛里，不仅只插一朵花，而且大多是含苞待放的。在斯德哥尔摩巍峨的领奖台上，白发苍苍的川端康成不厌其烦地向世界讲授插花的技艺，譬如怎样让蓓蕾沾上露珠，怎样预先用清水濡湿精心选择的陶瓷花瓶，怎样使花瓶及其供物如天造地设般柔和默契……那时候他的神态不像是文学大师，倒近似于京都郊区的花匠。他呢喃着："五月间，在青瓷花瓶里插上一株牡丹花，这是花道中最富丽的花！"他仿佛在意念中不断重复那个柔若无骨又重若千钧的动作呢！花实则是美的代名词。我相信花朵之间有一种无声的语言。做花朵的听众，非大寂寞、大天真者不能为也，尤需一颗敏感之心，如林黛玉之类，见花落泪、对月伤情。他们的听觉与常规相悖，市声嘈杂、雷鸣电闪说不定反而充耳不闻，倒是人间美物的一颦一笑、风摇露坠，足以使之怦然心悸，从中听出急管繁弦、喜怒哀乐来。

读川端康成散文《花未眠》、我仿佛首次认识到花为何物，这个字眼代表着怎样的世界。这位岛国的大师在旅馆半夜醒来，发现案头供养的海棠花未曾睡去，它昼夜开放着。恐怕由于他想象中，鲜花如美人，亦有起居、开败的规律，动与静两种状态向来存在于万物之间，他把这一事物拟人化了，面对真实的花才幡然醒悟，从而产生出一种美："花未眠这众所周知的事，忽然成了新发现花的机缘……正因为人感受美的能力是有限的，所以说人感受到的美是有限的，自然的美是无限的。"看到这里我有点恍惚，以至推测那些多情善感、故能与花鸟对话的文人雅士，非草木之身，其感受美的潜能却大大超出常人——虽然久未被我等凡夫俗子理解。美是一种特定的语言和宗教，他们为之所感，通过外物（哪怕是假设中的零星花瓣）而实现自身向某种至圣至洁境界的升华。川端康成感叹："如果说，一朵花很美，那么我有时就会不由自主地自语道：要活下去！"由《花未眠》很自然联想到苏轼的"只恐夜深花睡去，故烧高烛照红妆"依稀可见双目炯炯的诗人痴情厮守于重重帷幕间，为了延续美在其身边停留的时间。设若花能解人语、善体人意，亦将为这拳拳之心感动。什么原因使诸多文人格外垂怜这类夜半来、天明去的花，缘自其"来如春梦几多时，去似朝云无觅处？"抑或

感慨于美是短暂的,正如花期有限,"似花还似非花",花的后面一定隐藏着什么。与苍茫时空相比,它们不过是一星微尘,然而面对敏锐脆弱的心灵,花是永远的,它在心灵空间里留下的投影无限扩张,又无比牢固。

川端康成自我剖析:"凝视着壁龛里摆着的一朵插花,我心里想到,与这同样的花自然开放的时候,我会这样仔细凝视它吗?只摘了一朵花插入花瓶,摆在壁龛里,我才凝神注视它。"一位观众,和一朵花,隔着风起云涌,简直在以心相许、相亲相爱、相敬如宾——这就是心心相印的境界,也是禅的境界。川端康成强调这"不仅限于花",文学也是这样,人生也是这样。插花是大自然之美的样品,它摆设的姿态及那份匠心独运的精巧、雅致,又带有人工成分——对自己美的剪辑、烘托,仁者见仁,智者见智。每个人插花,都有与自身审美观甚至性格相吻合的手法,尤其是体态婀娜的美女将新采摘的野花插入高挽的发髻,比插往瓶颈或壁龛,要温柔与从容一百倍,因为它点缀了自己,自己也陪伴这朵花构成环境的装饰品。

花与花的品种之间也是大可比较一番的。川端康成的作品据说体现东方精神的美学,除了《花未眠》里情有独钟的海棠,还常涉笔夜来香、山茶、合欢花、百合之类,都是些孕育得清苦、开放时亦以暗香徐来的种类,品味它需类似茶道的功夫、禅宗的修养。我读过一部旧书,叫《菊花与刀》形容的是日本文化精神。字面上透露出的冷艳与孤傲,笼罩着凛冽到人骨髓里的美感。有菊花而无刀,是陶渊明式的隐士的事情。书生的菊花,契合了东方人追求澄澈、淡泊的品质；但若仅仅有刀而无菊花，则显得强蛮与野性了。菊花与刀，是一种重复的修炼、互补的涵养。所以我读川端康成偏爱在万籁俱寂的如水月夜，心很快即可随之浮沉，而不适宜在炫目的太阳下坐读。比照欧洲古今文学，他们也歌颂花，但西国之花大多热烈、外向、血性，如玫瑰、郁金香、紫罗兰，很能渲染气氛，且使歌者的激情直露而无拘束。花的种类、品格看来与赖以生存的土壤、气候不无联系——而插花的技巧与风格尤其能暗示文化的差异。

关于日本的插花，我还能说些什么吗？我又能记得多少种花的名字呢？最难忘是上野的樱花，赫赫有名。穿着绚烂的和服在飘落如雪的樱花树下漫步，构成一代又一代日本人的记忆。我一直弄不懂，这个产生过武士道、明治维新、幕府与军国主义、《源式物语》、松下电器的民族，又是如此爱花的民族——而且是从灵魂里爱着的。川端康成这样解释："在破了的花瓶、枯萎的枝叶上都有'花'，在那里由花可以悟道。古人均由插花而悟道，就是受禅宗的影响，由此也唤醒了日本人美的心灵。大概也是这种心灵使在长期内战的荒芜中的人们得以继续生活下来的吧。"我不禁重温佛典《五灯会元》中的故事："世尊（释迦牟尼）在灵山会上拈花示众。是时，众皆默然，唯迦叶尊者，破颜微笑。"就像考试通过了，迦叶面对一朵花时的会心一笑被指认为得道者的心情。金代诗人元好问说："诗为禅家添花锦，禅是诗家切玉刀。"插花的同时，我们是否也在自我欣赏呢？或者更深奥点——是否也在寻根、求道呢？

跟往事干杯

往事就像一位凌波微步的绝色女子，你只能端详其愈去愈远的背影，而藉以重温当初擦肩而过时的笑声。又如信手点染在水面上的一滴颜料，有过瞬间的变幻莫测，最终为时间的洪流冲淡，仿佛未曾存在过一般。难道她真的从地平线上消失了吗？不会再有灯火阑珊处烘托的惊喜？你不止一次地问自己，以怀疑的态度走遍大街小巷。对下个十字路口的期盼使你预约了想象中的邂逅——是谁手持鲜花迎接上来，悄声相告："你知道我在等你吗？"很多次你都是这样带着隐约的幸福从梦中醒来，又失望于它真实的程度。

正是这一切，这不可复得的遗憾与伤感，增添了往事潜在的美丽，栩栩如生，花繁叶绿。你心中留有供其回旋的余地。这无法兑现的花园如影随形，实则证明了你精神上的拥有，证明了——有好多人物、事件，包括相视后一个极浅显的笑颜，或风雨兼程中匆匆的一握，你一生都不会忘记。这是生活对你的馈赠。常常它在梦中不请自来，促成了你对未来的相欺相许，犹如回光返照一般，从另一个角度证明了以往——同样未曾忘记你……

于是在描述了这许多之后，我想我是有资格赞美往事的——它凝聚了我们多少眼泪、汗水，我们正是迈着勇往直前的步伐，超越了它而抵达今天的驿站。如同果实承受了风雨飘摇，从青涩转变成熟。小憩的时候蓦然回首：陈列在来路上的落花又如此这般地红润起来，既往的喜怒哀乐，业已休止为你身后一道不动声色的屏风。那置身画中的，仅是你昨天的影子。

应该承认我是偏爱回忆的，并且把它跟重读一部旧书的感觉联系起来，百看不厌的是其中精彩的片断。每个人的一生中都会有某些令自己拍案击节的事迹，哪怕它对于别人而言微不足道。故事永远只对主人公才有意义，才不致雷同于路边的浮光掠影。那么，我们为什么不珍惜它呢？为什么不把它作为心灵的存折收藏起来，以待来日验证自己的精神财富？带着类似的目的，我习惯于借助零星的文字挽留它们，就像为了标识森林中驻足过的某一棵树而深情地刻下自己的名字。它会长高长大，与天地星辰同在。即使我已转身离开这个世界，风吹树叶哗哗作响，如同一种寂寞而又徒劳的呼唤。但我想，我在远处也能听见它的……

18岁出门远行——借用一部小说的标题，走南闯北，连续迁徙了好几座城市，每一段路程的中断或展开都像翻一页书一样简单。昨天接触的人与事，昨天的风风火火，疏远得像发生在另一个人身上——然而我依旧钟爱它们，宛若飞倦的鸟儿眷恋余温尚存的空巢。我知道自己仅仅是奔波于人生不同的段落中，依旧有潜在的线索、脉络过渡于其间。每次风尘仆仆地返回家乡，在码头转乘的公共汽车载我横跨城区，路过叫作大行宫的那一站，我总要透过玻璃窗打量站牌边的一幢灰色楼房——它实在是太普通了，我们的城市里有成百上千座这样的建筑。唯独这一幢使我频频回眸，我的初恋情人曾经在那里面居住。学生时代我无数次在朝南的那扇窗户下守候，守候她穿着天蓝的连衣裙，踩着咯吱作响的木楼梯下来，笑吟吟地出现在我眼前……

实际上我们的故事早已成为日记簿里最深处的一页，当年的字迹也褪色得像用雨水写下的，甚至，她多年前就搬迁出这幢旧楼，而我也无法打听到她的下落……然而每次还乡，我都一次又一次地回望这往事的遗址，直至它的轮廓在车窗里迅速地闪逝。我以最生动的心声问自己：人去楼空，如今她在哪里呢？她还好吗？她是否知道我并没有忘却？那扇朝南敞开的窗户——早已住进了无关的房客——是我们共同拥有的记忆的唯一见证。在它面前，分别后各自所遭遇的热风冷雨都可忽略不计，而年轻时的欢颜在瞬间恢复了青枝绿叶……

这，就是我想说明的回眸的妩媚。人生不能没有妩媚的时刻，更不能没有可供回眸的事物。人不可能生活在空白中，尤其对于酷爱思想的人。往日的矿藏一经发掘，就会踊跃地展示它难以磨灭的瑰丽。我要求自己模仿沙漠上的旅人，小心地保护一路提携的水桶，以免生命中美好的内容点点滴滴地遗漏——那样即使抵达终点我也会空洞如蝉壳，而无法吟唱出盛夏的辉煌。祈愿每一次回眸都能带来不同凡响的收获：那曾经美丽过的依旧美丽，那值得重温的依旧难以忘怀！

某一个人

当人们奇怪你是一座晶莹的冰山时,你淡淡地笑了,雪花纷纷扬起。你淡淡地笑着说自己的热情是属于某一个人的。

黑夜降临你也舍不得点燃最后一根火柴,你在阴影里说自己的光亮要留给某一个人。

以瓜甜果熟的年龄建筑了一座迷宫,并且安装了秘密的门铃。你说只有某一个人才能把它揿响。

茫茫人海里你苦苦寻找着某一个人,这么多年来你耐心等待着某一个人。你和你想象中的某一个人并不相识,你不知道他的名字,他也不知道你的地址。

你固执地相信有这么一个人,这么一个人拥有你赋予他的所有优点。因为你梦见过他,他的声音和表情朦胧而又清晰,虽然醒来没留下一丝痕迹。

你同样固执地相信,某一个人也在苦苦寻找着你,耐心等待着你。在你们的道路寻求会合的过程中,某一个人和你一样地艰辛,

一样地坚信。

于是你认真而又有目的地安排着自己的生活：在书桌前放上两把椅子，梦的门扉从不关闭，每写下一首诗就密封在航空信封里，幻想着能在某一天给某一个人邮寄⋯⋯

为了确定最美的一棵树，你走遍了森林；为了选择最富于诱惑力的道路你拒绝了一千条途径；为了从无数张面孔里辨认出某一个人，即使面对镜子，你也看不见真实的影子。

许多候鸟在你的阴影中歌唱，直到声音嘶哑了，才扑扇着疲倦的翅膀飞向另一个季节。

踮着脚的风不时在你门前吹起，又失望地离去。

每一个人都可能成为你的某一个人，每一个人都未能成为你的某一个人。

然而面对你坚定的温柔、温柔的坚定，我也不得不相信：直到冰山融化，某一个人还在白发如霜地等待着春天的抵临。

在你永恒的阴影里，只有某一个人才能辨认出通向你的途径。

即使风雨摧毁了你的迷宫，岁月锈蚀了你的门铃，某一个人还在你门前永远地倾听⋯⋯

夏天再见

已经走过那郁郁葱葱的季节了，连蝉唱的小路都不再夸张夏天的笑声。

那郁郁葱葱的季节曾经像一面古色古香的镜子，炫耀在你我的梦中，而时间却终未通过它获得回光返照。你的笑容是锈迹斑驳的镜框，在七月的暴风雨中镶嵌着我如痴似醉的倒影。我们缠绕的手臂之间，青草窸窣地布置着荒凉的景观。

一条名叫夏天的河流动着，那朦胧的橹声帮助沿岸的少男少女绿叶一样醒来。我看见有泉水的地方，花团锦簇的裙装次第绽开，逐渐覆盖每一条雨后发亮的街道。校园的钟声撞响某个神圣的时刻，一趟新颖的特快列车即将启动，连最慵懒的男孩也弯腰系紧自己的鞋带，这庄严的动作使人联想到下一个季节的跑道。

已经走过那郁郁葱葱的季节了，你还会一如既往地聆听我远去的足音吗？又一片绿色日历凋落在我们共同涉及的途径，而晒得黑黝黝的夏天却匆忙地转过身去。

从田野里采来最明亮的麦秸，把太阳编织成玲珑剔透的草帽，作为送给夏天的礼物。我们将它悬挂在这个世界最高的一棵树上，待到下一次春暖花开，有羽毛丰美的音符成群结队地飞出这孵化了记忆的鸟巢。

夏天大汗淋漓地行走着，对上一个世纪的废墟不屑一顾。我们站在新的起跑线上，面对一扇扇终于开启的窗户，一次又一次地挥动手上最后的玫瑰：夏天再见……

你听见了吗，夏天？难道你也栖息在缓缓驶动的绿色列车上，陪伴着我们深入另一片硕果累累的国土。

水上花园

水仙花沿岸盛开，我不由得联想到汲水而来的姐妹。

一样的倒影，一样纤巧的手指，高傲地拘留住泡沫的裙裾。她们的掌心把玩着大大小小的月亮，一举手一投足都有雨点般的露珠摇落。她们的梦在水上，变形成一盏灼灼的渔灯或一朵花；她们的梦在我的梦里。

也就是说我梦见了另一个梦。另一个做梦的人黑发飘散，仰泳于湖面，像半柄被雷电打断了的木桨。水仙花沿岸盛开，我踏上她未竟的旅程，心儿被潜在的叶掌温柔地划动，直至浪花溅湿了我的脸。

我在自己手掌的蒙蔽下闭上眼睛，不敢回望尾随而来的火红鱼群，它们吐露出成串成串的心事，使我的想象变得轻松而又易于幻灭。有时候我想以背影铺设一张虚空的网，或许能拦截住往事的游离；上岸之后欲要炫耀自己的不无收获，却发现增添的不过是那么几个狭隘的心眼……

水仙花惆怅地盛开，我的眼神在空想之间一明一灭。

更多的日子独坐花丛，凌空抛弃莲子的暗语，以猜测你迟到的归期和失落后的水温。于是一群手提裙裾的水妖应召而来，又踏浪而去，使我在短促的间隙失去平静，误以为超脱的身世花团锦簇……

很久以后我才察觉自己已置身对岸，横渡的草鞋沾带有前世的浮尘。不堪清算它载歌载舞之中涉及多少条假设的河流，横陈于水上的花园，使我误入迷津。

幸运的玫瑰

大风像一只手揣摸周围的树林,我还期待着更大的风。更大的风使树木倾倒、落花遍地,我知道最大的风尚未到来。最大的风,花朵中最热衷的花朵,黄金的飞禽,白银的走兽,我的手指渴望而又不敢仰视的火焰,忽明忽灭……

正如我到达的时刻钟声沉寂、灰烬温存,我尽可能保持清醒地通过丛林、废弃的驿道,露水新鲜得像被谁弹落般打击着路面。于是我猜测还有另一个人——也许更为坚强或更为温柔,先于我抵达这里,惊飞了散漫的鸟雀。

他是谁并不重要,只要他曾经存在过,并且追随风向在林中寻觅玫瑰的痕迹。他的心被同样粗鲁的手攥紧,胸膛里灌木丛生、尘土飞扬。他就这样在持续的钟声中克制着自己——屏住呼吸、放轻脚步,尽量减少对这个世界的干扰。他说:"世界,给我一朵花就可以!"然而他离去时两手空空,掌心鲜血淋漓,被自己幻想中的爱情所刺伤。

大风,更大的风,最大的风,这越来越大的风啊,越来越难以把握。在这座脚印纷呈的树林,它也许来过,也许早已离去,正如那个追求玫瑰的人与我擦肩而过,一路嫉妒我这幸福的迟到者。是

的，拥有了玫瑰我并不满足，我还渴望拥有更多的玫瑰。

玫瑰的含义就是这样：对于醒来的人它是名贵的花冠，对于睡去的人它是野蛮的荆棘。你无法选择幸运或不幸，只能让它们来选择你。

这是我敢于用现实的鲜花交换先行者手中荆棘的原因。

当往事成为合订本的时候

当往事成为合订本的时候,连篇累牍的是纸上烟云——我的记忆该如何承载这积压多年的沉重与缄默?然而你的姓氏毕竟灿烂过我生命中每一个白天、黑夜,哦,那么新鲜的露珠,那么骄傲的星宿!

即使邀请再强烈的风,也无法动摇我内心这棵疼痛的树。日积月累,它收容着流离失所的苍老的浮云,同时把根须深扎进大地上静止下来的尘土,哦,请相信一棵树的记忆和岩石同样深刻而富于忍耐。

你再也不会踮着脚涉过那条雨后的小路了,浅湿的泥淖记得你云游的舞鞋的形状。我呵着气用冻僵的手指在失眠的玻璃窗上画出梅花,一朵,两朵……无人过问的幽谷,便嘹亮起出走的小鹿的蹄声。哦,当内心脆弱的器皿像熟稔的果实砰然坠地,并且化作星星点点的碎片,我该俯拾这时光的鳞甲、让它装饰你周围的黑暗?

当往事边缘泛黄、最终成为合订本的时候,我简直不敢轻易翻开它的封皮,深怕它包裹着一个剪辑错了的故事。你是我唯一的

女主人公。谢谢你，谢谢你的爱——为我的回忆提供了最翔实的资料……

当往事成为合订本的时候，我总是从最后一页开始，一直翻回到第一页——你又恢复为那位扎辫子的小姑娘，在新月般皎洁的窗口吟诗或者绣花，你一点也没想象到，从此就成为我记忆中灯火通明的插图……

书生与狐仙

读书人的面貌古今无变,大都清风满袖、才高位卑。蒲松龄的《聊斋志异》可谓当年书生境遇的全景画。门户破落的公子,屡屡落榜的考生,一概布衣方巾,神情寂寥地漂泊于荒村野岭,暮色降临即投奔杳无人迹的篷门破庙作为栖身之所。月光如水,青灯黄卷,渲染出异乡羁旅淡淡的忧伤与美丽。命运不济,于是只能寄幻想于爱情了,云里雾里烘托出成群结队美轮美奂的狐仙,以作对伤痕累累的心灵的补偿与慰藉。在市声尘嚣、纸醉金迷之外,亦有落伍者的桃源,空中楼阁,门扉虚掩,来无影去无踪的是一个个伤感的情节,这实际上是相对于物质世界而存在的审美空间,主人公身份不明,背景神秘莫测,唯一可感触的是洋溢不尽的清贫的欢乐、凄凉的温柔,悠然如青山不老绿水长流。忠贞、善良、友爱、正直……凡是世俗社会里的稀有金属,在聊斋轻描淡彩的布景里都不缺乏,如同一出轰轰烈烈上演的提倡完美的歌剧,灯火通明,反衬出观众席上的荒芜沉寂。

这种海枯石烂的爱情故事已经近似于神话了,这些弃绝尘埃、

凌波微步的绝色女子更是只可作画中人来看待。但是，它毕竟是不甘凡俗的书生的理想，臆造出的悲欢离合可能比现实中的更可歌可泣——因为至少它更趋近于完美。在弱不禁风的书生（包括蒲松龄）身上，幻想就是一种战斗，就是饱经磨难的生命力的体现，尤其是对于善与美的幻想。凭借着一灯如豆，憔悴凄楚的书生便能泅渡厄运般的漫漫长夜，并不由自主流露出释然的微笑。可见充满激情的幻想具有解释自我的功能，在内心的丘陵开辟一块满足的田亩。

西方歌剧《货郎与小姐》其中的货郎，当属劳动人民无疑。一部《聊斋志异》，充斥着书生与狐仙的传说，书生属于怎样的社会阶层，不言自明。手无寸铁，积蓄的零碎银两皆在赶考路上花费殆尽；手无缚鸡之力，不知何从谋取稻粱，满腹经卷反倒成为精神上的负担，造就其愚顽淳朴的原始人格；在他们身上，唯一的生存能力就是幻想了，幻想帮助他们艰难地抵抗住外界的压力，仿佛从石缝下面挣扎出一星半点的野花草茎……

聊斋中的狐仙千姿百态，大大美化了人间的女性。青凤、红玉、婴宁、胭脂、翩翩、梅女……仅这一系列呼之欲出的芳名就令人垂怜，温香软玉，栩栩如生。落魄于瓜棚豆架的蒲老夫子，肯定是带着名士填词的心情，高雅而又怜惜地为笔下的狐仙斟酌出一个个甜润亲切的乳名。荆钗布裙，拈花自簪，姿容品质皆清超空灵而不沾染一丝人间烟火味，这样的狐仙确实只能由工笔勾勒出来的，灯红酒绿的都市街头注定寻觅不到其踪迹。她们无视权贵财富，偏偏爱慕贫寒清高的书生，如影随形，在被世界遗忘的无名野村滋生出人情味浓郁的魔幻故事。这恰是爱情中最具审美化的一种。

没必要考证其是非虚实，仅仅相信它在书生们的幻想中发生过就可以。很美丽地产生，又很美丽地消失，余音袅袅……

北京的梦想家

我来北京没多久，正赶上举办盛况空前的亚运会——从此北京地图上增添了一个叫亚运村的地名。全城洋溢着张灯结彩的节日气氛，各条街道的居委会都搬出平日里库存的旌旗和灯笼，沿着人行道、四合院地带或高层建筑的现代化小区精心地布置——机关大院与商业网点的门厅更不在话下；许多约定俗成的群众性活动场所（譬如工人体育场）有少年军乐队训练、本地老太太们扭秧歌等，呈现锣鼓喧天的局面，酷似迎接北京解放时的纪录片；商店里热销的货物商标大多印有"亚运会指定用品"字样；交通重要的十字路口甚至构筑起以无数花盆架设起的花坛或比人还高的大花篮，据传说从郊县的暖房里抽调了几十万盆鲜花，其中以菊花居多，因为正逢菊花上市的节令，我漫步花丛，联想到黄巢"满城尽是黄金甲"的咏菊诗句……

现在回想，最令我这个外乡人感动的还不是这些，而是众多流行的标语中的一条——"北京欢迎你"。我走过东四十条的立交桥，看见路边站立着一只以熊猫盼盼为原型的仿真大布娃娃，它身后阶梯状分布的立体花坛正用不同颜色的盆花拼接出这5个汉字——我的心不由自主地战栗了，仿佛听见鲜花在异口同声地对我说，"北京欢迎你!"作为首都的代表，它们在向我（当然也包括所有远道而来的客人）致以亲切的问候。从这一瞬间开始，我作为离开故乡的人，对北京这座礼貌的城市充满好感——这种心情至少一直维持到今天，我写一篇文章作为必要的报答。

"北京欢迎你!"这条标语我还在天安门广场等其他场合的广告牌、宣传栏、灯饰（甚至学生的文化衫）读到，仿佛通过不同的形式表达着一种礼仪——在这平等且温和的语气中，北京是拟人化的，它以主人的身份向世界表态。那时我刚以流浪的状态来到北京，在这里举目无亲。我继续流浪，如鱼得水般体会着人情冷暖、世态炎凉。借用余华说过的话：北京对于我是一座别人的城市。在别人的城市里，我寻找着自己以及自己的光荣与梦想。我意识到自己与北京是有距离的——譬如我南方的口音就是无法掩饰的证据，甚至一个问路的人都能察觉我真实的身份：外省人。湖北作家古清生曾以一篇《带着方言闯北京》描述过："操练北京话的失败令我尴尬和愤怒。请教先我来京的老乡田柯：你学不学北京话？田柯神采飞扬地说，我不学北京话，有成就的人多半不说北京话。此言大合我意也!"我们这群外省文人聚饮时便放弃蹩脚的普通话了，叽叽喳喳，像来自不同地域的鸟会合在一座树林里，好自由哟，好轻松哟——不用再戴着镣铐跳舞了。语言隔阂所造成的心理障碍，曾经是许多外省人初来北京时不必要的精神镣铐。我也变得大言不惭：

诗人毛泽东一辈子都说湖南话——包括住进中南海"中华人民共和国，成立了！"他在天安门城楼上说的这句话（带着浓重的口音），多潇洒呀，半个世纪后还在北京的上空回荡。又有人传说，一口秦腔的贾平凹就是因为说不惯普通话加上不愿意更换语言环境，才不怎么多来北京的——咱们干吗要为家乡话而尴尬呢？由此可见，环境的变换曾使我们这些外省人加倍地自尊。实际上不久以后便感觉到：北京是较少方言歧视的都市（古清生的原话），因为它本身就带有移民化的色彩，每一个朝代它都吸纳着来自其他地域的新生力量。至于所谓的方言隔阂，马可·波罗来元大都时就存在了。

北京欢迎你！——我伫立在东四十条的立交桥上倾听着鲜花的声音，觉得它肯定是用普通话说出的，像电台的女播音员，又如同一群唱诗班学生的童音。我看看周围，没有其他行人，这么说我就是它问候的对象了？北京在问候我吗？当然，那时候风尘仆仆的我远没有今天的自信，我既感到安慰，又不无迟疑，北京欢迎我吗？北京真的欢迎我吗？北京欢迎的是我吗？要知道我只是它最不起眼的一个客人呀！我是否沾了亚运会的光了？但我还是领了这份情。我将之视若世界对一位流浪者的关怀。许多年过去了，这座城市确实成了一位游子的第二故乡，刚来北京谋生时的艰难困苦、喜怒哀乐都模糊成遥远的背景，唯独这个细节我难以忘怀。那时候，我正站在北京的门槛上，这句话打破了我与北京的一纸之隔。亚运会期间，电视日夜直播各个体育场馆里的比赛盛况。我没有家也就没有电视，我是个没有电视的外乡人，也就没有观看（那种参与的快感似乎离我很遥远）。但漫步在张灯结彩的北京大街上，我忽然诞生了一种非同寻常的使命感：这毕竟是我来到北京的第一个节日，我也是一位比赛场外的选手，正弓背守候在北京的起跑线上，聆听着发令枪。一位外省的诗人就要奔跑在北京的跑道上，梦想刷新它文学的记录——我的文学梦是属于北京的。两种竞争在这座城市同时进行：一种是全社会的，一种则是个体化的——我要超越自己；他们在比赛瞬间，我却要比赛永恒——这或许就是体育与文学的本质区别。我仿佛看见，鲁迅在前面，老舍、沈从文、艾青也跑在前面，所有的人都跑在我的前面，我要追赶他们——哪怕做个追随者也是光荣的。光荣与梦想属于亚细亚（亚运会歌曲），属于你也属于我。因为北京欢迎我，欢迎我的参与和加入。北京的跑道，对一位外省青年敞开了。

现在还远远没轮到我冲刺的时刻。也许，我永远也没有冲刺的时刻——我最终将成为这座城市的失败者，或自身梦想的失败者。我至今还在纸上跑啊跑，在北京的街道上跑啊跑，我的马拉松遥遥无期。这是一场没有裁判的比赛，但读者就是我的观众。如果你读到这篇文章的话，愿意为我喝彩吗？我正从你的眼前经过。我重复地在方格稿纸上跑啊跑——写作对于我就是命中注定的奔跑，我没法停下来，我不愿意停下来。这是一场世纪的奔跑，接力棒从鲁迅、沈从文、老舍、钱钟书的手上依次传过——文学的火种需要它的传人，我阅读前辈的作品就听见响彻世纪通道的足音，战鼓般令后人热血沸腾。可能我永远也触摸不到那根神圣的接力棒——又有什么关系，我的奔跑本身就在为历史加油。北京欢迎我。文学需要这种参与者——参与本身就是精神的胜利。在北京的街道上，没有

多余的人。我在北京的地图上跑啊跑,从亚运村跑到东四十条,跑过阜城门内的鲁迅故居时行注目礼……鲁迅在北京城里写过《狂人日记》。文学欢迎我这样的狂人。这篇文章,权当一份文学狂人的日记吧。我在纸上奔跑,我像《阿甘正传》里的阿甘那样固执地奔跑着,我像《阿Q正传》里的阿Q那样狂热地呐喊着,拒绝彷徨。我目空一切,我快步如飞。谁能取消我跟大师们赛跑的愿望与资格?只有这样,才能跑得快呀!如果不允许的话,那我就跟自己赛跑呗!我不羁的灵魂仿佛要冲出肉体,我不甘示弱的心啊仿佛要冲出胸膛……

应该感谢那个日子。在亚运会期间我来到了北京,当整个北京城乃至全中国都酝酿着体育梦时,我,一位远足的外省诗人,却在北京的街道上,做起了自己的文学梦。所以对于我个人来说,这是个值得纪念的日子。我沾了亚运会的光,那段时间花团锦簇的北京举世瞩目。当然,我是大街上最不起眼的一位行人。一位背负行囊的梦想家——如果梦想也不失为一笔无法估价的精神财富的话,那么,我不承认自己是这座城市、这个节日里的无产者。我可以把自己既朴素又高贵的梦想奉献给它——作为见面礼,报答这座好客的城市。如果在这座城市开设一家梦想的银行(这本身就是一个梦想,或关于梦想的梦想),会有多少外省人的梦想储蓄在里面呀!多少远道而来的外省人梦想在这里兑现自己梦想的价值——在这样一个世界上,有梦想的人才是真正的精神富翁,但门匾上一定镌刻着:"北京欢迎你!"北京欢迎你用梦想来投资。在那个日子,北京梦想的银行对我——一位外省的客户,敞开了。种植梦想比种植任何农作物还要伟大，还要艰难。在自由地梦想同时，还要付出实际的耕耘。所以真正的梦想家，应该是对自己的梦想负责的人，并能使之兑现甚至增值的人——哦，梦想家，梦想的银行家！

也应该感谢亚运会。体育的感染力征服了每一个观众，在那特殊的节日里几乎没有局外人。譬如，它甚至使大街上一个文人的梦想也增添了几分英雄主义色彩。我相信自己来北京后做的第一个梦绝对不是梦、只有强者才会做梦，强者的梦才是真正的梦。我相信自己文学的梦想绝对不是文弱的梦想。我在梦中奔跑，我在梦中与现实竞争。这是一场为梦想与现实而举办的露天比赛、梦想与现实在拔河，在赛跑。我只是一位选手，孤独的选手。但我并非真的孤独，实际上我是一位追梦者。梦是我真正的对手。在众人之外，在时间之外，甚至，在现实之外，我为自己举行了一场孤独的运动会。

一个人的运动会。

放眼整个20世纪，北京都是一座对时代与历史负责的城市，北京人对社会活动（包括政治、文化、体育）保持着非同寻常的热情。这种激情表现为参与意识，而自发的参与意识甚至普及街头巷尾的老百姓身上——虽然北京市民素质的结构是多层次的。具有创世纪意义的"五四"新文化运动策源地之所以在北京，就是有力的证明——至今，北京就有一条街道（毗邻北京大学旧校址）还以五四大街命名。"五四"远矣，我生未逢其时，但1990年举办亚运会的盛况还是赶上了，各阶层市民不约而同表现出的激动与自豪感，使我这个刚刚跻身其中的外乡人都仿佛感受到一种古老的传统。这是一座血浓于水的浪漫城市，正如我在初次进京的日记中描

述过：北京似乎永远洋溢着节日的气氛——哪怕在一个最平凡的日子里。再没有什么地方，能具备像它这样的情绪与感染力了……转眼，那届令全民振奋的亚运会也已遥远，但从北京地图上拔地而起的一片新城——坐落于北四环路的亚运村，在人民的记忆中保留了下来，并且不断对现实施加着影响。一方面，亚运会本身就是一座无字的纪念碑，纪念这座城市一个特殊的节日以及当时的光荣与梦想；另一方面，围绕着鳞次栉比的记载过辉煌的大型体育场馆、商厦、饭店、停车场、娱乐城、高级公寓林立，宾客云集，一座最现代化的新村诞生了，仿佛特意为北京城陈旧的历史提供参照的范本。这种影响甚至延伸到亚运村以北十几公里的郊县，那儿的房地产也跟随着涨价，盖起了不计其数的花园别墅（主要为客商、本地的款爷、娱乐圈名流抑或高薪白领阶层提供的）。有人惊呼：亚运村一带已成为北京城的第一个富人区。在这个真正的富人区里，潜伏着多少惊心动魄抑或荡气回肠的故事哟——小说家们有福了。

　　我不是小说家，我对发生在别人身上的所谓一掷千金或英雄美人之类的通俗情节不感兴趣。每个人的注意力都应该凝聚于谱写自我的精神自传，而不应该满足于做别人故事的叙述者。我坚持自己的笔千金不换，我一日三匝在纸上奔跑。但有这样一个诗意的设计还是诱惑了我：据城建规划方面的小道消息，为联系亚运村及其北部郊县新兴的别墅区的交通，将修筑一条轻轨列车的线路——十几公里的距离，或许10分钟就抵达了，这足以排除公路堵车的困扰。我想象着一趟铃儿响叮当的小火车（或者清洁豪华如地铁）在郊外沿站停靠的情景，觉得像钢筋水泥丛林边缘的轻音乐、或都市中的一首抒情诗。作为一位行吟诗人，我首先渴望成为这辆抒情的火车的乘客——它车轮滚滚的节奏能成为我铿锵有力的韵脚吗？于是我无法自控的梦想与它同步产生：如果我能在亚运村以北的别墅区拥有一个单元该有多好，那么每天下班后就可搭乘那趟黄昏的列车返回炊烟袅袅的田园——这是城市文明中最巧妙的隐身术了。可惜要做现代的陶渊明，太奢侈了，也太困难了。文人是最需要精神别墅的，但一个文人想在北京的郊区购买一套物质的别墅，难于蜀道，难于上青天。亚运村以北未来的轻轨列车线路，将是一个当代诗人面临的蜀道。但我不妨保留这种梦想的权利——北京欢迎你，所有的造梦者！某位有魔术师气质的商人曾炫耀过："给我一副扑克牌，我就能变一套房子出来。"我是个文人，可我有一杆笔（但愿它是马良遗传的神笔），我会努力通过它画一套房子出来，造一套别墅出来。我要用笔写好多本书——造房子，就当购买一个梦（一个虽然商品化但本质上仍不失为天真的梦）。在北京，在亚运村以北，我种植着一个既古典又现代的妙笔生花的梦。

　　正如海淀是学院区，前门是商业区，建国门是使馆区，城南是老市民区……年轻的亚运村，被定位为富人区了，城市贵族与当代英雄们的聚居地。我继续梦想：如果亚运村在未来的岁月里将接纳越来越多的文人（在其村民中尤其不能没有艺术家呀），如果文人的数量与商人相比不至于居明显的劣势，那么，我们民族的文化则幸运与强盛了。物竞天择，文人不应该甘为社会的弱者或落伍者，更应该调整竞技状态，做一回强者梦。这同样是有可比性的运动：文人与商人的竞争，精神与物质的竞争，说到底都是人与人的竞争。

文人强大了，中国的文化也就强大了——我们没有必要等待上帝的垂青，上帝并不是绝对的裁判。漫步在亚运村的外面，我经常浮想联翩。或许，体育也能给文化一定的启示。这是"一个散步者的遐想录"（借用卢梭的书名）。在北京的街道上，即使和风细雨的散步，我的思想也在奔跑，在呐喊，在喝彩，在寻找任何可能的对手。一个散步的思想者，一个思想者的散步。

北京人的体育热情在亚运会期间达到了高峰——但是，它在此前此后的日常生活中一直持续着。我下班路过工人体育场，经常遇见车辆堵塞，门前挤满了以守株待兔的焦渴表情等票的青年。有开着警车赶来的警察维持秩序，不用问我就猜测出：今晚又有足球赛。球迷的热情简直不亚于诗人的热情，都是最狂热的感情动物。球赛在北京城举行，相当于一场没有硝烟的战争。但每位体育爱好者内心的烽火台却提前点燃了。我不是球迷，但我尊敬球迷的宗教。这是值得广大文人借鉴与模仿的强者哲学和尚武精神。当球迷为扣人心弦的一个好球喝彩时，我则为球迷的痴情喝彩——这简直是神曲，是介于人神之间的"半神"（英雄）状态，在目前这个时代，连爱情都很难达到如此的纯粹。只有超越利益的激情，才能令人不饮自醉。小小的球上密布着神经啊，不踢就痒，一踢就痛，但痛痒之间亦潜伏着巨大的欢乐——这也是我这个名人对自己的一杆笔所持的态度。足球赛是北京城里平民化的狂欢节。人类的虔敬仿佛在观看神的比赛。神的运动会使足球运转，亦使地球运转——用诗人徐敬亚的说法，小球转动大球。我则与笔游戏，自娱自乐——笔杆上亦有着我个人企图扭转的乾坤，这是一架以梦撬动现实的精神杠杆。我正在使劲呢！我正在寻找、挑剔生活的破绽，期待爆一个冷门。

我刚来北京时还远远把握不住这座城市的规律。有一次从三里河去东单办事，在孤独的站牌下等待了好久，一位偶然经过的行人告诉我："这趟公共汽车停开了。"便头也不回地走了。我正纳闷呢：是否发生什么事情了？第二位行人提供了答案：每年春天这一天，北京举行全城马拉松比赛，长跑队伍经过的路线机动车要绕道而行，公共交通也暂时中断。我只好步行，刚走上长安街，马拉松队伍迎面过来了，跑在前面的运动员穿背心短裤，热气腾腾地穿行在料峭寒风中，跟在后面的群众则近似于农民暴动，热闹非凡。每年这一天，他们可以享受不用规避车辆在长安街（中国的1号公路）纵情奔跑的自由，甚至不断有路边围观的群众加入。据说每年北京的马拉松长跑，都有几千位选手（包括外国人）参加。我仿佛目睹了一支梦之队，长安街上的梦之队。北京城里居然有这么多的追梦者。这是一幅颇为壮观的时代画面——我在一首诗里写过：这支队伍简直是从古希腊跑过来的。从雅典到北京——人类的马拉松哟！我忽然为生活在这座冲动的城市感到莫名的幸福：我并不孤独，所有人都在奔跑，在自己的路上大步流星。这是一种停不下来的趋势，一种拒绝静止、热爱运动的生活，甚至生活本身，在他们心目中都是一场伟大的运动。谁也不甘成为落伍者——哪怕跑得最快的人只有一个；甚至不能说他在领导着群众，恰恰相反，是后面的群众在推动着他。这个集体（即城市本身）才是真正的胜利者。作为一个远足而来的外省文人，这座城市的集体精神与魅力怎能不感染我？虽然我有自己的跑道与奔跑方式，自己的参照坐标。所以也就有了诗意的联想：我仿佛看见，鲁迅跑在前面，老舍、沈从文、艾青也跑在前面，所有的人都跑在我的前面（谁叫我是这座城市的迟到者呢？）我要追赶他们——哪怕做个追随者也是光荣的。我所假设的已是一场时间的长跑了，在世纪的马拉松中，北京欢迎着任何人的加盟。每个人都可以成为长安街上的梦之队的成员。我奔跑的精神，是北京启发并培养的。奔跑的精神甚至比奔跑的速度更为重要。

致命的幻觉

诗歌给我带来的是类似于烟草所制造的轻微的幻觉。在那一瞬间，我是神的儿子。在天地之间，在人神之间，我是文明的半神，是人间的英雄。这就是我对诗人这个概念所做的理解。我在烟雾迷茫中超低空飞行，贴近现实，而又不与现实保持一致。幻觉提供了现实之外的另一种可能。我知道，它首先帮助我超越了自身——从世俗的轭下获得解脱，放纵的语言开始恢复其必要的弹性。我怀疑自己是一个在城市头顶走钢丝的江湖艺人，或者换句话说，是那位面容模糊的江湖艺人在代替我行走，步履维艰，心惊肉跳——这种游戏无法排除冒险的成分，正因如此，它不失为一项高尚的游戏。如同王家新所说："诗人创造了一个世界，为了在其中消失。"又到了该我消失的时刻，我转身的动作就是对世界的敬礼。写作所虚拟的是一种告别的感觉。真正的情人是因为告别才伟大起来。抚摸与倾诉，还有被动的吻……这一切都是诗歌教会我的。

你在写作时藏起的一切（包括那些隐秘的震颤），都会在别人

阅读时被发现。陌生人终将来到我们中间。首先被欺骗的只能是自己。欺骗与受骗是可以同时获得的两种快乐——如果你有信心隐瞒整个世界，那么就不妨一试吧。每位诗人的一生都是一部抽丝剥茧的变形记。巧妙的手，笨拙的心，最原始的美感莫过于这种生命的本能。我必须绕过灯塔才能找到黑暗，必须制造障碍才能实现惊险，所以我挥洒的都是一些奢侈的时光，我把书卷乃至整个世界都作为先贤的遗物来看待。包括我最爱在黑夜运用的文字，都像经历过无数次擦拭的青铜器皿，边缘呈现黎明的曙光。那是神最先抵达的地方。我也是最先通过它感受到神的体温。

我请求你，蒙住我的眼睛——让我在黑暗中猜测，周围发生了哪些变化。猜测本身就是一种想象。我的想象力都是黑夜培养的。纸上的羽毛，空气中的翅膀，蜜蜂的螺旋桨，以及所有靠呵护就能获得成长的事物，不再需要其他养料。我是闻着花香而找到回家的路。通过想象，人类获得了成百倍于自己的势力与能量，并进而敬畏自身。这就是想象所创造的神，以及神的纠纷。而诗歌作为最富于想象力的事物，最初肯定产生对神的赞美，抑或对人的训诫。它证实了我所说的那种轻微的幻觉的存在。在烟草、语法、宗教与情欲之间展开的一次无害的旅行。叶芝的名言："同别人争辩产生雄辩，而同自己争辩产生诗歌。"想象本身，是人类与自身所进行的旷日持久的沉默的争辩，能力因之而得到提高。我估计在怀疑论者身上，最发达的部分就是警惕与想象了：因为警惕而想象，因为恐怖的想象而加倍地警惕……诗人首先是情人，世界的情人，但他同时又是世界的怀疑论者——这是一种爱所造成的诗化的怀疑。我所讨论的这一切，都与人类的幻觉有关。叶芝同样还说过，"我不得不克制一种激情的愤怒……一个人的艺术不是从自己灵魂里的斗争创造出来的吗？美不是对自我的一场胜利吗？"没有任何幻觉可以脱离隐晦的激情而存在的。在诗歌的陶醉中词汇不过是制造幻觉的道具——如果你承认每个词汇背后都埋藏着一道古老的风景。那么，我用手中的铁锹去挖掘吧。

每一个古老的法术都会有许多许多年轻的传人。我是其中之一。我也因之而获得了成百倍于自己的势力与能量。存在与虚无，是博大的命题，包括有时轻得仿佛什么也没有了——都是一种力量的体现。这即是米兰·昆德拉所谓"生命中不能承受之轻"。正如古典的文人大多因病弱而耽于幻想，我亦是因为生命之轻而成为幻觉的囚徒——但在这特殊的地狱中，有着绝对的自由。所以诗歌带给我的实际上是一次精神的解放。

诗人都是成功的越狱者——使超越自我的过程成为最惊险也是最完美的艺术。我在幻觉中飞行。飞过城市的帽檐，飞过修辞的峡谷乃至你们的梦境，投下轻得几乎没有重量的阴影——我想，没有什么能够阻挠这种意外的喜悦。即使你在梦中击落了我（遍地都是文字的残骸），也无法击落我的幻觉——它摆脱了我，依然在我的头顶飞行。我就像一个把地图悬挂在天花板上的旅人，仰着脖子打量属于自己的风景，以及将由自己的替身去完成的路线。幻觉的路线是画在天空的，与行云流水为伍，我不过作为其设立在地面上的座标而已。

诗人永远在诗歌之外存在——他既是幻觉的主人，又是世界的局外人。而这里所说的世界正是他的诗歌所创造的。要么暴露我，

要么把我藏起来，尽可能地别让其他人发现——这就是我对世界的恳求。否则我无法享受到真正的自由。自由在众人之外，在物质之外，甚至，在时间之外……

第五辑

拆散的笔记本

梦电影

梦的内容肯定比我们生活的内容要丰富。如果生活是一棵树露在地面的部分，梦则是庞大的根须——以黑暗为食物。梦有着松动的牙齿、忍耐的品性，默默咀嚼我们的经历、记忆，它比牛还擅长反刍。梦，是我们每个人都秘密拥有的好莱坞。偶尔做一个离经叛道的梦，简直比走私军火还要惊险。我们浑身冷汗地走出阴暗的剧场，拉开窗帘，发现外面的世界依然阳光灿烂。

按道理说，梦境只能算一种未经剪辑的半成品——但它却比许多镶嵌在镜框里的艺术品还要富于感染力。跟电影一样，它大致可分为战争片、爱情片、武打片、伦理片、警匪片、纪录片、科幻片、恐怖片……还有一种纯粹意识流的，属于超现实主义吧？只是我们永远弄不明白幕后的导演是谁——它太有天才了。梦的摄制组也很有实力，从道具、布景、化妆直到灯光效果、音响效果，简直无可挑剔。最重要的是：演员都不用照着剧本念台词。梦是没有剧本的，纯粹是即兴演出。唯一的遗憾是：梦的票房业绩不佳，永远

只有一个观众——而且是一次性的，没有重播的可能。然而遗憾的艺术才是最好的艺术呢。

梦跟电影不同之处，还在于它没有预告，我从来不曾见过哪里贴有梦的海报。想一想也可以理解：它毕竟属于"地下出版物"嘛。况且，不给你任何心理准备，才能产生最神奇的效果——有时候一段梦中的爱情，比《魂断蓝桥》还要令我缠绵悱恻；而无意间目睹的恐怖情景，足足能把我吓醒——这是西班牙籍导演布努艾尔与画家达利合作的超现实主义影片《一条安达鲁狗》都办不到的……经典也没什么了不起的，至少梦本身能超越任何经典。因为在梦中，你不仅仅作为观众而存在，常常还能当上主角；哪怕跑跑龙套什么的，也能满足一番表演欲。从这个角度来看，我们每个人都不是电影艺术的门外汉。

梦是制作成本最低的电影，甚至，它连起码的电费也不用损耗。演员也属于义演，不收出场费的。一切都是无偿提供的。难怪人们爱做梦呢，平凡的人会梦见伟大，孤独的人会梦见爱情，乏味的人会梦见刺激，伤痛的人会梦见和平……没准正是梦隐秘地提供给我们活下去的勇气与信心。梦啊，我们每个人精神上最亲密的家庭教师——关键的是，它永远替你保密，永远不会出卖你的隐私。

一个人一生的梦是丰富的，比他的生活不知要丰富多少倍。但再丰富，依然是有限的。如果能把全世界的梦境弄一个互联网就好了——这比看电影的挑选余地可大多了。每个夜晚，世界各地在制造多少梦啊，多少梦在不同的环境里分头拍摄啊——缺乏观众的话，那太浪费感情了，也太浪费才华了。可以用化名结交一些网友嘛，多看看别人的梦，没准能帮助你了解自己——以及理解别人……当然，这个一厢情愿的设想，也仅仅是我昨夜刚出炉的一个梦——是我"科幻片"方面的代表作。

据说，痴人才说梦呢。我却对梦津津乐道。这说明我够傻的。还有像我这样的傻子吗？大家不妨认识认识我的梦你肯定爱看，虽属"国产片"，不敢自称大手笔，但确实是大场面、大动作——醒来之后，我每每对自己佩服得很。虽然我还只能算是业余水平，但如果梦电影纷纷公之于世的话，那些职业导演也许该失业了。

中戏的小剧场

位于北京东棉花胡同的中央戏剧学院，有个大名鼎鼎的小剧场——据说又叫"黑匣子"。这跟它的结构有关：当舞台的灯光转暗，观众们激动的面孔变得模糊，环顾四周，怎么看都像一只方方正正的黑箱。但这只狭窄拥挤的黑箱里（估计仅能容纳数百人，而且都是在不规则的阶梯看台上席地而坐），时常变魔术般地拉出一连串轰动京城的现代派戏剧。从这个意义上来说，"黑匣子"是神秘的，置身其中你甚至会产生某种精神上的开阔之感。莫非那里面确实收藏着莎士比亚不死的魂灵——像世纪末许多没有"名分"的先锋导演、编剧所梦寐以求的那样？"黑匣子"也就成了光明的化身。坐在熄灯后的小剧场里，我聆听着台上演员夹生地背诵没怎么彩排的台词，同时暗自念叨着自己的台词——顾城的两行诗："黑夜给了我黑色的眼睛，我却用它来寻找光明"。我有意把这句著名的独白转赠给"黑匣子"，以及那些在探照灯的追逐下忽隐忽现的角色们。

每逢有新剧种上演，虽然没见怎么做广告，但北京城里一批最优秀的另类青年们总能口耳相传、倾巢出动,像远近的蜜蜂闻见花香似的争相拥进"黑匣子"。有玩摇滚的披头士,有上衣沾满颜料痕迹的油画家(穿着迷彩服)还有到哪儿都拎着易拉罐啤酒的流浪诗人以及打扮得很"酷"的染发女孩……开幕前的十分钟是最精彩的,我目不暇接地打量着这些个性鲜明、目光清高的观众——在灯火通明的"黑匣子"里粉墨登场。应该承认:他们比台上的演员更像演员,更富有表演欲抑或更为"专业",甚至他们每个人讳莫如深的身世,也将比这个时代的编剧挖空心思想象出来的情节更具有戏剧性。他们肯定过着比所有的戏剧(乃至生活本身)更有激情的生活,一种特殊化的生活。也将体会到更为深切的挫折与幻灭。小剧场无论在西方还是东方,都是为观众而存在的,并非为演员而存在。也就是说,舞台的概念已经延伸到观众席上——以及更大的范围。这只中国式的"黑匣子"也是如此。它蕴藏的内容及外延,比我们所能目击到的要多得多。

  我跟艺术圈子里的朋友会面,就多次约定在"黑匣子"。像这样边看戏边等人或找人的情况很普遍,甚至不乏诗意——迟到者的目光总是先在观众席上搜索,又招手又打哑语的,当然会分散别人的注意力。好在大家已习惯了,潜意识里甚至觉得:这仿佛是剧情里安排好的。在"黑匣子"里还很容易碰见没有事先约定的熟人——碰见了也不怎么惊奇。北京的空间似乎就这么小,熟人似乎又那么多——过一条马路没准就能邂逅几位诗友、画友、酒友抑或发烧友。我还遇见过去的女友挽着别人的胳膊一起来看戏的呢——不时回头望坐在后排的我。我目不斜视,似乎深深为剧情所吸引。

但那场戏其实算白看了。第二天跟办公室同事"侃"观后感，我差点把孟京辉导演的这部《恋爱的犀牛》说成了《做爱的犀牛》。这算是笑话：一字之差，意义全变了。犀牛是否会谈恋爱？不得而知，至于做爱——它们肯定无师自通。戏剧已经把人性之光播洒到世间万物身上。

我是"黑匣子"的常客。但印象最深刻的，反倒是五年前在这里看的第一部戏：具有解构主义色彩的《放下你的鞭子》（也许看多了——不管悲剧还是喜剧，人也会变得麻木）。前半截套用了抗战时期一部同名的街头戏，在小剧场门前的一块空地上进行；后半截演绎一段欧洲某名剧，移进室内——所以看到一半观众也要跟演员一起"挪窝"，感受到场景的更换。演前半截时尚是傍晚，天色还很亮，无须灯光。露天表演，群众围观。女主角是伍宇娟，穿了身蓝印花布的小褂，虽是扮演受辱的民女，却明眸皓齿，像根葱一样挺拔白嫩。我想，如果真是她的话，地主老财没准也下不了毒手、挥不动鞭子的——还不如反过来抽打抽打自己呢。即使放下鞭子，也肯定是动了想娶她回家的心思。夕阳下的伍宇娟本人，比其影视形象还要漂亮。我一边欣赏一边纳闷：这位当时正红火的电影明星，怎么有空来为寥寥百余人表演小话剧？小话剧其实是一门彻头彻尾洋溢着休闲味道的艺术。或者说，是为少数人服务的艺术。至于这所谓的少数人，常常嗜好古怪、身份模糊，有时候像精英，有时候又像渣滓——艺术家很容易有怪癖的。小剧场简直就是少数人的俱乐部。诗人王家新曾有一篇文章，题为《献给无限的少数人》。只要大于零就可以了。就足以证明少数人的存在。

小剧场的特色在于小。小剧场，小剧场，要是能再小点就好了。缩小范围比扩大范围要艰难得多——艺术需要的恰恰是提炼或筛选的过程。避免泥沙俱下，避免鱼龙混杂。小剧场真正的价值，应该与票房收入无关。

每次从"黑匣子"出来，需要穿过曲曲折折的胡同，才能走上大街。我边走边想：中国的戏剧宫殿（而且是微型的宫殿），居然被如此传统、如此密集的胡同包围着、埋藏着。直到站在寒风凛冽的午夜街头招手等车，我尚未完全从沉醉的剧情中醒来——好在出租车会安全地送我回家。我又回到对岸的世俗生活中，像一位离开战场的退伍兵，有点儿惆怅，有点儿失落，但也不无庆幸。

从梦露到麦当娜

想谈谈麦当娜,却不由得想到梦露。

梦露与麦当娜,20世纪先后出现的两位性感女皇。在风格上她们近似于孪生姐妹——只不过这对姐妹的年龄相差几十岁。麦当娜是在梦露消失了很久之后才纵身跳上那空缺的舞台——却一样吸引了全世界男人的注目。给人的感觉是:梦露死了,麦当娜却要接替她活下去,并且活得更精彩。不知她是否意识到自己无形中已成为梦露在新时代的替身?也许,她就是这么努力的。

玛丽莲·梦露有句惊世骇俗的名言:"我宁可作为性感明星扬名世界,也不愿一生默默无闻。"相信这也会是麦当娜的信条。顶多句型上会略有转换:"我不愿一生默默无闻,所以必须作为性感明星扬名世界。"

麦当娜不仅如愿以偿地成为梦露第二,还成为她自己。

即使同样是举世公认的肉弹,梦露带来的仅仅是视觉上的爆炸,麦当娜还额外造成了听觉上的爆炸。一个男人,不仅要变成瞎子，而且必须变成聋子，才可能完全抵抗麦当娜的诱惑。麦当娜，有点像莱茵河上裸体唱歌的水妖罗累莱了。听了她挑逗的歌声，水手们会翻船的。这不是一般的肉弹了，简直是一枚会唱歌的鱼雷。

1955年，百老汇竖起了一幅高五十二英尺的宣传画，是梦露用手按住被风掀到腰部以上的裙子的照片（微微露出了白色的短衬裤）。这被史家称为"美国女性性解放的一幅活广告"："成千上万的女人们知道，她们追求性欲和享乐的时代来临了。这是梦露的人生巅峰……美国人从来没有如此狂热地去爱一个女戏子。也许梦露面临的正是一个性解放的时代，而她无疑就成了这个运动的领头。"

麦当娜也出过裸体的写真集，引得世界一片哗然。她在各种形式的表演会上，载歌载舞，做着要么极其夸张、要么又富于性暗示的挑逗动作。近年来中国有些所谓的美女作家，开始提倡"用身体写作"。其实人家麦当娜，早就致力于"用身体演唱"了——而不仅仅用嗓子，抑或用灵魂。所以听麦当娜的歌，最好选择影碟（实况转录），单听唱片会大打折扣。听大多数歌手的曲目，可以闭上眼睛做陶醉状；而听麦当娜，则必须睁着双眼的——甚至恨不得多长出几只眼睛来。这是一种睁着眼睛的陶醉。或者说得更准确点：这不是简单的陶醉，而是真实的亢奋。

从梦露到麦当娜，妇女解放的运动似乎进行得更彻底了。梦露是无知地摆脱了束缚，麦当娜却绝对是自省的。麦当娜是幸运的，她不仅拥有梦露的美貌，而且还有一副得天独厚的好嗓子。她略带沙哑的嗓音某些时候甚至比裸体还要性感。她要做堕落天使：宁愿放弃天堂，也要试探一番地狱的深浅。这至少可以证明，没有自己

不敢做的事情。

我的朋友南嫫，曾以"跳不完的脱衣舞"来形容妇女解放："谈到女权运动、女性解放，中国女人是从脱衣开始的，先是放了缠足，又长衣换短衣，厚衣换薄衣，一件一件地脱，脱到今天，和全世界穿得最少的妇女基本没什么两样，也就是说，中国女人也着比基尼在沙滩上大大方方地漫步。这些形式是至关重要的，女人的思想解放就是从解放身体开始……"中国的女人，如今已接受了梦露——这就很不容易了，还能再接受麦当娜吗？我估计在她们眼中，麦当娜远远不如唱《泰坦尼克号》的席琳·迪翁亲切。麦当娜更像是洪水猛兽。当然，能不把麦当娜当做外星人已算不错了。

在别的国家其实也如此。麦当娜曾想像梦露那样过一把电影瘾，饰演阿根廷的一位著名的国母。据说遭到了阿根廷民众的激烈反对：他们怎么可以忍受一位荡妇来再现他们心目中的圣女？那部影片我看了，觉得麦当娜还是挺有表演天赋的，至少她身上也有着很纯洁的一面……没准她一贯表现性开放的言论、姿态（包括那一台台宣扬性感的演唱），才是某一种意义上的表演呢。她必须以传统道德的女叛徒自居，才可能获得自己在这个以男性为中心的社会上的发言权。不管怎么说，麦当娜超越了自己，也超越了同时代的所有妇女。

其实当年梦露也不是如此吗？女人常常只能以攻为守，否则就有可能退到海里去了。

歌星里终于也出现了梦露一样的人物。麦当娜和梦露，都把女人的脱衣舞跳到了公众场所（而不仅仅局限于私人卧室），并且都跳到了极致。只不过听觉中的脱衣舞，可能比视觉中的脱衣舞还要难跳点：需要用音乐，甚至用自己名字作为符号，去调动别人的想象力。幸好男人们这方面的想象力越来越发达，所以麦当娜还是有市场的。她成了音乐领域标新立异的一个名牌。

梦露曾经是好莱坞最大的一棵摇钱树，替好莱坞整整挣了三亿美元，可惜三十六岁暴死之后，所剩的个人存款仅够支付自己的丧葬费。在这点上麦当娜要比梦露聪明，她首先是自己的摇钱树，她的命运肯定不会像梦露那么惨。她成名之后即锦衣玉食、香车豪宅，最近又喜得贵子，好像又要嫁给一位比自己年轻得多的新郎……从梦露到麦当娜，半个多世纪过去了，女人也大大地进步了。同样是作为女性的急先锋，麦当娜似乎比梦露还要谙熟"卖艺"的含义。

但是谁敢娶梦露或麦当娜为妻，这简直是需要某种勇气的。所以我很钦佩跟她们举行过婚礼的那些男人们。

梦露的第一任丈夫是体育明星乔·迪马吉奥。梦露挺浪漫的，订婚时她手持三束兰花要乔承诺，假如她先他去世，他每个星期都要去其墓前献一次花。可惜后来，她却常因社交场合的某些"出格"行为（包括在纽约人头攒动的莱克星顿大道上拍那幅裙子飘起的宣传画）而挨揍，不得不靠化妆师把伤痕巧加遮掩才能出镜——她开始把乔称为"我的拳击家"了。

类似的经历同样在麦当娜身上重演过。据说麦当娜也曾被前夫打得鼻青脸肿。

看来梦露和麦当娜所走的这一条"解放"道路，也非坦途。有

时候也要顶着男人的拳头。

麦当娜的音乐能算是摇滚吗？我觉得还是应该算的。所谓的摇滚，多多少少需要那么点反叛传统的精神。麦当娜的歌含钙量不低。她是女人，可她的歌却一点也不软。

"人们已经把麦当娜比成另外一个传奇式性感偶像。可以说，麦当娜是我们这个时代的玛丽莲·梦露，但又有所不同。麦当娜绝不会成为任何人的牺牲品。"看来梦露与麦当娜的相似之处，早已为众所周知，而且她们的区别，也同样未能躲过世人的眼睛。几乎所有人都承认：麦当娜出道之时虽然有模仿梦露的嫌疑，但是后来她确实比梦露做得更极端，也更彻底。如果仅仅说她是梦露在新时代的替身，已远远不够概括她对传统道德的冲击力。叛逆对于麦当娜更像是一种天赋，而不是演技。与之相比，明日黄花的梦露要显得温驯得多。

只是，不知道麦当娜心目中最终的偶像是谁呢？究竟是梦露，还是她自己？好在这也是有答案的。当赞赏者夸她是"当代最勇敢的性革命家，一个自我奋斗的英雄"，而反对派骂她是"美国败类、骚货、魔女、妖精"之时，麦当娜对这一切褒贬都不屑一顾，她说：麦当娜就是麦当娜！或许，也只有她最了解自己——与任何人无关。客观地说，梦露多多少少仍是男性社会的附丽之物，是不由自主地为迎合男人好色心理而造就的艳星，麦当娜则有着自己的思想、自己的权力，我行我素，无所顾忌，甚至不畏惧与道貌岸然的社会为敌。麦当娜诞生了，不仅所有的淑女都遇到了天敌，而且男人们也意识到了自己领主地位的动摇——有一种野马式的女人，是无法驾驭的。你手中的权杖抑或鞭子，将统统失效。

中国诗人海子曾有佳句："我是你爱人，我是你仇人的女儿，我是义军的女首领。"引用过来形容麦当娜，似乎也不为过。女权运动的揭竿而起，一直缺乏最有力度的偶像。麦当娜带给世界的震撼，很容易使人联想到女人的起义——还有谁比她更像是"义军的女首领"呢？更难得的是，她丝毫不关心自己率领着多少部下、又有多少支持者，她甚至做好了这样的准备：发动只有一个人的起义。她从来都是为自己而活着，也愿意为自己而死去——却拒绝成为别人的牺牲品。

在历史上，凡是被绑在火刑柱上的女人，要么是荡妇，要么则是圣女（像贞德那样的）。麦当娜同样也面临着道德的审判，面临着唾骂、谴责乃至封杀。但是她的形象要复杂得多：一半像荡妇，一半像烈女。她演唱时不仅有脱衣舞的风韵，甚至还公开表演惊世骇俗的动作——把素来开放的美国人都吓了一跳，更别提在相对保守的其他地区了。这是一个女"靡菲斯特"（歌德诗剧《浮士德》里的魔鬼），似乎随时可能变卖人类的灵魂——难怪有人要把她的演唱视为洪水猛兽般的魔法呢。你若说麦当娜完全是罪恶的化身，她有时也能唱出天使般的歌声。我最欣赏的就是她的代表作之一，那首《我像是个处女》："我成功地越过了荒野，我究竟是成功了。谁知道我是多迷失，直到找到了你……像一个处女，初次被接触一样。像一个处女，当你的心紧贴我时，我要倾尽我的爱。我的恐惧失去了，我一直为你保存，因为只有爱是永恒！"或许，在新鲜的爱情中，每个女人都会重新变为处女，都会像处女那样紧张、激

动、百感交集——包括麦当娜。这其实是一种很神圣的仪式，很纯洁的感觉。麦当娜，虽然经常将性视为游戏，但她并未因之而贬低爱情在自己心目中的位置，她依旧是个很女人的女人……有时候，她歌声的魔力简直会使人相信：她比处女还要纯粹。即使我是个捍卫传统的人，也会情不自禁地原谅她的，原谅这一切。

麦当娜扮演阿根廷的国母庇隆夫人，从演技上来说应该算是成功的，这更令我觉得她亦有圣女的一面。虽然阿根廷民众从感情上无法接受，但他们忽略了麦当娜严肃的态度——为什么大家都以为麦当娜就应该是疯狂的，而不允许她严肃？只能说，世人对麦当娜的理解，依旧是很狭隘的。听一听她为电影配唱的主题歌《阿根廷别为我哭泣》，你就不得不承认：也许还有另一个麦当娜。虽然有时候很难分辨：哪一个更为真实？不管怎么说，我个人是不愿意跟这样的音乐失之交臂的。我也不愿意跟置身于人们世俗成见之外的另一个麦当娜失之交臂。

麦当娜还主演过枪战片《寻母苏珊娜》。这部电影比较商业化，但她唱的主题歌同样也风靡世界。麦当娜的演技，肯定比梦露稍逊一筹，作为弥补，她毕竟还拥有梦露所不及的完美歌喉。所以，麦当娜总体上还是很自信的——哪怕她出现在梦露之后。她曾经骄傲地宣称："我应该是女人中的珍品，所有的人都应冲着我来!!"许多人承认：跟梦露相比，"麦当娜一点也不苦命！"可能正是骨子里的这份狂妄，使她避免了梦露的悲剧。她更自我，也就更强大："我敢和每个人调情，我很清楚，我天生是一个美人坯子。"

麦当娜是以"坏女孩"的形象出现的。有一部外国畅销书名叫

《好女孩上天堂，坏女孩走四方》。麦当娜可不管这些，她是从来不指望上天堂的——况且，所谓的天堂对于她并没有太大的吸引力。同样，她也不会担心地狱。做个"坏女孩"，其实也是需要勇气的。麦当娜，以偏颇的方式摇身成为超级摇滚巨星，红得发紫。其意义还在于："坏女孩"也一样能成为公众的偶像——这至少透露了时代的变化……

麦当娜不过代表了一种全新的观念——这种观念甚至非她个人倡导，她仅仅是代言人。可以说，是一种潮流造就了麦当娜，大势所趋——而非她造就了这种潮流。她所唱的，基本上属于美国式的爱情，如那首《将爱来个考验》："美国的人们，你们相信爱吗？你对爱有何意见，就像这样子，别退而求其次。将爱来一个考验，要他表白他如何感受，然后你知道这爱是否真实。你不需要钻戒，或24K的金首饰，也不要飞快的跑车，因为它们不会恒久。你需要的是他的奉承，使你像个女皇……"至少在这首歌里，有点回归古典的味道——当物质文明达到了极致，人类的感情又会变得重要起来。麦当娜，并不是个永远的"物质女孩"。她也会老，也会返璞归真，或者说，也会褪色。只是，她毕竟曾经是一代人的急先锋。

美国在20世纪的上半叶和下半叶，分别推举了两大女性偶像，一个是梦露，一个是麦当娜。这跟女权运动的轨迹基本是合拍的。从梦露到麦当娜，性解放的潮流似乎愈演愈烈——但同样也预兆着即将到来的尾声。

下一个偶像会是谁？

杰克逊的变形记

如果这个世界上只有一位歌王的话，那毫无疑问就是迈克尔·杰克逊。他称得上是音乐界的王中王。

"什么叫天才？什么叫活生生的传奇故事？什么是巨星中的巨星？迈克尔·杰克逊就是。这是伊丽莎白·泰勒的评价。当然，杰克逊的皇冠，都是靠自己一锤一锤打制出来的。一个美国印第安纳州贫民窟里走出来的黑人小男孩，就这样逐渐洗刷了自己。这是新时代的乞儿变成王子的故事。杰克逊还彻底洗刷了自己的肤色，借助漂白剂变成了白人，甚至依靠整容手术使自己面目全非，用他的话来说就是将父亲约瑟夫的影子从长相上彻底地去掉。我们看见的是一位没有任何遗传特征的杰克逊，像一位外星人，在耀眼的镁光灯下狂歌劲舞。

这是怎样一种痛苦的蜕变？由黑人变成白人，由穷人变成富人，由无名小卒变成天皇巨星。杰克逊为什么要改变？他在为谁而改变。一般情况下我们会这样解释：这就是命运。

所有幸运儿的产生，都是以不幸作为代价的。只不过杰克逊把这种代价都藏匿得很巧妙。他几乎是天衣无缝地重新塑造了自己。他在第一次生命中就获得了再生或转世的感觉。所以说他本人，已成为自己的第二位父亲。

非洲是所有黑人最原始的故乡。然而杰克逊16岁时，才第一次去非洲，作为客人来演出（他是已成气候的"杰克逊五兄弟乐队"中最小的一个）。在西非的塞内加尔共和国，土著部落的舞蹈唤醒了他灵魂里遥远的记忆，他情不自禁地投身其中："这才是节奏，这才是孕育我生命的土地。当然，非洲的贫困也使他像目睹了一场噩梦，这位美国黑人恐怕暗自庆幸自己没有诞生在这块苦难的大陆——否则杰克逊将像一粒沙子般平庸。五年后，他义无反顾地走向了整容师的手术刀。他恐怕没考虑过，肤色、相貌可以改变，血统却是无法改变的；他身上依然流淌着黑人的血。

迈克尔·杰克逊传奇的身世，其实已构成美国梦的一部分。有多少黑人青年崇拜他，包括崇拜他在白人世界里也一样受到的崇拜。他如愿以偿地超越了种族，超越了国界。

作为对精神故乡的回报，他参与创作了以拯救非洲饥儿为目的的歌曲《我们就是世界》。四十位著名歌星联袂演唱，使"艺术家联合拯救非洲大行动"掀起高潮。所创的四千万美元的收入，三分之一直接用于赈济埃塞俄比亚饥民。

杰克逊堪称是世界当红的摇滚巨星。然而摇滚乐之父是"猫王"埃尔维斯·普莱斯利。1974年，刚出道的"杰克逊五兄弟乐队"专程赶赴北加州的太浩湖观看当时独领风骚的"猫王"演出。"猫

王"知道后生可畏，跟他们一一握手："你们几兄弟真了不起，这么早就开始了演唱生涯。"他似乎对其中的迈克尔格外青睐，临别赠言是："好好干吧，你会成功的。"迈克尔果然成功了。继"猫王"之后，他成了摇滚乐新的皇帝。

杰克逊跟"猫王"还是挺有缘的。离那次相见约二十年，他和"猫王"的独生女莉莎·玛丽·普莱斯利举行了婚礼，成了已去世的"猫王"的女婿。这一点肯定是"猫王"当年想象不到的：眼前的这位黑人少年（还带着追星族的表情）未来不仅将继承自己的王冠，还将娶走自己的宝贝女儿。

当然，这一切"猫王"已经看不见了。

以上所说的都是杰克逊的"变形记"。

听他的歌时，这一系列画面会反复出现在我眼前。他的歌喉肯定是上帝赋予的——甚至比他的心脏更为重要。他其实仅仅凭借一副歌喉改变了自己的世界。这是多么简单又多么昂贵的资本？杰克逊一发而不可收。

杰克逊的形象似乎已成了一个符号，一个使我们听到他的声音就想跳起来的符号。当然，他带头在跳。无法想象会有一个像树一样不移动地站在麦克风前的杰克逊。我估计那样他甚至无法唱一首完整的歌。只要歌喉一打开，他脚底就踩住了弹簧，无法自控地蹦啊跳啊。正如他早期唱过的歌名所形容的：这是一台"跳舞机器"。

他的歌舞简直像幻影，或者说，像一个永远不感到累的精灵，停不下来的精灵。

摇滚与诗歌

又到了世纪之末。蓦然回首时会有惊人的发现:中国的摇滚与诗歌存在着相互模仿的关系——如同照镜子的效果。作为文学中的纯文学的现代派诗歌,以及作为艺术中的前卫艺术的摇滚音乐,事实上走的都是一条"有中国特色的道路":一条激进的路线,靠声势与煽动性裹挟带有盲从倾向的读者或听众。但这种过于追求宗教性狂热和集体主义色彩的民间文艺运动,都以失败告终——"发烧友"总有退烧的时候,偶像总有卸妆的时候。当代诗坛经历过朦胧诗、第三代诗歌第几次浪潮冲击之后,已暴露出干涸的河床,成为面临风化的孤堡——诗人们纷纷乔装打扮突围而去,"旧时王谢堂前燕,飞入寻常百姓家"。人类的诗歌历史有数千年之久,而摇滚自诞生至今只能以百年来计算——在中国更只是改革开放二十年的新生事物。古老的诗歌尚朝不保夕,年轻的摇滚更容易遭遇夭折的危险——虽然它也曾"风风火火闯九州",但真正的知音难觅,中国人听摇滚无异于看热闹,那群情亢奋、揭竿而起的摇滚音乐会其实不

比大气功师的现身说法之场面高明多少，乌合之众，曲终顿作鸟兽散。你随便截住一位嗓子喊哑了的问一问，他肯定解释不清摇滚的原始概念为何物。在中国办摇滚音乐会，很容易搞成足球赛了——歌迷太像球迷，而歌手太像沾沾自喜的球星。这块试验田里很难长出真正的庄稼。更多的人只把听摇滚当成洗一回桑拿（开洋荤），热身驱寒而已，并未理解所谓摇滚的精神。那些高举的打火机、扭摆的胯部、迷醉如瘾君子的表情，仅仅是看国外演唱会模仿来的毛皮。正如自朦胧诗开始的所有"看不懂的诗歌"，甚至能闻出欧美大师们的狐臭味，当代的中国诗快成为变相（或经过伪装）的翻译诗，只不过套一袭迷彩服罢了。近二十年来的摇滚与诗歌，虽然一度喧嚣与躁动如广迎天下客的超级市场，但最终颓废成门可罗雀的神殿。又到了艺术大萧条的时代。不管是长寿的诗歌，还是短命的摇滚，都逗留在一道怎么也跨不过去的铁门槛上，有窒息的危险。它们是一对患难的情侣。

我之所以说它们有情侣的关系，是有道理的。新时期的诗歌运动在先，摇滚乃后继，摇滚人跟放浪行骸的诗人身上学了不少东西，或者说，所谓的"中国摇滚之父"崔健，本身就充满了诗人气质。他是难得的一位有文学色彩的音乐人。连王朔也承认："崔健是中国最伟大的行吟诗人。"那正是神州大地上遍布流浪诗人的时代，而王冠却落在了半路杀出的一位"一无所有"者头上。崔健是把诗歌精神注入了摇滚领域，还是以摇滚的鞭子抽打着放慢了脚步的诗神？总之他就是摇滚与诗歌的混血儿。他受过诗歌影响，又反过来影响更多的诗人。以摇滚诗人自命的伊沙说："在我成为诗人的进程中，崔健的歌词对我的影响甚至超过了北岛的诗。崔健其实是中国最棒的诗人，看他的歌词我们这些专门弄诗的都该感到脸红！将来真正的诗歌史，肯定有崔健一章……"诗歌界还未出现司马迁，谁来为诗修史尚是疑问。但谢冕教授编《百年诗选》这一权威版本时，确实选入了崔健的《我想在雪地上撒点野》等歌词。这已是大势所趋。小诗人太多，大诗人太少——崔健的加盟，究竟是诗歌的喜剧还是悲剧呢？著名的摇滚人来兼任诗人们的教父，可见山中已无老虎。但不管诗人抑或摇滚人，打江山时一律以革命者的面目出现，坐江山时又开始论资排辈了——这也是中国的所有前卫艺术最终又落伍的原因之一，它们永远戴着封建的镣铐。面对江河日下的局面无法收拾的诗人们之所以对作为新兴贵族的摇滚人刮目相看，与其说他们信仰崔健，莫如说他们更信仰权威。风骚已非诗人可独领，华丽的桂冠已蜕变为寂寞的荆冠——诗歌的神话破灭了，青年们又如此这般地开始编织摇滚的神话。他们是需要偶像的，于是把崔健塑造成神，事实证明：摇滚最终又重蹈诗歌的覆辙——仿佛中国天生就不具备滋润前卫艺术的土壤。不管现代派诗歌抑或摇滚音乐，永远都是走不出实验室的试管婴儿。崔健辉煌后又沉寂了，在沉寂中鼓足余勇出了一盘叫《无能的力量》的新作，不仅没能重整山河，反而暴露出自身的无能来了。艺术在尘嚣的现实面前是无能为力、无可奈何的——这位最后的歌王被驱逐下神坛。诗人们让贤（模仿古代的禅让制）的苦心白费了。

　　像伊沙那样坦然承认崔健的影响的诗人不在少数。同样，善于汲取诗歌营养的摇滚人也不仅崔健一人。譬如伊沙认为中国最具

人文色彩的两位歌手一个是崔健一个是张楚，他在一篇文章中肯定地说："张楚原本诗人。上大学后他开始写诗，学的是台湾诗的路子，后来开始学吉他，这两件东西是他再后来写歌的基础，动机是一位女孩。他为她写了很多诗，可她并不爱诗。他以为她喜欢音乐，于是就用自己刚掌握的一点乐理为这些诗谱曲……"这似乎是一个由诗人转变为歌手的很流畅的过程——简直是摇身一变。最优秀的摇滚歌手大抵都是这样产生的？张楚的歌词确实洋溢着浓得化不开的抒情色彩，从早期的《失落城堡的居民》《西出阳关》《欲望号街车》到后来的《上苍保佑吃饱了饭的人民》《孤独的人是可耻的》——歌名都是好词牌。难怪有人怀疑张楚只是个影子武士，他背后有群匿名的诗人为幕僚——他的歌词皆由诗人代笔。这种怀疑虽是捕风捉影，也可见张楚歌词的文学品味——他用诗意把坚硬的摇滚泡软了（一碗坚硬的稀粥），我通过他倾听到一种诗的摇滚。除此之外，山头林立的摇滚乐队中，"唐朝"有李太白遗风，"黑豹"有苏东坡豪情……文学性的含量增强了中国摇滚音乐的艺术价值，但同样也使它远离大众、曲高和寡，无法与市场化接轨，怎么努力也难以贴上商业的标签——正如诗歌一样，被孤芳自赏耽误了青春，最终成为现代社会里嫁不出去的"老处女"。看来中国人已没有过剩的贵族情感可供抒发。或者说，中国人从来就养不起（也不愿意养）精神贵族。

世纪末的诗歌也逐渐放弃书斋式的儒雅（实验室的语言操作），开始向露天的摇滚靠拢。朗诵形式的复兴，改变了诗歌作为书面语言的单一局面（文字的艺术向声音的艺术发展），是否也在追求摇滚音乐会对听众的煽动性效果？譬如前面提到的伊沙，创作受到两大影响：其一是美国嚎叫派诗人金斯伯格，其二是以崔健为代表的中国摇滚音乐。据说金斯伯格的朗诵会大都在万人体育馆举行，和鲍勃·迪伦、甲壳虫乐团、滚石乐团等共同构成20世纪60年代美国文化的化身——他的嚎叫本身就拥有不亚于摇滚的感染力，并构成其灵魂。同样，摇滚也是一种嚎叫，一种配乐的嚎叫——或者说，是人与乐器的共同嚎叫。崔健的成名作《一无所有》，就是一声无产阶级的嚎叫——使周围的听众（包括诗人们）的血一点点热起来。不管是摇滚抑或诗歌，都应该是一门热血的艺术。诗人用语言嚎叫。摇滚人用音乐嚎叫——究竟谁才是他们嚎叫的对象呢？伊沙的代表作是《饿死诗人》："饿死他们，这些狗日的诗人。首先饿死我，一个用蓝墨水污染大地的艺术杂种。"矛头直指诗人群体——其实也等于直指自身。可见这些大嗓门的青年，乐此不疲地对自己嚎叫呢——其结果却感染了别人。我为自己鼓与呼。诗歌与摇滚，最终都沉没在自己的旋涡里。

北京的大学梦

辛亥革命以后，清政府于1898年维新运动时期设立又于1905年停废的京师大学堂，改称北京大学校续办。1917年，一代教育家蔡元培任校长，标志着新教育体制在这古老的封建国度里的推行。这对中国现代史上大名鼎鼎的新文化运动及五四运动以北京作为策源地，起着至关重要的铺垫。

我查阅有关史料，发现了一个被忽略的细节：1912年2月25日，蔡元培等五人曾作为孙中山派遣的专使，代表南方革命势力规劝当选临时大总统的袁世凯去首都南京就任。袁世凯表面上以隆重的礼节欢迎，内心却根本不愿被调离北京这个封建老巢，秘密策划了一次大规模的兵变——乱兵们四处放火洗劫，甚至把蔡元培等专使在煤渣胡同的住所也抢掠一空，专使们被迫到使馆区避难。这导致了参议院只得同意袁世凯在北京就职，并决议迁都北京……我不知道蔡元培那次来北京的心情，与他几年后担任北京大学校长的心情，差距究竟有多大？

同样是在1917年，陈独秀、李大钊等被聘请到北京大学。在此之前，陈独秀在上海创办了《新青年》，率先掀起了新文化运动的大旗——是否可以这么认为：新青年们开始移师北京？那时候的北京大学集结着一批最精锐的新青年。蔡元培功不可没。正因为他提出"兼容并包"的方针，北大才仿效西方的教育制度和教学内容，大批吸收了各种思想观念的师资力量，既有梁漱溟、辜鸿铭、林纾为主的宣扬国故的旧派，又有陈独秀、胡适、鲁迅、钱玄同等主张变革的新派——同在一座校园之中，针锋相对，通过授课、演讲及辩论等方式进行着白热化的思想斗争，进而影响着青年学生、广大知识分子甚至整个中国思想界。据史料记载：1918年统计北京大学教员总数达217人（内含教授90人），学生总数1980人（内含研究生148人），在当时是全国规模最大的大学。所以它容纳着那个时代如此之多的文化精英。难怪有人说：在"五四"运动以前，北京大学已经成为新文化运动的策源地。可见北京新青年们思想的先锋，已比1919年5月4日的游行队伍提前出发了——两者是一脉相承的。

当时的北京大学校园坐落在景山东街马神庙，处于北京地区的中心地带，多少年以后才改迁到西北角的海淀区。七十年以后，我作为一位外省文人投奔北京，居然奇妙地在这片旧校址寻找到栖身之处——今已改作文化部办公院及宿舍区。分给我的单身宿舍居然就是原北京大学的所谓西斋（据张中行老人说此乃牌号最老的男生宿舍，1904年所建），斗室只容一床一桌一书橱，转身都困难。一出门就踏上了横贯东西的五四大街（不知这条街道的原名）。站在

五四大街，能看见老北京大学的红楼（今文物出版社院内）。红楼本身就是一个沉甸甸的文物，证明着一段辉煌的历史，同时也是诸多文化名流的见证。想当年蔡元培、李大钊、陈独秀、鲁迅、胡适等，都曾经穿着灰布长衫、围着白围巾在红楼里出入呢？红楼这个名称，永远给人似曾相识的感觉。我甚至相信，最著名的红楼至少有两个，一个是曹雪芹梦见的，另一个则从属于现实——即老北京大学的红楼，简直称得上20世纪初的一座文化堡垒，它对历史的影响不比曹雪芹的那座空中楼阁逊色。

这里还曾经有一位伟大的过客。1918年9月，湖南书生毛润之送本省青年赴法勤工俭学，第一次来到北京。就住在北大附近景山东街三眼井吉安东夹道七号一间民房里（由于留法预备班设在北大）。他还在北大图书馆担任助理员，经常和李大钊、邓中夏探讨中国的出路问题。半年后他就告别了北京，把这段青春的经历留存于记忆："我自己在北京的生活是十分穷苦的，可是另一方面这座古代都城的美，对于我可算是一种补偿。"（见李锐《毛泽东同志的初期革命活动》）这是他对北京最初的赞美。他恐怕也不曾预测到：再见北京已是1949年，不过这一次他站到了天安门的城楼上——也是这座美丽的古代都城最尊贵的位置。他主持了开国大典。北京从此成为新中国的首都。

我印象中周树人改名鲁迅，从绍兴变卖了古宅举家北上的。他在北京大学执教，讲授过哪些课程，我无法查考了。我只知道，1918年4月至五四运动前夕，他在北京用那字体刚健的小楷写下了《狂人日记》《孔乙己》《药》等一系列作品。这一系列代表这位文学大师人生中第一座高峰的作品同样震撼了那个时代。

那段时间，北京大学的学生中恰巧有个叫徐志摩的人。据梁实秋介绍：徐志摩在二十岁的时候与张幼仪女士结婚于浙江硖石，翌年入北京大学。在北大读了两年书，又于1918年到美国入克拉克大学社会学系。有趣的是，十年以后他居然重回北大做了教授——因为胡适任北大文学院长、劝寓居上海的志摩去北平换换空气。我举这个例子仅为了说明：那个时代北大的师生，人才济济，甚至无名学生中也会涌现未来的英才。我与其关注北京大学在五四运动前后的那段历史，莫如说在关注那个时代的思想与文化——或者说在关注那个时代。那是一个文化精英辈出的时代。而北大的新式教育，把全国各地的中青年知识分子吸引到北京这座城市。自20世纪初至今，北京一直是中国的文化中心——构成对外省文人最大的诱惑。

我作为一位南方文人移居北京，还不到十年。我却要努力研究20世纪外省文人在北京的文化现象与社会现象。我知道，我是他们中的一员（否则我不至于对这个课题情有独钟），我又是世纪末的迟到者。没有别的办法，我只能按时间顺序来划分外省文人在北京的群落。掀开中国现代史的第一页——我首先想到了蔡元培、陈独秀、鲁迅、胡适的那个时代，他们当之无愧为20世纪进入北京的第一代外省文人的代表。他们置身的是刚刚推翻了帝制、刚刚结束了数千年封建时期的新时代，他们进入的是一座没有皇帝的京城，一座以"民主"和"科学"为文化旗帜、但又在背影里隐约拖着传统的辫子的古都。所以他们不得不以远道而来的斗士形象出现，在血气方刚的壮烈搏击中又不乏浪漫的游侠作风。他们先声夺人地占领这个国家文明断层的上风和世纪更替的关卡，20世纪一代代外省文人涌进北京的滩头阵地——是他们最先构筑的。或者说，他们是第一代新青年，新型知识分子。在他们之后，进入北京的外省文人——才有了周作人、郁达夫、沈从文、叶圣陶、何其芳、郭沫若、茅盾、艾青……当然，我大多以作家为例举——因为文学有时比其他艺术门类或文化形式更具代表性。另外我还偏颇地认为：20世纪上半叶最能体现地域特色的北京本土作家（或称京味作家），只有老舍一人。他是20世纪为北京城特意树立的一座文学纪念碑。他无法模拟的文风恰似梁实秋对北京传统小吃豆汁的形容："北平城里人没有不嗜豆汁者……外省人居住北平三二十年往往不能养成喝豆汁的习惯。能喝豆汁的人才算是真正的北平人。"外省文人写北京，即使适应能力再强，也会让人听出一丝弦外之音——怎么写都隐隐约约有一种乡愁的味道，这是命中注定的东西，无法彻底摆脱。最典型的是周作人的《故乡的野菜》："目前我的妻往西单市场买菜回来，我便想起浙东的事来。荠菜是浙东人春天常吃的野菜……"郁达夫《故都的秋》也是一例。北京在他们感觉中多多少少带有一丝秋意——莫非他们青春的根本尚遗留在外省？秋意与乡愁的滋味是最契合的。

今天晚上，我形单影只地坐守于景山东街老北京大学的一所旧宿舍，由北京大学展开联想，写下了这篇文章。我从外省来北京不是求学的，我说过自己无缘成为北京大学的门生——这并不排除我对它怀有初恋般的感情。说得更博大一点，北京本身就是一所大学，我的大学——一所高尔基式的社会大学。整座城市都是露天的校园，露天的课堂。我在这所大学里已经快十年了，这篇文章权当我的毕业论文。一篇诗化的论文。我用它来强调自己的身份，以及我可能置身其中的那支横穿整个世纪的漫长的队伍。外省学生在北京，外省文人在北京——北京本身就是一所没有围墙的大学，培养一代又一代的外省青年。一代新青年老了，又一代新青年来报到。我应该算是最新的一代青年。北京的文人应该永远怀念"五四"精神。那精神是这座古城在20世纪的青春。

当代的北京大学坐落于海淀的中关村附近，占地面积开阔，层楼叠嶂，金漆彩绘，画栋雕梁，林木狭疏，更加上人潮如织，书声琅琅，与景山东街破落萧瑟的旧校址已不可同日而语。但我觉得，北大的灵魂全在于有未名湖——这是画龙点睛之笔，菁菁校园，莘莘学子，在水一方，便获得了生命本质的倚仗与烘托。水是生命之源，水边的物性人情一向显得滋润潇洒。逐草而聚，傍水而居，青灯黄卷的苦读生涯亦能洋溢游牧的情调。我每去北大，必要围绕未名湖步行一趟，以眼神斟酌波光塔影，也算代表某种对时空的缅怀与瞻仰。这所与20世纪的中国共同经历了风雨洗礼的高等学府，忠实记录着无数代新青年的梦想与光荣。

带有中国封建社会鲜明特征的科举制度是1905年废黜的——知识与教育的一个旧时代从此结束了。据《北京史》记载："清末民初时期，北京还设立了若干高等学校和中等专门学校（其中有的是从北京大学分立出来的），像师范大学、工业专门学堂、医学专门学堂，以及京师法政大学堂（由任学馆和进士馆改组）、法律学堂、测绘学堂、艺徒学堂、俄文铁路学堂、巡警学堂、贵胄学堂（清廷

为王公贵族子弟进行军事教育而设)等。"该书是这样总结的,"北京过去是国内封建文化教育的中心,经过学校与科举之争,亦即资产阶级和封建地主阶级在文化教育上的斗争,到20世纪初年,北京又迅速成为全国资产阶级高等教育的中心,同时也是资产阶级、小资产阶级知识分子最集中的地方。这正是新文化运动和"五四"爱国运动首先在北京发动的客观条件之一……"

介绍北大,就不能不提到清华大学。清华与北大齐名,但它创办的原因及过程又较为特殊。它是美国国会以"中美亲善"的名义,提议在北京兴办一所不是由传教士出面主持、但目的在于培养与吸引中国学生赴美的清华学校,经费来源是被退还的庚子赔款——被美国人认为是"控制中国的发展,使用从知识与精神上支配中国领袖的最圆满与最巧妙的方式"。创办时间大约是1907年至1908年之间。当时的清华学制是八年,够漫长的。譬如梁实秋是1915年入校,1923年毕业赴美,他在《清华八年》一文中回忆:"清华学校在那时候尚不大引人注意。学校的创立乃是由1908年美国老罗斯福总统决定退还庚子赔款半数指定用于教育用途,意识是好的但是带有深刻的国耻的意味。所以这学校的学制特殊,事实上是留美预备学校,不由教育部管理,校长由外交部派。每年招考学生的名额,按照各省分担的庚子赔款的比例分配。"所以清华也成为外省学生占最大比例的一所大学,它向各省市学生慷慨地敞开北京的大门——这扇校门又相当于国门,走进清华就等于八年后即可出国留学。"学生们是来自各省的,而且是很平均地代表着各省。因此各省的方言都可以听到,我不相信除了清华之外有任何一个学校其学生籍贯是如此的复杂。由于方言不同,同乡的观念容易加强,虽无同乡会的组织,事实上一省的同乡自成一个集团。如果我可以算得是北京土著,像我这样的土著,清华一共没有几个。"梁实秋读清华的时候,闻一多比他高两级,而朱湘比他低一班,另外还有孙大雨等人,共同组织了"小说研究社"(后经闻一多建议改为清华文学社),经常在一起说文品诗——他们当时肯定想象不到,自己的名字后来都被写进中国现代文学史了。清华也培养、团结了一批青年文人,一批未来的名家。梁思成是梁实秋的同班同学。梁启超的另外两个公子也都在清华,因而大名鼎鼎的梁启超还亲自来清华讲演并授课,后来还被聘为研究所教授。

"五四"运动发生时,梁实秋尚是清华中等科四年级学生。"清华远在郊外,在五四过后第二三天才和城里的学生联络上。清华学生的领导者是陈长桐。他的领导才能是天生的,他严肃而又和蔼,冷静而又热情,如果他以后不走进银行而走进政治,他一定是第一流的政治家。他的卓越的领导能力使得清华学生在这次运动里尽了应尽的责任……"他在北京学生争相街头演讲时,梁实秋本人也曾随同大队进城,在前门外珠市口他们这一小队从店铺里搬来几条木凳横排在街道上,在群众围观中慷慨陈词。当然后来,"北京学生千余人在天安门被捕,清华的队伍最整齐,所以集体被捕,所占人数也最多。"这就是梁实秋——当年清华的一位普通学生对"五四"时期的记忆与评价。

清华园离颐和园、圆明园均不远,原是清室某达官贵人的私家花园,即使后来移作校舍,也不乏曲径通幽、荷塘月色等中国式园

林的氛围。据说荷花池畔工字厅的匾额题写着著名的"水木清华"四字。在清华园登高西望,代表中国近代一段耻辱历史的圆明园废墟便尽收眼底,断垣残壁、夕阳衰草历历在目。郁达夫从上海来北京,在清华园找到梁实秋的第一件事就是请他陪同去圆明园凭吊遗迹。梁实秋欣然承诺,但后来在文章中写道:"除了那一堆石头什么也看不见了,所谓'万园之园'的四十美景只好参考后人画图于想象中得之。"

　　清华后来以理工科名世,但早期在文科教育方面也曾有过辉煌的时期,师生中人才济济。譬如大学问家吴宓,就是17岁时(1911年)在陕西考取了清华学校公费留美预科,"乃于限期内乘骡车从西安赶赴北京"。1921年留学归国就任教。他后来回忆:"清华是用美国退还的庚子赔款所办,而间接受美国人管理的学校。我作学生时,校中师生讲的全是英语,唱的是美国歌,美国史和美国公民学列为正课。举此可知清华师生所受崇美思想熏陶之深了。"吴宓1921年留学归国就任教授,主持清华大学国学研究院,礼聘王国维、梁启超、赵元任、陈寅恪等大师任教。张紫葛著《心香泪酒祭吴宓》一书称吴宓是中国20世纪不可多得的学术大师,书中还引述了吴宓本人对主持清华国学研究院的记忆:"所聘四大导师王国维、梁任公(启超)、赵元任、陈寅恪,皆当代国学大师,其天资之高……王国维博览强记,以经学言,十三经之经义、传、注、书、笺,莫不滚瓜烂熟;梁启超过目不忘,真可谓不世之才;赵元任本习理科,转治语言学,敏悟大异于常人,成为世界闻名的语言学大师;陈寅恪记忆力之奇特,令人惊讶,不仅经史子集并世界史实、宗教著述烂熟于胸，乃至满室图书上某书存于某架，某典载于某书某页，无不指称无误，此四子者，有如此奇特之天才，而其勤奋实非常人所及。以宓所见，四子莫不夙兴夜寐，孜孜不倦……"当然，王国维后来投昆明湖自杀，传说他一直蓄辫子、穿马蹄袖，俱为哀悼传统文化之衰败及清王朝的覆灭。吴宓曾为王国维治丧，他认为"世传似是而非"，据他所知"王国维并不留恋清王朝，但看到很多士人在民国肇始之前，怒骂革命党，秽詈万端。等到民国建立，他们急转弯"剪辫子、穿西装，高喊民主、共和。王国维深以为耻。为了表示对这种无耻投机的愤慨，他就以蓄辫子、穿马蹄袖来表示品德之分……"不管原因如何，王国维投水自沉了。有诗人发挥：一个旧时代拖着王国维那最后的辫子，终于消失在地平线上——一个新时代从此真正地展开……

　　北大、清华、国际关系学院及人民大学等，都集结于海淀，海淀因而成为北京的学院区——又有"学生之城"的称法。查阅地图，也常能从这一带发现"学院路"之类的地名。海淀区本属于京城西北郊，也因而大大地出名了。我爱海淀，因为海淀有那么多古老或年轻的大学，有那么多永远的青年。历史与现实相互映照着——海淀海淀，凝聚着北京的大学梦，也凝聚着中国的大学梦。山外青山楼外楼，海淀是北京城外的另一座文化都城，是城门之外的大学城。它也是篝火熊熊的青春熔炉：钢铁，就是这样炼成的。

我烦酒吧

北京酒吧业的繁荣，使我发现了小资产阶级情调的登陆。临近使馆区的三里屯一带，居然有数十家酒吧星罗棋布，虽然不乏金发碧眼的洋人光临，但痴迷其中、流连忘返的大多是我黄皮肤的同胞——是否觉得此地近水楼台先得月，因而乐不思蜀？我想，最吸引他们的恐怕还是酒吧本身，以及它所隐喻的某种新鲜的休闲方式。有灯红酒绿，有背景音乐，有琳琅满目、风格独具的装饰品悬诸墙壁，还有洋味十足的吧台和需双脚悬空坐在上面的高凳，怎么看都像是翻拍的好莱坞电影布景。即使孤独地坐在这样的氛围里，也有某种说不清的情调可供玩味。你会觉得自己已超前进入了另一座梦寐以求的时空，有脱俗的感觉（在中国，"脱贫"就等于"脱俗"）。于是，从阳光灿烂的日子拖泥带水走过来的北京青年们，就像逐渐接受打的、卡拉OK、蹦迪、桑拿之类新事物一样，一下子就喜欢上泡吧这个现代语汇。这个"泡"字用得很经典，虽然在此之前也流行过泡妞的说法——毕竟都是各领风骚的时尚。中国人所理解的时尚，仍然是时髦的代称——而时髦需要像赶火车一样去赶的。于是，在海淀的学院区，以及东西南北各个城区，酒吧如雨后春笋般出现（借用一个通俗的比喻）。夜夜笙箫，处处楼台。

酒吧究竟有怎样的魔力？人们究竟在高脚酒杯里玩味着怎样的情调？我想来想去，找不到确切的答案。姑且称之为小资产阶级情调吧。难道不是吗？数十年前的中国人，发誓要做霓虹灯下的哨兵，抵御资产阶级的歪风邪气——而如今，霓虹灯已成为城市的不可或缺之物，照耀着星级饭店、海鲜酒楼、豪华娱乐城、超级市场以及新开张的酒吧。中国人的夜生活，中国人的梦境，变为彩色且多频道的。这也是时代的演变吧。20世纪初，北京人喜欢泡茶馆，无论八旗子弟抑或贩夫走卒，都有这种休闲的嗜好——北京的茶馆甚至养育出小说家老舍。茶馆和老舍的小说一样，洋溢着耐人寻味的平民精神。经历了一个世纪的沧桑，古典的茶馆门可罗雀，小资产阶级情调的酒吧却异军突起，取而代之，其中恐怕是有原因的。泡酒吧继承了泡茶馆的传统，为北京人的休闲与社交提供了最亲切的方式，同时也显示了审美趣味的转移：茶馆属于老人的，是一门黄昏的艺术，而酒吧则属于青年，与夹光带电的时代节拍吻合。况且，能够出入于高消费（相对平民而言）的酒吧，至少属于白领阶层，有闲而且有钱，悠然自得地坐在高高的吧椅上，周围皆是衣冠楚楚的绅士淑女——像自己的镜子一样，他们比任何时候更骄傲于自己的身份。中产阶级仍然是大多数中国人的梦想。酒吧那超凡脱俗的氛围制造的幻觉，恐怕正应验了这些青年男女内心朦胧的小布尔乔亚情结吧。玩来玩去，玩的就是心跳，最好玩的还是情调——

比物质更经得起玩的还是精神。恰恰是在玩法中能衡量出层次的高低之分。

我对酒吧本身并无怨言。即使说得最刻薄了：北京的酒吧没什么了不起的，不过是第三世界的青年（或白领阶层），对西方发达资本主义国家的生活方式、消费观念的羡慕与刻意模仿。他们如获至宝把玩不休的，不过是别人手中玩旧了的事物……我只关注着跟酒吧有关的一些文化现象。这才真正地令我遗憾：20世纪末的中国文人，怎么也玩起小资产阶级情调来了？而且不玩则已，玩起来则一发不可收，如同徐志摩在20世纪上半叶游玩"肉色的巴黎"时所咏叹的：浓得化不开。小资产阶级情调，其实是一道太甜太腻的剩菜。吃多了，会倒胃口的。

譬如，北京诗人大仙，迷上了泡酒吧，诗风大变，专门为三里屯酒吧的街长巷短、一草一木逐字逐句写了近百篇随笔，除了在多家报纸开设《三里屯泡吧札记》专栏、这本叫《一刀不能两断》的随笔集居然还由作家出版社出版了，据说发行量不低。我慕大仙之名而翻阅，发现不过是一场接一场风花雪月的事。诗人纵然海量，也不该随便浪费才华。中国写酒写得最成功的，只有一个李白。大仙泡在酒吧里，反倒成了井底之蛙。摆出新贵的姿态写酒，顶多能成就个现代柳永——喝的是扎啤，一落笔全无酒精的烈性。

譬如，新市民小说的代表人物邱华栋，一读他的小说我闻见的总是洋酒的味道。他在自己的小说中无数次的背靠吧台坐在高高的转椅上，专点酒柜里那一排排有像蝌蚪一样浮动的洋文的酒瓶，一点也不觉得累。那些酒他是喝遍了，还是把商标全抄下来了？即使让一位演员每天这么表演一番，也会索然无味的。读他的小说，就像是参观洋酒及各种进口商品的博览会。他一次又一次说着："我还活着，一个又一个夜晚，坐在圣心酒吧里一盎司又一盎司地喝着这种能带来无穷快乐的龙舌兰烈酒。"看来他还是没有喝醉。如果真喝醉了写小说，会更有回味一些——至少，会忘掉那些古怪的酒名的。邱华栋所谓的新市民小说，其实是写给买办阶层的情书，可简化为一句表白："我爱你呀，洋货！"

又譬如，某些或谋求与商业接轨或耐不住寂寞的摇滚乐队或歌手，开始进入酒吧"卖唱"了，为了"招徕听众"吗？我总觉得这是令人心痛的"降价"（或降格）的姿态。灯火暖昧的酒吧，只配放放古典音乐或流行歌曲的；胸襟狭隘的排档，如何容纳摇滚这只气吞万里如虎的"钢铁猛兽"？在这小资产阶级的温柔富贵乡里浸泡久了，只会孵化出软骨头的摇滚：重金属变得轻飘飘的，人类逐渐丢失嚎叫的本能……绝对不能用声带去换啤的，这不是等价的交换。

还譬如，跟摇滚一样，诗歌（这文学中的最强音）也开始借助酒吧的台面了。最早是一对诗人夫妇开了黄亭子酒吧，因为定期举办诗歌朗诵会而出名——《东方时空》还介绍过。随即赢来众多酒吧的效仿——继网吧、音乐吧等等之后，出现了诗吧的现象。许多文学活动者转移到酒吧召开了——两者之间，不知究竟是谁附庸风雅？诗人们寄身于酒吧的屋檐下朗诵，发挥水平各有不同——毕竟是在别人（商人）的地盘上。有一次，"嚎叫派的中国传人"伊沙自西安来北京的黄亭子酒吧朗诵，表情很腼腆，声音也没敢很放开（恐怕没有朗诵那首《饿死诗人》的缘故），这多多少少出乎我的预

料。朗诵的最高境界应该像马雅可夫斯基那样，在广场上进行。至少也该有了金斯伯格的气概，在万人体育馆"嚎叫"。时代不同了，诗人的朗诵，如今只能在小范围的酒吧里孤独地举行——就像一次为已逝的黄金时代追悼的仪式。朗诵完了，诗人们还要自己掏钱买酒喝——如同他们大多要靠自费出诗集一样。除了同人之外，在座的听众基本上是听不懂朦胧诗的。如此媚俗的场地，伊沙不该来，汪国真来或许合适。我之所以反对诗歌与酒吧联姻，还有一个不便挑明的原因。后来卧轨山海关的诗人海子，出于寂寞或谋求与世俗社会沟通，曾经迈进北京昌平的一家酒馆（那时酒吧还没形成潮流），跟老板商量："我在这里给大家朗诵诗，能否给我酒喝？"老板笑了（我估计属于冷笑）："我可以给你酒喝——"他停顿片刻，"但是你别在这儿朗诵诗！"这发生在别的诗人身上的事件深深伤害了我作为诗人的一颗心。也许，他们的对话比任何形式的朗诵（包括莎士比亚的戏剧）更具有灵魂的震撼力与杀伤力吧。尤其在于这一段诗人与商人的对白并不是编排出来的，而是两种社会观念在两种人身上的反映与回音。从此我个人拒绝在酒吧以及任何场合，为无关的听众朗诵自己的作品。

还譬如……

在这个时代，跟酒吧有关的文化现象还有许多。我暂且列举这些。还不够了吗？我对小资产阶级情调的东西，没有特别的好感。我从不期望真正的文学，能在自命清高、附庸风雅的社会阶层寻找到真正的读者。所以我借酒吧的故事，提醒20世纪末的中国文人：虽然这是个价值观迅速裂变的时代，但不用特意去迎合小资产阶级的审美趣味——他们的耳朵，已被风花雪月的故事磨出了茧子。他们乐于收购的，总是那些乖巧的宠物——如同他们本身是社会的新宠。不管是文学抑或艺术，要么彻底的平民，要么彻底的贵族，不存在第三条道路。即使做成小资产阶级欣赏的偶像，也会不伦不类的。举个什么例子呢？汪国真的诗歌，余秋雨的散文，就是小资产阶级情调的产物，最对中等文化水平读者的胃口。它们是畅销的，但也会是速朽的。从鲁迅的时代开始，中国真正的文人，就和这类浮夸、伪饰、苍白的审美趣味进行了大半个世纪的斗争。譬如鲁迅檄击梁实秋为"丧家的资本家的乏走狗"。在《野草》中暗喻徐志摩为在花树下幽怨的"瘦的诗人"。文人可以瘦，但不能没有骨头；可以憔悴，但不能没有钙质、没有血色。文学也是如此。在浓得化不开的脂粉气包围下，文学会窒息的——还不如索性去接受人间烟火味的熏陶与考验。哪怕多一点浊气，多一点野气，多一点匪气，多一点土气，也比那种人工雕琢的帅气要强——文学毕竟应该是一门远离流行、远离时尚的事业，无产者的事业，精神贵族的事业，哪怕置身于一个小资产阶级情调泛滥的时代。

大地之歌

车出北京城,在京石高速公路上疾驰,我的视野所及是华北大平原初冬的风景:被划割后的光秃秃的田野,鸦雀无声,偶尔遇见一条河流也大都消瘦憔悴;由于一马平川的缘故,铅灰色的天空显得低矮了许多,直压眉峰。我的心情莫名其妙地忧郁了。四野苍茫中仍无法忽略人类的痕迹:沿途树立的电线杆、烟缕般若隐若现的羊肠小路、麦草垛、砖瓦结构的陈旧的农舍……

就在这时候,"大地"这个字眼闪电般出现在脑海中。我下意识地屏住呼吸。

没有什么比在平原上更容易认识到大地的存在及涵义。我一向以为丰饶的平原属于大地平坦的腹部(或者不妨称之为世界的腹地),最能体现大地富于繁殖力的一面:粮食、花朵、富裕的村庄、良辰美景、人类的庆典,都被这位隐逸的自然之神明毫不吝啬地和盘托出。哪怕在这休耕季节,我仿佛赶赴了一场曲终人散后刚刚撤去的宴席,为自己的迟到不胜懊悔,同时也已借助想象加入了大地的狂欢——薄暮的远山陈列着它微醺后尚未褪尽的红晕。

文学的主题可以"天、地、人"来概括。现代男女们在加倍关注天时与人事之外，却常常低估了土地的存在价值。泥土的气息也越来越遭到城市文明的摒弃。天空永远是雷同的，但我们在都市里接触的地面由地板砖、柏油马路、立交桥、混凝土等人造的物质构成，误以为它们就是大地的概念，就是大地本身。土地是无法伪造的，因为人都是它造就的。我们的名牌皮鞋沾上的仅仅是飘忽的灰尘，而非沉重且富于滋养的真正的泥土。在高楼广厦的玻璃窗里，我们无法看见粮食是怎样从土地里滋长的，因之而忽略甚至遗忘了土地的功绩。土地与我们生活的直接关系似乎愈趋淡化，脱离土地我们似乎也能增值或青云直上，凡此种种，我们便以城市之子自居，不再追究谁才是血脉相连的生身母亲。对于一个忘却了土地的恩情、对土地冷若冰霜甚而至于厌弃的人，从某种意义上来讲他已是土地的叛徒。人不是植物，但人也有潜在的根，那是我们与土地所保持的必然联系。人性就是这朴素的根须上结出的花朵。

不知已多长时间了，我在城市角落、在狭隘的空间里忙碌于生计，无暇远眺与深思，几乎已淡忘大地为何物。感谢这次旅行，把我从日常轨道上粗鲁地拽到大地面前，接受灵魂的拷问。我就像一枚被剥开的豆荚，从迟钝的外壳里挣脱出赤子般怦怦跳动的心脏。与大地同呼吸，我又恢复成一位敏感冲动的抒情诗人，真想对着矮树林、棋盘般的田埂大喊一声——那肯定荡气回肠。平日里总以为城市就是我们世界的全部，可豁然面对一望无际的大平原，顿悟到这才是真正的世界，具备原始美感的世界。灯红酒绿的都市，不过

是这平伸着的粗糙的手掌上托出的一件精致的礼物。

途经保定，标牌上的这个地名令我联想到半个世纪前的战争，那大平原上发生的故事，在今天的景物中几乎未留下任何痕迹——虽然它明确无误地记载进教科书里。由此我联想到，跟大地的历史的相比，人类的历史纵然自认为浩瀚，其实不过是瞬间——因为大地象征着永恒。我开始理解大地为什么沉默寡言、不喜不怒了。它在我想象中既表现为一颗怦然搏动的心脏，又表现为一双紧闭的嘴唇，严守着内心的秘密。大地的秘密就是岁月的秘密，包括繁荣、收获、苦难、幸福、劳动与享受、因果报应、罪与罚、战争与和平……我又想到人类的文学了，它必须要追求永恒，才可望成为大地上的史诗。作为艺术家，我们首先要擅长倾听大地的沉默，并从这大化归一的沉默中发掘大地的秘密——几乎所有成功的艺术品都或多或少地拥有这类发现。大地是真、善、美的富翁。

与我同在一座城市的散文家苇岸，写过一篇《大地上的事情》。这个标题中因为出现了大地，所以显得无比博大。大地上的事情——甚至堪称整个人类的文学表现的主题。还有什么内容能不被其包括呢？就像半个世纪前发生在这块热土上的战争（以及更久远的战争），是大地上的事情；今天我乘车沿京石高速公路去石家庄开会，直至与大家在带暖气的房间里围桌而坐，谈论人生、历史、文学，都是大地上发生的事情。甚至此刻，我们不过作为大地故事里的一些人物而存在（可能还是中小人物），我们慷慨激昂的争论只是故事中极平常的对话。大地才是这故事幕后的主角——或称主宰。大地的命运是唯一重要的情节。推而广之，农民种田、工人造物、婚丧嫁娶、国家元首会晤，无不是大地上的事情，无不是浩若星汉的大地故事中的小插曲。再伟大的艺术家，也不过是大地故事的转述者或记录者，而非创造者。

世界是由时间与空间构成的。大地是世界的一半。它更是历史、现实、人类文明最本质的载体。人是大地上最高级的动物，其思想也无法脱离大地的血统。我们永远不要随意更改自己的身份：大地之子——这已构成一古老的荣誉。

奥地利音乐家马勒有一部著名的交响乐，叫《大地之歌》。一直未有缘购买到那张唱片。但仅仅听说了这个标题，我就热血沸腾。大地之歌本无定论，或许每个人的想象中，都收藏着一阕关于大地的神曲、一阕天籁：风吹草低、大浪淘沙、中原逐鹿、山鸣谷应、牧童短笛，甚至一只故乡的蟋蟀，都能胜任大地的琴师。大地上的故事是可歌可泣的。想象着大地之歌，风起云涌，我心胸为之开阔，眼前浮现出一道景致千变万化的地平线，那正是我心灵渴望攀临的极点。大地并不为倾听赞美诗而存在，但作为一个诗人，我又怎能不首先赞美大地？"为什么我的眼中常含泪水，因为我对这土地爱得深沉"。艾青的这两句诗也堪称其毕生创作的座右铭。对大地的歌唱是不怕重复的。因为大地的故事层出不穷。诗人是大地上的歌者，如果对大地都不怀有起码的感情，那你的爱将寄存在何方，那就不配称为诗人。

感谢这次旅行，使我再次认识了疏淡已久的"大地"这个主题，使我重新成为一个在神圣面前热泪盈眶的诗人。从北京到石家庄的高速公路，横穿华北大平原，有数个小时的车程，我像个稚童

般趴在玻璃窗上，目不转睛。大地上的事物，无处不可称为风景，大地的风景令我百看不厌。今天我说的太多了，尤其是和大地相比——哑巴般的大地，沉默寡言，厚重的双唇间紧抿住一切秘密。但这也是一种向大地表示感恩的方式。希望大家跟我一起重视大地的恩情。

1996年11月22日，我应邀与几位同人去石家庄参加笔会，并且讲课。但一路上我发现自己恰恰是来补课的，弥补心灵的一课——是人生的第一课也是最后一课：热爱大地。我们都是大地的听众。这篇文章就是我在会议上的发言，我知道我无法代表大地发言。这只是属于我个人的一首大地之歌。

中国人的吃

中国人是最讲究吃的,所以古代的谚语即有"民以食为天"——甚至帝王将相也不敢违抗这条真理。譬如领兵出征,同样要牢记"粮草先行"。数千年以来,中国的饮食不仅已形成一种文化,而且堪称所有文化的潜在基础(或称物质基础)。不管对于其创造者或鉴赏者,都无法回避吃饭的问题。开个玩笑:李白若没有酒喝,是否能给唐朝锦上添花,留下那么多首好诗?至少,会失去一个飘飘欲仙的传奇。或者说,唐朝若没有佳酿,诗人们的数量与质量是否会大打折扣?唐诗三百首很明显不是靠白开水兑成的,至今捧读仍像刚刚启封的陈年老窖……我的意思是,不要以为饮食是种不登大雅之堂的文化,更不要以为饮食与文化无关。早在春秋战国时代,陶醉于百家争鸣的哲学巨人们,在这个问题上倒出人意料地发表了比较一致的观点。老子说:"五味令人口爽"。孔子说:"食不厌精,脍不厌细"。孟子除了说"口之于味有同嗜也",还在自己的著述中引用过告子的话:"饮食男女,人之大欲存焉"。还有一句较

著名的"食、色,性也",是他们中的谁说的,我一下子记不清了。总之,中国古代的哲学家们绝非苦行僧、清教徒或素食主义者,这是毫无疑问的。否则,深受其影响的传统文化,也不会成长得如此健康、茁壮和丰满,获得自成体系的满足。当然,"朱门酒肉臭,路有冻死骨"的现象,在中国历史上也很难避免。听李时人说过一席话,令我在连云港的酒楼上停杯投箸:"公元1886年8月,清政府的全权代表李鸿章在美国举办答谢宴会,一道道色香味形俱全的中国菜点使到场的美国总统富兰克林和所有的西方人无不惊叹不已,可是当时的中国实际上贫弱至极,挣扎在饥饿线上的人口何止千万。记得好像是鲁迅说过:中国菜世界第一,宇宙第N,但是中国还有人靠舔黑盐吃饭,还有人连饭也没有吃……"他还强调,"饮食问题,不仅可以反映社会的物质文明程度,也可以反映出一定社会的社会状况以及暴露种种社会痼疾。"饮食文化似乎也可扩大到社会学的范围,可以是辉煌的,也可以是腐朽的。满汉全席固然使西人叹为观止,但清朝的国力恰恰孱弱到失去自尊的地步,其政治与文化的没落,并不能因一席豪宴挽回面子。餐桌上的虚荣心或胜利感,掩饰不了自己的版图被列强蚕食的事实。这是一个令我听起来深感痛心的典故——构成中国数千年饮食文化的一道伤口。

　　由此我仿佛目睹到中国漫长的封建时期繁华背后的阴影。大多数中国人,诚如鲁迅所形容的"孺子牛":"吃的是草,挤出来的是牛奶、血。"而昏庸的统治阶层,似乎天生就靠喝奶、吸血乃至变相地"食人"而存活的。难怪鲁迅要借《狂人日记》控诉那"人吃人"的社会。民脂民膏,真是一个太形象的比喻。在中国古代,有太多铺张浪费、争奇夸富的例子用来证明饮食的堕落——不仅仅是文化的堕落,更是政治的堕落。

中国人的吃啊,真是五味俱全。我的这番额外的咏叹,不过是洒一点辛辣的调料。

再回到正题上来。谈谈中国人的吃——中国人在饮食上的态度与风格。正如其凡事皆是完美主义者,饮食方面也不例外,透射出东方式的严谨、滋润与考究——还不乏浪漫精神。中国是出美食家的国度,历朝历代美食家的人数,估计比政治家、思想家、文学家、军事家等的总和还要多。美食家之令人羡慕的程度,比起艺术家来也毫不逊色——甚至他更像是某种"行为艺术家",或者说享受型的艺术家,具备着潇洒、超脱、乐观的人生态度。在我想象中,美食家肯定是享乐主义者,否则他如何把注意力全部集中在室内、案头、盘中乃至舌尖呢?窗外的风声雨声是凡俗之辈难以忽略的。大多数中国人,皆有做美食家的愿望(哪怕是潜意识里),只可惜并非人人都能具备其能力与境界。做个纯粹的美食家是很难的。挑剔生活,也是需要条件和本事的。

但这不妨碍中国人以美食家的态度来尽可能地提炼、完善自己的日常生活——包括安排自己的节日。中国人的节日,最明显地体现在饮食上(譬如端午节的粽子,谁能否认它的文化含量)。饮食简直构成他们所理解的幸福的基本标准。或者说,每一次丰盛的宴席,都可能构成他们内心小小的节日、无名的节日。至少,会烘托出某种节日的气氛。

中国人的吃,不仅是满足胃的,而且是要满足嘴的,甚至还要

使视觉、嗅觉皆获得满足。所以中国菜的真谛，就是"色、香、味、形"俱全，包括还有营养学方面的要求（"膳补"比"药补"更得人心，两者的结合又形成了"药膳"）。从这个意义上看，中国人既然像厨师，又像大夫，还带点匠人或艺术家的气质。他们把自己照顾得很好。在饮食方面，他们指望的是物质与精神的双重满足。因而在这座星球上，中国的饮食有着最丰富、最发达的理论体系——估计只有中国才能产生"美食家"这样庄严的名称。中国人的吃之所以不同凡响，在于其不仅重视实践，而且重视理论，以理论指导实践，而且在实践中总结理论……中国的厨师肯定是记忆力最好的厨师，而且富于创造性。正如汉字是最复杂的文字（由繁体字变成简化字了，仍然复杂），中国的菜谱若全部搜集、打印出来，肯定是全世界最厚的。靠这么厚的菜谱，养活着一代又一代的中国人。中国人的饮食，其实是舌尖上的节日，舌尖上的狂欢节。

十九世纪末，美国传教士明恩溥注意到了中国人对年饭的重视："中华帝国疆域辽阔，各地风俗差异很大，但很少有一个地方在春节时会不吃饺子或类似的食物，这种食物就如同英格兰圣诞节上的葡萄干布丁，或是新英格兰感恩节上的烤火鸡和馅饼。与西方人相比较，在食物的质和量上不加节制的中国人是相当少的。中国的大众饮食总的说来比较简单，甚至在家境允许全年享用美食的地主家中，我们也不会经常见到他们如此奢侈。在食物上的代代节俭可以说是中国人的显著特点。'好好吃上一顿'通常用来指婚礼、葬礼或其他一些不可缺少美味佳肴之场合的事情。"但这并不影响中国人为年饭所做的尽可能充足的准备，仿佛他们辛苦一年全为了迎接这一顿饭。"中国家庭中每个成员在期待年饭时都自得其乐,当他们专心品味所有能够放入嘴中的美食时,更是大得其乐,即使平时回忆起年饭各式菜色,也是同样的快乐无比。所有这些对西方人而言充满着启示和教益,原因就在于西方人平时有太丰富的食物可供享用,他们因此而对'饥者口中尽佳肴'少有体会……应该承认,在很长一段时间里,饮食确实构成中国老百姓生活中的最大乐趣,甚至物质的贫穷也未能完全抵消他们精神的富有——而这种精神的富有与他们对美食所抱的长盛不衰的激情与向往有关。如果缺乏了这份激情,旧中国的老百姓日常生活将显得黯淡与平庸了许多。对于中国人而言,口福就是幸福的一部分,饮食是一座最容易兑现的天堂——或者说是通向天堂的捷径。

忆江南

江南是个古典的概念。说起江南,我们就难免想到湖泊、乌篷船、石拱桥什么的,甚至孔乙己时代的黄酒与茴香豆,也可成为江南的象征。生活在江南的人,既有眼福,又有口福。

乾隆下江南,已成传奇。这位清朝的皇帝一生中多次登龙舟南下,似乎并不完全是出于政治的需要。更多的是为了满足个人的好奇——或者说高尚点,是朝拜一种文化。江南的文化,堪称是中国最经典的地域文化。无论历史、风景、民俗、服饰抑或饮食,都洋溢着陈年的醇香。不身临其境,则无从想象那里的古人与今人归顺的是怎样逍遥与闲适的生活。江南自古以来仿佛就是一座大度假村。供慕名而来的游客吃喝玩乐的。这是一个令人乐不思蜀的地方,或称胭粉地,或称销金窟。"烟花三月下扬州",尚是纯粹的浪漫。"腰缠十万贯,骑鹤下扬州",浪漫中又增添了许多现实的成分——富豪像军人扎武装带一样在腰间系满钱串,在沉甸甸中体会到的分明是一种令芸芸众生望尘莫及的潇洒。黄鹤只是想象中的坐骑，现代社会，乘飞机就可以了。就可以感受那种从天而降的骄傲。仅仅以上几句零碎的古诗，就足以使扬州流芳百世了。扬州在古代绝对是一座消费的城市。只是近代以来，它不知为何逐渐衰弱了，像迟暮的美人。扬州，历史的弃妇——它的荣华富贵不该随长江之水东流去。

相反，苏州与杭州则一直不曾辜负天堂的美称。"上有天堂，下有苏杭"，古人拟的广告词，多好啊。寥寥八字，就烘托出两座城市相映成趣的面影。这是孪生姐妹一样的城市。"铜雀春深锁二乔"，我简直不知该何从取舍。推而广之，整个江南都因此洋溢着天堂的氛围。苏州的丝绸，自然令我爱不释手。但它同样也以出美食家而闻名，甚至它传统的小吃，在我心目中都比西洋的大菜更辉煌。到了苏州，我会流口水的。苏州虽曾是古都，却极其平民化。在苏州做个老百姓，感觉最好。至于杭州，则萦绕着挥掸不去的帝王将相气。难怪南宋小朝廷，被湖畔的暖风醺醉了，忘却远方的战火，"错把杭州当汴州"。我觉得，江浙一带其实还有比苏杭更能体现吴越文化的城市，那就是绍兴。绍兴保留着更多的村镇气息——一种加饭老酒的气息。要想了解最正宗的江南水乡，绍兴比杭州更合适——正如周庄比苏州更合适。至少周庄的水汊，比苏州城里的河流要清冽许多。江南的大城市，总是逃避不了工业污染。小村镇里却依旧野趣盎然。绍兴是鲁迅的老家，三味书屋与百草园里的稚嫩童音早已消失，咸亨酒店里坐的也净是些西装革履的人。如果能让时光回溯得更远一点，陆游的沈园里该闪现出那双传为经典的红酥手——纤纤玉指牵系着千古心痛。与百草园无知而幸福的童年相

比，沈园里陈列的青春则要残酷得多。那一对在满园春色宫墙柳中迷路的青年男女，永远拥有比前来瞻仰故地的后人要年轻的心。古老而年轻的爱情哟。

南京是我的故乡，我自然应该用重笔写它。跟一般的游客相比，我对南京更有发言权。游客容易为南京的绿化而倾倒：城市里居然拥有那么多的梧桐树，在人行道旁比肩而立，摆出一种夹道欢迎的阵势。作为在这座城市长期生活过、已习以为常的人，我更关注它的往事。六朝古都啊，注定是往事的富翁。金陵王气，似乎不是讹传，使其在历史教科书里的地位举足轻重。从南唐二陵到明孝陵、中山陵，还有雨花台烈士陵园——凭吊者在一个又一个时代错落的背影里感受着激动的平静。南京啊南京，在平静中激动，又在激动中平静。其实它属于民间记忆的那一部分也同样令人难以忘怀。秦淮河的桨声灯影，虽然快失传了，但毕竟照耀过朱自清和俞平伯两位文豪的华章。夫子庙与李香君居隔岸相望——我开了个玩笑：这叫孔夫子摇起桃花扇，清风拂面啊。还有莫愁湖——全中国的湖泊中，有谁的名称比其更有劝慰作用？"山围故国周遭在，潮打空城寂寞回"——南京的古城墙也许不算保存最完好的（譬如不如西安），却是最峥嵘、最有气势的。南京不能算有代表性的江南城市，但在历史上它却一度是江南文化的核心。占据了南京，等于拥有了中国的半壁江山——因而成为兵家必争之地。在这座城市发生过的战争，不仅数量惊人，而且大都是极其惨烈的。譬如近代以来，就有太平天国的"天京事变"，日军侵华造成的"南京大屠杀"等。1949年，人民解放军渡江作战攻克南京，把红旗插上国民党的总统府，远在北方的毛主席还写了一首诗庆贺，其中有"虎踞龙盘今胜昔，天翻地覆慨而慷"的句子。然而走在今天和平的林荫道上，你不会想象到这曾经是一座战神喜欢光顾的城市。

"江南可采莲，莲叶何田田"。江南作为最著名的鱼米之乡，历朝历代留下了无数的诗词曲赋。要想尽兴地游玩江南，或者说要想深刻地了解江南，需要有一点古典文学功底的。因为我说过，江南这个概念本身，就是很古典的。

当然，江南也有很年轻很现代的城市，譬如上海。数百年前，此地恐怕还是一隅渔村。可眨眼之间，荆钗布裙的村姑就变成了穿旗袍、洒香水、足蹬高跟鞋的摩登女郎。上海，江南无意间营造的一个现代神话，一个中西合璧的神话。破窗而入的欧风美雨，使上海脱颖而出了。我曾经把它比喻为——一座混血的城市。

骑鹤、登舟、乘火车或飞机下江南，选择的是不同的路线。黄鹤过于缥缈，龙舟也实在缓慢——况且作为旧中国南北大动脉的京杭大运河早已荒废，所以现代人也就无法附庸风雅了。但不管怎么讲，江南仍是我的一个梦境，古色古香。在走近江南的时候，我总是蹑手蹑脚——不知是怕惊醒了它呢，还是怕惊醒了自己？

西藏的诱惑

必须承认：西藏是最能唤起我想象力的地方。如果它能给予我多么丰沛的想象力，则证明它本身具备多么强烈的诱惑力。想象西藏的时候我总体会到某种特殊的激情。在这座星球上，能够使人产生这种诗意的想象的事物已经不多——世界正变得越来越工业化、城市化或世俗化。而西藏最多地保留着人类的传统：传统的生态，传统的文化和传统的美德——它最能验证我们对那牧歌的时代的回忆。这简直是一阕没有太多修改痕迹的天然的田园诗，接近于神曲。这自然与西藏的历史与地理位置有关：它是世界屋脊上古老的花园，一座室中花园。它在我心目中的高度一点不亚于它现实中的海拔。西藏是需要仰望的。作为一个长期生活在平原的诗人，仰望西藏使我觉得很幸福，在仰望中我可以同时感受到人类的往事与今昔——西藏是一个容易让人怀旧的地方。我对西藏的想象接近于精神恋爱。我离西藏很远（我居住在北京，没有确切计算过距离西藏有多少公里），但西藏却离我的理想很近：一方没有被工业与商业完全污染的净土，一块有着强烈的日照和非凡的记忆力的雪域，一座保留着神迹的人间的天堂（谁叫它离天空与星辰最近的呢）……当然，这只是我对西藏的想象，这只是我想象中的西藏。因为我至今尚未去过西藏。这种遗憾只能靠想象来弥补。

我知道从内地或与其邻近的省份入藏有多种路线：青藏线、川藏线、滇藏线、新藏线……也有多种交通工具可供选择：飞机、汽车甚至自行车，但似乎未通火车。与众不同的我，遵循的却是一条想象的路线，一条虚构的路线——俗称梦游吧。我多次考虑过去西藏旅游的计划——只是一直未能在现实中成行罢了。西藏对于我一点也不陌生。当然，这种想象也是很折磨人的——有时并不比实际的旅行轻松，简直相当于徒步的速度。我对西藏的想象难免是抽象的：有时它就是拉萨，一首流行歌曲经常召唤我"回到拉萨"，有时它就是布达拉宫……也就是说，我大多是通过电视、音乐、照片乃至书籍来猜测西藏的（这是我唯一搭乘过的交通工具）。其中使我感到最便利、最真切的，还是那些去过西藏的人的讲述——包括他们文字中的讲述。

曾长期在西藏生活的女诗人马丽华，集多年的经验写了本《藏北游历》我边读也仿佛边陪伴这位诗歌的女英雄"走过西藏"。我一直都记着她说过的话："这其实是一片万物有灵的空间，因此这其实就是一种双向交流、相互作用：扫视与被扫视，接纳与被接纳。我与这沉默的荒山、河流、田野、村庄之间拥有某种神秘的联系与感应——先是我在阅读它，然后就去书写它。这条公路就是著名的青藏公路，此端是拉萨，彼端为格尔木和西宁。……大都是乘着各类

车辆急驰而过。在部分路段，也还乘坐过马车，甚或也曾徒步行进过。"她还说西藏正处于一个命名的时代——由于农区牧区割据了西藏，藏文化据说就是"青稞文化"和"牦牛文化"所组成。这帮助我发现了西藏的本质。

云南的诗人于坚也去过西藏，他自称"一个俗人在拉萨"，其实却被西藏的魔力征服了——他把西藏神圣化了，也被西藏神圣化了："一个唯物主义者到了西藏，如果他连一分钟都没有成为一个神秘主义者，那么我可以说他是一具没有感觉的死尸，……在西藏我是一个文盲、聋子和哑巴。我是一个不知道的人，只有这种老老实实的身份能够帮助我看见西藏。"于坚还有一句"格言"多多少少打击了像我这类的"神游者"："拉萨是一个只能体验、无法想象的地方。"可到目前为止，我对西藏还没有真正的体验，或者说，想象还只是我的全部体验——我对西藏的体验还停留在想象的阶段。我什么时候才能打破这种苍白的想象呢？

没有去过西藏的人，肯定会羡慕去过西藏的人——就像没谈过恋爱的少年会羡慕那些心中有爱的情种。本地的朋友阿坚就是我最羡慕的对象（他也是一位诗人）。古人云"不到长城非好汉"，现在似应改为"不到西藏非好汉"——尤其在诗歌圈子里。阿坚在北京土生土长，却简直是一个"西藏的情种"：近二十年内，他曾经从不同线路六次往返西藏——当了六回好汉。这至少说明他爱得很彻底了。我相信从西藏归来的人，要么会沾点"仙气"，至少也会带点"神气"——阿坚就是一位很神气的诗人，很神气的旅行家（比李白更爱旅行，比徐霞客更会写诗）。他经常很神气地跟我口述在西藏的经历（探险的经历，搭车的经历，爱情的经历，喝酒与写诗的经历，乃至生病的经历），听得我直感叹自己白活了：人家怎么就那么"英雄"，那么"富有"，那么"超载"——人家都转了六个来回了，而我尚未踏上那块圣土一步呢，我的旅游鞋总是老样子……听多了阿坚的口语，更急于看他的文字（阿坚不仅口才好，而且文笔更佳）。出于对西藏的渴望以及出版社编辑的"职业病"，我故意用激将法："口说无凭，有本事你就写出来吧——别只让我一个人听。叫大家都听听吧。"他果然像爬山一样地写出来了《流浪西藏》——这是一个中国人的自助旅行记，用阿坚本人的话来说，叫"平原动物上高原"这或许能满足更多像我这样的一直在梦见西藏的人的愿望：足不出户，就能日行千里。阿坚已经通过讲述获得快乐了，下面该我们享受倾听的快乐了。倾听西藏。

对于阿坚以及那些去过西藏的人，西藏仍然是神秘的（百看不厌）；而对于我这种没去过的人，则更是神秘中的神秘了。破译神秘（不管是通过旅行还是阅读），是一个美好而刺激的过程。旅行是一种行走的阅读，而阅读未尝不是一种精神的旅行。时空的穿越是旅行或阅读的真正意义。我前面提到的另一位诗人，云南的于坚，去西藏前，曾受到一位从纽约回来的先锋派朋友善意的嘲笑：都什么时候了，还往西藏跑，这种行动早就过时啦。于坚感叹："我不太明白他的意思，难道一个时代的前进就意味着西藏这类地区的过时。那么未来的时代要住在哪里。哦，我真的有些落后于时代了，我一直以为西藏这类的地方是永恒的。"确实，西藏是永恒的。它属于过去，属于现在，也属于未来。

出　塞

　　没有哪次旅行能像去内蒙古那样使我深深体会到出发的感觉。如果让历史倒溯若干年代，这应该叫作——出塞。虽然铁马金戈的边塞诗在和平的岁月里早已过时了，我们对诗人的概念的认识也有了很大变化，但我确实想模拟一番诗人出塞的心态——它与武士出塞抑或美人出塞肯定有着本质的区别。我带着古典的情怀登上这趟挤满民工、游客与探亲者、出差办事的公务员以及长途贩运的个体商人的夜行列车，留神瞥了一眼车厢悬挂的仿宋体的字牌："北京—呼和浩特"，这两个风格迥异的地名连缀出一段源远流长的故事，唐宋元明清历朝历代边塞的故事。

　　今夜，长城将对我敞开，敞开古老的心扉。我简直怀疑搭乘的是时间的列车——在车轮滚滚与钟表的滴答声中，经历风起云涌的时间隧道而返回牧歌的时代。这甚至比空间上的跨越给予我更强烈的触动。从城市到草原，从现实到历史，我在深入东方的一个博大且茂盛的记忆——每一根草叶都可能是它敏感的神经末梢……蒙古族人是记忆里的居民,他们在世界一隅忠贞地保持着游牧的禀性。

草原上也通火车了。这在一个世纪以前是不可想象的。那时候马匹曾经是最完美的交通工具——它令人重温成吉思汗的时代,这个马背上的民族借助火与剑曾经征服过半个世界。火车是现代文明最初的拓荒者。透过火车的窗口观察地平线上马群的剪影——仿佛目睹了古老帝国的日落。马匹从世界的舞台上退役了,凭借血肉之躯刀耕火种的农牧业文明在大工业社会中显得落伍了。火车在不断地加速,叼着傲慢的烟斗,从笼罩在草原上的几千年的沉寂以及一种知足常乐的旧式游牧生活中穿过,留下一个又一个问号。是社会在进步还是记忆在倒退——为什么我们体验到两个时代擦肩而过才具有的那种颤栗与阵痛?它足以惊醒梦中人。草原是人类社会硕果仅存的梦乡,这里的居民是要靠梦想来生存的——某些时候它甚至比帐篷、盐与水源还要重要,这才是他们日以继夜抗衡大自然环境挤压的原动力。马头琴、醉意浓郁的牧歌、篝火倒映的爱情,都是梦的体现——没有这一切,这个民族将何其苍白与虚弱,所以他们才依赖音乐、舞蹈、酒精与回忆坚守着精神上最后的边疆。作为一个有梦的民族,又是幸福而艺术化的——只有他们最固执地保留与维护着人类的往事。窗外的马群总给我以往事的标本的感觉——它们以及那种提倡力与美的精神,曾经是一个时代的主宰。火车如入无人之境地切割着草原的梦想,我五味俱全地想起张承志的话:"英雄的时代结束了。我只独自一个默默悼念英雄……英雄的道路如今荒芜了。无论是在散发着恶臭的蝴蝶迷们的路边小聚落点,还是在满目灼伤铁黑千里的青格勒河,哪怕在忧伤而美丽的黑泥巴草原的夏夜里，如今你不可能仿效，如今你找不到大时代的那些骄子的踪迹了。"

呼和浩特近似于漫无涯际的草原中孤独的城堡——走在街道上的行人，也是孤独的。它远离世界，因而不像城市，却像来自四面八方的牧民们的集聚点。它仿佛仅仅在给那些一向形单影只的游牧者提供群体生活的温暖与安慰——这比它作为城市的功能更加重要。哦，游子的驿站，流浪者的集市。不时有马车与机动车并行，有穿着皮袍进城购物的牧人与西装革履的绅士摩肩接踵，有蒙语与汉语的交流，但我去呼和浩特的那段日子，所有音响商店都流行着腾格尔演唱的《蒙古人》："洁白的毡房炊烟升起，我生在牧民的家里……这就是蒙古人，热爱故乡的人！"一律是蒙语版。而我在内地常听见的大多是汉语版。还有一首《黑骏马》，演绎出那种透彻到骨髓里的悲壮且苍凉的古典精神。黑骏马是马群中的王者，是音乐的替身，整座草原的生命力都浓缩在它深不可测的瞳仁里。我来内蒙古之前，曾买高价票观摩过腾格尔的演唱会，并深深喜爱上《黑骏马》这天外来音——它述说了蒙古民族的灵魂。腾格尔去了北京，做音乐的游牧者。而我今天来呼和浩特，为了做风景的游牧者。我们都是为美而流浪的牧人。

昭君的青冢在呼和浩特郊外，乘汽车不足一小时——公路修得很好，毕竟昭君墓是极重要的旅游资源。不足一小时的路程，我们就回到了汉朝。出塞远嫁的汉家女王昭君，老家湖北秭归，跟战国时代大诗人屈原是同乡。我前几年去过秭归，这次又拜访内蒙古的青冢对这位绝代佳人生命的起点与终点有了完整的认识。这条路在古代堪称漫长的行旅，弱不禁风的美人整整走了一生。昭君，老家有人看你来了。这是我在青冢唯一想到的一句话，一句不算寒暄的寒暄。据说昭君墓在内蒙古有多处——确切的证据连历史学家也无从查考。就存留一份疑问吧，甚至这份疑问本身就表达了某种特殊的怀念。对美丽的怀念是穿越时空的。昭君的身世美丽得近似于传说。

如果你不曾在草原的蒙古包里喝过酒，那等于没来过内蒙古。我们去伊克昭盟一位牧民家中做客，在烧着暖炕、铺着波斯地毯的蒙古包里盘腿坐下，面前的炕桌上已摆满了烤羊腿、手扒肉、奶酪，还有久闻大名的喷香的奶茶。当主人听向导说我们一行都是来自内地的诗人时，表现出极浓的兴趣："我最欢迎你们这样的客人了——能喝酒，会唱歌。大家一醉方休。"或许在他心目中，诗人都是能喝酒会唱歌的。若从这个意义上理解，每位蒙古族人都是诗人，他们过着诗情画意且富于原始美感的生活。主人的女儿穿着镶金边的民族服装，手端银碗挨个给宾客敬酒，每敬一次酒都会先给你唱一首民间谣曲——而作为回报，你必须把她递来的酒一饮而尽。蒙古族的姑娘有一种落落大方的美感——即使女性的歌喉，也有响遏云天的效果。坐在蒙古包里听她唱民歌，我脑海里浮现着烈马、鹰、敖包等草原上典型的景物。她给我唱的是《阿尔斯棱的眼睛》，第二轮时又唱了《黑丝绒的坎肩》——我特意记下这两个歌名。只遗憾未带录音机来，录下蒙古族姑娘的一片深情——日后在灯红酒绿的都市里重温，会视若遥远且缥缈的神曲。这是离神最近的地方了，这也是离神最近的心灵与歌声。更遗憾的是我们

这些所谓诗人的声带都退化了，只能回敬几首患了软骨症般的港台歌曲——跟蒙古族传统的民歌相比，近似于无病呻吟。向导请求主人给每位宾客起一个蒙语的名字留念，在座唯一的女诗人被命名为"齐齐格"（花的意思），而我获得的则是"查干朝鲁"，意为白色的石头。我想，我会珍惜这新的笔名——它毕竟是草原赋予的礼物。我的血液里已融汇进蒙古土酒那炽烈且馥郁的滋味——这或许能为我今后的诗歌补充必要的钙质。走出蒙古包，星空都是低垂的，像一副镶嵌珍珠的黑丝绒坎肩无力地搭在我肩上。醉意已由脚踵上升到头顶——仿佛是由无限的大地源源不断提供的，这在我的血管中蔓延、膨胀的力量。我把舒婷《神女峰》的诗句——"与其在悬崖上展览千年，莫如在爱人肩头痛哭一晚"，改为"莫如在蒙古包里大醉一场"。醉啊醉，是在城市里很难真正达到的一种境界，而在这抛弃教条的非理性的草原上却能轻易地获得。

车过鄂尔多斯，直奔成吉思汗陵，这里离蒙陕边界不远了。我们专程膜拜这位蒙古民族古老的英雄——也是世界的英雄。据说周围多为土尔扈特部落，因为最初丧葬时征用了土尔扈特人五百户作为守陵者，他们的后人也世世代代在陵园附近生生不息，忠实地继承着卫士的使命。土尔扈特人便成为游牧民族中永远留守于原地的分支，他们终生的游牧就是围绕成吉思汗陵巡逻——这也是最富于责任感的诗意的游牧了。他们永远是记忆的卫士，像生了根一样固执地以血肉之躯维护着草原最辉煌的一段往事。他们一生的游牧都限制在方圆几公里之内，却可以上溯到千年以前——这是空间与时间的双重游牧。哦，这英雄时代最后的哨兵，最后的守望者。热爱蒙古史的张承志还说过："蒙古草原由于它承载的文化的游牧性质，用一句考古学行话：草原上很难形成文化层堆积。连续两千余年的北亚游牧文化，并没有如数地留存至今。我不能说，游牧的蒙古人只有成吉思汗陵这一处国宝；但是，成吉思汗陵确是蒙古人和北亚游牧民族拥有的最贵重的遗产……"至于以忠贞信义著称的守陵者土尔扈特人，则同样是英雄的遗产——一份活着的遗产，誓言的火种在大地上代代相传。他们生命的意义似乎就在于捍卫祖先的荣耀与名誉。我敬仰英雄，也同样敬仰这英雄的卫士——他们是一群在历史的建筑中默默奉献的无名英雄。他们的存在就是人性的证明，就是对时间的胜利。我一一瞻仰成吉思汗陵的陈列品——包括完好无损地供奉于军帐里的马鞍、弓箭、宝剑，我的视线最终凝聚在成吉思汗用过的那把牛角弓上——这正是诗人毛泽东所描述过的一代天骄射大雕的那把弯弓。只是它已成为岁月的战利品。射雕英雄今安在？旧物尚存，而往事已老。

当年英雄建立旷世功勋并且令世界胆战心惊的武器，已黯淡无光地成为旅游景点的纪念品，纪念已消逝于历史重重帷幕背后的血雨腥风、刀光剑影。永别了，武器！永别了，古老的战争！笼罩在这一切之上的是姗姗来迟的和平。

游牧云南

在我到云南之前,甚至潜意识里对这块土地的真实性都不无怀疑。它离我日常的生活确实太远了,它古朴的山川地貌、独特的风俗民情之于我——缥缈如对月亮上的景物的想象。在中国大陆的南方,沿海地区由于金钱势力的割据而打破了一切神秘感,然而多民族聚居的云南及其依托的那片沉默封闭的红土高原,保留有太多的人间神话,令我联想到诞生了文学史上魔幻现实主义的拉丁美洲——譬如博尔赫斯笔下迷宫般充斥历史感与宗教色彩的新月悬挂的南部平原。凡是没有神话传说的地域,注定肤浅苍白如荒漠——而安详于彩云之南的那偏僻的省份,会有一个文人所苦苦寻求的那种岁月与心灵凝注的魔幻吗?

所以,我一再推迟着踏访西南边陲的期限,我不愿现实摧毁内心版图里残存的一份梦想。我固执地保持着和它的距离:千山万水,若是古代的驿使骑马往返的话要耗费多少个蹄声如雷的日夜……然而当我在昆明机场站稳脚步,屈指计算,从北京到云南,只用了三个钟头。现代工业与科技的铁翼，再次击碎了我理想主义的空中楼阁。四季如春的昆明，不再是我遐想中九层祥云之上的城郭。

在作为省会的昆明，无法了解真正的云南，原始意义上的云南。大街小巷，到处都是出租车、卡拉OK歌舞厅、证券交易所、通宵电影院，没有我期待擦肩而过的蜡染的民族服装、金玉头饰、热带雨林或篝火旁的山歌。除了滇池，只有吴三桂为陈圆圆构筑的金殿还值得一看。那昔日称霸一方的云南王曾在雕栏玉砌间拥护着付出昂贵代价夺回的旷世美人，确实是春花秋月何时了，白驹过隙，千金买一笑……

我不愿在昆明做更多的逗留。我选择了前往沧源佤族自治县的旅行路线。沧源地处中缅边境，不通火车，从昆明出发乘汽车至少需两天两夜的里程。然而，那云蒸雾绕的阿佤山区太令自北方都市远道而来的我神往了。恰好沧源县的宣传部长在昆明刚结束党校学习，我便搭乘他还乡的吉普车风雨兼程。

脸膛黝黑的宣传部长是位正宗的中年佤族干部，一开始由于不相熟识，加上他刚刚在城市里接受了近半年书本与文件的熏陶，他接待我这位来自首都的汉族记者礼貌得近乎疏远，不轻易言笑，仿佛生怕泄露了内心的秘密。当越野吉普甩掉了尾随的高楼广厦、灯红酒绿，昂首升上海拔二千米左右的盘山公路，在森林、岩石、急流的循环中，这位佤族男子的面部便由雕塑的静美而恢复了灼热的血色。我们在沉默中翻越了著名的横断山脉。汽车顺坡而下，停靠在澜沧江大桥边的一座拉祜族家庭餐馆，我们抛弃了车厢里携带的罐装饮料，改喝苞谷酿造、颜色乳白的当地土酒。宣传部长变得健谈，给我讲解了山珍野味的烹调方法，并在杯盏交错中认同了我这位异族的朋友——仅因为我不隐瞒自己的酒量，把他递来的每一海碗都一饮而尽。

这时我才发现，和少数民族交朋友是件太容易的事，一半靠真诚，一半靠酒量，不需要任何策略与技巧。如果你没有酒量也不用担心，只要有真诚就可以。这是一些不借助社交礼节，而完全靠豪爽、诚挚、坦荡吸引你的人。在他们善良的眼神面前，你会羞惭地卸下城市里披挂多年的伪装。在这种交往中，你会觉得心与心碰撞在一起——不间隔着肉体、服装以及礼教之类，就像石头跟石头相碰撞一样，火星四溅。这是人类最不该遗失的取暖措施了。

车过横断山与澜沧江，便步入一个失去年代的世界，高天远地，林涛阵阵，炊烟袅袅。由于交通的阻隔及地区的闭塞，构成一个几近于与政治、经济、战争及大工业无关的原始的世界。民风淳厚、清贫朴素，沿途的少数民族村寨几乎都有路不拾遗、夜不闭户的习惯。为了防火，各家各户把屯粮的木仓构筑在远离房舍的山坡，仅仅做好辨认的标记，却从不上锁。这是一个锁失去效用的世界，一个计谋、贪婪与争夺失去市场的世界——这难道不正是人类自古至今苦苦追求的心灵的自由吗？群山环绕，那些习惯盘旋于城市上空的温柔或狡猾的鸟类飞不到这里，这里出产的是沐风浴雨、不屑于世俗琐碎的山鹰。当它低低地掠过我的头顶，站在阿佤山的岩石上，我一伸手就摸得着天空。

车越往山区的纵深里走，盘山公路上便迎面走来逐渐增多的少数民族猎人。这是一些服饰鲜艳的猎人，肩扛着20世纪的老式火枪，用手持的钢刀砍伐山坡上挡路的荆棘，你一眨眼，他们就消失在随风波涌的花木丛中。要知道，山那边的南滚河一带密布着原始森林，有可能与你目睹的猎人狭路相逢的，不仅有黑熊、云豹、大蟒、巨蜥，还有博尔赫斯《老虎与黄金》里赞美的那种孟加拉虎。宣传部长向我解释，在他们民族的原始信仰中，一个男人只有首先是一个合格的猎人——然后才能成其为男人。而男人简直视自己的猎枪若神物，是不允许妇女触摸的，因为那上面维系着他的宿命。宣传部长特意停车邀我登山欣赏产生于新石器时代晚期的沧源岩画，它们是三千多年的先祖用赤铁矿和牛血做混合颜料，绘制在小黑江及其支流沿岸海拔一至二千米的石灰岩崖面上。我仔细描摹，发现除了表现原始歌舞、宗教祭祀，岩画更多的内容是动物图形及人类的狩猎活动，难怪考古专家称誉沧源岩画为"狩猎者的艺术"。那生灵活现的野兽轮廓，铁画银钩的运笔线条——注定绘画者是经验丰富、动作有力的猎人。如果说原始岩画是人类最初的艺术，那么最初的艺术家，便是从猎人中产生的。——而他供奉于悬崖峭壁上的作品，已是其永恒的猎物，证明着人类对艺术精神的第一次追逐与捕获。

我不禁为这块古老土地的深邃远大而激动了。下山时我特意紧紧握了握身边这位佤族基层官员的手，以传达对他们部族先祖伟大的创造力的尊敬与感激！

阿佤山的居民们无不知晓《司岗里》这部口头流传的神话史诗。司岗里，是佤族关于天地形成、人类起源的传说。"司岗"，沧源一带的佤语解释为葫芦，"里"，为出来之意——即佤族是从一只大葫芦里走出来的。为了表示对先民们开天辟地精神的崇敬，一些佤族部落酋长便纷纷自称葫芦王。明清之际的汉文典籍里便有把沧源一带称为葫芦王地之说。这是一个既类似盘古开天地，又类似《圣经》中诺亚方舟的神话：沸腾的洪水淹没了大地，世上的巨人都死光了，只剩下天神达梅吉和一头母牛。达梅吉和母牛交配，母牛受孕产下一个葫芦，葫芦一天天长大，里面有了说话的声音。达梅吉在葫芦的底部砍了一刀，砍掉螃蟹的头和人的尾巴，人类和世上的精灵都出来了。这是一部佤族自己的辉煌瑰丽的《创世纪》。我一直在想，对于人类的起源，为什么各个人种、民族都拥有充满诗意的传说——而这一系列传说本身又不无相似性。难道在史前确曾有过一个令恐龙与巨人灭绝的洪水时代，樯倾楫摧，唯有那硕果仅存的余脉构成我们血缘的渊源？达梅吉的刀和盘古的巨斧同样具有推陈出新的性格，演绎人类从混沌天地中脱颖而出的过程，为什么都要借助这种具备神意、非人力可为的刀斧手形象？只有一点可以肯定，人类自古即对认识自我、发掘自身起源充满热情，才能在众口相传中艺术加工出这一系列诗情画意的神话。

事实证明这确实是一块沉默于东方、因为古老而充满魔幻的土地。探险家，把你的手深深插进灼热的红土高原，便能感悟到血脉的循环，便能像植物的根一样牢牢攥住满满一把历史。我们从昆明到沧源的途中，曾经在地名拗口的禄丰县博物馆里，参观了新近从该县地界内发掘出来的恐龙标本。那史前的"巨人"只剩下一副骨架的化石，但我仍然觉得它空洞的眼窝是有表情的。它居高临下地巍然屹立于阴凉潮湿的展厅里，鸟瞰着我们这些岁月走廊的匆匆过客。可以猜测它的那种姿态，是主人的姿态，是以这块神秘土地的主人的姿态，迎送着日出月落……

小憩在澜沧江畔，我特意赤足走下堤岸捧起河水洗了把脸——潜意识里更祈望它能使我清心明目。我简直窥视到水面上写有一行繁体的文字，那该是顺流而下的汉乐府民谣：沧浪之水清兮，可以濯我缨；沧浪之水浊兮，可以濯我足……

夜行的越野车风一样掠过顺山势排列的佤族或傣族村寨——公路有时甚至从一座村寨的中间穿过。由于车灯的照耀，吸引了好多路边的孩子，他们从黑暗低矮的竹楼、草寮里钻出来，向我们灯火通明的车辆欢呼。路畔山坡上还出没着一对对青年男女，月光使他们的金银衣饰萤火般闪烁。宣传部长告诉我：这是幽会的情侣去山顶月光最亮的地段唱山歌。那一进城就腼腆缄默的宣传部长，这时已像任何一位清风满袖的佤族小伙子一样轻松快乐。他大声哼唱起一首无名氏创作的民间情歌："月亮升起来，山寨静悄悄，风儿轻轻吹，心儿多舒畅。弹起我心爱的小三弦，我心上的姑娘快快来……"这首情歌的曲调，一点不比我在城里听的那些流行歌曲逊色——尤其是在这样一个月朗星稀的夜晚，在远离尘世的重重大山深处，心就像一部闲置许久的书被音乐的空谷来风掀动了，我简直怀疑自己已被席卷到月亮上面。

独步神农架

1990年初冬的经历我记得很清楚。不敢说终身难忘，但确实使我涉世未深的心体验到一次形而上的升华，一番精神炼狱的脱险。当时我以厌倦了都市繁华、世态炎凉的苦修者形象，风尘仆仆地出现在邻近湖北十堰的神农架一隅。两个星期的创作假，足够我返璞归真的灵魂清风满袖地寻找到理想中的家园，获得空谷来音、洗尽铅华般的抚慰。一离开市声喧嚣的森林小火车站，孤帆远影地背负着硕大的牛仔布行囊，从偶尔有运木材的卡车驶过的鸭子口哨卡进山，我便鲜活地理解了唐朝李白"脚踏谢公屐，身登青云梯，一夜飞渡镜湖月"的魔幻诗意。世俗的烦恼、远处城市里的嘈杂争斗都被甩向脑后。

受躬耕赤野的山民指点，我选择一条茅草覆没的羊肠小路攀越尚残存斑斑积雪的虎头垭，这样便能抵达大山的深处，神农架的腹地，据说那儿有一座石砌的瞭望塔，塔里有一位负责看山的老人和一条狗，进山的货车每星期送一次口粮与日常用品。我几乎把它当作硕果仅存的一幅乌托邦画面来想象了：烟熏黑的灶台里木柴爆裂出火星，青苔斑驳的墙壁斜挂一柄沉默的猎枪，孤独的守林人日出而作，日入而息，读天地之书，食五谷杂粮，夜深人静时是否会涌现出占山为王，非我莫属的幻觉？如果确实这样的话，他将是神农氏在现代社会里最逼真的传人。与世无争，而又自满自足于天地悠悠、良心淳朴，这正是退居于尘世一隅的守林人所承担的责任、付出的代价以及无意中获得的幸福。

　　蒹葭苍苍，白露为霜，我充满好奇的旅游鞋从半山坡郁郁葱葱的落叶乔木下穿过，仿佛被一种无形的力量所驱使，说不清究竟是在投奔什么，还是在逃离什么。两只出笼的野兔，是最生动的比喻。我的背包里装着足够维持三天的罐头食品与淡水，以及百读不厌的几本哲学书，我是想暂借神农架这块清净宝地，作一番世俗生涯中无法进行的回顾与思考——哪怕它在漫长的生命中仅占有很小的一个段落，但有可能和衣食住行的一生具备同样的重量。现在重温，25岁时的神农架之行恐怕和刚读了梭罗的《瓦尔登湖》有关。那位战后时期的美国人，长着一颗停留于人类原始阶段的心，因而无法习惯灯红酒绿、车水马龙的现代都市文明。他选择了形式上的退却（实则是精神上的进取），携带斧头、绳索等最简陋的谋生工具，步行到荒无人烟的瓦尔登湖一带，搭起与大自然一板之隔的木屋，点亮只有在博物馆里才能见到的古老马灯。更重要的是，他给未遭人工开垦的瓦尔登湖带来了纸、笔和书本，带来了知识；艰难的刀耕火种之余，梭罗在大自然的拥抱中展开了一个思想者的散步……

这正是我在神农架风餐露宿,而对传说中的守林人生活充满憧憬的原因。我的脑海里还浮现着屠格涅夫《猎人笔记》里的朴素画面,并且向往与吊锅里煮月亮、子弹壳吹口哨的猎人相遇。和高扬低回的山风、黑夜森林中某一点闪光一样,他们作为一种神秘而处于不可知状态的世界、一曲未遭污染的牧歌而存在。偶尔,当你不经意地踏上一条分岔的小径,会蓦然发现他们以原始的面貌迎面走来,擦肩而过;待要回首细看,布衣草履的背影已梦一样消失于花木丛中……

神农架里几昼夜的野营生活,我沉浸于别无纷扰的遐想中,几乎觉得行走在罕无人迹的月球上,四周很静!我拨开落叶斑驳而窥见了迎面走来、渐趋清晰的自我,像明矾投进水桶里所产生的效果。假如灵魂能够独立行走并且挑选自己的服装的话,我跋山涉水的灵魂肯定一副守林人的装扮,浑身散发着泥土与树脂混合的气息。当我坐在返回城市的火车上,是否会有血肉撕裂般的疼痛?

由于忘带了指南针的缘故,迷失方向的我最终未找到大山深处守林人的瞭望塔——它作为某种神秘诱惑的象征,高耸于我现实生活的彼岸,松涛阵阵,炊烟缕缕。无缘与守林人相识,但我身临其境地感悟到守林人的生命状态:时间与寂静混淆在一起,仿佛地球也停止了转动,天地之间唯独一颗生机勃勃的心灵跳动着,在水滴石穿的节奏中体现出生命的滋润与执着……

黄果树瀑布

世界上的河流有许多种，但最壮观的，莫过于瀑布。瀑布是河流中的英雄。我到贵州，几乎完全是为了看瀑布的——就像久居内地的山民渴望去瞻仰一次海，其心情是相同的。这属于一种朝圣的心情。当汽车（我们搭乘的现代交通工具）距峡谷还有几里路时，就听见大山的胸膛里传来的隐约的雷鸣。由于距离影响了听觉，它不像是猛兽的咆哮，而近似于壮汉的鼾声。即使这样，仍然令我辈神色一变。这个日子在我的一生中是不同寻常的。

我拜访的这条瀑布有个好听的名字：黄果树。它在地理课本里同样赫赫有名：黄果树瀑布高74米，宽81米，是中国第一大瀑布，也是世界最阔大壮观的瀑布之一。由此可见它不仅是河流中的英雄，更是瀑布中的英雄（名流），它的名声同样如雷贯耳。多年前我就从一种同名香烟的商标上欣赏过它的雄姿（如同瞻仰伟人的照片），但那时它是静止的，我也不敢相信自己有福气目睹到它的动态。我听说徐霞客在游记中也大大赞美过黄果树瀑布，不禁联想当那个背拷诗箧的老人骑着毛驴进入这个峡谷，心情是否比我这个迟到者更为复杂？

此刻我正伫立在徐霞客曾经伫立过的地方，和瀑布面对面地凝视着——瀑布特别像一张表情丰富的脸孔，青苔斑驳的双颊，岩石的额头，挺括的鼻梁，以及白发三千丈的忧愁……人老了，瀑布没老。人类的历史改朝换代，但瀑布的故事层出不穷，万古常新。在嗓音浑厚的黄果树瀑布面前，我哑口无言——哦，这大自然的男中音，倾述着怎样一个重复的戏剧？瀑布使平庸卑微的生活顿时变得戏剧化了。即使一个手持望远镜、坐在安全的包厢里的胆小鬼观众，目击到这悬崖上的舞蹈、高音区的俯冲，也会向往辉煌，并因此而明白什么叫作壮烈。瀑布太像一群投身于某项伟大事业的烈士，前仆后继，勇往直前，充满献身精神，高呼着口号，举着拳头跃向空中——我几乎分不清它究竟在降落还是上升？它的精神与形体呈现出相反的方向与局面。整个空洞的峡谷因之而弥漫着迷蒙的水雾，我感受到某种类似于宗教的氛围。神话从天而降。大山泪流如雨。观众热血沸腾。这是一幕每时每刻都在隆重推出、重复上演的华彩乐章。瀑布的品质印证了人性中渴望崇高的一面。和其他风景点不同：在瀑布的歌剧面前，所有的游客鸦雀无声——它自有一种震耳欲聋、惊心动魄的魅力。瀑布的审美效果是别的事物无法比拟的。它无意间契合了命运的显影——这运动的造型，这流淌的雕塑，这时空的错位，这最伟大的自由落体！

我很想给黄果树瀑布写一首赞美诗，但依然哑口无言。在力与美面前，做一个哑巴也是幸福的。或者说，沉默本身，已是最高形式的赞美了。我头脑一片空白（而瀑布是这空白中的空白），只勉强追忆起一句别人写过的诗："瀑布，站立的河流。"河流给人的印象一向是俯卧或仰泳，但发展到瀑布的阶段，它终于站立起来了——与大地垂直，它挺起的肩膀、胸膛以及绷紧的膝盖、脚踝挂满雪白的浪花。这裸体的河神，背靠峭壁，挺身而出，给了我们一个完美的正面。河流在丈量自己的身高与体格。譬如我眼前的黄果树瀑布，高74米。我正在阅读这部从天而降的巨人传。

贵州好啊，贵州有黄果树大瀑布。我见过山泉、小溪、湖泊以及许多著名的河流，甚至还见过不可一世的大海，但它们都不如瀑布——它们都不如瀑布这样令我回肠荡气。瀑布永远给人以英雄主义的感觉。跟瀑布相比，甚至连大海都显得过于平静了。

成吉思汗的草原

草原上已没有大雕了,甚至很难见到弯弓搭箭的猎人,可成吉思汗的影子却无所不在。毕竟,这里曾经是他世袭的领地。我面对的是一片属于幽灵的草原:风起云涌,残阳如血……

成吉思汗,一个令世人无法忘记的古老的名字,一个伟大的幽灵。一草一木似乎都与之血脉相连。

当然,这也许是我想象力过于发达造成的。或者说,我是为了求证对于历史的想象而来到内蒙古的。空间的距离已不存在了——我毕竟已荣幸地置身于这位射雕英雄的生存空间。唯一能构成障碍的就是时间了。漫漫长夜,可以削弱他对现实的影响,却难以动摇他在我这类怀旧的游客心目中的位置。

我是特意来拜访成吉思汗的。虽然他已经不在了。整个草原,不亚于缺席的宝座——被寂寞的苍穹拥抱着。我仍然蹑手蹑脚,怕惊动了亡灵的世界。

偶尔,会路遇穿着民族服装的牧民——假如他体格剽悍、相貌英俊的话，我便会无端地猜测：他，是否算得上是成吉思汗形象的翻版？成吉思汗，是否也长得这般模样？

不管怎么说，他们都属于成吉思汗的传人。至于我，不过是一位感兴趣的局外人罢了。

所以草原对于我，更像是一个博大的梦境：风吹草低，牛羊成群，无意识地祭奠着遥远的往事……我目睹的这一景象，肯定也曾经呈现在成吉思汗的眼中——他是否也跟我一样感动？只不过他那个时代的羊群，都已成为岁月的落伍者，或者干脆就化作天上的云朵。

成吉思汗，一个古老民族的领头羊啊，他的权威，他的尊严，似乎至今也不曾消失。哪怕他本人的葬身之地都是个谜。

据说他在出征西夏途中，发现了一块风景优美的宝地，就抛下了马鞭作为记号——以图来日掩埋尸骨。他的子孙后来也确实执行了他的遗愿。只不过未留下任何痕迹，并且守口如瓶。这自然很令后世的盗墓者技穷。没有哪位帝王，能比他更纯粹地回归泥土了，而不用顾忌身后的毁誉。他像影子一样消失了，但又像影子一样存在。

从某种意义上讲，他的一生都在营造一项巨大的工程：使整个蒙古大草原都成为自己的陵园。他也确实做到了。

问一问那些沉默寡言的游牧者：他们可曾怀念成吉思汗的时代？英雄创造的业绩，是太难超越了。他们更像是心悦诚服的守陵人，世代相传地守护着那历经时光消磨而未缺损、变质的荣耀。

英雄就是英雄，是历史舞台上唱主角的。与之相比，我、你、他，都属于凡人，属于配角。这不得不承认。

一位叫布尔霖的美国学者认为："中国之兵学，至孙子而集理

论上之大成，至元太祖成吉思汗，而呈实践上之巨观。"没有比他更勇猛的武夫了——曾经大肆涂改过世界的版图。哦，真正是大手笔！有人说：拿破仑都不得不拱手认输，不敢去争那顶"世界上最伟大的征服者"的桂冠。

巴尔扎克有句名言："拿破仑用剑建立的功勋，我也同样可以用笔去获得！"在成吉思汗面前，我却永远不敢说这样的大话。他只会令文人意识到笔的无力。

我更愿意在草原上信马由缰（而不是在纸上），体验一番作为天地之子的自由感觉。在成吉思汗眼中，国界、种族、方言乃至时间——都是没有意义的，江山大一统，自己才是主人，世界永远超脱不了箭的射程。现代人变得越来越谦卑、胆怯了。何时才能恢复他的胆量？可以说，巨人首先是靠胆量成为巨人的，然后才靠膂力。

这支摧枯拉朽的利箭早已射出去了，再也找不到踪影。只留下了空荡荡的弯弓，供后人参观。它永远只是陈列品：再没有谁，能把弓弦撑开了（这简直需要神力）——甚至连尝试的勇气都没有了……

我面对的是片松弛而缄默的草原。我与草原之间，隔着一个人的影子。

按道理说，草原是最容易埋没记忆的，用野火、用流沙、用风暴……游牧民族的生活区域，几乎找不到堪与时光抗衡的永久性建筑。连蒙古包都是可以拆卸的。跟西藏、青海等其他少数民族聚居地相比，内蒙古的寺庙应该也算是最少的吧。当然，这不妨碍它拥有自己的神，自己的神话。蒙古族人把成吉思汗的名字，供奉在内心的殿堂。他们怀揣着精神上的火种四处流浪，甚至流浪都是一种骄傲。

世界曾经因为他而战栗。这个最伟大的流浪汉，一只脚站在亚洲，一只脚跨向欧洲。他仅仅跨了一步，就在地图上留下巨大的足迹。可以说，他的步伐，他的身影，改变了人类的进程，以及我们的生活。

草原既是他的诞生地，又是他的安葬地。他甚至没有在草原上留下一块明确的墓碑，却让整整一个喧嚣的时代为自己殉葬，这最朴素同时也最华丽的葬礼。

直至今天我都能感受到那种折戟沉沙的神秘与悲哀，那种血腥的气氛。一个人，使一座草原成为传奇。

草原仿佛有两个，一个是属于现实的，一个是属于亡灵的。我既热爱它的真实，又痴迷于它的虚幻。就后者而言，我仅仅是在成吉思汗的领地上做客。我没法不激动，没法不紧张。

在内蒙古，必须首先学会和幻影交往。

因为成吉思汗的影响无所不在。

他与其说是一个人、一段历史，莫如说是一种延续至今的血统。

皇城根

紫禁城是皇帝住过的大四合院，现在叫故宫。至于环绕巍巍宫墙的护城河，有一个挺俗的名字：筒子河。弄不清这名字是咋起的。自从紫禁城于明永乐十八年(1420年)基本竣工，筒子河便已开掘成形了，并且构成城池的重要组成部分。

从景山望去，筒子河恰如一根碧玉的腰带，收束住皇气逼人的宫墙及角楼。而外侧，则是烟柳如织的街道、苍苔斑驳的民居，洋溢着市井气息。俨然两重世界。这是皇权与民生接壤的地带。

紫禁城周围，约定俗成地称做"皇城根"。住在皇城根，真正是住在天子脚下了。跟皇帝做邻居，怎么也算是一等公民吧。所以皇城根文化，是京味文化中最贵族化因而最骄傲的一种。

屈指算来，紫禁城里先后住过明清两代二十四个皇帝。

至于皇城根地带，住过的达官贵人、皇亲国戚，则不计其数。即使今天，风流皆被风吹雨打去，你在横七竖八的胡同里穿行，稍不留神，就会撞见遗留的某某王府，或某某官邸。想当年，可都是代表着皇恩浩荡的"赐第"。皇城根的子民，怎么能剔除尽骨子里的那份优越感呢？

推而广之，整个京味文化，都隐隐约约地被这份优越感笼罩着。

这份优越感在清朝时愈演愈烈。因为北京划分为内城与外城，能够跻身内城的，是清一色的八旗子弟。而原先的汉族居民都成了拆迁户，纷纷把家搬到外城。泱泱皇城，寸土寸金。即使能在边缘地带安营扎寨的，也肯定不无来历。即使不是正宗的皇亲国戚，也算得上是皇帝的远房亲戚——没一点裙带关系，怎么可能离皇帝那么近呢？当时皇城根的居民，称得上是世袭贵族，沾了皇帝的光，由朝廷供养着，不愁吃不愁穿，于是提笼遛鸟、唱戏捧角，甚至斗蟋蟀、养金鱼……这是一群在游戏中生活的有闲阶级，靠吃祖宗打天下的老本度日，相当于"食利户"。

当皇权被推翻之后，树倒猢狲散，他们也纷纷成了破落户。只是积习难改，仍然在懒散中保持着近乎荒诞的傲慢与偏见。

老舍的小说中有很多这样的人物，譬如《四世同堂》里的一位："平日他很自傲生在北京，能说全国尊为国语的话，能拿皇帝建造的御苑坛社作为公园，能看到珍本的书籍，能听到最有见解的言论……"他们怎么也忘不掉自己年久失修的老屋——毕竟也是皇城根的建筑，门前曾经车水马龙、人来客往。其实那空落落的拴马石，已是现实对历史的绝妙讽刺。老舍本人在正红旗下出生时，八旗子弟的风尚已衰落了。

中华人民共和国成立后，皇城根改叫黄城根了，恐怕是为了荡涤这旧名称里的封建气息。黄城根，再也不是八旗子弟的皇城根

了。它进入了民主的时代。

但是皇城根的文化并未烟消云散。直至今天，东黄（皇）城根一带，与南河沿大街平行，还遗存有一溜花鸟市场，街两边的店铺颇具百科全书之风格，什么都卖：从花鸟虫鱼，到古玩字画，甚至挠背的木制"不求人"也摆上了台面。别的城市的旅游商店区域，卖的大都是金属或塑料的工艺品。而这里才是北京最典型的旅游商品市场，能找到最有代表性的纪念品：要么是活物，要么是货真价实的古董——譬如地摊上的几枚绿锈斑驳的铜钱，明眼人一看就知道绝对不是赝品……走在这条博物馆似的露天街道上，你能感受到八旗子弟是怎么千方百计、别出心裁地游戏人生的——有关玩的点子，他们似乎都已想尽了。你会长叹：他们哪来那么多时间，哪来那么多金钱，哪来那么多闲情逸致？这肯定很让现代人困惑的。如今这条街走过的，大多是看客，而非真正的"玩主"。花鸟市场的生意，肯定远远不如清朝了。

西什库本是明朝储存宫廷御用物资的十个库房，至清朝则封闭了。它之出名，乃是因为西方利用十库旧址建造的教堂，义和团运动时曾遭拳民围攻。所以说起西什库，我们首先会想到那座颇有欧洲风格的带钟楼的教堂。此是一景。西什库往北，就是西皇城根，这一带最热闹的地点是厂桥。据说原属官城范围的西什库，是挖开了一段宫墙，而与厂桥相通的——有"一枝红杏出墙来"的意味。老北京人把这一段叫作"厂桥豁子"。可见市井生活的诱惑力与穿透力之巨大，即使等级观念的铜墙铁壁也非坚不可摧。

东、西皇城根，遥相呼应，如同两条温柔的臂膀，拥抱着冷血的紫禁城。

皇城根富于人情味的景观，还有许多。东华门外，有著名的"小吃一条街"，尤其是夜市，灯光与炉火交相辉映，和盘托出的是老北京传统的风味小吃：灌肠、炒肝、卤煮火烧、炸爆肚、杏仁茶等，芳香扑鼻。我估计皇帝在时，若闻见的话，也会经不住诱惑，而微服私访，迈着官步踱出宫墙……小贩是否会上前招呼："客官，能饮一杯无？"

这样的事情并不是没有发生过。

一墙之隔，就是民间了。

大宅门

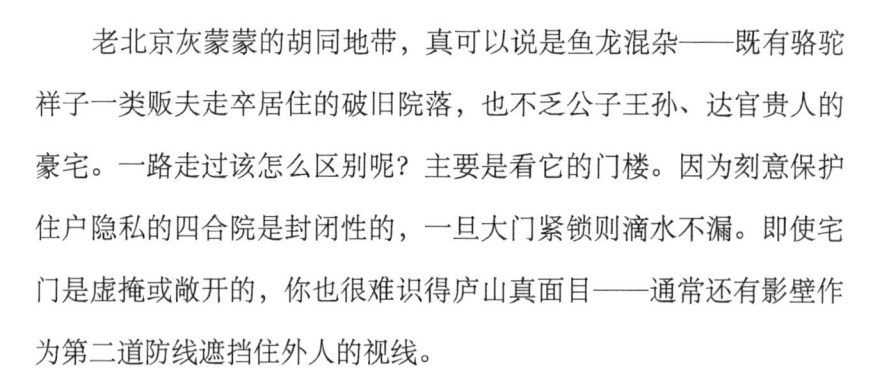

老北京灰蒙蒙的胡同地带，真可以说是鱼龙混杂——既有骆驼祥子一类贩夫走卒居住的破旧院落，也不乏公子王孙、达官贵人的豪宅。一路走过该怎么区别呢？主要是看它的门楼。因为刻意保护住户隐私的四合院是封闭性的，一旦大门紧锁则滴水不漏。即使宅门是虚掩或敞开的，你也很难识得庐山真面目——通常还有影壁作为第二道防线遮挡住外人的视线。

四合院的门楼，类别繁多，名称各异，譬如"清水脊""道士帽""花墙子门""洋门"什么的。但门的建筑形式分为墙垣门和屋宇门两种，墙垣式大门较单薄。无疑属于贫民的；屋宇门的空间更富于立体感（相当于盖一间房的面积），还有楹联、门簪、门墩、石阶等具有装饰意味的附件。真正的大户人家的宅门，肯定属于后者。如果你发现哪座四合院的门前还设有上马石什么的，它原先的主人肯定是当官的。——不仅仅自用，还可以方便前来做客的同僚。武官在此上马，文官在此坐轿。只可惜现在，也一律门可罗雀了。

大宅门的门墩儿，又叫门枕或门鼓，分别是长方形的和鼓形的，一般都是石制的（也有少数木制的），雕有形形色色的图案、花纹。偶尔能见到雕有石狮的门枕，说明这是昔日的王府。没有爵位的人家哪怕再有钱，也不敢请石狮守门的——那叫"越制"，会受到惩罚的，轻则抄家，重则杀头。

所以，即使过其门而不入，仅仅从宅门的规模与气势，也大致能判断出主人的家底与身份。当然，我指的是它的老主人。我谈论的是它的往事。

还需要强调一点：现在人们常随口说的"大宅门"（有一部走红的电视连续剧就叫《大宅门》），并不能简单地理解为"大户人家的宅门"。"宅门"还有特定的意义，指具有垂花门的多进院的住宅（即复合式的高级四合院），与只有东西南北房的一般的四合院相区别。大宅门，至少可分为前、后院——甚至更多的院落，豪华点的还有后花园呢。住在宅门里的，自然是人丁兴旺的大家庭了。有的还"四世同堂"呢。

什么叫垂花门——为什么构成宅的标志？垂花门由柱端雕有莲蕾状垂珠的垂莲柱出挑屋檐组成，像一座典雅的亭榭，只不过安装有开闭的屏门。它之所以是宅的核心，因为划分着内宅与外宅——普通的宾客是不允许穿过垂花门进入后院的（那属于主人家庭的私密空间），大多只能在作为外宅的第一进院里逗留。用现代房地产的概念来说，客厅归客厅，主卧室归主卧室，井然有序，泾渭分明。听赓昭先生详细解释过："俗话说的大家闺秀大门不出，二门不迈的二门，就是指的宅门中的垂花门。垂花门用垂莲柱加深出檐不占地面很符合二门的功能需要。妇女们在此寒暄、行礼、殷殷话别需要一定的空间，如果两根檐柱落了地，那门前活动地面就要受到很大的局限，用不落地的垂莲柱，地面就宽敞多了，上面有遮阳挡雨的屋顶，再加上华美的垂花门的衬托，环境、气氛均极恰当……"

可见，没有垂花门，就称不上是大宅门。它是大宅门诗意最浓的部分，堪称是其灵魂。

外地人来北京旅游，别忘了到古朴的胡同里转转。但应该了解，什么是普通的四合院，什么才是真正的宅门。假如你有幸走进了一座结构繁复的大宅门，一定要找一找它的垂花门立在哪里，并且慢慢品味那绝妙的造型。哦，简直像一个尚未完全醒来的华丽的旧梦似的！

要想把老北京的风味给琢磨透了，是有技巧的：不仅需掌握一定的历史知识，还应对中国古代的建筑艺术充满兴趣。最好是有备而来，但也不妨边参观边补课。

大宅门可比一般的四合院讲究多了。除了垂花门之外，四隅还有抄手廊曲折相连，雨雪天气也不影响主客通行。有的增加了好几组向纵深发展的跨院，最后面甚至盖有两层的后罩楼，加上鱼池、假山什么的，真是重峦叠嶂，别有洞天。

"天棚鱼缸石榴树"，是四合院一景。可最有权势的大宅门，瞧不上石榴树了，种的是海棠树。也摒弃了小家子气的金鱼缸，而就地挖掘了仿真的池塘。贵族的做派，是市井人家没法比的。

大宅门啊大宅门，胸有城府，深不可测，因而藏龙卧虎，进进出出的皆非等闲之辈。在花开花谢的舞台上，演绎过数不清的繁华富贵、悲欢离合。也可以算做豪门恩怨吧。

老舍写的《四世同堂》，应该发生在大宅门里。曹雪芹的《红楼梦》，同样是大宅门的故事——荣、宁两府，都是有资格安装石狮门礅儿的大宅门。虎坊桥附近，纪晓岚的阅微草堂（今晋阳饭庄），属于文化意义上的大宅门了——书香门第，这位颇受乾隆皇帝器重的清代大学士、礼部尚书在此写了著名的《阅微草堂笔记》。至于恭王府、摄政王府什么的，都是一人之下、万人之上的大宅门。至于皇帝住的紫禁城，有9999间房呢，堪称大宅门中的大宅门了。

只不过，岁月无情，人事变幻，所有的大宅门，都已经饱经沧桑了。

温故而知新。要想了解这座城市的变化，要想重温老北京的生活，又怎么可能绕过胡同深处那一座座残存的大宅门呢？

高尔基：我的文学父亲

我的童年时代只知道两位作家，一位是鲁迅，另一位就是高尔基。我的孤陋寡闻与年龄有关，但也与当时的那个时代有关——因为那本身就是一个孤陋寡闻的时代。在那个时代，文学领域里似乎只推举这两巨人——甚至不惜把他们神化了。在他们的名字前面，总要慷慨地冠以"伟大的无产阶级革命家、思想家、文学家"之类头衔。这两位太阳型的作家，使其他的星辰都黯然失色了。所以我的童年，只留下对这两位作家的记忆。我知道鲁迅是中国人，而高尔基是外国人。在我幼稚的想象中，他们更像是兄弟一般的关系，甚至其相貌都不无神似之处：瘦削的四方脸、平头短发浓眉犀利的眼神，尤其都有一撇浓密的八字胡……他们的作品，对那个时代都起着圣经般的作用。现在想想，他们简直是那个时代的两位文学神父。但仅仅他们两人，已经使我内心的殿堂足够拥挤了。必须承认：我是因为对这两位偶像的崇拜而关注起文学的，甚而至于梦想成为一个作家。他们那双峰并秀的形象给了我的童年以极大的影响。

在那个时代，作家的地位似乎是因为他们精神上的存在而得到提高，以至令世人羡慕的。从主观上来说，如果我今天能算一个作家（可惜作家已不吃香了），完全来自他们给予我最原始的教育，他们相当于我的文学父亲。即使我长大成人了，即使时代又使他们走下了神坛——由巨人而还原成凡人，但我仍应保持那种对父亲般的尊敬与感激。假如没有他们，我的人生将大有区别。至少我的童年，将彻底在无知中度过。文学原本就促人早熟，而他们又使文学更早地进入我的生活——我似乎是由童年就直接进入"我的大学"——一座文学的课堂。

鲁迅的杂文与小说虽然深刻，但对于一个孩子的理解力而言，还是显得壁垒森严。比较而言，高尔基的灵魂纵然远在异国，但因为有其自传体三部曲的娓娓述说，似乎更为亲切。《童年》《在人间》《我的大学》——有多少中国孩子因之而了解到一位外国男孩成长的经历。说起来不好意思，我最初读的并非原书，而是一套黑白效果的同名连环画——但这已足够了，足够使我把书中的主人公当做自己异国的伙伴来看待。鲁迅的童年是从百草园到三味书屋，虽然有个乡下伙伴叫闰土的，还曾划船去看社戏或偷蚕豆什么，但总体的轨迹很单纯。高尔基的童年则苦难而又传奇：进鞋店当小伙计、给绘图师做学徒、逃课、在伏尔加河轮船上做厨师的小工、借着烛光偷偷读书……这是一些离我很遥远的事物，但更容易使一位循规蹈矩的学童想入非非。通过那一系列朴素而又新鲜的画面，我进入别人的童年，而别人的童年又开始影响我——我过早地体会到某种隐秘的忧伤与快乐。有时候，一部书就能帮助一颗混沌的心灵

认识到：世界是如此之大，每个人的命运又是如此悬殊……在我的心目中，高尔基既是位巨人（当时社会的评价），又是平凡的孩子，跟我的同龄人一样，伴随我成长——并且不断把成长过程中的喜怒哀乐告诉我。他是一位能让别人分享其喜怒哀乐的伟大的孩子。至少他告诉我：巨人并不是一出生就是巨人的。高尔基的自传体三部曲，是我童年最重要的读物。他因之而成为我在这个世界上既不相识，而又最了解的一个人，一个熟悉的陌生人。应该说我的童年，至少有那么一小部分生活在别人的童年里，生活在遥远而陈旧的伏尔加河流域，跟一位流浪的俄罗斯小男孩共呼吸——这多多少少给我胆怯而平淡的童年增加了一点点冒险的乐趣……

大约十年以后，我果然成为一个文学青年，大约十年以后，我也进入了"我的大学"——只是这是一所与高尔基的"大学"迥然有别的常规化大学，念的是中文系。时代变了。高尔基的名字，反而很少被人提起了。在思想解放的时代，那么多古今中外的文学大师挣脱禁锢重现了——就像不约而同在一夜间获得了新生。譬如对高尔基的祖国，我们知道除高尔基之外，原来还有勃洛克、阿赫玛托娃、帕斯捷尔纳克、曼德尔施塔姆、茨维塔耶娃、索尔仁尼琴……对那么多新面孔还认识不过来呢，也就淡忘了高尔基这张老面孔。更主要的是，人们仿佛对于文学家乃至文学本身也有了重新认识。在重新界定的殿堂里，高尔基似乎处于一个被罢黜的尴尬的位置。至少在书店里，他的著作不像以往那么醒目了，快被形形色色的新版名家名著淹没了。在我之后的下一代中国人，恐怕很少有人读过《童年》《在人间》和《我的大学》——或深受其感动了。

大学毕业，我从外省流浪到北京。居大不易，薪水菲薄，只够在郊区租一间农民房栖身，我白天骑车去上班，晚上则闭门读书、写作，但却深刻地感到自己是从象牙之塔回到人间——命运对我生活的安排恰恰与高尔基颠倒，先有"我的大学"，然后才有"在人间"。或者说，走出菁菁校园之后，我才真正地进入了"我的大学"——一所高尔基式的充满人间烟火味的大学。仿佛为了求得心灵的安慰，又像为了汲取某种力量，我居然从旧书堆里重新翻检出来那本纸张已泛黄的《我的大学》："于是我就到了这座有一半鞑靼人住的城市。我住在一所平房的一个狭窄的小房间里。这所房子孤单单地坐落在小土岗上，有一条很窄的、破破烂烂的街道尽头。房子的面墙紧挨着一片失过火的空场。空地上长满茂密的杂草；在苦艾、牛蒡、马蓼的杂草丛中和接骨木灌木林里隆起一片砖瓦建筑的废墟。废墟底下有一个宽敞的地下室，无家可归的野狗麇集在这里，也慢慢在这里死去。这座地下室深深地留在我的记忆里，它也是我的一所大学。"由于生活经历的相似，高尔基离我更近了。或者说，是生活本身，帮助我不断地理解着高尔基——理解着那个年轻流浪汉的奋斗史，并且自我安慰：许多人（譬如高尔基）都是这么走过来的，由黯淡的现实走向光明的前途。后来我租房的那个村落面临拆迁，房东催促我紧急搬离，说一星期后推土机就要开来了。我四处打听，而又一时找不到合适的住所，心情太郁闷了，就坐在旁边的工地上抽烟——我永远记得那个死亡一样的黄昏，工人们都下班了，只有一排排水泥桩静静地陪伴着我。我为生活的无情而感到无力，我为世界的空旷而感到空虚。鬼使神差，眼前仿佛又出现了高

尔基的影子，出现了《我的大学》里的一幅画面：年轻的流浪汉在伏尔加河畔一艘翻晒的舢舨下过夜。我想，那至少是一种值得仿效的精神。于是，内心的悲哀演变成某种悲壮，自身面临的困境也散发出淡淡的诗意。我要求自己相信，未来的某一天，我也不会像高尔基描绘年轻时的落魄经历一样，回忆自己失败的青春和这个失败的黄昏的——伤口总会结疤，而伤疤像勋章一样值得胜利者炫耀。就这样假设着、假设着，血液里仿佛又灌输了新的力量。其实这种心路历程早已被高尔基在《我的大学》里描述过了："我已经学会了幻想出非凡的惊险的事业，幻想建树伟大的业绩。在艰难的生活日子里，这种幻想给我的帮助是非常大的。这种艰难的日子真是太多了，我的幻想也随之越来越丰富了。我没有指望从外面得到帮助，也没有寄希望于偶然的幸运。但是，在我的身上渐渐地养成一种顽强的意志，生活条件越是艰苦，我就觉得自己越是坚强，甚至越是聪明。我很早就明白了，人是在不断反抗周围的环境中锻炼出来的。"

  我永远不会否认：高尔基是我童年的偶像，而且在我成年之后，他也从精神上拯救过我一次。不管他是怎样的一位作家，对于我个人都是极其重要的——没有哪位作家，能对我的实际生活产生如此之大的影响。不管他的作品在文学史上地位如何（伟大抑或平庸），对于我都是有意义的。我为自己是他的忠实读者而庆幸。我回忆着他（在别人逐渐将之忽略的时代），就像回忆自己精神上的父亲——哪怕他在世人的眼里只是个凡人，但在儿子的心目中却是永远的英雄。我写这篇文章赞美他，哪怕仅仅出于私人感情。

高尔基原名阿列克赛·马克西莫维奇·彼什科夫，他给自己起的笔名叫"高尔基"（意指苦命人）。"高尔基"本是俄文的音译。童年的我，却一直无知地以为这个作家姓高呢（就像以为鲁迅不是姓周而是姓鲁一样）。但至今在我心目中，他仍然姓"高'——高大的意思。多么嘹亮的名字啊！

洪烛创作年表

周占林　整理

洪烛（1967年5月20日至2020年3月18日），原名王军，生于南京，1979年进入南京梅园中学，1985年保送武汉大学，1989年分配到北京，全国文学少年明星诗人，生前任中国文联出版社诗歌分社总监。

1982年至1985年6月：在南京梅园中学读高中。在《星星》《鸭绿江》《诗歌报》《少年文艺》《儿童文学》等报刊发表诗歌、散文百余篇，多次获《文学报》《青年报》《语文报》等奖项，和伊沙、邱华栋等成为人数众多的20世纪80年代中学校园诗人代表诗人。

1985年7月至1989年6月，因创作成果突出而被保送进武汉大学，受到《语文报》等诸多媒体广泛报道。在《诗刊》《星星》《青春》《飞天》等各地报刊大量发表诗歌、散文，出版诗集《蓝色的初恋》（湖北作协青年诗歌协会丛书），成为受新时期诗歌史重视的20世纪80年代大学校园诗人代表诗人之一（代表八四、八五级）。

1989年7月，分配到中国文联出版社工作。

1991年参加全国青年作家会议（中国作家协会主办的青创会）。

1992年在北京卧佛寺参加《诗刊》社第十届青春诗会。其间左手诗歌、右手散文（自喻为左手圣经、右手宝剑），在全国范围数百家报刊发表作品，进行"地毯式轰炸"，频频被《诗刊》《萌芽》《中国青年》《星星》等授奖。

1993—1999年，诗歌的低谷期，以淡出诗坛为代价，转攻大众文化，主创青春散文，覆盖数百家发行量巨大的青年、生活类报刊，成为掀起90年代散文热的现象之一，被《女友》杂志评为"全国十佳青年作家"。其间出版文化专著《中国女诗人名作导读》（1990年，广西民族出版社），诗集《南方音乐》（1993年，接力出版社）、《蓝色的初恋》（1986年，作家出版社），散文集《无穷的覆盖》（1992年，北京师范大学出版社）、《我的灵魂穿着一双草鞋》（1994年，黑龙江少年儿童出版社）、《浪漫的骑士》（1995年，中国文联出版公司）、《眉批天空》（1996年，上海人民出版社）、《梦游者的地图》（1997年，作家出版社）、《游牧北京》（1998年，中国文联出版公司）、《抚摸古典的中国——洪烛自选集》（1998年，漓江出版社）、《冰上舞蹈的黄玫瑰》（1999年，知识出版社），长篇小说《两栖人》（1998年，太白文艺出版社），散文诗集《你是一张旧照片》（1999年，河南人民出版社出版）。

2000年，散文集《洪烛逍遥》（2000年，吉林文史出版社）、《中国人的吃》（2000年，中国文联出版社），文化专著《北京的梦影星尘》（2000年，海南出版社）。

2001年，散文集《铁锤锻打的玫瑰》（2001年，天津教育出版社），评论集《明星脸谱》（2001年，中国文联出版社），评论《眉

批大师》(2001年，天津教育出版社)。

2002年，散文集《拆散的笔记本》(2002年，四川文艺出版社)，文化专著《北京的前世今生》(2002年，中国文联出版社)。《北京的茶馆》获第一届老舍散文奖。

2003年，非典期间创作二百多首诗，覆盖各地文学报刊。评论集《与智者同行》(2003年，云南人民出版社)。《中国美味礼赞》(日文版)(2003年，日本青土社)。散文《记忆中的一位少女》获央视电视诗歌散文大赛一等奖。

2004年，文化专著《北京的金粉遗事》(2004年，百花文艺出版社)、《北京 A to Z》(2004年，当代中国出版社)、《闲说中国美食》(2004年，中国文联出版社)。

2005年，文化专著《颐和园：宫廷画里的山水》(2005年，旅游教育出版社)、《永远的北京》(2005年，中国社会出版社)、《晚上8点的阅读》(2005年，中国社会出版社)、《风流不见使人愁》(2005年，上海书店出版社)、《多少风物烟雨中：北京的古迹与风俗——解读北京》(2005年，上海书店出版社)。文化专著《千年一梦紫禁城》(2005年，台湾知本家出版公司)。

2006年，文化专著《舌尖上的狂欢》(2006年，百花文艺出版社)。同年在新浪开通洪烛博客，推出由三百首短诗组成、长达六千行的长诗《西域》，被《人民文学》等数十家报刊选载，被诗家园网站评为"2006年中国诗坛十大新闻"之一。《北京 A to Z》(英文版)(2006年，新加坡出版公司)。2006年8月4日，在新浪博客开博。8月25日发出第一篇博文：《最爱北京四合院》。

2007年，文化专著《中国美味礼赞》《千年一梦紫禁城》《北京

A to Z》等在日本、新加坡、中国台湾出有日文版、英文版、中文繁体字版。同年推出长达十万字的长篇诗论《洪烛谈艺录：我的诗经》（本身就是一部关于诗的长诗）。

2008年，参加中国诗歌万里行走进新疆、青海、甘肃、宁夏等地采风所写8000行长诗《我的西域》出版（2008年，中国青年出版社）。

2009年，《我的西域》荣获第二届徐志摩诗歌奖。应邀参加第二届青海湖国际诗歌节。

2010年，文化专著《老北京人文地图》（2010年，新华出版社）、《北京往事》（2010年，花城出版社）。长诗《黄河》刊登于《中国作家》2010年6期。

2011年，文化专著《与智者同行》（2011年，中国盲文出版社）。

2012年，文化专著《名城记忆》（2012年，经济科学出版社）、舌尖上的记忆》（2012年，新华出版社）。《黄河》荣获第五届冰心散文奖(2010—2011年)，《北京的茶馆》荣获首届老舍散文奖。

2013年，参加中国诗歌万里行走进西藏采风所写10000行长诗《仓央嘉措心史》（2013年，东方出版社）。

2014年，文化专著《北京：城南旧事》（2014年，中国地图出版社）、《中国美食——舌尖上的地图》（2014年，中国地图出版社）。《仓央嘉措心史》荣获中国当代诗歌奖（2013—2014）诗集奖。

2015年，文化专著《北京：皇城往事》（2015年，中国地图出版社）、诗集《仓央嘉措情史》（2015年，东方出版社），并在首届中国（佛山）长诗节获得首届中国长诗奖。

2016年，散文集《母亲》（2016年，北京时代华文书局）。2600行长诗《李白》，在中岛主编的《诗参考》2014—2015跨年度诗歌"中国优秀长诗"栏目全文刊登之后，又入选中国诗歌网《诗名家》栏目。2016年5月，小长诗《黄鹤楼与古琴台》获《人民文学》"美丽武汉·幸福汉阳"全国诗歌（词）大赛特等奖。2800行长诗《屈原》被全国各地几十家端午诗会节选朗诵。创作2000行长诗《成吉思汗》。

2017年，诗集《仓央嘉措心史》（2017年，东方出版社）。1200行长诗《黄河》入选《诗参考》2016—2017跨年度诗歌"中国优秀长诗"。

2018年，荣获《现代青年》2017年度最佳专栏作家。在新浪博客发的最后一篇文章是2018年11月22日17:51:01《晚清时期中国的色情之都在哪里？》（组图），开博4493天，博客访问量68,143,111，共发博文5454篇。

2019年，诗集《洪烛诗选》（2019年，太白文艺出版社）。组诗《西域》荣获《北京文学》（2018）优秀作品。

2020年，文化专著《凤凰琴歌——司马相如传》（2020年，作家出版社）

2020年，《阿依达——洪烛诗选》由中国文联出版社出版。

（周占林于2020年7月20日整理）

跋

祁 人

受中国文联出版社的委托，我编选的特别纪念版《洪烛文集》（诗歌卷）和《洪烛文集》（散文卷），终于完成。

洪烛生于1967年，于2020年3月18日去世，他53年的人生并不算长，却出版了约46部专著，其中诗集、散文诗集10部，散文集11部，长篇小说1部，评论集3部，文化专著21部，可谓著作等身。

应洪烛父亲王万茂教授的要求，只选编了洪烛文学成就代表性的诗歌、散文类作品，为此，经与文集策划编辑郭锋女士商定，《洪烛文集》只收入诗歌卷和散文卷。

编选文集，是一件辛苦的差事，我用整整一个月的时间，将洪烛的10部诗集、11部散文集先浏览一遍、然后完整地通读一遍，又花了两周时间，遴选其中的佳作，最后才确定篇目。《洪烛文集》分为诗歌卷和散文卷，编选顺序按洪烛诗集和散文集的出版时间先后为序，诗歌卷和散文卷又分若干辑，又分别以洪烛诗集或散文集书名为小辑。编选过程是既艰辛而又充满感动的。也许是因为太熟悉洪烛了，读他的诗歌我总能感觉到他的心跳，读他的散文又仿佛看见了他的身影，那是一位骑着单车、始终保持前倾的姿势、永远如骑士的文坛健将，他将一生大部分的时间献给了所钟情的文学。关于洪烛的文学才华和成就，他的武汉大学校友、同为珞珈诗派代表人物的李少君，在《洪烛文集》序言中已有恰当的评价。

在我所熟悉的诗人中，有两位可以说走到哪里都有自己的粉丝，一位是汪国真，另一位就是洪烛。深受读者喜爱的作家，其笔下的文字如一个个精灵，他们的诗歌散文便是有灵性的，有灵性的作家必然是有成就的。对于洪烛而言，读者的喜爱，也是对他文学成就的最好注脚。

谨此，衷心感谢中国文联出版社社长尹兴先生和同事们给予洪烛如此的厚爱，使文集得以顺利出版。愿洪烛在天之灵有所感知，《洪烛文集》的出版，将使他的文字在喜爱他的读者中继续散发灵性的光芒，犹如他的人从未离开人世间一样。

2022 年 9 月 25 日于北京